OEUVRES

COMPLETES

DE

VOLTAIRE.

OEUVRES

COMPLETES

DE

VOLTAIRE.

TOME QUARANTE-UNIEME.

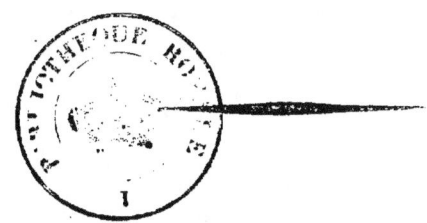

DE L'IMPRIMERIE DE LA SOCIÉTÉ LITTÉRAIRE-
TYPOGRAPHIQUE.

1 7 8 4.

DICTIONNAIRE

PHILOSOPHIQUE.

DICTIONNAIRE

PHILOSOPHIQUE.

H.

HABILE, HABILETÉ.

Habile, terme adjectif, qui, comme presque tous les autres, a des acceptions diverses, selon qu'on l'emploie. Il vient évidemment du latin *habilis*, & non, comme le prétend *Pezron*, du celte *habil*. Mais il importe plus de savoir la signification des mots que leur source.

En général il signifie plus que capable, plus qu'instruit, soit qu'on parle d'un artiste ou d'un général, ou d'un savant, ou d'un juge. Un homme peut avoir lu tout ce qu'on a écrit sur la guerre, ou même l'avoir vue, sans être habile à la faire. Il peut être capable de commander; mais pour acquérir le nom d'habile général, il faut qu'il ait commandé plus d'une fois avec succès.

Un juge peut savoir toutes les lois sans être habile à les appliquer. Le savant peut n'être habile ni à écrire ni à enseigner: l'habile homme est donc celui qui fait un grand usage de ce qu'il sait; le capable peut, & l'habile exécute. Ce mot ne convient point aux arts de pur génie; on ne dit pas, un habile poëte, un habile orateur; & si on le dit quelquefois

d'un orateur , c'eſt lorſqu'il s'eſt tiré avec habileté ,
avec dextérité, d'un ſujet épineux.

Par exemple , *Boſſuet* ayant à traiter, dans l'oraiſon
funèbre du grand *Condé* , l'article de ſes guerres
civiles , dit qu'il y a une pénitence auſſi glorieuſe
que l'innocence même. Il manie ce morceau habilement, & dans le reſte il parle avec grandeur.

On dit , habile hiſtorien , c'eſt-à-dire l'hiſtorien
qui a puiſé dans les bonnes ſources , qui a comparé
les relations , qui en juge ſainement , en un mot
qui s'eſt donné beaucoup de peine. S'il a encore le
don de narrer avec l'éloquence convenable , il eſt
plus qu'habile , il eſt grand hiſtorien, comme *Tite-
Live* , de *Thou* &c.

Le mot d'habile convient aux arts qui tiennent
à la fois de l'eſprit & de la main, comme la peinture,
la ſculpture. On dit , un habile peintre , un habile
ſculpteur , parce que ces arts ſuppoſent un long
apprentiſſage ; au lieu qu'on eſt poëte preſque tout
d'un coup , comme *Virgile* , *Ovide* &c. & qu'on eſt
même orateur ſans avoir beaucoup étudié , ainſi que
plus d'un prédicateur.

Pourquoi dit-on pourtant habile prédicateur ?
C'eſt qu'alors on fait plus d'attention à l'art qu'à
l'éloquence , & ce n'eſt pas un grand éloge. On
ne dit pas du ſublime *Boſſuet* , c'eſt un *habile feſeur
d'oraiſons funèbres.* Un ſimple joueur d'inſtrumens eſt
habile. Un compoſiteur doit être plus qu'habile ; il
lui faut du génie. Le metteur-en-œuvre travaille
adroitement ce que l'homme de goût a deſſiné habilement.

Dans le ftyle comique, habile peut fignifier dili-
gent, empreffé. *Molière* fait dire à M. *Loyal* :

Que chacun foit habile
A vider de céans jufqu'au moindre uftenfile.

Un habile homme dans les affaires eft inftruit,
prudent, & actif ; fi l'un de ces trois mérites lui
manque, il n'eft point habile.

Habile courtifan emporte un peu plus de blâme
que de louange ; il veut dire trop fouvent habile
flatteur ; il peut auffi ne fignifier qu'un homme
adroit qui n'eft ni bas ni méchant. Le renard qui,
interrogé par le lion fur l'odeur qu'exhale fon palais,
lui répond qu'il eft enrhumé, eft un courtifan habile.
Le renard qui, pour fe venger de la calomnie du
loup, confeille au vieux lion la peau d'un loup fraî-
chement écorché pour réchauffer fa majefté, eft plus
qu'habile courtifan. C'eft en conféquence qu'on dit,
un habile fripon, un habile fcélérat.

Habile, en jurifprudence, fignifie reconnu capable
par la loi ; & alors capable veut dire ayant droit,
ou pouvant avoir droit. On eft habile à fuccéder ;
les filles font quelquefois habiles à poffér une
pairie, elles ne font point habiles à fuccéder à la
couronne.

Les particules *dans*, *à* & *en*, s'emploient avec ce
mot. On dit habile dans un art, habile à manier le
cifeau, habile en mathématique.

On ne s'étendra point ici fur le moral, fur le
danger de vouloir être trop habile, ou de faire
l'habile homme, fur les rifques que court ce qu'on
appelle une habile femme, quand elle veut gouverner

les affaires de fa maifon fans confeil. On craint
d'enfler ce dictionnaire d'inutiles déclamations. (*a*)
Ceux qui préfident à ce grand & important ouvrage,
doivent traiter au long les articles des arts & des
fciences qui inftruifent le public ; & ceux auxquels
ils confient de petits articles de littérature, doivent
avoir le mérite d'être courts.

Habileté. Ce mot eft à capacité ce qu'habile eft
à capable : habileté dans une fcience, dans un art,
dans la conduite.

On exprime une qualité acquife en difant, il a
de l'habileté. On exprime une action en difant, il a
conduit cette affaire avec habileté.

Habilement a les mêmes acceptions : il travaille, il
joue, il enfeigne habilement, il a furmonté habilement cette difficulté. Ce n'eft guère la peine d'en dire
davantage fur ces petites chofes.

H A U T A I N.

Hautain eft le fuperlatif de haut & d'altier.
Ce mot ne fe dit que de l'efpèce humaine : on peut
dire en vers :

> Un courfier plein de feu levant fa tête altière.
>
> . . . .
>
> > J'aime mieux ces forêts altières
> > Que ces jardins plantés par l'art :

mais on ne peut dire *forêt hautaine, tête hautaine* d'un
courfier. On a blâmé dans *Malherbe*, & il paraît que
c'eft à tort, ces vers fi connus :

(*a*) Ces mots ont été compofés pour le Dictionnaire encyclopédique.

Et dans ces grands tombeaux où leurs ames hautaines
  Font encore les vaines ,
   Ils font mangés des vers.

On a prétendu que l'auteur a fuppofé mal à propos les ames dans ces fépulcres ; mais on pouvait fe fouvenir qu'il y avait deux fortes d'ames chez les poëtes anciens , l'une était l'entendement , & l'autre l'ombre légère , le fimulacre du corps. Cette dernière reftait quelquefois dans les tombeaux , ou errait autour d'eux. La théologie ancienne eft toujours celle des poëtes , parce que c'eft celle de l'imagination. On a cru cette petite obfervation néceffaire.

Hautain eft toujours pris en mauvaife part. C'eft l'orgueil qui s'annonce par un extérieur arrogant ; c'eft le plus fûr moyen de fe faire haïr , & le défaut dont on doit le plus foigneufement corriger les enfans. On peut être haut dans l'occafion avec bienféance. Un prince peut & doit rejeter avec une hauteur héroïque des propofitions humiliantes , mais non pas avec des airs hautains , un ton hautain , des paroles hautaines. Les hommes pardonnent quelquefois aux femmes d'être hautaines , parce qu'ils leur paffent tout ; mais les femmes ne leur pardonnent pas.

L'ame haute eft l'ame grande ; la hautaine eft fuperbe. On peut avoir le cœur haut avec beaucoup de modeftie : on n'a point l'humeur hautaine fans un peu d'infolence ; l'infolent eft à l'égard du hautain ce qu'eft le hautain à l'impérieux. Ce font des nuances qui fe fuivent , & ces nuances font ce qui détruit les fynonymes.

On a fait cet article le plus court qu'on a pu, par les mêmes raifons qu'on peut voir au mot *hâbile*. Le lecteur fent combien il ferait aifé & ennuyeux de déclamer fur ces matières.

HAUTEUR.

Grammaire, morale.

SI hautain eft pris en mal, hauteur eft tantôt une bonne, tantôt une mauvaife qualité, felon la place qu'on tient, l'occafion où l'on fe trouve, & ceux avec qui l'on traite. Le plus bel exemple d'une hauteur noble & bien placée, eft celui de *Popilius*, qui trace un cercle autour d'un puiffant roi de Syrie, & lui dit : Vous ne fortirez pas de ce cercle fans fatisfaire à la république ou fans attirer fa vengeance. Un particulier qui en uferait ainfi ferait un impudent. *Popilius*, qui repréfentait Rome, mettait toute la grandeur de Rome dans fon procédé, & pouvait être un homme modefte.

Il y a des hauteurs généreufes ; & le lecteur dira que ce font les plus eftimables. Le duc d'*Orléans*, régent du royaume, preffé par M. *Sum*, envoyé de Pologne, de ne point recevoir le roi *Staniflas*, lui répondit : Dites à votre maître que la France a toujours été l'afile des rois.

La hauteur avec laquelle *Louis XIV* traita quelquefois fes ennemis, eft d'un autre genre, & moins fublime.

On ne peut s'empêcher de remarquer ici ce que le père *Bouhours* dit du miniftre d'Etat *Pompone. Il avait une hauteur , une fermeté d'ame que rien né fefait ployer. Louis XIV,* dans un mémoire de fa main , (a) dit de ce même miniftre , qu'il n'avait ni fermeté , ni dignité.

On a fouvent employé au pluriel le mot hauteur dans le ftyle relevé , les *hauteurs de l'efprit humain ;* & on dit dans le ftyle fimple , il a eu des hauteurs , il s'eft fait des ennemis par fes hauteurs.

Ceux qui ont approfondi le cœur humain en diront davantage fur ce petit article.

HEMISTICHE.

HEMISTICHE, ἡμίστιχος, *f. m.* moitié de vers , demi-vers , repos au milieu du vers. Cet article , qui paraît d'abord une minutie , demande pourtant toute l'attention de quiconque veut s'inftruire. Ce repos à la moitié d'un vers n'eft proprement le partage que des vers alexandrins. La néceffité de couper toujours ces vers en deux parties égales , & la néceffité non moins forte d'éviter la monotonie , d'obferver ce repos & de le cacher , font des chaînes qui rendent l'art d'autant plus précieux qu'il eft plus difficile.

Voici des vers techniques qu'on propofe, quelque faibles qu'ils foient, pour montrer par quelle méthode on doit rompre cette monotonie que la loi de l'hé-miftiche femble entraîner avec elle.

(a) On trouve ce mémoire dans le *Siècle de Louis XIV.*

Obfervez l'hémiftiche, & redoutez l'ennui
Qu'un repos uniforme attache auprès de lui.
Que votre phrafe heureufe, & clairement rendue,
Soit tantôt terminée, & tantôt fufpendue ;
C'eft le fecret de l'art. Imitez ces accens
Dont l'aifé Geliotte avait charmé nos fens.
Toujours harmonieux, & libre fans licence,
Il n'appéfantit point fes fons & fa cadence.
Sallé, dont Terpfichore avait conduit les pas,
Fit fentir la mefure, & ne la marqua pas.

Ceux qui n'ont point d'oreilles n'ont qu'à confulter feulement les points & les virgules de ces vers, ils verront qu'étant toujours partagés en deux parties égales, chacune de fix fyllables, cependant la cadence y eft toujours variée, la phrafe y eft contenue ou dans un demi-vers, ou dans un vers entier, ou dans deux. On peut même ne compléter le fens qu'au bout de fix vers ou de huit ; & c'eft ce mélange qui produit une harmonie dont on eft frappé, & dont peu de lecteurs voient la caufe.

Plufieurs dictionnaires difent que l'hémiftiche eft la même chofe que la céfure : mais il y a une grande différence. L'hémiftiche eft toujours à la moitié du vers : la céfure qui rompt le vers eft par-tout où elle coupe la phrafe.

Tiens le voilà. marchons. il eft à nous. viens, frappe.

Prefque chaque mot eft une céfure dans ce vers.

Hélas quel eft le prix des vertus ? la fouffrance.

La céfure eft ici à la neuvième fyllabe.

Dans les vers de cinq pieds ou de dix syllabes, il n'y a point d'hémiſtiche, quoi qu'en diſent tant de diſtionnaires ; il n'y a que des céſures, on ne peut couper ces vers en deux parties égales de deux pieds & demi.

Ainſi partagés — boiteux & mal faits,
Ces vers languiſſans — ne plairaient jamais.

On en voulut faire autrefois de cette eſpèce , dans le temps qu'on cherchait l'harmonie qu'on n'a que très-difficilement trouvée. On prétendait imiter les vers pentamètres latins, les ſeuls qui ont en effet natu-rellement cet hémiſtiche : mais on ne ſongeait pas que les vers pentamètres étaient variés par les ſpondées & par les daſtyles ; que leurs hémiſtiches pouvaient contenir ou cinq ou ſix ou ſept ſyllabes. Ce genre de vers français , au contraire , ne pouvant jamais avoir que des hémiſtiches de cinq ſyllabes égales ; & ces deux meſures étant trop courtes & trop rap-prochées, il en réſultait néceſſairement cette uniformité ennuyeuſe qu'on ne peut rompre comme dans les vers alexandrins. De plus , le vers pentamètre latin , venant après un hexamètre , produiſait une variété qui nous manque.

Ces vers de cinq pieds à deux hémiſtiches égaux pourraient ſe ſouffrir dans des chanſons ; ce fut pour la muſique que *Sapho* les inventa chez les Grecs, & qu'*Horace* les imita quelquefois , lorſque le chant était joint à la poëſie , ſelon ſa première inſtitution. On pourrait parmi nous introduire dans le chant cette meſure qui approche de la ſaphique.

L'Amour eſt un Dieu — que la terre adore,
Il fait nos tourmens — il fait les guérir :
Dans un doux repos — heureux qui l'ignore,
Plus heureux cent fois — qui peut le ſervir.

Mais ces vers ne pourraient être tolérés dans des
ouvrages de longue haleine, à cauſe de la cadence
uniforme. Les vers de dix ſyllabes ordinaires ſont
d'une autre meſure ; la céſure ſans hémiſtiche eſt
preſque toujours à la fin du ſecond pied, de ſorte
que le vers eſt ſouvent en deux meſures, l'une de
quatre, l'autre de ſix ſyllabes. Mais on lui donne
auſſi ſouvent une autre place, tant la variété eſt
néceſſaire !

Languiſſant, faible, & courbé ſous les maux,
J'ai conſumé mes jours dans les travaux.
Quel fut le prix de tant de ſoins ? l'envie ;
Son ſouffle impur empoiſonna ma vie.

Au premier vers, la céſure eſt après le mot *faible ;*
au ſecond, après *jours ;* au troiſième elle eſt encore
plus loin, après *ſoins ;* au quatrième elle eſt après
impur.

Dans les vers de huit ſyllabes il n'y a ni hémiſtiche ni céſure.

Loin de nous ce diſcours vulgaire,
Que la nature dégénère,
Que tout paſſe & que tout finit.
La nature eſt inépuiſable,
Et le travail infatigable
Eſt un Dieu qui la rajeunit.

Au premier vers s'il y avait une céfure, elle ferait
à la fixième fyllabe. Au troifième, elle ferait à la
troifième fyllabe, *paſſe*, plutôt à la quatrième *ſe*,
qui eſt confondue avec la troifième *pas ;* mais en
effet il n'y a point là de céfure. L'harmonie des vers
de cette mefure confiſte dans le choix heureux des
mots & dans les rimes croifées; faible mérite fans
les penfées & les images.

Les Grecs & les Latins n'avaient point· d'hémif-
tiches dans leurs vers hexamètres. Les Italiens n'en
ont dans aucune de leurs poëfies.

> *Le donne, i cavalier, l'armi, gli amori,*
> *Le cortefie, l'audaci imprefe io canto*
> *Che furo al tempo che paſſaro i mori*
> *D'Africa il mar, & in Francia nocquer tanto &c.*

Ces vers font comptés d'onze fyllabes, & le génie
de la langue italienne l'exige. S'il y avait un hémiftiche, il faudrait qu'il tombât au deuxième pied &
trois quarts.

La poëfie anglaife eſt dans le même cas. Les grands
vers anglais font de dix fyllabes ; ils n'ont point d'hémiſtiches, mais ils ont des céfures marquées.

> *At tropington——not far from Cambridge, flood*
> *A croſs a pleafing ftream——a bridge of would*
> *Near it a mill——in low and plashy ground,*
> *Where corn for all the neibouring parts——was ground.*

Les céfures différentes de ces vers font défignées
par les tirets.

Au refte, il eſt inutile de dire que ces vers font
le commencement de l'ancien conte italien du

Berceau, traité depuis par *la Fontaine*. Mais ce qui est utile pour les amateurs, c'est de savoir que non-seulement les Anglais & les Italiens sont affranchis de la gêne de l'hémistiche, mais encore qu'ils se permettent tous les *hiatus* qui choquent nos oreilles ; & qu'à ces libertés ils ajoutent celle d'alonger & d'accourcir les mots selon le besoin, d'en changer la terminaison, de leur ôter des lettres ; qu'enfin dans leurs pièces dramatiques & dans quelques poëmes, ils ont secoué le joug de la rime. De sorte qu'il est plus aisé de faire cent vers italiens & anglais passables que dix français, à génie égal.

Les vers allemands ont un hémistiche, les espagnols n'en ont point. Tel est le génie différent des langues, dépendant en grande partie de celui des nations. Ce génie qui consiste dans la construction des phrases, dans les termes plus ou moins longs, dans la facilité des inversions, dans les verbes auxiliaires, dans le plus ou moins d'articles, dans le mélange plus ou moins heureux des voyelles & des consonnes ; ce génie, dis-je, détermine toutes les différences qui se trouvent dans la poësie de toutes les nations. L'hémistiche tient évidemment à ce génie des langues.

C'est bien peu de chose qu'un hémistiche. Ce mot semblait à peine mériter un article, cependant on a été forcé de s'y arrêter un peu. Rien n'est à mépriser dans les arts ; les moindres règles sont quelquefois d'un très-grand détail. Cette observation sert à justifier l'immensité de ce dictionnaire, & doit inspirer de la reconnaissance, par les peines prodigieuses de ceux qui ont entrepris un ouvrage lequel doit rejeter, à la vérité, toute déclamation, tout paradoxe, toute opinion hafardée, mais qui exige que tout foit approfondi.

H E R E S I E.

Section première.

Mot grec qui fignifie *croyance*, *opinion de choix.* Il n'eſt pas trop à l'honneur de la raifon humaine qu'on fe foit haï, perfécuté, maffacré, brûlé pour des opinions choifies; mais ce qui eſt encore fort peu à notre honneur, c'eſt que cette manie nous ait été particulière comme la lèpre l'était aux Hébreux, & jadis la vérole aux Caraïbes.

Nous favons bien, théologiquement parlant, que l'héréfie étant devenue un crime, ainfi que le mot une injure; nous favons, dis-je, que l'Eglife latine pouvant feule avoir raifon, elle a été en droit de réprouver tous ceux qui étaient d'une opinion différente de la fienne.

D'un autre côté l'Eglife grecque avait le même droit; (*a*) auffi réprouva-t-elle les Romains quand ils eurent choifi une autre opinion que les Grecs fur la proceffion du St Efprit, fur les viandes de carême, fur l'autorité du pape &c. &c.

Mais fur quel fondement parvint-on enfin à faire brûler, quand on fut le plus fort, ceux qui avaient des opinions de choix? Ils étaient fans doute criminels devant Dieu, puifqu'ils étaient opiniâtres. Ils devaient

(*a*) Voyez les conciles de Conftantinople, à l'article *Concile.*

donc, comme on n'en doute pas, être brûlés pendant
toute l'éternité dans l'autre monde. Mais pourquoi
les brûler à petit feu dans celui-ci ? Ils représentaient
que c'était entreprendre sur la justice de DIEU ; que
ce supplice était bien dur de la part des hommes ;
que de plus il était inutile, puisqu'une heure de
souffrance ajoutée à l'éternité est comme zéro.

Les ames pieuses répondaient à ces reproches que
rien n'était plus juste que de placer sur des brasiers
ardens quiconque avait une *opinion choisie* ; que c'était
se conformer à DIEU que de faire brûler ceux qu'il
devait brûler lui-même ; & qu'enfin puisqu'un
bûcher d'une heure ou deux est zéro par rapport à
l'éternité, il importait très-peu qu'on brûlât cinq ou
six provinces pour des opinions de choix, pour des
hérésies.

On demande aujourd'hui chez quels anthropophages ces questions furent agitées, & leurs solutions
prouvées par les faits ? nous sommes forcés d'avouer
que ce fut chez nous-mêmes, dans les mêmes villes
où l'on ne s'occupe que d'opéra, de comédies, de
bals, de modes, & d'amour.

Malheureusement ce fut un tyran qui introduisit
la méthode de faire mourir les hérétiques ; non pas
un de ces tyrans équivoques qui sont regardés comme
des saints dans un parti, & comme des monstres
dans l'autre : c'était un *Maxime*, compétiteur de
Théodose I, tyran avéré par l'empire entier dans la
rigueur du mot.

Il fit périr à Trèves, par la main des bourreaux,
l'espagnol *Priscillien* & ses adhérens, dont les opinions furent jugées erronées par quelques évêques
d'Espagne.

d'Espagne. (*b*) Ces prélats sollicitèrent le supplice des priscillianistes avec une charité si ardente que *Maxime* ne put leur rien refuser. Il ne tint pas même à eux qu'on ne fît couper le cou à *St Martin* comme à un hérétique. Il fut bien heureux de sortir de Trèves, & de s'en retourner à Tours.

Il ne faut qu'un exemple pour établir un usage. Le premier qui chez les Scythes fouilla dans la cervelle de son ennemi, & fit une coupe de son crâne, fut suivi par tout ce qu'il y avait de plus illustre chez les Scythes. Ainsi fut consacrée la coutume d'employer des bourreaux pour couper des opinions.

On ne vit jamais d'hérésie chez les anciennes religions, parce qu'elles ne connurent que la morale & le culte. Dès que la métaphysique fut un peu liée au christianisme, on disputa ; & de la dispute naquirent différens partis comme dans les écoles de philosophie. Il était impossible que cette métaphysique ne mêlât pas ses incertitudes à la foi qu'on devait à Jesus-Christ. Il n'avait rien écrit, & son incarnation était un problème que les nouveaux chrétiens, qui n'étaient pas inspirés par lui-même, résolvaient de plusieurs manières différentes. *Chacun prenait parti*, comme dit expressément *St Paul* ; (*c*) *les uns étaient pour Apollos, les autres pour Céphas.*

Les chrétiens en général s'appelèrent long-temps *nazaréens* ; & même les gentils ne leur donnèrent guère d'autre nom dans les deux premiers siècles. Mais il y eut bientôt une école particulière de nazaréens qui eurent un évangile différent des quatre

(*b*) *Histoire de l'Eglise*, quatrième siècle.
(*c*) I. aux Corinth. chap. I, v. 11 & 12.

canoniques. On a même prétendu que cet évangile ne différait que très-peu de celui de *St Matthieu*, & lui était antérieur. *St Epiphane* & *St Jérôme* placent les nazaréens dans le berceau du chriftianifme.

Ceux qui fe crurent plus favans que les autres prirent le titre de gnoftiques, les *connaiffeurs* ; & ce nom fut long-temps fi honorable que *St Clément* d'Alexandrie, dans fes Stromates, (*d*) appelle toujours les bons chrétiens, vrais gnoftiques. *Heureux ceux qui font entrés dans la fainteté gnoftique !*

Celui qui mérite le nom de gnoftique (*e*) *réfifte aux féducteurs, & donne à quiconque demande.*

Les cinquième & fixième livres des Stromates ne roulent que fur la perfection du gnoftique.

Les ébionites étaient inconteftablement du temps des apôtres ; ce nom qui fignifie *pauvre*, leur rendait chère la pauvreté dans laquelle JESUS était né. (*f*)

Cérinthe était auffi ancien ; (*g*) on lui attribuait l'Apocalypfe de *St Jean*. On croit même que *St Paul* & lui eurent de violentes difputes.

Il femble à notre faible entendement que l'on devait attendre des premiers difciples une déclaration folemnelle, une profeffion de foi complète & inaltérable, qui terminât toutes les difputes paffées, & qui prévînt toutes les querelles futures : DIEU ne le permit pas. Le fymbole nommé *des apôtres*, qui eft court,

<hr/>

(*d*) Liv. I, n. 7.　　　　　(*e*) Liv. IV, n. 4.

(*f*) Il paraît peu vraifemblable que les autres chrétiens les aient appelés *ébionites*, pour faire entendre qu'ils étaient *pauvres d'entendement*. On prétend qu'ils croyaient JESUS fils de *Jofeph*.

(*g*) *Cérinthe* & les fiens difaient que JESUS n'était devenu CHRIST qu'après fon baptême. *Cérinthe* fut le premier auteur de la doctrine du règne de mille ans, qui fut embraffée par tant de pères de l'Eglife.

& où ne se trouvent ni la consubstantiabilité, ni le mot *trinité*, ni les sept sacremens, ne parut que du temps de St *Jérôme*, de St *Augustin* & du célébre prêtre d'Aquilée *Rufin*. Ce fut, dit-on, ce saint prêtre ennemi de St *Jérôme*, qui le rédigea.

Les héréfies avaient eu le temps de se multiplier ; on en comptait plus de cinquante dès le cinquième siècle.

Sans oser scruter les voies de la Providence, impénétrables à l'esprit humain, & consultant autant qu'il est permis les lueurs de notre faible raison, il semble que de tant d'opinions sur tant d'articles il y en eût toujours quelqu'une qui devait prévaloir. Celle-là était l'orthodoxe, *droit enseignement*. Les autres sociétés se disaient bien orthodoxes aussi ; mais étant les plus faibles, on ne leur donna que le nom d'*hérétiques*.

Lorsque dans la suite des temps l'Eglife chrétienne orientale, mère de l'Eglife d'Occident, eut rompu fans retour avec sa fille, chacune resta fouveraine chez elle, & chacune eut fes héréfies particulières, nées de l'opinion dominante.

Les barbares du Nord étant nouvellement chrétiens, ne purent avoir les mêmes fentimens que les contrées méridionales, parce qu'ils ne purent adopter les mêmes usages. Par exemple, ils ne purent de long-temps adorer les images, puifqu'ils n'avaient ni peintres ni sculpteurs. Il était bien dangereux de baptifer un enfant en hiver dans le Danube, dans le Vefer, dans l'Elbe.

Ce n'était pas une chofe aifée pour les habitans des bords de la mer Baltique, de savoir précifément les opinions du Milanais & de la Marche d'Ancone.

Les peuples du midi & du nord de l'Europe eurent donc des opinions choifies, différentes les unes des autres. C'eft, ce me femble, la raifon pour laquelle *Claude* évêque de Turin, conferva dans le neuvième fiècle tous les ufages & tous les dogmes reçus au huitième & au feptième depuis le pays des Allobroges jufqu'à l'Elbe & au Danube.

Ces dogmes & ces ufages fe perpétuèrent dans les vallées & dans les creux des montagnes, & vers les bords du Rhône chez des peuples ignorés, que la déprédation générale laiffait en paix dans leur retraite & dans leur pauvreté ; jufqu'à ce qu'enfin ils parurent fous le nom de *Vaudois* au douzième fiècle, & fous celui d'*Albigeois* au treizième. On fait comme leurs *opinions choifies* furent traitées, comme on prêcha contr'eux des croifades, quel carnage on en fit, & comment depuis ce temps jufqu'à nos jours il n'y eut pas une année de douceur & de tolérance dans l'Europe.

C'eft un grand mal d'être hérétique ; mais eft-ce un grand bien de foutenir l'orthodoxie par des foldats & par des bourreaux ? ne vaudrait-il pas mieux que chacun mangeât fon pain en paix à l'ombre de fon figuier ? Je ne fais cette propofition qu'en tremblant.

S E C T I O N   I I.

De l'extirpation des héréfies.

IL faut, ce me femble, diftinguer dans une héréfie
l'opinion & la faction. Dès les premiers temps du
chriftianifme les opinions furent partagées, comme
nous l'avons vu. Les chrétiens d'Alexandrie ne penfaient pas fur plufieurs points comme ceux d'Antioche.
Les Achaïens étaient oppofés aux Afiatiques. Cette
diverfité a duré dans tous les temps & durera vrai-
femblablement toujours. JESUS-CHRIST, qui pouvait
réunir tous fes fidelles dans le même fentiment, ne
l'a pas fait ; il eft donc à préfumer qu'il ne l'a pas
voulu, & que fon deffein était d'exercer toutes fes
Eglifes à l'indulgence & à la charité, en leur permettant
des fyftèmes différens, qui tous fe réuniffaient à le
reconnaître pour leur chef & leur maître. Toutes
ces fectes long-temps tolérées par les empereurs, ou
cachées à leurs yeux, ne pouvaient fe perfécuter &
fe profcrire les unes les autres, puifqu'elles étaient
également foumifes aux magiftrats romains ; elles ne
pouvaient que difputer. Quand les magiftrats les
pourfuivirent, elles réclamèrent toutes également le
droit de la nature ; elles dirent : Laiffez-nous adorer
DIEU en paix ; ne nous raviffez pas la liberté que
vous accordez aux Juifs.

    Toutes les fectes aujourd'hui peuvent tenir le même
difcours à ceux qui les oppriment. Elles peuvent
dire aux peuples qui ont donné des priviléges aux
Juifs : Traitez-nous comme vous traitez ces enfans

de *Jacob*, laissez-nous prier DIEU comme eux selon notre conscience. Notre opinion ne fait pas plus de tort à votre Etat que n'en fait le judaïsme. Vous tolérez les ennemis de JESUS-CHRIST, tolérez-nous donc nous qui adorons JESUS-CHRIST, & qui ne différons de vous que sur des subtilités de théologie; ne vous privez pas vous-mêmes de sujets utiles. Il vous importe qu'ils travaillent à vos manufactures, à votre marine, à la culture de vos terres; & il ne vous importe point qu'ils aient quelques autres articles de foi que vous. C'est de leurs bras que vous avez besoin, & non de leur catéchisme.

La faction est une chose toute différente. Il arrive toujours, & nécessairement, qu'une secte persécutée dégénère en faction. Les opprimés se réunissent & s'encouragent. Ils ont plus d'industrie pour fortifier leur parti que la secte dominante n'en a pour l'exterminer. Il faut ou qu'ils soient écrasés, ou qu'ils écrasent. C'est ce qui arriva après la persécution excitée en 303 par le césar *Galérius*, les deux dernières années de l'empire de *Dioclétien*. Les chrétiens ayant été favorisés par *Dioclétien* pendant dix-huit années entières, étaient devenus trop nombreux & trop riches pour être exterminés. Ils se donnèrent à *Constance Chlore*, ils combattirent pour *Constantin* son fils, & il y eut une révolution entière dans l'empire.

On peut comparer les petites choses aux grandes, quand c'est le même esprit qui les dirige. Une pareille révolution est arrivée en Hollande, en Ecosse, en Suisse. Quand *Ferdinand* & *Isabelle* chassèrent d'Espagne les Juifs qui y étaient établis, non-seulement avant la maison régnante, mais avant les Maures & les

Goths , & même avant les Carthaginois , les Juifs auraient fait une révolution en Espagne, s'ils avaient été aussi guerriers que riches , & s'ils avaient pu s'entendre avec les Arabes.

En un mot, jamais secte n'a changé le gouvernement que quand le désespoir lui a fourni des armes. *Mahomet* lui-même n'a réussi que pour avoir été chassé de la Mecque , & parce qu'on y avait mis sa tête à prix.

Voulez-vous donc empêcher qu'une secte ne bouleverse un Etat, usez de tolérance ; imitez la sage conduite que tiennent aujourd'hui l'Allemagne , l'Angleterre, la Hollande, le Danemarck, la Russie. Il n'y a d'autre parti à prendre en politique avec une secte nouvelle , que de faire mourir sans pitié les chefs & les adhérens , hommes, femmes, enfans, sans en excepter un seul , ou de les tolérer quand la secte est nombreuse. Le premier parti est d'un monstre , le second est d'un sage.

Enchaînez à l'Etat tous les sujets de l'Etat par leur intérêt ; que le Quaker & le Turc trouvent leur avantage à vivre sous vos lois. La religion est de DIEU à l'homme ; la loi civile est de vous à vos peuples.

SECTION III.

ON ne peut que regretter la perte d'une relation que *Strategius* écrivit sur les hérésies par ordre de *Constantin. Ammien Marcellin* (a) nous apprend que cet empereur voulant savoir exactement les opinions

(a) Liv. XV , chap. XIII.

des sectes, & ne trouvant personne qui fût propre à lui donner là-dessus de justes éclaircissemens, il en chargea cet officier, qui s'en acquitta si bien que *Constantin* voulut qu'on lui donnât depuis le nom de *Musonianus*. M. de *Valois*, dans ses notes sur *Ammien*, observe que *Strategius*, qui fut fait préfet d'Orient, avait autant de savoir & d'éloquence que de modération & de douceur ; c'est au moins l'éloge qu'en a fait *Libanius*.

Le choix que cet empereur fit d'un laïque prouve qu'aucun ecclésiastique d'alors n'avait les qualités essentielles pour une tâche si délicate. En effet, St *Augustin* (*b*) remarque qu'un évêque de Bresse nommé *Philastrius*, dont l'ouvrage se trouve dans la bibliothèque des pères, ayant ramassé jusqu'aux hérésies qui ont paru chez les Juifs avant JESUS-CHRIST, en compte vingt-huit de celles-là, & cent vingt-huit depuis JESUS-CHRIST ; au lieu que St *Epiphane*, en y comprenant les unes & les autres, n'en trouve que quatre-vingts. La raison que *saint Augustin* donne de cette différence, c'est que ce qui paraît hérésie à l'un ne le paraît pas à l'autre. Aussi ce père dit-il aux manichéens : (*c*) Nous nous gardons bien de vous traiter avec rigueur, nous laissons cette conduite à ceux qui ne savent pas quelle peine il faut pour trouver la vérité, & combien il est difficile de se garantir des erreurs ; nous laissons cette conduite à ceux qui ne savent pas quels soupirs & quels gémissemens il faut pour acquérir quelque petite connaissance de la nature divine. Pour moi,

(*b*) Lettre CCXXII.
(*c*) Lettre contre celle de *Manès*, chap. II & III.

je dois vous fupporter comme on m'a fupporté autrefois, & ufer envers vous de la même tolérance dont on ufait envers moi lorfque j'étais dans l'égarement.

Cependant fi l'on fe rappelle les imputations infames dont nous avons dit un mot à l'article *Généalogie*, & les abominations dont ce père accufait les manichéens dans la célébration de leurs myſtères, comme nous le verrons à l'article *Zèle*, on fe convaincra que la tolérance ne fut jamais la vertu du clergé. Nous avons déjà vu, à l'article *Concile*, quelles féditions furent excitées par les eccléfiaſtiques à l'occafion de l'arianifme. *Eufèbe* nous apprend (*d*) qu'il y eut des endroits où l'on renverfa les ſtatues de *Conſtantin*, parce qu'il voulait qu'on fupportât les ariens ; & *Sozomène* (*e*) dit qu'à la mort d'*Eufèbe* de Nicomédie, l'arien *Macedonius* difputant le fiége de Conſtantinople à *Paul* catholique, le trouble & la confufion devinrent fi grands dans l'églife de laquelle ils voulaient fe chaffer réciproquement, que les foldats, croyant que le peuple fe foulevait, le chargèrent ; on fe battit, & plus de trois mille perfonnes furent tuées à coups d'épée ou étouffées. *Macédonius* monta fur le trône épifcopal, s'empara bientôt de toutes les églifes, & perfécuta cruellement les novatiens & les catholiques. C'eſt pour fe venger de ces derniers qu'il nia la divinité du Saint-Efprit, comme il reconnut la divinité du Verbe, niée par les ariens, pour braver leur protecteur *Conſtance* qui l'avait dépofé.

(*d*) Vie de *Conſtantin*, 'liv. III, chap. IV.
(*e*) Liv. IV, chap. XXI.

Le même historien ajoute (*f*) qu'à la mort d'*Athanase*, les ariens appuyés par *Valens* arrêtèrent, mirent aux fers & firent mourir ceux qui restaient attachés à *Pierre* qu'*Athanase* avait désigné son successeur. On était dans Alexandrie comme dans une ville prise d'assaut. Les ariens s'emparèrent bientôt des églises, & l'on donna à l'évêque installé par les ariens le pouvoir de bannir de l'Egypte tous ceux qui resteraient attachés à la foi de Nicée.

Nous lisons dans *Socrate* (*g*) qu'après la mort de *Sisinnius* l'Eglise de Constantinople se divisa encore sur le choix de son successeur, & *Théodose le jeune* mit sur le siége patriarchal le fougueux *Nestorius*. Dans son premier sermon, il dit à l'empereur: Donnez-moi la terre purgée d'hérétiques, & je vous donnerai le ciel; secondez-moi pour exterminer les hérétiques, & je vous promets un secours efficace contre les Perses. Ensuite il chassa les ariens de la capitale, arma le peuple contr'eux, abattit leurs églises, & obtint de l'empereur des édits rigoureux pour achever de les exterminer. Il se servit ensuite de son crédit pour faire arrêter, emprisonner & fouetter les principaux du peuple qui l'avaient interrompu au milieu d'un autre discours dans lequel il prêchait sa même doctrine, qui fut bientôt condamnée au concile d'Ephèse.

Photius rapporte (*h*) que lorsque le prêtre arrivait à l'autel, c'était un usage dans l'Eglise de Constantinople que le peuple chantât: DIEU *saint*, DIEU

(*f*) Liv. VI, chap. XX.
(*g*) Liv. VII, chap. XXIX.
(*h*) Bibliothèque, cahier CCXXII.

fort, Dieu *immortel*, & c'eſt ce qu'on nommait le *triſagion. Pierre le foulon* y avait ajouté ces mots : *Qui avez été crucifié pour nous, ayez pitié de nous.* Les catholiques crurent que cette addition contenait l'erreur des eutychiens théopaſchites, qui prétendaient que la Divinité avait ſouffert ; ils chantaient cependant le *triſagion* avec l'addition, pour ne pas irriter l'empereur *Anaſtaſe* qui venait de dépoſer un autre *Macedonius*, & de mettre à ſa place *Timothée*, par l'ordre duquel on chantait cette addition. Mais un jour des moines entrèrent dans l'égliſe, & au lieu de cette addition chantèrent un verſet de pſeaume ; le peuple s'écria auſſitôt : *Les orthodoxes ſont venus bien à propos.* Tous les partiſans du concile de Chalcédoine chantèrent avec les moines le verſet du pſeaume, les eutychiens le trouvèrent mauvais ; on interrompt l'office, on ſe bat dans l'égliſe, le peuple ſort, s'arme, porte dans la ville le carnage & le feu, & ne s'apaiſe qu'après avoir fait périr plus de dix mille hommes. (*i*)

La puiſſance impériale établit enfin dans toute l'Egypte l'autorité de ce concile de Chalcédoine ; mais plus de cent mille égyptiens, maſſacrés dans différentes occaſions pour avoir refuſé de reconnaître ce concile, avaient porté dans le cœur de tous les Egyptiens une haine implacable contre les empereurs. Une partie des ennemis du concile ſe retira dans la haute Egypte, d'autres ſortirent des terres de l'empire, & paſſèrent en Afrique & chez les Arabes où toutes les religions étaient tolérées. (*k*)

(*i*) *Evagre*, vie de *Théodoſe*, liv. III, chap. XXXIII, XLIV.

(*k*) Hiſt. des patriarches d'Alexandrie, pag. 164.

Nous avons déjà dit que sous le règne d'*Irène*, le culte des images fut rétabli & confirmé par le second concile de Nicée. *Léon l'arménien*, *Michel le bègue* & *Théophile* n'oublièrent rien pour l'abolir ; & cette contestation causa encore du trouble dans l'empire de Constantinople, jusqu'au règne de l'impératrice *Théodora*, qui donna au second concile de Nicée force de loi, éteignit le parti des iconoclastes, & employa toute son autorité contre les manichéens. Elle envoya dans tout l'empire ordre de les rechercher & de faire mourir tous ceux qui ne se convertiraient pas. Plus de cent mille périrent par différens genres de supplices. Quatre mille échappés aux recherches & aux supplices se sauvèrent chez les Sarrazins, s'unirent à eux, ravagèrent les terres de l'empire, se bâtirent des places fortes où les manichéens, que la crainte des supplices avait tenus cachés, se réfugièrent & formèrent une puissance formidable par leur nombre & par leur haine contre les empereurs & les catholiques. On les vit plusieurs fois ravager les terres de l'empire, & tailler ses armées en pièces. (*l*)

Nous abrégeons les détails de ces massacres : ceux d'Irlande, où plus de cent cinquante mille hérétiques furent exterminés en quatre ans, (*m*) ceux des vallées de Piémont, ceux dont nous parlerons à l'article *Inquisition*, enfin la St Barthelemi, signalèrent en Occident le même esprit d'intolérance contre lequel on n'a rien de plus sensé que ce que l'on trouve dans les ouvrages de *Salvien*.

(*l*) *Dupin*, bibliothèq. neuvième siècle.

(*m*) Biblioth. anglaise, livre II, pag. 303.

Voici comment s'exprime, fur les fectateurs d'une des premières héréfies, ce digne prêtre de Marfeille qu'on furnomma le maître des évêques, & qui déplorait avec tant de douleur les déréglemens de fon temps, qu'on l'appela le *Jérémie* du cinquième fiècle. „ Les ariens, dit-il, (n) font hérétiques, mais ils ne le favent pas ; ils font hérétiques chez nous, mais ils ne le font pas chez eux ; car ils fe croient fi bien catholiques, qu'ils nous traitent nous-mêmes d'hérétiques. Nous fommes perfuadés qu'ils ont une penfée injurieufe à la génération divine, en ce qu'ils difent que le fils eft moindre que le père. Ils croient eux que nous avons une opinion injurieufe pour le père, parce que nous fefons le père & le fils égaux : la vérité eft de notre côté, mais ils croient l'avoir en leur faveur. Nous rendons à Dieu l'honneur qui lui eft dû, mais ils prétendent auffi le lui rendre dans leur manière de penfer. Ils ne s'acquittent pas de leur devoir ; mais dans le point même où ils manquent ils font confifter le plus grand devoir de la religion. Ils font impies, mais dans cela même ils croient fuivre la véritable piété. Ils fe trompent donc, mais par un principe d'amour envers Dieu ; & quoiqu'ils n'aient pas la vraie foi, ils regardent celle qu'ils ont embraffée comme le parfait amour de Dieu. „

„ Il n'y a que le fouverain juge de l'univers qui fache comment ils feront punis de leurs erreurs au jour du jugement. Cependant il les fupporte patiemment, parce qu'il voit que s'ils font dans l'erreur, ils errent par un mouvement de piété. „

(n) Liv. V, du Gouvernement de Dieu.

HERMÈS, ou ERMÈS, ou MERCURE TRISMÉGISTE, ou THAUT, ou TAUT, ou THOT.

ON néglige cet ancien livre de *Mercure Trifmé-gifte*, & on peut n'avoir pas tort. Il a paru à des philofophes un fublime galimatias ; & c'eft peut-être pour cette raifon qu'on l'a cru l'ouvrage d'un grand platonicien.

Toutefois, dans ce chaos théologique, que de chofes propres à étonner & à foumettre l'efprit humain ! DIEU dont la triple effence eft fageffe, puiffance & bonté ; DIEU formant le monde par fa penfée, par fon verbe ; DIEU créant des dieux fubalternes ; DIEU ordonnant à ces dieux de diriger les orbes céleftes, & de préfider au monde ; le foleil fils de DIEU ; l'homme image de DIEU par la penfée ; la lumière principal ouvrage de DIEU, effence divine : toutes ces grandes & vives images éblouirent l'imagi-nation fubjuguée.

Il refte à favoir fi ce livre auffi célébre que peu lu, fut l'ouvrage d'un grec ou d'un égyptien.

St Auguftin ne balance pas à croire que le livre eft d'un égyptien ; (*a*) qui prétendait être defcendu de l'ancien *Mercure*, de cet ancien *Thaut*, premier légiflateur de l'Egypte.

Il eft vrai que *St Auguftin* ne favait pas plus l'égyptien que le grec ; mais il faut bien que de fon

(*a*) *Cité de* DIEU, liv. VIII, chap. XXVI.

temps on ne doutât pas que l'*Hermès* dont nous avons
la théologie, ne fût un fage de l'Egypte, antérieur
probablement au temps d'*Alexandre*, & l'un des
prêtres que *Platon* alla confulter.

Il m'a toujours paru que la théologie de *Platon*
ne reffemblait en rien à celle des autres grecs, fi
ce n'eft à celle de *Timée* qui avait voyagé en Egypte
ainfi que *Pythagore*.

L'*Hermès Trifmégifle* que nous avons eft écrit
dans un grec barbare, affujetti continuellement à
une marche étrangère. C'eft une preuve qu'il n'eft
qu'une traduction dans laquelle on a plus fuivi les
paroles que le fens.

Jofeph Scaliger, qui aida le feigneur de *Candale*
évêque d'Aire à traduire l'*Hermès* ou *Mercure
Trifmégifle*, ne doute pas que l'original ne fût
égyptien.

Ajoutez à ces raifons qu'il n'eft pas vraifemblable
qu'un grec eût adreffé fi fouvent la parole à *Thaut*.
Il n'eft guère dans la nature qu'on parle avec tant
d'effufion de cœur à un étranger ; du moins on n'en
voit aucun exemple dans l'antiquité.

L'*Efculape* égyptien qu'on fait parler dans ce livre,
& qui peut-être en eft l'auteur, écrit au roi d'Egypte
Ammon : (*b*) *Gardez-vous bien de fouffrir que les Grecs
traduifent les livres de notre Mercure, de notre Thaut,
parce qu'ils le défigureraient.* Certainement un grec
n'aurait point parlé ainfi.

Toutes les vraifemblances font donc que ce
fameux livre eft égyptien.

(*b*) Préface du *Mercure Trifmégifle*.

Il y a une autre réflexion à faire, c'est que les systèmes d'*Hermès* & de *Platon* conspiraient également à s'étendre chez les écoles juives dès le temps des *Ptolomées*. Cette doctrine y fit bientôt de très-grands progrès. Vous la voyez étalée toute entière chez le juif *Philon*, homme savant à la mode de ces temps-là.

Il copie des passages entiers de *Mercure Trismégiste* dans son chapitre de la formation du monde. *Premièrement*, dit-il, DIEU *fit le monde intelligible, le ciel incorporel, & la terre invisible ; après il créa l'essence incorporelle de l'eau & de l'esprit, & enfin l'essence de la lumière incorporelle patron du soleil & de tous les astres.*

Telle est la doctrine d'*Hermès* toute pure. Il ajoute *que le verbe ou la pensée invisible & intellectuelle est l'image* de DIEU.

Voici la création du monde par le verbe, par la pensée, par le *logos*, bien nettement exprimée.

Vient ensuite la doctrine des nombres, qui passa des Egyptiens aux Juifs. Il appelle la raison, la parente de DIEU. Le nombre de sept est l'accomplissement de toute chose ; & c'est pourquoi, dit-il, la lyre n'a que sept cordes.

En un mot, *Philon* possédait toute la philosophie de son temps.

On se trompe donc quand on croit que les Juifs, sous le règne d'*Hérode*, étaient plongés dans la même espèce d'ignorance où ils étaient auparavant. Il est évident que St *Paul* était très-instruit ; il n'y a qu'à lire le premier chapitre de St *Jean*, qui est si différent des autres, pour voir que l'auteur écrit précisément comme *Hermès* & comme *Platon*. *Au*

commencement

commencement était le verbe, & le verbe, le logos, était avec DIEU, *& DIEU était le logos; tout a été fait par lui, & sans lui rien n'est de ce qui fut fait. Dans lui était la vie; & la vie était la lumière des hommes.*

C'est ainsi que *St Paul* dit (*c*) que DIEU *a créé les siècles par son fils.*

Dès le temps des apôtres vous voyez des sociétés entières de chrétiens qui ne sont que trop savans, & qui substituent une philosophie fantastique à la simplicité de la foi. Les *Simons* , les *Ménandre* , les *Cérinthe* enseignaient précisément les dogmes d'*Hermès.* Leurs éons n'étaient autre chose que les dieux subalternes créés par le grand Etre. Tous les premiers chrétiens ne furent donc pas des hommes sans lettres comme on dit tous les jours , puisqu'il y en avait plusieurs qui abusaient de leur littérature, & que même dans les *Actes* le gouverneur *Festus* dit à *Paul* : *Tu es fou* , *Paul* , *trop de science t'a mis hors de sens.*

Cérinthe dogmatisait du temps de *St Jean* l'évangéliste. Ses erreurs étaient d'une métaphysique profonde & déliée. Les défauts qu'il remarquait dans la construction du monde lui firent penser , comme le dit le docteur *Dupin,* que ce n'était pas le Dieu souverain qui l'avait formé , mais une vertu inférieure à ce premier principe, laquelle n'avait pas connaissance du Dieu souverain. C'était vouloir corriger le système de *Platon* même ; c'était se tromper comme chrétien & comme philosophe. Mais c'était en même temps montrer un esprit très-délié & très-exercé.

(*c*) Epît. aux Hébreux , chap. I, v. 2.

Dictionn. philosoph. Tome V. C

Il en eſt de même des primitifs appelés *quakers*, dont noùs avons tant parlé. On les a pris pour des hommes qui ne ſavaient que parler du nez , & qui ne ſeſaient nul uſage de leur raiſon. Cependant, il y en eut pluſieurs parmi eux qui employaient toutes les fineſſes de la dialectique. L'enthouſiaſme n'eſt pas toujours le compagnon de l'ignorance totale ; il l'eſt ſouvent d'une ſcience erronée.

HEUREUX, HEUREUSE, HEUREUSEMENT.

CE mot vient évidemment d'*heur* , dont *heure* eſt l'origine : de-là ces anciennes expreſſions , *à la bonne heure* , *à la mal-heure* , car nos pères n'avaient pour toute philoſophie que quelques préjugés : des nations plus anciennes admettaient des heures favorables & funeſtes.

On pourrait , en voyant que le bonheur n'était autrefois qu'une heure fortunée , faire plus d'honneur aux anciens qu'ils ne méritent , & conclure de là qu'ils regardaient le bonheur comme une choſe très-paſſagère , telle qu'elle eſt en effet. Ce qu'on appelle bonheur eſt une idée abſtraite , compoſée de quelques idées de plaiſir : car qui n'a qu'un moment de plaiſir n'eſt point un homme heureux , de même qu'un moment de douleur ne fait point un homme malheureux. Le plaiſir eſt plus rapide que le bonheur, & le bonheur que la félicité. Quand on dit : Je ſuis heureux dans ce moment, on abuſe du mot ; & cela ne veut pas dire que j'ai du plaiſir. Quand on a des plaifirs un peu répétés, on peut dans cet efpace de temps fe dire heureux. Quand ce bonheur dure un peu plus, c'eft un état de félicité. On eft quelquefois bien loin d'être heureux dans la profpérité, comme un malade dégoûté ne mange rien d'un grand feftin préparé pour lui.

L'ancien adage, *on ne doit appeler perfonne heureux avant fa mort*, femble rouler fur de bien faux principes. On dirait par cette maxime, qu'on ne devrait le nom d'heureux qu'à un homme qui le ferait conftamment depuis fa naiffance jufqu'à fa dernière heure. Cette férie continuelle de momens agréables eft impoffible par la conftitution de nos organes, par celle des élémens de qui nous dépendons, par celle des hommes dont nous dépendons davantage. Prétendre être toujours heureux eft la pierre philofophale de l'ame ; c'eft beaucoup pour nous de n'être pas long-temps dans un état trifte. Mais celui qu'on fuppoferait avoir toujours joui d'une vie heureufe, & qui périrait miférablement, aurait certainement mérité le nom d'heureux jufqu'à fa mort, & on pourrait prononcer hardiment qu'il a été le plus heureux des hommes. Il fe peut très-bien que *Socrate* ait été le plus heureux des Grecs, quoique des juges ou fuperftitieux & abfurdes, ou iniques, ou tout cela enfemble, l'aient empoifonné juridiquement à l'âge de foixante & dix ans, fur le foupçon qu'il croyait un feul Dieu.

Cette maxime philofophique tant rebattue, *nemo ante obitum felix*, paraît donc abfolument fauffe en tout fens ; & fi elle fignifie qu'un homme heureux peut mourir d'une mort malheureufe, elle ne fignifie rien que de trivial.

Le proverbe du peuple , *heureux comme un roi* , eſt encore plus faux. Quiconque même a vécu doit ſavoir combien le vulgaire ſe trompe.

On demande s'il y a une condition plus heureuſe qu'une autre ? ſi l'homme en général eſt plus heureux que la femme ? Il faudrait avoir eſſayé de toutes les conditions , avoir été homme & femme comme *Tiréſias* & *Iphis* , pour décider cette queſtion; encore faudrait-il avoir vécu dans toutes les conditions avec un eſprit également propre à chacune , & il faudrait avoir paſſé par tous les états poſſibles de l'homme & de la femme pour en juger.

On demande encore ſi de deux hommes l'un eſt plus heureux que l'autre ? Il eſt bien clair que celui qui a la pierre & la goutte , qui perd ſon bien , ſon honneur , ſa femme & ſes enfans , & qui eſt condamné à être pendu immédiatement après avoir été taillé , eſt moins heureux dans ce monde, à tout prendre, qu'un jeune ſultan vigoureux , ou que le ſavetier de *la Fontaine*.

Mais on veut ſavoir quel eſt le plus heureux de deux hommes également ſains , également riches , & d'une condition égale ? Il eſt clair que c'eſt leur humeur qui en décide. Le plus modéré, le moins inquiet , & en même temps le plus ſenſible, eſt le plus heureux. Mais malheureuſement le plus ſenſible eſt preſque toujours le moins modéré. Ce n'eſt pas notre condition, c'eſt la trempe de notre ame , qui nous rend heureux. Cette diſpoſition de notre ame dépend de nos organes , & nos organes ont été arrangés ſans que nous y ayons la moindre part. C'eſt au lecteur à faire là-deſſus ſes réflexions. Il y a bien des articles fur lefquels il peut s'en dire plus qu'on ne lui en doit dire. En fait d'arts, il faut l'inftruire; en fait de morale, il faut le laiffer penfer.

Il y a des chiens qu'on careffe, qu'on peigne, qu'on nourrit de bifcuits, à qui on donne de jolies chiennes. Il y en a d'autres qui font couverts de gale, qui meurent de faim, qu'on chaffe, qu'on bat, & qu'enfuite un jeune chirurgien diffèque lentement, après leur avoir enfoncé quatre gros clous dans les pattes. A-t-il dépendu de ces pauvres chiens d'être heureux ou malheureux ?

On dit, penfée heureufe, trait heureux, repartie heureufe, phyfiònomie heureufe, climat heureux. Ces penfées, ces traits heureux qui nous viennent comme des infpirations foudaines, & qu'on appelle *des bonnes fortunes d'homme d'efprit*, nous font infpirés comme la lumière entre dans nos yeux, fans que nous la cherchions. Ils ne font pas plus en notre pouvoir que la phyfionomie heureufe, c'eft-à-dire, douce & noble, fi indépendante de nous & fi fouvent trompeufe. Le climat heureux eft celui que la nature favorife. Ainfi font les imaginations heureufes, ainfi eft l'heureux génie, c'eft-à-dire, le grand talent. Et qui peut fe donner le génie ? qui peut, quand il a reçu quelque rayon de cette flamme, le conferver toujours brillant ?

Puifqu'heureux vient de la bonne heure, & malheureux de la malheure, on pourrait dire que ceux qui penfent, qui écrivent avec génie, qui réuffiffent dans les ouvrages de goût, écrivent *à la bonne heure.* Le grand nombre eft de ceux qui écrivent *à la malheure.*

Quand on dit, un heureux fcélérat, on n'entend par ce mot que fes fuccès. *Félix Sylla*, l'heureux *Sylla*, un *AlexandreVI*, un duc de *Borgia*, ont heureufement pillé, trahi, empoifonné, ravagé, égorgé. Mais s'ils fe font crus des fcélérats, il y a grande apparence qu'ils étaient très-malheureux, quand même ils n'auraient pas craint leurs femblables.

Il fe pourrait qu'un fcélérat mal élevé, un turc, par exemple, à qui on aurait dit qu'il lui eft permis de manquer de foi aux chrétiens, de faire ferrer d'un cordon de foie le cou de fes vifirs quand ils font riches, de jeter dans le canal de la mer Noire fes frères étranglés ou maffacrés, & de ravager cent lieues de pays pour fa gloire; il fe pourrait, dis-je, à toute force, que cet homme n'eût pas plus de remords que fon muphti, & fût très-heureux. C'eft fur quoi le lecteur peut encore penfer beaucoup.

Il y avait autrefois des planètes heureufes, d'autres malheureufes; malheureufement il n'y en a plus.

On a voulu priver le public de ce dictionnaire utile, heureufement on n'y a pas réuffi.

Des ames de boue, des fanatiques abfurdes préviennent tous les jours les puiffans, les ignorans contre les philofophes. Si malheureufement on les écoutait, nous retomberions dans la barbarie d'où les feuls philofophes nous ont tirés.

H I S T O I R E.

S E C T I O N   P R E M I E R E.

Définition.

L'HISTOIRE eſt le récit des faits donnés pour vrais, au contraire de la fable qui eſt le récit des faits donnés pour faux.

Il y a l'hiſtoire des opinions qui n'eſt guère que le recueil des erreurs humaines.

L'hiſtoire des arts peut être la plus utile de toutes, quand elle joint à la connaiſſance de l'invention du progrès des arts la deſcription de leur mécaniſme.

L'hiſtoire naturelle, improprement dite *hiſtoire*, eſt une partie eſſentielle de la phyſique. On a diviſé l'hiſtoire des événemens en ſacrée & profane ; l'hiſtoire ſacrée eſt une ſuite des opérations divines & miraculeuſes, par leſquelles il a plu à DIEU de conduire autrefois la nation juive, & d'exercer aujourd'hui notre foi.

Si j'apprenais l'hébreu, les ſciences, l'hiſtoire !
Tout cela c'eſt la mer à boire.

Premiers fondemens de l'hiſtoire.

LES premiers fondemens de toute hiſtoire, ſont les récits des pères aux enfans, tranſmis enſuite d'une génération à une autre ; ils ne ſont tout au plus que probables dans leur origine, quand ils ne choquent point le ſens commun ; & ils perdent un degré de probabilité à chaque génération. Avec le temps la fable fe groffit , & la vérité fe perd : de là vient que toutes les origines des peuples font abfurdes. Ainfi les Egyptiens avaient été gouvernés par les dieux pendant beaucoup de fiècles ; ils l'avaient été enfuite par des démi-dieux ; enfin ils avaient eu des rois pendant onze mille trois cents quarante ans ; & le foleil dans cet efpace de temps avait changé quatre fois d'Orient & d'Occident.

Les Phéniciens du temps d'*Alexandre* prétendaient être établis dans leurs pays depuis trente mille ans ; & ces trente mille ans étaient remplis d'autant de prodiges que la chronologie égyptienne. J'avoue qu'il eft phyfiquement très-poffible que la Phénicie ait exifté non-feulement trente mille ans , mais trente mille milliars de fiècles , & qu'elle ait éprouvé , ainfi que le refte du globe , trente millions de révolutions. Mais nous n'en avons pas de connaiffance.

On fait quel merveilleux ridicule règne dans l'an-cienne hiftoire des Grecs.

Les Romains , tout férieux qu'ils étaient , n'ont pas moins enveloppé de fables l'hiftoire de leurs pre-miers fiècles. Ce peuple , fi récent en comparaifon des nations afiatiques , a été cinq cents années fans hiftoriens. Ainfi il n'eft pas furprenant que *Romulus* ait été le fils de *Mars* , qu'une louve ait été fa nour-rice , qu'il ait marché avec mille hommes de fon village de Rome contre vingt-cinq mille combattans du village des Sabins ; qu'enfuite il foit devenu dieu ; que *Tarquin l'ancien* ait coupé une pierre avec un rafoir, & qu'une veftale ait tiré à terre un vaiffeau avec fa ceinture &c,

Les premières annales de toutes nos nations modernes ne font pas moins fabuleufes ; les chofes prodigieufes & improbables doivent être quelquefois rapportées , mais comme des preuves de la crédulité humaine : elles entrent dans l'hiftoire des opinions & des fottifes. Mais le champ eft trop immenfe.

Des monumens.

P O U R connaître avec un peu de certitude quelque chofe de l'hiftoire ancienne, il n'eft qu'un feul moyen, c'eft de voir s'il refte quelques monumens inconteftables. Nous n'en avons que trois par écrit ; le premier eft le recueil des obfervations aftronomiques faites pendant dix-neuf cents ans de fuite à Babylone , envoyées par *Alexandre* en Grèce. Cette fuite d'obfervations, qui remonte à deux mille deux cents trente-quatre ans avant notre ère vulgaire, prouve invinciblement que les Babyloniens exiftaient en corps de peuple plufieurs fiècles auparavant : car les arts ne font que l'ouvrage du temps ; & la pareffe naturelle aux hommes les laiffe des milliers d'années fans autres connaiffances & fans autres talens que ceux de fe nourrir, de fe défendre des injures de l'air , & de s'égorger. Qu'on en juge par les Germains & par les Anglais du temps de *Céfar* , par les Tartares d'aujourd'hui , par les deux tiers de l'Afrique , & par tous les peuples que nous avons trouvés dans l'Amérique, en exceptant à quelques égards les royaumes du Pérou & du Mexique , & la république de Tlafcala. Qu'on fe fouvienne que dans tout ce nouveau monde perfonne ne favait ni lire ni écrire.

Le second monument eft l'éclipfe centrale du foleil,
calculée à la Chine deux mille cent cinquante-cinq
ans avant notre ère vulgaire, & reconnue véritable
par tous nos aftronomes. Il faut dire des Chinois la
même chofe que des peuples de Babylone ; ils com-
pofaient déjà fans doute un vafte empire policé. Mais
ce qui met les Chinois au-deffus de tous les peuples
de la terre, c'eft que ni leurs lois, ni leurs mœurs,
ni la langue que parlent chez eux les lettrés, n'ont
changé depuis environ quatre mille ans. Cependant
cette nation & celle de l'Inde, les plus anciennes de
toutes celles qui fubfiftent aujourd'hui, celles qui
poffèdent le plus vafte & le plus beau pays, celles
qui ont inventé prefque tous les arts avant que nous
en euffions appris quelques-uns, ont toujours été
omifes jufqu'à nos jours dans nos prétendues hiftoires
univerfelles. Et quand un efpagnol & un français
fefaient le dénombrement des nations, ni l'un ni
l'autre ne manquait d'appeler fon pays la première
monarchie du monde, & fon roi le plus grand roi
du monde, fe flattant que fon roi lui donnerait une
penfion dès qu'il aurait lu fon livre.

Le troifième monument, fort inférieur aux deux
autres, fubfifte dans les marbres d'Arondel : la
chronique d'Athènes y eft gravée deux cents foixante-
trois ans avant notre ère ; mais elle ne remonte que
jufqu'à *Cécrops*, treize cents dix-neuf ans au-delà du
temps où elle fut gravée. Voilà dans l'hiftoire de
toute l'antiquité les feules époques inconteftables
que nous ayons.

Fefons une férieufe attention à ces marbres rapportés de Grèce par le lord *Arondel*. Leur chronique

commence quinze cents soixante & dix-sept ans avant notre ère. C'est aujourd'hui une antiquité de 3350 ans , & vous n'y voyez pas un seul fait qui tienne du miraculeux, du prodigieux. Il en est de même des olympiades ; ce n'est pas là qu'on doit dire *Græcia mendax*, la menteuse Grèce. Les Grecs savaient très-bien distinguer l'histoire de la fable & les faits réels des contes d'*Hérodote ;* ainsi que dans leurs affaires sérieuses, leurs orateurs n'empruntaient rien des discours des sophistes ni des images des poëtes.

La date de la prise de Troye est spécifiée dans ces marbres , mais il n'y est parlé ni des flèches d'*Apollon* ni du sacrifice d'*Iphigénie* , ni des combats ridicules des dieux. La date des inventions de *Triptolème* & de *Cérès* s'y trouve ; mais *Cérès* n'y est pas appelée *déesse*. On y fait mention d'un poëme sur l'enlèvement de *Proserpine ;* il n'y est point dit qu'elle soit fille de *Jupiter* & d'une déesse , & qu'elle soit femme du Dieu des enfers.

Hercule est initié aux mystères d'*Eleusine ;* mais pas un mot sur ses douze travaux, ni sur son passage en Afrique dans sa tasse, ni sur sa divinité , ni sur le gros poisson par lequel il fut avalé , & qui le garda dans son ventre trois jours & trois nuits selon *Lycophron*.

Chez nous, au contraire, un étendard est apporté du ciel par un ange aux moines de Saint-Denis ; un pigeon apporte une bouteille d'huile dans une église de Rheims ; deux armées de serpens se livrent une bataille rangée en Allemagne ; un archevêque de Mayence est assiégé & mangé par des rats ; & pour comble , on a grand soin de marquer l'année de ces aventures. Et l'abbé *Lenglet* compile, compile ces impertinences ; & les almanachs les ont cent fois répétées ; & c'eft ainfi qu'on a inftruit la jeuneffe ; & toutes ces fadaifes font entrées dans l'éducation des princes.

Toute hiftoire eft récente. Il n'eft pas étonnant qu'on n'ait point d'hiftoire ancienne profane au-delà d'environ quatre mille années. Les révolutions de ce globe, la longue & univerfelle ignorance de cet art qui tranfmet les faits par l'écriture, en font caufe. Il refte encore plufieurs peuples qui n'en ont aucun ufage. Cet art ne fut commun que chez un très-petit nombre de nations policées ; & même était-il en très - peu de mains. Rien de plus rare chez les Français & chez les Germains, que de favoir écrire, jufqu'au quatorzième fiècle de notre ère vulgaire, prefque tous les actes n'étaient atteftés que par témoins. Ce ne fut en France que fous *Charles VII* en 1454 que l'on commença à rédiger par écrit quelques coutumes de France. L'art d'écrire était encore plus rare chez les Efpagnols, & de là vient que leur hiftoire eft fi fèche & fi incertaine, jufqu'au temps de *Ferdinand* & d'*Ifabelle*. On voit par-là combien le très-petit nombre d'hommes qui favaient écrire, pouvaient en impofer, & combien il a été facile de nous faire croire les plus énormes abfurdités.

Il y a des nations qui ont fubjugué une partie de la terre fans avoir l'ufage des caractères. Nous favons que *Gengis-kan* conquit une partie de l'Afie au commencement du treizième fiècle ; mais ce n'eft ni par lui ni par les Tartares que nous le favons.

Leur histoire écrite par les Chinois & traduite par le père *Gaubil*, dit que ces Tartares n'avaient point alors l'art d'écrire.

Cet art ne dut pas être moins inconnu au scythe *Ogus-kan*, nommé *Madiès* par les Persans & par les Grecs, qui conquit une partie de l'Europe & de l'Asie, si long-temps avant le règne de *Cyrus*. Il est presque sûr qu'alors sur cent nations, il y en avait à peine deux ou trois qui employassent des caractères. Il se peut que dans un ancien monde détruit, les hommes aient connu l'écriture & les autres arts; mais dans le nôtre ils sont tous très-récens.

Il reste des monumens d'une autre espèce, qui servent à constater seulement l'antiquité reculée de certains peuples, & qui précèdent toutes les époques connues, & tous les livres; ce sont les prodiges d'architecture, comme les pyramides & les palais d'Egypte qui ont résisté au temps. *Hérodote* qui vivait il y a deux mille deux cents ans, & qui les avait vus, n'avait pu apprendre des prêtres égyptiens dans quel temps on les avait élevés.

Il est difficile de donner à la plus ancienne des pyramides moins de quatre mille ans d'antiquité; mais il faut considérer que ces efforts de l'ostentation des rois n'ont pu être commencés que long-temps après l'établissement des villes. Mais pour bâtir des villes dans un pays inondé tous les ans, remarquons toujours qu'il avait fallu d'abord relever le terrain des villes sur des pilotis dans ce terrain de vase, & les rendre inaccessibles à l'inondation; il avait fallu avant de prendre ce parti nécessaire & avant d'être en état de tenter ces grands travaux;

que les peuples fe fuffent pratiqués des retraites
pendant la crue du Nil, au milieu des rochers qui
forment deux chaînes à droite & à gauche de ce
fleuve. Il avait fallu que ces peuples raffemblés
euffent les inftrumens du labourage, ceux de l'architecture, une connaiffance de l'arpentage, avec des
lois & une police. Tout cela demande néceffairement
un efpace de temps prodigieux. Nous voyons par
les longs détails qui regardent tous les jours nos
entreprifes les plus néceffaires & les plus petites,
combien il eft difficile de faire de grandes chofes,
& qu'il faut non-feulement une opiniâtreté infatigable, mais plufieurs générations animées de cette
opiniâtreté.

Cependant que ce foit *Menès*, *Thaut* ou *Chéops*,
ou *Rameffès*, qui aient élevé une ou deux de ces
prodigieufes maffes, nous n'en ferons pas plus inftruits de l'hiftoire de l'ancienne Egypte : la langue
de ce peuple eft perdue. Nous ne favons donc autre
chofe, finon qu'avant les plus anciens hiftoriens il
y avait de quoi faire une hiftoire ancienne.

SECTION II.

COMME nous avons déjà vingt mille ouvrages,
la plupart en plufieurs volumes, fur la feule hiftoire
de France, & qu'un homme ftudieux qui vivrait
cent ans n'aurait pas le temps de les lire, je crois
qu'il eft bon de favoir fe borner. Nous fommes
obligés de joindre à la connaiffance de notre pays
celle de l'hiftoire de nos voifins. Il nous eft encore

moins permis d'ignorer les grandes actions des Grecs
& des Romains , & leurs lois qui font encore les
nôtres. Mais fi à cette étude nous voulions ajouter
celle d'une antiquité plus reculée, nous reffemble-
rions alors à un homme qui quitterait *Tacite* &
Tite-Live pour étudier férieufement les *Mille & une
nuits*. Toutes les origines des peuples font vifiblement des fables ; la raifon en eft que les hommes
ont dû vivre long-temps en corps de peuple , &
apprendre à faire du pain & des habits , (ce qui
était difficile) avant d'apprendre à tranfmettre toutes
leurs penfées à la poftérité , (ce qui était plus
difficile encore.) L'art d'écrire n'a pas certainement
plus de fix mille ans chez les Chinois , & quoi qu'en
aient dit les Chaldéens & les Egyptiens , il n'y a
guère d'apparence qu'ils aient fu plutôt écrire &
lire couramment.

L'hiftoire des temps antérieurs ne put donc être
tranfmife que de mémoire ; & on fait affez combien
le fouvenir des chofes paffées s'altère de génération
en génération. C'eft l'imagination feule qui a écrit
les premières hiftoires. Non-feulement chaque peuple
inventa fon origine, mais il inventa auffi l'origine du
monde entier.

Si l'on en croit *Sanchoniathon*, les chofes commencèrent d'abord par un air épais que le vent raréfia ;
le défir & l'amour en naquirent, & de l'union du
défir & de l'amour furent formés les animaux. Les
aftres ne vinrent qu'enfuite , mais feulement pour
orner le ciel , & pour réjouir la vue des animaux qui
étaient fur la terre.

Le Knef des Egyptiens , leur Oshiret , & leur

Ishet , que nous nommons *Ofiris* & *Ifis* , ne font
guère moins ingénieux & moins ridicules. Les Grecs
embellirent toutes ces fictions ; *Ovide* les recueillit &
les orna des charmes de la plus belle poëfie. Ce qu'il
dit d'un dieu qui débrouille le chaos , & de la formation de l'homme, eft fublime :

> *Sanctius his animal mentifque capacius altæ*
> *Deërat adhuc & qui dominari in cætera poffet ;*
> *Natus homo eft. . . . .*
> *Pronaque cum fpectent animalia cætera terram ,*
> *Os homini fublime dedit cælumque tueri*
> *Juffit & erectos ad fidera tollere vultus.*

Il s'en faut bien qu'*Héfiode* & les autres qui écrivirent fi long-temps auparavant , fe foient exprimés
avec cette fublimité élégante. Mais, depuis ce beau
moment où l'homme fut formé jufqu'au temps des
olympiades , tout eft plongé dans une obfcurité
profonde.

Hérodote arrive aux jeux olympiques , & fait des
contes aux Grecs affemblés , comme une vieille à
des enfans. Il commence par dire que les Phéniciens
navigèrent de la mer Rouge dans la Méditerranée,
ce qui fuppofe que ces Phéniciens avaient doublé
notre cap de Bonne-Efpérance , & fait le tour de
l'Afrique.

Enfuite vient l'enlévement d'*Io* , puis la fable de
Gygès & de *Candaule* , puis de belles hiftoires de
voleurs , & celle de la fille du roi d'Egypte *Chéops*,
qui , ayant exigé une pierre de taille de chacun de fes
amans , en eut affez pour bâtir une des plus belles
pyramides.

Joignez

Joignez à cela des oracles, des prodiges, des tours de prêtres, & vous avez l'histoire du genre-humain.

Les premiers temps de l'histoire romaine semblent écrits par des *Hérodotes* ; nos vainqueurs & nos légiflateurs ne favaient compter leurs années qu'en fichant des clous dans une muraille par la main de leur grand-pontife.

Le grand *Romulus*, roi d'un village, est fils du dieu *Mars* & d'une religieuse qui allait chercher de l'eau dans fa cruche. Il a un dieu pour père, une catin pour mère, & une louve pour nourrice. Un bouclier tombe du ciel exprès pour *Numa*. On trouve les beaux livres des fibylles. Un augure coupe un gros caillou avec un rafoir par la permiffion des Dieux. Une vestale met à flot un gros vaiffeau engravé, en le tirant avec fa ceinture. *Caftor* & *Pollux* viennent combattre pour les Romains, & la trace des pieds de leurs chevaux refte imprimée fur la pierre. Les Gaulois ultramontains viennent faccager Rome : les uns difent qu'ils furent chaffés par des oies, les autres qu'ils remportèrent beaucoup d'or & d'argent ; mais il est probable que dans ces temps-là en Italie il y avait beaucoup moins d'argent que d'oies. Nous avons imité les premiers historiens romains, au moins dans leur goût pour les fables. Nous avons notre oriflamme apportée par un ange, la fainte ampoule par un pigeon ; & quand nous joignons à cela le manteau de *St Martin*, nous fommes bien forts.

Quelle ferait l'histoire utile ? celle qui nous apprendrait nos devoirs & nos droits, fans paraître prétendre à nous les enfeigner.

Dictionn. philofoph. Tome V. D

On demande souvent si la fable du sacrifice
d'*Iphigénie* est prise de l'histoire de *Jephté*? si le déluge
de *Deucalion* est inventé en imitation de celui de *Noé*?
si l'aventure de *Philémon* & de *Baucis* est d'après celle
de *Loth* & de sa femme? Les Juifs avouent qu'ils ne
communiquaient point avec les étrangers, que leurs
livres ne furent connus des Grecs qu'après la traduction faite par ordre d'un *Ptolomée*; mais les Juifs
furent long-temps auparavant courtiers & usuriers
chez les Grecs d'Alexandrie. Jamais les Grecs
n'allèrent vendre de vieux habits à Jérusalem. Il
paraît qu'aucun peuple n'imita les Juifs, & que
ceux-ci prirent beaucoup de choses des Babyloniens,
des Egyptiens & des Grecs.

Toutes les antiquités judaïques sont sacrées pour
nous, malgré notre haine & notre mépris pour ce
peuple. Nous ne pouvons à la vérité les croire par
la raison; mais nous nous soumettons aux Juifs
par la foi. Il y a environ quatre-vingts systèmes sur
leur chronologie, & beaucoup plus de manières
d'expliquer les événemens de leur histoire : nous ne
savons pas quelle est la véritable; mais nous lui réser-
vons notre foi pour le temps où elle sera découverte.

Nous avons tant de choses à croire de ce savant &
magnanime peuple, que toute notre croyance en est
épuisée, & qu'il ne nous en reste plus pour les prodiges
dont l'histoire des autres nations est pleine. *Rollin* a
beau nous répéter les oracles d'*Apollon*, & les merveilles
de *Sémiramis*; il a beau transcrire tout ce qu'on a dit
de la justice de ces anciens Scythes qui pillèrent si
souvent l'Asie, & qui mangeaient des hommes dans
l'occasion, il trouve un peu d'incrédulité chez les
honnêtes gens.

Ce que j'admire le plus dans nos compilateurs modernes, c'eſt la ſageſſe & la bonne foi avec laquelle ils nous prouvent que tout ce qui arriva autrefois dans les plus grands empires du monde n'arriva que pour inſtruire les habitans de la Paleſtine. Si les rois de Babylone, dans leurs conquêtes, tombent en paſſant ſur le peuple hébreu, c'eſt uniquement pour corriger ce peuple de ſes péchés. Si le roi qu'on a nommé *Cyrus* ſe rend maître de Babylone, c'eſt pour donner à quelques juifs la permiſſion d'aller chez eux. Si *Alexandre* eſt vainqueur de *Darius*, c'eſt pour établir des fripiers juifs dans Alexandrie. Quand les Romains joignent la Syrie à leur vaſte domination, & englobent le petit pays de la Judée dans leur empire, c'eſt encore pour inſtruire les Juifs ; les Arabes & les Turcs ne ſont venus que pour corriger ce peuple aimable. Il faut avouer qu'il a eu une excellente éducation ; jamais on n'eut tant de précepteurs ; & voilà comme l'hiſtoire eſt utile.

Mais ce que nous avons de plus inſtructif, c'eſt la juſtice exacte que les clercs ont rendue à tous les princes dont ils n'étaient pas contens. Voyez avec quelle candeur impartiale St *Grégoire de Nazianze* juge l'empereur *Julien le philoſophe*; il déclare que ce prince, qui ne croyait point au diable, avait un commerce ſecret avec le diable, & qu'un jour que les démons lui apparurent tout enflammés ſous des figures trop hideuſes, il les chaſſa en feſant par inadvertance des ſignes de croix.

Il l'appelle un *furieux*, un *miſérable ;* il aſſure que *Julien* immolait de jeunes garçons & de jeunes filles toutes les nuits dans des caves. C'eſt ainſi qu'il parle

D 2

du plus clément des hommes, qui ne s'était jamais
vengé des invectives que ce même *Grégoire* proféra
contre lui pendant son règne.

Une méthode heureuse de justifier les calomnies
dont on accable un innocent, c'est de faire l'apologie
d'un coupable. Par-là tout est compensé; & c'est la
manière qu'emploie le même saint de Nazianze. L'empereur *Constance*, oncle & prédécesseur de *Julien*, à
son avénement à l'empire, avait massacré *Julius* frère
de sa mère & ses deux fils, tous trois déclarés augustes;
c'était une méthode qu'il tenait de son père le grand
Constantin; il fit ensuite assassiner *Gallus* frère de *Julien*.
Cette cruauté qu'il exerça contre sa famille, il la
signala contre l'empire; mais il était dévot : & même
dans la bataille décisive qu'il donna contre *Magnance*,
il pria D i e u dans une église pendant tout le temps
que les armées furent aux mains. Voilà l'homme dont
Grégoire fait le panégyrique. Si les saints nous font
connaître ainsi la vérité, que ne doit-on point attendre
des profanes, surtout quand ils sont ignorans,
superstitieux & passionnés?

On fait quelquefois aujourd'hui un usage un peu
bizarre de l'étude de l'histoire. On déterre des chartes
du temps de *Dagobert*, la plupart suspectes & mal
entendues, & on en infère que des coutumes, des
droits, des prérogatives qui subsistaient alors, doivent
revivre aujourd'hui. Je conseille à ceux qui étudient
& qui raisonnent ainsi de dire à la mer : Tu as été
autrefois à Aigues-mortes, à Fréjus, à Ravenne, à
Ferrare, retournes-y tout-à-l'heure.

SECTION III.

De la certitude de l'hiſtoire.

TOUTE certitude qui n'eſt pas démonſtration mathématique n'eſt qu'une extrême probabilité : il n'y a pas d'autre certitude hiſtorique.

Quand *Marc-Paul* parla le premier, mais lè feul, de la grandeur & de la population de la Chine, il ne fut pas cru, & il ne put exiger de croyance. Les Portugais qui entrèrent dans ce vaſte empire, pluſieurs ſiècles après, commencèrent à rendre la choſe probable. Elle eſt aujourd'hui certaine, de cette certitude qui naît de la dépoſition unanime de mille témoins oculaires de différentes nations, fans que perſonne ait réclamé contre leur témoignage.

Si deux ou trois hiſtoriens feulement avaient écrit l'aventure du roi *Charles XII*, qui s'obſtinant à reſter dans les Etats du ſultan fon bienfaiteur, malgré lui, ſe battit avec ſes domeſtiques contre une armée de janiſſaires & de Tartares, j'aurais ſuſpendu mon jugement. Mais ayant parlé à pluſieurs témoins oculaires, & n'ayant jamais entendu révoquer cette action en doute, il a bien fallu la croire ; parce qu'après tout, ſi elle n'eſt ni ſage ni ordinaire, elle n'eſt contraire ni aux lois de la nature ni au caractère du héros.

Ce qui répugne au cours ordinaire de la nature ne doit point être cru, à moins qu'il ne ſoit atteſté par des hommes animés viſiblement de l'eſprit divin, & qu'il ſoit impoſſible de douter de leur inſpiration.

Voilà pourquoi , à l'article *Certitude* du dictionnaire encyclopédique , c'est un grand paradoxe de dire qu'on devrait croire auffi-bien tout Paris qui affirmerait avoir vu reffufciter un mort, qu'on croit tout Paris quand il dit qu'on a gagné la bataille de Fontenoi. Il paraît évident que le témoignage de tout Paris fur une chofe improbable ne faurait être égal au témoignage de tout Paris fur une chofe probable. Ce font-là les premières notions de la faine logique. Un tel dictionnaire ne devait être confacré qu'à la vérité. (*)

Incertitude de l'hiftoire,

On diftingue les temps en fabuleux & hiftoriques. Mais les hiftoriques auraient dû être diftingués eux-mêmes en vérités & en fables. Je ne parle pas ici de fables reconnues aujourd'hui pour telles ; il n'eft pas queftion , par exemple , des prodiges dont *Tite-Live* a embelli ou gâté fon hiftoire. Mais dans les faits les plus reçus , que de raifons de douter !

Qu'on faffe attention que la république romaine a été cinq cents ans fans hiftoriens, que *Tite-Live* lui-même déplore la perte des autres monumens qui périrent prefque tous dans l'incendie de Rome , *pleraque interiêre ;* qu'on fonge que dans les trois cents premières années , l'art d'écrire était très-rare, *raræ per eadem tempora litteræ ;* il fera permis alors de douter de tous les événemens qui ne font pas dans l'ordre ordinaire des chofes humaines.

Sera-t-il bien probable que *Romulus* , le petit-fils

(*) Voyez *Certitude.*

du roi des Sabins , aura été forcé d'enlever des fabines
pour avoir des femmes ? L'hiftoire de *Lucrèce* fera-
t-elle bien vraifemblable ? Croira-t-on aifément , fur
la foi de *Tite-Live* , que le roi *Porfenna* s'enfuit plein
d'admiration pour les Romains , parce qu'un fanatique avait voulu l'affaffiner ? Ne fera-t-on pas porté ,
au contraire , à croire *Polybe* qui était antérieur à
Tite-Live de deux cents années ? *Polybe* dit que *Porfenna*
fubjugua les Romains ; cela eft bien plus probable
que l'aventure de *Scevola* , qui fe brûla entièrement
la main parce qu'elle s'était méprife. J'aurais défié
Poltrot d'en faire autant.

L'aventure de *Regulus* , enfermé par les Carthaginois dans un tonneau garni de pointes de fer ,
mérite-t-elle qu'on la croie? *Polybe* contemporain n'en
aurait-il pas parlé , fi elle avait été vraie ? Il n'en
dit pas un mot : n'eft-ce pas une grande préfomption
que ce conte ne fut inventé que long-temps après
pour rendre les Carthaginois odieux ?

Ouvrez le dictionnaire de *Moréri* , à l'article *Regulus* ,
il vous affure que le fupplice de ce romain eft
rapporté dans *Tite-Live* : cependant la décade où
Tite-Live aurait pu en parler eft perdue ; on n'a
que le fupplément de *Freinfemius* ; & il fe trouve
que ce dictionnaire n'a cité qu'un allemand du
dix-feptième fiècle , croyant citer un romain du
temps d'*Augufte*. On ferait des volumes immenfes
de tous les faits célébres & reçus dont il faut douter.
Mais les bornes de cet article ne permettent pas de
s'étendre.

Les temples , les fêtes , les cérémonies annuelles , les
médailles mêmes font-elles des preuves hiftoriques ?

ON eft naturellement porté à croire qu'un monument érigé par une nation pour célébrer un événement
en attefte la certitude : cependant, fi ces monumens
n'ont pas été élevés par des contemporains ; s'ils
célèbrent quelques faits peu vraifemblables , prou-
vent-ils autre chofe finon qu'on a voulu confacrer une
opinion populaire ?

La colonne roftrale , érigée dans Rome par les
contemporains de *Duillius* , eft fans doute une preuve
de la victoire navale de *Duillius* : mais la ftatue de
l'augure *Nævius* , qui coupait un caillou avec un
rafoir , prouvait-elle que *Nævius* avait opéré ce prodige ? Les ftatues de *Cérès* & de *Triptolème* , dans
Athènes , étaient-elles des témoignages incontestables
que *Cérès* était defcendue de je ne fais quelle planète
pour venir enfeigner l'agriculture aux Athéniens ?
Le fameux Laocoon qui fubfifte aujourd'hui fi entier ,
attefte-t-il bien la vérité de l'hiftoire du cheval de
Troye ?

Les cérémonies , les fêtes annuelles établies par
toute une nation , ne conftatent pas mieux l'origine
à laquelle on les attribue. La fête d'*Arion* , porté fur
un dauphin, fe célébrait chez les Romains comme
chez les Grecs. Celle de *Faune* rappelait fon aventure
avec *Hercule* & *Omphale* , quand ce dieu amoureux
d'*Omphale* prit le lit d'*Hercule* pour celui de fa
maîtreffe.

La fameufe fête des lupercales était établie en
l'honneur de la louve qui allaita *Romulus* & *Remus*.

Sur quoi était fondée la fête d'*Orion*, célébrée le cinq des ides de mai? Le voici. *Hirée* reçut chez lui *Jupiter*, *Neptune* & *Mercure*, & quand ses hôtes prirent congé, ce bon homme, qui n'avait point de femme, & qui voulait avoir un enfant, témoigna sa douleur aux trois Dieux. On n'ose exprimer ce qu'ils firent sur la peau du bœuf qu'*Hirée* leur avait servi à manger; ils couvrirent ensuite cette peau d'un peu de terre, & de-là naquit *Orion* au bout de neuf mois.

Presque toutes les fêtes romaines, syriennes, grecques, égyptiennes, étaient fondées sur de pareils contes, ainsi que les temples & les statues des anciens héros. C'étaient des monumens que la crédulité consacrait à l'erreur.

Un de nos plus anciens monumens est la statue de St *Denis* portant sa tête dans ses bras.

Une médaille, même contemporaine, n'est pas quelquefois une preuve. Combien la flatterie n'a-t-elle pas frappé de médailles sur des batailles très-indécises, qualifiées de victoires, & sur des entreprises manquées, qui n'ont été achevées que dans la légende? N'a-t-on pas, en dernier lieu, pendant la guerre de 1740 des Anglais contre le roi d'Espagne, frappé une médaille qui attestait la prise de Carthagène par l'amiral *Vernon*, tandis que cet amiral levait le siége?

Les médailles ne sont des témoignages irréprochables que lorsque l'événement est attesté par des auteurs contemporains; alors ces preuves, se soutenant l'une par l'autre, constatent la vérité.

Doit-on dans l'hiſtoire inférer des harangues, & faire des portraits ?

Si dans une occaſion importante un général d'armée, un homme d'Etat a parlé d'une manière ſingulière & forte qui caractériſe ſon génie & celui de ſon ſiècle, il faut ſans doute rapporter ſon diſcours mot pour mot : de telles harangues ſont peut-être la partie de l'hiſtoire la plus utile. Mais pourquoi faire dire à un homme ce qu'il n'a pas dit ? il vaudrait preſque autant lui attribuer ce qu'il n'a pas fait. C'eſt une fiction imitée d'*Homère !* Mais ce qui eſt fiction dans un poëme devient à la rigueur menſonge dans un hiſtorien. Pluſieurs anciens ont eu cette méthode ! cela ne prouve autre choſe ſinon que pluſieurs anciens ont voulu faire parade de leur éloquence aux dépens de la vérité.

Des portraits.

Les portraits montrent encore bien ſouvent plus d'envie de briller que d'inſtruire. Des contemporains ſont en droit de faire le portrait des hommes d'Etat avec leſquels ils ont négocié, des généraux ſous qui ils ont fait la guerre. Mais qu'il eſt à craindre que le pinceau ne ſoit guidé par la paſſion ! Il paraît que les portraits qu'on trouve dans *Clarendon* ſont faits avec plus d'impartialité, de gravité & de ſageſſe que ceux qu'on lit avec plaiſir dans le cardinal de *Retz*.

Mais vouloir peindre les anciens, s'efforcer de

développer leurs ames, regarder les événemens comme
des caractères avec lesquels on peut lire furement dans
le fond des cœurs, c'eft une entreprife bien délicate,
c'eft dans plufieurs une puérilité.

*De la maxime de Cicéron concernant l'hiftoire ; que
l'hiftorien n'ofe dire une fauffeté, ni cacher une
vérité.*

L A première partie de ce précepte eft inconteftable ; il faut examiner l'autre. Si une vérité peut être
de quelque utilité à l'Etat, votre filence eft condamnable. Mais je fuppofe que vous écriviez l'hiftoire
d'un prince qui vous aura confié un fecret, devez-vous
le révéler ? Devez-vous dire à la poftérité ce que vous
feriez coupable de dire en fecret à un feul homme ?
Le devoir d'un hiftorien l'emportera-t-il fur un devoir
plus grand ?

Je fuppofe encore que vous ayez été témoin d'une
faibleffe qui n'a point influé fur les affaires publiques,
devez-vous révéler cette faibleffe ? En ce cas l'hiftoire
ferait une fatire.

Il faut avouer que la plupart des écrivains d'anecdotes font plus indifcrets qu'utiles. Mais que dire de
ces compilateurs infolens qui, fe fefant un mérite
de médire, impriment & vendent des fcandales comme
la *Voifin* vendait des poifons ?

De l'hiftoire fatirique.

S i *Plutarque* a repris *Hérodote* de n'avoir pas affez
relevé la gloire de quelques villes grecques, & d'avoir

omis plusieurs faits connus dignes de mémoire,
combien sont plus répréhensibles aujourd'hui ceux
qui, sans avoir aucun des mérites d'*Hérodote*, imputent
aux princes, aux nations, des actions odieuses, sans
la plus légère apparence de preuve ? La guerre de 1741
a été écrite en Angleterre. On trouve dans cette
histoire qu'à la bataille de Fontenoi *les Français tirèrent*
sur les Anglais avec des balles empoisonnées & des morceaux
de verre venimeux, & que le duc de Cumberland envoya au
roi de France une boîte pleine de ces prétendus poisons trouvés
dans les corps des Anglais blessés. Le même auteur ajoute
que les Français ayant perdu quarante mille hommes
à cette bataille, le parlement de Paris rendit un arrêt
par lequel il était défendu d'en parler sous des peines
corporelles.

Les mémoires frauduleux imprimés depuis peu
sous le nom de madame de *Maintenon*, sont remplis
de pareilles absurdités. On y trouve qu'au siége de
Lille les alliés jetaient des billets dans la ville, conçus
en ces termes : *Français, consolez-vous, la Maintenon*
ne sera pas votre reine.

Presque chaque page est souillée d'impostures & de
termes offensans contre la famille royale & contre les
familles principales du royaume, sans alléguer la plus
légère vraisemblance qui puisse donner la moindre
couleur à ces mensonges. Ce n'est point écrire l'histoire, c'est écrire au hasard des calomnies qui méritent
le carcan.

On a imprimé en Hollande, sous le nom d'*Histoire*,
une foule de libelles, dont le style est aussi grossier
que les injures, & les faits aussi faux qu'ils sont mal
écrits. C'est, dit-on, un mauvais fruit de l'excellent

arbre de la liberté. Mais fi les malheureux auteurs de ces inepties ont eu la liberté de tromper les lecteurs, il faut ufer ici de la liberté de les détromper.

L'appât d'un vil gain , joint à l'infolence des mœurs abjectes , furent les feuls motifs qui enga- gèrent ce réfugié languedochien proteftant , nommé *Langlevieux* , dit *la Beaumelle* , à tenter la plus infame manœuvre qui ait jamais déshonoré la littérature. Il vend pour dix-fept louis d'or au libraire *Eflinger* de Francfort en 1753 l'hiftoire du fiècle de *Louis X I V* , qui ne lui appartient point ; & foit pour s'en faire croire le propriétaire , foit pour gagner fon argent , il la charge de notes abominables contre *Louis XIV* , contre fon fils , contre le duc de *Bourgogne* fon petit- fils , qu'il traite fans façon de perfide & de traître envers fon grand-père & la France. Il vomit contre le duc d'*Orléans* régent , les calomnies les plus hor- ribles & les plus abfurdes ; perfonne n'eft épargné , & cependant il n'a jamais connu perfonne. Il débite fur les maréchaux de *Villars* , de *Villeroi* , fur les miniftres , fur les femmes , des hiftoriettes ramaffées dans des cabarets ; & il parle des plus grands princes comme de fes jufticiables. Il s'exprime en juge des rois : *Donnez-moi* , dit-il , *un Stuart , & je le fais roi d'Angleterre.*

Cet excès de ridicule dans un inconnu n'a pas été relevé : il eût été févèrement puni dans un homme dont les paroles auraient eu quelque poids. Mais il faut remarquer que fouvent ces ouvrages de ténèbres ont du cours dans l'Europe ; ils fe vendent aux foires de Francfort & de Leipfick ; tout le Nord en eft inondé. Les étrangers qui ne font pas inftruits

croient puiſer dans ces libelles les connaiſſances de
l'hiſtoire moderne. Les auteurs allemands ne font pas
toujours en garde contre ces mémoires, ils s'en
ſervent comme de matériaux ; c'eſt ce qui eſt arrivé
aux mémoires de *Pontis*, de *Montbrun*, de *Rochefort*,
de *Vordac* ; à tous ces prétendus teſtamens politiques
des miniſtres d'Etat, compoſés par des fauſſaires ;
à la Dixme royale de *Boiſguilbert* impudemment
donnée ſous le nom du maréchal de *Vauban*, & à tant
de compilations d'ana & d'anecdotes.

L'hiſtoire eſt quelquefois encore plus mal traitée
en Angleterre. Comme il y a toujours deux partis
aſſez violens qui s'acharnent l'un contre l'autre
juſqu'à ce que le danger commun les réuniſſe, les
écrivains d'une faction condamnent tout ce que les
autres approuvent. Le même homme eſt repréſenté
comme un *Caton* & comme un *Catilina*. Comment
démêler le vrai entre l'adulation & la ſatire ? Il n'y
a peut-être qu'une règle ſûre, c'eſt de croire le bien
qu'un hiſtorien de parti oſe dire des héros de la
faction contraire, & le mal qu'il oſe dire des chefs de
la ſienne, dont il n'aura pas à ſe plaindre.

A l'égard des mémoires réellement écrits par les
perſonnages intéreſſés, comme ceux de *Clarendon*, de
Ludlow, de *Burnet* en Angleterre, de la *Rochefoucauld*,
de *Retz* en France ; s'ils s'accordent, ils ſont vrais ;
s'ils ſe contrarient, doutez.

Pour les ana & les anecdotes, il y en a un ſur cent
qui peut contenir quelque ombre de vérité.

S E C T I O N   I V.

De la méthode , de la manière d'écrire l'histoire , &
du style.

ON en a tant dit fur cette matière , qu'il faut ici
en dire très-peu. On fait affez que la méthode & le
ftyle de *Tite-Live* , fa gravité , fon éloquence fage ,
conviennent à la majefté de la république romaine ;
que *Tacite* eft plus fait pour peindre des tyrans ,
Polybe pour donner des leçons de la guerre , *Denis*
d'Halycarnaffe pour développer les antiquités.

Mais en fe modelant en général fur ces grands
maîtres , on a aujourd'hui un fardeau plus pefant
que le leur à foutenir. On exige des hiftoriens
modernes plus de détails , des faits plus conftatés ,
des dates précifes , des autorités , plus d'attention
aux ufages , aux lois , aux mœurs , au commerce ,
à la finance , à l'agriculture , à la population : il
en eft de l'hiftoire comme des mathématiques &
de la phyfique ; la carrière s'eft prodigieufement
accrue. Autant il eft aifé de faire un recueil de
gazettes , autant il eft difficile aujourd'hui d'écrire
l'hiftoire.

Daniel fe crut un hiftorien parce qu'il tranfcrivait
des dates & des récits de bataille où l'on n'entend
rien. Il devait m'apprendre les droits de la nation ,
les droits des principaux corps de cette nation , fes
lois , fes ufages , fes mœurs , & comment ils ont changé.
Cette nation eft en droit de lui dire : Je vous demande
mon hiftoire encore plus que celle de *Louis le Gros*
& de *Louis Hutin ;* vous me dites , d'après une vieille

chronique écrite au hafard, que *Louis VIII* étant attaqué d'une maladie mortelle, exténué, languiffant, n'en pouvant plus, les médecins ordonnèrent à ce corps cadavereux de coucher avec une jolie fille pour fe refaire, & que le faint roi rejeta bien loin cette vilenie. Ah! *Daniel*, vous ne faviez donc pas le proverbe italien, *donna ignuda manda l'uomo fotto la terra.* Vous deviez avoir un peu plus de teinture de l'hiftoire politique & de l'hiftoire naturelle.

On exige que l'hiftoire d'un pays étranger ne foit point jetée dans le même moule que celle de votre patrie.

Si vous faites l'hiftoire de France, vous n'êtes pas obligé de décrire le cours de la Seine & de la Loire; mais fi vous donnez au public les conquêtes des Portugais en Afie, on exige une topographie des pays découverts. On veut que vous meniez votre lecteur par la main le long de l'Afrique & des côtes de la Perfe & de l'Inde; on attend de vous des inftructions fur les mœurs, les lois, les ufages de ces nations nouvelles pour l'Europe.

Nous avons vingt hiftoires de l'établiffement des Portugais dans les Indes; mais aucune ne nous a fait connaître les divers gouvernemens de ce pays, fes religions, fes antiquités, les brames, les difciples de *St Jéan*, les Guèbres, les Banians. On nous a confervé, il eft vrai, les lettres de *Xavier* & de fes fucceffeurs. On nous a donné des hiftoires de l'Inde, faites à Paris d'après ces miffionnaires qui ne favaient pas la langue des brames. On nous répète dans cent écrits que les Indiens adorent le diable. Des aumôniers d'une compagnie de marchands partent dans ce

préjugé;

préjugé ; & dès qu'ils voient fur les côtes de Coro-
mandel des figures fymboliques , ils ne manquent pas
d'écrire que ce font des portraits du diable , qu'ils
font dans fon empire , qu'ils vont le combattre. Ils
ne fongent pas que c'eft nous qui adorons le diable
Mammon , & qui lui allons porter nos vœux à fix mille
lieues de notre patrie pour en obtenir de l'argent.

Pour ceux qui fe mettent dans Paris aux gages
d'un libraire de la rue St Jacques , & à qui l'on
commande une hiftoire du Japon , du Canada , des
îles Canaries , fur des mémoires de quelques capucins , je n'ai rien à leur dire.

C'eft affez qu'on fache que la méthode convenable
à l'hiftoire de fon pays , n'eft point propre à décrire
les découvertes du nouveau monde , qu'il ne faut pas
écrire fur une petite ville comme fur un grand empire ;
qu'on ne doit point faire l'hiftoire privée d'un prince
comme celle de France ou d'Angleterre.

Si vous n'avez autre chofe à nous dire , finon qu'un
barbare a fuccédé à un autre barbare fur les bords
de l'Oxus & de l'Iaxarte, en quoi êtes-vous utile au
public ?

Ces règles font affez connues ; mais l'art de bien
écrire l'hiftoire fera toujours très-rare. On fait affez
qu'il faut un ftyle grave , pur , varié , agréable. Il en
eft des lois pour écrire l'hiftoire comme de celles de
tous les arts de l'efprit ; beaucoup de préceptes , &
peu de grands artiftes.

SECTION V.

Hiftoire des rois juifs, & des Paralipomènes.

Tous les peuples ont écrit leur hiftoire dès qu'ils ont pu écrire. Les Juifs ont auffi écrit la leur. Avant qu'ils euffent des rois, ils vivaient fous une théocratie; ils étaient cenfés gouvernés par DIEU même.

Quand les Juifs voulurent avoir un roi comme les autres peuples leurs voifins, le prophète *Samuel*, très-intéreffé à n'avoir point de roi, leur déclara de la part de DIEU que c'était DIEU lui-même qu'ils rejetaient; ainfi la théocratie finit chez les Juifs lorfque la monarchie commença.

On pourrait donc dire, fans blafphémer, que l'hiftoire des rois juifs a été écrite comme celle des autres peuples, & que DIEU n'a pas pris la peine de dicter lui-même l'hiftoire d'un peuple qu'il ne gouvernait plus.

On n'avance cette opinion qu'avec la plus extrême défiance. Ce qui pourrait la confirmer, c'eft que les Paralipomènes contredifent très-fouvent le livre des Rois dans la chronologie & dans les faits, comme nos hiftoriens profanes fe contredifent quelquefois. De plus, fi DIEU a toujours écrit l'hiftoire des Juifs, il faut donc croire qu'il l'écrit encore; car les Juifs font toujours fon peuple chéri. Ils doivent fe convertir un jour, & il paraît qu'alors ils feront auffi en droit de regarder l'hiftoire de leur difperfion comme facrée, qu'ils font en droit de dire que DIEU écrivit l'hiftoire de leurs rois.

On peut encore faire une réflexion ; c'eſt que Dieu
ayant été leur ſeul roi très-long-temps, & enſuite ayant
été leur hiſtorien, nous devons avoir pour tous les
Juifs le reſpect le plus profond. Il n'y a point de fripier
juif qui ne ſoit infiniment au-deſſus de *Céſar* &
d'*Alexandre*. Comment ne ſe pas proſterner devant un
fripier qui vous prouve que ſon hiſtoire a été écrite
par la Divinité même, tandis que les hiſtoires grecques
& romaines ne nous ont été tranſmiſes que par des
profanes ?

Si le ſtyle de l'hiſtoire des Rois & des Paralipo-
mènes eſt divin, il ſe peut encore que les actions
racontées dans ces hiſtoires ne ſoient pas divines.
David aſſaſſine *Urie. Isboſeth* & *Miphiboſeth* ſont aſſaſſi-
nés. *Abſalon* aſſaſſine *Ammon*, *Joab* aſſaſſine *Abſalon*,
Salomon aſſaſſine *Adonias* ſon frère, *Baza* aſſaſſine
Nadab, *Zimri* aſſaſſine *Ela*, *Hamri* aſſaſſine *Zimri*,
Achab aſſaſſine *Naboth*; *Jehu* aſſaſſine *Achab* & *Joram*;
les habitans de Jéruſalem aſſaſſinent *Amaſias* fils de
Joas. Sélom fils de *Jabès* aſſaſſine *Zacharias* fils de
Jéroboam. Manahaim aſſaſſine *Sélom* fils de *Jabès*.
Phacée fils de *Roméli* aſſaſſine *Phaceia* fils de *Manahaim*.
Ozée fils d'*Ela* aſſaſſine *Phacée* fils de *Roméli*. On paſſe
ſous ſilence beaucoup d'autres menus aſſaſſinats. Il
faut avouer que ſi le Saint-Eſprit a écrit cette hiſtoire,
il n'a pas choiſi un ſujet fort édifiant.

SECTION VI.

Des mauvaises actions consacrées ou excusées dans l'histoire.

IL n'est que trop ordinaire aux historiens de louer de très-méchans hommes qui ont rendu service à la secte dominante ou à la patrie. Ces éloges sont peut-être d'un citoyen zélé, mais ce zèle outrage le genre-humain. *Romulus* assassine son frère, & on en fait un dieu. *Constantin* égorge son fils, étouffe sa femme, assassine presque toute sa famille; on l'a loué dans des conciles, mais l'histoire doit détester ses barbaries. Il est heureux pour nous sans doute que *Clovis* ait été catholique; il est heureux pour l'Eglise anglicane que *Henri VIII* ait aboli les moines: mais il faut avouer que *Clovis* & *Henri VIII* étaient des monstres de cruauté.

Lorsque le jésuite *Berruyer*, qui quoique jésuite était un sot, s'avisa de paraphraser l'ancien & le nouveau testament en style de ruelle, sans autre intention que de les faire lire, il jeta des fleurs de rhétorique sur le couteau à deux tranchans que le juif *Aod* enfonça avec le manche dans le ventre du roi *Eglon*, sur le sabre dont *Judith* coupa la tête d'*Holoferne* après s'être prostituée à lui, & sur plusieurs autres actions de ce genre. Le parlement, en respectant la Bible qui rapporte ces histoires, condamna le jésuite qui les louait, & fit brûler l'ancien & le nouveau testament, j'entends celui du jésuite.

Mais comme les jugemens des hommes sont toujours différens dans les cas pareils, la même chose arriva à *Bayle* dans un cas tout contraire ; il fut condamné pour n'avoir pas loué toutes les actions de *David* roi de la province de Judée. Un nommé *Jurieu* prédicant réfugié en Hollande, avec d'autres prédicans réfugiés, voulurent l'obliger à se rétracter. Mais comment se rétracter fur des faits confignés dans l'Ecriture ? *Bayle* n'avait-il pas quelque raifon de penfer que tous les faits rapportés dans les livres juifs ne font pas des actions faintes ? que *David* a fait comme un autre des actions très-criminelles, & que s'il s'eft appelé *l'homme felon le cœur de* D I E U , c'eft en vertu de fa pénitence , & non pas à caufe de fes forfaits ?

Ecartons les noms , & ne fongeons qu'aux chofes. Suppofons que pendant le règne de *Henri IV*, un curé ligueur a répandu fecrétement une bouteille d'huile fur la tête d'un berger de Brie, que ce berger vient à la cour, que le curé le préfente à *Henri IV* comme un bon joueur de violon qui pourra diffiper fa mélancolie, que le roi le fait fon écuyer & lui donne une de fes filles en mariage ; qu'enfuite le roi s'étant brouillé avec le berger, celui-ci fe réfugie chez un prince d'Allemagne ennemi de fon beau-père, qu'il arme fix cents brigands perdus de dettes & de débauches , qu'il court la campagne avec cette canaille, qu'il égorge amis & ennemis , qu'il extermine jufqu'aux femmes & aux enfans à la mamelle , afin qu'il n'y ait perfonne qui puiffe porter la nouvelle de cette boucherie : je fuppofe encore que ce même berger de Brie devient roi de France après la mort de *Henri IV*, & qu'il fait affaffiner fon petit-fils après l'avoir fait manger à fa table , & livre à la mort fept autres petits enfans de fon roi ;

quel eft l'homme qui n'avouera pas que ce berger de Brie eft un peu dur?

Les commentateurs conviennent que l'adultère de *David* & l'affaffinat d'*Urie* font des fautes que DIEU a pardonnées. On peut donc convenir que les maffacres ci-deffus font des fautes que DIEU a pardonnées auffi.

Cependant on ne fit aucun quartier à *Bayle*. Mais en dernier lieu quelques prédicateurs de Londres ayant comparé *George II* à *David*, un des ferviteurs de ce monarque a fait publiquement imprimer un petit livre dans lequel il fe plaint de la comparaifon. Il examine toute la conduite de *David*, il va infiniment plus loin que *Bayle*; il traite *David* avec plus de févérité que *Tacite* ne traite *Domitien*. Ce livre n'a pas excité en Angleterre le moindre murmure; tous les lecteurs ont fenti que les mauvaifes actions font toujours mauvaifes, que DIEU peut les pardonner quand la pénitence eft proportionnée au crime, mais qu'aucun homme ne doit les approuver.

Il y a donc plus de raifon en Angleterre qu'il n'y en avait en Hollande du temps de *Bayle*. On fent aujourd'hui qu'il ne faut pas donner pour modèle de fainteté ce qui eft digne du dernier fupplice; & on fait que fi on ne doit pas confacrer le crime, on ne doit pas croire l'abfurdité.

HISTORIOGRAPHE.

TITRE fort différent de celui d'hiftorien. On appelle communément en France hiftoriographe, l'homme de lettres penfionné, & comme on difait autrefois, appointé pour écrire l'hiftoire. *Alain Chartier* fut hiftoriographe de *Charles VII*. Il dit qu'il interrogea les domeftiques de ce prince, & leur fit prêter ferment, felon le devoir de fa charge, pour favoir d'eux fi *Charles* avait eu en effet *Agnès Sorel* pour maîtreffe. Il conclut qu'il ne fe paffa jamais rien de libre entre ces amans, & que tout fe réduifit à quelques careffes honnêtes dont ces domeftiques avaient été les témoins innocens. Cependant il eft conftant, non par les hiftoriographes, mais par les hiftoriens appuyés fur les titres de famille, que *Charles VII* eut d'*Agnès Sorel* trois filles, dont l'aînée mariée à un *Brezé* fut poignardée par fon mari. Depuis ce temps il y eut fouvent des hiftoriographes de France en titre, & l'ufage fut de leur donner des brevets de confeillers d'Etat avec les provifions de leur charge. Ils étaient commenfaux de la maifon du roi. *Matthieu* eut ces priviléges fous *Henri IV*, & n'en écrivit pas mieux l'hiftoire.

A Venife, c'eft toujours un noble du fénat qui a ce titre & cette fonction ; & le célébre *Nani* les a remplis avec une approbation générale. Il eft bien difficile que l'hiftoriographe d'un prince ne foit pas un menteur ; celui d'une république flatte moins, mais il ne dit pas toutes les vérités. A la Chine, les hiftoriographes font chargés de recueillir tous les événemens & tous les titres originaux fous une dynaftie. Ils jettent les feuilles numérotées dans une vafte falle, par un orifice femblable à la gueule du lion dans laquelle on jette à Venife les avis fecrets qu'on veut donner ; lorfque la dynaftie eft éteinte, on ouvre la falle, & on rédige les matériaux, dont on compofe une hiftoire authentique. Le journal général de l'empire fert auffi à former le corps d'hiftoire ; ce

journal eft fupérieur à nos gazettes, en ce qu'il eft fait
fous les-yeux des mandarins de chaque province,
revu par un tribunal fuprême, & que chaque pièce
porte avec elle une authenticité qui fait foi dans les
matières contentieufes.

Chaque fouverain choifit fon hiftoriographe.
Vittorio Siri le fut. *Péliffon* fut choifi d'abord par
Louis XIV pour écrire les événemens de fon règne;
& il s'acquitta de cet emploi avec éloquence dans
l'hiftoire de la Franche-Comté. *Racine* le plus élégant
des poëtes, & *Boileau* le plus correct, furent enfuite
fubftitués à *Péliffon*. Quelques curieux ont recueilli
quelques mémoires du paffage du Rhin écrits par
Racine. On ne peut juger par ces mémoires fi *Louis XIV*
paffa le Rhin ou non avec les troupes qui traverfèrent
ce fleuve à la nage. Cet exemple démontre affez
combien il eft rare qu'un hiftoriographe ofe dire la
vérité. Auffi plufieurs qui ont eu ce titre fe font bien
donné de garde d'écrire l'hiftoire. Ils ont fait comme
Amiot, qui difait qu'il était trop attaché à fes maîtres
pour écrire leur vie. Le père *Daniel* eut la patente
d'hiftoriographe après avoir donné fon hiftoire de
France; il n'eut qu'une penfion de 600 livres regardée
feulement comme un honoraire convenable à un
religieux.

Il eft très-difficile d'affigner aux fciences & aux
arts, aux travaux littéraires, leurs véritables bornes.
Peut-être le propre d'un hiftoriographe eft de raffembler les matériaux, & on eft hiftorien quand on les
met en œuvre. Le premier peut tout amaffer, le fecond
choifir & arranger. L'hiftoriographe tient plus de
l'annalifte fimple, & l'hiftorien femble avoir un champ
plus libre pour l'éloquence.

Ce n'eſt pas la peine de dire ici que l'un & l'autre doivent également dire la vérité ; mais on peut examiner cette grande loi de *Cicéron* : *Ne quid veri tacere non audeat*, qu'il faut oſer ne taire aucune vérité. Cette règle eſt au nombre des lois qui ont beſoin d'être commentées. Je ſuppoſe un prince qui confie à ſon hiſtoriographe un ſecret important auquel l'honneur de ce prince eſt attaché, ou que même le bien de l'Etat exige que ce ſecret ne ſoit jamais révélé ; l'hiſtoriographe ou l'hiſtorien doit-il manquer de foi à ſon prince ? doit-il trahir ſa patrie pour obéir à *Cicéron* ? La curioſité du public ſemble l'exiger ; l'honneur, le devoir le défendent. Peut-être en ce cas faut-il renoncer à écrire l'hiſtoire.

Une vérité déshonore une famille, l'hiſtoriographe ou l'hiſtorien doit-il l'apprendre au public ? non ſans doute, il n'eſt point chargé de révéler la honte dés particuliers, & l'hiſtoire n'eſt point une ſatire.

Mais ſi cette vérité ſcandaleuſe tient aux événemens publics, ſi elle entre dans les intérêts de l'Etat, ſi elle a produit des maux dont il importe de ſavoir la cauſe, c'eſt alors que la maxime de *Cicéron* doit être obſervée ; car cette loi eſt comme toutes les autres lois qui doivent être ou exécutées, ou tempérées, ou négligées ſelon les convenances.

Gardons-nous de ce reſpeĉt humain, quand il s'agit des fautes publiques reconnues, des prévarications, des injuſtices que le malheur des temps a arrachées a des corps reſpeĉtables ; on ne ſaurait trop les mettre au jour ; ce ſont des phares qui avertiſſent ces corps toujours ſubſiſtans de ne plus ſe briſer aux mêmes écueils. Si un parlement d'Angleterre a condamné un homme de bien au fupplice, fi une affemblée de théologiens a demandé le fang d'un infortuné qui ne penfait pas comme eux, il eft du devoir d'un hiftorien d'infpirer de l'horreur à tous les fiècles pour ces affaffinats juridiques. On a dû toujours faire rougir les Athéniens de la mort de *Socrate*.

Heureufement même un peuple entier trouve toujours bon qu'on lui remette devant les yeux les crimes de fes pères; on aime à les condamner, on croit valoir mieux qu'eux. L'hiftoriographe ou l'hiftorien les encourage dans ces fentimens; & en retraçant les guerres de la Fronde & celles de la religion, ils empêchent qu'il n'y en ait encore.

H O M M E.

POUR connaître le phyfique de l'efpèce humaine, il faut lire les ouvrages d'anatomie, les articles du Dictionnaire encyclopédique par M. *Venel*, ou plutôt faire un cours d'anatomie.

Pour connaître l'homme qu'on appelle *moral*, il faut furtout avoir vécu & réfléchi.

Tous les livres de morale ne font-ils pas renfermés dans ces paroles de *Job* ? *Homo natus de muliere, brevi vivens tempore, repletus multis miferiis, qui quafi flos egreditur & conteritur, & fugit velut umbra.* L'homme né de la femme vit peu, il eft rempli de mifères; il eft comme une fleur qui s'épanouit, fe flétrit & qu'on écrafe; il paffe comme une ombre.

Nous avons déjà vu que la race humaine n'a qu'environ vingt-deux ans à vivre, en comptant ceux qui meurent fur le fein de leurs nourrices, &

ceux qui traînent jufqu'à cent ans les reftes d'une vie imbécille & miférable. (*)

C'eft un bel apologue que cette ancienne fable du premier homme, qui était deftiné d'abord à vivre vingt ans tout au plus ; ce qui fe réduifait à cinq ans, en évaluant une vie avec une autre. L'homme était défefpéré ; il avait auprès de lui une chenille, un papillon, un paon, un cheval, un renard, & un finge.

Prolonge ma vie, dit-il à *Jupiter ;* je vaux mieux que tous ces animaux-là : il eft jufte que moi & mes enfans nous vivions très-long-temps, pour commander à toutes les bêtes. Volontiers, dit *Jupiter ;* mais je n'ai qu'un certain nombre de jours à partager entre tous les êtres à qui j'ai accordé la vie. Je ne puis te donner, qu'en retranchant aux autres. Car ne t'imagine pas, parce que je fuis *Jupiter*, que je fois infini & tout-puiffant : j'ai ma nature & ma mefure. Çà, je veux bien t'accorder quelques années de plus, en les ôtant à ces fix animaux dont tu es jaloux, à condition que tu auras fucceffivement leurs manières d'être. L'homme fera d'abord chenille, en fe traînant, comme elle, dans fa première enfance. Il aura jufqu'à quinze ans la légéreté d'un papillon ; dans fa jeuneffe la vanité d'un paon. Il faudra dans l'âge viril, qu'il fubiffe autant de travaux que le cheval. Vers les cinquante ans, il aura les rufes du renard ; & dans fa vieilleffe, il fera laid & ridicule comme un finge. C'eft affez là en général le deftin de l'homme.

Remarquez encore que, malgré les bontés de *Jupiter*, cet animal, toute compenfation faite, n'ayant

(*) Voyez *Age.*

que vingt-deux à vingt-trois ans à vivre tout au plus, en prenant le genre-humain en général , il en faut ôter le tiers pour le temps du fommeil , pendant lequel on eft mort ; refte à quinze ou environ : de ces quinze retranchons au moins huit pour la pre- mière enfance, qui eft, comme on l'a dit, le veftibule de la vie. Le produit net fera fept ans ; de ces fept ans, la moitié au moins fe confume dans les douleurs de toute efpèce ; pofe trois ans & demi pour travailler, s'ennuyer & pour avoir un peu de fatisfaction : & que de gens n'en ont point du tout ! Hé bien , pauvre animal , feras-tu encore le fier ? (*)

Malheureufement, dans cette fable , DIEU oublia d'habiller cet animal comme il avait vêtu le finge, le renard , le cheval, le paon, & jufqu'à la chenille. L'efpèce humaine n'eut que fa peau rafe, qui, conti- nuellement expofée au foleil, à la pluie, à la grêle , devint gerfée , tannée, truitée. Le mâle, dans notre continent , fut défiguré par des poils épars fur fon corps, qui le rendirent hideux fans le couvrir. Son vifage fut caché fous fes cheveux. Son menton devint un fol raboteux, qui porta une forêt de tiges menues , dont les racines étaient en-haut , & les branches en- bas. Ce fut dans cet état, & d'après cette image , que cet animal ofa peindre DIEU, quand, dans la fuite des temps , il apprit à peindre.

La femelle étant plus faible , devint encore plus dégoûtante & plus affreufe dans fa vieilleffe. L'objet de la terre le plus hideux eft une décrépite. Enfin, fans les tailleurs & les couturières, l'efpèce humaine

(*) Voyez l'*Homme aux quarante écus*. Romans , tome II.

n'aurait jamais ofé fe montrer devant les autres. Mais
avant d'avoir des habits, avant même de favoir parler,
il dut s'écouler bien des fiècles. Cela eft prouvé;
mais il faut le redire fouvent.

Cet animal non civilifé, abandonné à lui-même,
dut être le plus fale & le plus pauvre de tous les
animaux.

> Mon cher Adam, mon gourmand, mon bon père,
> Que fefais-tu dans les jardins d'Eden?
> Travaillais-tu pour ce fot genre-humain?
> Careffais-tu madame Eve ma mère?
> Avouez-moi que vous aviez tous deux
> Les ongles longs, un peu noirs & craffeux,
> La chevelure affez mal ordonnée,
> Le teint bruni, la peau brune & tannée.
> Sans propreté l'amour le plus heureux
> N'eft plus amour, c'eft un befoin honteux.
> Bientôt laffés de leur belle aventure,
> Deffous un chêne ils foupent galamment
> Avec de l'eau, du millet & du gland;
> Le repas fait, ils dorment fur la dure.
> Voilà l'état de la pure nature.

Il eft un peu extraordinaire qu'on ait harcelé,
honni, levraudé un philofophe de nos jours très-
eftimable, l'innocent, le bon *Helvétius*, pour avoir
dit que fi les hommes n'avaient pas des mains ils
n'auraient pu bâtir des maifons & travailler en
tapifferie de haute-liffe. Apparemment que ceux qui
ont condamné cette propofition ont un fecret pour
couper les pierres & les bois, & pour travailler à
l'aiguille avec les pieds.

J'aimais l'auteur du livre de l'Efprit. Cet homme valait mieux que tous fes ennemis enfemble; mais je n'ai jamais approuvé ni les erreurs de fon livre, ni les vérités triviales qu'il débite avec emphafe. J'ai pris fon parti hautement, quand des hommes abfurdes l'ont condamné pour ces vérités mêmes.

Je n'ai point de terme pour exprimer l'excès de mon mépris pour ceux qui, par exemple, ont voulu profcrire magiftralement cette propofition : *Les Turcs peuvent être regardés comme des déiftes.* Hé! cuiftres, comment voulez-vous donc qu'on les regarde? comme des athées, parce qu'ils n'adorent qu'un feul Dieu?

Vous condamnez cette autre propofition-ci : *L'homme d'efprit fait que les hommes font ce qu'ils doivent être, que toute haine contr'eux eft injufte, qu'un fot porte des fottifes comme un fauvageon porte des fruits amers.* Ah! fauvageons de l'école, vous perfécutez un homme parce qu'il ne vous hait pas.

Laiffons-là l'école & pourfuivons.

De la raifon, des mains induftrieufes, une tête capable de généralifer des idées, une langue affez fouple pour les exprimer; ce font-là les grands bienfaits accordés par l'être fuprême à l'homme, à l'exclufion des autres animaux.

Le mâle en général vit un peu moins long-temps que la femelle.

Il eft toujours plus grand, proportion gardée. L'homme de la plus haute taille a d'ordinaire deux ou trois pouces par deffus la plus grande femme.

Sa force eft prefque toujours fupérieure, il eft plus agile; & ayant tous les organes plus forts, il eft plus capable d'une attention fuivie. Tous les arts ont été

inventés par lui & non par la femme. On doit remarquer que ce n'eſt pas le feu de l'imagination, mais la
méditation perſévérante & la combinaiſon des idées
qui ont fait inventer les arts, comme les mécaniques,
la poudre à canon, l'imprimerie, l'horlogerie &c.

L'eſpèce humaine eſt la ſeule qui ſache qu'elle doit
mourir, & elle ne le fait que par l'expérience. Un
enfant élevé ſeul, & tranſporté dans une île déſerte,
ne s'en douterait pas plus qu'une plante & un chat.

Un homme à ſingularités (a) a imprimé que le
corps humain eſt un fruit qui eſt verd juſqu'à la
vieilleſſe, & que le moment de la mort eſt la maturité.
Etrange maturité que la pourriture & la cendre! la
tête de ce philoſophe n'était pas mûre. Combien la
rage de dire des choſes nouvelles a-t-elle fait dire de
choſes extravagantes!

Les principales occupations de notre eſpèce ſont le
logement, la nourriture & le vêtement; tout le reſte
eſt acceſſoire : & c'eſt ce pauvre acceſſoire qui a produit
tant de meurtres & de ravages.

Différentes races d'hommes.

Nous avons vu ailleurs combien ce globe porte
de races d'hommes différentes, & à quel point le
premier nègre & le premier blanc qui ſe rencontrèrent,
dûrent être étonnés l'un de l'autre.

Il eſt même aſſez vraiſemblable que pluſieurs eſpèces
d'hommes & d'animaux trop faibles ont péri. C'eſt
ainſi qu'on ne retrouve plus de murex, dont l'eſpèce
a été dévorée probablement par d'autres animaux,

(a) *Maupertuis.*

qui vinrent après plufieurs fiècles fur les rivages habités par ce petit coquillage.

St *Jérôme*, dans fon Hiftoire des pères du défert, parle d'un centaure qui eut une converfation avec St *Antoine* l'ermite. Il rend compte enfuite d'un entretien beaucoup plus long que le même *Antoine* eut avec un fatyre.

St *Auguftin* dans fon trente-troifième fermon, intitulé: *A fes frères dans le défert*, dit des chofes auffi extraordinaires que *Jérôme* : „ J'étais déjà évêque d'Hippone „ quand j'allai en Ethiopie avec quelques ferviteurs „ du CHRIST pour y prêcher l'évangile. Nous vîmes „ dans ce pays beaucoup d'hommes & de femmes „ fans tête, qui avaient deux gros yeux fur la poi- „ trine ; nous vîmes dans des contrées encore plus „ méridionales, un peuple qui n'avait qu'un œil au „ front &c. „

Apparemment qu'*Auguftin* & *Jérôme* parlaient alors par économie ; ils augmentaient les œuvres de la création pour manifefter davantage les œuvres de DIEU. Ils voulaient étonner les hommes par des fables , afin de les rendre plus foumis au joug de la foi. (*)

Nous pouvons être de très-bons chrétiens fans croire aux centaures, aux hommes fans tête, à ceux qui n'avaient qu'un œil , ou qu'une jambe &c. Mais nous ne pouvons douter que la ftructure intérieure d'un nègre ne foit différente de celle d'un blanc , puifque le réfeau muqueux ou graiffeux eft blanc chez les uns & noir chez les autres. Je vous l'ai déjà dit ; mais vous êtes fourds.

(*) Voyez *Economie*.

Les

Les Albinos & les Dariens, les premiers originaires
de l'Afrique, & les seconds du milieu de l'Amérique,
font auffi différens de nous que les nègres. Il y a
des races jaunes, rouges, grifes. Nous avons déjà
vu que tous les Américains font fans barbe & fans
aucun poil fur le corps, excepté les fourcils & les
cheveux. Tous font également hommes, mais comme
un fapin, un chêne & un poirier font également
arbres ; le poirier ne vient point du fapin, & le fapin
ne vient point du chêne.

Mais d'où vient qu'au milieu de la mer Pacifique,
dans une île nommée *Taïti*, les hommes font barbus ?
C'eft demander pourquoi nous le fommes, tandis
que les Péruviens, les Mexicains & les Canadiens ne
le font pas. C'eft demander pourquoi les finges ont
des queues, & pourquoi la nature nous a refufé
cet ornement, qui du moins eft parmi nous d'une
rareté extrême.

Les inclinations, les caractères des hommes diffè-
rent autant que leurs climats & leurs gouvernemens.
Il n'a jamais été poffible de compofer un régiment
de Lapons & de Samoïèdes, tandis que les Sibériens
leurs voifins deviennent des foldats intrépides.

Vous ne parviendrez pas davantage à faire de
bons grenadiers d'un pauvre Darien ou d'un Albino.
Ce n'eft pas parce qu'ils ont des yeux de perdrix ;
ce n'eft pas parce que leurs cheveux & leurs fourcils
font de la foie la plus fine & la plus blanche : mais
c'eft parce que leur corps, & par conféquent leur
courage eft de la plus extrême faibleffe. Il n'y a
qu'un aveugle, & même un aveugle obftiné qui
puiffe nier l'exiftence de toutes ces différentes efpèces.

Elle eſt auſſi grande & auſſi remarquable que celle des ſinges.

Que toutes les races d'hommes ont toujours vécu en ſociété.

Tous les hommes qu'on a découverts dans les pays les plus incultes & les plus affreux, vivent en ſociété comme les caſtors, les fourmis, les abeilles, & pluſieurs autres eſpèces d'animaux.

On n'a jamais vu de pays où ils vécuſſent ſéparés, où le mâle ne ſe joignît à la femelle que par haſard, & l'abandonnât le moment d'après par dégoût ; où la mère méconnût ſes enfans après les avoir élevés, où l'on vécût ſans famille & ſans aucune ſociété. Quelques mauvais plaiſans ont abuſé de leur eſprit juſqu'au point de haſarder le paradoxe étonnant que l'homme eſt originairement fait pour vivre ſeul comme un loup cervier, & que c'eſt la ſociété qui a dépravé la nature. Autant vaudrait-il dire que dans la mer les harengs ſont originairement faits pour nager iſolés, & que c'eſt par un excès de corruption qu'ils paſſent en troupe de la mer Glaciale ſur nos côtes ; qu'anciennement les grues volaient en l'air chacune à part, & que par une violation du droit naturel elles ont pris le parti de voyager en compagnie.

Chaque animal a ſon inſtinct ; & l'inſtinct de l'homme, fortifié par la raiſon, le porte à la ſociété comme au manger & au boire. Loin que le beſoin de la ſociété ait dégradé l'homme, c'eſt l'éloignement de la ſociété qui le dégrade. Quiconque vivrait

abfolument feul perdrait bientôt la faculté de penfer
& de s'exprimer ; il ferait à charge à lui-même ; il
ne parviendrait qu'à fe métamorphofer en bête.
L'excès d'un orgueil impuiffant, qui s'élève contre
l'orgueil des autres, peut porter une ame mélanco-
lique à fuir les hommes. C'eft alors qu'elle s'eft
dépravée : elle s'en punit elle-même. Son orgueil
fait fon fupplice ; elle fe ronge dans la folitude du
dépit fecret d'être méprifée & oubliée ; elle s'eft mife
dans le plus horrible efclavage pour être libre.

On a franchi les bornes de la folie ordinaire jufqu'à
dire , *qu'il n'eft pas naturel qu'un homme s'attache à une
femme pendant les neuf mois de fa groffeffe ; l'appètit fatis-
fait* , dit l'auteur de ces paradoxes , *l'homme n'a plus
befoin de telle femme , ni la femme de tel homme ; celui-ci
n'a pas le moindre fouci , ni peut-être la moindre idée des
fuites de fon aêlion. L'un s'en va d'un côté , l'autre de
l'autre ; & il n'y a pas d'apparence qu'au bout de neuf mois
ils aient la mémoire de s'être connus. Pourquoi la fecourra-
t-il après l'accouchement ? pourquoi lui aidera-t-il à élever
un enfant qu'il ne fait pas feulement lui appartenir ?*

Tout cela eft exécrable ; mais heureufement rien
n'eft plus faux. Si cette indifférence barbare était le
véritable inftinêt de la nature, l'efpèce humaine en
aurait prefque toujours ufé ainfi. L'inftinêt eft immuable ; fes inconftances font très-rares. Le père aurait
toujours abandonné la mère ; la mère aurait abandonné fon enfant, & il y aurait bien moins d'hommes
fur la terre qu'il n'y a d'animaux carnaffiers : car les
bêtes farouches mieux pourvues , mieux armées , ont
un inftinêt plus prompt , des moyens plus fûrs , & une
nourriture plus affurée que l'efpèce humaine.

Notre nature eſt bien différente de l'affreux roman que cet énergumène a fait d'elle. Excepté quelques ames barbares entièrement abruties, ou peut-être un philoſophe plus abruti encore, les hommes les plus durs aiment par un inſtinct dominant l'enfant qui n'eſt pas encore né, le ventre qui le porte, & la mère qui redouble d'amour pour celui dont elle a reçu dans ſon ſein le germe d'un être ſemblable à elle.

L'inſtinct des charbonniers de la Forêt-noire leur parle auſſi haut, les anime auſſi fortement en faveur de leurs enfans, que l'inſtinct des pigeons & des roſſignols les force à nourrir leurs petits. On a donc bien perdu ſon temps à écrire ces fadaiſes abominables.

Le grand défaut de tous ces livres à paradoxes, n'eſt-il pas de ſuppoſer toujours la nature autrement qu'elle n'eſt? Si les ſatires de l'homme & de la femme, écrites par *Boileau*, n'étaient pas des plaiſanteries, elles pécheraient par cette faute eſſentielle de ſuppoſer tous les hommes fous & toutes les femmes impertinentes.

Le même auteur ennemi de la ſociété, ſemblable au renard ſans queue, qui voulait que tous ſes confrères ſe coupaſſent la queue, s'exprime ainſi d'un ſtyle magiſtral.

,, Le premier qui ayant enclos un terrain, s'aviſa ,, de dire, *ceci eſt à moi*, & trouva des gens aſſez ,, ſimples pour le croire, fut le vrai fondateur de la ,, ſociété civile. Que de crimes, de guerres, de ,, meurtres, que de miſères & d'horreurs n'eût point ,, épargnées au genre-humain celui qui, arrachant ,, les pieux ou comblant le foſſé, eût crié à ſes ſem- ,, blables: Gardez-vous d'écouter cet impoſteur; vous

,, êtes perdus ſi vous oubliez que les fruits ſont à
,, tous, & que la terre n'eſt à perſonne ! ,,

Ainſi; ſelon ce beau philoſophe, un voleur,
un deſtructeur aurait été le bienfaiteur du genre-
humain, &-il aurait fallu punir un honnête homme
qui aurait dit à ſes enfans : ,, Imitons notre voiſin,
,, il a enclos ſon champ, les bêtes ne viendront
,, plus le ravager ; ſon terrain deviendra plus fer-
,, tile ; travaillons le nôtre comme il a travaillé le
,, ſien, il nous aidera & nous l'aiderons. Chaque
,, famille cultivant ſon enclos, nous ſerons mieux
,, nourris, plus ſains, plus paiſibles, moins mal-
,, heureux. Nous tâcherons d'établir une juſtice
,, diſtributive qui conſolera notre pauvre eſpèce,
,, & nous vaudrons mieux que les renards & les
,, fouines à qui cet extravagant veut nous faire
,, reſſembler. ,,

Ce diſcours ne ſerait-il pas plus ſenſé & plus
honnête que celui du fou ſauvage qui voulait détruire
le verger du bon homme ?

Quelle eſt donc l'eſpèce de philoſophie qui fait
dire des choſes que le ſens commun réprouve du
fond de la Chine juſqu'au Canada ? N'eſt-ce pas
celle d'un gueux qui voudrait que tous les riches
fuſſent volés par les pauvres, afin de mieux établir
l'union fraternelle entre les hommes ?

Il eſt vrai que ſi toutes les haies, toutes les forêts,
toutes les plaines étaient couvertes de fruits nourriſ-
ſans & délicieux, il ſerait impoſſible, injuſte &
ridicule de les garder.

S'il y a quelques îles où la nature prodigue les
alimens & tout le néceſſaire ſans peine, allons-y

vivre loin du fatras de nos lois : mais dès que nous les aurons peuplées il faudra revenir au tien & au mien , & à ces lois qui très-souvent sont fort mauvaises , mais dont on ne peut se passer.

L'homme est-il né méchant ?

N e paraît-il pas démontré que l'homme n'est point né pervers & enfant du diable ? Si telle était sa nature , il commettrait des noirceurs , des barbaries sitôt qu'il pourrait marcher; il se servirait du premier couteau qu'il trouverait pour blesser quiconque lui déplairait. Il ressemblerait nécessairement aux petits louvetaux , aux petits renards qui mordent dès qu'ils le peuvent.

Au contraire , il est par toute la terre du naturel des agneaux tant qu'il est enfant. Pourquoi donc , & comment devient-il si souvent loup & renard ? N'est-ce pas que n'étant né ni bon ni méchant , l'éducation , l'exemple , le gouvernement dans lequel il se trouve jeté , l'occasion enfin , le détermine à la vertu ou au crime ?

Peut-être la nature humaine ne pouvait-elle être autrement. L'homme ne pouvait avoir toujours des pensées fausses , ni toujours des pensées vraies , des affections toujours douces , ni toujours cruelles.

Il paraît démontré que la femme vaut mieux que l'homme ; vous voyez cent *frères ennemis* contre une *Clytemnestre*.

Il y a des professions qui rendent nécessairement l'ame impitoyable , celle de soldat , celle de boucher , d'archer, de geolier, & tous les métiers qui font fondés fur le malheur d'autrui.

L'archer, le fatellite, le geolier, par exemple, ne font heureux qu'autant qu'ils font de miférables. Ils font, il eft vrai, néceffaires contre les malfaiteurs, & par-là utiles à la fociété : mais fur mille mâles de cette efpèce il n'y en a pas un qui agiffe par le motif du bien public, & qui même connaiffe qu'il eft un bien public.

C'eft furtout une chofe curieufe de les entendre parler de leurs proueffes, comme ils comptent le nombre de leurs victimes, leurs rufes pour les attraper, les maux qu'ils leur ont fait fouffrir, & l'argent qui leur en eft revenu.

Quiconque a pu defcendre dans le détail fubalterne du barreau, quiconque a entendu feulement des procureurs raifonner familièrement entre eux, & s'applaudir des mifères de leurs cliens, peut avoir une très-mauvaife opinion de la nature.

Il eft des profeffions plus affreufes, & qui font briguées pourtant comme un canonicat.

Il en eft qui changent un honnête homme en fripon, & qui l'accoutument malgré lui à mentir, à tromper, fans qu'à peine il s'en aperçoive ; à fe mettre un bandeau devant les yeux, à s'abufer par l'intérêt & par la vanité de fon état, à plonger fans remords l'efpèce humaine dans un aveuglement ftupide.

Les femmes fans ceffe occupées de l'éducation de leurs enfans, & renfermées dans leurs foins domeftiques, font exclues de toutes ces profeffions qui pervertiffent la nature humaine, & qui la rendent atroce. Elles font par-tout moins barbares que les hommes.

Le phyfique fe joint au moral pour les éloigner des grands crimes ; leur fang eft plus doux ; elles aiment moins les liqueurs fortes qui infpirent la férocité. Une preuve évidente, c'eft que fur mille victimes de la juftice, fur mille affaffins exécutés, vous comptez à peine quatre femmes, ainfi que nous l'avons prouvé ailleurs. Je ne crois pas même qu'en Afie il y ait deux exemples de femmes condamnées à un fupplice public. (*)

Il paraît donc que nos coutumes, nos ufages ont rendu l'efpèce mâle très-méchante.

Si cette vérité était générale & fans exception, cette efpèce ferait plus horrible que ne l'eft à nos yeux celle des araignées, des loups & des fouines: mais heureufement les profeffions qui endurciffent le cœur & le rempliffent de paffions odieufes, font très-rares. Obfervez que dans une nation d'environ vingt millions de têtes, il y a tout au plus deux cents mille foldats. Ce n'eft qu'un foldat par deux cents individus. Ces deux cents mille foldats font tenus dans la difcipline la plus févère. Il y a parmi eux de très-honnêtes gens qui reviennent dans leur village achever leur vieilleffe en bons pères & en bons maris.

Les autres métiers dangereux aux mœurs font en petit nombre.

Les laboureurs, les artifans, les artiftes font trop occupés pour fe livrer fouvent au crime.

(*) Voyez *Femme.*

La terre portera toujours des méchans déteſtables. Les livres en exagéreront toujours le nombre, qui, bien que trop grand, eſt moindre qu'on ne le dit.

Si le genre-humain avait été ſous l'empire du diable, il n'y aurait plus perſonne ſur la terre.

Conſolons-nous, on a vu, on verra toujours de belles ames depuis Pékin juſqu'à la Rochelle ; & quoi qu'en diſent des licenciés & des bacheliers, les *Titus*, les *Trajans*, les *Antonins* & *Pierre Bayle* ont été de fort honnêtes gens.

De l'homme dans l'état de pure nature.

QUE ferait l'homme dans l'état qu'on nomme de *pure nature* ? Un animal fort au-deſſous des premiers Iroquois qu'on trouva dans le nord de l'Amérique.

Il ſerait très-inférieur à ces Iroquois, puiſque ceux-ci ſavaient allumer du feu & ſe faire des flèches. Il fallut des ſiècles pour parvenir à ces deux arts.

L'homme abandonné à la pure nature n'aurait pour tout langage que quelques ſons mal articulés. L'eſpèce ſerait réduite à un très-petit nombre, par la difficulté de la nourriture & par le défaut des ſecours. Du moins, dans nos triſtes climats, il n'aurait pas plus de connaiſſance de DIEU & de l'ame que des mathématiques ; ſes idées ſeraient renfermées dans le ſoin de ſe nourrir. L'eſpèce des caſtors ſerait très-préférable.

C'eſt alors que l'homme ne ſerait préciſément qu'un enfant robuſte ; & on a vu beaucoup d'hommes qui ne ſont pas fort au-deſſus de cet état.

Les Lapons, les Samoïèdes, les habitans du Kamshatka, les Cafres, les Hottentots, ſont à l'égard de l'homme en état de pure nature ce qu'étaient autrefois les cours de *Cyrus* & de *Sémiramis*, en comparaison des habitans des Cévènes. Et cependant ces habitans du Kamshátka & ces Hottentots de nos jours, fi fupérieurs à l'homme entièrement fauvage, font des animaux qui vivent fix mois de l'année dans des cavernes où ils mangent à pleines mains la vermine dont ils font mangés.

En général l'efpèce humaine n'eft pas de deux ou trois degrés plus civilifée que les gens du Kamshatka. La multitude des bêtes brutes appelées *hommes*, comparée avec le petit nombre de ceux qui penfent, eft au moins dans la proportion de cent à un chez beaucoup de nations.

Il eft plaifant de confidérer d'un côté le père *Mallebranche* qui s'entretient familièrement avec le Verbe, & de l'autre ces millions d'animaux femblables à lui qui n'ont jamais entendu parler de Verbe, & qui n'ont pas une idée métaphyfique.

Entre les hommes à pur inftinct & les hommes de génie, flotte ce nombre immenfe occupé uniquement de fubfifter.

Cette fubfiftance coûte des peines fi prodigieufes, qu'il faut fouvent dans le nord de l'Amérique qu'une image de DIEU coure cinq ou fix lieues pour avoir à dîner, & que chez nous l'image de DIEU arrofe la terre de fes fueurs toute l'année pour avoir du pain.

Ajoutez à ce pain ou à l'équivalent, une hutte & un méchant habit ; voilà l'homme tel qu'il eft en général d'un bout de l'univers à l'autre. Et ce n'eft que dans une multitude de fiècles qu'il a pu arriver à ce haut degré.

Enfin, après d'autres fiècles les chofes viennent au point où nous les voyons. Ici on repréfente une tragédie en mufique; là on fe tue fur la mer dans un autre hémifphère avec mille pièces de bronze : l'opéra, & un vaiffeau de guerre du premier rang étonnent toujours mon imagination. Je doute qu'on puiffe aller plus loin dans aucun des globes dont l'étendue eft femée. Cependant, plus de la moitié de la terre habitable eft encore peuplée d'animaux à deux pieds qui vivent dans cet horrible état qui approche de la pure nature, ayant à peine le vivre & le vêtir, jouiffant à peine du don de la parole, s'apercevant à peine qu'ils font malheureux, vivant & mourant fans prefque le favoir.

Examen d'une penfée de Pafcal fur l'homme.

Je puis concevoir un homme fans mains, fans pieds, & je le concevrais même fans tête, fi l'expérience ne m'apprenait que c'eft par-là qu'il penfe. C'eft donc la penfée qui fait l'être de l'homme, & fans quoi on ne peut le concevoir. (Penfées de Pafcal.)

Comment concevoir un homme fans pieds, fans mains & fans tête ? ce ferait un être auffi différent d'un homme que d'une citrouille.

Si tous les hommes étaient fans tête, comment la vôtre concevrait-elle que ce font des animaux comme vous, puifqu'ils n'auraient rien de ce qui conftitue principalement votre être ? Une tête eft quelque chofe, les cinq fens s'y trouvent ; la penfée auffi. Un animal qui reffemblerait de la nuque du cou en bas à un homme, ou à un de ces finges qu'on nomme *orang-outang*, ou l'homme des bois , ne ferait pas plus un homme qu'un finge ou qu'un ours , à qui on aurait coupé la tête & la queue.

C'eſt donc la penſée qui fait l'être de l'homme &c. En ce cas la penſée ferait fon eſſence, comme l'étendue & la ſolidité font l'eſſence de la matière. L'homme penſerait eſſentiellement & toujours , comme la matière eſt toujours étendue & ſolide. Il penſerait dans un profond ſommeil ſans rêves , dans un évanouiſſement, dans une léthargie , dans le ventre de ſa mère. Je ſais bien que jamais je n'ai penſé dans aucun de ces états ; je l'avoue ſouvent , & je me doute que les autres ſont comme moi.

Si la penſée était eſſentielle à l'homme , comme l'étendue à la matière, il s'enſuivrait que D I E U n'a pu priver cet animal d'entendement , puiſqu'il ne peut priver la matière d'étendue ; car alors elle ne ferait plus matière. Or ſi l'entendement eſt eſſentiel à l'homme , il eſt donc penſant par ſa nature , comme D I E U eſt Dieu par ſa nature.

Si je voulais eſſayer de définir D I E U , autant qu'un être auſſi chétif que nous peut le définir , je dirais que la penſée eſt ſon être , ſon eſſence ; mais l'homme !

Nous avons la faculté de penſer , de marcher , de parler , de manger , de dormir ; mais nous n'uſons pas toujours de ces facultés , cela n'eſt pas dans notre nature.

La penſée chez nous n'eſt-elle pas un attribut ? & ſi bien un attribut, qu'elle eſt tantôt faible , tantôt forte , tantôt raiſonnable , tantôt extravagante ? èlle ſe cache , elle ſe montre , elle fuit , elle revient, elle

eſt nulle, elle eſt reproduite. L'eſſence eſt tout autre
choſe ; elle ne varie jamais : elle ne connaît pas le
plus ou le moins.

Que ferait donc l'animal ſans tête ſuppoſé par
Paſcal? un être de raiſon. Il aurait pu ſuppoſer tout
auſſi-bien un arbre à qui D I E U aurait donné la
penſée , comme on a dit que les Dieux avaient
accordé la voix aux arbres de Dodone.

Action de D I E U ſur l'homme.

D E S gens qui ont fait des ſyſtèmes ſur la communi-
nication de DIEU avec l'homme , ont dit que DIEU
agit immédiatement phyſiquement ſur l'homme,
en certains cas ſeulement, lorſque DIEU accorde
certains dons particuliers ; & ils ont appelé cette
action *prémotion* phyſique. *Dioclès* & *Erophile* , ces
deux grands enthouſiaſtes , ſoutiennent cette opinion ,
& ont des partiſans.

Or, nous reconnaiſſons un Dieu tout auſſi-bien
que ces gens-là , parce que nous n'avons pu comprendre qu'aucun des êtres qui nous environnent
ait pu ſe produire de ſoi-même ; par cela ſeul que
quelque choſe exiſte , il faut que l'être néceſſaire
éternel ſoit néceſſairement la cauſe de tout. Nous
admettons avec ces raiſonneurs la poſſibilité que
D I E U ſe faſſe entendre à quelques favoris ; mais
nous feſons plus de cas de DIEU , nous croyons qu'il
ſe fait entendre à tous les hommes , en tous lieux & en
tout temps , puiſqu'il donne à tous la vie , le mouvement , la digeſtion , la penſée , l'inſtinct.

Y a-t-il dans le plus vil des animaux & dans le philofophe le plus fublime, un être qui foit volonté, mouvement, digeftion, défir, amour, inftinct, penfée? Non; mais nous voulons, nous agiffons, nous aimons, nous avons des inftincts; comme, par exemple, une pente invincible vers certains objets, une averfion infupportable pour d'autres, une promptitude à exécuter des mouvemens néceffaires à notre confervation, comme ceux de teter le mamelon de fa nourrice, de nager quand on a la force & la poitrine affez large; de mordre fon pain, de boire, de fe baiffer pour éviter le coup d'un mobile, de fe donner une fecouffe pour franchir un foffé, d'accomplir mille actions pareilles fans y penfer quoiqu'elles tiennent toutes à une mathématique profonde. Enfin, nous fentons & nous penfons fans favoir comment.

De bonne foi, eft-il plus difficile à DIEU d'opérer tout cela en nous par des moyens qui nous font inconnus, que de nous remuer intérieurement quelquefois par une faveur efficace de *Jupiter* dont ces meffieurs nous parlent fans ceffe.

Quel eft l'homme qui, dès qu'il rentre en lui-même, ne fente qu'il eft une marionnette de la Providence? Je penfe, mais puis-je me donner une penfée? hélas! fi je penfais par moi-même, je faurais quelle idée j'aurais dans un moment. Perfonne ne le fait.

J'acquiers une connaiffance, mais je n'ai pu me la donner. Mon intelligence n'a pu en être la caufe, car il faut que la caufe contienne l'effet. Or, ma première connaiffance acquife n'était pas dans mon intelligence , n'était pas dans moi ; puifqu'elle a été la première , elle m'a été donnée par celui qui m'a formé , & qui donne tout , quel qu'il puiffe être.

Je tombe anéanti quand on me fait voir que ma première connaiffance ne peut par elle - même m'en donner une feconde, car il faudrait qu'elle la contînt dans elle.

La preuve que nous ne nous donnons aucune idée , c'eft que nous en recevons dans nos rêves ; & certainement ce n'eft ni notre volonté ni notre attention qui nous fait penfer en fonge. Il y a des poëtes qui font des vers en dormant , des géomètres qui mefurent des triangles. Tout nous prouve qu'il y a une puiffance qui agit en nous fans nous confulter.

Tous nos fentimens ne font-ils pas involontaires ? l'ouïe, le goût, la vue , ne font rien par eux-mêmes. On fent malgré foi ; on ne fait rien , on n'eft rien , fans une puiffance fuprême qui fait tout.

Les plus fuperftitieux conviennent de ces vérités , mais ils ne les appliquent qu'aux gens de leur parti. Ils affirment que Dieu agit réellement phyfiquement fur certains perfonnages privilégiés. Nous fommes plus religieux qu'eux , nous croyons que le grand être agit fur tous les vivans comme fur toute la matière. Lui eft-il donc plus difficile de remuer tous les hommes que d'en remuer quelques-uns ? Dieu ne fera-t-il Dieu que pour votre petite fecte ? Il l'eft pour moi qui ne fuis pas des vôtres.

Un philofophe nouveau eft allé bien plus loin que vous ; il lui femblait qu'il n'y eût que Dieu qui exiftât. Il prétend que nous voyons tout en lui ; & nous difons que c'eft DIEU qui voit, qui agit dans tout ce qui a vie. *Jupiter eft quodcumque vides, quocumque moveris.*

Allons plus avant. Votre prémotion phyfique introduit DIEU agiffant en vous. Quel befoin avez-vous donc d'une ame? A quoi bon ce petit être inconnu & incompréhenfible ? donnez-vous une ame au foleil qui vivifie tant de globes ; & fi cet aftre fi grand, fi étonnant & fi néceffaire n'a point d'ame, pourquoi l'homme en aurait-il une ? D I E U qui nous a faits ne nous fuffit-il pas ? Qu'eft donc devenu ce grand axiome : *Ne fefons point par plufieurs, ce que nous pouvons faire par un feul ?*

Cette ame que vous avez imaginée être une fubf-tance, n'eft donc en effet qu'une faculté accordée par le grand être, & non une perfonne. Elle eft une propriété donnée à nos organes & non une fubftance. L'homme par fa raifon non encore corrompue par la métaphyfique, a-t-il jamais pu s'imaginer qu'il était double, qu'il était un compofé de deux êtres ; l'un vifible, palpable & mortel ; l'autre invifible, impalpable, immortel ? & n'a-t-il pas fallu des fiècles de difputes pour venir enfin jufqu'à cet excès de joindre enfemble deux fubftances fi diffemblables, la tangible & l'intangible, la fimple & la compofée, l'invulnérable & la fouffrante, l'éternelle & la paffagère ?

Les hommes n'ont fuppofé une ame que par la même erreur qui leur fit fuppofer dans nous un être nommé *mémoire,* lequel être ils divinifèrent enfuite.

Ils

Ils firent de cette mémoire la mère des Mufes. Ils érigèrent les talens divers de la nature humaine en autant de déeffes filles de mémoire. Autant eût-il valu faire un dieu du pouvoir fecret par lequel la nature forme du fang dans les animaux, & l'appeler le dieu de la fanguification. Et en effet, le peuple romain eut des dieux pareils pour les facultés de boire & de manger, pour l'acte du mariage, pour l'acte de vider les excrémens. C'étaient autant d'ames particulières qui produifaient en nous toutes ces actions. C'était la métaphyfique de la populace. Cette fuperftition ridicule & honteufe venait évidemment de celle qui avait imaginé dans l'homme une petite fubftance divine autre que l'homme même.

Cette fubftance eft admife encore aujourd'hui dans toutes les écoles; & par condefcendance on accorde au grand être, au fabricateur éternel, à Dieu, la permiffion de joindre fon concours à l'ame. Ainfi on fuppofe que pour vouloir & pour agir, il faut notre ame & Dieu.

Mais concourir fignifie aider, participer. Dieu alors n'eft qu'en fecond avec nous. C'eft le dégrader, c'eft le faire marcher à notre fuite; c'eft lui faire jouer le dernier rôle. Ne lui ôtez pas fon rang & fa prééminence; ne faites pas du fouverain de la nature le valet de l'efpèce humaine.

Deux efpèces de raifonneurs très-accrédités dans le monde, les athées & les théologiens, pourront s'élever contre nos doutes.

Les athées diront qu'en admettant la raifon dans l'homme & l'inftinct dans les brutes, comme des propriétés, il eft très-inutile d'admettre un Dieu dans ce fyftème ; que Dieu eft encore plus incompréhenfible qu'une ame ; qu'il eft indigne du fage de croire ce qu'on ne conçoit pas. Ils décocheront contre nous tous les argumens des *Stratons* & des *Lucrèces*. Nous ne leur répondrons qu'un mot ; vous exiftez, donc il y a un Dieu.

Les théologiens nous feront plus de peine. Ils nous diront d'abord : Nous convenons avec vous que Dieu eft la première caufe de tout, mais il n'eft pas la feule. Un grand-prêtre de *Minerve* dit expreffément : *Le fecond agent opère dans la vertu du premier ; ce premier pouffe le fecond, ce fecond en pouffe un troifième ; tous font agiffans en vertu de* Dieu, *& il eft la caufe de toutes les actions agiffantes.*

Nous répondrons avec tout le refpect que nous devons à ce grand-prêtre : Il n'eft & il ne peut exifter qu'une feule caufe véritable. Toutes les autres qui font fubféquentes ne font que des inftrumens. Je tiens un reffort, je m'en fers pour faire mouvoir une machine. J'ai fait le reffort & la machine, je fuis la feule caufe, cela eft indubitable.

Le grand-prêtre me répondra : Vous ôtez aux hommes la liberté. Je lui répliquerai : Non ; la liberté confifte dans la faculté de vouloir, & dans la faculté de faire ce que vous voulez quand rien ne vous en empêche. Dieu a fait l'homme à ces conditions, il faut s'en contenter.

Mon prêtre infiftera ; il dira que nous fefons Dieu auteur du péché. Alors nous lui répondrons : J'en fuis fâché, mais Dieu eft fait auteur du péché dans tous les fyftèmes, excepté dans celui des athées. Car s'il concourt aux actions des hommes pervers comme à celles des juftes, il eft évident qu'y concourir c'eft le faire, quand le concourant eft le créateur de tout.

Si Dieu permet feulement le péché, c'eft lui qui le commet, puifque permettre & faire c'eft la même chofe pour le maître abfolu de tout. S'il a prévu que les hommes feraient le mal, il ne devait pas former les hommes. On n'a jamais éludé la force de ces anciens argumens; on ne les affaiblira jamais. Qui a tout produit, a certainement produit le bien & le mal. Le fyftème de la prédeftination abfolue, le fyftème du concours, nous plongent également dans ce labyrinthe dont rien ne peut nous tirer.

Tout ce qu'on peut dire, c'eft que le mal eft pour nous & non pas pour Dieu. *Néron* affaffine fon précepteur & fa mère, un autre affaffine fes parens & fes voifins; un grand-prêtre empoifonne, étrangle, égorge vingt feigneurs romains en fortant du lit de fa propre fille. Cela n'eft pas plus important pour l'être univerfel ame du monde, que des moutons mangés par des loups ou par nous, & des mouches dévorées par des araignées. Il n'y a point de mal pour le grand être; il n'y a pour lui que le jeu de la grande machine qui fe meut fans ceffe par des lois éternélles. Si les pervers deviennent (foit pendant leur vie, foit autrement) plus malheureux que ceux qu'ils ont immolés à leurs paffions, s'ils fouffrent comme ils ont fait fouffrir; c'eft encore une fuite inévitable de ces lois immuables par lefquelles le grand être agit néceffairement. Nous ne connaiffons qu'une très-petite partie de ces lois; nous n'avons qu'une très-faible portion d'entendement, nous ne devons que nous réfigner. De tous les fyftèmes, celui qui nous fait connaître notre néant, n'eft-il pas le plus raifonnable?

Les hommes (comme tous les philofophes de l'antiquité l'ont dit) firent Dieu à leur image. C'eft pourquoi le premier *Anaxagore*, auffi ancien qu'*Orphée*, s'exprime ainfi dans fes vers : *Si les oifeaux fe figuraient un Dieu, il aurait des ailes ; celui des chevaux courrait avec quatre jambes.*

Le vulgaire imagine Dieu comme un roi qui tient fon lit de juftice dans fa cour. Les cœurs tendres fe le repréfentent comme un père qui a foin de fes enfans. Le fage ne lui attribue aucune affection humaine. Il reconnaît une puiffance néceffaire, éternelle, qui anime toute la nature ; & il fe réfigne.

Réflexion générale fur l'homme.

Il faut vingt ans pour mener l'homme de l'état de plante où il eft dans le ventre de fa mère, & de l'état de pur animal, qui eft le partage de fa première enfance, jufqu'à celui où la maturité de la raifon commence à poindre. Il a fallu trente fiècles pour connaître un peu fa ftructure. Il faudrait l'éternité pour connaître quelque chofe de fon ame. Il ne faut qu'un inftant pour le tuer.

HONNEUR.

L'AUTEUR des fynonymes de la langue françaife dit, *qu'il eft d'ufage dans le difcours de mettre la gloire en antithéfe avec l'intérêt, & le goût avec l'honneur.*

Mais on croit que cette définition ne fe trouve que dans les dernières éditions, lorfqu'il eut gâté fon livre.

On lit ces vers-ci dans la fatire de *Boileau* fur l'honneur :

Entendons difcourir fur les bancs des galères
Ce forçat abhorré même de fes confrères ;
Il plaint par un arrêt injuftement donné
L'honneur en fa perfonne à ramer condamné.

Nous ignorons s'il y a beaucoup de galériens qui fe plaignent du peu d'égards qu'on a eu pour leur honneur.

Ce terme nous a paru fufceptible de plufieurs acceptions différentes, ainfi que tous les mots qui expriment des idées métaphyfiques & morales.

Mais je fais ce qu'on doit de bontés & d'honneur
A fon fexe, à fon âge, & furtout au malheur.

Honneur fignifie là *égard*, *attention*.

L'amour n'eft qu'un plaifir, l'honneur eft un devoir,

fignifie dans cet endroit, *c'eft un devoir de venger fon père.*

Il a été reçu avec beaucoup d'honneur ; cela veut dire avec des marques de refpect.

G 3

Soutenir l'honneur du corps; c'eſt ſoutenir les prééminences, les priviléges de ſon corps, de ſa compagnie, & quelquefois ſes chimères.

Se conduire en homme d'honneur, c'eſt agir avec juſtice, franchiſe & générofité.

Avoir des honneurs, être comblé d'honneurs, c'eſt avoir des diſtinctions, des marques de ſupériorité.

Mais l'honneur en effet qu'il faut que l'on admire,
Quel eſt-il, Valincour, pourras-tu me le dire?
L'ambition le met ſouvent à tout brûler,
Un vrai fourbe à jamais ne garder ſa parole.

Comment *Boileau* a-t-il pu dire qu'un fourbe fait confiſter l'honneur à tromper? il nous ſemble qu'il met ſon intérêt à manquer de foi, & ſon honneur à cacher ſes fourberies.

L'auteur de l'*Eſprit des lois* a fondé ſon ſyſtème ſur cette idée, que la vertu eſt le principe du gouvernement républicain, & l'honneur le principe des gouvernemens monarchiques. Y a-t-il donc de la vertu ſans honneur? & comment une république eſt-elle établie ſur la vertu?

Mettons ſous les yeux du lecteur ce qui a été dit ſur ce ſujet dans un petit livre. Les brochures ſe perdent en peu de temps. La vérité ne doit point ſe perdre, il faut la conſigner dans des ouvrages de longue haleine.

,, On n'a jamais aſſurément formé des républiques
,, par vertu. L'intérêt public s'eſt oppoſé à la domi-
,, nation d'un ſeul; l'eſprit de propriété, l'ambition
,, de chaque particulier, ont été un frein à l'ambition
,, & à l'eſprit de rapine. L'orgueil de chaque citoyen
,, a veillé ſur l'orgueil de ſon voiſin. Perſonne n'a

,, voulu être l'efclave de la fantaifie d'un autre. Voilà
,, ce qui établit une république, & ce qui la conferve.
,, Il eft ridicule d'imaginer qu'il faille plus de vertu
,, à un Grifon qu'à un Efpagnol.

,, Que l'honneur foit le principe des feules mo-
,, narchies, ce n'eft pas une idée moins chimérique ;
,, & il le fait bien voir lui-même fans y penfer. *La*
,, *nature de l'honneur*, dit-il au chap. VII du liv. III
,, *eft de demander des préférences, des diftinctions. Il*
,, *eft donc par la chofe même placé dans le gouvernement*
,, *monarchique.*

,, Certainement par la chofe même, on demandait
,, dans la république romaine, la préture, le confulat,
,, l'ovation, le triomphe, ce font-là des préférences,
,, des diftinctions qui valent bien les titres qu'on
,, achète fouvent dans les monarchies & dont le tarif
,, eft fixé. ,,

Cette remarque prouve à notre avis que le livre
de l'Efprit des lois, quoiqu'étincelant d'efprit, quoique recommandable par l'amour des lois, par la
haine de la fuperftition & de la rapine, porte entièrement à faux. (*)

Ajoutons que c'eft précifément dans les cours qu'il
y a toujours le moins d'honneur.

L'ingannare, il mentir, la frode, il furto,
E la rapina di pieta veftita,
Crefeer col' damno e precipizio altrui,
E far a fe de l'altrui biafmo onore
Son' le virtu di quella gente infida.

(Paftor Fido, atto V, fcena prima.)

(*) Voyez *Lois.*

Ceux qui n'entendent pas l'italien peuvent jeter les yeux fur ces quatre vers français, qui font un précis de tous les lieux communs qu'on a débités fur les cours depuis trois mille ans.

> Ramper avec baffeffe en affeêant l'audace,
> S'engraiffer de rapine en atteftant les lois,
> Etouffer en fecret fon ami qu'on embraffe,
> Voilà l'honneur qui règne à la fuite des rois.

C'eft en effet dans les cours que des hommes fans honneur parviennent fouvent aux plus hautes dignités ; & c'eft dans les républiques qu'un citoyen déshonoré n'eft jamais nommé par le peuple aux charges publiques.

Le mot célébre du duc d'Orléans régent fuffit pour détruire le fondement de l'Efprit des lois. *C'eft un parfait courtifan, il n'a ni humeur ni honneur.*

Honorable, honnêteté, honnête, fignifient fouvent la même chofe qu'honneur. *Une compagnie honorable, de gens d'honneur. On lui fit beaucoup d'honnêtetés, on lui dit des chofes honnêtes.* C'eft-à-dire, on le traita de façon à le faire penfer honorablement de lui-même.

D'honneur on a fait *honoraire.* Pour honorer une profeffion au-deffus des arts mécaniques, on donne à un homme de cette profeffion un honoraire au lieu de falaire & de gages qui offenferaient fon amour-propre. Ainfi *honneur, faire honneur, honorer,* fignifient faire accroire à un homme qu'il eft quelque chofe, qu'on le diftingue.

> Il me vola pour prix de mon labeur
> Mon honoraire en me parlant d'honneur.

HORLOGE.

Horloge d'Achas.

IL eſt aſſez connu que tout eſt prodige dans l'hiſtoire des Juifs. Le miracle fait en faveur du roi *Ezéchias* ſur ſon horloge appelée l'*horloge d'Achas*, eſt un des plus grands qui ſe ſoient jamais opérés. Il dut être aperçu de toute la terre, avoir dérangé à jamais tout le cours des aſtres & particulièrement les momens des éclipſes du ſoleil & de la lune ; il dut brouiller toutes les éphémérides. C'eſt pour la ſeconde fois que ce prodige arriva. *Joſué* avait arrêté à midi le ſoleil ſur Gabaon, & la lune ſur Aïalon pour avoir le temps de tuer une troupe d'Amorrhéens déjà écraſée par une pluie de pierres tombées du ciel.

Le ſoleil, au lieu de s'arrêter pour le roi *Ezéchias*, retourna en arrière, ce qui eſt à peu près la même aventure, mais différemment combinée.

D'abord *Iſaïe* dit à *Ezéchias* qui était malade : (*a*) *Voici ce que dit le Seigneur* DIEU, *mettez ordre à vos affaires, car vous mourrez, & alors vous ne vivrez plus.*

Ezéchias pleura, DIEU en fut attendri. Il lui fit dire par *Iſaïe* qu'il vivrait encore quinze ans, & que dans trois jours il irait au temple. *Alors Iſaïe ſe fit apporter un cataplaſme de figues, on l'appliqua ſur les ulcères du roi & il fut guéri ; & curatus eſt.*

Ezéchias demanda un ſigne comme quoi il ſerait guéri. *Iſaïe* lui dit : *Voulez-vous que l'ombre du ſoleil*

(*a*) Rois, liv. IV, chap. XX.

s'avance de dix degrés ; ou qu'elle recule de dix degrés ?
Ezéchias dit : Il est aisé que l'ombre avance de dix degrés,
je veux qu'elle recule. Le prophète Isaïe invoqua le Seigneur,
& il ramena l'ombre en arrière dans l'horloge d'Achas, par
les dix degrés par lesquels elle était déjà descendue.

On demande ce que pouvait être cette horloge
d'*Achas*, si elle était de la façon d'un horloger nommé
Achas, ou si c'était un présent fait autrefois au roi du
même nom. Ce n'est-là qu'un objet de curiosité. On
a disputé beaucoup sur cette horloge ; les savans ont
prouvé que les Juifs n'avaient jamais connu ni horloge, ni gnomon avant leur captivité à Babylone,
seul temps où ils apprirent quelque chose des Chaldéens, & où même le gros de la nation commença,
dit-on, à lire & à écrire. On sait même que dans leur
langue ils n'avaient aucun terme pour exprimer horloge, cadran, géométrie, astronomie ; & dans le texte
du livre des Rois, l'horloge d'*Achas* est appelée *l'heure*
de la pierre.

Mais la grande question est de savoir comment le
roi *Ezéchias*, possesseur de ce gnomon ou de ce cadran
au soleil, de cette heure de la pierre, pouvait dire
qu'il était aisé de faire avancer le soleil de dix degrés.
Il est certainement aussi difficile de le faire avancer
contre l'ordre du mouvement ordinaire, que de le
faire reculer.

La proposition du prophète paraît aussi étrange
que le propos du roi. Voulez-vous que l'ombre avance
en ce moment ou recule de dix heures ? Cela eût été
bon à dire dans quelque ville de la Laponie, où le
plus long jour de l'année eût été de vingt heures ;
mais à Jérusalem, où le plus long jour de l'année est

d'environ quatorze heures & demie, cela eſt abſurde.
Le roi & le prophète ſe trompaient tous deux groſſiè-
rement. Nous ne nions pas le miracle, nous le croyons
très-vrai ; nous remarquons ſeulement qu'*Ezéchias* &
Iſaïe ne diſaient pas ce qu'ils devaient dire. Quelque
heure qu'il fût alors, c'était une choſe impoſſible qu'il
fût égal de faire reculer ou avancer l'ombre du cadran
de dix heures. S'il était deux heures après midi, le
prophète pouvait très-bien, ſans doute, faire reculer
l'ombre à quatre heures du matin. Mais en ce cas il
ne pouvait pas la faire avancer de dix heures, puiſqu'alors il eût été minuit, & qu'à minuit il eſt rare
d'avoir l'ombre du ſoleil.

Il eſt difficile de deviner le temps où cette hiſtoire
fut écrite, mais ce ne peut être que vers le temps où
les Juifs apprirent confuſément qu'il y avait des
gnomons & des cadrans au ſoleil. Or il eſt de fait
qu'ils n'eurent une connaiſſance très - imparfaite de
ces ſciences qu'à Babylone.

Il y a encore une plus grande difficulté, c'eſt que les
Juifs ne comptaient pas par heures comme nous ;
c'eſt à quoi les commentateurs n'ont pas penſé.

Le même miracle était arrivé en Grèce le jour
qu'*Atrée* fit ſervir les enfans de *Thieſte* pour le ſouper
de leur père.

Le même miracle s'était fait encore plus ſenſi-
blement lorſque *Jupiter* coucha avec *Alcméne*. Il fallait
une nuit double de la nuit naturelle pour former
Hercule. Ces aventures ſont communes dans l'antiquité, mais fort rares de nos jours, où tout dégénère.

HUMILITÉ.

DES philosophes ont agité si l'humilité est une vertu ; mais vertu ou non, tout le monde convient que rien n'est plus rare. Cela s'appelait chez les Grecs *Tepeinesis* ou *Tapeineia*. Elle est fort recommandée dans le quatrième livre des lois de *Platon* ; il ne veut point d'orgueilleux ; il veut des humbles.

Epictète en vingt endroits prêche l'humilité. Si tu passes pour un personnage dans l'esprit de quelques-uns, défie-toi de toi-même.

Point de sourcil superbe.

Ne sois rien à tes yeux.

Si tu cherches à plaire, te voilà déchu.

Cède à tous les hommes ; préfère-les tous à toi ; supporte-les tous.

Vous voyez par ces maximes que jamais capucin n'alla si loin qu'*Epictète*.

Quelques théologiens qui avaient le malheur d'être orgueilleux, ont prétendu que l'humilité ne coûtait rien à *Epictète* qui était esclave ; & qu'il était humble par état, comme un docteur ou un jésuite peut être orgueilleux par état.

Mais que diront-ils de *Marc-Antonin* qui sur le trône recommande l'humilité ? Il met sur la même ligne *Alexandre* & son muletier.

Il dit que la vanité des pompes n'est qu'un os jeté au milieu des chiens ;

Que faire du bien & s'entendre calomnier, eſt une vertu de roi.

Ainſi le maître de la terre connue veut qu'on ſoit humble. Propoſez ſeulement l'humilité à un muſicien, vous verrez comme il ſe moquera de *Marc-Aurèle*.

Deſcartes, dans ſon Traité des paſſions de l'ame, met dans leur rang l'humilité. Elle ne s'attendait pas à être regardée comme une paſſion.

Il diſtingue entre l'humilité vertueuſe & la vicieuſe. Voici comme *Deſcartes* raiſonnait en métaphyſique & en morale.

,, Il n'y a rien en la généroſité qui ne ſoit com-
,, patible avec l'humilité vertueuſe, (*a*) ni rien
,, ailleurs qui puiſſe changer ; ce qui fait que leurs
,, mouvemens ſont fermes, conſtans, & toujours fort
,, ſemblables à eux-mêmes. Mais ils ne viennent pas
,, tant de ſurpriſe, pour ce que ceux qui ſe connaiſſent
,, en cette façon, connaiſſent aſſez qu'elles ſont les
,, cauſes qui font qu'ils s'eſtiment. Toutefois on
,, peut dire que ces cauſes ſont ſi merveilleuſes, (à
,, ſavoir la puiſſance d'uſer de ſon libre arbitre qui
,, fait qu'on ſe priſe foi-même, & les infirmités du
,, ſujet en qui eſt cette puiſſance, qui fait qu'on ne
,, s'eſtime pas trop) qu'à toutes les fois qu'on ſe
,, les repréſente de nouveau, elles donnent toujours
,, une nouvelle admiration. ,,

Voici maintenant comme il parle de l'humilité vicieuſe.

,, Elle conſiſte principalement en ce qu'on ſe ſent
,, faible & peu réſolu, & comme ſi on n'avait pas

(*a*) *Deſcartes*, Traité des paſſions.

,, l'ufage entier de fon libre arbitre. On ne fe peut
,, empêcher de faire des chofes dont on fait qu'on
,, fe repentira par après. Puis auffi en ce qu'on croit
,, ne pouvoir fubfifter par foi-même, ni fe paffer
,, de plufieurs chofes dont l'acquifition dépend
,, d'autrui ; ainfi elle eft directement oppofée à la
,, générofité &c. ,,

C'eft puiffamment raifonner.

Nous laiffons aux philofophes plus favans que nous
le foin d'éclaircir cette doctrine. Nous nous bornerons
à dire que l'humilité eft la modeftie de l'ame.

C'eft le contre-poifon de l'orgueil. L'humilité ne
pouvait pas empêcher *Rameau* de croire qu'il favait
plus de mufique que ceux auxquels il l'enfeignait ;
mais elle pouvait l'engager à convenir qu'il n'était
pas fupérieur à *Lulli* dans le récitatif.

Le révérend père *Viret* cordelier, théologien, &
prédicateur, tout humble qu'il eft, croira toujours
fermement qu'il en fait plus que ceux qui apprennent
à lire & à écrire : mais fon humilité chrétienne, fa
modeftie de l'ame l'obligera d'avouer dans le fond de
fon cœur, qu'il n'a écrit que des fottifes. O frères
Nonotte, *Guyon*, *Patouillet*, écrivains des halles,
foyez bien humbles ! ayez toujours la modeftie de
l'ame en recommandation !

HYPATHIE.

JE fuppofe que madame *Dacier* eût été la plus belle
femme de Paris, & que dans la querelle des anciens
& des modernes les carmes euffent prétendu que le

poëme de la Magdelène, compofé par un carme,
était infiniment fupérieur à *Homère*, & que c'était
une impiété atroce de préférer l'Iliade à des vers
d'un moine ; je fuppofe que l'archevêque de Paris
eût pris le parti des carmes contre le gouverneur de
la ville, partifan de la belle Mme *Dacier*, & qu'il
eût excité les carmes à maffacrer cette belle dame
dans l'églife de Notre-Dame, & de la traîner toute
nue & toute fanglante dans la place Maubert, il n'y
a perfonne qui n'eût dit que l'archevêque de Paris
aurait fait une fort mauvaife action dont il aurait dû
faire pénitence.

Voilà précifément l'hiftoire d'*Hypathie*. Elle enfeignait *Homère* & *Platon* dans Alexandrie, du temps
de *Théodofe II*. St *Cyrille* déchaîna contr'elle la populace
chrétienne : c'eft ainfi que nous le rácontent *Damafcius*
& *Suidas* ; c'eft ce que prouvent évidemment les plus
favans hommes du fiècle, tels que *Bruker*, *la Croze*,
Bafnage &c. ; c'eft ce qui eft expofé très-judicieufement dans le grand dictionnaire encyclopédique, à
l'article *Eclectifme*.

Un homme dont les intentions font fans doute
très-bonnes, a fait imprimer deux volumes contre
cet article de l'Encyclopédie.

Encore une fois, mes amis, deux tomes contre
deux pages, c'eft trop. Je vous l'ai dit cent fois : vous
multipliez trop les êtres fans néceffité. Deux lignes
contre deux tomes, voilà ce qu'il faut. N'écrivez pas
même ces deux lignes.

Je me contente de remarquer que St *Cyrille* était
homme, & homme de parti ; qu'il a pu fe laiffer trop

emporter à son zèle ; que quand on met les belles dames toutes nues, ce n'est pas pour les massacrer ; que *St Cyrille* a sans doute demandé pardon à Dieu de cette action abominable, & que je prie le père des miséricordes d'avoir pitié de son ame. Celui qui a écrit les deux tomes contre l'*Eclectisme* me fait aussi beaucoup de pitié.

J.

J A P O N.

J E ne fais point de question sur le Japon pour savoir si cet amas d'îles est beaucoup plus grand que l'Angleterre, l'Ecosse, l'Irlande & les Orcades ensemble ; si l'empereur du Japon est plus puissant que l'empereur d'Allemagne, & si les bonzes japonais font plus riches que les moines espagnols.

J'avouerai même sans hésiter que, tout relégués que nous sommes aux bornes de l'Occident, nous avons plus de génie qu'eux, tout favorisés qu'ils font du soleil levant. Nos tragédies & nos comédies passent pour être meilleures ; nous avons poussé plus loin l'astronomie, les mathématiques, la peinture, la sculpture & la musique. De plus, ils n'ont rien qui approche de nos vins de Bourgogne & de Champagne.

Mais pourquoi avons-nous si long-temps sollicité la permission d'aller chez eux, & que jamais aucun Japonais n'a souhaité seulement faire un voyage chez nous ? Nous avons couru à Meako, à la terre d'Yesso, à la Californie ; nous irions à la Lune avec *Astolphe* si

nous

nous avions un hippogriffe. Eſt-ce curioſité , inquiétude d'eſprit ? eſt-ce beſoin réel ?

Dès que les Européens eurent franchi le cap de
Bonne-Eſpérance , la Propagande ſe flatta de ſubju-
guer tous les peuples voiſins des mers orientales , &
de les convertir. On ne fit plus le commerce d'Aſie
que l'épée à la main ; & chaque nation de notre Occident fit partir tour-à-tour des marchands , des ſoldats
& des prêtres.

Gravons dans nos cervelles turbulentes ces mé-
morables paroles de l'empereur *Yontchin* quand il chaſſa
tous les miſſionnaires jéſuites & autres de ſon empire;
qu'elles ſoient écrites ſur les portes de tous nos couvens. *Que diriez-vous ſi nous allions , ſous le prétexte de
trafiquer dans vos contrées , dire à vos peuples que votre
religion ne vaut rien , & qu'il faut abſolument embraſſer la
nôtre ?*

C'eſt-là cependant ce que l'Egliſe latine a fait par
toute la terre. Il en coûta cher au Japon ; il fut ſur le
point d'être enſeveli dans les flots de ſon ſang comme
le Mexique & le Pérou.

Il y avait dans les îles du Japon douze religions qui
vivaient enſemble très-paiſiblement. Des miſſionnaires
arrivèrent de Portugal ; ils demandèrent à faire la
treizième ; on leur répondit qu'ils ſeraient les très-bien
venus , & qu'on n'en ſaurait trop avoir.

Voilà bientôt des moines établis au Japon avec le
titre d'*évêques*. A peine leur religion fut-elle admiſe
pour la treizième qu'elle voulut être la ſeule. Un de
ces évêques , ayant rencontré dans ſon chemin un
conſeiller d'Etat , lui diſputa le pas ; (*a*) il lui ſoutint

(*a*) Ce fait eſt avéré par toutes les relations.

Dictionn. philoſoph. Tome V.　　　　　H

qu'il était du premier ordre de l'Etat, & que le
confeiller n'étant que du fecond lui devait beaucoup
de refpeĉt. L'affaire fit du bruit. Les Japonais font
encore plus fiers qu'indulgens. On chaffa le moine
évêque & quelques chrétiens dès l'année 1586.
Bientôt la religion chrétienne fut profcrite. Les miffionnaires s'humilièrent, demandèrent pardon, obtinrent grâce & en abufèrent.

Enfin en 1637, les Hollandais ayant pris un
vaiffeau efpagnol qui fefait voile du Japon à Lisbonne,
ils trouvèrent dans ce vaiffeau des lettres d'un nommé
Moro, conful d'Efpagne à Nangazaqui. Ces lettres
contenaient le plan d'une confpiration des chrétiens
du Japon pour s'emparer du pays. On y fpécifiait le
nombre des vaiffeaux qui devaient venir d'Europe &
d'Afie appuyer cette entreprife.

Les Hollandais ne manquèrent pas de remettre les
lettres au gouvernement. On faifit *Moro ;* il fut obligé
de reconnaître fon écriture & condamné juridiquement à être brûlé.

Tous les néophytes des jéfuites & des dominicains
prirent alors les armes, au nombre de trente mille.
Il y eut une guerre civile affreufe. Ces chrétiens furent
tous exterminés.

Les Hollandais pour prix de leur fervice obtinrent
feuls, comme on fait, la liberté de commercer au
Japon, à condition qu'ils n'y feraient jamais aucun
aĉte de chriftianifme ; & depuis ce temps ils ont été
fidelles à leur promeffe.

Qu'il me foit permis de demander à ces miffionnaires quelle était leur rage, après avoir fervi à la
deftruĉtion de tant de peuples en Amérique, d'en

aller faire autant aux extrémités de l'Orient pour la plus grande gloire de DIEU ?

S'il était poffible qu'il y eût des diables déchaînés de l'enfer pour venir ravager la terre, s'y prendraient-ils autrement ? Eft-ce donc là le commentaire du *contrains-les d'entrer* ? eft-ce ainfi que la douceur chrétienne fe manifefte ? eft-ce là le chemin de la vie éternelle ?

Lecteur, joignez cette aventure à tant d'autres ; réfléchiffez & jugez.

J E O V A.

Jeova, ancien nom de DIEU. Aucun peuple n'a jamais prononcé *Geova*, comme font les feuls Français, ils difaient *Iëvo* ; c'eft ainfi que vous le trouvez écrit dans *Sanchoniathon* cité par *Eufèbe*, prep. liv. X ; dans *Diodore*, liv. II ; dans *Macrobe*, fat. liv. I, &c. toutes les nations ont prononcé *ïe* & non pas *g*. C'eft du nom des quatre voyelles, i, e, o, u, que fe forma ce nom facré dans l'Orient. Les uns prononçaient ï e o h, en afpirant, ï, e, o, va ; les autres *yeaou*. Il fallait toujours quatre lettres, quoique nous en mettions ici cinq, faute de pouvoir exprimer ces quatre caractères.

Nous avons déjà obfervé que felon *Clément* d'Alexandrie, en faififfant la vraie prononciation de ce nom, on pouvait donner la mort à un homme. *Clément* en rapporte un exemple.

Long-temps avant *Moïfe*, *Seth* avait prononcé le nom de *Jeova*, comme il eft dit dans la Genèfe, chap. IV ; & même felon l'hébreu, *Seth* s'appela *Jeova*. *Abraham* fit ferment au roi de Sodome par *Jeova*, chap. XIV, v. 22.

Du mot *iova* les latins firent *iov*, *Jovis*, *Jovifpiter*, *Jupiter*. Dans le buiffon l'Eternel dit à *Moïfe* : Mon nom eft *Ioïia*. Dans les ordres qu'il lui donna pour la cour de *Pharaon*, il lui dit : *J'apparus à Abraham , Ifaac & Jacob dans le Dieu puiffant, & je ne leur révélai point mon nom Adonaï , & je fis un pacte avec eux.* (*a*)

Les Juifs ne prononcent point ce nom depuis long-temps. Il était commun aux Phéniciens & aux Egyptiens. Il fignifiait ce qui eft ; & de-là vient probablement l'infcription d'*Ifis* : *Je fuis tout ce qui eft.*

J E P H T É.

SECTION PREMIERE.

IL eft évident par le texte du livre des Juges que *Jephté* promit de facrifier la première perfonne qui fortirait de fa maifon pour venir le féliciter de fa victoire contre les Ammonites. Sa fille unique vint au-devant de lui ; il déchira fes vêtemens, & il l'immola après lui avoir permis d'aller pleurer fur les montagnes le malheur de mourir vierge. Les filles juives célébrèrent long-temps cette aventure, en pleurant la fille de *Jephté* pendant quatre jours. (*b*)

En quelque temps que cette hiftoire ait été écrite, qu'elle foit imitée de l'hiftoire grecque d'*Agamemnon*

(*a*) Exode, chap. VI, v. 3.
(*b*) Voyez chap. XII des Juges.

& d'*Idoménée*, ou qu'elle en foit le modèle, qu'elle foit antérieure ou poftérieure à de pareilles hiftoires affyriennes, ce n'eft pas ce que j'examine ; je m'en tiens au texte : *Jephté* voua fa fille en holocaufte, & accomplit fon vœu.

Il était expreffément ordonné par la loi juive, d'immoler les hommes voués au Seigneur. *Tout homme voué ne fera point racheté, mais fera mis à mort fans rémiffion.* La Vulgate traduit : *Non redimetur, fed morte morietur.* (*c*)

C'eft en vertu de cette loi que *Samuel* coupa en morceaux le roi *Agag*, à qui, comme nous l'avons déjà dit, *Saül* avait pardonné ; & c'eft même pour avoir épargné *Agag* que *Saül* fut réprouvé du Seigneur, & perdit fon royaume.

Voilà donc les facrifices de fang humain clairement établis ; il n'y a aucun point d'hiftoire mieux conftaté, on ne peut juger d'une nation que par fes archives, & par ce qu'elle rapporte d'elle-même.

S E C T I O N I I.

IL y a donc des gens à qui rien ne coûte, qui falfifient un paffage de l'Ecriture auffi hardiment que s'ils en rapportaient les propres mots ; & qui fur leur menfonge qu'ils ne peuvent méconnaître, efpèrent qu'ils tromperont les hommes Et s'il y a aujourd'hui de tels fripons, il eft à préfumer qu'avant l'invention de l'imprimerie il y en avait cent fois davantage.

Un des plus impudens falfificateurs a été l'auteur

(*c*) Lévitique, chap. XXVII, v. 29.

d'un infame libelle intitulé : *Dictionnaire anti-philoso-phique*, & juftement intitulé. Les lecteurs me diront : Ne te fâche pas tant, que t'importe un mauvais livre ? Meffieurs, il s'agit de *Jephté* ; il s'agit de victimes humaines, c'eft du fang des hommes facrifiés à DIEU que je veux vous entretenir.

L'auteur, quel qu'il foit, traduit ainfi le trente-neuvième verf. du ch. II de l'hiftoire de *Jephté* :

Elle retourna dans la maifon de fon père qui fit la confécration qu'il avait promife par fon vœu, & fa fille refta dans l'état de virginité.

Oui, falfificateur de Bible, j'en fuis fâché ; mais vous avez menti au St Efprit, & vous devez favoir que cela ne fe pardonne pas.

Il y a dans la Vulgate : *Et reverfa eft ad patrem fuum, & fecit ei ficut voverat quæ ignorabat virum. Exinde mos increbuit in Ifraël & confuetudo fervata eft ut poft anni circulum conveniant in unum filiæ Ifraël, & plangant filiam Jephte Galaaditæ.*

Elle revint à fon père, & il lui fit comme il avait voué, à elle qui n'avait point connu d'homme ; & de-là eft venu l'ufage, & la coutume s'eft confervée, que les filles d'Ifraël s'affemblent tous les ans pour pleurer la fille de Jephté le Galaadite, pendant quatre jours.

Or, dites-nous, homme anti-philofophe, fi on pleure tous les ans pendant quatre jours une fille pour avoir été confacrée ?

Dites-nous s'il y avait des religieufes chez un peuple qui regardait la virginité comme un opprobre ?

Dites-nous ce que fignifie : Il lui fit comme il avait voué, *fecit ei ficut voverat* ? Qu'avait voué *Jephté* ;

qu'avait-il promis par ferment? d'égorger fa fille, de
l'immoler en holocaufte ; & il l'égorgea.

Lifez la differtation de *Calmet* fur la témérité du
vœu de *Jephté* & fur fon accompliffement ; lifez la loi
qu'il cite , cette loi terrible du Lévitique au chapitre
XXVII, qui ordonne que tout ce qui fera dévoué au
Seigneur ne fera point racheté, mais mourra de mort;
non redimetur, fed morte morietur.

Voyez les exemples en foule attefter cette vérité
épouvantable ; voyez les Amalécites & les Cananéens;
voyez le roi d'Arad & tous les fiens foumis à ce
dévouement ; voyez le prêtre *Samuel* égorger de fes
mains le roi *Agag*, & le couper en morceaux comme
un boucher débite un bœuf dans fa boucherie. Et
puis corrompez, falfifiez , niez l'écriture fainte pour
foutenir votre paradoxe; infultez à ceux qui la révèrent,
quelque chofe étonnante qu'ils y trouvent. Donnez
un démenti à l'hiftorien *Jofephe* qui la tranfcrit , &
qui dit pofitivement que *Jephté* immola fa fille. Entaffez
injure fur menfonge , & calomnie fur ignorance ;
les fages en riront; & ils font aujourd'hui en grand
nombre ces fages. Oh! fi vous faviez comme ils
méprifent les *Routh* quand ils corrompent la fainte
écriture , & qu'ils fe vantent d'avoir difputé avec le
préfident de *Montefquieu* à fa dernière heure, & de
l'avoir convaincu qu'il faut penfer comme les frères
Jéfuites !

JESUITES, ou ORGUEIL.

ON a tant parlé des jéfuites, qu'après avoir occupé l'Europe pendant deux cents ans, ils finif- fent par l'ennuyer, foit qu'ils écrivent eux-mêmes, foit qu'on écrive pour ou contre cette fingulière fociété, dans laquelle il faut avouer qu'on a vu & qu'on voit encore des hommes d'un rare mérite.

On leur a reproché dans fix mille volumes leur morale relâchée, qui n'était pas plus relâchée que celle des capucins, & leur doctrine fur la fureté de la perfonne des rois ; doctrine qui après tout n'ap- proche ni du manche de corne du couteau de *Jacques Clément*, ni de l'hoftie faupoudrée qui fervit fi bien frère *Ange* de Montepulciano autre jacobin, & qui empoifonna l'empereur *Henri VII*.

Ce n'eft point la grâce verfatile qui les a perdus, ce n'eft pas la banqueroute frauduleufe du révérend père *la Valette* préfet des miffions apoftoliques. On ne chaffe point un ordre entier de France, d'Ef- pagne, des deux Siciles, parce qu'il y a eu dans cet ordre un banqueroutier. Ce ne font pas les fre- daines du jéfuite *Guyot Desfontaines*, ni du jéfuite *Fréron*, ni du révérend père *Marfi*, lequel eftropia par fes énormes talens un enfant charmant de la première nobleffe du royaume. On ferma les yeux fur ces imitations grecques & latines d'*Anacréon* & d'*Horace*.

Qu'eft-ce donc qui les a perdus ? L'orgueil.

Quoi ! les jéfuites étaient-ils plus orgueilleux que

les autres moines ? Oui, ils l'étaient au point qu'ils firent donner une lettre de cachet à un eccléfiaftique qui les avait appelés *moines*. Le frère *Crouft* le plus brutal de la fociété, frère du confeffeur de la feconde dauphine, fut prêt de battre en ma préfence le fils de M. G. depuis prêteur royal à Strasbourg, pour lui avoir dit qu'il irait le voir dans fon couvent.

C'était une chofe incroyable que leur mépris pour toutes les univerfités dont ils n'étaient pas, pour tous les livres qu'ils n'avaient pas faits, pour tout eccléfiaftique qui n'était pas *un homme de qualité ;* c'eft de quoi j'ai été témoin cent fois. Ils s'expriment ainfi dans leur libelle intitulé : (*a*) *Il eft temps de parler : Que dire à un magiftrat qui dit que les jéfuites font des orgueilleux, il faut les humilier ?* Ils étaient fi orgueilleux qu'ils ne voulaient pas qu'on blâmât leur orgueil.

D'où leur venait ce péché de la fuperbe ? De ce que frère *Guignard* avait été pendu. Cela eft vrai à la lettre.

Il faut remarquer qu'après le fupplice de ce jéfuite fous *Henri IV*, & après leur banniffement du royaume, ils ne furent rappelés qu'à condition qu'il y aurait toujours à la cour un jéfuite qui répondrait de la conduite des autres. *Coton* fut donc mis en otage auprès de *Henri IV ;* & ce bon roi, qui ne laiffait pas d'avoir fes petites fineffes, crut de gagner le pape en prenant fon otage pour fon confeffeur.

Dès-lors chaque frère jéfuite fe crut folidairement confeffeur du roi. Cette place de premier médecin de l'ame d'un monarque devint un miniftère fous *Louis XIII*, & furtout fous *Louis XIV*. Le frère

(*a*) Page 341.

Vadblé, valet de chambre du père de *la Chaise*, accordait sa protection aux évêqués de France ; & le père *le Tellier* gouvernait avec un sceptre de fer ceux qui voulaient bien être gouvernés ainsi. Il était impossible que la plupart des jésuites ne s'enflaffent du vent de ces deux hommes, & qu'ils ne fussent aussi insolens que les laquais du marquis de *Louvois*. Il y eut parmi eux des savans, des hommes éloquens, des génies ; ceux-là furent modestes, mais les médiocres, fefant le grand nombre, furent atteints de cet orgueil attaché à la médiocrité & à l'esprit de collège.

Depuis leur père *Garasse*, presque tous leurs livres polémiques respirèrent une hauteur indécente qui souleva toute l'Europe. Cette hauteur tomba souvent dans la baffesse du plus énorme ridicule ; de forte qu'ils trouvèrent le secret d'être à la fois l'objet de l'envie & du mépris. Voici, par exemple, comme ils s'exprimaient sur le célébre *Pâquier* avocat-général de la chambre des comptes.

,, *Pâquier* est un porte-panier, un maraud de ,, Paris, petit galant bouffon, plaisanteur, petit ,, compagnon vendeur de fornettes, simple regage ,, qui ne mérite pas d'être le valeton des laquais ; ,, belître, coquin qui rote, pète & rend sa gorge, ,, fort suspect d'hérésie ou bien hérétique, ou bien ,, pire, un sale & vilain satyre, un archimaître, ,, fot par nature, par béquarre, par bémol, fot à ,, la plus haute gamme, fot à triple femelle, fot à ,, double teinture, & teint en cramoisi, fot en ,, toutes fortes de fottifes. ,,

Ils polirent depuis leur style ; mais l'orgueil, pour être moins groffier, n'en fut que plus révoltant.

On pardonne tout hors l'orgueil. Voilà pourquoi tous les parlemens du royaume , dont les membres avaient été pour la plupart leurs difciples , ont faifi la première occafion de les anéantir : & la terre entière s'eft réjouie de. leur chute.

Cet efprit d'orgueil était fi fort enraciné dans eux, qu'il fe déployait avec la fureur la plus indécente dans le temps même qu'ils étaient tenus à terre fous la main de la juftice , & que leur arrêt n'était pas encore prononcé. On n'a qu'à lire le fameux mémoire intitulé : *Il eft temps de parler* , imprimé dans Avignon en 1 7 6 2 , fous le nom fuppofé d'Anvers. Il commence par une requête ironique aux gens tenant la cour de parlement. On leur parle dans cette requête avec autant de mépris que fi on fefait une réprimande à des clercs de procureur. On traite continuellement l'illuftre M. de *Montclar* procureur-général , l'oracle du parlement de Provence , de *maître Ripert ;* & on lui parle comme un régent en chaire parlerait à un écolier mutin & ignorant. On pouffe l'audace jufqu'à dire (*b*) que M. de *Montclar* *a blafphémé* en rendant compte de l'inftitut des jéfuites.

Dans leur mémoire qui a pour titre, *Tout fe dira,* ils infultent encore plus effrontément le parlement de Metz , & toujours avec ce ftyle qu'on puife dans les écoles.

Ils ont confervé le même orgueil fous la cendre dans laquelle la France, l'Efpagne les ont plongés. Le ferpent coupé en tronçons a levé encore la tête du fond de cette cendre. On a vu je ne fais quel miférable nommé *Nonotte*, s'ériger en critique de fes

(*b*) Tome II, pag. 399.

maîtres, & cet homme, fait pour prêcher la canaille
dans un cimetière, parler à tort & à travers des
chofes dont il n'avait pas la plus légère notion. Un
autre infolent de cette fociété, nommé *Patouillet*,
infultait, dans des mandemens d'évêque, des
citoyens, des officiers de la maifon du roi, dont les
laquais n'auraient pas fouffert qu'il leur parlât.

Une de leurs principales vanités était de s'introduire chez les grands dans leurs dernières maladies,
comme des ambaffadeurs de DIEU, qui venaient leur
ouvrir les portes du ciel fans les faire paffer par le
purgatoire. Sous *Louis XIV* il n'était pas du bon air
de mourir fans paffer par les mains d'un jéfuite ;
& le croquant allait enfuite fe vanter à fes dévotes
qu'il avait converti un duc & pair, lequel fans fa
protection aurait été damné.

Le mourant pouvait lui dire : De quel droit, excré-
ment de collége, viens-tu chez moi quand je me
meurs ? me voit-on venir dans ta cellule quand tu as
la fiftule ou la gangrène, & que ton corps craffeux
eft prêt à être rendu à la terre ? DIEU a-t-il donné à
ton ame quelques droits fur la mienne ? ai-je un précepteur à foixante & dix ans ? portes-tu les clefs du
paradis à ta ceinture ? Tu ofes dire que tu es ambaf-
fadeur de DIEU ; montre-moi tes patentes ; & fi tu
n'en as point, laiffe-moi mourir en paix. Un bénédictin, un chartreux, un prémontré ne viennent point
troubler mes derniers momens : ils n'érigent point
un trophée à leur orgueil fur le lit d'un agonifant ;
ils reftent dans leur cellule ; refte dans la tienne :
qu'y a-t-il entre toi & moi ?

Ce fut une chofe comique dans une trifte occafion

que l'empreſſement de ce jéſuite anglais nommé *Routh*, à venir s'emparer de la dernière heure du célébre *Monteſquieu*. Il vint, dit-il, rendre cette ame vertüeuſe à la religion , comme ſi *Monteſquieu* n'avait pas mieux connu la religion qu'un *Routh* , comme ſi DIEU eût voulu que *Monteſquieu* penſât comme un *Routh*. On le chaſſa de la chambre , & il alla crier dans tout Paris : J'ai converti cet homme illuſtre , je lui ai fait jeter au feu ſes *Lettres perſannes* & ſon *Eſprit des lois*. On eut ſoin d'imprimer la relation de la converſion du préſident de *Monteſquieu* par le révérend père *Routh*, dans ce libelle intitulé : *Anti-philoſophique*. (1)

Un autre orgueil des jéſuites était de faire des miſſions dans les villes comme s'ils avaient été chez des Indiens & chez des Japonais. Ils ſe feſaient ſuivre dans les rues par la magiſtrature entière. On portait une croix devant eux , on la plantait dans la place publique ; ils dépoſſédaient le curé , ils devenaient les maîtres de la ville. Un jéſuite nommé *Aubert* fit une pareille miſſion à Colmar , & obligea l'avocat-général du conſeil ſouverain de brûler à ſes pieds ſon *Bayle* , qui lui avait coûté cinquante écus. J'aurais mieux aimé brûler frère *Aubert*. Jugez comme l'orgueil de cet *Aubert* fut gonflé de ce ſacrifice , comme il s'en vanta le ſoir avec ſes confrères , comme il en écrivit à ſon général.

O moines! ô moines! ſoyez modeſtes , je vous l'ai déjà dit ; ſoyez modérés ſi vous ne voulez pas que malheur vous arrive.

---

(1) Nous avons obſervé déjà que l'on n'oſa le chaſſer ; il attendit l'inſtant de la mort de *Monteſquieu* pour voler ſes papiers ; on l'en empêcha ; mais il s'en vengea ſur ſon vin , & l'on fut obligé de le renvoyer ivre-mort dans ſon couvent.

J O B.

Bon jour, mon ami *Job*, tu es un des plus anciens originaux dont les livres faffent mention ; tu n'étais point juif : on fait que le livre qui porte ton nom eft plus ancien que le Pentateuque. Si les Hébreux qui l'ont traduit de l'arabe, fe font fervi du mot Jéhova pour fignifier Dieu, ils empruntèrent ce mot des Phéniciens & des Egyptiens, comme les vrais favans n'en doutent pas. Le mot de *Satan* n'était point hébreu, il était chaldéen, on le fait affez.

Tu demeurais fur les confins de la Chaldée. Des commentateurs, dignes de leur profeffion, prétendent que tu croyais à la réfurrection, parce qu'étant couché fur ton fumier, tu as dit, dans ton dix-neuvième chapitre, *que tu t'en releverais* quelque jour. Un malade qui efpère fa guérifon n'efpère pas pour cela la réfurrection ; mais je veux te parler d'autres chofes.

Avoue que tu étais un grand bavard, mais tes amis l'étaient davantage. On dit que tu poffédais fept mille moutons, trois mille chameaux, mille bœufs & cinq cents âneffes. Je veux faire ton compte.

Sept mille moutons, à trois livres dix fous pièce, font vingt - deux mille cinq cents livres tournois, pofe . . . . 22500 l.

J'évalue les trois mille chameaux, à cinquante écus pièce. 450000

Mille bœufs ne peuvent être eftimés l'un portant l'autre moins de . . 80000
                                          _____
                                          552500 l.

De l'autre part. . . . . 552500 l.

Et cinq cents ânesses, à vingt francs
l'ânesse , ...   10000.

Le tout se monte à . . , . 562500 l.

Sans compter tes meubles, bagues & joyaux.

J'ai été beaucoup plus riche que toi ; & quoique
j'aie perdu une grande partie de mon bien , & que
je sois malade comme toi , je n'ai point murmuré
contre DIEU , comme tes amis semblent te le reprocher
quelquefois.

Je ne suis point du tout content de *Satan* , qui
pour t'induire au péché & pour te faire oublier DIEU ,
demande la permission de t'ôter ton bien & de te
donner la gale. C'est dans cet état que les hommes
ont toujours recours à la Divinité. Ce sont les gens
heureux qui l'oublient. *Satan* ne connaissait pas assez
le monde : il s'est formé depuis ; & quand il veut
s'assurer de quelqu'un , il en fait un fermier-général ,
ou quelque chose de mieux , s'il est possible. C'est ce
que notre ami *Pope* nous a clairement montré dans
l'histoire du chevalier *Balaam.*

Ta femme était une impertinente, mais tes prétendus amis *Eliphas* natif de Théman en Arabie ,
Baldad de Suez, & *Sophar* de Nahamath étaient bien
plus insupportables qu'elle. Ils t'exhortent à la patience
d'une manière à impatienter le plus doux des hommes.
Ils te font de longs sermons plus ennuyeux que ceux
que prêche le fourbe *V*.....*e* à Amsterdam : &
le &c.

Il est vrai que tu ne fais ce que tu dis quand tu
t'écries : *Mon* DIEU ! *suis-je une mer ou une baleine*

pour avoir été enfermé par vous comme dans une prison ?
mais tes amis n'en favent pas davantage quand ils te
répondent , *que le jour ne peut reverdir fans humidité ,*
& que l'herbe des prés ne peut croître fans eau. Rien n'eft
moins confolant que cet axiome.

Sophar de Nahamath te reproche d'être un babillard ;
mais aucun de ces bons amis ne te prête un écu. Je ne
t'aurais pas traité ainfi. Rien n'eft plus commun que
gens qui confeillent, rien de plus rare que ceux qui
fecourent. C'eft bien la peine d'avoir trois amis pour
n'en pas recevoir une goutte de bouillon quand on eft
malade. Je m'imagine que quand DIEU t'eut rendu
tes richeffes & ta fanté , ces éloquens perfonnages
n'ofèrent pas fe préfenter devant toi ; auffi, *les amis*
de Job ont paffé en proverbe.

DIEU fut très-mécontent d'eux , & leur dit tout
net au chap. XLII , *qu'ils font ennuyeux & imprudens ;*
& il les condamne à une amende de fept taureaux &
de fept béliers pour avoir dit des fottifes. Je les aurais
condamnés pour n'avoir point fecouru leur ami.

Je te prie de me dire s'il eft vrai que tu vécus cent
quarante ans après cette aventure. J'aime à voir que
les honnêtes gens vivent long-temps ; mais il faut que
les hommes d'aujourd'hui foient de grands fripons ;
tant leur vie eft courte.

Au refte le livre de *Job* eft un des plus précieux de
toute l'antiquité. Il eft évident que ce livre eft d'un
arabe qui vivait avant le temps où nous plaçons
Moïfe. Il eft dit qu'*Eliphas* l'un des interlocuteurs eft
de Théman ; c'eft une ancienne ville d'Arabie. *Baldad*
était de Suez , autre ville d'Arabie. *Sophar* était de
Nahamath , contrée d'Arabie encore plus orientale.

Mais

Mais ce qui eſt bien plus remarquable, & ce qui démontre que cette fable ne peut être d'un juif, c'eſt qu'il y eſt parlé des trois conſtellations que nous nommons aujourd'hui l'Ourſe, l'Orion & les Hyades. Les Hébreux n'ont jamais eu la moindre connaiſſance de l'aſtronomie, ils n'avaient pas même de mot pour exprimer cette ſcience ; tout ce qui regarde les arts de l'eſprit leur était inconnu juſqu'au terme de géométrie.

Les Arabes au contraire habitant ſous des tentes, étant continuellement à portée d'obſerver les aſtres, furent peut-être les premiers qui réglèrent leurs années par l'inſpection du ciel.

Une obſervation plus importante, c'eſt qu'il n'eſt parlé que d'un ſeul DIEU dans ce livre. C'eſt une erreur abſurde d'avoir imaginé que les Juifs fuſſent les ſeuls qui reconnuſſent un Dieu unique ; c'était la doctrine de preſque tout l'Orient, & les Juifs en cela ne furent que des plagiaires comme ils le furent en tout.

DIEU, dans le trente-huitième chapitre parle lui-même à *Job* du milieu d'un tourbillon, & c'eſt ce qui a été imité depuis dans la Genèſe. On ne peut trop répéter que les livres juifs ſont très-nouveaux. L'ignorance & le fanatiſme crient que le Pentateuque eſt le plus ancien livre du monde. Il eſt évident que ceux de *Sanchoniathon*, ceux de *Thaut* antérieurs de huit cents ans à ceux de *Sanchoniathon;* ceux du premier *Zerduſt*, le Shaſta, le Védam des Indiens que nous avons encore, les cinq Kings des Chinois, enfin le livre de *Job*, ſont d'une antiquité beaucoup plus reculée qu'aucun livre juif. Il eſt démontré que ce petit peuple ne put avoir des annales que lorfqu'il eut un gouvernement ftable ; qu'il n'eut ce gouvernement que fous fes rois ; que fon jargon ne fe forma qu'avec le temps d'un mélange de phénicien & d'arabe. Il y a des preuves inconteftables que les Phéniciens cultivaient les lettres très-long-temps avant eux. Leur profeffion fut le brigandage & le courtage ; ils ne furent écrivains que par hafard. On a perdu les livres des Egyptiens & des Phéniciens ; les Chinois, les Brames, les Guèbres, les Juifs ont confervé les leurs. Tous ces monumens font curieux ; mais ce ne font que des monumens de l'imagination humaine dans lefquels on ne peut apprendre une feule vérité, foit phyfique, foit hiftorique. Il n'y a point aujourd'hui de petit livre de phyfique, qui ne foit plus utile que tous les livres de l'antiquité.

Le bon *Calmet* ou dom *Calmet* (car les bénédictins veulent qu'on leur donne du dom) ce naïf compilateur de tant de rêveries & d'imbécillités, cet homme que fa fimplicité a rendu fi utile à quiconque veut rire des fottifes antiques, rapporte fidellement les opinions de ceux qui ont voulu deviner la maladie dont *Job* fut attaqué, comme fi *Job* eût été un perfonnage réel. Il ne balance point à dire que *Job* avait la vérole, & il entaffe paffage fur paffage à fon ordinaire pour prouver ce qui n'eft pas. Il n'avait pas lu l'hiftoire de la vérole par *Aftruc :* car *Aftruc* n'étant ni un père de l'Eglife ni un docteur de Salamanque, mais un médecin très-favant, le bon homme *Calmet* ne favait pas feulement qu'il exiftât ; les moines compilateurs font de pauvres gens.

(*Par un malade aux eaux d'Aix-la-Chapelle.*)

J O S E P H.

L'HISTOIRE de *Joseph*, à ne la confidérer que comme un objet de curiofité & de littérature, eft un des plus précieux monumens de l'antiquité, qui foient parvenus jufqu'à nous. Elle paraît être le modèle de tous les écrivains orientaux; elle eft plus attendriffante que l'Odyffée d'*Homère*; car un héros qui pardonne eft plus touchant que celui qui fe venge.

Nous regardons les Arabes comme les premiers auteurs de ces fictions ingénieufes qui ont paffé dans toutes les langues; mais je ne vois chez eux aucune aventure comparable à celle de *Joseph*. Prefque tout en eft merveilleux, & la fin peut faire répandre des larmes d'attendriffement. C'eft un jeune homme de feize ans dont fes frères font jaloux; il eft vendu par eux à une caravane de marchands ifmaëlites, conduit en Egypte, & acheté par un eunuque du roi. Cet eunuque avait une femme, ce qui n'eft point du tout étonnant; le kiflar-aga, eunuque parfait, à qui on a tout coupé, a aujourd'hui un férail à Conftantinople : on lui a laiffé fes yeux & fes mains, & la nature n'a point perdu fes droits dans fon cœur. Les autres eunuques, à qui on n'a coupé que les deux accompagnemens de l'organe de la génération, emploient encore fouvent cet organe; & *Putiphar*, à qui *Joseph* fut vendu, pouvait très-bien être du nombre de ces eunuques.

La femme de *Putiphar* devint amoureufe du jeune *Joseph*, qui, fidelle à fon maître & à fon bienfaiteur, rejette les empreſſemens de cette femme. Elle en eſt irritée, & accuſe *Joſeph* d'avoir voulu la féduire. C'eſt l'hiſtoire d'*Hyppolite* & de *Phèdre*, de *Bellérophon* & de *Sténobée*, d'*Hébrus* & de *Damaſippe*, de *Tantis* & de *Péribée*, de *Myrille* & d'*Hippodamie*, de *Pélée* & de *Demenette*.

Il eſt difficile de favoir quelle eſt l'originale de toutes ces hiſtoires ; mais chez les anciens auteurs arabes, il y a un trait touchant l'aventure de *Joſeph* & de la femme de *Putiphar*, qui eſt fort ingénieux. L'auteur ſuppoſe que *Putiphar*, incertain entre ſa femme & *Joſeph*, ne regarda pas la tunique de *Joſeph* que ſa femme avait déchirée comme une preuve de l'attentat du jeune homme. Il y avait un enfant au berceau dans la chambre de la femme ; *Joſeph* diſait qu'elle lui avait déchiré & ôté ſa tunique en préſence de l'enfant ; *Putiphar* conſulta l'enfant dont l'eſprit était fort avancé pour ſon âge ; l'enfant dit à *Putiphar* : Regardez ſi la tunique eſt déchirée par devant ou par derrière ; ſi elle l'eſt par devant, c'eſt une preuve que *Joſeph* a voulu prendre par force votre femme qui ſe défendait ; ſi elle l'eſt par derrière, c'eſt une preuve que votre femme courait après lui. *Putiphar*, grâce au génie de cet enfant, reconnut l'innocence de ſon eſclave. C'eſt ainſi que cette aventure eſt rapportée dans l'Alcoran d'après l'ancien auteur arabe. Il ne s'embarraſſe point de nous inſtruire à qui appartenait l'enfant qui jugea avec tant d'eſprit. Si c'était un fils de la *Putiphar*, *Joſeph* n'était pas le premier à qui cette femme en avait voulu.

Quoi qu'il en ſoit, *Joſeph*, ſelon la Genèſe, eſt mis en priſon, & il s'y trouve en compagnie de l'échanſon

& du panetier du roi d'Egypte. Ces deux prisonniers
d'Etat rêvent tous deux pendant la nuit ; *Joseph*
explique leurs songes ; il leur prédit que dans trois
jours l'échanson rentrera en grâce, & que le panetier
sera pendu ; ce qui ne manqua pas d'arriver.

Deux ans après, le roi d'Egypte rêve aussi ; son
échanson lui dit qu'il y a un jeune juif en prison, qui
est le premier homme du monde pour l'intelligence
des rêves ; le roi fait venir le jeune homme, qui lui
prédit sept années d'abondance, & sept années de
stérilité.

Interrompons un peu ici le fil de l'histoire, pour
voir de quelle prodigieuse antiquité est l'interprétation
des songes. *Jacob* avait vu en songe l'échelle mysté-
rieuse au haut de laquelle était Dieu lui-même : il
apprit en songe une méthode de multiplier les troupeaux ; méthode qui n'a jamais réussi qu'à lui. *Joseph*
lui-même avait appris par un songe qu'il dominerait un
jour sur ses frères. *Abimélec*, long-temps auparavant,
avait été averti en songe que *Sara* était femme
d'*Abraham*. (*)

Revenons à *Joseph*. Dès qu'il eut expliqué le songe
de *Pharaon*, il fut sur le champ premier ministre. On
doute qu'aujourd'hui on trouvât un roi, même en
Asie, qui donnât une telle charge pour un rêve expliqué. *Pharaon* fit épouser à *Joseph* une fille de *Putiphar*.
Il est dit que ce *Putiphar* était grand-prêtre d'Hélio-
polis ; ce n'était donc pas l'eunuque son premier
maître ; ou si c'était lui, il avait encore certainement
un autre titre que celui de grand-prêtre, & sa femme
avait été mère plus d'une fois.

(*) Voyez *Songe*.

Cependant, la famine arriva, comme *Joseph* l'avait prédit, & *Joseph*, pour mériter les bonnes grâces de fon roi, força tout le peuple à vendre fes terres à *Pharaon*, & toute la nation fe fit efclave pour avoir du blé. C'eft-là apparemment l'origine du pouvoir defpotique. Il faut avouer que jamais roi n'avait fait un meilleur marché ; mais auffi le peuple ne devait guère bénir le premier miniftre.

Enfin, le père & les frères de *Joseph* eurent auffi befoin de blé, car *la famine défolait alors toute la terre.* Ce n'eft pas la peine de raconter ici comment *Joseph* reçut fes frères, comment il leur pardonna & les enrichit. On trouve dans cette hiftoire tout ce qui conftitue un poëme épique intéreffant ; expofition, nœud, reconnaiffance, péripétie, & merveilleux. Rien n'eft plus marqué au coin du génie oriental.

Ce que le bon homme *Jacob* père de *Joseph* répondit à *Pharaon* doit bien frapper ceux qui favent lire. Quel âge avez-vous ? lui dit le roi ; j'ai cent trente ans, dit le vieillard, & je n'ai pas eu encore un jour heureux dans ce court pélerinage.

J U D É E.

JE n'ai pas été en Judée, Dieu merci, & je n'irai jamais. J'ai vu des gens de toute nation qui en font revenus. Ils m'ont tous dit que la fituation de Jérufalem eft horrible ; que tout le pays d'alentour eft pierreux ; que les montagnes font pelées ; que le fameux fleuve du Jourdain n'a pas plus de quarante-cinq pieds de largeur, que le feul bon canton de ce

pays eſt Jéricho. Enfin ils parlent tous comme parlait
Sᵗ *Jérôme* qui demeura ſi long-temps dans Bethléem,
& qui peint cette contrée comme le rebut de la nature.
Il dit qu'en été il n'y a pas ſeulement d'eau à boire.
Ce pays cependant devait paraître aux Juiſs un lieu
de délices en comparaiſon des déſerts dont ils étaient
originaires. Des miſérables qui auraient quitté les
Landes pour habiter quelques montagnes du Lam-
pourdan vanteraient leur nouveau ſéjour ; & s'ils
eſpéraient pénétrer juſque dans les belles parties du
Languedoc, ce ſerait là pour eux la terre promiſe.

Voilà préciſément l'hiſtoire des Juiſs. Jéricho,
Jéruſalem ſont Toulouſe & Montpellier, & le déſert
de Sinaï eſt le pays entre Bordeaux & Baïonne.

Mais ſi le Dieu qui conduiſait les Juiſs voulait
leur donner une bonne terre ; ſi ces malheureux
avaient en effet habité l'Egypte, que ne les laiſſait-il
en Egypte ? à cela on ne répond que par des phraſes
théologiques.

La Judée, dit-on, était la terre promiſe. DIEU dit
à *Abraham : Je vous donnerai tout ce pays depuis le fleuve
d'Egypte juſqu'à l'Euphrate.* (a)

Hélas ! mes amis, vous n'avez jamais eu ces rivages
fertiles de l'Euphrate & du Nil. On s'eſt moqué de
vous. Les maîtres du Nil & de l'Euphrate ont été
tour à tour vos maîtres. Vous avez été preſque toujours eſclaves. Promettre & tenir ſont deux, mes
pauvres juiſs. Vous avez un vieux rabbin qui en
liſant vos ſages prophéties, qui vous annoncent une
terre de miel & de lait, s'écria qu'on vous avait promis
plus de beurre que de pain. Savez-vous bien que ſi

(a) Genèſe, chap. 15.

I 4

le grand-turc m'offrait aujourd'hui la feigneurie de Jérufalem, je n'en voudrais pas?

Fréderic III, en voyant ce déteftable pays, dit publiquement que *Moïfe* était bien mal avifé d'y mener fa compagnie de lépreux ; que n'allait-il à Naples ? difait *Fréderic*. Adieu, mes chers Juifs ; je fuis fâché que terre promife foit terre perdue.

(*Par le baron de Broukans.*)

J U I F S.

SECTION PREMIERE.

VOUS m'ordonnez de vous faire un tableau fidelle de l'efprit des Juifs, & de leur hiftoire : & fans entrer dans les voies ineffables de la Providence, vous cherchez dans les mœurs de ce peuple la fource des événemens que cette Providence a préparés.

Il eft certain que la nation juive eft la plus fingulière qui jamais ait été dans le monde. Quoiqu'elle foit la plus méprifable aux yeux de la politique, elle eft, à bien des égards, confidérable aux yeux de la philofophie.

Les Guèbres, les Banians & les Juifs font les feuls peuples qui fubfiftent difperfés, & qui, n'ayant d'alliance avec aucune nation, fe perpétuent au milieu des nations étrangères, & foient toujours à part du refte du monde.

Les Guèbres ont été autrefois infiniment plus confidérables que les Juifs, puifque ce font des reftes des anciens Perfes, qui eurent les Juifs fous leur

domination; mais ils ne font aujourd'hui répandus
que dans une partie de l'Orient.

Les Banians, qui defcendent des anciens peuples
chez qui *Pythagore* puifa fa philofophie, n'exiftent
que dans les Indes & en Perfe : mais les Juifs font
difperfés fur la face de toute la terre ; & s'ils fe
raffemblaient, ils compoferaient une nation beaucoup
plus nombreufe qu'elle ne le fut jamais dans le court
efpace où ils furent fouverains de la Paleftine. Prefque
tous les peuples qui ont écrit l'hiftoire de leur origine
ont voulu la relever par des prodiges : tout eft miracle
chez eux : leurs oracles ne leur ont prédit que des
conquêtes : ceux qui en effet font devenus conquérans n'ont pas eu de peine à croire ces anciens
oracles que l'événement juftifiait. Ce qui diftingue
les Juifs des autres nations, c'eft que leurs oracles
font les feuls véritables : il ne nous eft pas permis d'en
douter. Ces oracles, qu'ils n'entendent que dans le
fens littéral, leur ont prédit cent fois qu'ils feraient
les maîtres du monde : cependant ils n'ont jamais
poffédé qu'un petit coin de terre pendant quelques
années ; ils n'ont pas aujourd'hui un village en propre.
Ils doivent donc croire, & ils croient en effet qu'un
jour leurs prédictions s'accompliront, & qu'ils auront
l'empire de la terre.

Ils font le dernier de tous les peuples parmi les
mufulmans & les chrétiens, & ils fe croient le premier.
Cet orgueil dans leur abaiffement eft juftifié par une
raifon fans réplique, c'eft qu'ils font réellement les pères
des chrétiens & des mufulmans. Les religions chrétienne & mufulmane reconnaiffent la juive pour leur
mère ; & par une contradiction fingulière, elles ont à
la fois pour cette mère du refpect & de l'horreur.

Il ne s'agit pas ici de répéter cette fuite continue de prodiges qui étonnent l'imagination, & qui exercent la foi. Il n'eft queftion que des événemens purement hiftoriques, dépouillés du concours célefte & des miracles que D i e u daigna fi long-temps opérer en faveur de ce peuple.

On voit d'abord en Egypte une famille de foixante & dix perfonnes, produire au bout de deux cents quinze ans une nation dans laquelle on compte fix cents mille combattans, ce qui fait avec les femmes, les vieillards & les enfans, plus de deux millions d'ames. Il n'y a point d'exemple fur la terre d'une population fi prodigieufe : cette multitude fortie d'Egypte demeura quarante ans dans les déferts de l'Arabie pétrée : & le peuple diminua beaucoup dans ce pays affreux.

Ce qui refta de la nation avança un peu au nord de ces déferts. Il paraît qu'ils avaient les mêmes principes qu'eurent depuis les peuples de l'Arabie pétrée & déferte, de maffacrer fans miféricorde les habitans des petites bourgades fur lefquels ils avaient de l'avantage, & de réferver feulement les filles. L'intérêt de la population a toujours été le but principal des uns & des autres. On voit que quand les Arabes eurent conquis l'Efpagne, ils impoférent dans les provinces des tributs de filles nubiles ; & aujour-d'hui les Arabes du défert ne font point de traités fans ftipuler qu'on leur donnera quelques filles & des préfens.

Les Juifs arrivèrent dans un pays fablonneux, hériffé de montagnes, où il y avait quelques villages habités par un petit peuple nommé *les Madianites*. Ils prirent dans un feul camp de Madianites fix cents foixante & quinze mille moutons, foixante & douze mille bœufs, foixante & un mille ânes, & trente-deux mille pucelles. Tous les hommes, toutes les femmes & les enfans mâles furent maffacrés : les filles & le butin furent partagés entre le peuple & les facrificateurs.

Ils s'emparèrent enfuite, dans le même pays, de la ville de Jéricho ; mais ayant voué les habitans de cette ville à l'anathème, ils maffacrèrent tout jufqu'aux filles mêmes, & ne pardonnèrent qu'à une courtifanne nommée *Raab*, qui les avait aidés à furprendre la ville.

Les favans ont agité la queftion, fi les Juifs facrifiaient en effet des hommes à la Divinité, comme tant d'autres nations : c'eft une queftion de nom : ceux que ce peuple confacrait à l'anathème n'étaient pas égorgés fur un autel avec des rites religieux : mais ils n'en étaient pas moins immolés, fans qu'il fût permis de pardonner à un feul. Le Lévitique défend expreffément au verfet 27 du chapitre XXIX de racheter ceux qu'on aura voués ; il dit en propres paroles : *Il faut qu'ils meurent.* C'eft en vertu de cette loi que *Jephté* voua & égorgea fa fille, que *Saül* voulut tuer fon fils, & que le prophète *Samuël* coupa par morceaux le roi *Agag* prifonnier de *Saül.* Il eft bien certain que Dieu eft le maître de la vie des hommes, & qu'il ne nous appartient pas d'examiner fes lois : nous devons nous borner à croire ces faits, & à refpecter en filence les deffeins de Dieu qui les a permis.

On demande auffi quel droit des étrangers tels que les Juifs avaient fur le pays de Canaan ? on répond qu'ils avaient celui que Dieu leur donnait.

A peine ont-ils pris Jéricho & Laïs, qu'ils ont entr'eux une guerre civile dans laquelle la tribu de *Benjamin* est presque toute exterminée, hommes, femmes & enfans ; il n'en resta que six cents mâles : mais le peuple, ne voulant point qu'une des tribus fût anéantie, s'avisa pour y remédier de mettre à feu & à sang une ville entière de la tribu de *Manassé*, d'y tuer tous les hommes, tous les vieillards, tous les enfans, toutes les femmes mariées, toutes les veuves; & d'y prendre six cents vierges, qu'ils donnèrent aux six cents survivans de *Benjamin* pour refaire cette tribu, afin que le nombre de leurs douze tribus fût toujours complet.

Cependant les Phéniciens, peuple puissant, établis sur les côtes de temps immémorial, alarmés des déprédations & des cruautés de ces nouveaux venus, les châtièrent souvent : les princes voisins se réunirent contre eux, & ils furent réduits sept fois en servitude pendant plus de deux cents années.

Enfin ils se font un roi, & l'élisent par le sort. Ce roi ne devait pas être fort puissant ; car à la première bataille que les Juifs donnèrent sous lui aux Philistins leurs maîtres, ils n'avaient dans toute l'armée qu'une épée & qu'une lance, & pas un seul instrument de fer. Mais leur second roi *David* fait la guerre avec avantage. Il prend la ville de Salem, si célébre depuis sous le nom de Jérusalem ; & alors les Juifs commencent à faire quelque figure dans les environs de la Syrie.

Leur gouvernement & leur religion prennent une forme plus auguste. Jusque-là ils n'avaient pu avoir de temple, quand toutes les nations voisines en avaient. *Salomon* en bâtit un superbe, & régna sur ce peuple environ quarante ans.

Le temps de *Salomon* est non-seulement le temps le
plus florissant des Juifs ; mais tous les rois de la terre
ensemble ne pourraient étaler un trésor qui approchât
de celui de *Salomon*. Son père *David*, dont le prédécesseur n'avait pas même de fer, laissa à *Salomon*
vingt-cinq milliars six cents quarante-huit millions de
livres de France au cours de ce jour, en argent
comptant. Ses flottes qui allaient à Ophyr lui rapportaient par an soixante & huit millions en or pur, sans
compter l'argent & les pierreries. Il avait quarante
mille écuries, & autant de remises pour ses chariots,
douze mille écuries pour sa cavalerie, sept cents
femmes, & trois cents concubines. Cependant il n'avait
ni bois ni ouvriers pour bâtir son palais & le temple :
il en emprunta d'*Hiram* roi de Tyr, qui fournit même
de l'or ; & *Salomon* donna vingt villes en payement
à *Hiram*. Les commentateurs ont avoué que ces faits
avaient besoin d'explication, & ont soupçonné quelque
erreur de chiffre dans les copistes, qui seuls ont pu se
tromper.

A la mort de *Salomon*, douze tribus qui composaient
la nation se divisent. Le royaume est déchiré : il se
sépare en deux petites provinces, dont l'une est appelée
Juda, & l'autre *Israël*. Neuf tribus & demie composent
la province israélite, & deux & demie seulement font
celle de Juda. Il y eut alors entre ces deux petits
peuples une haine d'autant plus implacable qu'ils
étaient parens & voisins, & qu'ils eurent des religions
différentes : car à Sichem, à Samarie, on adorait
Baal en donnant à DIEU un nom sidonien, tandis
qu'à Jérusalem on adorait *Adonaï*. On avait consacré
à Sichem deux veaux, & on avait à Jérusalem

confacré deux chérubins, qui étaient deux animaux
ailés à double tête, placés dans le fanctuaire : chaque
faction ayant donc fes rois, fon dieu, fon culte & fes
prophètes, fe fit une guerre cruelle.

Tandis qu'elles fe fefaient cette guerre, les rois
d'Affyrie, qui conquéraient la plus grande partie de
l'Afie, tombèrent fur les Juifs comme un aigle enlève
deux lézards qui fe battent. Les neuf tribus & demie
de Samarie & de Sichem furent enlevées & difperfées
fans retour, & fans que jamais on ait fu précifément
en quels lieux elles furent menées en efclavage.

Il n'y a que vingt lieues de la ville de Samarie à
Jérufalem, & leurs territoires fe touchaient ; ainfi,
quand l'une de ces deux villes était écrafée par de
puiffans conquérans, l'autre ne devait pas tenir long-
temps. Auffi Jérufalem fut plufieurs fois faccagée ;
elle fut tributaire des rois *Hazaël* & *Razin*, efclave
fous *Teglat-phael-affer*, trois fois prife par *Nabuchodonofor* ou *Nebucodon-affer*, & enfin détruite. *Sédécias*,
qui avait été établi roi ou gouverneur par ce conquérant, fut emmené lui & tout fon peuple en captivité
dans la Babylonie ; de forte qu'il ne reftait de Juifs
dans la Paleftine que quelques familles de payfans
efclaves pour enfemencer les terres.

A l'égard de la petite contrée de Samarie & de
Sichem, plus fertile que celle de Jérufalem, elle fut
repeuplée par des colonies étrangères, que les rois
affyriens y envoyèrent, & qui prirent le nom de
Samaritains.

Les deux tribus & demie, efclaves dans Babylone,
& dans les villes voifines, pendant foixante & dix ans,
eurent le temps d'y prendre les ufages de leurs maîtres ;

elles enrichirent leur langue du mélange de la langue chaldéenne. Les Juifs dès-lors ne connurent plus que l'alphabet & les caractères chaldéens ; ils oublièrent même le dialecte hébraïque pour la langue chaldéenne : cela est incontestable. L'historien *Josephe* dit qu'il a d'abord écrit en chaldéen, qui est la langue de son pays. Il paraît que les Juifs apprirent peu de chose de la science des mages : ils s'adonnèrent au métier de courtiers, de changeurs, & de fripiers ; par-là ils se rendirent nécessaires, comme ils le font encore, & ils s'enrichirent.

Leurs gains les mirent en état d'obtenir sous *Cyrus* la liberté de rebâtir Jérusalem ; mais quand il fallut retourner dans leur patrie, ceux qui s'étaient enrichis à Babylone ne voulurent point quitter un si beau pays pour les montagnes de la Célosyrie, ni les bords fertiles de l'Euphrate & du Tygre pour le torrent de Cédron. Il n'y eut que la plus vile partie de la nation qui revint avec *Zorobabel*. Les Juifs de Babylone contribuèrent seulement de leurs aumônes pour rebâtir la ville & le temple ; encore la collecte fut-elle médiocre ; & *Esdras* rapporte qu'on ne put ramasser que soixante & dix mille écus pour relever ce temple, qui devait être le temple de l'univers.

Les Juifs restèrent toujours sujets des Perses ; ils le furent de même d'*Alexandre ;* & lorsque ce grand-homme, le plus excusable des conquérans, eut commencé dans les premières années de ses victoires à élever Alexandrie, & à la rendre le centre du commerce du monde, les Juifs y allèrent en foule exercer leur métier de courtiers ; & leurs rabbins y apprirent enfin quelque chose des sciences des Grecs. La langue grecque devint abfolument néceffaire à tous les juifs commerçans.

Après la mort d'*Alexandre* , ce peuple demeura foumis aux rois de Syrie dans Jérufalem , & aux rois d'Egypte dans Alexandrie ; & lorfque ces rois fe fefaient la guerre , ce peuple fubiffait toujours le fort des fujets , & appartenait aux vainqueurs.

Depuis leur captivité à Babylone, Jérufalem n'eût plus de gouverneurs particuliers qui priffent le nom de roi. Les pontifes eurent l'adminiftration intérieure, & ces pontifes étaient nommés par leurs maîtres : ils achetaient quelquefois très-cher cette dignité, comme le patriarche grec de Conftantinople achète la fienne.

Sous *Antiochus Epiphane* ils fe révoltèrent ; la ville fut encore une fois pillée , & les murs démolis.

Après une fuite de pareils défaftres, ils obtiennent enfin pour la première fois, environ cent cinquante ans avant l'ère vulgaire, la permiffion de battre monnaie; c'eft d'*Antiochus Sidètes* qu'ils tinrent ce privilége. Ils eurent alors des chefs qui prirent le nom de rois , & qui même portèrent un diadème. *Antigone* fut décoré le premier de cet ornement , qui devient peu honorable fans la puiffance.

Les Romains dans ce temps-là commençaient à devenir redoutables aux rois de Syrie maîtres des Juifs ; ceux-ci gagnèrent le fénat de Rome par des foumiffions & des préfens. Les guerres des Romains dans l'Afie mineure femblaient devoir laiffer refpirer ce malheureux peuple ; mais à peine Jérufalem jouit-elle de quelque ombre de liberté , qu'elle fut déchirée par des guerres civiles, qui la rendirent fous fes fantômes de rois beaucoup plus à plaindre qu'elle

ne

ne l'avait jamais été dans une si longue suite de différens esclavages.

Dans leurs troubles intestins , ils prirent les Romains pour juges. Déjà la plupart des royaumes de l'Asie mineure , de l'Afrique méridionale , & des trois quarts de l'Europe , reconnaissaient les Romains pour arbitres & pour maîtres.

Pompée vint en Syrie juger les nations, & déposer plusieurs petits tyrans. Trompé par *Aristobule* , qui disputait la royauté de Jérusalem , il se vengea sur lui & sur son parti. Il prit la ville, fit mettre en croix quelques séditieux , soit prêtres , soit pharisiens , & condamna , long-temps après, le roi des Juifs *Aristobule* au dernier supplice.

Les Juifs toujours malheureux , toujours esclaves, & toujours révoltés , attirent encore sur eux les armes romaines. *Crassus* & *Cassius* les punissent ; & *Metellus Scipion* fait crucifier un fils du roi *Aristobule* nommé *Alexandre*, auteur de tous les troubles.

Sous le grand *César* ils furent entièrement soumis & paisibles. *Hérode* fameux parmi eux & parmi nous, long-temps simple tétrarque , obtint d'*Antoine* la couronne de Judée , qu'il paya chérement : mais Jérusalem ne voulut pas reconnaître ce nouveau roi, parce qu'il était descendu d'*Esaü* , & non pas de *Jacob* , & qu'il n'était qu'iduméen : c'était précisément sa qualité d'étranger qui l'avait fait choisir par les Romains pour tenir mieux ce peuple en bride.

Les Romains protégèrent le roi de leur nomination avec une armée. Jérusalem fut encore prise d'assaut , saccagée & pillée.

Dictionn. philosoph. Tome V.   K

Hérode protégé depuis par *Augufte* devint un des plus puiffans princes parmi les petits rois de l'Arabie. Il répara Jérufalem ; il rebâtit la forterefſe qui entourait ce temple fi cher aux Juifs , qu'il conftruifit aufſi de nouveau , mais qu'il ne put achever : l'argent & les ouvriers lui manquèrent. C'eſt une preuve qu'après tout *Hérode* n'était pas riche , & que les Juifs , qui aimaient leur temple , aimaient encore plus leur argent comptant.

Le nom de roi n'était qu'une faveur que fefaient les Romains : cette grâce n'était pas un titre de fucceſſion. Bientôt après la mort d'*Hérode*, la Judée fut gouvernée en province romaine fubalterne par le proconful de Syrie ; quoique de temps en temps on accordât le titre de roi tantôt à un juif , tantôt à un autre , moyennant beaucoup d'argent , ainfi qu'on l'accorda au juif *Agrippa* fous l'empereur *Claude*.

Une fille d'*Agrippa* fut cette *Bérénice* célèbre pour avoir été aimée d'un des meilleurs empereurs dont Rome fe vante. Ce fut elle qui , par les injuſtices qu'elle eſſuya de fes compatriotes , attira les vengeances des Romains fur Jérufalem. Elle demanda juſtice. Les factions de la ville la lui refufèrent. L'efprit féditieux de ce peuple fe porta à de nouveaux excès ; fon caractère en tout temps était d'être cruel , & fon fort d'être puni.

Vefpafien & *Titus* firent ce fiége mémorable , qui finit par la deftruction de la ville. *Jofephe* l'exagérateur prétend que dans cette courte guerre il y eut plus d'un million de juifs maſſacrés. Il ne faut pas s'étonner qu'un auteur qui met quinze mille hommes dans chaque village tue un million d'hommes. Ce qui resta fut exposé dans les marchés publics , & chaque juif fut vendu à peu près au même prix que l'animal immonde dont ils n'osent manger.

Dans cette dernière dispersion ils espérèrent encore un libérateur ; & sous *Adrien* , qu'ils maudissent dans leurs prières , il s'éleva un *Barcochébas* , qui se dit un nouveau *Moïse* , un *Shilo* , un *Christ*. Ayant rassemblé beaucoup de ces malheureux sous ses étendards , qu'ils crurent sacrés , il périt avec tous ses suivans : ce fut le dernier coup pour cette nation , qui en demeura accablée. Son opinion constante, que la stérilité est un opprobre , l'a conservée. Les Juifs ont regardé comme leurs deux grands devoirs , des enfans & de l'argent.

Il résulte de ce tableau raccourci que les Hébreux ont presque toujours été ou errans , ou brigands , ou esclaves , ou séditieux : ils sont encore vagabonds aujourd'hui sur la terre , & en horreur aux hommes , assurant que le ciel & la terre , & tous les hommes ont été créés pour eux seuls.

On voit évidemment , par la situation de la Judée , & par le génie de ce peuple , qu'il devait être toujours subjugué. Il était environné de nations puissantes & belliqueuses qu'il avait en aversion. Ainsi il ne pouvait ni s'allier avec elles, ni être protégé par elles. Il lui fut impossible de se soutenir par la marine , puisqu'il perdit bientôt le port qu'il avait du temps de *Salomon* sur la mer Rouge , & que *Salomon* même se servit toujours des Tyriens pour bâtir & pour conduire ses vaisseaux , ainsi que pour élever son palais & le temple. Il est donc manifeste que les Hébreux n'avaient aucune industrie , & qu'ils ne pouvaient composer un peuple florissant. Ils n'eurent jamais de corps d'armée

K 2

continuellement fous le drapeau, comme les Affyriens, les Mèdes, les Perfes, les Syriens & les Romains. Les artifans & les cultivateurs prenaient les armes dans les occafions,& ne pouvaient par conféquent former des troupes aguerries. Leurs montagnes, où plutôt leurs rochers, ne font ni d'une affez grande hauteur, ni affez contigus, pour avoir pu défendre l'entrée de leur pays. La plus nombreufe partie de la nation tranfportée à Babylone, dans la Perfe & dans l'Inde, ou établie dans Alexandrie, était trop occupée de fon commerce & de fon courtage pour fonger à la guerre. Leur gouvernement civil, tantôt républicain, tantôt pontifical, tantôt monarchique, & très-fouvent réduit à l'anarchie, ne paraît pas meilleur que leur difci-pline militaire.

Vous demandez quelle était la philofophie des Hébreux ; l'article fera bien court ; ils n'en avaient aucune. Leur légiflateur même ne parle expreffément en aucun endroit ni de l'immortalité de l'ame, ni des récompenfes d'une autre vie. *Jofephe* & *Philon* croient les ames matérielles ; leurs docteurs admettaient des anges corporels ; & dans leur féjour à Babylone ils donnèrent à ces anges les noms que leur donnaient les Chaldéens, *Michel*, *Gabriel*, *Raphaël*, *Uriel*. Le nom de *Satan* eft babylonien, & c'eft en quelque manière l'*Arimane* de *Zoroaftre*. Le nom d'*Afmodée* eft auffi chaldéen ; & *Tobie*, qui demeurait à Ninive, eft le premier qui l'ait employé. Le dogme de l'immortalité de l'ame ne fe développa que dans la fuite des temps chez les pharifiens. Les faducéens nièrent toujours cette fpiritualité, cette immortalité, & l'exiftence des anges. Cependant les faducéens communiquèrent fans

interruption avec les pharifiens : ils eurent même des
fouverains pontifes de leur fecte. Cette prodigieufe
différence entre les fentimens de ces deux grands corps
ne caufa aucun trouble. Les Juifs n'étaient attachés
fcrupuleufement, dans les derniers temps de leur féjour
à Jérufalem, qu'à leurs cérémonies légales. Celui qui
aurait mangé du boudin ou du lapin aurait été lapidé;
& celui qui niait l'immortalité de l'ame pouvait être
grand-prêtre.

On dit communément que l'horreur des Juifs pour
les autres nations venait de leur horreur pour l'idolâtrie ; mais il eft bien plus vraifemblable que la
manière dont ils exterminèrent d'abord quelques
peuplades du Canaan, & la haine que les nations
voifines conçurent pour eux, furent la caufe de cette
averfion invincible qu'ils eurent pour elles. Comme ils
ne connaiffaient de peuples que leurs voifins, ils
crurent en les abhorrant détefter toute la terre, &
s'accoutumèrent ainfi à être les ennemis de tous les
hommes.

Une preuve que l'idolâtrie des nations n'était point
la caufe de cette haine, c'eft que par l'hiftoire des Juifs
on voit qu'ils ont été très-fouvent idolâtres. *Salomon*
lui-même facrifiait à des dieux étrangers. Depuis lui
on ne voit prefque aucun roi dans la petite province
de Juda, qui ne permette le culte de ces dieux, & qui
ne leur offre de l'encens. La province d'Ifraël
conferva fes deux veaux & fes bois facrés, ou adora
d'autres divinités.

Cette idolâtrie qu'on reproche à tant de nations
eft encore une chofe bien peu éclaircie. Il ne ferait
peut-être pas difficile de laver de ce reproche la

théologie des anciens. Toutes les nations policées eurent là connaiffance d'un DIEU fuprême, maître des dieux fubalternes & des hommes. Les Egyptiens reconnaiffaient eux-mêmes un premier principe, qu'ils appelaient *Knef*, à qui tout le refte était fubordonné. Les anciens Perfes adoraient le bon principe nommé *Orofmade*, & ils étaient très-éloignés de facrifier au mauvais principe *Arimane*, qu'ils regardaient à peu près comme nous regardons le diable. Les Guèbres encore aujourd'hui ont confervé le dogme facré de l'unité de DIEU. Les anciens brachmanes reconnaiffaient un feul être fuprême : les Chinois n'affocièrent aucun être fubalterne à la Divinité, & n'eurent aucune idole jufqu'aux temps où le culte de *Fo*, & les fuperftitions des bonzes ont féduit la populace. Les Grecs & les Romains, malgré la foule de leurs dieux, reconnaiffaient dans *Jupiter* le fouverain abfolu du ciel & de la terre. *Homère* même, dans les plus abfurdes fictions de la poëfie, ne s'eft jamais écarté de cette vérité. Il repréfente toujours *Jupiter* comme le feul tout-puiffant, qui envoie le bien & le mal fur la terre, & qui d'un mouvement de fes fourcils fait trembler les dieux & les hommes. On dreffait des autels ; on fefait des facrifices à des dieux fubalternes, & dépendans du DIEU fuprême. Il n'y a pas un feul monument de l'antiquité, où le nom de *fouverain du ciel* foit donné à un dieu fecondaire, à *Mercure*, à *Apollon*, à *Mars*. La foudre a toujours été l'attribut du maître.

L'idée d'un être fouverain, de fa providence, de fes décrets éternels, fe trouve chez tous les philofophes, & chez tous les poëtes. Enfin il eft peut-être auffi injufte de penfer que les anciens égalaffent les héros, les génies, les dieux inférieurs, à celui qu'ils appellent *le père & le maître des dieux*, qu'il ferait ridicule de penfer que nous affocions à DIEU les bienheureux & les anges.

Vous demandez enfuite fi les anciens philofophes & les légiflateurs ont puifé chez les Juifs, ou fi les Juifs ont pris chez eux. Il faut s'en rapporter à *Philon :* il avoue qu'avant la traduction des Septante, les étrangers n'avaient aucune connaiffance des livres de fa nation. Les grands peuples ne peuvent tirer leurs lois & leurs connaiffances d'un petit peuple obfcur & efclave. Les Juifs n'avaient pas même de livres du temps d'*Ofias*. On trouva par hafard fous fon règne le feul exemplaire de la loi qui exiftât. Ce peuple, depuis qu'il fut captif à Babylone, ne connut d'autre alphabet que le chaldéen : il ne fut renommé pour aucun art, pour aucune manufacture de quelque efpèce qu'elle pût être ; & dans le temps même de *Salomon* ils étaient obligés de payer chèrement des ouvriers étrangers. Dire que les Egyptiens, les Perfes, les Grecs furent inftruits par les Juifs, c'eft dire que les Romains apprirent les arts des Bas-Bretons. Les Juifs ne furent jamais ni phyficiens, ni géomètres, ni aftronomes. Loin d'avoir des écoles publiques pour l'inftruction de la jeuneffe, leur langue manquait même de terme pour exprimer cette inftitution. Les peuples du Pérou & du Mexique réglaient bien mieux qu'eux leur année. Leur féjour dans Babylone & dans Alexandrie, pendant lequel des particuliers purent s'inftruire, ne forma le peuple que dans l'art de l'ufure. Ils ne furent jamais frapper des efpèces : & quand *Antiochus Sidètes* leur permit d'avoir de la monnaie à leur coin, à peine purent-ils profiter de cette permiffion pendant quatre ou cinq ans; encore on prétend que ces efpèces furent frappées dans Samarie. De-là vient que les médailles juives font fi rares, & prefque toutes fauffes. Enfin vous ne trouverez en eux qu'un peuple ignorant & barbare, qui joint depuis long-temps la plus fordide avarice à la plus déteftable fuperftition, & à la plus invincible haine pour tous les peuples qui les tolèrent & qui les enrichiffent. *Il ne faut pourtant pas les brûler.*

S E C T I O N I I.

Sur la loi des Juifs.

LEUR loi doit paraître à tout peuple policé auffi bizarre que leur conduite; fi elle n'était pas divine, elle paraîtrait une loi de fauvages, qui commencent à s'affembler en corps de peuple; & étant divine on ne faurait comprendre comment elle n'a pas toujours fubfifté, & pour eux & pour tous les hommes. (*)

Ce qui eft le plus étrange, c'eft que l'immortalité de l'ame n'eft pas feulement infinuée dans cette loi intitulée *Vaïcra* & *Addebarim*, Lévitique & Deutéronome.

Il y eft défendu de manger de l'anguille parce qu'elle n'a point d'écailles, ni de liévre parce que, dit le *Vaïcra*, le liévre rumine & n'a point le pied fendu. Cependant il eft vrai que le liévre a le pied fendu & ne rumine point, apparemment que les Juifs avaient d'autres liévres que les nôtres. Le griffon eft immonde, les oifeaux à quatre pieds font immondes,

(*) Voyez *Moïfe.*

ce font des animaux un peu rares. Quiconque touche
une fouris ou une taupe eft impur. On y défend aux
femmes de coucher avec des chevaux & des ânes. Il
faut que les femmes juives fuffent fujettes à ces galanteries. On y défend aux hommes d'offrir de leur
femence à *Moloc*, & la *femence* n'eft pas là un terme
métaphorique, qui fignifie des enfans ; il y eft répété
que c'eft de la propre femence du mâle dont il s'agit.
Le texte même appelle cette offrande fornication. C'eft
en quoi ce livre du Vaïcra eft très-curieux. Il paraît
que c'était une coutume dans les déferts de l'Arabie,
d'offrir ce fingulier préfent aux dieux, comme il eft
d'ufage, dit-on, à Cochin, & dans quelques autres pays
des Indes, que les filles donnent leur pucelage à un
Priape de fer dans un temple. Ces deux cérémonies
prouvent que le genre-humain eft capable de tout.
Les Caffres, qui fe coupent un tefticule, font encore un
bien plus ridicule exemple des excès de la fuperftition.

Une loi non moins étrange chez les Juifs eft la
preuve de l'adultère. Une femme accufée par fon mari
doit être préfentée aux prêtres, on lui donne à boire
de l'eau de jaloufie mêlée d'abfinthe & de pouffière. Si
elle eft innocente, cette eau la rend plus belle &
plus féconde ; fi elle eft coupable, les yeux lui fortent
de la tête, fon ventre enfle, & elle crève devant le
Seigneur.

On n'entre point ici dans les détails de tous ces
facrifices qui ne font que des opérations de bouchers
en cérémonie ; mais il eft très-important de remarquer une autre forte de facrifice trop commune dans
ces temps barbares. Il eft expreffément ordonné dans
le XXVIIe chapitre du Lévitique, d'immoler les

hommes qu'on aura voués en anathème au Seigneur. *Point de rançon*, dit le texte, *il faut que la victime promise expire*. Voilà la source de l'histoire de *Jephté*, soit que sa fille ait été réellement immolée, soit que cette histoire soit une copie de celle d'*Iphigénie* : voilà la source du vœu de *Saül*, qui allait immoler son fils si l'armée moins superstitieuse que lui n'eût sauvé la vie à ce jeune homme innocent.

Il n'est donc que trop vrai que les Juifs suivant leur loi sacrifiaient des victimes humaines. Cet acte de religion s'accorde avec leurs mœurs ; leurs propres livres les représentent égorgeant sans miséricorde tout ce qu'ils rencontrent, & réservant seulement les filles pour leur usage.

Il est très-difficile, & il devrait être peu important de savoir en quel temps ces lois furent rédigées telles que nous les avons. Il suffit qu'elles soient d'une très-haute antiquité, pour connaître combien les mœurs de cette antiquité étaient grossières & farouches.

SECTION III.

De la dispersion des Juifs.

ON a prétendu que la dispersion de ce peuple avait été prédite, comme une punition de ce qu'il refuserait de reconnaître JESUS-CHRIST pour le messie, & l'on affectait d'oublier qu'il était déjà dispersé par toute la terre connue long-temps avant JESUS-CHRIST. Les livres qui nous restent de cette nation singulière ne font aucune mention du retour des dix tribus tranfportées au-delà de l'Euphrate par *Téglatphalafar* & par *Salmanafar* fon fucceffeur, & même environ fix fiècles après *Cyrus*, qui fit revenir à Jérufalem les tribus de *Juda* & de *Benjamin* que *Nabuchodonofor* avait emmenées dans les provinces de fon empire ; les Actes des apôtres font foi que, cinquante-trois jours après la mort de JESUS-CHRIST, il y avait des juifs de toutes les nations qui font fous le ciel affemblés dans Jérufalem pour la fête de la pentecôte. St *Jacques* écrit aux douze tribus difperfées, & *Jofephe* ainfi que *Philon* mettent des juifs en grand nombre dans tout l'Orient.

Il eft vrai que quand on penfe au carnage qui s'en fit fous quelques empereurs romains, & à ceux qui ont été répétés tant de fois dans tous les Etats chrétiens, on eft étonné que non-feulement ce peuple fubfifte encore, mais qu'il ne foit pas moins nombreux aujourd'hui qu'il le fut autrefois. Leur nombre doit être attribué à leur exemption de porter les armes, à leur ardeur pour le mariage, à leur coutume de le contracter de bonne heure dans leurs familles, à leur loi de divorce, à leur genre de vie fobre & réglé, à leurs abftinences, à leur travail & à leur exercice.

Leur ferme attachement à la loi mofaïque n'eft pas moins remarquable, furtout, fi l'on confidère leurs fréquentes apoftafies lorfqu'ils vivaient fous le gouvernement de leurs rois, de leurs juges, & à l'afpect de leur temple. Le judaïfme eft maintenant de toutes les religions du monde celle qui eft le plus rarement abjurée ; & c'eft en partie le fruit des perfécutions qu'elle a fouffertes. Ses fectateurs, martyrs perpétuels de leur croyance, fe font regardés de plus en plus comme la source de toute sainteté, & ne nous ont envisagés que comme des juifs rebelles qui ont changé la loi de DIEU, en suppliciant ceux qui la tenaient de sa propre main.

En effet, si pendant que Jérusalem subsistait avec son temple, les Juifs ont été quelquefois chassés de leur patrie par les vicissitudes des empires, ils l'ont encore été plus souvent par un zèle aveugle dans tous les pays où ils se sont habitués depuis les progrès du christianisme & du mahométisme. Aussi comparent-ils leur religion à une mère que ses deux filles, la chrétienne & la mahométane, ont accablée de mille plaies. Mais quelques mauvais traitemens qu'elle en ait reçus, elle ne laisse pas de se glorifier de leur avoir donné la naissance. Elle se sert de l'une & de l'autre pour embrasser l'univers, tandis que sa vieillesse vénérable embrasse tous les temps.

Ce qu'il y a de singulier, c'est que les chrétiens ont prétendu accomplir les prophéties en tyrannisant les Juifs qui les leur avaient transmises. Nous avons déjà vu comment l'inquisition fit bannir les Juifs d'Espagne. Réduits à courir de terres en terres, de mers en mers pour gagner leur vie, par-tout déclarés incapables de posséder aucun bien-fonds, & d'avoir aucun emploi, ils se sont vus obligés de se disperser de lieux en lieux & de ne pouvoir s'établir fixement dans aucune contrée, faute d'appui, de puissance pour s'y maintenir & de lumières dans l'art militaire. Le commerce, profession long-temps méprisée par la plupart des peuples de l'Europe, fut leur unique ressource dans ces siècles barbares ; & comme ils s'y enrichirent nécessairement, on les traita d'infames ūfuriers. Les rois ne pouvant fouiller dans la bourfe de leurs fujets, mirent à la torture les Juifs qu'ils ne regardaient pas comme des citoyens.

Ce qui fe paffa en Angleterre à leur égard peut donner une idée des vexations qu'ils effuyèrent dans les autres pays. Le roi *Jean*, ayant befoin d'argent, fit emprifonner les riches juifs de fon royaume. Un d'eux, à qui l'on arracha fept dents l'une après l'autre pour avoir fon bien, donna mille marcs d'argent à la huitième. *Henri III* tira d'*Aaron*, juif d'Yorck, quatorze mille marcs d'argent, & dix mille pour la reine. Il vendit les autres juifs de fon pays à fon frère *Richard* pour le terme d'une année, afin que ce comte éventrât ceux que le roi avait déjà écorchés; comme dit *Matthieu Pâris*.

En France, on les mettait en prifon, on les pillait, on les vendait, on les accufait de magie, de facrifier des enfans, d'empoifonner les fontaines ; on les chaffait du royaume, on les y laiffait rentrer pour de l'argent, & dans le temps même qu'on les tolérait, on les diftinguait des autres habitans par des marques infamantes. Enfin par une bizarrerie inconcevable, tandis qu'on les brûlait ailleurs pour leur faire embraffer le chriftianifme, on confifquait en France le bien des Juifs qui fe fefaient chrétiens. *Charles VI*, par un édit donné à Bafville le 4 avril 1392, abrogea cette coutume tyrannique, laquelle, fuivant le bénédictin *Mabillon*, s'était introduite pour deux raifons.

Premièrement, pour éprouver la foi de ces nouveaux convertis, n'étant que trop ordinaire à ceux de cette nation de feindre de fe foumettre à l'Evangile pour quelque intérêt temporel, fans changer cependant intérieurement de croyance.

Secondement, parce que comme leurs biens venaient pour la plupart de l'ufure, la pureté de la morale chrétienne femblait exiger qu'ils en fiffent une refti-tution générale, & c'eft ce qui s'exécutait par la confifcation.

Mais la véritable raifon de cet ufage, que l'auteur de l'*Efprit des lois* a fi bien développée, était une efpèce de droit d'amortiffement pour le prince ou pour les feigneurs, des taxes qu'ils levaient fur les Juifs comme ferfs main-mortables, auxquels ils fuccédaient. Or ils étaient privés de ce bénéfice lorfque ceux-ci venaient à fe convertir à la foi chrétienne.

Enfin profcrits fans ceffe de chaque pays, ils trou-vèrent ingénieufement le moyen de fauver leurs fortunes, & de rendre pour jamais leurs retraites affurées. Chaffés de France fous *Philippe le Long*, en 1318, ils fe réfugièrent en Lombardie, y donnèrent aux négocians des lettres fur ceux à qui ils avaient confié leurs effets en partant, & ces lettres furent acquittées. L'invention admirable des lettres de change fortit du fein du défefpoir, & pour lors feulement le commerce put éluder la violence & fe maintenir par tout le monde.

S E C T I O N   I V.

REPONSE A QUELQUES OBJECTIONS.

Lettres à messieurs Joseph Ben Jonathan, Aaron Mathathaï & David Wincker. (1)

P R E M I E R E   L E T T R E.

M E S S I E U R S,

LORSQUE M. *Medina*, votre compatriote, me fit à Londres une banqueroute de vingt mille francs il y a quarante-quatre ans, il me dit *que ce n'était pas sa faute, qu'il était malheureux, qu'il n'avait jamais été enfant de Bélial, qu'il avait toujours tâché de vivre en fils de* DIEU, *c'est-à-dire en honnête homme, en bon israëlite.* Il m'attendrit, je l'embrassai; nous louâmes DIEU ensemble; & je perdis quatre-vingt pour cent.

Vous devez savoir que je n'ai jamais haï votre nation. Je ne hais personne, pas même *Fréron.*

Loin de vous haïr, je vous ai toujours plaints. Si j'ai été quelquefois un peu goguenard comme l'était le bon pape *Lambertini* mon protecteur, je n'en suis pas moins sensible. Je pleurais à l'âge de seize ans quand on me disait qu'on avait brûlé à Lisbonne une mère & une fille pour avoir mangé debout un peu

(1) Voyez l'ouvrage intitulé : *Un chrétien contre six juifs*, Mélanges historiques, tome I.

d'agneau cuit avec des laitues le quatorzième jour de
la lune rousse ; & je puis vous assurer que l'extrême
beauté qu'on vantait dans cette fille n'entra point dans
la source de mes larmes , quoiqu'elle dût augmenter
dans les spectateurs l'horreur pour les assassins , & la
pitié pour la victime.

Je ne sais comment je m'avisai de faire un poëme
épique à l'âge de vingt ans. (Savez-vous ce que c'est
qu'un poëme épique ? pour moi je n'en savais rien
alors.) Le législateur *Montesquieu* n'avait point encore
écrit ses *Lettres persanes* que vous me reprochez d'avoir
commentées , & j'avais déjà dit tout seul , en parlant
d'un monstre que vos ancêtres ont bien connu , & qui
a même encore aujourd'hui quelques dévots :

Il vient ; le fanatisme est son horrible nom,
Enfant dénaturé de la religion ,
Armé pour la défendre il cherche à la détruire ;
Et reçu dans son sein l'embrasse & le déchire.

 C'est lui qui dans Raba , sur les bords de l'Arnon,
Guidait les descendans du malheureux Ammon,
Quand à Moloc leur dieu , des mères gémissantes
Offraient de leurs enfans les entrailles fumantes.
Il dicta de Jephté le serment inhumain :
Dans le cœur de sa fille il conduisit sa main.
C'est lui qui, de Calchas ouvrant la bouche impie,
Demanda par sa voix la mort d'Iphigénie.
France , dans tes forêts il habita long-temps.
A l'affreux Teutatès il offrit ton encens.
Tu n'as point oublié ces sacrés homicides,
Qu'à tes indignes dieux présentaient tes druides.

Du

Du haut du capitole il criait aux païens :
Frappez, exterminez, déchirez les chrétiens.
Mais lorfqu'au fils de Dieu Rome enfin fut foumife,
Du capitole en cendre il paffa dans l'Eglife ;
Et dans les cœurs chrétiens infpirant fes fureurs,
De martyrs qu'ils étaient, les fit perfécuteurs.
Dans Londre il a formé la fecte turbulente
Qui fur un roi trop faible a mis fa main fanglante ;
Dans Madrid, dans Lisbonne, il allume ces feux,
Ces bûchers folemnels où des juifs malheureux
Sont tous les ans en pompe envoyés par des prêtres,
Pour n'avoir point quitté la foi de leurs ancêtres.

Vous voyez bien que j'étais dès-lors votre ferviteur, votre ami, votre frère, quoique mon père &
ma mère m'euffent confervé mon prépuce.

Je fais que l'inftrument ou prépucé, ou déprépucé,
a caufé des querelles bien funeftes. Je fais ce qu'il en
a coûté à *Pâris* fils de *Priam*, & à *Ménélas* frère
d'*Agamemnon*. J'ai affez lu vos livres pour ne pas ignorer
que *Sichem* fils d'*Hémor* viola *Dina* fille de *Lia*, laquelle
n'avait que cinq ans tout au plus, mais qui était
fort avancée pour fon âge. Il voulut l'époufer ; les
enfans de *Jacob* frères de la violée, la lui donnèrent
en mariage, à condition qu'il fe ferait circoncire lui
& tout fon peuple. Quand l'opération fut faite, &
que tous les Sichemites, ou Sichimites, étaient au lit
dans les douleurs de cette befogne, les faints patriarches *Simon* & *Lévi* les égorgèrent tous l'un après l'autre.
Mais après tout, je ne crois pas qu'aujourd'hui le
prépuce doive produire de fi abominables horreurs;
je ne penfe pas furtout que les hommes doivent fe

haïr, se détester, s'anathématiser, se damner réciproquement le samedi & le dimanche pour un petit bout
de chair de plus ou de moins.

Si j'ai dit que quelques déprépucés ont rogné les
espèces à Metz, à Francfort-sur-l'Oder & à Varsovie,
(ce dont je ne me souviens pas) je leur en demande
pardon ; car étant prêt de finir mon pelerinage,
je ne veux point me brouiller avec Israël.

J'ai l'honneur d'être, comme on dit,

Votre &c.

SECONDE LETTRE.

De l'antiquité des Juifs.

MESSIEURS,

JE suis toujours convenu, à mesure que j'ai lu quelques livres d'histoire pour m'amuser, que vous êtes
une nation assez ancienne, & que vous datez de plus
loin que les Teutons, les Celtes, les Velches, les
Sicambres, les Bretons, les Slavons, les Angles & les
Hurons. Je vous vois rassemblés en corps de peuple
dans une capitale nommée tantôt *Hershalaïm*, tantôt
Shaheb sur la montagne Moriah, & sur la montagne
Sion, auprès d'un désert, dans un terrain pierreux,
près d'un petit torrent qui est à sec six mois de l'année.

Lorsque vous commençâtes à vous affermir dans ce
coin, (je ne dirai pas de terre, mais de cailloux) il
y avait environ deux siècles que Troye était détruite
par les Grecs ;

Medon était archonte d'Athènes ;

Ekeſtrates régnait dans Lacédémone ;

Latinus Silvius régnait dans le Latium ;

Oſochor en Egypte.

Les Indes étaient floriſſantes depuis une longue ſuite de ſiècles.

C'était le temps le plus illuſtre de la Chine ; l'empereur *Tchinvang* régnait avec gloire ſur ce vaſte empire ; toutes les ſciences y étaient cultivées ; & les annales publiques portent que le roi de la Cochinchine étant venu ſaluer cet empereur *Tchinvang*, il en reçut en préſent une bouſſole. Cette bouſſole aurait bien ſervi à votre *Salomon* pour les flottes qu'il envoyait au beau pays d'Ophir, que perſonne n'a jamais connu.

Ainſi après les Chaldéens, les Syriens, les Perſes, les Phéniciens, les Egyptiens, les Grecs, les Indiens, les Chinois, les Latins, les Toſcans, vous êtes le premier peuple de la terre qui ait eu quelque forme de gouvernement connue.

Les Banians, les Guèbres, ſont avec vous les ſeuls peuples, qui diſperſés hors de leur patrie, ont conſervé leurs anciens rites ; car je ne compte pas les petites troupes égyptiennes qu'on appelait *Zingari* en Italie, *Gipſi* en Angleterre, *Bohèmes* en France, leſquelles avaient conſervé les antiques cérémonies du culte d'*Iſis*, le ciſtre, les cymbales, les crotales, la danſe d'*Iſis*, la prophétie, & l'art de voler les poules dans les baſſes-cours. Ces troupes ſacrées commencent à diſparaître de la face de la terre, tandis que leurs pyramides appartiennent encore aux Turcs, qui n'en ſeront pas peut-être toujours les maîtres non plus que d'Hershalaïm, tant la figure de ce monde paſſe.

L 2

Vous dites que vous êtes établis en Espagne dès le temps de *Salomon*. Je le crois; & même j'oserais penser que les Phéniciens purent y conduire quelques juifs long-temps auparavant, lorsque vous futes esclaves en Phénicie après les horribles massacres que vous dites avoir été commis par *Cartouche Josué*, & par *Cartouche Caleb*.

Vos livres disent en effet (a) que vous futes réduits en servitude sous *Cusan Rashataïm* roi d'Aram-Naharaïm pendant huit ans, & sous *Eglon* (b) roi de Moab pendant dix-huit ans, puis sous *Jabin* (c) roi de Canaan pendant vingt ans; puis dans le petit canton de Madian dont vous étiez venus, & où vous vécûtes dans des cavernes pendant sept ans.

Puis en Galaad pendant dix-huit ans, (d) quoique *Jaïr* votre prince eût trente fils, montés chacun sur un bel ânon.

Puis sous les Phéniciens nommés par vous *Philistins* pendant quarante ans, jusqu'à ce qu'enfin le Seigneur *Adonaï* envoya *Samson* qui attacha trois cents renards

---

(a) Juges, chap. III.

(b) C'est ce même *Eglon*, roi de Moab, qui fut si saintement assassiné au nom du Seigneur par *Aod* l'ambidextre, lequel lui avait fait serment de fidélité; & c'est ce même *Aod* qui fut si souvent réclamé à Paris par les prédicateurs de la ligue. *Il nous faut un Aod, il nous faut un Aod;* ils crièrent tant qu'ils en trouvèrent un.

(c) C'est sous ce *Jabin* que la bonne femme *Jahel* assassina le capitaine *Sisara*, en lui enfonçant un clou dans la cervelle, lequel clou le cloua fort avant dans la terre. Quel maître clou & quelle maîtresse femme que cette *Jahel!* on ne lui peut comparer que *Judith;* mais *Judith* a paru bien supérieure, car elle coupa la tête à son amant dans son lit après lui avoir donné ses tendres faveurs. Rien n'est plus héroïque & plus édifiant.

(d) Juges, chap. X.

l'un à l'autre par la queue, & tua mille Phéniciens avec une mâchoire d'âne, de laquelle il fortit une belle fontaine d'eau pure, qui a été très-bien repréfentée à la comédie italienne.

Voilà de votre aveu quatre-vingt-feize ans de captivité dans la terre promife. Or il eft très-probable que les Tyriens qui étaient les facteurs de toutes les nations, & qui navigeaient jufque fur l'Océan, achetèrent plufieurs efclaves juifs, & les menèrent à Cadix qu'ils fondèrent. Vous voyez que vous êtes bien plus anciens que vous ne penfiez. Il eft très-probable en effet que vous avez habité l'Efpagne plufieurs fiècles avant les Romains, les Goths, les Vandales & les Maures.

Non-feulement je fuis votre ami, votre frère, mais de plus votre généalogifte.

Je vous fupplie, Meffieurs, d'avoir la bonté de croire que je n'ai jamais cru, que je ne crois point, & que je ne croirai jamais que vous foyez defcendus de ces voleurs de grand chemin à qui le roi *Actifan* fit couper le nez & les oreilles, & qu'il envoya, felon le rapport de *Diodore* de Sicile, (*e*) dans le défert qui eft entre le lac Sirbon & le mont Sinaï; défert affreux où l'on manque d'eau & de toutes les chofes néceffaires à la vie. Ils firent des filets pour prendre des cailles qui les nourrirent pendant quelques femaines, dans le temps du paffage des oifeaux.

Des favans ont prétendu que cette origine s'accorde parfaitement avec votre hiftoire. Vous dites vous-mêmes que vous habitâtes ce défert, que vous y manquâtes d'eau, que vous y vécûtes de cailles, qui en effet y font très-abondantes. Le fond de vos récits femble

(*e*) *Diodore de Sicile*, liv. I, fect. II, chap. XII.

confirmer celui de *Diodore* de Sicile ; mais je n'en crois que le Pentateuque. L'auteur ne dit point qu'on vous ait coupé le nez & les oreilles. Il me femble même (autant qu'il m'en peut fouvenir, car je n'ai pas *Diodore* fous ma main) qu'on ne vous coupa que le nez. Je ne me fouviens plus où j'ai lu que les oreilles furent de la partie ; je ne fais point fi c'eft dans quelques fragmens de *Manéthon*, cité par *faint Ephrem*.

Le fecrétaire qui m'a fait l'honneur de m'écrire en votre nom a beau m'affurer que vous volâtes pour plus de neuf millions d'effets en or monnayé ou orfévri, pour aller faire votre tabernacle dans le défert, je foutiens que vous n'emportâtes que ce qui vous appartenait légitimement, en comptant les intérêts à quarante pour cent, ce qui était le taux légitime.

Quoi qu'il en foit, je certifie que vous êtes d'une très-bonne nobleffe , & que vous étiez feigneurs d'Hershalaïm , long-temps avant qu'il fût queftion dans le monde de la maifon de Suabe , de celle d'Anhalt , de Saxe & de Bavière.

Il fe peut que les nègres d'Angola , & ceux de Guinée foient beaucoup plus anciens que vous , & qu'ils aient adoré un beau ferpent avant que les Egyptiens aient connu leur *Ifis* , & que vous ayez habité auprès du lac Sirbon ; mais les nègres ne nous ont pas encore communiqué leurs livres.

TROISIEME LETTRE.

Sur quelques chagrins arrivés au peuple de DIEU.

LOIN de vous accufer, Meffieurs, je vous ai toujours regardés avec compaffion. Permettez - moi de
vous rappeler ici ce que j'ai lu dans le difcours pré-
liminaire de l'*Effai fur les mœurs & l'efprit des nations*, &
fur l'Hiftoire générale. On y trouve deux cents trente-
neuf mille vingt juifs égorgés les uns par les autres,
depuis l'adoration du veau d'or jufqu'à la prife de
l'arche par les Philiftins ; laquelle coûta la vie à
cinquante mille foixante & dix juifs pour avoir ofé
regarder l'arche ; tandis que ceux qui l'avaient prife
fi infolemment à la guerre en furent quittes pour des
hémorrhoïdes & pour offrir à vos prêtres cinq rats d'or,
& cinq anus d'or. (*f*) Vous m'avouerez que deux
cents trente-neuf mille vingt hommes maffacrés par
vos compatriotes, fans compter tout ce que vous
perdites dans vos alternatives de guerre & de fervitude,
devaient faire un grand tort à une colonie naiffante.

Comment puis-je ne vous pas plaindre en voyant
dix de vos tribus abfolument anéanties, ou peut-être

(*f*) Plufieurs théologiens, qui font la lumière du monde, ont fait
des commentaires fur ces rats d'or & fur ces anus d'or. Ils difaient que
les metteurs-en-œuvre philiftins étaient bien adroits, qu'il eft très-difficile
de fculpter encore un trou du cul bien reconnaiffable fans y joindre deux
feffes, & que c'était une étrange offrande au Seigneur qu'un trou du cul.
D'autres théologiens difaient que c'était aux fodomites à préfenter cette
offrande. Mais enfin ils ont abandonné cette difpute. Ils s'occupent
aujourd'hui de convulfions, de billets de confeffion & d'extrême-onction
donnée la baïonnette au bout du fufil.

L 4

réduites à deux cents familles, qu'on retrouve, dit-on, à la Chine & dans la Tartarie ?

Pour les deux autres tribus, vous favez ce qui leur est arrivé. Souffrez donc ma compaffion, & ne m'imputez pas de mauvaife volonté.

QUATRIEME LETTRE.

Sur la femme à Michas.

TROUVEZ bon que je vous demande ici quelques éclairciffemens fur un fait fingulier de votre hiftoire. Il eft peu connu des dames de Paris & des perfonnes du bon ton.

Il n'y avait pas trente-huit ans que votre *Moïfe* était mort, lorfque la femme à *Michas* de la tribu de Benjamin, perdit onze cents cycles, qui valent, dit-on, environ fix cents livres de notre monnaie. Son fils les lui rendit, (*g*) fans que le texte nous apprenne s'il ne les avait pas volés. Auffitôt la bonne juive en fait faire des idoles, & leur conftruit une petite chapelle ambulante felon l'ufage. Un lévite de Bethléem s'offrit pour la deffervir moyennant dix francs par an, deux tuniques, & *bouche à cour*, comme on difait autrefois.

Une tribu alors (qu'on appela depuis la *Tribu de Dan*) paffa auprès de la maifon de la *Michas*, en cherchant s'il n'y avait rien à piller dans le voifinage. Les gens de Dan fachant que la *Michas* avait chez elle un prêtre, un voyant, un devin, un rhoé, s'enquirent

(*g*) Juges, chap. XXVII.

de lui fi leur voyage ferait heureux, s'il y aurait quel-
qüe bon coup à faire. Le lévite leur promit un plein
fuccès. Ils commencèrent par voler la chapelle de la
Michas, & lui prirent jufqu'à fon lévite. La *Michas*
& fon mari eurent beau crier : *Vous emportez mes dieux,
& vous me volez mon prêtre*, on les fit taire, & on alla
mettre tout à feu & à fang par dévotion dans la petite
bourgade de Dan, dont la tribu prit le nom.

Ces flibuftiers confervèrent un grande reconnaiffance pour les dieux de la *Michas* qui les avaient fi
bien fervis. Ces idoles furent placées dans un beau
tabernacle. La foule des dévots augmenta, il fallut
un nouveau prêtre, il s'en préfenta un.

Ceux qui ne connaiffent pas votre hiftoire ne devi-
neront jamais qui fut ce chapelain, vous le favez,
Meffieurs, c'était le propre petit-fils de *Moïfe*, un
nommé *Jonathan*, fils de *Gerfom*, fils de *Moïfe* &
de la fille à *Jéthro*.

Vous conviendrez avec moi que la famille de *Moïfe*
était un peu fingulière. Son frère à l'âge de cent ans
jette un veau d'or en fonte & l'adore ; fon petit-fils
fe fait aumônier des idoles pour de l'argent. Cela ne
prouverait-il pas que votre religion n'était pas encore
faite, & que vous tâtonnâtes long-temps avant d'être
de parfaits ifraëlites tels que vous l'êtes aujourd'hui ?

Vous répondez à ma queftion que notre *St Pierre
Simon Barjone* en a fait autant, & qu'il commença
fon apoftolat par renier fon maître. Je n'ai rien à
repliquer, finon qu'il faut toujours fe défier de foi.
Et je me défie fi fort de moi-même, que je finis ma
lettre en vous affurant de toute mon indulgence, &
en vous demandant la vôtre.

CINQUIEME LETTRE.

Assassinats juifs. Les Juifs ont-ils été anthropophages ? leurs mères ont-elles couché avec des boucs ? les pères & mères ont-ils immolé leurs enfans ? & de quelques autres belles actions du peuple de DIEU.

MESSIEURS,

J'AI un peu gourmandé votre secrétaire. Il n'est pas dans la civilité de gronder les valets d'autrui devant leurs maîtres ; mais l'ignorance orgueilleuse révolte dans un chrétien qui se fait valet d'un juif. Je m'adresse directement à vous pour n'avoir plus à faire à votre livrée.

Calamités juives & grands assassinats.

PERMETTEZ-MOI d'abord de m'attendrir sur toutes vos calamités, car outre les deux cents trente - neuf mille vingt israëlites , tués par l'ordre du Seigneur , je vois la fille de *Jephté* immolée par son père. *Il lui fit comme il l'avait voué.* Tournez-vous de tous les sens ; tordez le texte, disputez contre les pères de l'Eglise. Il lui fit comme il avait voué ; & il avait voué d'égorger sa fille pour remercier le Seigneur. Belle· action de grâces !

Oui, vous avez immolé des victimes humaines au Seigneur ; mais consolez-vous ; je vous ai dit souvent que nos Velches & toutes les nations en firent autant autrefois. Voilà M. de *Bougainville* qui revient de l'île de Taïti , de cette île de Cythère dont les habitans paifibles , doux , humains , hofpitaliers , offrent aux voyageurs tout ce qui eft en leur pouvoir , les fruits les plus délicieux , & les filles les plus belles , les plus faciles de la terre. Mais ces peuples ont leurs jongleurs ; & ces jongleurs les forcent à facrifier leurs enfans à des magots qu'ils appellent leurs dieux.

Je vois foixante & dix frères d'*Abimelec* écrafés fur une même pierre par cet *Abimelec* fils de *Gédéon* & d'une coureufe. Ce fils de *Gédéon* était mauvais parent ; & ce *Gédéon* l'ami de DIEU était bien débauché.

Votre lévite qui vient fur fon âne à Gabaa ; les Gabaonites qui veulent le violer, fa pauvre femme qui eft violée à fa place & qui meurt à la peine ; la guerre civile qui en eft la fuite, toute votre tribu de Benjamin exterminée, à fix cents hommes près, me font une peine que je ne puis vous exprimer.

Vous perdez tout d'un coup cinq belles villes que le Seigneur vous deftinait au bout du lac de Sodome , & cela pour un attentat inconcevable contre la pudeur de deux anges. En vérité, c'eft bien pis que ce dont on accufe vos mères avec les boucs. Comment n'aurais-je pas la plus grande pitié pour vous , quand je vois le meurtre, la beftialité conftatés chez vos ancêtres qui font nos premiers pères fpirituels & nos proches parens felon la chair ? Car enfin , fi vous defcendez de *Sem* , nous defcendons de fon frère *Japhet*. Nous fommes évidemment coufins.

Roitelets, ou Melchim juifs.

VOTRE *Samuel* avait bien raifon de ne pas vouloir que vous euffiez des roitelets ; car prefque tous vos roitelets font des affaffins, à commencer par *David* qui affaffine *Miphibofeth* fils de *Jonathas* fon tendre ami qu'*il aimait d'un amour plus grand que l'amour des femmes*, qui affaffine *Uriah* le mari de fa *Betzabé*, qui affaffine jufqu'aux enfans qui tettent dans les villages alliés de fon protecteur *Achis ;* qui commande en mourant qu'on affaffine *Joab* fon général, & *Semei* fon confeiller ; à commencer, dis-je, par ce *David* & par *Salomon* qui affaffine fon propre frère *Adonias* embraffant en vain l'autel, & à finir par *Hérode le grand* qui affaffine fon beau-frère, fa femme, tous fes parens & fes enfans même.

Je ne vous parle pas des quatorze mille petits garçons que votre roitelet, ce grand *Hérode* fit égorger dans le village de Bethléem ; ils font enterrés, comme vous favez, à Cologne avec nos onze mille vierges ; & on voit encore un de ces enfans tout entier. Vous ne croyez pas à cette hiftoire authentique parce qu'elle n'eft pas dans votre canon, & que votre *Flavien Jofephe* n'en a rien dit. Je ne vous parle pas des onze cents mille hommes tués dans la feule ville de Jérufalem pendant le fiége qu'en fit *Titus*.

Par ma foi, la nation chérie eft une nation bien malheureufe.

Si les Juifs ont mangé de la chair humaine ?

P A R M I vos calamités qui m'ont fait tant de fois
frémir, j'ai toujours compté le malheur que vous
avez eu de manger de la chair humaine. Vous dites
que cela n'eſt arrivé que dans les grandes occaſions,
que ce n'eſt pas vous que lé Seigneur invitait à ſa
table pour manger le cheval & le cavalier, que
c'étaient les oiſeaux qui étaient les convives ; je le
veux croire. (*)

Si les dames juives couchèrent avec des boucs ?

V o u s prétendez que vos mères n'ont pas couché
avec des boucs, ni vos pères avec des chèvres. Mais,
dites-moi, Meſſieurs, pourquoi vous êtes le ſeul
peuple de la terre à qui les lois aient jamais fait une
pareille défenſe ? Un légiſlateur ſe ferait-il jamais
aviſé de promulguer cette loi bizarre ſi le délit n'avait
pas été commun ?

Si les Juifs immolèrent des hommes ?

V o u s oſez aſſurer que vous n'immoliez pas des
victimes humaines au Seigneur ; & qu'eſt-ce donc que
le meurtre de la fille de *Jephté* réellement immolée,
comme nous l'avons déjà prouvé par vos propres
livres ?

Comment expliquerez-vous l'anathème des trente-
deux pucelles qui furent le partage du Seigneur quand

(*) Voyez *Anthropophages*.

vous prîtes chez les Madianites trente-deux mille pucelles & foixante & un mille ânes ? Je ne vous dirai pas ici qu'à ce compte il n'y avait pas deux ânes par pucelle ; mais je vous demanderai ce que c'était que cette part du Seigneur. Il y eut, felon votre livre des Nombres, feize mille filles pour vos foldats, feize mille filles pour vos prêtres ; & fur la part des foldats on préleva trente-deux filles pour le Seigneur. Qu'en fit-on ? vous n'aviez point de religieufes. Qu'eft-ce que la part du Seigneur dans toutes vos guerres, finon du fang ?

Le prêtre *Samuel* ne hacha-t-il pas en morceaux le roitelet *Agag*, à qui le roitelet *Saül* avait fauvé la vie ? ne le facrifia-t-il pas comme la part du Seigneur ?

Ou renoncez à vos livres auxquels je crois fermement, felon la décifion de l'Eglife ; ou avouez que vos pères ont offert à DIEU des fleuves de fang humain, plus que n'a jamais fait aucun peuple du monde.

Des trente-deux mille pucelles, des foixante & quinze mille bœufs, & du fertile défert de Madian.

QUE votre fecrétaire ceffe de tergiverfer, d'équivoquer, fur le camp des Madianites & fur leurs villages. Je me foucie bien que ce foit dans un camp ou dans un village de cette petite contrée miférable & déferte que votre prêtre-boucher *Eléazar*, général des armées juives, ait trouvé foixante & douze mille bœufs, foixante & un mille ânes, fix cents foixante & quinze mille brebis, fans compter les béliers & les agneaux !

Or, fi vous prîtes trente-deux mille petites filles, il y avait apparemment autant de petits garçons, autant de pères & de mères. Cela irait probablement à cent vingt-huit mille captifs, dans un défert où l'on ne boit que de l'eau faumache, où l'on manque de vivres, & qui n'eft habité que par quelques arabes vagabonds au nombre de deux ou trois mille tout au plus. Vous remarquerez d'ailleurs que ce pays affreux n'a pas plus de huit lieues de long & de large fur toutes les cartes.

Mais qu'il foit auffi grand, auffi fertile, auffi peuplé que la Normandie ou le Milanais, cela ne m'importe : je m'en tiens au texte qui dit que la part du Seigneur fut de trente-deux filles. Confondez tant qu'il vous plaira le Madian près de la mer Rouge avec le Madian près de Sodome, je vous demanderai toujours compte de mes trente-deux pucelles.

Votre fecrétaire a-t-il été chargé par vous de fup-puter combien de bœufs & de filles peut nourrir le beau pays de Madian ?

J'habite un canton, Meffieurs, qui n'eft pas la terre promife ; mais nous avons un lac beaucoup plus beau que celui de Sodome. Notre fol eft d'une bonté très-médiocre. Votre fecrétaire me dit qu'un arpent de Madian peut nourrir trois bœufs ; je vous affure, Meffieurs, que chez moi un arpent ne nourrit qu'un bœuf. Si votre fecrétaire veut tripler le revenu de mes terres, je lui donnerai de bons gages, & je ne le payerai pas en refcriptions fur les receveurs-généraux. Il ne trouvera pas dans tout le pays de Madian une meilleure condition que chez moi. Mais malheureu-fement cet homme ne s'entend pas mieux en bœufs qu'en veaux d'or.

Dict. phil. Tome V.

A l'égard des trente-deux mille pucelages, je lui en souhaite. Notre petit pays est de l'étendue de Madian ; il contient environ quatre mille ivrognes, une douzaine de procureurs, deux hommes d'esprit, & quatre mille personnes du beau sexe, qui ne sont pas toutes jolies. Tout cela monte à environ huit mille personnes, supposé que le greffier qui m'a produit ce compte n'ait pas exagéré de moitié selon la coutume. Vos prêtres & les nôtres auraient peine à trouver dans mon pays trente-deux mille pucelles pour leur usage. C'est ce qui me donne de grands scrupules sur les dénombremens du peuple romain, du temps que son empire s'étendait à quatre lieues du mont Tarpéïen, & que les Romains avaient une poignée de foin au haut d'une perche pour enseignes. Peut-être ne savez-vous pas que les Romains passèrent cinq cents années à piller leurs voisins, avant d'avoir aucun historien, & que leurs dénombremens sont fort suspects ainsi que leurs miracles.

A l'égard des soixante & un mille ânes qui furent le prix de vos conquêtes en Madian, c'est assez parler d'ânes.

Des enfans juifs immolés par leurs mères.

Je vous dis que vos pères ont immolé leurs enfans, & j'appelle en témoignage vos prophètes. Isaïe leur reproche ce crime de cannibales : (h) *Vous immolez aux Dieux vos enfans dans des torrens sous des pierres.*

Vous m'allez dire que ce n'était pas au Seigneur *Adonaï* que les femmes sacrifiaient les fruits de leurs

(h) *Isaïe*, chap. XLVII, v. 7.

entrailles ;

entrailles; que c'était à quelqu'autre Dieu. Il importe
bien vraiment que vous ayez appelé *Melkom* ou *Sadaï*,
ou *Baal* ou *Adonaï*, celui à qui vous immoliez vos
enfans ! ce qui importe, c'est que vous ayez été des
parricides. C'était, dites-vous, à des idoles étrangères
que vos pères fefaient ces offrandes ? hé bien, je vous
plains encore davantage de descendre d'aïeux parricides & idolâtres. Je gémirai avec vous de ce que vos
pères furent toujours idolâtres pendant quarante ans
dans le désert de Sinaï, comme le difent expreffément
Jérémie, *Amos* & *St Etienne*.

Vous étiez idolâtres du temps des juges ; & le petit-
fils de *Moïse* était prêtre de la tribu de Dan, idolâtre
toute entière comme nous l'avons vu ; car il faut
infifter, inculquer, fans quoi tout s'oublie.

Vous étiez idolâtres fous vos rois ; vous n'avez été
fidelles à un feul Dieu qu'après qu'*Efdras* eut reftauré
vos livres. C'eft-là que votre véritable culte non interrompu commence. Et par une providence incompréhenfible de l'Etre fuprême, vous avez été les plus
malheureux de tous les hommes depuis que vous avez
été les plus fidelles, fous les rois de Syrie, fous les
rois d'Egypte, fous *Hérode* l'iduméen, fous les Romains,
fous les Perfans, fous les Arabes, fous les Turcs, jufqu'au temps où vous me faites l'honneur de m'écrire,
& où j'ai celui de vous répondre.

S I X I E M E L E T T R E.

Sur la beauté de la terre promise.

NE me reprochez pas de ne vous point aimer : je vous aime tant, que je voudrais que vous fuffiez tous dans Hershalaïm au lieu des Turcs qui dévaftent tout votre pays , & qui ont bâti cependant une affez belle mofquée fur les fondemens de votre temple , & fur la plate-forme conftruite par votre *Hérode*.

Vous cultiveriez ce malheureux défert comme vous l'avez cultivé autrefois , vous porteriez encore de la terre fur la croupe de vos montagnes arides ; vous n'auriez pas beaucoup de blé , mais vous auriez d'affez bonnes vignes , quelques palmiers , des oliviers & des pâturages.

Quoique la Paleftine n'égale pas la Provence , & que Marfeille feule foit fupérieure à toute la Judée qui n'avait pas un port de mer , quoique la ville d'Aix foit dans une fituation incomparablement plus belle que Jérufalem , vous pourriez faire de votre terrain à peu près ce que les Provençaux ont fait du leur. Vous exécuteriez à plaifir dans votre déteftable jargon votre déteftable mufique.

Il eft vrai que vous n'auriez point de chevaux , parce qu'il n'y a que des ânes vers Hershalaïm , & qu'il n'y a jamais eu que des ânes. Vous manqueriez fouvent de froment , mais vous en tireriez d'Egypte ou de la Syrie.

Vous pourriez voiturer des marchandifes à Damas,

à Seïde fur vos ânes, ou même fur des chameaux que vous ne connûtes jamais du temps de vos melchim, & qui vous feraient d'un grand fecours. Enfin, un travail affidu, pour lequel l'homme eft né, rendrait fertile cette terre que les feigneurs de Conftantinople & de l'Afie mineure négligent.

Elle eft bien mauvaife cette terre promife. Connaif-fez-vous St *Jérôme*? c'était un prêtre chrétien; vous ne lifez point les livres de ces gens-là. Cependant il a demeuré très-long-temps dans votre pays; c'était un très-docte perfonnage, peu endurant à la vérité, & prodigue d'injures quand il était contredit; mais fâchant votre langue mieux que vous, parce qu'il était bon grammairien. L'étude était fa paffion dominante, la colère n'était que la feconde. Il s'était fait prêtre avec fon ami *Vincent*, à condition qu'ils ne diraient jamais la meffe ni vêpres, (*i*) de peur d'être trop inter-rompus dans leurs études; car étant directeurs de femmes & de filles, s'ils avaient été obligés encore de vaquer aux œuvres presbytériales, il ne leur ferait pas reflé deux heures dans la journée pour le grec, le chaldéen & l'idiome judaïque. Enfin, pour avoir plus de loifir, *Jérôme* fe retira tout-à-fait chez les Juifs à Bethléem, comme l'évêque d'Avranches *Huet* fe retira chez les jéfuites à la maifon profeffe, rue Saint-Antoine à Paris.

Jérôme fe brouilla, il eft vrai, avec l'évêque de Jéru-falem nommé *Jean*; avec le célèbre prêtre *Rufin*, avec plufieurs de fes amis : car, ainfi que je l'ai déjà dit, *Jérôme* était colère & plein d'amour-propre; & *faint*

(*i*) C'eft-à-dire qu'ils ne feraient aucune fonction facerdotale.

M 2

Augustin l'accuse d'être inconstant & léger, (*k*) mais enfin il n'en était pas moins saint, il n'en était pas moins docte ; son témoignage n'en est pas moins recevable sur la nature du misérable pays dans lequel son ardeur pour l'étude & sa mélancolie l'avaient confiné.

Ayez la complaisance de lire sa lettre à *Dardanus*, écrite l'an 414 de notre ère vulgaire, qui est, suivant le comput juif, l'an du monde 4000, ou 4001, ou 4003, ou 4004, comme on voudra.

,, (*l*) Je prie ceux qui prétendent que le peuple ,, juif, après sa sortie d'Egypte, prit possession de ce ,, pays qui est devenu pour nous, par la passion & la ,, résurrection du Sauveur, une véritable terre de ,, promesse ; je les prie, dis-je, de nous faire voir ce ,, que ce peuple en a possédé. Tout son domaine ne ,, s'étendait que depuis Dan jusqu'à Bersabée, c'est-à-,, dire l'espace de cent soixante milles de longueur. ,, L'écriture sainte n'en donne pas davantage à *David* ,, & à *Salomon*....... J'ai honte de dire quelle est la ,, largeur de la terre promise, & je crains que les ,, païens ne prennent de-là occasion de blasphémer. ,, On ne compte que quarante & six milles depuis ,, Joppé jusqu'à notre petit bourg de Bethléem, après ,, quoi on ne trouve plus qu'un affreux désert. ,,

Lisez aussi la lettre à une de ses dévotes, où il dit qu'il n'y a que des cailloux & point d'eau à boire de Jérusalem à Bethléem ; mais plus loin, vers le Jourdain,

---

(*k*) En récompense *Jérôme* écrit à *Augustin* dans sa cent quatorzième lettre : Je n'ai point critiqué vos ouvrages, car je ne les ai jamais lus ; & si je voulais les critiquer, je pourrais vous faire voir que vous n'entendez point les pères grecs. ..... Vous ne savez pas même ce dont vous parlez.

(*l*) Lettre très-importante de *Jérôme*.

vous auriez d'affez bonnes vallées dans ce pays hériffé
de montagnes pelées. C'était véritablement une contrée
de lait & de miel, comme vous difiez, en comparaifon de l'abominable défert d'Oreb & de Sinaï dont
vous êtes originaires. La Champagne pouilleufe eft la
terre promife par rapport à certains terrains des landes
de Bordeaux. Les bords de l'Aar font la terre promife
en comparaifon des petits cantons fuiffes. Toute la
Paleftine eft un fort mauvais terrain en comparaifon
de l'Egypte, dont vous dites que vous fortîtes en
voleurs ; mais c'eft un pays délicieux fi vous le comparez aux déferts de Jérufalem, de Nazareth, de
Sodome, d'Oreb, de Sinaï, de Cadès-barné &c.

Retournez en Judée le plutôt que vous pourrez. Je
vous demande feulement deux ou trois familles
hébraïques pour établir au mont Krapac, où je
demeure, un petit commerce néceffaire. Car fi vous
êtes de très-ridicules théologiens, (& nous auffi) vous
êtes des commerçans très-intelligens, ce que nous ne
fommes pas.

SEPTIEME LETTRE.

*Sur la charité que le peuple de Dieu & les chrétiens
doivent avoir les uns pour les autres.*

MA tendreffe pour vous n'a plus qu'un mot à vous
dire. Nous vous avons pendus entre deux chiens pendant des fiècles ; nous vous avons arraché les dents
pour vous forcer à nous donner votre argent ; nous
vous avons chaffés plufieurs fois par avarice, & uous

vous avons rappelés par avarice & par bêtise ; nous
vous fefons payer encore dans plus d'une ville la liberté
de refpirer l'air ; nous vous avons facrifiés à DIEU
dans plus d'un royaume ; nous vous avons brûlés en
holocauftes : car je ne veux pas , à votre exemple ,
diffimuler que nous ayons offert à DIEU des facrifices
de fang humain. Toute la différence eft que nos prêtres
vous ont fait brûler par des laïques , fe contentant
d'appliquer votre argent à leur profit, & que vos prêtres
ont toujours immolé les victimes humaines de leurs
mains facrées. Vous fûtes des monftres de cruauté &
de fanatifme en Palefline , nous l'avons été dans notre
Europe ; oublions tout cela , mes amis.

Voulez-vous vivre paifibles ? imitez les Banians &
les Guèbres ; ils font beaucoup plus anciens que vous,
ils font difperfés comme vous , ils font fans patrie
comme vous. Les Guèbres furtout , qui font les anciens
Perfans , font efclaves comme vous après avoir été
long-temps vos maîtres. Ils ne difent mot ; prenez ce
parti. Vous êtes des animaux calculans , tâchez d'être
des animaux penfans.

J U L I E N.

SECTION PREMIERE.

ON rend quelquefois juftice bien tard. Deux ou
trois auteurs ou mercenaires , ou fanatiques parlent
du barbare & de l'efféminé *Conftantin* comme d'un
dieu, & traitent de fcélérat le jufte, le fage, le grand
Julien. Tous les auteurs, copiftes des premiers, répètent

la flatterie & la calomnie ; elles deviennent presque un article de foi. Enfin, le temps de la saine critique arrive ; & au bout de quatorze cents ans des hommes éclairés revoient le procès que l'ignorance avait jugé. On voit dans *Constantin* un heureux ambitieux qui se moque de DIEU & des hommes. Il a l'insolence de feindre que DIEU lui a envoyé dans les airs une enseigne qui lui assure la victoire. Il se baigne dans le sang de tous ses parens, & il s'endort dans la mollesse ; mais il était chrétien, on le canonisa.

Julien est sobre, chaste, désintéressé, valeureux, clément, mais il n'était pas chrétien ; on l'a regardé long-temps comme un monstre.

Aujourd'hui, après avoir comparé les faits, les monumens, les écrits de *Julien* & ceux de ses ennemis, on est forcé de reconnaître que s'il n'aimait pas le christianisme, il fut excusable de haïr une secte souillée du sang de toute sa famille ; qu'ayant été persécuté, emprisonné, exilé, menacé de mort par les Galiléens sous le règne du barbare *Constance*, il ne les persécuta jamais ; qu'au contraire, il pardonna à dix soldats chrétiens qui avaient conspiré contre sa vie. On lit ses lettres, & on admire. *Les Galiléens*, dit-il, *ont souffert sous mon prédécesseur l'exil & les prisons ; on a massacré réciproquement ceux qui s'appellent tour à tour hérétiques. J'ai rappelé leurs exilés, élargi leurs prisonniers ; j'ai rendu leurs biens aux proscrits ; je les ai forcés de vivre en paix. Mais telle est la fureur inquiète des Galiléens qu'ils se plaignent de ne pouvoir plus se dévorer les uns les autres.* Quelle lettre ! quelle sentence portée par la philosophie contre le fanatisme persécuteur ! Dix chrétiens conspirent contre sa vie, on les découvre, il leur pardonne. Quel homme ! mais quels lâches fanatiques que ceux qui ont voulu déshonorer sa mémoire !

Enfin, en discutant les faits, on a été obligé de convenir que *Julien* avait toutes les qualités de *Trajan*, hors le goût si long-temps pardonné aux Grecs & aux Romains ; toutes les vertus de *Caton*, mais non pas son opiniâtreté & sa mauvaise humeur ; tout ce qu'on admira dans *Jules-César*, & aucun de ses vices ; il eut la continence de *Scipion ;* enfin il fut en tout égal à *Marc-Aurèle* le premier des hommes.

On n'ose plus répéter aujourd'hui, après le calomniateur *Théodoret*, qu'il immola une femme dans le temple de Carres pour se rendre les dieux propices. On ne redit plus qu'en mourant il jeta de sa main quelques gouttes de son sang au ciel, en disant à JESUS-CHRIST : Tu as vaincu, Galiléen, comme s'il eût combattu contre JESUS en fesant la guerre aux Perses ; comme si ce philosophe, qui mourut avec tant de résignation, avait reconnu JESUS ; comme s'il eût cru que JESUS était en l'air, & que l'air était le ciel ! ces inepties de gens qu'on appelle pères de l'Eglise ne se répètent plus aujourd'hui.

On est enfin réduit à lui donner des ridicules, comme fesaient les frivoles citoyens d'Antioche. On lui reproche sa barbe mal peignée, & la manière dont il marchait. Mais, M. l'abbé de *la Bléterie*, vous ne l'avez pas vu marcher, & vous avez lu ses lettres & ses lois, monumens de ses vertus. Qu'importe qu'il eût la barbe sale & la démarche précipitée, pourvu que son cœur fût magnanime & que tous ses pas tendissent à la vertu ?

Il reste aujourd'hui un fait important à examiner. On reprocha à *Julien* d'avoir voulu faire mentir la prophétie de JESUS-CHRIST en rebâtissant le temple de Jérusalem. On dit qu'il sortit de terre des feux qui empêchèrent l'ouvrage. On dit que c'est un miracle, & que ce miracle ne convertit ni *Julien*, ni *Alipius* intendant de cette entreprise, ni personne de sa cour ; & là-dessus l'abbé de *la Bléterie* s'exprime ainsi : ,, Lui & les philosophes de sa cour mirent sans doute ,, en œuvre ce qu'ils savaient de physique pour ,, dérober à la Divinité un prodige si éclatant. La ,, nature fut toujours la ressource des incrédules, ,, mais elle sert la religion si à propos qu'ils devraient ,, au moins la soupçonner de collusion. ,,

Premièrement, il n'est pas vrai qu'il soit dit dans l'Evangile que jamais le temple juif ne serait rebâti. L'évangile de *Matthieu*, écrit visiblement après la ruine de Jérusalem par *Titus*, prophétise, il est vrai, qu'il ne resterait pas pierre sur pierre de ce temple de l'iduméen *Hérode*; mais aucun évangéliste ne dit qu'il ne sera jamais rebâti.

Secondement, qu'importe à la Divinité qu'il y ait un temple juif, ou un magasin, ou une mosquée au même endroit où les Juifs tuaient des bœufs & des vaches ?

Troisièmement, on ne sait pas si c'est de l'enceinte des murs de la ville, ou de l'enceinte du temple que partirent ces prétendus feux qui, selon quelques-uns, brûlaient les ouvriers. Mais on ne voit pas pourquoi JESUS aurait brûlé les ouvriers de l'empereur *Julien*, & qu'il ne brûla point ceux du calife *Omar* qui long-temps après bâtit une mosquée sur les ruines du temple ; ni ceux du grand *Saladin* qui rétablit cette même mosquée. JESUS avait-il tant de prédilection pour les mosquées des musulmans ?

Quatrièmement, JESUS, ayant prédit qu'il ne resterait pas pierre sur pierre dans Jérusalem, n'avait pas empêché de la rebâtir.

Cinquièmement, JESUS a prédit plusieurs choses dont DIEU n'a pas permis l'accomplissement ; il a prédit la fin du monde & son avénement dans les nuées avec une grande puissance & une grande majesté, à la fin de la génération qui vivait alors. Cependant le monde dure encore, & durera vraisemblablement assez long-temps. (*)

Sixièmement, si *Julien* avait écrit ce miracle, je dirais qu'on l'a trompé par un faux rapport ridicule ; je croirais que les chrétiens ses ennemis mirent tout en œuvre pour s'opposer à son entreprise, qu'ils tuèrent les ouvriers, & firent accroire que ces ouvriers étaient morts par miracle. Mais *Julien* n'en dit mot. La guerre contre les Perses l'occupait alors. Il différa pour un autre temps l'édification du temple, & il mourut avant de pouvoir commencer l'édifice.

Septièmement, ce prodige est rapporté dans *Ammien Marcellin* qui était païen. Il est très-possible que ce soit une interpolation des chrétiens ; on leur en a reproché tant d'autres qui ont été avérées.

Mais il n'est pas moins vraisemblable que dans un temps où on ne parlait que de prodiges & de contes de sorciers, *Ammien Marcellin* ait rapporté cette fable sur la foi de quelque esprit crédule. Depuis *Tite-Live*

(*) *Luc*, chap. I, v. 2.

jufqu'à de *Thou* incluſivement, toutes les hiſtoires
ſont infeſtées de prodiges.

Huitièmement, ſi JESUS feſait des miracles, ſerait-
ce pour empêcher qu'on ne rebâtît un temple où lui-
même ſacrifia, & où il fut circoncis ? ne ferait-il pas
des miracles pour rendre chrétiens tant de nations
qui ſe moquent du chriſtianiſme, ou plutôt pour
rendre plus doux & plus humains ces chrétiens qui
depuis *Arius* & *Athanaſe* juſqu'aux *Roland* & aux
Cavalier des Cévènes ont verſé des torrens de ſang,
& ſe ſont conduits en cannibales ?

De-là je conclus que la nature n'eſt point *en colluſion
avec le chriſtianiſme*, comme le dit *la Bléterie* ; mais
que *la Bléterie* eſt en colluſion avec des contes de
vieilles, comme dit *Julien : Quibus cum ſtolidis aniculis
negotium erat.*

La Bléterie, après avoir rendu juſtice à quelques
vertus de *Julien*, finit pourtant l'hiſtoire de ce grand-
homme, en diſant que ſa mort fut un effet de la
vengeance divine. Si cela eſt, tous les héros morts
jeunes depuis *Alexandre* juſqu'à *Guſtave-Adolphe*, ont
donc été punis de DIEU. *Julien* mourut de la plus
belle des morts, en pourſuivant ſes ennemis après
pluſieurs victoires. *Jovien*, qui lui ſuccéda, régna bien
moins long-temps que lui, & régna avec honte. Je ne
vois point la vengeance divine, & je ne vois plus
dans *la Bléterie* qu'un déclamateur de mauvaiſe foi ;
mais où ſont les hommes qui oſent dire la vérité ?

Le ſtoïcien *Libanius* fut un de ces hommes rares ;
il célébra le brave & clément *Julien* devant *Théodoſe*
le meurtrier des Theſſaloniciens, mais *le Beau* &
la Bléterie tremblent de le louer devant des habitués
de paroiſſe.

S E C T I O N I I.

Qu'on suppose un moment que *Julien* a quitté les faux dieux pour la religion chrétienne ; qu'alors on examine en lui l'homme , le philosophe & l'empereur , & qu'on cherche le prince qu'on osera lui préférer. Il n'y a pas encore long-temps qu'on ne citait son nom qu'avec l'épithète d'*apostat* ; & c'est peut-être le plus grand effort de la raison , qu'on ait enfin cessé de le désigner de ce surnom injurieux. Les bonnes études ont amené l'esprit de tolérance chez les savans. Qui croirait que dans un mercure de Paris de l'année 1741 , l'auteur reprend vivement un écrivain d'avoir manqué aux bienséances les plus communes , en appelant cet empereur *Julien l'apostat?* Il y a cent ans que quiconque ne l'eût pas traité d'apostat eût été traité d'athée.

Ce qui est très-singulier & très-vrai , c'est que si vous faites abstraction de son malheureux changement , si vous ne suivez cet empereur ni dans les églises chrétiennes , ni aux temples idolâtres ; si vous le suivez dans sa maison , dans les camps , dans les batailles , dans ses mœurs , dans sa conduite , dans ses écrits ; vous le trouvez par-tout égal à *Marc-Aurèle.* Ainsi cet homme , qu'on a peint abominable , est peut-être le premier des hommes , ou du moins le second. Toujours sobre , toujours tempérant , n'ayant jamais eu de maîtresses , couchant sur une peau d'ours , & y donnant , à regret encore , peu d'heures au sommeil ; partageant son temps entre l'étude & les

affaires; généreux, capable d'amitié, ennemi du faste;
on l'eût admiré s'il n'eût été que particulier.

Si on regarde en lui le héros, on le voit toujours
à la tête des troupes, rétabliffant la difcipline militaire fans rigueur, aimé des foldats, & les contenant;
conduifant prefque toujours à pied fes armées, &
leur donnant l'exemple de toutes les fatigues; toujours
victorieux dans toutes fes expéditions jufqu'au dernier
moment de fa vie, & mourant enfin en fefant fuir
les Perfes. Sa mort fut d'un héros, & fes dernières
paroles d'un philofophe : *Je me foumets*, dit-il, *avec
joie aux décrets éternels du ciel, convaincu que celui qui
eft épris de la vie quand il faut mourir, eft plus lâche
que celui qui voudrait mourir quand il faut vivre.* Il
s'entretient à fa dernière heure de l'immortalité de
l'ame; nuls regrets, nulle faibleffe; il ne parle
que de fa foumiffion à la providence. Qu'on fonge
que c'eft un empereur de trente-deux ans qui meurt
ainfi, & qu'on voie s'il eft permis d'infulter fa
mémoire.

Si on le confidère comme empereur, on le voit
refufer le titre de *dominus* qu'affectait *Conftantin*, foulager les peuples, diminuer les impôts, encourager
les arts, réduire à foixante & dix onces ces préfens
de couronnes d'or de trois à quatre cents marcs, que
fes prédéceffeurs exigeaient de toutes les villes, faire
obferver les lois, contenir fes officiers & fes miniftres,
& prévenir toute corruption.

Dix foldats chrétiens complotent de l'affaffiner; ils
font découverts, & *Julien* leur pardonne. Le peuple
d'Antioche qui joignait l'infolence à la volupté,
l'infulte; il ne s'en venge qu'en homme d'efprit, &

pouvant lui faire fentir la puiffance impériale, il ne
fait fentir à ce peuple que la fupériorité de fon génie.
Comparez à cette conduite les fupplices que *Théodofe*
(dont on a prefque fait un faint) étale dans Antioche,
tous les citoyens de Theffalonique égorgés pour un
fujet à peu près femblable ; & jugez entre ces deux
hommes.

Grégoire de Nazianze & *Théodoret* ont cru qu'il fallait
le calomnier, parce qu'il avait quitté la religion
chrétienne. Ils n'ont pas fongé que le triomphe de
cette religion était de l'emporter fur un grand homme,
& même fur un fage, après avoir réfifté aux tyrans.
L'un dit qu'il remplit Antioche de fang, par une
vengeance barbare. Comment un fait fi public eût-il
échappé à tous les autres hiftoriens ? on fait qu'il
ne verfa dans Antioche que le fang des victimes.
Un autre ofe affurer qu'avant d'expirer il jeta fon
fang contre le ciel, & s'écria : *Tu as vaincu, Galiléen.*
Comment un conte auffi infipide a-t-il pu être accré-
dité ? était-ce contre des chrétiens qu'il combattait ?
& une telle action, & de tels mots étaient-ils dans fon
caractère ?

Des efprits plus fenfés que les détracteurs de *Julien*
demanderont comment il fe peut faire qu'un homme
d'Etat tel que lui, un homme de tant d'efprit, un
vrai philofophe, pût quitter le chriftianifme dans
lequel il avait été élevé, pour le paganifme dont il
devait fentir l'abfurdité & le ridicule. Il femble que
fi *Julien* écouta trop fa raifon contre les myftères de
la religion chrétienne, il devait écouter bien davantage cette même raifon plus éclairée contre les fables
des païens.

Peut-être en suivant le cours de sa vie, & en observant son caractère, on verra ce qui lui inspira tant d'aversion contre le christianisme. L'empereur *Constantin* son grand-oncle, qui avait mis la nouvelle religion sur le trône, s'était souillé du meurtre de sa femme, de son fils, de son beau-frère, de son neveu, & de son beau-père. Les trois enfans de *Constantin* commencèrent leur funeste règne par égorger leur oncle & leurs cousins. On ne vit ensuite que des guerres civiles & des meurtres. Le père, le frère aîné de *Julien*, tous ses parens, & lui-même encore enfant, furent condamnés à périr par *Constance* son oncle. Il échappa à ce massacre général. Ses premières années se passèrent dans l'exil; & enfin il ne dut la conservation de sa vie, sa fortune & le titre de *César* qu'à l'impératrice *Eusébie* femme de son oncle *Constance*, qui, après avoir eu la cruauté de proscrire son enfance, eut l'imprudence de le faire césar, & ensuite l'imprudence plus grande de le persécuter.

Il fut témoin d'abord de la hauteur singulière avec laquelle un évêque traita *Eusébie* sa bienfaitrice. C'était un nommé *Léontius* évêque de Tripoli. Il fit dire à l'impératrice, qu'il *n'irait point la voir, à moins qu'elle ne le reçût d'une manière conforme à son caractère épiscopal, qu'elle vînt au-devant de lui jusqu'à la porte, qu'elle reçût sa bénédiction en se courbant, & qu'elle se tînt debout jusqu'à ce qu'il lui permît de s'asseoir.* Les pontifes païens n'en usaient point ainsi avec les impératrices. Cet orgueil si opposé au christianisme dut faire des impressions profondes dans l'esprit d'un jeune homme, amoureux déjà de la philosophie, & de la simplicité.

S'il fe voyait dans une famille chrétienne, c'était dans une famille fameufe par des parricides; s'il voyait des évêques de cour, c'étaient des audacieux & des intrigans, qui tous s'anathématifaient les uns les autres; les partis d'*Arius* & d'*Athanafe* rempliffaient l'empire de confufion & de carnage. Les païens au contraire n'avaient jamais eu de querelle de religion. Il eft donc naturel que *Julien*, élevé d'ailleurs par des philofophes païens, fortifiât dans fon cœur par leurs difcours l'averfion malheureufe que les abus de la religion chrétienne lui infpirèrent pour elle. Les politiques ne furent pas plus furpris de voir *Julien* quitter le chriftianifme pour les faux-dieux que de voir *Conftantin* quitter les faux dieux pour le chriftianifme. Il eft fort vraifemblable que tous les deux changèrent par intérêt d'Etat, & que cet intérêt fe mêla dans l'efprit de *Julien* à la fierté indocile d'une ame ftoïque.

Les prêtres païens n'avaient point de dogmes; ils ne demandaient que des facrifices; & ces facrifices n'étaient point commandés fous des peines rigoureufes. Les prêtres ne formaient point un Etat dans l'Etat. Voilà bien des motifs pour engager un homme du caractère de *Julien* dans un changement d'ailleurs fi condamnable. Il avait befoin d'un parti; & s'il ne fe fût piqué que d'être ftoïcien, il aurait eu contre lui les prêtres des deux religions, & tous les faux zélés de l'une & de l'autre. Le peuple n'aurait pu alors fupporter qu'un prince fe contentât de l'adoration pure d'un être pur, & de l'obfervation de la juftice. Il fallut opter entre deux partis qui fe combattaient. Il eft donc à croire que *Julien* fe foumit

aux

aux cérémonies païennes, comme la plupart des princes & des grands vont dans les temples : ils y font menés par le peuple même, & font forcés de paraître fouvent ce qu'ils ne font pas. Le fultan des Turcs doit bénir *Omar ;* le fophi de Perfe doit bénir *Ali : Marc - Aurèle* lui - même s'était fait initier aux myſtères d'*Eleuſis.*

Il ne faut donc pas être furpris que *Julien* ait avili fa raifon, jufqu'à defcendre à des pratiques fuperſtitieuſes : mais on ne peut concevoir que de l'indignation contre *Théodoret ,* qui feul de tous les hiſtoriens, rapporte qu'il facrifia une femme dans le temple de la Lune à Carrès. Ce conte infame doit être mis avec ce conte abfurde d'*Ammien ,* que le génie de l'Empire apparut à *Julien* avant fa mort ; & avec cet autre conte non moins ridicule, que, quand *Julien* voulut faire rebâtir le temple de Jérufalem, il fortit de terre des globes de feu qui confumèrent tous les ouvrages & les ouvriers.

Iliacos intra muros peccatur & extra.

Les chrétiens & les païens débitaient également des fables fur *Julien ;* mais les fables des chrétiens, fes ennemis, étaient toutes calomnieuſes. Qui pourra jamais fe perfuader qu'un philofophe ait immolé une femme à la Lune, & déchiré de fes mains fes entrailles ? une telle horreur eſt-elle dans le caractère d'un ſtoïcien rigide ?

Il ne fit jamais mourir aucun chrétien : il ne leur accordait point de faveurs, mais il ne les perfécutait pas. Il les laiſſait jouir de leurs biens comme empereur juſte, & écrivait contre eux comme philofophe.

Il leur défendait d'enseigner dans les écoles les
auteurs profanes, qu'eux-mêmes voulaient décrier :
ce n'était pas être persécuteur. Il leur permettait
l'exercice de leur religion, & les empêchait de se
déchirer par leurs querelles sanglantes : c'était les
protéger. Ils ne devaient donc lui faire d'autre
reproche que de les avoir quittés, de s'être trompé,
de s'être fait tort à lui-même ; cependant, ils trouvèrent le moyen de rendre exécrable à la postérité
un prince dont le nom aurait été cher à l'univers,
sans son changement de religion.

SECTION III.

QUOIQUE nous ayons déjà parlé de *Julien*, à
l'article *Apostat* ; quoique nous ayons, à l'exemple de
tous les sages, déploré le malheur horrible qu'il eut
de n'être pas chrétien, & que d'ailleurs nous ayons
rendu justice à toutes ses vertus ; cependant nous
sommes forcés d'en dire encore un mot.

C'est à l'occasion d'une imposture aussi absurde
qu'atroce, que nous avons lue par hasard dans un de
ces petits dictionnaires dont la France est inondée
aujourd'hui, & qu'il est malheureusement trop aisé de
faire. Ce dictionnaire théologique est d'un ex-jésuite
nommé *Paulian* ; il répète cette fable si décréditée,
que l'empereur *Julien*, blessé à mort en combattant
contre les Perses, jeta son sang contre le ciel, en
s'écriant : *Tu as vaincu, Galiléen* ; fable qui se détruit
d'elle-même, puisque *Julien* fut vainqueur dans le
combat, & que certainement JESUS-CHRIST n'était
pas le dieu des Perses.

Cependant *Paulian* ose affirmer que le fait est incontestable. Et sur quoi l'affirme-t-il ? sur ce que *Théodoret*, l'auteur de tant d'insignes mensonges, le rapporte ; encore ne le rapporte-t-il que comme un bruit vague : il se sert du mot, *on dit.* (*b*) Ce conte est digne des calomniateurs qui écrivirent que *Julien* avait sacrifié une femme à la Lune, & qu'on trouva après sa mort un grand coffre rempli de têtes, parmi ses meubles.

Ce n'est pas le seul mensonge & la seule calomnie dont cet ex-jésuite *Paulian* se soit rendu coupable. Si ces malheureux savaient quel tort ils font à notre sainte religion, en cherchant à l'appuyer par l'imposture & par les injures grossières qu'ils vomissent contre les hommes les plus respectables, ils seraient moins audacieux & moins emportés : mais ce n'est pas la religion qu'ils veulent soutenir, ils veulent gagner de l'argent par leurs libelles ; &, désespérant d'être lus des gens du monde, ils compilent, compilent, compilent du fatras théologique, dans l'espérance que leurs opuscules feront fortune dans les séminaires. (*)

On demande très-sincèrement pardon aux lecteurs sensés d'avoir parlé d'un ex-jésuite nommé *Paulian*, & d'un ex-jésuite nommé *Nonotte*, & d'un ex-jésuite nommé *Patouillet ;* mais, après avoir écrasé des serpens, n'est-il pas permis aussi d'écraser des puces ? (1)

(*b*) *Théodoret*, chap. XXV.

(*) Voyez *Philosophie*.

(1) M. de *Voltaire* a osé le premier rendre une justice entière à ce prince, l'un des hommes les plus extraordinaires qui aient jamais occupé le trône. Chargé, très-jeune, & au sortir de l'école des philosophes, du gouvernement des Gaules, il les défendit avec un égal courage contre les Germains & contre les exacteurs qui les ravageaient au nom de *Constance*. Sa vie privée était celle d'un sage ; général habile & actif pendant la campagne, il devenait l'hiver un magistrat appliqué , juste & humain. *Constance* voulut le rappeler ; l'armée se souleva , & le força d'accepter le titre d'auguste. Les détails de cet événement transmis par l'histoire , nous y montrent *Julien* aussi irréprochable que dans le reste de sa vie. Il fallait qu'il choisît entre la mort & une guerre contre un tyran souillé de sang & de rapines , avili par la superstition & la mollesse , & qui avait résolu sa perte. Son droit était le même que celui de *Constantin* qui n'avait pas à beaucoup près des excuses aussi légitimes.

Tandis que son armée , conduite par ses généraux , marche en Grèce , en traversant les Alpes & le nord de l'Italie , *Julien* , à la tête d'un corps de cavalerie d'élite , passe le Rhin , traverse la Germanie & la Pannonie , partie sur les terres de l'empire , partie sur celles des Barbares , & on le voit descendre des montagnes de Macédoine , lorsqu'on le croyait encore dans les Gaules. Cette marche unique dans l'histoire , est à peine connue , car la haine des prêtres a envié à *Julien* jusqu'à sa gloire militaire.

En seize mois de règne il assura toutes les frontières de l'empire , fit respecter par-tout sa justice & sa clémence , étouffa les querelles des chrétiens qui commençaient à troubler l'empire , & ne répondit à leurs injures , ne combattit leurs intrigues & leurs complots que par des raisonne- mens & des plaisanteries. Il fit enfin contre les Parthes cette guerre dont l'unique objet était d'assurer aux provinces d'Orient une barrière qui les mît à l'abri de toute incursion. Jamais un règne si court n'a mérité autant de gloire. Sous ses prédécesseurs , comme sous les princes qui lui ont succédé , c'était un crime capital de porter des vêtemens de pourpre : un de ses courtisans lui dénonça un jour un citoyen qui , soit par orgueil , soit par folie , s'était paré de ce dangereux ornement ; il ne lui manquait , disait-on , que des souliers de pourpre. Portez-lui en une paire de ma part , dit *Julien* , afin que l'habillement soit complet.

La *Satire des Césars* est un ouvrage rempli de finesse & de philosophie ; le jugement sévère , mais juste & motivé , porté sur ces princes par un de leurs successeurs , est un monument unique dans l'histoire. Dans ses lettres à des philosophes , dans son discours aux Athéniens , il se montra supé- rieur en esprit & en talens à *Marc-Antonin* , son modèle , le seul empereur qui , comme lui , ait laissé des ouvrages. Pour bien juger les écrits philo- sophiques de *Julien* & son livre contre les chrétiens , il faut le comparer , non aux ouvrages des philosophes modernes , mais à ceux des philosophes grecs , des savans de son siècle , des pères de l'Eglise : alors on trouvera peu d'hommes qu'on puisse comparer à ce prince mort à 32 ans , après avoir gagné des batailles sur le Rhin & sur l'Euphrate.

Il mourut , au sein de la victoire , comme *Epaminondas* , & conversant paisiblement avec les philosophes qui l'avaient suivi à l'armée. Des fana- tiques avaient prédit sa mort , & les Perses , loin de s'en vanter , en

DU JUSTE ET DE L'INJUSTE.

Qui nous a donné le fentiment du jufte & de
l'injufte? D I E U qui nous a donné un cerveau & un
cœur. Mais quand votre raifon vous apprend-elle
qu'il y a vice & vertu? quand elle nous apprend
que deux & deux font quatre. Il n'y a point de
connaiffance innée, par la raifon qu'il n'y a point
d'arbre qui porte des feuilles & des fruits en fortant
de la terre. Rien n'eft ce qu'on appelle inné; c'eft-
à-dire, né développé: mais, répétons-le encore:
D I E U nous fait naître avec des organes qui, à
mefure qu'ils croiffent, nous font fentir tout ce que
notre efpèce doit fentir pour la confervation de cette
efpèce.

Comment ce myftère continuel s'opère-t-il? dites-
le-moi, jaunes habitans des îles de la Sonde, noirs
Africains, imberbes Canadiens, & vous *Platon*,
Cicéron, *Epiclète*. Vous fentez tous également qu'il
eft mieux de donner le fuperflu de votre pain, de

---

accufèrent la trahifon des Romains. On fut obligé d'employer des précautions extraordinaires pour empêcher les chrétiens de déchirer fon corps & de
profaner fon tombeau. *Jovien*, fon fucceffeur, était chrétien. Il fit un traité
honteux avec les Perfes, & mourut au bout de quelques mois, d'excès
de débauche & d'intempérance.

Ceux qui reprochent à *Julien* de n'avoir pas affuré à l'empire un fucceffeur digne de le remplacer, oublient la brièveté de fon règne, la néceffité
de commencer par rétablir la paix, & la difficulté de pourvoir au gouvernement d'un empire immenfe dont la conftitution exigeait un feul maître,
ne pouvait fouffrir un monarque faible, & n'offrait aucun moyen pour
une élection paifible.

votre riz ou de votre manioc au pauvre qui vous le
demande humblement, que de le tuer ou de lui
crever les deux yeux. Il est évident à toute la terre
qu'un bienfait est plus honnête qu'un outrage; que
la douceur est préférable à l'emportement.

Il ne s'agit donc plus que de nous servir de notre
raison pour discerner les nuances de l'honnête & du
déshonnête. Le bien & le mal sont souvent voisins;
nos passions les confondent: qui nous éclairera? nous-
mêmes, quand nous sommes tranquilles. Quiconque
a écrit sur nos devoirs, a bien écrit dans tous les
pays du monde, parce qu'il n'a écrit qu'avec sa raison.
Ils ont tous dit la même chose : *Socrate* & *Epicure*,
Confutzée & *Cicéron*, *Marc - Antonin* & *Amurath II*,
ont eu la même morale.

Redisons tous les jours à tous les hommes : La
morale est une, elle vient de DIEU; les dogmes sont
différens, ils viennent de nous.

JESUS n'enseigna aucun dogme métaphysique; il
n'écrivit point de cahiers théologiques; il ne dit
point : Je suis consubstantiel; j'ai deux volontés &
deux natures avec une seule personne : il laissa aux
cordeliers & aux jacobins, qui devaient venir douze
cents ans après lui, le soin d'argumenter pour savoir
si sa mère a été conçue dans le péché originel; il
n'a jamais dit que le mariage est le signe visible d'une
chose invisible; il n'a pas dit un mot de la grace
concomitante; il n'a institué ni moines ni inquisiteurs; il n'a rien ordonné de ce que nous voyons
aujourd'hui.

DIEU avait donné la connaissance du juste & de
l'injuste, dans tous les temps qui précédèrent le

chriftianifme. D I E U n'a point changé & ne peut changer : le fond de notre ame, nos principes de raifon & de morale feront éternellement les mêmes. De quoi fervent à la vertu des diftinctions théologiques, des dogmes fondés fur ces diftinctions, des perfécutions fondées fur ces dogmes ? La nature effrayée & foulevée avec horreur contre toutes ces inventions barbares, crie à tous les hommes : Soyez juftes, & non des fophiftes perfécuteurs.

Vous lifez dans le Sadder, qui eft l'abrégé des lois de *Zoroaftre*, cette fage maxime : *Quand il eft incertain fi une action qu'on te propofe eft jufte ou injufte, abftiens-toi.* Qui jamais a donné une règle plus admirable? quel légiflateur a mieux parlé ? Ce n'eft pas-là le fyftême des opinions probables, inventé par des gens qui s'appelaient *la fociété de Jéfus.*

J U S T I C E.

CE n'eft pas d'aujourd'hui que l'on dit que la juftice eft bien fouvent très-injufte : *Summum jus, fumma injuria,* eft un des plus anciens proverbes. Il y a plufieurs manières affreufes d'être injufte ; par exemple, celle de rouer l'innocent *Calas* fur des indices équivoques, & de fe rendre coupable du fang innocent pour avoir trop cru de vaines préfomptions.

Une autre manière d'être injufte, eft de condamner au dernier fupplice un homme qui mériterait tout au plus trois mois de prifon : cette efpèce d'injuftice eft celle des tyrans, & furtout des fanatiques, qui deviennent toujours tyrans dès qu'ils ont la puiffance de mal faire.

Nous ne pouvons mieux démontrer cette vérité, que par la lettre qu'un célèbre avocat au confeil écrivit, en 1766, à M. le marquis de *Beccaria*, l'un des plus célèbres profeffeurs de jurifprudence qui foient en Europe. (1)

Lettre à M. le marquis de Beccaria, profeffeur en droit public à Milan, au fujet de M. de Morangiés.

1 7 7 2.

M O N S I E U R ,

Vous enfeignez les lois dans l'Italie, dont toutes les lois nous viennent, excepté celles qui nous font tranfmifes par nos coutumes bizarres & contradictoires, refte de l'antique barbarie dont la rouille fubfifte encore dans un des royaumes les plus floriffans de la terre.

Votre livre, fur les délits & les peines, ouvrit les yeux à plufieurs jurifconfultes de l'Europe, nourris dans des ufages abfurdes & inhumains ; & on commença par-tout à rougir de porter encore fes anciens habits de fauvages.

(1) M. de *Voltaire*, dans les éditions précédentes, avait placé ici, fous le titre de *Lettre de M. Caffen à M. Beccaria*, un petit ouvrage qu'il avait fait imprimer féparément, fous celui de *Relation de la mort du chevalier de la Barre.* Cette relation a été imprimée, dans cette édition, parmi les ouvrages de Politique et Légiflation, (voyez tome II, Politique, p. 309) & on lui a fubftitué ici une autre lettre de M. de *Voltaire* à M. *Beccaria*, fur le procès de M. de *Morangiés.* Le refte de fes autres écrits fur cette affaire fe trouve dans le volume cité, pag. 377 & fuiv.

On demanda votre fentiment fur le fupplice affreux auquel avaient été condamnés deux jeunes gentilshommes fortant de l'enfance, dont l'un, échappé aux tortures, eft devenu l'un des meilleurs officiers d'un très-grand roi, & l'autre qui donnait les plus chères efpérances, mourut en fage d'une mort affreufe, fans oftentation & fans faibleffe, au milieu de cinq bourreaux. Ces enfans étaient accufés d'une indécence en action & en paroles, faute que trois mois de prifon auraient affez punie, & que l'âge aurait infailliblement corrigée.

Vous répondîtes que leurs juges étaient des affaffins ; & l'Europe penfa comme vous.

Je vous confultai fur les jugemens de Cannibales contre *Calas*, contre *Sirven*, contre *Montbailli*, & vous prévîntes les arrêts émanés depuis du chef de notre juftice, de nos maîtres des requêtes, & des tribunaux qui ont juftifié l'innocence condamnée, & qui ont rétabli l'honneur de notre nation.

Je vous confulte aujourd'hui fur une affaire d'une nature bien différente. Elle eft à la fois civile & criminelle. C'eft un homme de qualité, maréchal de camp dans nos armées, qui foutient feul fon honneur & fa fortune, contre une famille entière de citoyens pauvres & obfcurs, & contre une foule de gens de la lie du peuple, dont les cris fe font entendre par toute la France.

La famille pauvre accufe l'officier général de lui voler cent mille écus par la fraude & par la violence. L'officier général accufe ces indigens de lui voler cent mille écus par une manœuvre également criminelle. Ces pauvres fe plaignent, non-feulement d'être en rifque de perdre un bien immenfe qu'ils n'ont jamais paru poffeder; mais d'avoir été tyrannifés, outragés, battus, par des officiers de juftice qui les ont forcés de s'avouer coupables, & de confentir à leur ruine & à leur châtiment. Le maréchal de camp protefte que ces imputations de fraude & de violence font des calomnies atroces. Les avocats des deux parties fe contredifent fur tous les faits, fur toutes les inductions, & même fur tous les raifonnemens; leurs mémoires font des tiffus de démentis; chacun traite fon adverfaire d'inconféquent & d'abfurde : c'eft la méthode de toutes les difputes.

Quand vous aurez eu, Monfieur, la bonté de lire leurs mémoires que j'ai l'honneur de vous envoyer, & qui font affez connus en France, fouffrez que je vous foumette mes difficultés; elles font dictées par l'impartialité. Je ne connais ni aucune des parties, ni aucun des avocats. Mais, ayant vu pendant près de quatre-vingts ans la calomnie & l'injuftice triompher tant de fois, il m'eft permis de chercher à pénétrer dans le labyrinthe habité par ces monftres.

Préfomptions contre la famille Verron.

1°. Voila d'abord quatre billets à ordre pour cent mille écus, faits dans toutes les règles par un officier chargé d'ailleurs de dettes; ils font au profit d'une femme, nommée *Verron*, qui fe dit veuve d'un banquier. Ils font réclamés par fon petit-fils *du Jonquay*, fon héritier, nouvellement reçu docteur ès lois, quoiqu'il ne fache pas même l'orthographe. Cela fuffit-il ? oui, dans une affaire ordinaire ; non, fi dans ce cas-ci très-extraordinaire, il eft d'une extrême vraifemblance que le docteur ès lois n'a jamais porté, ni pu porter l'argent qu'il prétend avoir livré au nom de fon aïeule ; fi la grand'mère, qui fubfiftait à peine dans un galetas, du malheureux métier de prêteufe fur gages, n'a jamais pu poſſéder les cent mille écus ; fi enfin le petit-fils & fa propre mère ont avoué & figné librement qu'ils ont voulu voler le maréchal de camp, & qu'il n'a jamais reçu que douze cents francs, au lieu de trois cents mille livres, l'affaire alors vous paraît-elle éclaircie ? & le public eft-il aſſez inftruit des préliminaires ?

2°. Je m'en rapporte à vous, Monfieur ; eft-il probable qu'une pauvre veuve d'un inconnu, qu'on dit avoir été un vil agioteur & non un banquier, ait pu avoir une fomme fi confidérable à prêter au hafard à un officier publiquement endetté ? Le maréchal de camp foutient enfin que l'agioteur, mari de cette femme, mourut infolvable ; que fon inventaire même ne fut pas payé ; que ce prétendu banquier fut d'abord garçon boulanger chez M. le duc de *Saint-Agnan*, ambaſſadeur en Efpagne ; qu'il fit enfuite le métier de courtier à Paris, & qu'il fut obligé par M. *Héraut*, lieutenant de police, de rendre des billets à ordre ou lettres de change qu'il avait extorqués d'un jeune homme ; tant la malédiction femble être fur cette famille pour les billets à ordre. Si tout cela eft prouvé, vous paraît-il vraifemblable que cette famille ait prêté cent mille écus à un officier obéré, qu'elle ne connaiſſait pas ?

3°. Trouvez-vous probable que le petit-fils de l'agioteur, docteur ès lois, ait couru cinq lieues à pied, ait fait ving-fix voyages, ait monté & defcendu trois mille marches, le tout pendant cinq heures, fans s'arrêter, pour porter *en fecret* douze mille quatre cents vingt-cinq louis d'or à un homme auquel il donne le lendemain douze cents francs en public? Une telle hiftoire vous paraît-elle inventée par un infenfé très-mal adroit? Ceux qui la croient vous paraiffent-ils fages? que penfez-vous de ceux qui la débitent fans la croire?

4°. Eft-il probable que le jeune *du Jonquay*, docteur ès lois, & fa propre tante, aient avoué juridiquement & figné chez un premier juge, nommé chez nous commiffaire, que toute cette hiftoire était fauffe; qu'ils n'avaient jamais porté cet or, & qu'ils étaient des fripons, fi en effet ils ne l'avaient pas été; fi le trouble & le remords ne leur avaient pas arraché cette confeffion de leur crime? & quand ils difent enfuite qu'ils n'ont fait cet aveu, chez le premier juge, que parce qu'on leur avait donné précédemment un coup de poing chez un procureur; cette excufe vous paraît-elle raifonnable ou abfurde?

N'eft-il pas évident que fi ce docteur ès lois a été battu en effet dans une autre maifon, pour cette même affaire, il doit avoir demandé juftice de cette violence à ce premier juge, au lieu de figner librement avec fa mère, qu'ils font coupables tous deux d'un crime qu'ils n'ont point commis?

Seraient-ils recevables à dire : nous avons figné notre condamnation, parce que nous avons cru que

le maréchal de camp avait gagné contre nous tous
les officiers de la police & tous les premiers juges ?

Le bon fens permet-il d'écouter de telles raifons ?
Aurait-on ofé les propofer dans nos temps même de
barbarie, où nous n'avions encore ni lois, ni mœurs,
ni raifon cultivée ?

Si j'en crois les mémoires très-circonftanciés du
maréchal de camp, les coupables, ayant été mis en
prifon, ont d'abord perfifté dans l'aveu de leur crime.
Ils ont écrit deux lettres à celui qu'ils avaient chargé
du dépôt des billets extorqués au maréchal de camp.
Ils voulaient rendre ces billets ; ils étaient effrayés de
leur délit qui pouvait les conduire aux galères ou à
la potence. Ils fe font raffermis depuis. Ceux avec
lefquels ils doivent partager le fruit de leur fcélérateffe les encouragent ; l'appât de cette fomme immenfe
les féduit tous. Ils appellent toutes les fraudes obfcures
de la chicane au fecours d'un crime avéré. Ils pro-
fitent adroitement des détreffes où l'officier obéré
s'eft trouvé quelquefois réduit, pour le faire croire
capable de rétablir fes affaires par un vol de cent
mille écus. Ils excitent la compaffion de la populace
qui ameute bientôt tout Paris. Ils touchent de pitié
des avocats qui fe font un devoir d'employer pour
eux leur éloquence, & de foutenir le faible contre
le puiffant, le peuple contre la nobleffe. L'affaire la
plus claire devient la plus obfcure. Un procès fimple, que le magiftrat de la police aurait terminé en
quatre jours, fe groffit, pendant plus d'un an, de
la fange que tous les canaux de la chicane y apportent.
Vous verrez que tout cet expofé eft le réfumé des
mémoires produits dans cette caufe fameufe.

Préfomptions en faveur de la famille Verron.

Voici maintenant les défenfes de l'aïeule, de la
mère & du petit-fils, docteur ès lois, contre ces fortes
préfomptions.

1°. Les cent mille écus (ou approchant) qu'on
prétend que la veuve *Verron* n'a jamais poffédés,
lui furent donnés autrefois par fon mari, en fidéicommis avec de la vaiffelle d'argent. Ce fidéicommis
lui fut apporté *en fecret* fix mois après la mort de ce
mari, par un nommé *Chotard.* Elle les plaça, & toujours *en fecret*, chez un notaire nommé *Gilet*, qui
les lui rendit auffi fecrètement, en 1760. Donc elle
avait en effet les cent mille écus que fon adverfaire
prétend qu'elle n'a jamais poffédés.

2°. Elle eft morte dans une extrême vieilleffe pendant le cours du procès, en proteftant, après avoir
reçu les facremens, que ces cent mille écus ont été
portés en or à l'officier général, par fon petit-fils,
en vingt-fix voyages à pied, le 23 feptembre 1771.

3°. Il n'eft nullement probable qu'un officier,
accoutumé à emprunter, & rompu aux affaires,
ait fait des billets payables à ordre pour la fomme
de trois cents mille livres à un inconnu, fans avoir
reçu cette fomme.

4°. Il y a des témoins qui ont vu compter & arranger
les facs remplis de cet or, & qui ont vu le docteur
ès lois le porter à pied, fous fa redingote, au maréchal de camp en vingt-fix voyages, en cinq heures

de temps. Et il n'a fait ces vingt-fix voyages étonnans que pour complaire au maréchal de camp qui lui avait demandé le *fecret*.

5°. Le docteur ès lois ajoute : Notre grand'mère & nous, nous vivions, à la vérité, dans un galetas, & nous prêtions fur gages quelque petit argent ; mais c'était par une fage économie ; c'était pour m'acheter une charge de confeiller au parlement, lorfque la magiftrature était vénale. Il eft vrai que mes trois fœurs gagnent leur vie au métier de couturière & de brodeufe ; mais c'eft que ma grand'mère gardait tout pour moi. Il eft vrai que je n'ai fréquenté que des entremeteufes, des cochers & des laquais ; j'avoue que je parle & que j'écris comme eux ; mais je n'en aurais pas été moins digne d'être magiftrat, en me formant avec le temps.

6°. Tous les honnêtes gens ont été touchés de notre malheur. M. *Aubourg*, l'un des plus dignes financiers de Paris, a pris notre parti généreufement, & fa voix nous a donné la voix publique.

Ces défenfes paraiffent plaufibles en partie. Voici comme leur adverfaire les réfute.

Raifons du maréchal de camp, contre les raifons de la famille Verron.

1°. Le conte du fidéicommis eft aux yeux de tout homme fenfé auffi faux & auffi burlefque que le conte des vingt-fix voyages à pied. Si le pauvre agioteur, mari de cette vieille, avait voulu donner

en mourant, tant d'or à fa femme, il le pouvait
de la main à la main, fans employer un tiers.

S'il avait eu cette prétendue vaiffelle d'argent, la
moitié en appartenait à fa femme, commune en
biens. Elle ne ferait pas reftée tranquille, pendant
fix mois dans un bouge à deux cents francs par an,
fans redemander fa vaiffelle, & fans faire fes dili-
gences. *Chotard*, l'ami prétendu de fon mari & d'elle,
ne l'aurait pas laiffée fix mois entiers dans une fi
grande indigence, & dans une fi cruelle inquiétude.

Il y a eu en effet un *Chotard*, mais c'était un
homme perdu de dettes & de débauches ; un banqueroutier frauduleux qui emporta quarante mille
écus aux fermes générales, dans lefquelles il avait
un emploi, (*) & qui probablement n'aurait pas
donné cent mille écus à la veuve *Verron*, grand'-
mère du docteur ès lois.

La veuve *Verron* prétend qu'elle fit valoir fon
argent, & toujours fecrètement, chez un notaire
nommé *Gilet*, & on n'en trouve nul veftige dans
l'étude de ce notaire.

Elle articule que ce notaire lui rendit fon argent,
encore fecrètement, en 1760 ; & il était mort.

Si tous ces faits font vrais, il faut avouer que la
caufe de *du Jonquay* & de la *Verron*, fondée fur une
foule de menfonges ridicules, tombe évidemment
avec eux.

2°. Le teftament de la *Verron*, fait une demi-heure
avant fon dernier moment, ayant fon D I E U & la

_____

(*) Deux fermiers-généraux, MM. de *Mazières* & *Dangé* l'atteftent.

mort

mort fur les lèvres , eft une pièce bien refpectable ,
on oferait prefque dire facrée. Mais fi elle eft au
nombre de ces chofes facrées qu'on fait fervir tous
les jours au crime ; fi ce teftament a été vifiblement
dicté par les intéreffés au procès ; fi cette prêteufe
fur gages , en recommandant fon ame à D I E U , a
manifeftement menti à D I E U , de quel poids eft alors
cette pièce ? n'eft-elle pas la plus forte preuve de
l'impofture & de la fcélérateffe ?

On a toujours fait dire à cette femme, pendant le
procès foutenu en fon propre nom , qu'elle ne poffédait que les cent mille écus qu'on voulait lui
ravir , qu'elle n'a jamais eu que cette fomme. Et
la voilà , qui dans fon teftament articule cinq cents
mille livres! Voilà deux cents mille francs de plus
auxquels on ne s'attendait pas , & la veuve *Verron*
convaincue de fon crime par fa propre bouche. Ainfi,
dans cette étrange caufe , l'impofture atroce & ridicule
de la famille éclate de tous côtés pendant la vie de
cette femme, & jufque dans les bras de la mort.

3º. Il eft probable , il eft prouvé que le maréchal
de camp ne devait pas confier des billets à ordre pour
cent mille écus à ce docteur inconnu, pour les négo-
cier , fans exiger de lui une reconnaiffance. Mais il
a commis cette inadvertance qui eft la faute d'un
cœur noble; il a été féduit par la jeuneffe , par la
candeur & par la générofité apparente d'un homme
de vingt-fept ans, prêt à être élevé à la magiftrature,
qui lui prêtait douze cents francs pour une affaire
urgente , & qui lui promettait de lui faire tenir cent
mille écus dans peu de jours , par une compagnie

opulente. C'eſt-là le fond & le nœud du procès. Il
faut abſolument examiner s'il eſt probable qu'un
homme qu'on ſuppoſe avoir reçu près de cent mille
écus en or, vienne le lendemain matin demander en
hâte douze cents fràncs pour une affaire preſſante,
à celui-là même qui lui a donné, la veille, douze
mille quatre cents vingt-cinq louis d'or.

Il n'y a là aucune vraiſemblance.

Il eſt encore plus improbable, comme on l'a déjà
dit, qu'un homme de diſtinction, un officier général,
père de famille, pour récompenſer celui qui vient
de lui rendre le ſervice inoui de lui prêter cent
mille écus ſans le connaître, ait par reconnaiſſance
imaginé de le faire pendre ; lui qui, ſuppoſé nanti de
cette ſomme immenſe, n'avait qu'à attendre paiſi-
blement les échéances éloignées du paiement; lui
qui pour gagner du temps n'avait pas beſoin de
commettre le plus lâche des crimes; lui qui n'en a
jamais commis. Certes, il eſt plus naturel de penſer
que le petit-fils d'un agioteur fripon, & d'une miſérable prêteuſe ſur gages, a profité de la confiance
aveugle d'un homme de guerre pour lui extorquer
cent mille écus, & qu'il a promis de partager cette
ſomme avec les hommes vils qui pourraient l'aider
dans cette manœuvre.

4°. Il y a des témoins qui dépoſent en faveur de
du *Jonquay* & de la *Verron*. Qui ſont ces témoins ? que
dépoſent-ils ?

C'eſt d'abord une nommée *Tourtera*, une courtière
qui ſoutenait la *Verron* dans ſon petit commerce de
prêteuſe ſur gages, & qui a été miſe cinq fois à

l'hôpital pour fes infamies fcandaleufes ; ce qui eft très-aifé à vérifier.

C'eft un cocher nommé *Gilbert*, qui, tantôt ferme dans le crime, & tantôt ébranlé, a déclaré chez une dame *Petit*, en préfence de fix perfonnes, qu'il avait été fuborné par *du Jonquay*. Il a demandé plufieurs fois à d'autres perfonnes s'il était encore à temps de fe rétracter , & réitéré ces propos devant témoins. (*)

De plus, il fe peut encore que ce *Gilbert* fe foit trompé & n'ait point menti. Il fe peut qu'il ait vu quelque argent chez des prêteurs fur gages, & qu'on lui ait fait accroire qu'il y avait trois cents mille livres. Rien n'eft plus dangereux en bien des gens qu'une tête chaude qui croit avoir vu ce qu'elle n'a pu voir.

C'eft un nommé *Aubriot*, filleul de cette entremet-teufe *Tourtera* & conduit par elle. Il dépofe avoir vu dans une rue de Paris, le 23me feptembre 1771, le docteur *du Jonquay* en manteau , portant des facs.

Ce n'eft pas-là affurément une preuve bien forte que ce docteur ait fait ce jour-là même vingt-fix voyages à pied, & ait couru cinq lieues pour donner *fecrètement* douze mille quatre cents vingt-cinq louis en attendant le refte. Il paraît clair qu'il alla ce jour-là chez le maréchal de camp , qu'il lui parla ; & il paraît probable qu'il le trompa ; mais il n'eft pas clair qu'*Aubriot* l'y ait vu aller treize fois en un matin, & retourner treize fois. Il eft encore moins

(*) C'eft ce que le comte de *Morangiés* articule. S'il en impofait , il ferait trop coupable. S'il dit vrai, la caufe eft jugée.

clair que cet *Aubriot* ait pu voir ce jour-là tant de
chofes dans la rue, affligé de la vérole, (il faut appeler
les chofes par leur nom,) frotté de mercure ce jour
même, les jambes chancelantes, la tête enflée, la
langue hors de la bouche; ce n'eft pas-là le moment
de courir. Son ami *du Jonquay* lui aurait-il dit:
,, venez rifquer votre vie pour me voir faire cinq
,, lieues de chemin chargé d'or; je vais donner
,, toute la fortune de ma famille en *fecret* à un
,, homme noyé de dettes; je veux avoir en fecret,
,, pour témoin, un homme de votre caractère?,,
Cela n'eft pas vraifemblable. Le chirurgien qui
adminiftrait le mercure à ce Monfieur, attefte qu'il
n'était guère en état de fortir; & le fils de ce
chirurgien, dans fon interrogatoire, s'en rapporte
à l'académie de chirurgie.

Mais enfin, qu'un homme vigoureux ait eu la
force, dans cet état honteux & horrible, de prendre
l'air, & de faire quelques pas dans une rue, qu'en
réfulte-t-il? A-t-il vu *du Jonquay* faire vingt-fix
voyages du haut de fon galetas à l'hôtel du maréchal
de camp? A-t-il vu douze mille quatre cents vingt-
cinq louis d'or entre fes mains? Quelqu'un a-t-il été
témoin de ce prodige digne des mille & une nuits?
Non, fans doute, non, perfonne; à quoi fe réduifent
donc tous ces témoignages qu'on allègue?

5º. Que la fille de la *Verron*, dans fon galetas, ait
emprunté quelquefois de petites fommes fur gages,
que la *Verron* en ait prêté pour faire fon petit-fils
confeiller au parlement, cela ne fait rien au fond
de l'affaire; il paraît toujours que ce magiftrat n'a

pas couru cinq lieues à pied pour porter cent mille écus; & que le maréchal de camp ne les a jamais reçus.

6°. Un nommé *Aubourg* se présente, non-seulement comme témoin, mais comme protecteur, comme bienfaiteur de l'innocence opprimée. Les avocats de la famille *Verron* font de cet homme un citoyen d'une vertu aussi intrépide que rare. Il a été sensible aux malheurs du docteur *du Jonquay*, de sa mère, de sa grand'mère qu'il ne connaissait pas. Il leur a offert son crédit & sa bourse, sans autre intérêt que le plaisir héroïque de secourir la vertu qu'on persécute.

A l'examen, il se trouve que ce héros de la bien-fesance est un malheureux qui a d'abord été laquais, puis tapissier, puis courtier, puis banqueroutier; & qui prête aujourd'hui sur gages, comme la *Verron* & la *Tourtera*. Il vole au secours des personnes de sa profession. Cette *Tourtera* lui a donné d'abord vingt-cinq louis pour disposer sa probité à prêter son ministère à la famille désolée. Le généreux *Aubourg* a eu la grandeur d'ame de| faire un contrat avec la vieille aïeule presque mourante, par lequel elle lui donne cent quinze mille livres sur les cent mille écus que doit le maréchal de camp, à condition qu'*Aubourg* fera les frais du procès. Il prend même la précaution de faire ratifier ce marché dans le testament qu'on dicte à la vieille agioteuse, ou qu'on suppose prononcé par cette vieille. Cet homme vénérable espère donc partager un jour, avec quelques témoins, les dépouilles du maréchal de camp. C'est le grand cœur d'*Aubourg* qui a ourdi cette trame; c'est lui qui a conduit le procès dont il a fait fon patrimoine. Il a cru que des billets à ordre feraient infailliblement payés ; c'eft un receleur qui partage le butin des voleurs , & qui en prend pour lui la meilleure part.

Telles font les réponfes du maréchal de camp. Je n'en diminue rien ; je n'y ajoute rien ; je ne fais que raconter.

Je vous ai expofé , Monfieur , toute la fubftance de ce procès , & tout ce qu'on allègue de plus fort des deux côtés.

Je vous demande à préfent votre opinion fur ce qu'il faut prononcer en cas que les chofes reftent dans le même état, en cas qu'on ne puiffe arracher irrévocablement la vérité d'aucun côté, & la manifefter fans nuage.

Les raifons de l'officier général paraiffent jufqu'ici convaincantes. L'équité naturelle eft pour lui. Cette équité naturelle que DIEU a mife dans le cœur de tous les hommes eft la bafe de toutes les lois. Faudra-t-il détruire ce fondement de toute juftice pour condamner un homme à payer cent mille écus qu'il ne paraît pas devoir ?

Il a fait des billets pour cent mille écus dans la vaine efpérance qu'on lui donnerait l'argent ; il a traité avec un jeune inconnu comme s'il avait traité avec le banquier du roi ou de l'impératrice reine. Ses billets auront-ils plus de force que fes raifons ? On ne doit certainement que ce qu'on a reçu. Les billets , les polices , les reconnaiffances , fuppofent toujours qu'on a touché l'argent. Mais s'il y a des preuves qu'on n'a rien touché , on ne doit rien rendre. S'il y a écrit contre écrit, le dernier annulle l'autre. Or, ici le dernier écrit eſt celui de *du Jonquay* & de ſa mère; & il porte que leur adverſe partie n'a jamais reçu d'eux les cent mille écus, & qu'ils ſont des fripons.

Quoi! parce qu'ils auront déſavoué leur aveu, parce qu'ils auront reçu un coup de poing, on leur adjugerait le bien d'autrui?

Je ſuppoſe (ce qui n'eſt pas vraiſemblable) que les juges, liés par les formes, condamnent le mareéchal de camp à payer ce qu'il ne doit point, ne ruinent-ils pas ſa réputation ainſi que ſa fortune? Tous ceux qui ſe ſont élevés contre lui dans cette étrange aventure, ne diront-ils pas qu'il a calomnieuſement accuſé ſes adverſaires d'un crime dont lui-même eſt coupable? Il perdra ſon honneur à leurs yeux en perdant ſon bien. Il ne ſera juſtifié que dans l'eſprit de ceux qui examinent profondément. C'eſt toujours le très-petit nombre. Où ſont les hommes qui aient le loiſir, l'attention, la capacité, la bonne foi, de conſidérer toutes les faces d'une affaire qui ne les regarde pas? Ils en jugent comme notre ancien parlement condamnait les livres, ſans les lire.

Vous le ſavez, on juge de tout fur des préjugés, fur parole, & au haſard. Perſonne ne fait réflexion que la cauſe d'un citoyen doit intéreſſer tous les citoyens, & que nous pouvons ſubir, avec déſeſpoir, le ſort ſous lequel nous le voyons accablé avec des yeux indifférens. Nous écrivons tous les jours fur des

jugemens portés par le fénat de Rome & par l'aréopage d'Athènes, à peine fongeons-nous à ce qui
fe paffe dans nos tribunaux !

Vous, Monfieur, qui embraffez l'Europe dans vos
recherches & dans vos décifions, daignez me prêter
vos lumières. Il fe peut, à toute force, que des
formalités de chicane que je ne connais pas, faffent
perdre le procès au maréchal de camp ; mais il
me femble qu'il le gagnera au tribunal du public
éclairé, ce grand juge fans appel qui prononce fur le
fond des chofes, & qui décide de la réputation.

I.

I D É E.

SECTION PREMIERE.

Qu'est-ce qu'une idée ?

C'eſt une image qui ſe peint dans mon cerveau.

Toutes vos penſées ſont donc des images ?

Aſſurément ; car les idées les plus abſtraites ne ſont que les ſuites de tous les objets que j'ai aperçus. Je ne prononce le mot d'*être* en général que parce que j'ai connu des êtres particuliers. Je ne prononce le nom d'*infini* que parce que j'ai vu des bornes, & que je recule ces bornes dans mon entendement autant que je le puis ; je n'ai des idées que parce que j'ai des images dans la tête.

Et quel eſt le peintre qui fait ce tableau ?

Ce n'eſt pas moi ; je ne ſuis pas aſſez bon deſſinateur ; c'eſt celui qui m'a fait, qui fait mes idées.

Et d'où ſavez-vous que ce n'eſt pas vous qui faites des idées ?

De ce qu'elles me viennent très-ſouvent malgré moi quand je veille, & toujours malgré moi quand je rêve en dormant.

Vous êtes donc perſuadé que vos idées ne vous appartiennent que comme vos cheveux qui croiſſent, qui blanchiſſent, & qui tombent ſans que vous vous en mêliez ?

Rien n'est plus évident ; tout ce que je puis faire c'est de les friser, de les couper, de les poudrer ; mais il ne m'appartient pas de les produire.

Vous seriez donc de l'avis de *Mallebranche*, qui disait que nous voyons tout en DIEU ?

Je suis bien sûr au moins que si nous ne voyons pas les choses dans le grand Etre, nous les voyons par son action puissante & présente.

Et comment cette action se fait-elle ?

Je vous ai dit cent fois dans nos entretiens que je n'en savais pas un mot, & que DIEU n'a dit son secret à personne. J'ignore ce qui fait battre mon cœur, courir mon sang dans mes veines ; j'ignore le principe de tous mes mouvemens ; & vous voulez que je vous dise comment je sens & comment je pense ? cela n'est pas juste.

Mais vous savez au moins si votre faculté d'avoir des idées est jointe à l'étendue ?

Pas un mot. Il est bien vrai que *Tatien*, dans son discours aux Grecs, dit que l'ame est composée manifestement d'un corps. *Irénée*, dans son chap. XXVI du second livre, dit que le Seigneur a enseigné que nos ames gardent la figure de notre corps pour en conserver la mémoire. *Tertullien* assure, dans son second livre de l'Ame, qu'elle est un corps. *Arnobe*, *Lactance*, *Hilaire*, *Grégoire* de Nysse, *Ambroise* n'ont point une autre opinion. On prétend que d'autres pères de l'Eglise assurent que l'ame est sans aucune étendue, & qu'en cela ils sont de l'avis de *Platon*; ce qui est très-douteux. Pour moi, je n'ose être d'aucun avis ; je ne vois qu'incompréhensibilité dans l'un &

dans l'autre fyftême; & après y avoir rêvé toute ma vie, je fuis auffi avancé que le premier jour.

Ce n'était donc pas la peine d'y penfer.

Il eft vrai; celui qui jouit en fait plus que celui qui réfléchit, ou du moins il fait mieux, il eft plus heureux; mais que voulez-vous? il n'a pas dépendu de moi ni de recevoir ni de rejeter dans ma cervelle toutes les idées qui font venues y combattre les unes contre les autres, & qui ont pris mes cellules médullaires pour leur champ de bataille. Quand elles fe font bien battues, je n'ai recueilli de leurs dépouilles que l'incertitude.

Il eft bien trifte d'avoir tant d'idées, & de ne favoir pas au jufte la nature des idées.

Je l'avoue; mais il eft bien plus trifte, & beaucoup plus fot de croire favoir ce qu'on ne fait pas.

Mais fi vous ne favez pas pofitivement ce que c'eft qu'une idée, fi vous ignorez d'où elles vous viennent, vous favez du moins par où elles vous viennent?

Oui, comme les anciens Egyptiens, qui ne connaiffaient pas la fource du Nil, favaient très-bien que les eaux du Nil leur arrivaient par le lit de ce fleuve. Nous favons très-bien que les idées nous viennent par les fens; mais nous ignorons toujours d'où elles partent. La fource de ce Nil ne fera jamais découverte.

S'il eft certain que toutes les idées vous font données par les fens, pourquoi donc la forbonne, qui a fi long-temps embraffé cette doctrine d'*Ariftote*, l'a-t-elle condamnée avec tant de virulence dans *Helvétius*?

C'eft que la forbonne eft compofée de théologiens.

Section II.

Tout en Dieu.

In Deo vivimus, movemur, & sumus.
Tout se meut, tout respire, & tout existe en Dieu.

Aratus, cité & approuvé par St *Paul*, fit donc cette confession de foi chez les Grecs.

Le vertueux *Caton* dit la même chose : *Jupiter est quodcumque vides, quocumque moveris.*

Mallebranche est le commentateur d'*Aratus*, de St *Paul*, & de *Caton*. Il réussit d'abord en montrant les erreurs des sens & de l'imagination; mais quand il voulut développer ce grand système que tout est en DIEU, tous les lecteurs dirent que le commentaire est plus obscur que le texte. Enfin, en creusant cet abyme, la tête lui tourna; il eut des conversations avec le Verbe, il sut ce que le Verbe a fait dans les autres planètes : il devint tout-à-fait fou. Cela doit nous donner de terribles alarmes, à nous autres chétifs qui fesons les entendus.

Pour bien entrer au moins dans la pensée de *Mallebranche*, dans le temps qu'il était sage, il faut d'abord n'admettre que ce que nous concevons clairement, & rejeter ce que nous n'entendons pas. N'est-ce pas être imbécille que d'expliquer une obscurité par des obscurités ?

Je sens invinciblement que mes premières idées & mes sensations me sont venues malgré moi. Je conçois très-clairement que je ne puis me donner aucune idée.

Je ne puis me rien donner ; j'ai tout reçu. Les objets qui m'entourent ne peuvent me donner ni idée ni fenfation par eux-mêmes ; car comment fe pourrait-il qu'un morceau de matière eût en foi la vertu de produire dans moi une penfée ?

Donc je fuis mené malgré moi à penfer que l'Etre éternel, qui donne tout, me donne mes idées, de quelque manière que ce puiffe être.

Mais, qu'eft-ce qu'une idée ? qu'eft-ce qu'une fenfation, une volonté ? &c. c'eft moi apercevant, moi fentant, moi voulant.

On fait enfin qu'il n'y a pas plus d'être réel appelé *idée* que d'être réel nommé *mouvement ;* mais il y a des corps mus.

De même, il n'y a point d'être particulier nommé *mémoire*, *imagination*, *jugement ;* mais nous nous fouvenons, nous imaginons, nous jugeons.

Tout cela eft d'une vérité triviale ; mais il eft néceffaire de rebattre fouvent cette vérité ; car les erreurs contraires font plus triviales encore.

Lois de la nature.

MAINTENANT, comment l'Etre éternel & formateur produirait-il tous ces modes dans des corps organifés ?

A-t-il mis deux êtres dans un grain de froment dont l'un fera germer l'autre ? a-t-il mis deux êtres dans un cerf, dont l'un fera courir l'autre ? non, fans doute. Tout ce qu'on en fait, eft que le grain eft doué de la faculté de végéter, & le cerf de celle de courir.

C'eſt évidemment une mathématique générale qui dirige toute la nature, & qui opère toutes les productions. Le vol des oiſeaux, le nagement des poiſſons, la courſe des quadrupèdes, ſont des effets démontrés des règles du mouvement connues. *Mens agitat molem.*

Les ſenſations, les idées de ces animaux peuvent-elles être autre choſe que des effets plus admirables de lois mathématiques plus cachées ?

Mécanique des ſens & des idées.

C'EST par ces lois que tout animal ſe meut pour chercher ſa nourriture. Vous devez donc conjeêturer qu'il y a une loi par laquelle il a l'idée de ſa nourriture, ſans quoi il n'irait pas la chercher.

L'intelligence éternelle a fait dépendre d'un principe toutes les aêions de l'animal ; donc l'intelligence éternelle a fait dépendre du même principe les ſenſations qui cauſent ces aêions.

L'auteur de la nature aura-t-il diſpoſé avec un art ſi divin les inſtrumens merveilleux des ſens ; aura-t-il mis des rapports ſi étonnans entre les yeux & la lumière, entre l'atmoſphère & les oreilles, pour qu'il ait encore beſoin d'accomplir ſon ouvrage par un autre ſecours ? La nature agit toujours par les voies les plus courtes. La longueur du procédé eſt impuiſſance ; la multiplicité des ſecours eſt faibleſſe : donc il eſt à croire que tout marche par le même reſſort.

Le grand Etre fait tout.

Non-seulement nous ne pouvons nous donner aucune senfation, nous ne pouvons même en imaginer au-delà de celles que nous avons éprouvées. Que toutes les académies de l'Europe propofent un prix pour celui qui imaginera un nouveau fens; jamais on ne gagnera ce prix. Nous ne pouvons donc rien purement par nous-mêmes, foit qu'il y ait un être invifible & intangible dans notre cervelet, ou répandu dans notre corps, foit qu'il n'y en ait pas: & il faut convenir, que dans tous les fyftêmes, l'auteur de la nature nous a donné tout ce que nous avons, organes, fenfations, idées, qui en font la fuite.

Puifque nous naiffons ainfi fous fa main, *Mallebranche*, malgré toutes fes erreurs, aurait donc raifon de dire philofophiquement que nous fommes dans Dieu, & que nous voyons tout dans Dieu; comme *St Paul* le dit dans le langage de la théologie, *Aratus* & *Caton* dans celui de la morale.

Que pouvons-nous donc entendre par ces mots, *voir tout en* Dieu?

Ou ce font des paroles vides de fens, ou elles fignifient que Dieu nous donne toutes nos idées.

Que veut dire recevoir une idée? ce n'eft pas nous qui la créons quand nous la recevons; donc il n'eft pas fi anti-philofophique qu'on l'a cru, de dire: C'eft Dieu qui fait des idées dans ma tête, de même qu'il fait le mouvement dans tout mon corps. Tout eft donc une action de Dieu fur les créatures.

Comment tout est-il action de DIEU?

IL n'y a dans la nature qu'un principe universel, éternel & agissant; il ne peut en exister deux; car ils seraient semblables ou différens. S'ils sont différens, ils se détruisent l'un l'autre; s'ils sont semblables, c'est comme s'il n'y en avait qu'un. L'unité de dessein dans le grand tout infiniment varié annonce un seul principe; ce principe doit agir sur tout être, ou il n'est plus principe universel.

S'il agit sur tout être, il agit sur tous les modes de tout être. Il n'y a donc pas un seul mouvement, un seul mode, une seule idée qui ne soit l'effet immédiat d'une cause universelle toujours présente.

La matière de l'univers appartient donc à DIEU tout autant que les idées, & les idées tout autant que la matière.

Dire que quelque chose est hors de lui, ce serait dire qu'il y a quelque chose hors du grand tout. DIEU étant le principe universel de toutes les choses, toutes existent donc en lui & par lui.

Ce système renferme celui de la *prémotion physique;* mais comme une roue immense renferme une petite roue qui cherche à s'en écarter. Le principe que nous venons d'exposer est trop vaste pour admettre aucune vue particulière.

La prémotion physique occupe l'Etre universel des changemens qui se passent dans la tête d'un janséniste & d'un moliniste; mais pour nous autres, nous n'occupons l'Etre des êtres que des lois de l'univers. La prémotion physique fait une affaire importante à DIEU

de

de cinq propofitions dont une fœur converfe aura entendu parler ; & nous fefons à Dieu l'affaire la plus fimple de l'arrangement de tous les mondes.

La prémotion phyfique eft fondée fur ce principe à la grecque, que *fi un être penfant fe donnait une idée il augmenterait fon être*. Or nous ne favons ce que c'eft qu'augmenter fon être ; nous n'entendons rien à cela. Nous difons qu'un être penfant fe donnerait de nouveaux modes, & non pas une addition d'exiftence. De même que quand vous danfez, vos coulés, vos entrechats & vos attitudes ne vous donnent pas une exiftence nouvelle, qui nous femblerait abfurde. Nous ne fommes d'accord avec la prémotion phyfique qu'en étant convaincus que nous ne nous donnons rien.

On crie contre le fyftème de la prémotion, & contre le nôtre, que nous ôtons aux hommes la liberté : Dieu nous en garde. Il n'y a qu'à s'entendre fur ce mot *Liberté* : nous en parlerons en fon lieu ; & en attendant, le monde ira comme il eft allé toujours, fans que les thomiftes ni leurs adverfaires, ni tous les difputeurs du monde y puiffent rien changer ; & nous aurons toujours des idées fans favoir précifément ce que c'eft qu'une idée.

I D E N T I T É.

CE terme fcientifique ne fignifie que *même chofe*. Il pourrait être rendu en français par *mêmeté*. Ce fujet eft bien plus intéreffant qu'on ne penfe. On convient qu'on ne doit jamais punir que la perfonne coupable, le même individu , & point un autre. Mais un homme de cinquante ans n'eſt réellement point le même individu que l'homme de vingt; il n'a plus aucune des parties qui formaient ſon corps ; & s'il a perdu la mémoire du paſſé , il eſt certain que rien ne lie ſon exiſtence actuelle à une exiſtence qui eſt perdue pour lui.

Vous n'êtes le même que par le ſentiment continu de ce que vous avez été & de ce que vous êtes; vous n'avez le ſentiment de votre être paſſé que par la mémoire : ce n'eſt donc que la mémoire qui établit l'identité , la mêmeté de votre perſonne.

Nous ſommes réellement phyſiquement comme un fleuve dont toutes les eaux coulent dans un flux perpétuel. C'eſt le même fleuve par ſon lit, ſes rives, ſa ſource, ſon embouchure, par tout ce qui n'eſt pas lui ; mais changeant à tout moment ſon eau qui conſtitue ſon être, il n'y a nulle identité, nulle mêmeté pour ce fleuve.

S'il y avait un *Xerxès* tel que celui qui fouettait l'Helleſpont pour lui avoir déſobéi , & qui lui envoyait une paire de menottes ; ſi le fils de ce *Xerxès* s'était noyé dans l'Euphrate, & que *Xerxès* voulût punir ce fleuve de la mort de ſon fils , l'Euphrate aurait raiſon de lui répondre : Prenez-vous-en aux flots qui roulaient dans le temps que votre fils ſe baignait. Ces flots ne m'appartiennent point du tout; ils ſont allés dans le golfe perſique , une partie s'y eſt ſalée, une autre s'eſt convertie en vapeurs, & s'en eſt allée dans les Gaules par un vent de ſud-eſt; elle eſt entrée dans les chicorées & dans les laitues que les Gaulois ont mangées : prenez le coupable où vous le trouverez.

Il en eſt ainſi d'un arbre dont une branche caſſée par le vent aurait fendu la tête de votre grand-père. Ce n'eſt plus le même arbre, toutes ſes parties ont fait place à d'autres. La branche qui a tué votre grand-père n'eſt point à cet arbre ; elle n'exiſte plus.

On a donc demandé comment un homme qui aurait abſolument perdu la mémoire avant ſa mort, & dont les membres ſeraient changés en d'autres ſubſtances, pourrait être puni de ſes fautes, ou récompenſé de ſes vertus quand il ne ſerait plus lui-même ? J'ai lu dans un livre connu cette demande & cette réponſe.

Demande. Comment pourrais-je être récompenſé ou puni quand je ne ſerai plus, quand il ne reſtera rien de ce qui aura conſtitué ma perſonne ? ce n'eſt que par ma mémoire que je ſuis toujours moi. Je perds ma mémoire dans ma dernière maladie ; il faudra donc après ma mort un miracle pour me la rendre, pour me faire rentrer dans mon exiſtence perdue ?

Réponſe. C'eſt-à-dire que ſi un prince avait égorgé ſa famille pour régner, s'il avait tyranniſé ſes ſujets, il en ſerait quitte pour dire à DIEU : Ce n'eſt pas moi, j'ai perdu la mémoire ; vous vous méprenez, je ne ſuis plus la même perſonne. Penſez-vous que DIEU fût bien content de ce ſophiſme ?

Cette réponse est très-louable, mais elle ne résout pas entièrement la question.

Il s'agit d'abord de savoir si l'entendement & la sensation sont une faculté donnée de DIEU à l'homme, ou une substance créée ; ce qui ne peut guère se décider par la philosophie, qui est si faible & si incertaine.

Ensuite il faut savoir si l'ame étant une substance, & ayant perdu toute connaissance du mal qu'elle a pu faire, étant aussi étrangère à tout ce qu'elle a fait avec son corps qu'à tous les autres corps de notre univers, peut & doit, selon notre manière de raisonner, répondre dans un autre univers des actions dont elle n'a aucune connaissance ; s'il ne faudrait pas en effet un miracle pour donner à cette ame le souvenir qu'elle n'a plus, pour la rendre présente aux délits anéantis dans son entendement, pour la faire la même personne qu'elle était sur terre ; ou bien, si DIEU la jugerait à peu près comme nous condamnons sur la terre un coupable, quoiqu'il ait absolument oublié ses crimes manifestes. Il ne s'en souvient plus ; mais nous nous en souvenons pour lui ; nous le punissons pour l'exemple. Mais DIEU ne peut punir un mort pour qu'il serve d'exemple aux vivans. Personne ne sait si ce mort est condamné ou absous. DIEU ne peut donc le punir que parce qu'il sentit & qu'il exécuta autrefois le désir de mal faire. Mais si quand il se présente mort au tribunal de DIEU il n'a plus rien de ce désir ; s'il l'a entièrement oublié depuis vingt ans ; s'il n'est plus du tout la même personne, qui DIEU punira-t-il en lui ?

Ces queſtions ne paraiſſent guère du reſſort de l'eſprit humain : il paraît qu'il faut dans tous ces labyrinthes recourir à la foi ſeule ; c'eſt toujours notre dernier aſile.

Lucrèce avait en partie ſenti ces difficultés quand il peint, dans ſon troiſième livre, un homme qui craint ce qui lui arrivera lorſqu'il ne ſera plus le même homme.

> Non radicitus è vitâ ſe tollit & evit;
> Sed facit eſſe ſui quiddam ſuper inſcius ipſe.

> Sa raiſon parle en vain ; ſa crainte le dévore
> Comme ſi n'étant plus il pouvait être encore.

Mais ce n'eſt pas à Lucrèce qu'il faut s'adreſſer pour connaître l'avenir.

Le célébre Toland, qui fit ſa propre épitaphe, la finit par ces mots : Idem futurus Tolandus nunquam ; il ne ſera jamais le même Toland. Cependant il eſt à croire que Dieu l'aurait bien ſu retrouver s'il avait voulu ; mais il eſt à croire auſſi que l'Etre qui exiſte néceſſairement eſt néceſſairement bon.

IDOLE, IDOLATRE, IDOLATRIE.

Idole, du grec Eidos, figure ; Eidolos, repréſentation d'une figure ; Latreuein, ſervir, révérer, adorer. Ce mot adorer a, comme on ſait, beaucoup d'acceptions différentes : il ſignifie porter la main à la bouche en parlant avec reſpect, ſe courber, ſe mettre à genoux, ſaluer, & enfin communément rendre un culte ſuprême. Toujours des équivoques.

Il est utile de remarquer ici que le dictionnaire de Trévoux commence cet article par dire que tous les païens étaient idolâtres, & que les Indiens sont encore des peuples idolâtres. Premièrement, on n'appela personne païen avant *Théodose le jeune*. Ce nom fut donné alors aux habitans des bourgs d'Italie, *pagorum incolæ*, *pagani*, qui conservèrent leur ancienne religion. Secondement, l'Indoustan est mahométan ; & les mahométans sont les implacables ennemis des images & de l'idolâtrie. Troisièmement, on ne doit point appeler idolâtres beaucoup de peuples de l'Inde qui sont de l'ancienne religion des Parsis, ni certaines castes qui n'ont point d'idole.

SECTION PREMIERE.

Y a-t-il jamais eu un gouvernement idolâtre ?

IL paraît que jamais il n'y a eu aucun peuple sur la terre qui ait pris ce nom d'idolâtre. Ce mot est une injure, un terme outrageant, tel que celui de *gavache* que les Espagnols donnaient autrefois aux Français, & celui de *maranes* que les Français donnaient aux Espagnols. Si on avait demandé au sénat de Rome, à l'aréopage d'Athènes, à la cour des rois de Perse : *Etes-vous idolâtres ?* ils auraient à peine entendu cette question. Nul n'aurait répondu : Nous adorons des images, des idoles. On ne trouve ce mot idolâtre, idolâtrie, ni dans *Homère*, ni dans *Hésiode*, ni dans *Hérodote*, ni dans aucun auteur de la religion des gentils. Il n'y a jamais eu aucun édit, aucune loi qui ordonnât qu'on adorât des idoles, qu'on les fervît en dieux, qu'on les regardât comme des dieux.

Quand les capitaines romains & carthaginois fefaient un traité, ils atteftaient tous leurs dieux. C'eft en leur préfence, difaient-ils, que nous jurons la paix. Or les ftatues de tous ces dieux, dont le dénombrement était très-long, n'étaient pas dans la tente des généraux. Ils regardaient ou feignaient les dieux comme préfens aux actions des hommes, comme témoins, comme juges. Et ce n'eft pas affurément le fimulacre qui conftituait la Divinité.

De quel œil voyaient-ils donc les ftatues de leurs fauffes divinités dans les temples ? du même œil, s'il eft permis de s'exprimer ainfi, que les catholiques voient les images, objets de leur vénération. L'erreur n'était pas d'adorer un morceau de bois ou de marbre, mais d'adorer une fauffe divinité repréfentée par ce bois & ce marbre. La différence entr'eux & les catholiques n'eft pas qu'ils euffent des images & que les catholiques n'en aient point ; la différence eft que leurs images figuraient des êtres fantaftiques dans une religion fauffe, & que les images chrétiennes figurent des êtres réels dans une religion véritable. Les Grecs avaient la ftatue d'*Hercule*, & nous celle de St *Chriftophe* ; ils avaient *Efculape* & fa chèvre, & nous St *Roch* & fon chien ; ils avaient *Mars* & fa lance, & nous St *Antoine* de Padoue & St *Jacques* de Compoftelle.

Quand le conful *Pline* adreffe les prières *aux dieux immortels*, dans l'exorde du panégyrique de *Trajan*, ce n'eft pas à des images qu'il les adreffe. Ces images n'étaient pas immortelles.

Ni les derniers temps du paganifme, ni les plus reculés, n'offrent un feul fait qui puiffe faire conclure qu'on adorât une idole. *Homére* ne parle que des dieux qui habitent le haut Olympe. Le palladium, quoique tombé du ciel, n'était qu'un gage facré de la protection de *Pallas;* c'était elle qu'on vénérait dans le palladium : c'était notre fainte ampoule.

Mais les Romains & les Grecs fe mettaient à genoux devant des ftatues, leur donnaient des couronnes, de l'encens, des fleurs, les promenaient en triomphe dans les places publiques. Les catholiques ont fanctifié ces coutumes, & ne fe difent point idolâtres.

Les femmes en temps de féchereffe portaient les ftatues des dieux après avoir jeûné. Elles marchaient pieds nus, les cheveux épars; & auffitôt il pleuvait à feaux, comme dit *Pétrone: Et ftatim urceatim pluebat.* N'a-t-on pas confacré cet ufage, illégitime chez les gentils, & légitime parmi les catholiques? Dans combien de villes ne porte-t-on pas nus pieds des charognes pour obtenir les bénédictions du ciel par leur interceffion? Si un turc, un lettré chinois était témoin de ces cérémonies, il pourrait par ignorance accufer les Italiens de mettre leur confiance dans les fimulacres qu'ils promènent ainfi en proceffion.

S E C T I O N II.

Examen de l'idolâtrie ancienne.

Du temps de *Charles I* on déclara la religion catholique idolâtre en Angleterre. Tous les presbytériens sont persuadés que les catholiques adorent un pain qu'ils mangent, & des figures qui sont l'ouvrage de leurs sculpteurs & de leurs peintres. Ce qu'une partie de l'Europe reproche aux catholiques, ceux-ci le reprochent eux-mêmes aux gentils.

On est surpris du nombre prodigieux de déclamations débitées dans tous les temps contre l'idolâtrie des Romains & des Grecs; & ensuite on est surpris encore quand on voit qu'ils n'étaient pas idolâtres.

Il y avait des temples plus privilégiés que les autres. La grande *Diane* d'Ephèse avait plus de réputation qu'une *Diane* de village. Il se fesait plus de miracles dans le temple d'*Esculape* à Epidaure que dans un autre de ses temples. La statue de *Jupiter Olympien* attirait plus d'offrandes que celle du *Jupiter Paphlagonien*. Mais puisqu'il faut toujours opposer ici les coutumes d'une religion vraie à celles d'une religion fausse, n'avons-nous pas eu depuis plusieurs siècles plus de dévotion à certains autels qu'à d'autres?

Notre-Dame de Lorette n'a-t-elle pas été préférée à Notre-Dame des Neiges, à celle des Ardens, à celle de Hall? &c. ce n'est pas à dire qu'il y ait plus de vertu dans une statue à Lorette que dans une statue du village de Hall, mais nous avons eu plus de dévotion à l'une qu'à l'autre ; nous avons cru que celle qu'on invoquait aux pieds de ses statues daignait du haut du ciel répandre plus de faveurs, opérer plus de miracles dans Lorette que dans Hall ; cette multiplicité d'images de la même personne prouve même que ce ne sont point ces images qu'on vénère, & que le culte se rapporte à la personne qui est représentée ; car il n'est pas possible que chaque image soit la chose même : il y a mille images de *S* *François*, qui même ne lui ressemblent point, & qui ne se ressemblent point entr'elles ; & toutes indiquent un seul *S* *François*, invoqué le jour de sa fête par ceux qui ont dévotion à ce saint.

Il en était absolument de même chez les païens : on n'avait imaginé qu'une seule divinité, un seul *Apollon*, & non pas autant d'*Apollons* & de *Dianes* qu'ils avaient de temples & de statues. Il est donc prouvé, autant qu'un point d'histoire peut l'être, que les anciens ne croyaient pas qu'une statue fût une divinité, que le culte ne pouvait être rapporté à cette statue, à cette idole ; & par conséquent les anciens n'étaient point idolâtres. C'est à nous à voir si on doit saisir ce prétexte pour nous accuser d'idolâtrie ?

Une populace grossière & superstitieuse qui ne raisonnait point, qui ne savait ni douter, ni nier, ni croire, qui courait au temple par oisiveté, & parce que les petits y sont égaux aux grands, qui portait son offrande par coutume, qui parlait continuellement de miracles sans en avoir examiné aucun, & qui n'était guère au-dessus des victimes qu'elle amenait ; cette populace, dis-je, pouvait bien, à la vue de la grande *Diane*, & de *Jupiter* tonnant, être frappée

d'une horreur religieufe, & adorer fans le favoir la
ftatue même. C'eft ce qui eft arrivé quelquefois dans
nos temples à nos payfans groffiers , & on n'a pas
manqué de les inftruire que c'eft aux bienheureux ,
aux mortels reçus dans le ciel qu'ils doivent demander
leur interceffion , & non à des figures de bois & de
pierre.

Les Grecs & les Romains augmentèrent le nombre
de leurs dieux par leurs apothéofes ; les Grecs divi-
nifaient les conquérans, comme *Bacchus* , *Hercule* ,
Perfée. Rome dreffa des autels à fes empereurs. Nos
apothéofes font d'un genre différent; nous avons infiniment plus de faints qu'ils n'avaient de ces dieux
fecondaires , mais nous n'avons égard ni au rang
ni aux conquêtes. Nous avons élevé des temples à
des hommes fimplement vertueux , qui feraient ignorés
fur la terre s'ils n'étaient placés dans le ciel. Les
apothéofes des anciens font faites par la flatterie , les
nôtres par le refpect pour la vertu.

Cicéron dans fes ouvrages philofophiques ne laiffe
pas foupçonner feulement qu'on puiffe fe méprendre
aux ftatues des dieux, & les confondre avec les dieux
mêmes. Ses interlocuteurs foudroient la religion
établie , mais aucun d'eux n'imagine d'accufer les
Romains de prendre du marbre & de l'airain pour
des divinités. *Lucrèce* ne reproche cette fottife à perfonne , lui qui reproche tout aux fuperftitieux. Donc,
encore une fois, cette opinion n'exiftait pas , on n'en
avait aucune idée; il n'y avait point d'idolâtres.

Horace fait parler une ftatue de *Priape* , il lui fait
dire : *J'étais autrefois un tronc de figuier ; un charpentier,*
ne fachant s'il ferait de moi un dieu ou un banc, fe

détermina enfin à me faire dieu &c. Que conclure de cette plaifanterie ? *Priape* était de ces divinités fubalternes, abandonnées aux railleurs; & cette plaifanterie même eft la preuve la plus forte que cette figure de *Priape*, qu'on mettait dans les potagers pour effrayer les oifeaux, n'était pas fort révérée.

Dacier, en fe livrant à l'efprit commentateur, n'a pas manqué d'obferver que *Baruch* avait prédit cette aventure, en difant : *Ils ne feront que ce que voudront les ouvriers ;* mais il pouvait obferver auffi qu'on en peut dire autant de toutes les ftatues. *Baruch* aurait-il eu une vifion fur les fatires d'*Horace* ?

On peut d'un bloc de marbre tirer tout auffi-bien une cuvette qu'une figure d'*Alexandre*, ou de *Jupiter*, ou de quelqu'autre chofe plus refpeftable. La matière dont étaient formés les chérubins du faint des faints aurait pu fervir également aux fonftions les plus viles. Un trône, un autel en font-ils moins révérés parce que l'ouvrier en pouvait faire une table de cuifine ?

Dacier au lieu de conclure que les Romains ado-raient la ftatue de *Priape*, & que *Baruch* l'avait prédit, devait donc conclure que les Romains s'en moquaient. Confultez tous les auteurs qui parlent des ftatues de leurs dieux, vous n'en trouverez aucun qui parle d'idolâtrie; ils difent expreffément le contraire. Vous voyez dans *Martial* :

> *Qui finxit facros auro vel marmore vultus,*
> *Non facit ille Deos; qui colit ille facit.*

> L'artifan ne fait point les dieux,
> C'eft celui qui les prie.

Dans *Ovide :*

> *Colitur pro Jove forma Jovis.*

Dans l'image de Dieu c'eſt Dieu ſeul qu'on adore.

Dans *Stace :*

> *Nulla autem effigies , nulli commiſſa metallo :*
> *Forma Dei mentes habitare ac numina gaudet.*

Les dieux ne ſont jamais dans une arche enfermés :
Ils habitent nos cœurs.

Dans *Lucain :*

> *Eſtne Dei ſedes , niſi terra & pontus & aër ?*

L'univers eſt de Dieu la demeure & l'empire.

On ferait un volume de tous les paſſages qui dépoſent
que des images n'étaient que des images.

Il n'y a que le cas où les ſtatues rendaient des
oracles , qui ait pu faire penſer que ces ſtatues avaient
en elles quelque choſe de divin. Mais certainement
l'opinion régnante était que les dieux avaient choiſi
certains autels , certains ſimulacres pour y venir réſider
quelquefois , pour y donner audience aux hommes ,
pour leur répondre. On ne voit dans *Homère* , &
dans les chœurs des tragédies grecques , que des prières
à *Apollon* qui rend ſes oracles ſur les montagnes , en
tel temple , en telle ville ; il n'y a pas dans toute l'antiquité la moindre trace d'une prière adreſſée à une
ſtatue ; ſi on croyait que l'eſprit divin préférait quelques
temples , quelques images , comme on croyait auſſi
qu'il préférait quelques hommes , la choſe était certainement poſſible ; ce n'était qu'une erreur de fait.
Combien avons-nous d'images miraculeuſes ! Les

anciens fe vantaient d'avoir ce que nous poffédons
en effet ; & fi nous ne fommes point idolâtres, de
quel droit dirons-nous qu'ils l'ont été ?

Ceux qui profeffaient la magie, qui la croyaient
une fcience, ou qui feignaient de le croire, prétendaient avoir le fecret de faire defcendre les dieux dans
les ftatues ; non pas les grands dieux, mais les dieux
fecondaires, les génies. C'eft ce que *Mercure trifmé-
gifte* appelait *faire des dieux ;* & c'eft ce que
St Auguftin réfute dans fa Cité de Dieu. Mais cela
même montre évidemment que les fimulacres n'avaient
rien en eux de divin, puifqu'il fallait qu'un magicien
les animât ; & il me femble qu'il arrivait bien rarement qu'un magicien fût affez habile pour donner
une ame à une ftatue, pour la faire parler.

En un mot, les images des dieux n'étaient point
des dieux. *Jupiter*, & non pas fon image, lançait
le tonnerre ; ce n'était pas la ftatue de *Neptune* qui
foulevait les mers, ni celle d'*Apollon* qui donnait la
lumière. Les Grecs & les Romains étaient des gentils,
des polythéiftes, & n'étaient point des idolâtres.

Nous leur prodiguâmes cette injure quand nous
n'avions ni ftatues ni temples, & nous avons continué
dans notre injuftice depuis que nous avons fait fervir
la peinture & la fculpture à honorer nos vérités,
comme ils s'en fervaient pour honorer leurs erreurs.

SECTION III.

Si les Perses, les Sabéens, les Egyptiens, les Tartares, les Turcs ont été idolâtres ; & de quelle antiquité est l'origine des simulacres appelés idoles? Histoire de leur culte.

C'EST une grande erreur d'appeler idolâtres les peuples qui rendirent un culte au soleil & aux étoiles. Ces nations n'eurent long-temps ni simulacres ni temples. Si elles se trompèrent, c'est en rendant aux astres ce qu'elles devaient au créateur des astres. Encore le dogme de *Zoroastre* ou *Zerdust*, recueilli dans le Sadder, enseigne-t-il un être suprême, vengeur & rémunérateur; & cela est bien loin de l'idolâtrie. Le gouvernement de la Chine n'a jamais eu aucune idole ; il a toujours conservé le culte simple du maître du ciel *Kingtien*.

Gengis-kan chez les Tartares n'était point idolâtre, & n'avait aucun simulacre. Les musulmans qui remplissent la Grèce, l'Asie mineure, la Syrie, la Perse, l'Inde & l'Afrique, appellent les chrétiens idolâtres *giaours*, parce qu'ils croient que les chrétiens rendent un culte aux images. Ils brisèrent plusieurs statues qu'ils trouvèrent à Constantinople dans Ste Sophie & dans l'église des Sts Apôtres, & dans d'autres qu'ils convertirent en mosquées. L'apparence les trompa comme elle trompe toujours les hommes, & leur fit croire que des temples dédiés à des saints qui avaient été hommes autrefois, des images de ces saints révérées à genoux, des miracles opérés dans ces temples, étaient des preuves invincibles de l'idolâtrie la plus complète ; cependant il n'en est rien. Les chrétiens n'adorent en effet qu'un seul Dieu, & ne révèrent dans les bienheureux que la vertu même de DIEU qui gît dans ses saints. Les iconoclastes & les protestans ont fait le même reproche d'idolâtrie à l'Eglise, & on leur a fait la même réponse.

Comme les hommes ont eu très-rarement des idées précises, & ont encore moins exprimé leurs idées par des mots précis & sans équivoque, nous appelâmes du nom d'idolâtres les gentils & surtout les polythéistes. On a écrit des volumes immenses, on a débité des sentimens divers sur l'origine de ce culte rendu à DIEU ou à plusieurs dieux sous des figures sensibles: cette multitude de livres & d'opinions ne prouve que l'ignorance.

On ne sait pas qui inventa les habits & les chaussures, & on veut savoir qui le premier inventa les idoles? Qu'importe un passage de *Sanchoniathon* qui vivait avant la guerre de Troye? que nous apprend-il, quand il dit que le chaos, l'esprit, c'est-à-dire *le souffle*, amoureux de ses principes, en tira le limon, qu'il rendit l'air lumineux, que le vent *Colp* & sa femme *Baü* engendrèrent *Eon*, qu'*Eon* engendra *Genos*? que *Cronos* leur descendant avait deux yeux par derrière comme par devant, qu'il devint dieu, & qu'il donna l'Egypte à son fils *Thaut*? Voilà un des plus respectables monumens de l'antiquité.

Orphée ne nous en apprendra pas davantage dans sa théogonie que *Damascius* nous a conservée. Il représente le principe du monde sous la figure d'un dragon à deux têtes, l'une de taureau, l'autre de lion, un visage au milieu qu'il appelle *visage-dieu*, & des ailes dorées aux épaules.

Mais

Mais vous pouvez de ces idées bizarres tirer deux grandes vérités; l'une que les images fenfibles & les hiéroglyphes font de l'antiquité la plus haute ; l'autre que tous les anciens philofophes ont reconnu un premier principe.

Quant au polythéifme, le bon fens vous dira que dès qu'il y a eu des hommes, c'eft-à-dire des animaux faibles, capables de raifon & de folie, fujets à tous les accidens, à la maladie & à la mort, ces hommes ont fenti leur faibleffe & leur dépendance : ils ont reconnu aifément qu'il eft quelque chofe de plus puiffant qu'eux; ils ont fenti une force dans la terre qui fournit leurs alimens, une dans l'air qui fouvent les détruit, une dans le feu qui confume, & dans l'eau qui fubmerge. Quoi de plus naturel dans des hommes ignorans que d'imaginer des êtres qui préfidaient à ces élémens ? quoi de plus naturel que de révérer la force invifible qui fefait luire aux yeux le foleil & les étoiles ? & dès qu'on voulut fe former une idée de ces puiffances fupérieures à l'homme, quoi de plus naturel encore que de les figurer d'une manière fenfible ? Pouvait-on s'y prendre autrement ? La religion juive qui précéda la nôtre, & qui fut donnée par Dieu même, était toute remplie de ces images fous lefquelles Dieu eft repréfenté. Il daigne parler dans un buiffon le langage humain ; il paraît fur une montagne. Les efprits céleftes qu'il envoie viennent tous avec une forme humaine; enfin le fanctuaire eft couvert de chérubins qui font des corps d'hommes avec des ailes & des têtes d'animaux. C'eft ce qui a donné lieu à l'erreur de *Plutarque*, de *Tacite*, d'*Appien* & de tant d'autres, de reprocher aux Juifs d'adorer une tête d'âne. Dieu, malgré fa défenfe de peindre & de fculpter aucune figure , a donc daigné fe proportionner à la faibleffe humaine, qui demandait qu'on parlât aux fens par des images.

Ifaïe, dans le chap. VI, voit le Seigneur affis fur un trône, & le bas de fa robe qui remplit le temple. Le Seigneur étend fa main , & touche la bouche de *Jérémie*, au chap. I de ce prophète. *Ezéchiel*, au chapitre III, voit un trône de faphir, & DIEU lui paraît comme un homme affis fur ce trône. Ces images n'altèrent point la pureté de la religion juive, qui jamais n'employa les tableaux, les ftatues, les idoles, pour repréfenter DIEU aux yeux du peuple.

Les lettrés chinois, les Parfis, les anciens Egyptiens n'eurent point d'idoles; mais bientôt *Ifis* & *Ofiris* furent figurés ; bientôt *Bel* à Babylone fut un gros coloffe. *Brama* fut un monftre bizarre dans la prefqu'île de l'Inde. Les Grecs furtout multiplièrent les noms des dieux, les ftatues & les temples ; mais en attribuant toujours la fuprême puiffance à leur *Zeus* nommé par les Latins *Jupiter* , maître des dieux & des hommes. Les Romains imitèrent les Grecs. Ces peuples placèrent toujours tous les dieux dans le ciel , fans favoir ce qu'ils entendaient par le ciel. (*)

Les Romains eurent leurs douze grands Dieux, fix mâles & fix femelles, qu'ils nommèrent *Dii majorum gentium*. *Jupiter* , *Neptune* , *Apollon* , *Vulcain* , *Mars*, *Mercure* ; *Junon* , *Vefta* , *Minerve* , *Cérès* , *Vénus* , *Diane*. *Pluton* fut alors oublié , *Vefta* prit fa place.

Enfuite venaient les dieux *minorum gentium* , les dieux indigètes, les héros, comme *Bacchus*, *Hercule*, *Efculape* ; les dieux infernaux, *Pluton*, *Proferpine*; ceux

(*) Voyez *Ciel*.

de la mer, comme *Téthys*, *Amphitrite*, les Néréides, *Glaucus;* puis les Driades, les Naïades, les dieux des jardins, ceux des bergers : il y en avait pour chaque profeffion, pour chaque action de la vie, pour les enfans, pour les filles nubiles, pour les mariées, pour les accouchées; on eut le dieu *Pet*. On divinifa enfin les empereurs. Ni ces empereurs, ni le dieu *Pet*, ni la déeffe *Pertunda*, ni *Priape*, ni *Rumilia* la déeffe des tetons, ni *Stercutius* le dieu de la garde-robe, ne furent à la vérité regardés comme les maîtres du ciel & de la terre. Les empereurs eurent quelquefois des temples, les petits dieux pénates n'en eurent point; mais tous eurent leur figure, leur idole.

C'étaient de petits magots dont on ornait fon cabinet; c'étaient les amufemens des vieilles femmes & des enfans, qui n'étaient autorifés par aucun culte public. On laiffait agir à fon gré la fuperftition de chaque particulier. On retrouve encore ces petites idoles dans les ruines des anciennes villes.

Si perfonne ne fait quand les hommes commencèrent à fe faire des idoles, on fait qu'elles font de l'antiquité la plus haute. *Tharé* père d'*Abraham* en fefait à Ur en Chaldée. *Rachel* déroba & emporta les idoles de fon beau-père *Laban*. On ne peut remonter plus haut.

Mais quelle notion précife avaient les anciennes nations de tous ces fimulacres? Quelle vertu, quelle puiffance leur attribuait-on ? croyait-on que les dieux defcendaient du ciel pour venir fe cacher dans ces ftatues? ou qu'ils leur communiquaient une partie de l'efprit divin, ou qu'ils ne leur communiquaient rien du tout? c'eft encore fur quoi on a très-inutilement écrit; il eft clair que chaque homme en jugeait felon le degré de fa raifon, ou de fa crédulité, ou de fon fanatifme. Il eft évident que les prêtres attachaient le plus de divinité qu'ils pouvaient à leurs ftatues, pour s'attirer plus d'offrandes. On fait que les philofophes réprouvaient ces fuperftitions, que les guerriers s'en moquaient, que les magiftrats les toléraient, & que le peuple toujours abfurde ne favait ce qu'il fefait. C'eft en peu de mots l'hiftoire de toutes les nations à qui DIEU ne s'eft pas fait connaître.

On peut fe faire la même idée du culte que toute l'Egypte rendit à un bœuf, & que plufieurs villes rendirent à un chien, à un finge, à un chat, à des oignons. Il y a grande apparence que ce furent d'abord des emblèmes. Enfuite un certain bœuf *Apis*, un certain chien nommé *Anubis*, furent adorés ; on mangea toujours du bœuf & des oignons : mais il eft difficile de favoir ce que penfaient les vieilles femmes d'Egypte des oignons facrés & des bœufs.

Les idoles parlaient affez fouvent. On fefait commémoration à Rome, le jour de la fête de *Cybéle*, des belles paroles que la ftatue avait prononcées, lorfqu'on en fit la tranflation du palais du roi *Attale*.

Ipfa pati volui, ne fit mora, mitte volentem ;
Dignus Roma locus, quò Deus omnis eat.

„ J'ai voulu qu'on m'enlevât ; emmenez-moi vîte ;
„ Rome eft digne que tout dieu s'y établiffe. „

La ftatue de la Fortune avait parlé ; les *Scipions*, les *Cicérons*, les *Céfars*, à la vérité, n'en croyaient rien ; mais la vieille à qui *Enclope* donna un écu pour acheter des oies & des dieux pouvait fort bien le croire.

Les idoles rendaient auſſi des oracles, & les prêtres cachés dans le creux des ſtatues parlaient au nom de la divinité.

Comment au milieu de tant de dieux & de tant de théogonies différentes, & de cultes particuliers, n'y eut-il jamais de guerre de religion chez les peuples nommés *idolâtres* ? Cette paix fut un bien qui naquit d'un mal, de l'erreur même : car chaque nation, reconnaiſſant pluſieurs dieux inférieurs, trouva bon que ſes voiſins euſſent auſſi les leurs. Si vous exceptez *Cambyſe* à qui on reprocha d'avoir tué le bœuf *Apis*, on ne voit dans l'hiſtoire profane aucun conquérant qui ait maltraité les dieux d'un peuple vaincu. Les gentils n'avaient aucune religion excluſive, & les prêtres ne ſongèrent qu'à multiplier les offrandes & les ſacrifices.

Les premières offrandes furent des fruits. Bientôt après il fallut des animaux pour la table des prêtres; ils les égorgeaient eux-mêmes; ils devinrent bouchers & cruels : enfin ils introduiſirent l'uſage horrible de ſacrifier des victimes humaines, & ſurtout des enfans & des jeunes filles. Jamais les Chinois, ni les Parſis, ni les Indiens ne furent coupables de ces abominations ; mais à Hiéropolis en Egypte, au rapport de *Porphyre*, on immola des hommes.

Dans la Tauride, on ſacrifiait des étrangers ; heureuſement les prêtres de la Tauride ne devaient pas avoir beaucoup de pratiques. Les premiers Grecs, les Cypriots, les Phéniciens, les Tyriens, les Carthaginois eurent cette ſuperſtition abominable. Les Romains eux-mêmes tombèrent dans ce crime de religion ; & *Plutarque* rapporte qu'ils immolèrent

deux grecs & deux gaulois , pour expier les galanteries de trois veſtales. *Procope*, contemporain du
roi des Francs *Théodebert*, dit que les Francs immolèrent des hommes quand ils entrèrent en Italie avec
ce prince. Les Gaulois , les Germains feſaient communément de ces affreux ſacrifices. On ne peut
guère lire l'hiſtoire ſans concevoir de l'horreur pour
le genre-humain.

Il eſt vrai que chez les Juifs *Jephté* ſacrifia ſa fille ,
& que *Saül* fut prêt d'immoler ſon fils ; il eſt vrai
que ceux qui étaient voués au Seigneur par anathème
ne pouvaient être rachetés ainſi qu'on rachetait les
bêtes , & qu'il fallait qu'ils périſſent.

Nous parlons ailleurs des victimes humaines
ſacrifiées dans toutes les religions.

Pour conſoler le genre-humain de cet horrible
tableau , de ces pieux ſacriléges , il eſt important de
ſavoir que chez preſque toutes les nations nommées
idolâtres , il y avait la théologie ſacrée & l'erreur
populaire , le culte ſecret & les cérémonies publiques,
la religion des ſages & celle du vulgaire. On n'en-
ſeignait qu'un ſeul Dieu aux initiés dans les myſtères :
il n'y a qu'à jeter les yeux ſur l'hymne attribué à
l'ancien *Orphée*, qu'on chantait dans les myſtères de
Cérès Eleuſine , ſi célébre en Europe & en Aſie.
,, Contemple la nature divine, illumine ton eſprit ,
,, gouverne ton cœur , marche dans la voie de la
,, juſtice, que le Dieu du ciel & de la terre ſoit
,, toujours préſent à tes yeux ; il eſt unique , il
,, exiſte ſeul par lui-même , tous les êtres tiennent
,, de lui leur exiſtence ; il les ſoutient tous : il n'a
,, jamais été vu des mortels , & il voit toutes
,, choſes. ,,

Qu'on life encore ce paffage du philofophe *Maxime* de Madaure, que nous avons déjà cité : ,, Quel ,, homme eft affez groffier, affez ftupide pour douter ,, qu'il foit un Dieu fuprême, éternel, infini, qui ,, n'a rien engendré de femblable à lui-même, & qui ,, eft le père commun de toutes chofes ? ,,

Il y a mille témoignages que les fages abhorraient non-feulement l'idolâtrie, mais encore le poly-théifme.

Epictète, ce modèle de réfignation & de patience, cet homme fi grand dans une condition fi baffe, ne parle jamais que d'un feul Dieu. Relifez encore cette maxime : ,, DIEU m'a créé, DIEU eft au-dedans de ,, moi, je le porte par-tout. Pourrais-je le fouiller ,, par des penfées obfcènes, par des actions injuftes, ,, par d'infames défirs ? Mon devoir eft de remercier ,, DIEU de tout, de le louer de tout, & de ne ceffer ,, de le bénir, qu'en ceffant de vivre. ,, Toutes les idées d'*Epictète* roulent fur ce principe. Eft-ce là un idolâtre ?

Marc-Aurèle, auffi grand peut-être fur le trône de l'empire romain qu'*Epictète* dans l'efclavage, parle fouvent, à la vérité, des dieux, foit pour fe conformer au langage reçu, foit pour exprimer des êtres mitoyens entre l'Etre fuprême & les hommes ; mais en combien d'endroits ne fait-il pas voir qu'il ne reconnaît qu'un Dieu éternel, infini ? ,, Notre ame, ,, dit-il, eft une émanation de la Divinité. Mes ,, enfans, mon corps, mes efprits me viennent de ,, DIEU. ,,

Les ftoïciens, les platoniciens admettaient une nature divine & univerfelle ; les épicuriens la niaient.

Les pontifes ne parlaient que d'un feul Dieu dans les myftères. Où étaient donc les idolâtres ? Tous nos déclamateurs crient à l'idolâtrie comme de petits chiens qui jappent quand ils entendent un gros chien aboyer.

Au refte, c'eft une des plus grandes erreurs du dictionnaire de *Moréri*, de dire que, du temps de *Théodofe le jeune*, il ne refta plus d'idolâtres que dans les pays reculés de l'Afie & de l'Afrique. Il y avait dans l'Italie beaucoup de peuples encore gentils, même au feptième fiècle. Le nord de l'Allemagne, depuis le Vézer, n'était pas chrétien du temps de *Charlemagne*. La Pologne & tout le Septentrion reftèrent long-temps après lui dans ce qu'on appelle *idolâtrie*. La moitié de l'Afrique, tous les royaumes au-delà du Gange, le Japon, la populace de la Chine, cent hordes de Tartares ont confervé leur ancien culte. Il n'y a plus en Europe que quelques lapons, quelques famoïèdes, quelques tartares qui aient perfévéré dans la religion de leurs ancêtres.

Finiffons par remarquer que dans les temps qu'on appelle parmi nous *le moyen âge*, nous appelions le pays des mahométans *la Paganie*, nous traitions d'*idolâtres*, d'*adorateurs d'images*, un peuple qui a les images en horreur. Avouons, encore une fois, que les Turcs font plus excufables de nous croire idolâtres, quand ils voient nos autels chargés d'images & de flatues.

Un gentilhomme du prince *Ragotski* m'a affuré fur fon honneur qu'étant entré dans un café à Conftantinople, la maîtreffe ordonna qu'on ne le fervît point parce qu'il était idolâtre. Il était proteftant ; il lui jura

qu'il n'adorait ni hostie ni images. Ah! si cela est,
lui dit cette femme, venez chez moi tous les jours,
vous serez servi pour rien.

IGNACE DE LOYOLA.

Voulez-vous acquérir un grand nom, être
fondateur ? soyez complètement fou ; mais d'une
folie qui convienne à votre siècle. Ayez dans votre
folie un fonds de raison qui puisse servir à diriger
vos extravagances, & soyez excessivement opiniâtre.
Il pourra arriver que vous soyez pendu ; mais si vous
ne l'êtes pas, vous pourrez avoir des autels.

En conscience y a-t-il jamais eu un homme plus
digne des petites-maisons que St Ignace, ou St Inigo
le biscayen, car c'est son véritable nom ? La tête lui
tourna à la lecture de la Légende dorée, comme elle
tourna depuis à dom *Quichotte de la Manche* pour
avoir lu des romans de chevalerie. Voilà mon biscayen
qui se fait d'abord chevalier de la Vierge, & qui fait
la veille des armes à l'honneur de sa dame. La Ste Vierge
lui apparaît, & accepte ses services ; elle revient plusieurs fois, elle lui amène son fils. Le diable qui est
aux aguets, & qui prévoit tout le mal que les
jésuites lui feront un jour, vient faire un vacarme
de lutin dans la maison, casse toutes les vîtres ; le
biscayen le chasse avec un signe de croix ; le diable
s'enfuit à travers la muraille, & y laisse une grande
ouverture que l'on montrait encore aux curieux
cinquante ans après ce bel événement.

Sa famille voyant le dérangement de son esprit,
veut le faire enfermer & le mettre au régime : il se

débarrasse de sa famille ainsi que du diable, & s'enfuit sans savoir où il va. Il rencontre un maure, & dispute avec lui sur l'immaculée conception. Le maure, qui le prend pour ce qu'il est, le quitte au plus vîte. Le biscayen ne sait s'il tuera le maure, ou s'il priera DIEU pour lui ; il en laisse la décision à son cheval, qui, plus sage que lui, reprit la route de son écurie.

Mon homme, après cette aventure, prend le parti d'aller en pélerinage à Bethléem, en mendiant son pain ; sa folie augmente en chemin ; les dominicains prennent pitié de lui à Menrèse, ils le gardent chez eux pendant quelques jours ; & le renvoient sans l'avoir pu guérir.

Il s'embarque à Barcelone, arrive à Venise ; on le chasse de Venise, il revient à Barcelone toujours mendiant son pain, toujours ayant des extases, & voyant fréquemment la Ste Vierge & JESUS-CHRIST.

Enfin on lui fait entendre que pour aller dans la terre sainte convertir les Turcs, les chrétiens de l'Eglise grecque, les Arméniens & les Juifs, il fallait commencer par étudier un peu de théologie. Mon biscayen ne demande pas mieux ; mais pour être théologien, il faut savoir un peu de grammaire & un peu de latin ; cela ne l'embarrasse point, il va au collége à l'âge de trente-trois ans : on se moque de lui, & il n'apprend rien.

Il était désespéré de ne pouvoir aller convertir des infidelles : le diable eut pitié de lui cette fois-là, il lui apparut, & lui jura foi de chrétien que s'il voulait se donner à lui il le rendrait le plus savant homme de l'Eglise de DIEU. *Ignace* n'eut garde de se mettre sous la discipline d'un tel maître : il retourna en classe, on lui donna le fouet quelquefois, & il n'en fut pas plus savant.

Chaffé du collége de Barcelone, perfécuté par le
diable qui le puniffait de fes refus, abandonné par la
vierge *Marie*, qui ne fe mettait point du tout en
peine de fecourir fon chevalier, il ne fe rebute pas; il fe
met à courir le pays avec des pélerins de St Jacques,
il prêche dans les rues de ville en ville. On l'enferme
dans les prifons de l'inquifition. Délivré de l'inquifition, on le met en prifon dans Alcala; il s'enfuit
après à Salamanque, & on l'y enferme encore. Enfin,
voyant qu'il n'était pas prophète dans fon pays,
Ignace prend la réfolution d'aller étudier à Paris; il
fait le voyage à pied, précédé d'un âne qui portait fon
bagage, fes livres & fes écrits. Dom *Quichotte* du
moins eut un cheval & un écuyer; mais *Ignace* n'avait
ni l'un ni l'autre.

Il effuie à Paris les mêmes avanies qu'en Efpagne:
on lui fait mettre culotte bas au collége de Ste Barbe,
& on veut le fouetter en cérémonie. Sa vocation
l'appelle enfin à Rome.

Comment s'eft-il pu faire qu'un pareil extravagant
ait joui enfin à Rome de quelque confidération, fe
foit fait des difciples, & ait été le fondateur d'un
ordre puiffant, dans lequel il y a eu des hommes très-
eftimables? c'eft qu'il était opiniâtre & enthoufiafte.
Il trouva des enthoufiaftes comme lui, auxquels il
s'affocia. Ceux-là, ayant plus de raifon que lui, réta-
blirent un peu la fienne: il devint plus avifé fur la fin
de fa vie, & il mit même quelque habileté dans fa
conduite.

Peut-être *Mahomet* commença-t-il à être auffi fou
qu'*Ignace* dans les premières converfations qu'il eut
avec l'ange *Gabriel*; & peut-être *Ignace*, à la place

de *Mahomet*, aurait fait d'auffi grandes chofes que le
prophète ; car il était auffi ignorant, tout auffi vifionnaire & auffi courageux.

On dit d'ordinaire que ces chofes-là n'arrivent
qu'une fois : cependant il n'y a pas long-temps qu'un
ruftre anglais, plus ignorant que l'efpagnol *Ignace*,
a établi la fociété de ceux qu'on nomme *quakers*,
fociété fort au-deffus de celle d'*Ignace*. Le comte de
Sinzendorf a de nos jours fondé la fecte des moraves ;
& les convulfionnaires de Paris ont été fur le point
de faire une révolution. Ils ont été bien fous, mais
ils n'ont pas été affez opiniâtres.

IGNORANCE.

SECTION PREMIERE.

IL y a bien des efpèces d'ignorances ; la pire de
toutes eft celle des critiques. Ils font obligés, comme
on fait, d'avoir doublement raifon, comme gens qui
affirment, & comme gens qui condamnent. Ils font
donc doublement coupables quand ils fe trompent.

Première ignorance.

PAR exemple, un homme fait deux gros volumes
fur quelques pages d'un livre utile qu'il n'a pas
entendu. (*) Il examine d'abord ces paroles :

_____

(*) L'abbé *François*, auteur d'un livre abfolument ignoré contre ceux
que dans les facrifties on appelle athées, déiftes, matérialiftes &c. &c. &c.
Ce livre eft intitulé *Preuves de la religion de notre Seigneur* JESUS-CHRIST.

*La mer a couvert des terrains immenses.... Les lits
profonds de coquillages qu'on trouve en Touraine & ailleurs
ne peuvent y avoir été déposés que par la mer.*

Oui, fi ces lits de coquillages exiftent en effet :
mais le critique devait favoir que l'auteur lui-même
a découvert ou cru découvrir que ces lits réguliers
de coquillages n'exiftent point, qu'il n'y en a nulle
part dans le milieu des terres ; mais, foit que le
critique le fût, foit qu'il ne le fût pas ; il ne devait
pas imputer, généralement parlant, des couches de
coquilles fuppofées régulièrement placées les unes
fur les autres à un déluge univerfel qui aurait détruit
toute régularité : c'eft ignorer abfolument la phyfique.

Il ne devait pas dire : *Le déluge univerfel eft raconté
par Moïfe avec le confentement de toutes les nations.*
1º. Parce que le Pentateuque fut long-temps ignoré,
non-feulement des nations, mais des Juifs eux-
mêmes.

2º. Parce qu'on ne trouva qu'un exemplaire de la
loi au fond d'un vieux coffre, du temps du roi *Jofias.*

3º. Parce que ce livre fut perdu pendant la
captivité.

4º. Parce qu'il fut reftauré par *Efdras.*

5º. Parce qu'il fut toujours inconnu à toute autre
nation jufqu'au temps de la traduction des Septante.

6º. Parce que même depuis la traduction attribuée
aux Septante, nous n'avons pas un feul auteur parmi
les gentils qui cite un feul endroit de ce livre, jufqu'à
Longin qui vivait fous l'empereur *Aurélien.*

7º. Parce que nulle autre nation n'a jamais admis
un déluge univerfel jufqu'aux métamorphofes d'*Ovide,*

& qu'encore dans *Ovide* il ne s'étend qu'à la Méditerranée.

8°. Parce que *St Augustin* avoue expressément que
le déluge universel fut ignoré de toute l'antiquité.

9°. Parce que le premier déluge dont il est question
chez les gentils est celui dont parle *Bérose*, & qu'il
fixe à quatre mille quatre cents ans environ avant
notre ère vulgaire ; ce déluge ne s'étendit que vers
le Pont-Euxin.

10°. Parce qu'enfin il ne nous est resté aucun
monument d'un déluge universel chez aucune nation
du monde.

Il faut ajouter à toutes ces raisons que le critique
n'a pas seulement compris l'état de la question. Il
s'agit uniquement de savoir si nous avons des preuves
physiques que la mer ait abandonné successivement
plusieurs terrains : & sur cela M. l'abbé *François* dit
des injures à des hommes qu'il ne peut ni connaître
ni entendre. Il eût mieux valu se taire & ne pas
grossir la foule des mauvais livres.

Seconde ignorance.

Le même critique, pour appuyer de vieilles idées
assez universellement méprisées, mais qui n'ont pas
le plus léger rapport à *Moïse*, s'avise de dire (a) *que*
Bérose est parfaitement d'accord avec Moïse dans le nombre
des générations avant le déluge.

Remarquez, mon cher lecteur, que ce *Bérose* est
celui-là même qui nous apprend que le poisson

(a) Page 6.

Oannès fortait tous les jours de l'Euphrate pour venir prêcher les Chaldéens, & que le même poiffon écrivit avec une de fes arêtes un beau livre fur l'origine des chofes. Voilà l'écrivain que M. l'abbé *François* prend pour le garant de *Moïfe*.

Troifième ignorance.

(*b*) *N'eft-il pas conftant qu'un grand nombre de familles européennes, tranfplantées dans les côtes d'Afrique, y font devenues fans aucun mélange auffi noires que les naturelles du pays ?*

Monfieur l'abbé, c'eft le contraire qui eft conftant. Vous ignorez que les nègres ont le *reticulum mucofum* noir, quoique je l'aie dit vingt fois. Sachez que vous auriez beau faire des enfans en Guinée, vous ne feriez jamais que des welches qui n'auraient ni cette belle peau noire huileufe, ni ces lèvres noires & lippues, ni ces yeux ronds, ni cette laine frifée fur la tête, qui font la différence fpécifique des nègres. Sachez que votre famille welche, établie en Amérique, aura toujours de la barbe, tandis qu'aucun américain n'en aura. Après cela tirez-vous d'affaire comme vous pourrez avec *Adam* & *Eve*.

Quatrième ignorance.

(*c*) *Le plus idiot ne dit point, moi pied, moi tête, moi main; il fent donc qu'il y a en lui quelque chofe qui s'approprie fon corps.*

(*b*) Page 5.　　　　　(*c*) Page 10.

Hélas! mon cher abbé, cet idiot ne dit pas non plus, moi ame.

Que pouvez-vous conclure vous & lui? qu'il dit, mon pied, parce qu'on peut l'en priver; car alors il ne marchera plus. Qu'il dit, ma tête; on peut la lui couper; alors il ne penfera plus. Hé bien, que s'enfuit-il? ce n'eft pas ici une ignorance des faits.

Cinquième ignorance.

(d) *Qu'eſt-ce que ce Melchom qui s'était emparé du pays de Gad? plaiſant Dieu que le* DIEU *de Jérémie devait faire enlever pour être traîné en captivité.*

Ah, ah! monſieur l'abbé, vous faites le plaiſant. Vous demandez quel eſt ce *Melchom;* je vais vous le dire. *Melk* ou *Melkom* ſignifiait le ſeigneur, ainſi qu'*Adoni* ou *Adonaï, Baal* ou *Bel, Adad, Shadaï, Eloï* ou *Eloa.* Preſque tous les peuples de Syrie donnaient de tels noms à leurs dieux. Chacun avait ſon ſeigneur, ſon protecteur, ſon dieu. Le nom même de *Jehova* était un nom phénicien & particulier; témoin *Sanchoniathon* antérieur certainement à *Moïſe;* témoin *Diodore.*

Nous ſavons bien que DIEU eſt également le Dieu, le maître abſolu des Egyptiens & des Juifs, & de tous les hommes, & de tous les mondes; mais ce n'eſt pas ainſi qu'il eſt repréſenté quand *Moïſe* paraît devant *Pharaon.* Il ne lui parle jamais qu'au nom du Dieu des Hébreux, comme un ambaſ- fadeur apporte les ordres du roi ſon maître. Il parle ſi peu au nom du maître de toute la nature, que *Pharaon* lui répond: *Je ne le connais pas. Moïſe* fait

(d) Page 20.

des

des prodiges au nom de ce Dieu, mais les forciers de *Pharaon* font précisément les mêmes prodiges au nom des leurs. Jufque-là tout est égal : on combat feulement à qui fera le plus puissant, mais non pas à qui fera le feul puissant. Enfin, le Dieu des Hébreux l'emporte de beaucoup ; il manifeste une puissance beaucoup plus grande, mais non pas une puissance unique. Ainfi, humainement parlant, l'incrédulité de *Pharaon* femble très-excufable. C'est la même incrédulité que celle de *Montezuma* devant *Cortez*, & d'*Atabalipa* devant les *Pizaro*.

Quand *Josué* assemble les Juifs, *Choisissez*, leur dit-il (e) *ce qu'il vous plaira, ou les dieux auxquels ont servi vos pères dans la Méfopotamie, ou les dieux des Amorrhéens aux pays defquels vous habitez : mais pour ce qui est de moi & de ma maison, nous servirons Adonaï.*

Le peuple s'était donc déjà donné à d'autres dieux, & pouvait fervir qui il voulait.

Quand la famille de *Michas* dans Ephraïm prend un prêtre lévite pour fervir un dieu étranger ; (f) quand toute la tribu de Dan fert le même dieu que la famille de *Michas*; lorfqu'un petit-fils même de *Moïfe* fe fait prêtre de ce dieu étranger pour de l'argent, perfonne n'en murmure : chacun a fon dieu paifiblement ; & le petit-fils de *Moïfe* est idolâtre fans que perfonne y trouve à redire ; donc alors chacun choififfait fon dieu local, fon protecteur.

Les mêmes Juifs, après la mort de *Gédéon*, adorent *Baal-Bérith*, qui fignifie précifément la même chofe qu'*Adonaï*, le *feigneur*, le *protecteur* : ils changent de protecteur.

(e) *Josué*, chap. XXIV.   (f) Juges, chap. VIII & IX.

Dictionn. philofoph. Tome V.   R

Adonaï, du temps de *Joſué*, ſe rend maître des montagnes; (g) mais il ne peut vaincre les habitans des vallées, parce qu'ils avaient des chariots armés de faux.

Y a-t-il rien qui reſſemble plus à un dieu local, qui eſt puiſſant en un lieu, & qui ne l'eſt point en un autre?

Jephté, fils de *Galaad* & d'une concubine, dit aux Moabites: (h) *Ce que votre dieu Chamos poſſède ne vous eſt-il pas dû de droit? & ce que le nôtre s'eſt acquis par ſes victoires ne doit-il pas être à nous?*

Il eſt donc prouvé invinciblement que les Juifs groſſiers, quoique choiſis par le DIEU de l'univers, le regardèrent pourtant comme un dieu local, un dieu particulier tel que le dieu des Ammonites, celui des Moabites, celui des montagnes, celui des vallées.

Il eſt clair qu'il était malheureuſement indifférent au petit-fils de *Moïſe* de ſervir le dieu de *Michas* ou celui de ſon grand-père. Il eſt clair, & il faut en convenir, que la religion juive n'était point formée; qu'elle ne fut uniforme qu'après *Eſdras*; il faut encore en excepter les Samaritains.

Vous pouvez ſavoir maintenant ce que c'eſt que le ſeigneur *Melchom*. Je ne prends point ſon parti, DIEU m'en garde; mais quand vous dites que c'était *un plaiſant dieu que Jérémie menaçait de mettre en eſclavage*, je vous répondrai, monſieur l'abbé: De votre maiſon de verre, vous ne devriez pas jeter des pierres à celle de votre voiſin.

(g) *Joſué*, chap. I.   (h) Juges, chap. XI.

C'étaient les Juifs qu'on menait alors en esclavage à Babylone ; c'était le bon *Jérémie* lui-même qu'on accusait d'avoir été corrompu par la cour de Baby-lone , & d'avoir prophétisé pour elle ; c'était lui qui était l'objet du mépris public , & qui finit, à ce qu'on croit, par être lapidé par les Juifs mêmes. Croyez-moi, ce *Jérémie* n'a jamais passé pour un rieur.

Le DIEU des Juifs, encore une fois , est le DIEU de toute la nature. Je vous le redis afin que vous n'en prétendiez cause d'ignorance, & que vous ne me défériez pas à votre official. Mais je vous soutiens que les Juifs grossiers ne connurent très-souvent qu'un dieu local.

Sixième ignorance.

(*i*) *Il n'est pas naturel d'attribuer les marées aux phases de la lune. Ce ne sont pas les grandes marées en pleine lune qu'on attribue aux phases de cette planète.*

Voici des ignorances d'une autre espèce.

Il arrive quelquefois à certaines gens d'être si hon-teux du rôle qu'ils jouent dans le monde, que tantôt ils veulent se déguiser en beaux esprits, & tantôt en philosophes.

Il faut d'abord apprendre à monsieur l'abbé que rien n'est plus naturel que d'attribuer un effet à ce qui est toujours suivi de cet effet. Si un tel vent est toujours suivi de la pluie il est naturel d'attribuer la pluie à ce vent. Or, sur toutes les côtes de l'Océan, les marées sont toujours plus fortes dans les sigigées de la lune que dans ses quadratures.

(*i*) Page 20.

R 2

(Savez-vous ce que c'eft que figigées , ou fyzygies ?)
La lune retarde tous les jours fon lever ; la marée
retarde auffi tous les jours. Plus la lune approche de
notre zénith , plus la marée eft grande ; plus la lune
approche de fon périgée , plus la marée s'élève encore.
Ces expériences & beaucoup d'autres , ces rapports
continuels avec les phafes de la lune , ont donc fondé
l'opinion ancienne & vraie , que cet aftre eft une principale caufe du flux & du reflux.

Après tant de fiècles , le grand *Newton* eft venu.
Connaiffez-vous *Newton*? avez-vous jamais ouï dire
qu'ayant calculé le quarré de la vîteffe de là lune
autour de fon orbite dans l'efpace d'une minute , &
ayant divifé ce quarré par le diamètre de l'orbite
lunaire , il trouva que le quotient était quinze pieds ;
que de là il démontra que la lune gravite vers la terre
trois mille fix cents fois moins que fi elle était près de
la terre ; qu'enfuite il démontra que fa force attractive
eft la caufe des trois quarts de l'élévation de la mer
au temps du reflux , & que la force du foleil
fait l'élévation de l'autre quart ? vous voilà tout
étonné ; vous n'avez jamais rien lu de pareil dans
le *Pédagogue chrétien*. Tàchez , dorénavant , vous & les
loueurs de chaife de votre paroiffe , de ne jamais parler
des chofes dont vous n'avez pas la plus légère idée.

Vous ne fauriez croire quel tort vous faites à la
religion par votre ignorance , & encore plus par vos
raifonnemens. On devrait vous défendre d'écrire , à
vous & à vos pareils , pour conferver le peu de foi
qui refte dans ce monde.

Je vous ferais ouvrir de plus grands yeux , fi je
vous difais que ce *Newton* était perfuadé & a écrit

que *Samuel* eft l'auteur du Pentateuque. Je ne dis pas qu'il l'ait démontré comme il a calculé la gravitation. Mais apprenez à douter, & foyez modefte. Je crois au Pentateuque, entendez-vous, mais je crois que vous avez imprimé des fottifes énormes.

Je pourrais tranfcrire ici un gros volume de vos ignorances, & plufieurs de celles de vos confrères; je ne m'en donnerai pas la peine. Pourfuivons nos queftions.

S E C T I O N I I.

Les ignorances.

J'IGNORE comment j'ai été formé, & comment je fuis né. J'ai ignoré abfolument pendant le quart de ma vie les raifons de tout ce que j'ai vu, entendu & fenti ; & je n'ai été qu'un perroquet fifflé par d'autres perroquets.

Quand j'ai regardé autour de moi & dans moi, j'ai conçu que quelque chofe exifte de toute éternité ; puifqu'il y a des êtres qui font actuellement, j'ai conclu qu'il y a un être néceffaire & néceffairement éternel. Ainfi, le premier pas que j'ai fait pour fortir de mon ignorance a franchi les bornes de tous les fiècles.

Mais quand j'ai voulu marcher dans cette carrière infinie ouverte devant moi, je n'ai pu ni trouver un feul fentier, ni découvrir pleinement un feul objet ; & du faut que j'ai fait pour contempler l'éternité, je fuis retombé dans l'abyme de mon ignorance.

J'ai vu ce qu'on appelle *de la matière* depuis l'étoile *Sirius*, & depuis celles de la *voie lactée*, auffi éloignées de *Sirius* que cet aftre l'eft de nous, jufqu'au dernier atome qu'on peut apercevoir avec le microfcope, & j'ignore ce que c'eft que la matière.

La lumière qui m'a fait voir tous ces êtres m'eft inconnue ; je peux, avec le fecours du prifme, anato-mifer cette lumière, & la divifer en fept faifceaux de rayons ; mais je ne peux divifer ces faifceaux ; j'ignore de quoi ils font compofés. La lumière tient de la matière, puifqu'elle a un mouvement, & qu'elle frappe les objets ; mais elle ne tend point vers un centre comme tous les autres corps ; au contraire, elle s'échappe invinciblement du centre, tandis que toute matière pèfe vers fon centre. La lumière paraît péné-trable, & la matière eft impénétrable. Cette lumière eft-elle matière ? ne l'eft-elle pas ? qu'eft-elle ? de quelles innombrables propriétés peut-elle être revêtue ? je l'ignore.

Cette fubftance fi brillante, fi rapide & fi incon-nue, & ces autres fubftances qui nagent dans l'im-menfité de l'efpace, font-elles éternelles comme elles femblent infinies ? je n'en fais rien. Un être néceffaire, fouverainement intelligent, les a-t-il créées de rien, ou les a-t-il arrangées ? a-t-il produit cet ordre dans le temps ou avant le temps ? Hélas ! qu'eft-ce que ce temps même dont je parle ? je ne puis le définir. O DIEU, il faut que tu m'inftruifes, car je ne fuis éclairé ni par les ténèbres des autres hommes, ni par les miennes.

Qui es-tu, toi, animal à deux pieds fans plumes, comme moi-même, que je vois ramper comme moi fur ce petit globe ? Tu arraches comme moi quelques

fruits à la boue qui est notre nourrice commune? Tu
vas à la selle, & tu penses! Tu es sujet à toutes les
maladies les plus dégoûtantes, & tu as des idées métaphysiques! J'aperçois que la nature t'a donné deux
espèces de fesses par devant, & qu'elle me les a refu-
fées : elle t'a percé au bas de ton abdomen un si vilain
trou, que tu es portée naturellement à le cacher.
Tantôt ton urine, tantôt des animaux pensans sortent
par ce trou ; ils nagent neuf mois dans une liqueur
abominable entre cet égoût & un autre cloaque, dont
les immondices accumulées feraient capables d'empester
la terre entière ; & cependant, ce sont ces deux
trous qui ont produit les plus grands événemens.
Troye périt pour l'un ; *Alexandre* & *Adrien* ont érigé
des temples à l'autre. L'ame immortelle a donc son
berceau entre ces deux cloaques ! Vous me dites,
madame, que cette description n'est ni dans le goût de
Tibulle, ni dans celui de *Quinault*, d'accord, ma
bonne; mais je ne suis pas en humeur de te dire des
galanteries.

Les souris, les taupes ont aussi leurs deux trous,
pour lesquels ils n'ont jamais fait de pareilles extravagances. Qu'importe à l'Etre des êtres qu'il y ait des
animaux comme nous & comme les souris, sur ce
globe qui roule dans l'espace avec tant d'innombrables
globes ?

Pourquoi sommes-nous ? pourquoi y a-t-il des êtres ?

Qu'est-ce que le sentiment ? comment l'ai-je reçu ?
quel rapport y a-t-il entre l'air qui frappe mon oreille
& le sentiment du son? entre ce corps & le sentiment
des couleurs ? je l'ignore profondément, & je l'igno-
rerai toujours.

R 4

Qu'eft-ce que la penfée ? où réfide-t-elle ? comment fe forme-t-elle ? qui me donne des penfées pendant mon fommeil? eft-ce en vertu de ma volonté que je penfe ? Mais toujours pendant le fommeil, & fouvent pendant la veille, j'ai des idées malgré moi. Ces idées long-temps oubliées, long-temps reléguées dans l'arrière-magafin de mon cerveau, en fortent fans que je m'en mêle, & fe préfentent d'elles-mêmes à ma mémoire, qui fefait de vains efforts pour les rappeler.

Les objets extérieurs n'ont pas la puiffance de former en moi des idées, car on ne donne point ce qu'on n'a pas; je fens trop que ce n'eft pas moi qui me les donne, car elles naiffent fans mes ordres. Qui les produit en moi ? d'où viennent-elles ? où vont-elles ? Fantomes fugitifs, quelle main invifible vous produit & vous fait difparaître ?

Pourquoi, feul de tous les animaux, l'homme a-t-il la rage de dominer fur fes femblables?

Pourquoi, & comment s'eft-il pu faire que fur cent milliars d'hommes il y en ait eu plus de quatre-vingt-dix-neuf immolés à cette rage ?

Comment la raifon eft-elle un don fi précieux que nous ne voudrions le perdre pour rien au monde? Et comment cette raifon n'a-t-elle fervi qu'à nous rendre prefque toujours les plus malheureux de tous les êtres?

D'où vient qu'aimant paffionnément la vérité nous nous fommes toujours livrés aux plus groffières impoftures?

Pourquoi cette foule d'Indiens trompée & affervie par des bonzes, écrafée par le defcendant d'un tartare, furchargée de travaux, gémiffante dans la mifère,

affaillie par les maladies, en bute à tous les fléaux ,
aime-t-elle encore la vie ?

D'où vient le mal, & pourquoi le mal exifte-t-il ?

O atomes d'un jour , ô mes compagnons dans l'infinie petiteffe , nés comme moi pour tout fouffrir &
pour tout ignorer, y en a-t-il parmi vous d'affez fous
pour croire favoir tout cela ? Non , il n'y en a point ;
non , dans le fond de votre cœur vous fentez votre
néant comme je rends juftice au mien. Mais vous êtes
affez orgueilleux pour vouloir qu'on embraffe vos vains
fyftèmes ; ne pouvant être les tyrans de nos corps ,
vous prétendez être les tyrans de nos ames.

IMAGINATION.

SECTION PREMIERE.

C'est le pouvoir que chaque être fenfible fent en
foi de fe repréfenter dans fon cerveau les chofes
fenfibles. Cette faculté eft dépendante de la mémoire.
On voit des hommes , des animaux , des jardins :
ces perceptions entrent par les fens ; la mémoire les
retient ; l'imagination les compofe. Voilà pourquoi les
anciens Grecs appelèrent les mufes *filles de mémoire*.

Il eft très-effentiel de remarquer que ces facultés
de recevoir des idées , de les retenir , de les compofer,
eft au rang des chofes dont nous ne pouvons rendre
aucune raifon. Ces refforts invifibles de notre être
font de la main de la nature , & non de la nôtre.

Peut-être ce don de DIEU , l'imagination , eft-il le
feul inftrument avec lequel nous compofons des idées,
& même les plus métaphyfiques.

Vous prononcez le mot de *triangle*; mais vous ne prononcez qu'un fon, fi vous ne vous repréfentez pas l'image d'un triangle quelconque. Vous n'avez certainement eu l'idée d'un triangle que parce que vous en avez vu, fi vous avez des yeux, ou touché, fi vous êtes aveugle. Vous ne pouvez penfer au triangle en général, fi votre imagination ne fe figure, au moins confufément, quelque triangle particulier. Vous calculez, mais il faut que vous vous repréfentiez des unités redoublées, fans quoi il n'y a que votre main qui opère.

Vous prononcez les termes abftraits, *grandeur*, *vérité*, *juftice*, *fini*, *infini*; mais ce mot *grandeur* eft-il autre chofe qu'un mouvement de votre langue qui frappe l'air, fi vous n'avez pas l'image de quelque grandeur? Que veulent dire ces mots, *vérité*, *menfonge*, fi vous n'avez pas aperçu par vos fens, que telle chofe qu'on vous avait dite être exiftait en effet, & que telle autre n'exiftait pas? Et de cette expérience ne compofez-vous pas l'idée générale de vérité & de menfonge? Et quand on vous demande ce que vous entendez par ces mots, pouvez-vous vous empêcher de vous figurer quelque image fenfible, qui vous fait fouvenir qu'on vous a dit quelquefois ce qui était, & fort fouvent ce qui n'était point?

Avez-vous la notion de *jufte* & d'*injufte* autrement que par des actions qui vous ont paru telles? Vous avez commencé dans votre enfance par apprendre à lire fous un maître: vous aviez envie de bien épeler, & vous avez mal épelé: votre maître vous a battu; cela vous a paru très-injufte. Vous avez vu le falaire refufé à un ouvrier, & cent autres chofes pareilles.

L'idée abstraite du juste & de l'injuste est-elle autre chose que ces faits confusément mêlés dans votre imagination ?

Le *fini* est-il dans votre esprit autre chose que l'image de quelque mesure bornée ? L'*infini* est-il autre chose que l'image de cette même mesure que vous prolongez sans trouver fin ? Toutes ces opérations ne font-elles pas dans vous à peu près de la même manière que vous lisez un livre ? Vous y lisez les choses, & vous ne vous occupez pas des caractères de l'alphabet, sans lesquels pourtant vous n'auriez aucune notion de ces choses : faites-y un moment d'attention , & alors vous apercevrez ces caractères sur lesquels glissait votre vue. Ainsi tous vos raisonnemens, toutes vos connaissances sont fondées sur des images tracées dans votre cerveau. Vous ne vous en apercevez pas ; mais arrêtez-vous un moment pour y songer , & alors vous voyez que ces images font la base de toutes vos notions. C'est au lecteur à peser cette idée, à l'étendre, à la rectifier.

Le célébre *Addisson* dans ses *onze essais sur l'imagination*, dont il a enrichi les feuilles du Spectateur, dit d'abord *que le sens de la vue est celui qui fournit seul les idées à l'imagination.* Cependant il faut avouer que les autres sens y contribuent aussi. Un aveugle-né entend dans son imagination l'harmonie qui ne frappe plus son oreille ; il est à table en songe ; les objets qui ont résisté ou cédé à ses mains , font encore le même effet dans sa tête. Il est vrai que le sens de la vue fournit seul les images ; & comme c'est une espèce de *toucher* qui s'étend jusqu'aux étoiles , son immense étendue enrichit plus l'imagination que tous les autres sens ensemble.

Il y a deux fortes d'imagination ; l'une qui confiste à retenir une fimple impreffion des objets ; l'autre qui arrange ces images reçues, & les combine en mille manières. La première a été appelée *imagination paffive*, la feconde *active*. La paffive ne va pas beaucoup au-delà de la mémoire ; elle eft commune aux hommes & aux animaux. De-là vient que le chaffeur & fon chien pourfuivent également des bêtes dans leurs rêves, qu'ils entendent également le bruit des cors ; que l'un crie, & l'autre jappe en dormant. Les hommes & les bêtes font alors plus que fe reffouvenir, car les fonges ne font jamais des images fidelles. Cette efpèce d'imagination compofe les objets, mais ce n'eft point en elle l'entendement qui agit, c'eft la mémoire qui fe méprend.

Cette imagination paffive n'a certainement befoin du fecours de notre volonté, ni dans le fommeil, ni dans la veille ; elle fe peint malgré nous ce que nos yeux ont vu, elle entend ce que nous avons entendu, & touche ce que nous avons touché ; elle y ajoute, elle en diminue. C'eft un fens intérieur qui agit néceffairement ; auffi rien n'eft-il plus commun que d'entendre dire, *on n'eft pas le maître de fon imagination*.

C'eft ici qu'on doit s'étonner & fe convaincre de fon peu de pouvoir. D'où vient qu'on fait quelquefois en fonge des difcours fuivis & éloquens, des vers meilleurs qu'on n'en ferait fur le même fujet étant éveillé? que l'on réfoud même des problèmes de mathématiques? Voilà certainement des idées très-combinées qui ne dépendent de nous en aucune manière. Or s'il eft inconteftable que des idées fuivies fe forment dans nous, malgré nous, pendant notre fommeil, qui nous affurera qu'elles ne font pas produites de même dans la veille ? Eft-il un homme qui prévoie l'idée qu'il aura dans une minute ? Ne paraît-il pas qu'elles nous font données comme les mouvemens de nos fibres ? Et fi le père *Mallebranche* s'en était tenu à dire que toutes les idées font données de DIEU, aurait-on pu le combattre ?

Cette faculté paffive, indépendante de la réflexion, eft la fource de nos paffions & de nos erreurs; loin de dépendre de la volonté, elle la détermine, elle nous pouffe vers les objets qu'elle peint, ou nous en détourne, felon la manière dont elle les repréfente. L'image d'un danger infpire la crainte; celle d'un bien donne des défirs violens; elle feule produit l'enthoufiafme de gloire, de parti, de fanatifme; c'eft elle qui répandit tant de maladies de l'efprit, en fefant imaginer à des cervelles faibles fortement frappées que leurs corps étaient changés en d'autres corps; c'eft elle qui perfuada à tant d'hommes qu'ils étaient obfédés, ou enforcelés, & qu'ils allaient effectivement au fabbat, parce qu'on leur difait qu'ils y allaient. Cette efpèce d'imagination fervile, partage ordinaire du peuple ignorant, a été l'inftrument dont l'imagination forte de certains hommes s'eft fervie pour dominer. C'eft encore cette imagination paffive des cerveaux aifés à ébranler qui fait quelquefois paffer dans les enfans les marques évidentes de l'impreffion qu'une mère a reçue : les exemples en font innombrables; & celui qui écrit cet article en a vu de fi frappans qu'il démentirait fes yeux s'il en doutait. Cet effet de l'imagination n'eft guère explicable; mais aucune autre opération de la nature ne l'eſt davantage : on ne conçoit pas mieux comment nous avons des perceptions, comment nous les retenons, comment nous les arrangeons : il y a l'infini entre nous & les reſſorts de notre être.

L'imagination active eſt celle qui joint la réflexion, la combinaiſon à la mémoire. Elle rapproche pluſieurs objets diſtans ; elle ſépare ceux qui ſe mêlent, les compoſe & les change ; elle ſemble créer quand elle ne fait qu'arranger ; car il n'eſt pas donné à l'homme de ſe faire des idées, il ne peut que les modifier.

Cette imagination active eſt donc au fond une faculté auſſi indépendante de nous que l'imagination paſſive ; & une preuve qu'elle ne dépend pas de nous, c'eſt que ſi vous propoſez à cent perſonnes également ignorantes d'imaginer telle machine nouvelle, il y en aura quatre-vingt-dix-neuf qui n'imagineront rien malgré leurs efforts. Si le centième imagine quelque choſe, n'eſt-il pas évident que c'eſt un don particulier qu'il a reçu ? c'eſt ce don que l'on appelle *génie*, c'eſt là qu'on a reconnu quelque choſe d'inſpiré & de divin.

Ce don de la nature eſt imagination d'invention dans les arts, dans l'ordonnance d'un tableau, dans celle d'un poëme. Elle ne peut exiſter ſans la mémoire; mais elle s'en ſert comme d'un inſtrument avec lequel elle fait tous ſes ouvrages.

Après avoir vu qu'on ſoulevait avec un bâton une groſſe pierre que la main ne pouvait remuer, l'imagination active inventa les leviers, & enſuite les forces mouvantes compoſées, qui ne ſont que des leviers déguiſés ; il faut ſe peindre d'abord dans l'eſprit les machines & leurs effets pour les exécuter.

Ce n'est pas cette sorte d'imagination que le vulgaire appelle, ainsi que la mémoire, l'ennemi du
jugement. Au contraire, elle ne peut agir qu'avec un
jugement profond; elle combine sans cesse ses tableaux,
elle corrige ses erreurs, elle élève tous ses édifices avec
ordre. Il y a une imagination étonnante dans la
mathématique pratique ; & *Archiméde* avait au moins
autant d'imagination qu'*Homére*. C'est par elle qu'un
poëte crée ses personnages, leur donne des caractères,
des passions, invente sa fable, en présente l'exposi-
tion, en redouble le nœud, en prépare le dénouement;
travail qui demande encore le jugement le plus profond, & en même temps le plus fin.

Il faut un très-grand art dans toutes ces imaginations d'invention, & même dans les romans. Ceux
qui en manquent sont méprisés des esprits bien faits.
Un jugement toujours sain règne dans les fables d'*Esope*;
elles seront toujours les délices des nations. Il y a
plus d'imagination dans les contes des fées ; mais ces
imaginations fantastiques, dépourvues d'ordre & de
bon sens, ne peuvent être estimées ; on les lit par
faiblesse, & on les condamne par raison.

La seconde partie de l'imagination active est celle
de détail ; & c'est elle qu'on appelle communément
imagination dans le monde. C'est elle qui fait le charme
de la conversation ; car elle présente sans cesse à l'esprit ce que les hommes aiment le mieux, des objets
nouveaux. Elle peint vivement ce que les esprits froids
dessinent à peine. Elle emploie les circonstances les
plus frappantes ; elle allègue des exemples ; & quand
ce talent se montre avec la sobriété qui convient à
tous les talens, il se concilie l'empire de la société.

L'homme eft tellement machine que le vin donne quelquefois cette imagination que l'ivreffe anéantit; il y a là de quoi s'humilier, mais de quoi admirer. Comment fe peut-il faire qu'un peu d'une certaine liqueur, qui empêchera de faire un calcul, donnera des idées brillantes?

C'eft furtout dans la poëfie que cette imagination de détail & d'expreffion doit régner. Elle eft ailleurs agréable, mais là elle eft néceffaire. Prefque tout eft image dans *Homère*, dans *Virgile*, dans *Horace*, fans même qu'on s'en aperçoive. La tragédie demande moins d'images, moins d'expreffions pittorefques, de grandes métaphores, d'allégories, que le poëme épique ou l'ode : mais la plupart de ces beautés, bien ménagées, font dans la tragédie un effet admirable. Un homme, qui fans être poëte, ofe donner une tragédie, fait dire à *Hippolyte :*

Depuis que je vous vois, j'abandonne la chaffe.

Mais *Hippolyte*, que le vrai poëte fait parler, dit:

Mon arc, mes javelots, mon char, tout m'importune.

Ces imaginations ne doivent jamais être forcées, ampoulées, gigantefques. *Ptolomée* parlant dans un confeil d'une bataille qu'il n'a pas vue, & qui s'eft donnée loin de chez lui, ne doit point peindre

Des montagnes de morts, privés d'honneurs fuprêmes,
Que la nature force à fe venger eux-mêmes.
Et dont les troncs pourris exhalent dans les vents
De quoi faire la guerre au refte des vivans.

Une

Une princeſſe ne doit point dire à un empereur :

La vapeur de mon ſang ira groſſir la foudre,
Que DIEU tient déjà prête à te réduire en poudre.

On ſent aſſez que la vraie douleur ne s'amuſe point à une métaphore ſi recherchée.

L'imagination active qui fait les poëtes leur donne l'enthouſiaſme, c'eſt-à-dire, ſelon le mot grec, cette émotion interne qui agite en effet l'eſprit, & qui transforme l'auteur dans le perſonnage qu'il fait parler ; car c'eſt là l'enthouſiaſme : il conſiſte dans l'émotion & dans les images : alors l'auteur dit préciſément les mêmes choſes que dirait la perſonne qu'il introduit.

Je le vis, je rougis, je pâlis à ſa vue ;
Un trouble s'éleva dans mon ame éperdue ;
Mes yeux ne voyaient plus, je ne pouvais parler.

L'imagination alors ardente & ſage n'entaſſe point de figures incohérentes ; elle ne dit point, par exemple, pour exprimer un homme épais de corps & d'eſprit:

Qu'il eſt flanqué de chair, gabionné de lard ;

Et que la nature,

En maçonnant les remparts de ſon ame,
Songea plutôt au fourreau qu'à la lame.

Il y a de l'imagination dans ces vers ; mais elle eſt groſſière, elle eſt déréglée, elle eſt fauſſe : l'image de remparts ne peut s'allier avec celle de fourreau ; c'eſt comme ſi on diſait qu'un vaiſſeau eſt entré dans le port à bride abattue.

Dictionn. philoſoph. Tome V.   S

On permet moins l'imagination dans l'éloquence que dans la poésie. La raison en est sensible. Le discours ordinaire doit moins s'écarter des idées communes. L'orateur parle la langue de tout le monde : le poëte a pour base de son ouvrage la fiction ; aussi l'imagination est l'essence de son art ; elle n'est que l'accessoire dans l'orateur.

Certains traits d'imagination ont ajouté, dit-on, de grandes beautés à la peinture. On cite surtout cet artifice avec lequel un peintre mit un voile sur la tête d'*Agamemnon*, dans le sacrifice d'*Iphigénie* ; artifice cependant bien moins beau que si le peintre avait eu le secret de faire voir sur le visage d'*Agamemnon* le combat de la douleur d'un père, de l'autorité d'un monarque, & du respect pour ses dieux ; comme *Rubens* a eu l'art de peindre, dans les regards & dans l'attitude de *Marie de Médicis*, la douleur de l'enfantement, la joie d'avoir un fils, & la complaisance dont elle envisage cet enfant.

En général les imaginations des peintres, quand elles ne sont qu'ingénieuses, font plus d'honneur à l'esprit de l'artiste qu'elles ne contribuent aux beautés de l'art. Toutes les compositions allégoriques ne valent pas la belle exécution de la main qui fait le prix des tableaux.

Dans tous les arts la belle imagination est toujours naturelle : la fausse est celle qui assemble des objets incompatibles : la bizarre peint des objets qui n'ont ni analogie, ni allégorie, ni vraisemblance ; comme des esprits qui se jettent à la tête dans leurs combats des montagnes chargées d'arbres, qui tirent du canon dans le ciel, qui font une chaussée dans le chaos ; *Lucifer* qui fe transforme en crapaud ; un ange coupé en deux par un coup de canon , & dont les deux parties fe rejoignent incontinent &c. . . . . L'imagination forte approfondit les objets ; la faible les effleure ; la douce fe repofe dans les peintures agréables ; l'ardente entaffe images fur images ; la fage eft celle qui emploie avec choix tous ces différens caractères , mais qui admet très-rarement le bizarre , & rejette toujours le faux.

Si la mémoire nourrie & exercée eft la fource de toute imagination , cette même mémoire furchargée la fait périr. Ainfi celui qui s'eft rempli la tête de noms & de dates n'a pas le magafin qu'il faut pour compofer des images. Les hommes bccupés de calculs ou d'affaires épineufes , ont d'ordinaire l'imagination ftérile.

Quand elle eft trop ardente , trop tumultueufe , elle peut dégénérer en démence ; mais on a remarqué que cette maladie des organes du cerveau eft bien plus fouvent le partage de ces imaginations paffives , bornées à recevoir la profonde empreinte des objets , que de ces imaginations actives & laborieufes qui affemblent & combinent des idées ; car cette imagination active a toujours befoin du jugement , l'autre en eft indépendante.

Il n'eft peut-être pas inutile d'ajouter à cet effai , que par ces mots , *perception* , *mémoire* , *imagination* , *jugement* , on n'entend point des organes diftincts , dont l'un a le don de fentir , l'autre fe reffouvient , un troifième imagine , un quatrième juge. Les hommes font plus portés qu'on ne penfe à croire que ce font des facultés différentes & féparées. C'eft cependant le même être qui fait toutes ces opérations , que

S 2

nous ne connaiſſons que par leurs effets, ſans pouvoir rien connaître de cet être.

SECTION II.

LES bêtes en ont comme vous, témoin votre chien qui chaſſe dans ſes rêves.

Les choſes ſe peignent en la fantaiſie, dit *Deſcartes*, comme les autres. Oui ; mais qu'eſt-ce que c'eſt que la fantaiſie ? & comment les choſes s'y peignent-elles ? eſt-ce avec de la matière ſubtile ? *Que ſais-je !* eſt la réponſe à toutes les queſtions touchant les premiers reſſorts.

Rien ne vient dans l'entendement ſans une image. Il faut, pour que vous acquériez cette idée ſi confuſe d'un eſpace infini, que vous ayez eu l'image d'un eſpace de quelques pieds. Il faut, pour que vous ayez l'idée de DIEU, que l'image de quelque choſe de plus puiſſant que vous ait long-temps remué votre cerveau.

Vous ne créez aucune idée, aucune image, je vous en défie. L'*Arioſte* n'a fait voyager *Aſtolphe* dans la lune que long-temps après avoir entendu parler de la lune, de St *Jean* & des Paladins.

On ne fait aucune image, on les aſſemble, on les combine. Les extravagances des *Mille & une nuits* & des contes des fées &c. &c. ne ſont que des combinaiſons.

Celui qui prend le plus d'images dans le magaſin de la mémoire eſt celui qui a le plus d'imagination.

La difficulté n'eſt pas d'aſſembler ces images avec prodigalité & ſans choix. Vous pourriez paſſer un jour

entier à repréfenter fans effort & fans prefque aucune
attention un beau vieillard avec une grande barbe
blanche, vêtu d'une ample draperie, porté au milieu
d'un nuage fur des enfans jouflus qui ont de belles
paires d'aîles, ou fur une aigle d'une grandeur énorme,
tous les dieux & tous les animaux autour de lui, des
trépieds d'or qui courent pour arriver à fon confeil,
des roues qui tournent d'elles-mêmes, qui marchent
en tournant, qui ont quatre faces, qui font couvertes
d'yeux, d'oreilles, de langues & de nez ; entre ces
trépieds & ces roues une foule de morts qui reffufci-
tent au bruit du tonnerre, les fphères céleftes qui
danfent & qui font entendre un concert harmonieux
&c. &c. &c. ; les hôpitaux des fous font remplis de
pareilles imaginations.

On diftingue l'imagination qui difpofe les événemens d'un poëme, d'un roman, d'une tragédie, d'une
comédie, qui donne aux perfonnages des caractères,
des paffions ; c'eft ce qui demande le plus profond
jugement & la connaiffance la plus fine du cœur
humain ; talens néceffaires avec lefquels pourtant on
n'a encore rien fait, ce n'eft que le plan de l'édifice.

L'imagination qui donne à tous ces perfonnages
l'éloquence propre de leur état, & convenable à leur
fituation, c'eft là le grand art & ce n'eft pas encore
affez.

L'imagination dans l'expreffion, par laquelle chaque
mot peint une image à l'efprit fans l'étonner, comme
dans Virgile ;

Remigium alarum.
Mœrentem abjungens fraterna morte juventum.
Velorum pandimus alas.

S 3

Pendent circum oscula nati.

Immortale jecur tundens, fecundaque pœnis,
Viscera.

Et caligantem nigra formidine lucum.

Fata vocant conditque natantia lumina lethum.

Virgile est plein de ces expressions pittoresques dont
il enrichit la belle langue latine, & qu'il est si difficile
de bien rendre dans nos jargons d'Europe, enfans
bossus & boiteux d'un grand homme de belle taille,
mais qui ne laissent pas d'avoir leur mérite, & d'avoir
fait de très-bonnes choses dans leur genre.

Il y a une imagination étonnante dans les mathématiques. Il faut commencer par se peindre nettement
dans l'esprit la figure, la machine qu'on invente, ses
propriétés ou ses effets. Il y avait beaucoup plus d'imagination dans la tête d'*Archimède* que dans celle
d'*Homère*.

De même que l'imagination d'un grand mathématicien doit être d'une exactitude extrême, celle d'un
grand poëte doit être très-châtiée. Il ne doit jamais
présenter d'images incompatibles, incohérentes, trop
exagérées, trop peu convenables au sujet.

Pulchérie, dans la tragédie d'*Héraclius*, dit à *Phocas:*

La vapeur de mon sang ira grossir la foudre
Que Dieu tient déjà prête à te réduire en poudre.

Cette exagération forcée ne paraît pas convenable à
une jeune princesse, qui, supposé qu'elle ait ouï dire
que le tonnerre se forme des exhalaisons de la terre,
ne doit pas présumer que la vapeur d'un peu de sang
répandu dans une maison ira former la foudre. C'est
le poëte qui parle, & non la jeune princesse. *Racine*

n'a point de ces imaginations déplacées ; cependant, comme il faut mettre chaque chofe à fa place, on ne doit pas regarder cette image exagérée comme un défaut infupportable, ce n'eft que la fréquence de ces figures qui peut gâter entièrement un ouvrage.

Il ferait difficile de ne par rire de ces vers :

Quelques noires vapeurs que puiffent concevoir
Et la mère & la fille enfemble au défefpoir,
Tout ce qu'elles pourront enfanter de tempêtes,
Sans venir jufqu'à nous crévera fur nos têtes ;
Et nous érigerons, dans cet heureux féjour,
De leur haine impuiffante un trophée à l'amour.

Ces vapeurs de la mère & de la fille qui enfantent des tempêtes, ces tempêtes qui ne viennent point jufqu'à Placide, & qui crèvent fur les têtes pour ériger un trophée d'une haine, font affurément des imaginations auffi incohérentes, auffi étranges que mal exprimées. *Racine, Boileau, Molière*, les bons auteurs du fiècle de *Louis XIV,* ne tombent jamais dans ce défaut puérile.

Le grand défaut de quelques auteurs qui font venus après le fiècle de *Louis XIV*, c'eft de vouloir toujours avoir de l'imagination & de fatiguer le lecteur par cette vicieufe abondance d'images recherchées, autant que par des rimes redoublées, dont la moitié au moins eft inutile. C'eft ce qui a fait tomber enfin tant de petits poëmes comme Verd-verd, la Chartreufe, les Ombres, qui eurent la vogue pendant quelque temps.

Omne fuper vacuum pleno de pectore manat.

On a diftingué dans le grand dictionnaire ency-clopédique l'imagination active & la paffive. L'active

S 4

eſt celle dont nous avons traité ; c'eſt ce talent de former des peintures neuves de toutes celles qui ſont dans notre mémoire.

La paſſive n'eſt preſque autre choſe que la mémoire, même dans un cerveau vivement ému. Un homme d'une imagination active & dominante, un prédicateur de la ligue en France, ou des puritains en Angleterre, harangue la populace d'une voix tonnante, d'un œil enflammé & d'un geſte d'énergumène, repréſente JESUS-CHRIST demandant juſtice au Père éternel des nouvelles plaies qu'il a reçues des royaliſtes, des clous que ces impies viennent de lui enfoncer une ſeconde fois dans les pieds & dans les mains. Vengez DIEU le père, vengez le ſang de DIEU le fils, marchez ſous les drapeaux du St Eſprit ; c'était autrefois une colombe ; c'eſt aujourd'hui un aigle qui porte la foudre. Les imaginations paſſives ébranlées par ces images, par la voix, par l'action de ces charlatans ſanguinaires, courent du prône & du prêche tuer des royaliſtes & ſe faire pendre.

Les imaginations paſſives vont s'émouvoir tantôt aux ſermons, tantôt aux ſpectacles, tantôt à la Grève, tantôt au ſabbat.

I M P I E.

QUEL eſt l'impie ? c'eſt celui qui donne une barbe blanche, des pieds & des mains à l'Etre des êtres, au grand *Demiourgos*, à l'intelligence éternelle par laquelle la nature eſt gouvernée. Mais ce n'eſt qu'un impie excuſable, un pauvre impie contre lequel on ne doit pas ſe fâcher.

Si même il peint le grand Etre incompréhenfible
porté fur un nuage qui ne peut rien porter; s'il eft
affez bête pour mettre Dieu dans un brouillard, dans
la pluie ou fur une montagne, & pour l'entourer de
petites faces rondes, jouflues, enluminées, accompagnées de deux aîles, je ris, & je lui pardonne de
tout mon cœur.

L'impie qui attribue à l'Etre des êtres des prédictions déraifonnables & des injuftices me fâcherait,
fi ce grand Etre ne m'avait fait préfent d'une raifon
qui réprime ma colère. Ce fot fanatique me répète,
après d'autres, que ce n'eft pas à nous à juger de ce
qui eft raifonnable & jufte dans le grand Etre, que
fa raifon n'eft pas comme notre raifon, que fa juftice
n'eft pas comme notre juftice. Eh! comment veux-tu,
mon fou d'énergumène, que je juge autrement de la
juftice & de la raifon que par les notions que j'en ai?
veux-tu que je marche autrement qu'avec mes pieds,
& que je te parle autrement qu'avec ma bouche?

L'impie qui fuppofe le grand Etre jaloux, orgueilleux,
malin, vindicatif, eft plus dangereux. Je ne voudrais
pas coucher fous même toit avec cet homme.

Mais comment traiterez-vous l'impie qui vous dit:
Ne vois que par mes yeux, ne penfe point; je t'annonce
un Dieu tyran qui m'a fait pour être ton tyran; je
fuis fon bien-aimé; il tourmentera pendant toute
l'éternité des millions de fes créatures qu'il détefte pour
me réjouir; je ferai ton maître dans ce monde, & je
rirai de tes fupplices dans l'autre?

Ne vous fentez-vous pas une démangeaifon de
roffer ce cruel impie? & fi vous êtes né doux, ne
courez-vous pas de toutes vos forces à l'Occident

quand ce barbare débite ſes rêveries atroces à l'Orient?

A l'égard des impies qui manquent à ſe laver le coude vers Alep & vers Erivan, ou qui ne ſe mettent pas à genoux devant une proceſſion de capucins à Perpignan, ils ſont coupables ſans doute ; mais je ne crois pas qu'on doive les empaler.

I M P O T.

SECTION PREMIERE.

ON a fait tant d'ouvrages philoſophiques ſur la nature de l'impôt qu'il faut bien en dire ici un petit mot. Il eſt vrai que rien n'eſt moins philoſophique que cette matière ; mais elle peut rentrer dans la philoſophie morale, en repréſentant à un ſurintendant des finances, ou à un teſterdar turc, qu'il n'eſt pas ſelon la morale univerſelle de prendre l'argent de ſon prochain, & que tous les receveurs, douaniers, commis des aides & gabelles, ſont maudits dans l'Evangile.

Tout maudits qu'ils ſont, il faut pourtant convenir qu'il eſt impoſſible qu'une ſociété ſubſiſte ſans que chaque membre paie quelque choſe pour les frais de cette ſociété. Et puiſque tout le monde doit payer, il eſt néceſſaire qu'il y ait un receveur. On ne voit pas pourquoi ce receveur eſt maudit, & regardé comme un idolâtre. Il n'y a certainement nulle idolâtrie à recevoir l'argent des convives pour payer leur ſouper.

Dans les républiques & dans les Etats qui, avec le nom de *royaume*, font des républiques en effet, chaque particulier eſt taxé ſuivant ſes forces & ſuivant les beſoins de la ſociété.

Dans les royaumes deſpotiques, ou, pour parler plus poliment, dans les Etats monarchiques, il n'en eſt pas tout à fait de même. On taxe la nation ſans la conſulter. Un agriculteur qui a douze cents livres de revenu eſt tout étonné qu'on lui en demande quatre cents. Il en eſt même pluſieurs qui ſont obligés de payer plus de la moitié de ce qu'ils recueillent. (1)

A quoi eſt employé tout cet argent? l'uſage le plus honnête qu'on puiſſe en faire eſt de le donner à d'autres citoyens.

Le cultivateur demande pourquoi on lui ôte la moitié de ſon bien pour payer des ſoldats, tandis que la centième partie ſuffirait? on lui répond, qu'outre les ſoldats il faut payer les arts & le luxe, que rien n'eſt perdu, que chez les Perſes on aſſignait à la reine des villes & des villages pour payer ſa ceinture, ſes pantoufles & ſes épingles.

Il replique qu'il ne ſait point l'hiſtoire de Perſe, & qu'il eſt très-fâché qu'on lui prenne la moitié de ſon

---

(1) Avouons que s'il y a quelques républiques où l'on faſſe ſemblant de conſulter la nation, il n'y en a peut-être pas une ſeule où elle ſoit réellement conſultée.

Avouons encore qu'en Angleterre, à l'exemption près de tout impôt perſonnel, il y a dans les taxes autant de diſproportion, de gênes, de faux frais, de pourſuites violentes que dans aucune monarchie. Avouons enfin qu'il eſt très-poſſible que dans une république le corps légiſlatif ſoit intéreſſé à maintenir une mauvaiſe adminiſtration d'impôts, tandis qu'un monarque ne peut y avoir aucun intérêt. Ainſi le peuple d'une république peut avoir à craindre & l'erreur & la corruption de ſes chefs, au lieu que les ſujets d'un monarque n'ont que ſes erreurs à redouter.

bien pour une ceinture, des épingles & des souliers, qu'il les fournirait à bien meilleur marché, & que c'est une véritable écorcherie.

On lui fait entendre raison en le mettant dans un cachot, & en fesant vendre ses meubles. S'il résiste aux exacteurs que le nouveau Testament a damnés, on le fait pendre, & cela rend tous ses voisins infiniment accommodans.

Si tout cet argent n'était employé par le souverain qu'à faire venir des épiceries de l'Inde, du café de Moka, des chevaux anglais & arabes, des soies du Levant, des colifichets de la Chine, il est clair qu'en peu d'années il ne resterait pas un sou dans le royaume. Il faut donc que l'impôt serve à entretenir les manufactures, & que ce qui a été versé dans les coffres du prince retourne aux cultivateurs. Ils souffrent ; ils se plaignent : les autres parties de l'Etat souffrent & se plaignent aussi ; mais au bout de l'année il se trouve que tout le monde a travaillé & a vécu bien ou mal.

Si par hasard l'homme agreste va dans la capitale, il voit avec des yeux étonnés une belle dame, vêtue d'une robe de soie brochée d'or, traînée dans un carrosse magnifique par deux chevaux de prix, suivie de quatre laquais, habillés d'un drap à vingt francs l'aune ; il s'adresse à un des laquais de cette belle dame, & lui dit : Monseigneur, où cette dame prend-elle tant d'argent pour faire une si grande dépense ? Mon ami, lui dit le laquais, le roi lui fait une pension de quarante mille livres. Hélas ! dit le rustre, c'est mon village qui paie cette pension. Oui, répond le laquais ; mais la soie que tu as recueillie, & que tu as vendue, a servi à l'étoffe dont elle est habillée, mon drap est en partie de la laine de tes moutons ; mon boulanger a fait mon pain de ton blé, tu as vendu au marché les poulardes que nous mangeons ; ainsi la penfion de madame eft revenue à toi & à tes camarades.

Le payfan ne convient pas tout à fait des axiomes de ce laquais philofophe : cependant, une preuve qu'il y a quelque chofe de vrai dans fa réponfe, c'eft que le village fubfifte, & qu'on y fait des enfans, qui tout en fe plaignant feront auffi des enfans qui fe plaindront encore.

SECTION II.

SI on était obligé d'avoir tous les édits des impôts, & tous les livres faits contr'eux, ce ferait l'impôt le plus rude de tous.

On fait bien que les taxes font néceffaires, & que la malédiction prononcée dans l'Evangile contre les publicains ne doit regarder que ceux qui abufent de leur emploi pour vexer le peuple. Peut-être le copifte oublia-t-il un mot, comme l'épithète de *pravus*. On aurait pu dire *pravus publicanus* ; ce mot était d'autant plus néceffaire que cette malédiction générale eft une contradiction formelle avec les paroles qu'on met dans la bouche de JESUS-CHRIST, *Rendez à Céfar ce qui eft à Céfar*. Certainement celui qui recueille les droits de *Céfar* ne doit pas être en horreur ; c'eût été infulter l'ordre des chevaliers romains, & l'empereur lui-même ; rien n'aurait été plus mal avifé.

Dans tous les pays policés les impôts font très-forts, parce que les charges de l'Etat font très-pefantes. En Efpagne, les objets de commerce qu'on envoie à Cadix

& de-là en Amérique paient plus de trente pour cent avant qu'on ait fait votre compte.

En Angleterre, tout impôt fur l'importation eſt très-conſidérable; cependant on le paie ſans murmure; on ſe fait même une gloire de le payer. Un négociant ſe vante de faire entrer quatre à cinq mille guinées par an dans le tréſor public.

Plus un pays eſt riche, plus les impôts y ſont lourds. Des ſpéculateurs voudraient que l'impôt ne tombât que ſur les productions de la campagne. Mais quoi! j'aurai ſemé un champ de lin qui m'aura rapporté deux cents écus; & un gros manufacturier aura gagné deux cents mille écus en feſant convertir mon lin en dentelles; ce manufacturier ne paiera rien, & ma terre paiera tout; parce que tout vient de la terre? La femme de ce manufacturier fournira la reine & les princeſſes de beau point d'Alençon; elle aura de la protection; ſon fils deviendra intendant de juſtice, police & finance, & augmentera ma taille dans ma miſérable vieilleſſe! Ah! meſſieurs les ſpéculateurs, vous calculez mal; vous êtes injuſtes. (2)

Le point capital ſerait qu'un peuple entier ne fût point dépouillé par une armée d'alguazils, pour qu'une vingtaine de ſangſues de la cour ou de la ville s'abreuvât de leur ſang.

Le duc de *Sulli* raconte, dans ſes *Economies politiques*, qu'en 1585 il y avait juſte vingt ſeigneurs intéreſſés au bail des fermes, à qui les adjudicataires donnaient trois millions deux cents quarante - huit mille écus.

(2) Voyez les notes de *l'Homme aux quarante écus*, Romans, tom. II.

C'était encore pis fous *Charles IX* & fous *François I;*
ce fut encore pis fous *Louis XIII.* Il n'y eut pas moins
de déprédation dans la minorité de *Louis XIV.* La
France, malgré tant de bleffures, eft en vie. Oui;
mais fi elle ne les avait pas reçues, elle ferait en
meilleure fanté. Il en eft ainfi de plufieurs autres
Etats.

S e c t i o n I I I.

IL eft jufte que ceux qui jouiffent des avantages de
l'Etat en fupportent les charges. Les eccléfiaftiques &
les moines qui poffèdent de grands biens, devraient
par cette raifon contribuer aux impôts en tout pays
comme les autres citoyens.

Dans des temps que nous appelons *barbares*, les
grands bénéfices & les abbayes ont été taxés en France
au tiers de leurs revenus. (*a*)

Par une ordonnance de l'an 1188, *Philippe-Augufte*
impofa le dixième des revenus de tous les bénéfices.

Philippe le bel fit payer le cinquième, enfuite le
cinquantième, & enfin le vingtième de tous les biens
du clergé.

Le roi *Jean*, par une ordonnance du 12 mars 1355,
taxa au dixième des revenus de leurs bénéfices & de
leurs patrimoines, les évêques, les abbés, les chapitres
& généralement tous les eccléfiaftiques. (*b*)

Le même prince confirma cette taxe par deux
autres ordonnances, l'une du 3 mars, l'autre du 28
décembre 1358. (*c*)

(*a*) *Aimon*, liv. V, chap. LIV. *Lebret*, plaid. II
(*b*) *Ord. du Louvre*, tome IV.　　　(*c*) *Ibid.*

Dans les lettres-patentes de *Charles V* du 22 juin 1372 , il est statué que les gens d'église payeront les tailles & les autres impositions réelles & personnelles. (*d*)

Ces lettres-patentes furent renouvelées par *Charles VI* en 1390.

Comment ces lois ont-elles été abolies , tandis que l'on a conservé tant de coutumes monstrueuses , & d'ordonnances sanguinaires ?

Le clergé paie à la vérité une taxe sous le nom de *don gratuit* ; & , comme l'on sait , c'est principalement la partie la plus utile & la plus pauvre de l'Eglise , les curés , qui paient cette taxe. Mais pourquoi cette différence & cette inégalité de contributions entre les citoyens d'un même Etat ? Pourquoi ceux qui jouissent des plus grandes prérogatives , & qui sont quelquefois inutiles au bien public , paient-ils moins que le laboureur qui est si nécessaire ?

La république de Venise vient de donner des réglemens sur cette matière , qui paraissent faits pour servir d'exemple aux autres Etats de l'Europe.

SECTION IV.

NON-SEULEMENT les gens d'église se prétendent exempts d'impôts , ils ont encore trouvé le moyen, dans plusieurs provinces, de mettre des taxes sur le peuple , & de se les faire payer comme un droit légitime.

Dans quelques pays, les moines s'y étant emparés des dixmes, au préjudice des curés , les paysans ont

(*d*) *Ord. du Louvre* , tome V.

été

été obligés de se taxer eux-mêmes pour fournir à la subsistance de leurs pasteurs ; & ainsi dans plusieurs villages, surtout en Franche-Comté, outre la dixme que les paroissiens payent à des moines ou à des chapitres, ils payent encore par feux trois ou quatre mesures de blé à leurs curés.

On appelle cette taxe *droit de moisson* dans quelques provinces, & *boisselage* dans d'autres.

Il est juste sans doute que les curés soient bien payés ; mais il vaudrait beaucoup mieux leur rendre une partie de la dixme que les moines leur ont enlevée que de surcharger de pauvres paysans.

Depuis que le roi de France a fixé les portions congrues par son édit du mois de mai 1768, & qu'il a chargé les décimateurs de les payer, il semble que les paysans ne devraient plus être tenus de payer une seconde dixme à leurs curés ; taxe à laquelle ils ne s'étaient obligés que volontairement & dans le temps où le crédit & la violence des moines avaient ôté aux pasteurs tous les moyens de subsister.

Le roi a aboli cette seconde dixme dans le Poitou par des lettres-patentes du mois de juillet 1769, enregistrées au parlement de Paris le 11 du même mois.

Il serait bien digne de la justice & de la bienfesance de sa majesté de faire une loi semblable pour les autres provinces qui se trouvent dans le même cas que celle du Poitou, comme la Franche-Comté &c.

Par M. Chr. avocat de Besançon.

IMPUISSANCE.

JE commence par cette queſtion en faveur des pauvres impuiſſans *frigidi & maleficiati*, comme diſent les décrétales. Y a-t-il un médecin, une matrone experte qui puiſſe aſſurer qu'un jeune homme bien conformé, qui ne ſait point d'enfans à ſa femme, ne lui en pourra pas faire un jour ? la nature le ſait ; mais certainement les hommes n'en ſavent rien. Si donc il eſt impoſſible de décider que le mariage ne ſera pas conſommé, pourquoi le diſſoudre ?

On attendait deux ans chez les Romains. *Juſtinien*, dans ſes Novelles, (*a*) veut qu'on attende trois ans. Mais ſi on accorde trois ans à la nature pour ſe guérir, pourquoi pas quatre, pourquoi pas dix, ou même vingt ?

On a connu des femmes qui ont reçu dix années entières les embraſſemens de leurs maris ſans aucune ſenſibilité, & qui enſuite ont éprouvé les ſtimulations les plus violentes. Il peut ſe trouver des mâles dáns ce cas ; il y en a eu quelques exemples.

La nature n'eſt en aucune de ſes opérations ſi bizarre que dans la copulation de l'eſpèce humaine; elle eſt beaucoup plus uniforme dans celle des autres animaux.

C'eſt chez l'homme ſeul que le phyſique eſt dirigé & corrompu par le moral; la variété & la ſingularité de ſes appétits & de ſes dégoûts eſt prodigieuſe. On a vu un homme qui tombait en défaillance à la

(*a*) *Collat.* IV, tit. I, Novel. XXII, chap. VI.

vue de ce qui donne des défirs aux autres. Il eft encore dans Paris quelques perfonnes témoins de ce phénomène.

Un prince, héritier d'une grande monarchie, n'aimait que les pieds. On a dit qu'en Efpagne ce goût avait été affez commun. Les femmes, par le foin de les cacher, avaient tourné vers eux l'imagination de plufieurs hommes.

Cette imagination paffive a produit des fingularités dont le détail eft à peine compréhenfible. Souvent une femme, par fon incomplaifance, repouffe le goût de fon mari & déroute la nature. Tel homme qui ferait un Hercule avec des facilités, devient un eunuque par des rebuts. C'eft à la femme feule qu'il faut alors s'en prendre. Elle n'eft pas en droit d'accufer fon mari d'une impuiffance dont elle eft caufe. Son mari peut lui dire : Si vous m'aimez, vous devez me faire les careffes dont j'ai befoin pour perpétuer ma race ; fi vous ne m'aimez pas, pourquoi m'avez-vous époufé ?

Ceux qu'on appelait les *maléficiés* étaient fouvent réputés enforcelés. Ces charmes étaient fort anciens. Il y en avait pour ôter aux hommes leur virilité, il en était de contraires pour la leur rendre. Dans *Pétrone*, *Crifis* croit que *Polienos*, qui n'a pu jouir de *Circé*, a fuccombé fous les enchantemens des magiciennes appelées *Manicæ*, & une vieille veut le guérir par d'autres fortiléges.

Cette illufion fe perpétua long-temps parmi nous ; on exorcifa au lieu de défenchanter ; & quand l'exorcifme ne réuffiffait pas, on démariait.

Il s'éleva une grande queſtion dans le droit canon
ſur les maléficiés. Un homme que les ſortiléges
empêchaient de conſommer le mariage avec ſa femme
en époufait une autre & devenait père. Pouvait-il,
s'il perdait cette ſeconde femme, r'époufer la première? la négative l'emporta ſuivant tous les grands
canoniſtes, *Alexandre* de NEVO, *André Albéric*,
Turrecramata, *Soto*, *Ricard*, *Henriqués*, *Rozella* & cinquante autres.

On admire avec quelle ſagacité les canoniſtes, &
ſurtout des religieux de mœurs irréprochables, ont
fouillé dans les myſtères de la jouiſſance. Il n'y a point
de ſingularité qu'ils n'aient devinée. Ils ont diſcuté
tous les cas où un homme pouvait être impuiſſant
dans une ſituation, & opérer dans une autre. Ils ont
recherché tout ce que l'imagination pouvait inventer
pour favoriſer la nature : & dans l'intention d'éclaircir
ce qui eſt permis & ce qui ne l'eſt pas, ils ont révélé
de bonne foi tout ce qui devait être caché dans le
ſecret des nuits. On a pu dire d'eux, *nox noČli indicat
ſcientiam.*

Sanchez ſurtout a recueilli & mis au grand jour
tous ces cas de conſcience, que la femme la plus
hardie ne confierait qu'en rougiſſant à la matrone la
plus diſcrète. Il recherche attentivement,

*Utrum liceat extra vas naturale ſemen emittere. — De
altera fœmina cogitare in coïtu cum ſua uxore. — Seminare
conſulto ſeparatim. — Congredi cum uxore ſine ſpe ſemi-
nandi. — Impotentiœ taČlibus & illecebris opitulari. — Se
retrahere quando mulier ſeminavit. — Virgam alibi intromittere dum in vaſe debito ſemen effundat &c.*

Chacune de ces queftions en amène d'autres ; & enfin, *Sanchez* va jufqu'à difcuter, *Utrum Virgo Maria femen emiferit in copulatione cum Spiritu Sanēlo.*

Ces étonnantes recherches n'ont jamais été faites dans aucun lieu du monde que par nos théologiens ; & les caufes d'impuiffance n'ont commencé que du temps de *Théodofe*. Ce n'eft que dans la religion-chrétienne que les tribunaux ont retenti de ces querelles entre les femmes hardies & les maris honteux.

Il n'eft parlé de divorce dans l'évangile que pour caufe d'adultère. La loi juive permettait au mari de renvoyer celle de fes femmes qui lui déplaifait, fans fpécifier la caufe. (*b*) *Si elle ne trouve pas grâce devant fes yeux, cela fuffit.* C'eft la loi du plus fort ; c'eft le genre-humain dans fa pure & barbare nature. Mais d'impuiffance, il n'en eft jamais queftion dans les lois juives. Il femble, dit un cafuifte, que DIEU ne pouvait permettre qu'il y eût des impuiffans chez un peuple facré qui devait fe multiplier comme les fables de la mer, à qui DIEU avait promis par ferment de lui donner le pays immenfe qui eft entre le Nil & l'Euphrate, & à qui fes prophètes fefaient efpérer qu'il dominerait un jour fur toute la terre. Il était néceffaire pour remplir ces promeffes divines que tout digne juif fût occupé fans relâche au grand œuvre de la propagation. Il y a certainement de la malédiction dans l'impuiffance ; le temps n'était pas encore venu de fe faire eunuque pour le royaume des cieux.

Le mariage ayant été dans la fuite des temps élevé à la dignité de facrement, de myftère, les eccléfiaftiques devinrent infenfiblement les juges de tout ce

(*b*) Deutéron. chap. XXIV, v. 1.

T 3

qui fe paffait entre mari & femme ; & même de tout
ce qui ne s'y paffait pas.

Les femmes eurent la liberté de préfenter requête
pour être *embefognées* , c'était le mot dont elles fe
fervaient dans notre gaulois ; car d'ailleurs on inftruifait les caufes en latin. Des clercs plaidaient ; des
prêtres jugeaient. Mais de quoi jugeaient-ils ? des
objets qu'ils devaient ignorer ; & les femmes portaient
des plaintes qu'elles ne devaient pas proférer.

Ces procès roulaient toujours fur ces deux objets :
Sorciers qui empêchaient un homme de confommer
fon mariage , femmes qui voulaient fe remarier.

Ce qui femble très-extraordinaire , c'eft que tous
les canoniftes conviennent qu'un mari à qui on a
jeté un fort pour le rendre impuiffant (c) ne peut en
confcience détruire ce fort , ni même prier le magicien de le détruire. Il fallait abfolument , du temps
des forciers , exorcifer. Ce font des chirurgiens qui ,
ayant été reçus à St Côme , ont le privilège exclufif
de vous mettre un emplâtre , & vous déclarent que
vous mourrez fi vous êtes guéri par la main qui vous
a bleffé. Il eût mieux valu d'abord fe bien affurer fi
un forcier peut ôter & rendre la virilité à un homme.
On pouvait encore faire une autre obfervation. Il
s'eft trouvé beaucoup d'imaginations faibles qui redou-
taient plus un forcier qu'ils n'efpéraient en un
exorcifte. Le forcier leur avait noué l'aiguillette , &
l'eau bénite ne la dénouait pas. Le diable en impofait
plus que l'exorcifme ne raffurait.

Dans les cas d'impuiffance dont le diable ne fe
mêlait pas, les juges eccléfiaftiques n'étaient pas moins

(e) Voyez *Pontas* , *empêchement de l'impuiffance*.

embarraffés. Nous avons dans les décrétales le titre fameux *de frigidis & maleficiatis*, qui eft fort curieux, mais qui n'éclaircit pas tout.

Le premier cas difputé par *Brocardié* ne laiffe aucune difficulté ; les deux parties conviennent qu'il y en a une impuiffante ; le divorce eft prononcé.

Le pape *Alexandre III* décide une queftion plus délicate. (*d*) Une femme mariée tombe malade. *Inftrumentum ejus impeditum eft*. Sa maladie eft naturelle ; les médecins ne peuvent la foulager ; *nous donnons à fon mari la liberté d'en prendre une autre*. Cette décrétale paraît d'un juge plus occupé de la néceffité de la population que de l'indiffolubilité du facrement. Comment cette loi papale eft-elle fi peu connue ? comment tous les maris ne la favent-ils point par cœur ?

La décrétale d'*Innocent III* n'ordonne des vifites de matrones qu'à l'égard de la femme que fon mari a déclarée en juftice être trop étroite pour le recevoir. C'eft peut-être pour cette raifon que la loi n'eft pas en vigueur.

Honorius III ordonne qu'une femme qui fe plaindra de l'impuiffance du mari demeurera huit ans avec lui jufqu'à divorce.

On n'y fit pas tant de façon pour déclarer le roi de Caftille *Henri IV* impuiffant, dans le temps qu'il était entouré de maîtreffes, & qu'il avait de fa femme une fille héritière de fon royaume. Mais ce fut l'archevêque de Tolède qui prononça cet arrêt : le pape ne s'en mêla pas.

(*d*) Décrétales, liv. IV, tit. XV.

T 4

On ne traita pas moins mal, *Alfonſe* roi de Portugal, au milieu du dix-ſeptième ſiècle. Ce prince n'était connu que par ſa férocité, ſes débauches & ſa force de corps prodigieuſe. L'excès de ſes fureurs révolta la nation. La reine ſa femme, princeſſe de Nemours, qui voulait le détrôner & épouſer l'infant dom *Pédre* ſon frère, ſentit combien il ſerait difficile d'épouſer les deux frères l'un après l'autre, après avoir couché publiquement avec l'aîné. L'exemple de *Henri VIII* d'Angleterre l'intimidait : elle prit le parti de faire déclarer ſon mari impuiſſant par le chapitre de la cathédrale de Lisbonne en 1667 ; après quoi elle épouſa au plus vîte ſon beau-frère, avant même d'obtenir une diſpenſe du pape.

La plus grande épreuve à laquelle on ait mis les gens accuſés d'impuiſſance a été le congrès. Le préſident *Bouhier* prétend que ce combat en champ-clos fut imaginé en France au quatorzième ſiècle. Il eſt ſûr qu'il n'a jamais été connu qu'en France.

Cette épreuve dont on a fait tant de bruit n'était point ce qu'on imagine. On ſe perſuade que les deux époux procédaient, s'ils pouvaient, au devoir matrimonial ſous les yeux des médecins, chirurgiens & ſages-femmes ; mais non, ils étaient dans leur lit à l'ordinaire, les rideaux fermés ; les inſpecteurs, retirés dans un cabinet voiſin, n'étaient appelés qu'après la victoire ou la défaite du mari. Ainſi ce n'était au fond qu'une viſite de la femme dans le moment le plus propre à juger l'état de la queſtion. Il eſt vrai qu'un mari vigoureux pouvait combattre & vaincre en préſence de témoins. Mais peu avaient ce courage.

Si le mari en fortait à fon honneur, il eft clair que fa virilité était démontrée : s'il ne réuffiffait pas , il eft évident que rien n'était décidé ; puifqu'il pouvait gagner un fecond combat ; que s'il le perdait il pouvait en gagner un troifième, & enfin un centième.

On connaît le fameux procès du marquis de *Langeais*, jugé en 1659 ; (par appel à la chambre de l'édit, parce que lui & fa femme *Marie de St Simon* étaient de la religion proteftante) il demanda le congrès. Les impertinences rebutantes de fa femme le firent fuccomber. Il préfenta un fecond cartel. Les juges fatigués des cris des fuperftitieux , des plaintes des prudes & des railleries des plaifans , refufèrent la feconde tentative, qui pourtant était de droit naturel. Puifqu'on avait ordonné un conflit, on ne pouvait légitimement , ce femble, en refufer un autre.

La chambre déclara le marquis impuiffant & fon mariage nul , lui défendit de fe marier jamais , & permit à fa femme de prendre un autre époux.

La chambre pouvait-elle empêcher un homme qui n'avait pu être excité à la jouiffance par une femme, d'y être excité par une autre ? Il vaudrait autant défendre à un convive qui n'aurait pu manger d'une perdrix grife, d'effayer d'une perdrix rouge. Il fe maria malgré cet arrêt avec *Diane de Navailles* , & lui fit fept enfans.

Sa première femme étant morte , le marquis fe pourvut en requête civile à la grand'chambre contre l'arrêt qui l'avait déclaré impuiffant , & qui l'avait condamné aux dépens. La grand'chambre , fentant le ridicule de tout ce procès & celui de fon arrêt de

1659, confirma le nouveau mariage qu'il avait contracté avec *Diane de Navailles* malgré la cour, le déclara très-puiffant, refufa les dépens, mais abolit le congrès.

Il ne refta donc pour juger de l'impuiffance des maris que l'ancienne cérémonie de la vifite des experts, épreuve fautive à tous égards; car une femme peut avoir été déflorée fans qu'il y paraiffe; & elle peut avoir fa virginité avec les prétendues marques de la défloration. Les jurifconfultes ont jugé pendant quatorze cents ans de pucelages, comme ils ont jugé des fortiléges & de tant d'autres cas, fans y rien connaître.

Le préfident *Bouhier* publia l'apologie du congrès quand il fut hors d'ufage; il foutint que les juges n'avaient eu le tort de l'abolir que parce qu'ils avaient eu le tort de le refufer pour la feconde fois au marquis de *Langeais*.

Mais fi ce congrès peut manquer fon effet, fi l'infpection des parties génitales de l'homme & de la femme peut ne rien prouver du tout, à quel témoignage s'en rapporter dans la plupart des procès d'impuiffance? Ne pourrait-on pas répondre, à aucun? ne pourrait-on pas comme dans Athènes remettre la caufe à cent ans? Ces procès ne font que honteux pour les femmes, ridicules pour les maris, & indignes des juges. Le mieux ferait de ne les pas fouffrir. Mais voilà un mariage qui ne donnera pas de lignée. Le grand malheur! tandis que vous avez dans l'Europe trois cents mille moines & quatrevingts mille nonnes qui étouffent leur poftérité.

INALIENATION , INALIENABLE.

L E domaine des empereurs romains étant autrefois inaliénable , c'était le facré domaine ; les barbares vinrent , & il fut très-aliéné. Il eft arrivé même aventure au domaine impérial grec.

Après le rétabliffement de l'empire romain en Allemagne , le facré domaine fut déclaré inaliénable par les juriftes , de façon qu'il ne refte pas aujourd'hui un écu de domaine aux empereurs.

Tous les rois de l'Europe , qui imitèrent autant qu'ils purent les empereurs , eurent leur domaine inaliénable. *François I*, ayant racheté fa liberté par la conceffion de la Bourgogne , ne trouve point d'autre expédient que de faire déclarer cette Bourgogne incapable d'être aliénée ; & il fut affez heureux pour violer fon traité & fa parole d'honneur impunément. Suivant cette jurifprudence , chaque prince pouvant acquérir le domaine d'autrui , & ne pouvant jamais rien perdre du fien , tous auraient à la fin le bien des autres ; la chofe eft abfurde ; donc la loi non reftreinte eft abfurde auffi. Les rois de France & d'Angleterre n'ont prefque plus de domaine particulier ; les contributions font leur vrai domaine ; mais avec des formes très-différentes. (1)

(1) Le principe de l'inaliénabilité des domaines n'a jamais empêché en France ni de le donner aux courtifans ni de l'engager à vil prix dans les befoins de l'Etat. Il fert feulement à priver la nation obérée de la reffource immenfe que lui offrirait la vente de ces domaines , qui , par le défordre d'une adminiftration néceffairement très-mauvaife , ne rapportent qu'un faible revenu.

INCESTE.

L E S Tartares, dit l'Efprit des lois, *qui peuvent époufer leurs filles, n'époufent jamais leurs mères.*

On ne fait de quels tartares l'auteur veut parler. Il cite trop fouvent au hafard. Nous ne connaiffons aujourd'hui aucun peuple depuis la Crimée jufqu'aux frontières de la Chine, où l'on foit dans l'ufage d'époufer fa fille. Et s'il était permis à la fille d'époufer fon père, on ne voit pas pourquoi il ferait défendu au fils d'époufer fa mère.

Montefquieu cite un auteur nommé *Prifcus*. Il s'appelait *Prifcus Panetes*. C'était un fophifte qui vivait du temps d'*Attila*, & qui dit qu'*Attila* fe maria avec fa fille *Efca*, felon l'ufage des Scythes. Ce *Prifcus* n'a jamais été imprimé, il pourrit en manufcrit dans la bibliothèque du Vatican ; & il n'y a que *Jornandès* qui en faffe mention. Il ne convient pas d'établir la légiflation des peuples fur de telles autorités. Jamais on n'a connu cette *Efca* ; jamais on n'entendit parler de fon mariage avec fon père *Attila*.

J'avoue que la loi qui prohibe de tels mariages eft une loi de bienféance ; & voilà pourquoi je n'ai jamais cru que les Perfes aient époufé leurs filles. Du temps des *Céfars*, quelques romains les en accufaient pour les rendre odieux. Il fe peut que quelque prince de Perfe eût commis un incefte, & qu'on imputât à la nation entière la turpitude d'un feul. C'eft peut-être le cas de dire *quidquid delirant reges plectuntur Achivi.*

Je veux croire qu'il était permis aux anciens Perses de se marier avec leurs sœurs, ainsi qu'aux Athéniens, aux Egyptiens, aux S*riens, & même aux Juifs. De-là on aura conclu qu'il était commun d'épouser son père & sa mère. Mais le fait est que le mariage entre cousins est défendu chez les Guèbres aujourd'hui ; & ils passent pour avoir conservé la doctrine de leurs pères aussi scrupuleusement que les Juifs. Voyez *Tavernier*, si pourtant vous vous en rapportez à *Tavernier*.

Vous me direz que tout est contradiction dans ce monde ; qu'il était défendu par la loi juive de se marier aux deux sœurs, que cela était fort indécent, & que cependant *Jacob* épousa *Rachel* du vivant de sa sœur aînée, & que cette *Rachel* est évidemment le type de l'Eglise catholique, apostolique & romaine. Vous avez raison ; mais cela n'empêche pas que si un particulier couchait en Europe avec les deux sœurs, il ne fût grièvement censuré. Pour les hommes puissans constitués en dignité, ils peuvent prendre pour le bien de leurs Etats toutes les sœurs de leurs femmes, & même leurs propres sœurs de père & de mère, selon leur bon plaisir.

C'est bien pis quand vous aurez à faire avec votre commère ou avec votre marraine ; c'était un crime irrémissible par les capitulaires de *Charlemagne*. Cela s'appelle un inceste spirituel.

Une *Andovère* qu'on appelle reine de France, parce qu'elle était femme d'un *Chilpéric* régule de Soissons, fut vilipendée par la justice ecclésiastique, censurée, dégradée, divorcée, pour avoir tenu son propre enfant

fur les fonts baptifmaux, & s'être faite ainfi la commère de fon propre mari. Ce fut un péché mortel, un
facrilége, un incefte fpirituel : elle en perdit fon lit
& fa couronne. Cela contredit un peu ce que je difais
tout-à-l'heure, que tout eft permis aux grands en
fait d'amour, mais je parlais de notre temps préfent,
& non pas du temps d'*Andovère*.

Quant à l'incefte charnel, lifez l'avocat *Vouglan*
partie VIII, titre III, chap. IX ; il veut abfolument
qu'on brûle le coufin & la coufine qui auront eu un
moment de faibleffe. L'avocat *Vouglan* eft rigoureux.
Quel terrible welche !

INCUBES.

Y A-T-IL eu des incubes & des fuccubes ? tous nos
favans jürifconfultes démonographes admettaient également les uns & les autres.

Ils prétendaient que le diable, toujours alerte,
infpirait des fonges lafcifs aux jeunes meffieurs &
aux jeunes demoifelles ; qu'il ne manquait pas de
recueillir le réfultat des fonges mafculins, & qu'il
le portait proprement & tout chaud dans le réfervoir
féminin qui leur eft naturellement deftiné. C'eft ce
qui produifit tant de héros & de demi-dieux dans
l'antiquité.

Le diable prenait là une peine fort fuperflue ; il
n'avait qu'à laiffer faire les garçons & les filles ; ils
auraient bien fans lui fourni le monde de héros.

On conçoit les incubes par cette explication du
grand *Delrio*, de *Boguet*, & des autres favans en

forcellerie; mais elle ne rend point raifon des fuccubes. Une fille peut faire accroire qu'elle a couché avec un génie, avec un dieu, & que ce dieu lui a fait un enfant. L'explication de *Delrio* lui eft très-favorable. Le diable a dépofé chez elle la matière d'un enfant prife du rêve d'un jeune garçon ; elle eft groffe, elle accouche fans qu'on ait rien à lui reprocher ; le diable a été fon incube. Mais fi le diable fe fait fuccube, c'eft tout autre chofe ; il faut qu'il foit diableffe, il faut que la femence de l'homme entre dans elle ; c'eft alors cette diableffe qui eft enforcelée par un homme, c'eft elle à qui nous fefons un enfant.

Que les dieux & les déeffes de l'antiquité s'y prenaient d'une manière bien plus nette & plus noble ! *Jupiter* en perfonne avait été l'incube d'*Alcmène* & de *Sémélé*. *Thétis* en perfonne avait été la fuccube de *Pelée*, & *Vénus* la fuccube d'*Anchife*, fans avoir recours à tous les fubterfuges de notre diablerie.

Remarquons feulement que les dieux fe déguifaient fort fouvent pour venir à bout de nos filles, tantôt en aigle, tantôt en pigeon ou en cygne, en cheval, en pluie d'or ; mais les déeffes ne fe déguifaient jamais ; elles n'avaient qu'à fe montrer pour plaire. Or je foutiens que fi les dieux fe métamorphofèrent pour entrer fans fcandale dans les maifons de leurs maîtreffes, ils reprirent leur forme naturelle dès qu'ils y furent admis. *Jupiter* ne put jouir de *Danaé* quand il n'était que de l'or ; il aurait été bien embarraffé avec *Léda* & elle auffi, s'il n'avait été que cygne ; mais il redevint dieu, c'eft-à-dire, un beau jeune homme ; & il jouit.

Quant à la manière nouvelle d'engroffer les filles par le miniftère du diable, nous ne pouvons en douter, car la forbonne décida la chofe dès l'an 1318.

Per tales artes & ritus impios & invocationes dæmonum, nullus unquam fequatur effeEtus minifterio dæmonum, error. (a)

C'eft une erreur de croire que ces arts magiques & ces invocations des diables foient fans effet.

Elle n'a jamais révoqué cet arrêt; ainfi nous devons croire aux incubes & aux fuccubes, puifque nos maîtres y ont toujours cru.

Il y a bien d'autres maîtres. *Bodin*, dans fon livre des forciers, dédié à *Chriftophe de Thou*, premier préfident du parlement de Paris, rapporte que *Jeanne Hervilier*, native de Verberie, fut condamnée par ce parlement à être brûlée vive pour avoir proftitué fa fille au diable, qui était un grand homme noir, dont la femence était à la glace. Cela paraît contraire à la nature du diable. Mais enfin notre jurifprudence a toujours admis que le fperme du diable eft froid; & le nombre prodigieux des forcières qu'il a fait brûler fi long-temps eft toujours convenu de cette vérité.

Le célèbre *Pic de la Mirandole* (un prince ne ment point) dit (b) qu'il a connu un vieillard de quatre-vingts ans qui avait couché la moitié de fa vie avec une diableffe, & un autre de foixante & dix qui avait eu le même avantage. Tous deux furent brûlés à Rome. Il ne nous apprend pas ce que devinrent leurs enfans.

Voilà les incubes & les fuccubes démontrés.

(a) *In libro de promotione.*
(b) Page 104, édition *in*-4°.

Il

Il eſt impoſſible du moins de prouver qu'il n'y
en a point ; car s'il eſt de foi qu'il y a des diables
qui entrent dans nos corps , qui les empêchera de
nous ſervir de femmes , & d'entrer dans nos filles ?
S'il eſt des diables , il eſt probablement des diableſſes.
Ainſi pour être conſéquent, on doit croire que les
diables maſculins font des enfans à nos filles, & que
nous en feſons aux diables féminins.

Il n'y a jamais eu d'empire plus univerſel que celui
du diable. Qui l'a détrôné ? la raiſon. (*)

I N F I N I.

Qui me donnera une idée nette de l'infini ? je n'en
ai jamais eu qu'une idée très-confuſe. N'eſt-ce point
parce que je ſuis exceſſivement fini ?

Qu'eſt-ce que marcher toujours ſans avancer
jamais ? compter toujours ſans faire ſon compte ?
diviſer toujours pour ne jamais trouver la dernière
partie ?

Il ſemble que la notion de l'infini ſoit dans le
fond du tonneau des Danaïdes.

Cependant il eſt impoſſible qu'il n'y ait pas un
infini. Il eſt démontré qu'une durée infinie eſt écoulée.

Commencement de l'être eſt abſurde ; car le rien
ne peut commencer une choſe. Dès qu'un atome
exiſte, il faut conclure qu'il y a quelque être de toute
éternité. Voilà donc un infini en durée rigoureuſe-
ment démontré. Mais qu'eſt-ce qu'un infini qui eſt
paſſé , un infini que j'arrête dans mon eſprit au

(*) Voyez l'article *Becker*.

moment que je veux? je dis, voilà une éternité
écoulée; allons à une autre. Je diftingue deux éternités,
l'une ci-devant, & l'autre ci-après.

Quand j'y réfléchis, cela me paraît ridicule. Je
m'aperçois que j'ai dit une fottife en prononçant
ces mots, *une éternité eft paffée, j'entre dans une éternité
nouvelle.*

Car au moment que je parlais ainfi, l'éternité
durait, la fluente du temps courait. Je ne pourrais
la croire arrêtée. La durée ne peut fe féparer. Puifque
quelque chofe a été toujours, quelque chofe eft &
fera toujours.

L'infini en durée eft donc lié d'une chaîne non
interrompue. Cet infini fe perpétue dans l'inftant
même où je dis qu'il eft paffé. Le temps a commencé,
& finira pour moi; mais la durée eft infinie.

Voilà déjà un infini de trouvé, fans pouvoir pourtant
nous en former une notion claire.

On nous préfente un infini en efpace. Qu'entendez-
vous par efpace? eft-ce un être? eft-ce rien?

Si c'eft un être, de quelle efpèce eft-il? vous ne
pouvez me le dire. Si c'eft rien, ce rien n'a aucune
propriété: & vous dites qu'il eft pénétrable, immenfe!
Je fuis fi embarraffé que je ne puis ni l'appeler néant,
ni l'appeler quelque chofe.

Je ne fais cependant aucune chofe qui ait plus
de propriétés que le rien, le néant. Car en partant
des bornes du monde, s'il y en a, vous pouvez vous
promener dans le rien, y penfer, y bâtir fi vous avez
des matériaux; & ce rien, ce néant ne pourra s'oppo-
fer à rien de ce que vous voudrez faire; car n'ayant
aucune propriété il ne peut vous apporter aucun

empêchement. Mais auffi puifqu'il ne peut vous nuire en rien, il ne peut vous fervir.

On prétend que c'eft ainfi que Dieu créa le monde dans le rien & de rien : cela eft abftrus, il vaut mieux fans doute penfer à fa fanté qu'à l'efpace infini.

Mais nous fommes curieux, & il y a un efpace. Notre efprit ne peut trouver ni la nature de cet efpace, ni fa fin. Nous l'appelons *immenfe*, parce que nous ne pouvons le mefurer. Que réfulte-t-il de tout cela ? que nous avons prononcé des mots.

> Etranges queftions qui confondent fouvent
> Le profond s'Gravefande & le fubtil Mairant.

De l'infini en nombre.

Nous avons beau défigner l'infini arithmétique par un las d'amour en cette façon ∞ , nous n'aurons pas une idée plus claire de cet infini numéraire. Cet infini n'eft, comme les autres, que l'impuiffance de trouver le bout. Nous appelons *l'infini en grand* un nombre quelconque qui furpaffera quelque nombre que nous puiffions fuppofer.

Quand nous cherchons l'infiniment petit, nous divifons ; & nous appelons infini une quantité moindre qu'aucune quantité affignable. C'eft encore un autre nom donné à notre impuiffance.

La matière est-elle divisible à l'infini ?

CETTE question revient précisément à notre incapacité de trouver le dernier nombre. Nous pourrons toujours diviser par la pensée un grain de sable, mais par la pensée seulement. Et l'incapacité de diviser toujours ce grain est appelée infini.

On ne peut nier que la matière ne soit toujours divisible par le mouvement qui peut la broyer toujours. Mais s'il divisait le dernier atome, ce ne serait plus le dernier, puisqu'on le diviserait en deux. Et s'il était le dernier, il ne serait plus divisible. Et s'il était divisible, où seraient les germes, où seraient les élémens des choses ? cela est encore fort abstrus.

De l'univers infini.

L'UNIVERS est-il borné ? son étendue est-elle immense ? les soleils & les planètes sont-ils sans nombre ? quel privilége aurait l'espace qui contient une quantité de soleils & de globes sur une autre partie de l'espace qui n'en contiendrait pas ? Que l'espace soit un être ou qu'il soit rien, quelle dignité a eu l'espace où nous sommes pour être préféré à d'autres ?

Si notre univers matériel n'est pas infini, il n'est qu'un point dans l'étendue. S'il est infini, qu'est-ce qu'un infini actuel auquel je puis toujours ajouter par la pensée ?

De l'infini en géométrie.

On admet en géométrie, comme nous l'avons indiqué, non-feulement des grandeurs infinies, c'eſt-à-dire plus grandes qu'aucune affignable, mais encore des infinis infiniment plus grands les uns que les autres. Cela étonne d'abord notre cerveau qui n'a qu'environ fix pouces de long fur cinq de large, & trois de hauteur dans les plus groffes têtes. Mais cela ne veut dire autre chofe finon qu'un quarré plus grand qu'aucun quarré affignable l'emporte fur une ligne conçue plus longue qu'aucune ligne affignable, & n'a point de proportion avec elle.

C'eſt une manière d'opérer; c'eſt la manipulation de la géométrie, & le mot d'infini eſt l'enfeigne.

De l'infini en puiſſance, en action, en ſageſſe, en bonté &c.

De même que nous ne pouvons nous former aucune idée pofitive d'un infini en durée, en nombre, en étendue, nous ne pouvons nous en former une en puiſſance phyſique ni même en morale.

Nous concevons aifément qu'un être puiſſant arrangea la matière, fit circuler des mondes dans l'efpace, forma les animaux, les végétaux, les métaux. Nous fommes menés à cette concluſion par l'impuiſſance où nous voyons tous ces êtres de s'être arrangés eux-mêmes. Nous fommes forcés de convenir que ce grand Etre exiſte éternellement par lui-même, puifqu'il ne peut être forti du néant.

V 3

Mais nous ne découvrons pas si bien son infini en étendue, en pouvoir, en attributs moraux.

Comment concevoir une étendue infinie dans un être qu'on dit simple? & s'il est simple, quelle notion pouvons-nous avoir d'une nature simple? Nous connaissons DIEU par ses effets, nous ne pouvons le connaître par sa nature.

S'il est évident que nous ne pouvons avoir d'idée de sa nature, n'est-il pas évident que nous ne pouvons connaître ses attributs?

Quand nous disons qu'il est infini en puissance, avons-nous d'autre idée, sinon que sa puissance est très-grande? Mais de ce qu'il y a des pyramides de six cents pieds de haut, s'enfuit-il qu'on ait pu en construire de la hauteur de six cents milliars de pieds?

Rien ne peut borner la puissance de l'Etre éternel existant nécessairement par lui-même; d'accord, il ne peut avoir d'antagoniste qui l'arrête : mais comment me prouverez-vous qu'il n'est pas circonscrit par sa propre nature ?

Tout ce qu'on a dit sur ce grand objet est-il bien prouvé ?

Nous parlons de ses attributs moraux, mais nous ne les avons jamais imaginés que sur le modèle des nôtres; & il nous est impossible de faire autrement. Nous ne lui avons attribué la justice, la bonté &c. que d'après les idées du peu de justice & de bonté que nous apercevons autour de nous.

Mais au fond, quel rapport de quelques-unes de nos qualités si incertaines & si variables avec les qualités de l'Etre suprême éternel ?

Notre idée de juftice n'eft autre chofe que l'intérêt d'autrui refpecté par notre intérêt. Le pain qu'une femme a pétri de la farine dont fon mari a femé le froment lui appartient. Un fauvage affamé lui prend fon pain & l'emporte; la femme crie que c'eft une injuftice énorme : le fauvage dit tranquillement qu'il n'eft rien de plus jufte, & qu'il n'a pas dû fe laiffer mourir de faim lui & fa famille pour l'amour d'une vieille.

Au moins il femble que nous ne pouvons guère attribuer à Dieu une juftice infinie, femblable à la juftice contradictoire de cette femme & de ce fauvage. Et cependant quand nous difons Dieu eft jufte, nous ne pouvons prononcer ces mots que d'après nos idées de juftice.

Nous ne connaiffons point de vertu plus agréable que la franchife, la cordialité. Mais fi nous allions admettre dans Dieu une franchife, une cordialité infinie, nous rifquerions de dire une grande fottife.

Nous avons des notions fi confufes des attributs de l'Etre fuprême, que des écoles admettent en lui une préfcience, une prévifion infinie, qui exclut tout événement contingent ; & d'autres écoles admettent une prévifion qui n'exclut pas la contingence.

Enfin, depuis que la forbonne a déclaré que Dieu peut faire qu'un bâton n'ait pas deux bouts, qu'une chofe peut être à la fois & n'être pas, on ne fait plus que dire. On craint toujours d'avancer une héréfie. (a)

(a) *Hiftoire de l'univerfité* par *du Boullay.*

V 4

Ce qu'on peut affirmer fans crainte, c'eſt que DIEU eſt infini, & que l'eſprit de l'homme eſt bien borné.

L'eſprit de l'homme eſt ſi peu de choſe que *Paſcal* a dit : *Croyez-vous qu'il ſoit impoſſible que* DIEU *ſoit infini & ſans parties? Je veux vous faire voir une choſe infinie & indiviſible; c'eſt un point mathématique ſe mouvant par-tout d'une vîteſſe infinie, car il eſt en tous lieux & tout entier dans chaque endroit.*

On n'a jamais rien avancé de plus complètement abſurde ; & cependant c'eſt l'auteur des Lettres provinciales qui a dit cette énorme ſottiſe. Cela doit faire trembler tout homme de bon ſens.

INFLUENCE.

Tout ce qui vous entoure influe ſur vous, en phyſique, en morale. Vous le ſavez aſſez.

Peut-on influer ſur un être, ſans toucher, ſans remuer cet être?

On a démontré enfin cette étonnante propriété de la matière, de graviter ſans contaƈt, d'agir à des diſtances immenſes.

Une idée influe ſur une idée ; choſe non moins compréhenſible.

Je n'ai point au mont Krapac le livre de l'Empire du ſoleil & de la lune, compoſé par le célébre médecin *Meade* qu'on prononce *Mid*. Mais je ſais bien que ces deux aſtres ſont la cauſe des marées ; & ce n'eſt point en touchant les flots de l'Océan qu'ils opèrent ce flux & ce reflux, il eſt démontré que c'eſt par les lois de la gravitation.

Mais quand vous avez la fièvre, le soleil & la lune influent-ils sur vos jours critiques ? votre femme n'a-t-elle ses règles qu'au premier quartier de la lune ? les arbres que vous coupez dans la pleine lune pourrissaient-ils plutôt que s'ils avaient été coupés dans le décours ? non pas que je sache ; mais des bois coupés quand la sève circulait encore, ont éprouvé la putréfaction plutôt que les autres ; & si par hasard c'était en pleine lune qu'on les coupa, on aura dit, c'est cette pleine lune qui a fait tout le mal.

Votre femme aura eu ses menstrues dans le croissant ; mais votre voisine a les siennes dans le dernier quartier.

Les jours critiques de la fièvre que vous avez pour avoir trop mangé, arrivent vers le premier quartier : votre voisin a les siens vers le décours.

Il faut bien que tout ce qui agit sur les animaux & sur les végétaux agisse pendant que la lune marche.

Si une femme de Lyon a remarqué qu'elle a eu trois ou quatre fois ses règles les jours que la diligence arrivait de Paris, son apothicaire, homme à système, sera-t-il en droit de conclure que la diligence de Paris a une influence admirable sur les canaux excrétoires de cette dame ?

Il a été un temps où tous les habitans des ports de mer de l'Océan étaient persuadés qu'on ne mourait jamais quand la marée montait, & que la mort attendait toujours le reflux.

Plusieurs médecins ne manquaient pas de fortes raisons pour expliquer ce phénomène constant. La mer en montant communique aux corps la force qui l'élève. Elle apporte des particules vivifiantes qui raniment tous les malades. Elle eft falée, & le fel préferve de la pourriture attachée à la mort. Mais quand la mer s'affaiffe & s'en retourne, tout s'affaiffe comme elle ; la nature languit, le malade n'eft plus vivifié, il part avec la marée. Tout cela eft bien expliqué, comme on voit, & n'en eft pas plus vrai.

Les élémens, la nourriture, la veille, le fommeil, les paffions, ont fur vous de continuelles influences. Tandis que ces influences exercent leur empire fur votre corps, les planètes marchent & les étoiles brillent. Direz-vous que leur marche & leur lumière font la caufe de votre rhume, de votre indigeftion, de votre infomnie, de la colère ridicule où vous venez de vous mettre contre un mauvais raifonneur, de la paffion que vous fentez pour cette femme?

Mais la gravitation du foleil & de la lune a rendu la terre un peu plate au pôle, & élève deux fois l'Océan entre les tropiques en vingt-quatre heures ; donc elle peut régler votre accès de fièvre & gouverner toute votre machine. Attendez au moins que cela foit prouvé, pour le dire. (1)

Le foleil agit beaucoup fur nous par fes rayons qui nous touchent & qui entrent dans nos pores : c'eft-là une très-fure & très-bénigne influence. Il me femble que nous ne devons admettre en phyfique

(1) Cette feule ligne contient tout ce qu'on peut dire de raifonnable fur ces influences, & en général fur tous les faits qui paraiffent s'éloigner de l'ordre commun des phénomènes. Si l'exiftence de cet ordre eft certaine pour nous, c'eft que l'expérience nous la fait obferver conftamment. Attendons qu'une conftance égale ait pu s'obferver dans ces influences prétendues ; alors nous y croirons de même, & avec autant de raifon.

aucune action fans contact, jufqu'à ce que nous ayons trouvé quelque puiffance bien reconnue qui *agiffe en diftance*, comme celle de la gravitation, & comme celle de vos penfées fur les miennes quand vous me fourniffez des idées. Hors de là je ne vois jufqu'à préfent que des influences de la matière qui touche à la matière.

Le poiffon de mon étang & moi nous exiftons chacun dans notre féjour. L'eau qui le touche de la tête à la queue agit continuellement fur lui. L'atmof-phère qui m'environne & qui me preffe agit fur moi. Je ne dois attribuer à la lune, qui eft à quatre-vingt-dix mille lieues de moi, rien de ce que je dois natu-rellement attribuer à ce qui touche fans ceffe ma peau. C'eft pis que fi je voulais rendre la cour de la Chine refponfable d'un procès que j'aurais en France. N'allons jamais au loin quand ce que nous cherchons eft tout auprès.

Je vois que le favant M. *Menuret* eft d'un avis contraire dans l'Encyclopédie à l'article *Influence*. C'eft ce qui m'oblige à me défier de tout ce que je viens de propofer. L'abbé de *Saint-Pierre* difait qu'il ne faut jamais avoir raifon, mais dire : *Je fuis de cette opinion quant à préfent.*

Influence des paffions des mères fur leur fœtus.

JE crois, quant à préfent, que les affections violentes des femmes enceintes font quelquefois un prodigieux effet fur l'embryon qu'elles portent dans leur matrice, & je crois que je le croirai toujours ; ma raifon eft que je l'ai vu. Si je n'avais pour garant

316 <small>Influence.</small>

de mon opinion que le témoignage des hiftoriens qui rapportent l'exemple de *Marie Stuart* & de fon fils *Jacques I*, je fufpendrais mon jugement, parce qu'il y a deux cents ans entre cette aventure & moi; (ce qui affaiblit ma croyance) parce que je puis attribuer l'impreffion faite fur le cerveau de *Jacques* à d'autres caufes qu'à l'imagination de *Marie*. Des affaffins royaux, à la tête defquels eft fon mari, entrent l'épée à la main dans le cabinet où elle foupe avec fon amant, & le tuént à fes yeux : la révolution fubite qui s'opère dans fes entrailles paffe jufqu'à fon fruit, & *Jacques I*, avec beaucoup de courage, fentit toute fa vie un frémiffement involontaire quand on tirait une épée du fourreau. Il fe pourrait après tout que ce petit mouvement dans fes organes eût une autre caufe.

Mais on amène en ma préfence, dans la cour d'une femme groffe, un bâteleur qui fait danfer un petit chien coiffé d'une efpèce de toque rouge : la femme s'écrie qu'on faffe retirer cette figure ; elle nous dit que fon enfant en fera marqué ; elle pleure, rien ne la raffure. C'eft la feconde fois, dit-elle, que ce malheur m'arrive. Mon premier enfant porte l'empreinte d'une terreur pareille que j'ai éprouvée ; je fuis faible, je fens qu'il m'arrivera un malheur. Elle n'eut que trop raifon. Elle accoucha d'un enfant qui reffemblait à cette figure dont elle avait été tant épouvantée. La toque furtout était très-aifée à reconnaître ; ce petit animal vécut deux jours.

Du temps de *Mallebranche*, perfonne ne doutait de l'aventure qu'il rapporte de cette femme qui, ayant vu rouer un malfaiteur, mit au jour un fils dont les membres étaient brifés aux mêmes endroits où le patient avait été frappé. Tous les phyficiens convenaient alors que l'imagination de cette mère avait eu fur fon fœtus une influence funefte.

On a cru depuis être plus rafiné ; on a nié cette influence. On a dit : Comment voulez-vous que les affections d'une mère aillent déranger les membres du fœtus ? Je n'en fais rien ; mais je l'ai vu. Philofophes nouveaux, vous cherchez en vain comment un enfant fe forme, & vous voulez que je fache comment il fe déforme. (2)

I N I T I A T I O N.

Anciens myftères.

L'ORIGINE dés anciens myftères ne ferait-elle pas dans cette même faibleffe qui fait parmi nous les confréries, & qui établiffait des congrégations fous la direction des jéfuites ? n'eft-ce pas ce befoin d'affociation qui forma tant d'affemblées fecrètes d'artifans dont il ne nous refte prefque plus que celle des francsmaçons ? Il n'y avait pas jufqu'aux guêux qui n'euffent leurs confréries, leurs myftères, leur jargon particulier dont j'ai vu un petit dictionnaire imprimé au feizième fiècle.

Cette inclination naturelle de s'affocier, de fe cantonner, de fe diftinguer des autres, de fe raffurer

(2) Il faut appliquer ici la règle que M. de *Voltaire* a donnée dans l'article précédent. Mais il tombe ici dans une faute très-commune aux meilleurs efprits, c'eft d'être plus frappé du fait pofitif qu'on a vu, ou qu'on a cru voir, que de mille faits négatifs.

contr'eux, produifit probablement toutes ces bandes particulières, toutes ces initiations myſtérieuſes qui firent enſuite tant de bruit, & qui tombèrent enfin dans l'oubli, où tout tombe avec le temps.

Que les dieux cabires, les hyérophantes de Samothrace, *Iſis*, *Orphée*, *Cérès-Eleuſine* me le pardonnent; je ſoupçonne que leurs ſecrets ſacrés ne méritaient pas au fond plus de curioſité que l'intérieur des couvens de carmes & de capucins.

Ces myſtères étant ſacrés, les participans le furent bientôt. Et tant que le nombre fut petit, il fut reſpecté, juſqu'à ce qu'enfin s'étant trop accru, il n'eut pas plus de conſidération que les barons allemands quand le monde s'eſt vu rempli de barons.

On payait ſon initiation comme tout récipiendaire paie ſa bien-venue; mais il n'était pas permis de parler pour ſon argent. Dans tous les temps ce fut un grand crime de révéler le ſecret de ces fimagrées religieuſes. Ce ſecret ſans doute ne méritait pas d'être connu, puiſque l'aſſemblée n'était pas une ſociété de philoſophes, mais d'ignorans, dirigés par un hyérophante. On feſait ſerment de ſe taire; & tout ſerment fut toujours un lien ſacré. Aujourd'hui même encore nos pauvres francs-maçons jurent de ne point parler de leurs myſtères. Ces myſtères ſont bien plats, mais on ne ſe parjure preſque jamais.

Diagoras fut proſcrit par les Athéniens pour avoir fait de l'hymne ſecrète d'*Orphée* un ſujet de converſation. *Ariſtote* nous apprend (*a*) qu'*Eſchyle* riſqua d'être déchiré par le peuple, ou du moins bien battu pour avoir donné dans une de ſes pièces quelque idée de

(*a*) *Suidas Athenagoras Meurſius eleus.*

ces mêmes myſtères auxquels alors preſque tout le monde était initié.

. Il paraît qu'*Alexandre* ne feſait pas grand cas de ces facéties révérées ; elles font fort fujettes à être mépriſées par les héros. Il révéla le ſecret à ſa mère *Olimpias*, mais il lui recommanda de n'en rien dire ; tant la ſuperſtition enchaîne juſqu'aux héros mêmes.

On frappe dans la ville de Buſiris, dit Hérodote, (b) les hommes & les femmes après le ſacrifice ; mais de dire où on les frappe, c'eſt ce qui ne m'eſt pas permis. Il le fait pourtant aſſez entendre.

. Je crois voir une deſcription des myſtères de *Cérès-Eleuſine* dans le poëme de *Claudien*, du rapt de *Proſerpine* beaucoup plus que dans le ſixième livre de l'Enéide. *Virgile* ⬤ivait ſous un prince qui joignait à toutes ſes méchancetés celle de vouloir paſſer pour dévot, qui était probablement initié lui-même, pour en impoſer au peuple, & qui n'aurait pas toléré cette prétendue profanation. Vous voyez qu'*Horace* ſon favori regarde cette révélation comme un ſacrilège.

> *Vetabo qui Cereris ſacrum*
> *Vulgarit arcanæ ſub iiſdem*
> *Sit trabibus, vel fragilem mecum*
> *Solvat phazelum.*

Je me garderai bien de loger ſous mes toits,
Celui qui de Cérès a trahi les myſtères.

D'ailleurs, la ſibylle de Cumes, & cette deſcente aux enfers, imitée d'*Homère* beaucoup moins qu'embellie, & la belle prédiction des deſtins des *Céſars* &

{ *a*) *Hérodote*, liv. II, chap. XLI.

de l'empire romain, n'ont aucun rapport aux fables de *Cérès*, de *Proserpine* & de *Triptolème*. Ainsi il est fort vraisemblable que le sixième livre de l'Énéide n'est point une description des mystères. Si je l'ai dit je me dédis; (*) mais je tiens que *Claudien* les a révélés tout au long. Il florissait dans un temps où il était permis de divulguer les mystères d'*Eleusis* & tous les mystères du monde. Il vivait sous *Honorius*, dans la décadence totale de l'ancienne religion grecque & romaine, à laquelle *Théodose I* avait déjà porté des coups mortels.

Horace n'aurait pas craint alors d'habiter sous le même toit avec un révélateur des mystères. *Claudien* en qualité de poëte était de cette ancienne religion, plus faite pour la poësie que la nouvelle. Il peint les facéties des mystères de *Cérès* telles qu'on les jouait encore révérencieusement en Grèce jusqu'à *Théodose II*. C'était une espèce d'opéra en pantomimes, tels que nous en avons vu de très-amusans, où l'on représentait toutes les diableries du docteur *Faustus*, la naissance du monde & celle d'*Arlequin* qui sortaient tous deux d'un gros œuf aux rayons du soleil. C'est ainsi que toute l'histoire de *Cérès* & de *Proserpine* était représentée par tous les mystagogues. Le spectacle était beau; il devait coûter beaucoup; & il ne faut pas s'étonner que les initiés payassent les comédiens. Tout le monde vit de son métier.

Voici les vers ampoulés de *Claudien* :

Inferni raptoris equos, afflataque curru
Sedera tenario, caligantesque profundæ
Junonis Thalamos audaci promere cantu
Mens congesta jubet. Gressus removete prophani.

(*) *Essai sur la poësie épique.*

Jam

Jam furor humanos noftro de pectore fenfus
Expulit, & totum fpirant præcordia phœbum.
Jam mihi cernuntur trepidis delubra moveri
Sedibus, & claram difpergere culmina lucem,
Adventum teftata Dei : jam magnus ab imis
Auditur fremitus terris, templumque remugit
Cecropidum, fanctafque faces extollit Eleufis :
Angues Triptolemi ftrident & fquammea curvis
Colla levant attrita jugis, lapfuque fereno
Erecti rofeas tendunt ad carmina criftas.
Ecce procul ternis Hecate variata figuris
Exoritur, lenifque fimul procedit Iacchus,
Crinali florens hedera, quem Parthica velat
Tigris, & auratos in nodum colligit angues.

Je vois les noirs courfiers du fier Dieu des enfers ;
Ils ont percé la terre, ils font mugir les airs.
Voici ton lit fatal, ô trifte Proferpine !
Tous mes fens ont frémi d'une fureur divine ;
Le temple eft ébranlé jufqu'en fes fondemens ;
L'enfer a répondu par fes mugiffemens :
Cérès a fecoué fes torches menaçantes ;
D'un nouveau jour qui luit les clartés renaiffantes
Annoncent Proferpine à nos regards contens.
Triptolême la fuit. Dragons obéiffans,
Traînez fur l'horizon fon char utile au monde ;
Hécate, des enfers fuyez la nuit profonde ;
Brillez, reine des temps ; & toi, divin Bacchus,
Bienfaiteur adoré de cent peuples vaincus,
Que ton fuperbe thyrfe amène l'alégreffe.

Chaque myftère avait fes cérémonies particulières,
mais tous admettaient les veilles, les vigiles, où les

Dictionn. philofoph. Tome V.   X

garçons & les filles ne perdirent pas leur temps. Et ce fut en partie ce qui décrédita à la fin ces cérémonies nocturnes inftituées pour la fanctification. On abrogea ces cérémonies de rendez-vous en Grèce dans le temps de la guerre du Péloponèfe. On les abolit à Rome dans la jeuneffe de *Cicéron*, dix-huit ans avant fon confulat. Elles étaient fi dangereufes que dans l'*Auluraria* de *Plaute*, *Liconide* dit à *Euclion*: *Je vous avoue que dans une vigile de Cérès je fis un enfant à votre fille.*

Notre religion, qui purifia beaucoup d'inftituts païens en les adoptant, fanctifia le nom d'initiés, les fêtes nocturnes, les vigiles qui furent long-temps en ufage, mais qu'on fut enfin obligé de défendre quand la police fut introduite dans le gouvernement de l'Eglife, long-temps abandonnée à la piété & au zèle qui tenaient lieu de police.

La formule principale de tous les myftères était par-tout: *Sortez, profanes*. Les chrétiens prirent auffi dans les premiers fiècles cette formule. Le diacre difait: *Sortez, catéchumènes, poffédés, & tous les non-initiés.*

C'eft en parlant du baptême des morts que S*t Chryfoftôme* dit: *Je voudrais m'expliquer clairement, mais je ne le puis qu'aux initiés. On nous met dans un grand embarras. Il faut ou être inintelligibles, on publier les fecrets qu'on doit cacher.*

On ne peut défigner plus clairement la loi du fecret & l'initiation. Tout eft tellement changé que fi vous parliez aujourd'hui d'initiation à la plupart de vos prêtres, à vos habitués de paroiffe, il n'y en aurait pas un qui vous entendît, excepté ceux qui par hafard auraient lu ce chapitre.

Vous verrez dans *Minutius Felix* les imputations abominables dont les païens chargeaient les myſtères chrétiens. On reprochait aux initiés de ne ſe traiter de frères & de ſœurs que pour profaner ce nom ſacré ; (*c*) ils baiſaient, diſait-on, les parties génitales de leurs prêtres, comme on en uſe encore avec les ſantons d'Afrique ; ils ſe ſouillaient de toutes les turpitudes dont on a depuis flétri les templiers. Les uns & les autres étaient accuſés d'adorer une eſpèce de tête d'âne.

Nous avons vu que les premières ſociétés chrétiennes ſe reprochaient tour à tour les plus inconcevables infamies. Le prétexte de ces calomnies mutuelles était ce ſecret inviolable que chaque ſociété feſait de ſes myſtères. C'eſt pourquoi, dans *Minutius Felix*, *Cæcilius* l'accuſateur des chrétiens s'écrie : Pourquoi cachent-ils avec tant de ſoin ce qu'ils font & ce qu'ils adorent ? l'honnêteté veut le grand jour, le crime ſeul cherche les ténèbres. *Cur occultare & abſcondere quidquid colunt magnopere nituntur ? cum honeſta ſemper publico gaudeant, ſcelera ſecreta ſint.*

Il n'eſt pas douteux que ces accuſations univerſellement répandues n'aient attiré aux chrétiens plus d'une perſécution. Dès qu'une ſociété d'hommes, quelle qu'elle ſoit, eſt accuſée par la voix publique, en vain l'impoſture eſt avérée, on ſe fait un mérite de perſécuter les accuſés.

Comment n'aurait-on pas eu les premiers chrétiens en horreur quand St *Epiphane* lui-même les charge des plus exécrables imputations ? Il aſſure que les chrétiens phibionites offraient à trois cents ſoixante &

(*c*) *Minutius Felix*, page 22, édition *in*-4°.

cinq anges la femence qu'ils répandaient fur les filles & fur les garçons, (*d*) & qu'après être parvenus fept cents trente fois à cette turpitude, ils s'écriaient : Je fuis le CHRIST.

Selon lui, ces mêmes phibionites, les gnoftiques & les ftratiotiftes, hommes & femmes, répandant leur femence dans les mains les unes des autres, l'offraient à DIEU dans leurs myftères, en lui difant : Nous vous offrons le corps de JESUS-CHRIST. (*e*) Ils l'avalaient enfuite, & difaient : C'eft le corps de CHRIST, c'eft la pâque. Les femmes qui avaient leurs ordinaires en rempliffaient auffi leurs mains, & difaient : C'eft le fang du CHRIST.

Les carpocratiens, felon le même père de l'Eglife, (*f*) commettaient le péché de fodomie dans leurs affemblées, & abufaient de toutes les parties du corps des femmes, après quoi ils fefaient des opérations magiques.

Les cérinthiens ne fe livraient pas à ces abominations, (*g*) mais ils étaient perfuadés que JESUS-CHRIST était fils de *Joseph*.

Les ébionites, dans leur évangile, prétendaient que S*t* *Paul* ayant voulu époufer la fille de *Gamaliel*, & n'ayant pu y parvenir, s'était fait chrétien dans fa colère, & avait établi le chriftianifme pour fe venger. (*h*)

Toutes ces accufations ne parvinrent pas d'abord au gouvernement. Les Romains firent peu d'attention aux querelles & aux reproches mutuels de ces petites fociétés de Juifs, de Grecs, d'Egyptiens,

---

(*d*) *Epiphane*, édition de Paris 1574, pag. 40.
(*e*) Page 38.

(*f*) Feuillet 46 au revers.
(*g*) Page 49.
(*h*) Feuillet 62 au revers.

cachés dans la populace; de même qu'aujourd'hui à Londres le parlement ne s'embarraffe point de ce que font les memnoniftes, les piétiftes, les anabaptiftes, les millénaires, les moraves, les méthodiftes. On s'occupe d'affaires plus preffantes, & on ne porte des yeux attentifs fur ces accufations fecrètes que lorfqu'elles paraiffent enfin dangereufes par leur publicité.

Elles parvinrent avec le temps aux oreilles du fénat, foit par les Juifs qui étaient les ennemis implacables des chrétiens, foit par les chrétiens eux-mêmes; & de là vint qu'on imputa à toutes les fociétés chrétiennes les crimes dont quelques-unes étaient accufées. De là vint que leurs initiations furent calomniées fi long-temps. De là vinrent les perfécutions qu'ils effuyèrent. Ces perfécutions même les obligèrent à la plus grande circonfpection; ils fe cantonnèrent, ils s'unirent, ils ne montrèrent jamais leurs livres qu'à leurs initiés. Nul magiftrat romain, nul empereur n'en eut jamais la moindre connaiffance, comme on l'a déjà prouvé. La providence augmenta pendant trois fiècles leur nombre & leurs richeffes, jufqu'à ce qu'enfin *Conftance-Chlore* les protégea ouvertement, & *Conftantin* fon fils embraffa leur religion.

Cependant les noms d'*initiés* & de *myftères* fubfiftèrent, & on les cacha aux Gentils autant qu'on le put. Pour les myftères des Gentils, ils durèrent jufqu'au temps de *Théodofe*.

INNOCENS. (MASSACRE DES)

QUAND on parle du maſſacre des innocens, on n'entend ni les vêpres ſiciliennes, ni les matines de Paris, connues ſous le nom de St Barthelemi, ni les habitans du nouveau monde, égorgés parce qu'ils n'étaient pas chrétiens, ni les auto-da-fé d'Eſpagne & de Portugal &c. &c. &c. on entend d'ordinaire les petits enfans qui furent tués dans la banlieue de Bethléem par ordre d'*Hérode le grand*, & qui furent enſuite tranſportés à Cologne, où l'on en trouve encore.

Toute l'Egliſe grecque a prétendu qu'ils étaient au nombre de quatorze mille.

Les difficultés élevées par les critiques ſur ce point d'hiſtoire ont toutes été réſolues par les ſages & ſavans commentateurs.

On a incidenté ſur l'étoile qui conduiſit les mages du fond de l'Orient à Jéruſalem. On a dit que le voyage étant long, l'étoile avait dû paraître fort long-temps ſur l'horizon. Que cependant aucun hiſtorien, excepté *St Matthieu*, n'a jamais parlé de cette étoile extraordinaire; que ſi elle avait brillé ſi long-temps dans le ciel, *Hérode* & toute ſa cour, & tout Jéruſalem devaient l'avoir aperçue, auſſi-bien que ces trois mages ou ces trois rois; que par conſéquent *Hérode* n'avait pas pu *s'informer diligemment de ces rois en quel temps ils avaient vu cette étoile.* Que ſi ces trois rois avaient fait des préſens d'or, de myrrhe & d'encens à l'enfant nouveau né, ſes parens auraient dû être fort riches;

qu'*Hérode* n'avait pas pu croire que cet enfant né dans une étable à Bethléem fût roi des Juifs, puisque ce royaume appartenait aux Romains, & était un don de *César* ; que si trois rois des Indes venaient aujourd'hui en France, conduits par une étoile, & s'arrêtaient chez une femme de Vaugirard, on ne ferait pourtant jamais croire au roi régnant que le fils de cette villageoise fût roi de France.

On a répondu pleinement à ces difficultés, qui font les préliminaires du massacre des innocens ; & on a fait voir que ce qui est impossible aux hommes n'est pas impossible à D i e u.

A l'égard du carnage des petits enfans, soit que le nombre ait été de quatorze mille, ou plus, ou moins grand, on a montré que cette horreur épouvantable & unique dans le monde n'était pas incompatible avec le caractère d'*Hérode* ; qu'à la vérité ayant été confirmé roi de Judée par *Auguste*, il ne pouvait rien craindre d'un enfant né de parens obscurs & pauvres dans un petit village ; mais qu'étant attaqué alors de la maladie dont il mourut, il pouvait avoir le sang tellement corrompu qu'il en eût perdu la raison & l'humanité ; qu'enfin tous ces événemens incompréhensibles, qui préparaient des mystères plus incompréhensibles, étaient dirigés par une providence impénétrable.

On objecte que l'historien *Josephe* presque contemporain, & qui a raconté toutes les cruautés d'*Hérode*, n'a pourtant pas plus parlé du massacre des petits enfans que de l'étoile des trois rois ; que ni *Philon* le juif, ni aucun autre juif, ni aucun romain n'en ont rien dit ; que même trois évangélistes ont gardé un profond filence fur ces objets importans..On répond que *St Matthieu* les a annoncés , & que le témoignage d'un homme infpiré eft plus fort que le filence de toute la terre.

Les cenfeurs ne fe font pas rendus ; ils ont ofé reprendre *St Matthieu* lui-même fur ce qu'il dit que ces enfans furent maffacrés , *afin que les paroles de Jérémie fuffent accomplies. Une voix s'eft entendue dans Rama , une voix de pleurs & de gémiffemens , Rachel pleurant fes fils & ne fe confolant point parce qu'ils ne font plus.*

Ces paroles hiftoriques, difent-ils, s'étaient accomplies à la lettre dans la tribu de Benjamin, defcendante de *Rachel*, quand *Nabuzardan* fit périr une partie de cette tribu vers la ville de Rama. Ce n'était pas plus une prédiction, difent-ils, que ne le font ces mots, *il fera appelé Nazaréen. Et il vint demeurer dans une ville nommée Nazareth , afin que s'accomplît ce qui a été dit par les prophètes , il fera appelé Nazaréen.* Ils triomphent de ce que ces mots ne fe trouvent dans aucun prophète, de même qu'ils triomphent de ce que *Rachel* pleurant les Benjamites dans Rama n'a aucun rapport avec le maffacre des innocens fous *Hérode.*

Ils ofent prétendre que ces deux allufions , étant vifiblement fauffes, font une preuve manifefte de la fauffeté de cette hiftoire ; ils concluent qu'il n'y eut ni maffacre des enfans, ni étoile nouvelle, ni voyage des trois rois.

Ils vont bien plus loin ; ils croient trouver une contradiction auffi grande entre le récit de *St Matthieu* & celui de *St Luc* , qu'entre les deux généalogies

rapportées par eux. (*) *St Matthieu* dit que *Joseph* &
Marie transportèrent J E S U S en Egypte, de crainte
qu'il ne fût enveloppé dans le massacre. *St Luc* au
contraire dit : *Qu'après avoir accompli toutes les cérémo-*
nies de la loi , Joseph & Marie retournèrent à Nazareth
leur ville , & qu'ils allaient tous les ans à Jérusalem pour
célébrer la pâque.

Or, il fallait trente jours avant qu'une accouchée
se purifiât & accomplît toutes les cérémonies de la
loi. C'eût été exposer pendant ces trente jours l'enfant à périr dans la proscription générale. Et si ses
parens allèrent à Jérusalem accomplir les ordonnances
de la loi, ils n'allèrent donc pas en Egypte.

Ce sont là les principales objections des incrédules.
Elles sont assez réfutées par la croyance des Eglises
grecque & latine. S'il fallait continuellement éclaircir
les doutes de tous ceux qui lisent l'Ecriture, il faudrait passer sa vie entière à disputer sur tous les articles.
Rapportons-nous-en plutôt à nos maîtres, à l'université de Salamanque, quand nous serons en Espagne ;
à celle de Coïmbre, si nous sommes en Portugal ; à
la sorbonne en France ; à la sacrée congrégation dans
Rome. Soumettons-nous toujours de cœur & d'esprit
à ce qu'on exige de nous pour notre bien.

(*) Voyez l'article *Contradiction.*

INOCULATION,

Ou infertion de la petite vérole. (*a*)

ON dit doucement dans l'Europe chrétienne que les anglais font des fous & des enragés ; des fous, parce qu'ils donnent la petite vérole.à leurs enfans pour les empêcher de l'avoir ; des enragés , parce qu'ils communiquent de gaieté de cœur à ces enfans une maladie certaine & affreufe , dans la vue de prévenir un mal incertain. Les Anglais de leur côté difent que les autres Européens font des lâches & des dénaturés ; ils font lâches , en ce qu'ils craignent.de faire un peu de mal à leurs enfans ; dénaturés , en ce qu'ils les expofent à mourir un jour de la petite vérole. Pour juger laquelle des deux nations a raifon , voici l'hiftoire de cette fameufe infertion , dont on parle en France avec tant d'effroi.

Les femmes de Circaffie font, de temps immémorial, dans l'ufage de donner la petite vérole à leurs enfans, même à l'âge de fix mois , en leur fefant une incifion au bras , & en inférant dans cette incifion une puftule, qu'elles ont foigneufement enlevée du corps d'un autre enfant. Cette puftule fait dans le bras , où elle eft infinuée, l'effet du levain dans un morceau de pâte ; elle y fermente , & répand dans la maffe du fang les qualités dont elle eft empreinte. Les boutons de l'enfant, à qui l'on a donné cette petite vérole

(*a*) Cela fut écrit en 1727. Ainfi l'auteur fut le premier en France qui parla de l'infertion de la petite vérole ou variole , comme il fut le premier qui écrivit fur la gravitation.

artificielle, fervent à porter la même maladie à d'autres. C'eft une circulation prefque continuelle en Circaffie ; & quand malheureufement il n'y a point de petite vérole dans le pays, on eft auffi embarraffé qu'on l'eft ailleurs dans une mauvaife année.

Ce qui a introduit en Circaffie cette coutume, qui paraît fi étrange à d'autres peuples, eft pourtant une caufe commune à tous les peuples de la terre ; c'eft la tendreffe maternelle & l'intérêt. Les Circaffiens font pauvres, & leurs filles font belles ; auffi ce font elles dont ils font le plus de trafic. Ils fourniffent de beautés les harems du grand-feigneur, du fophi de Perfe, & de ceux qui font affez riches pour acheter & pour entretenir cette marchandife précieufe. Ils élèvent ces filles en tout bien & en tout honneur à careffer les hommes, à former des danfes pleines de lafciveté & de molleffe, à rallumer par tous les artifices les plus voluptueux le goût des maîtres dédaigneux à qui elles font deftinées. Ces pauvres créatures répètent tous les jours leur leçon avec leur mère, comme nos petites filles répètent leur catéchifme, fans y rien comprendre. Or il arrivait fouvent qu'un père & une mère, après avoir pris bien des peines pour donner une bonne éducation à leurs enfans, fe voyaient tout d'un coup fruftrés de leur efpérance. La petite vérole fe mettait dans la famille, une fille en mourait, une autre perdait un œil, une troifième relevait avec un gros nez, & les pauvres gens étaient ruinés fans reffource. Souvent même quand la petite vérole devenait épidémique, le commerce était interrompu pour plufieurs années ; ce qui caufait une notable diminution dans les férails de Perfe & de Turquie.

Une nation commerçante eft toujours fort alerte fur fes intérêts, & ne néglige rien des connaiffances qui peuvent être utiles à fon négoce. Les Circaffiens s'aperçurent que fur mille perfonnes il s'en trouvait à peine une feule qui fût attaquée deux fois d'une petite vérole bien complète ; qu'à la vérité on effuie quelquefois trois ou quatre petites véroles légères ; mais jamais deux qui foient décidées & dangereufes ; qu'en un mot, jamais on n'a véritablement cette maladie deux fois en fa vie. Ils remarquèrent encore que quand les petites véroles font très-bénignes, & que leur éruption ne trouve à percer qu'une peau délicate & fine, elles ne laiffent aucune impreffion fur le vifage. De ces obfervations naturelles ils conclurent que fi un enfant de fix mois, ou d'un an, avait une petite vérole bénigne, il n'en mourrait pas, il n'en ferait pas marqué, & ferait quitte de cette maladie pour le refte de fes jours. Il reftait donc, pour conferver la vie & la beauté de leurs enfans, de leur donner la petite vérole de bonne heure : c'eft ce que l'on fit en inférant dans le corps d'un enfant un bouton que l'on prit de la petite vérole la plus complète, & en même temps la plus favorable qu'on put trouver. L'expérience ne pouvait pas manquer de réuffir. Les Turcs, qui font gens fenfés, adoptèrent bientôt après cette coutume ; & aujourd'hui il n'y a point de bacha dans Conftantinople qui ne donne la petite vérole à fon fils & à fa fille en les fefant fevrer.

Quelques gens prétendent que les Circaffiens prirent autrefois cette coutume des Arabes ; mais nous laiffons ce point d'hiftoire à éclaircir par quelque bénédictin qui ne manquera pas de compofer là-deffus

plufieurs volumes *in-folio* avec les preuves. Tout ce
que j'ai à dire fur cette matière , c'eft que dans le
commencement du règne de *George I*, madame de
Wortley Montaigu , une des femmes d'Angleterre qui
a le plus d'efprit, & le plus de force dans l'efprit,
étant avec fon mari en ambaffade à Conftantinople,
s'avifa de donner fans fcrupule la petite vérole à
un enfant dont elle était accouchée en ce pays. Son
chapelain eut beau lui dire que cette expérience n'était
point chrétienne , & ne pouvait réuffir que chez des
infidelles ; le fils de madame *Wortley* s'en trouva à
merveille. Cette dame de retour à Londres fit part
de fon expérience à la princeffe de *Galles* qui eft
aujourd'hui reine. Il faut avouer que , titres & couronnes à part , cette princeffe eft née pour encourager tous les arts , & pour faire du bien aux hommes ;
c'eft un philofophe aimable fur le trône : elle n'a
jamais perdu ni une occafion de s'inftruire , ni une
occafion d'exercer fa générofité. C'eft elle qui ayant
entendu dire qu'une fille de *Milton* vivait encore,
& vivait dans la mifère, lui envoya fur le champ un
préfent confidérable ; c'eft elle qui protége le favant
père *Courayer*; c'eft elle qui daigna être la médiatrice
entre le docteur *Clarke* & M. *Leibnitz*. Dès qu'elle eut
entendu parler de l'inoculation ou infertion de la
petite vérole , elle en fit faire l'épreuve fur quatre
criminels condamnés à mort à qui elle fauva doublement la vie ; car non-feulement elle les tira de la
potence , mais à la faveur de cette petite vérole
artificielle, elle prévint la naturelle qu'ils auraient
probablement eue , & dont ils feraient morts dans
un âge plus avancé. La princeffe, affurée de l'utilité

de cette épreuve, fit inoculer fes enfans. L'Angleterre fuivit fon exemple ; & depuis ce temps dix mille enfans de famille, au moins, doivent ainfi la vie à la reine & à madame *Wortley Montaigu* ; & autant de filles leur doivent leur beauté.

Sur cent perfonnes dans le monde, foixante au moins ont la petite vérole ; de ces foixante, dix en meurent dans les années les plus favorables, & dix en confervent pour toujours de fâcheux reftes. Voilà donc la cinquième partie des hommes que cette maladie tue ou enlaidit furement. De tous ceux qui font inoculés en Turquie ou en Angleterre, aucun ne meurt s'il n'eft infirme & condamné à mort d'ailleurs. Perfonne n'eft marqué, aucun n'a la petite vérole une feconde fois, fuppofé que l'inoculation ait été parfaite. Il eft donc certain que fi quelque ambaffadrice françaife avait rapporté ce fecret de Conftantinople à Paris, elle aurait rendu un fervice éternel à la nation. Le duc de *Villequier*, père du duc d'*Aumont* d'aujourd'hui, l'homme de France le mieux conftitué & le plus fain, ne ferait pas mort à la fleur de fon âge ; le prince de *Soubife*, qui avait la fanté la plus brillante, n'aurait pas été emporté à l'âge de vingt-cinq ans ; *Monfeigneur*, grand-père de *Louis XV*, n'aurait pas été enterré dans fa cinquantième année. Vingt mille hommes, morts à Paris de la petite vérole en 1723, vivraient encore. Quoi donc! eft-ce que les Français n'aiment point la vie? eft-ce que leurs femmes ne fe foucient point de leur beauté? En vérité nous fommes d'étranges gens! Peut-être dans dix ans prendra-t-on cette méthode anglaife, fi les curés & les médecins le permettent ; ou bien les

Français dans trois mois fe ferviront de l'inoculation par fantaifie , fi les Anglais s'en dégoûtent par inconftance. (*b*)

J'apprends que depuis cent ans les Chinois font dans cet ufage ; c'eft un grand préjugé que l'exemple d'une nation qui paffe pour être la plus fage & la mieux policée de l'univers. Il eft vrai que les Chinois s'y prennent d'une façon différente : ils ne font point d'incifion , ils font prendre la petite vérole par le nez comme du tabac en poudre ; cette façon eft plus agréable , mais elle revient au même , & fert également à confirmer que fi on avait pratiqué l'inoculation en France , on aurait fauvé la vie à des milliers d'hommes.

Il y a quelques années qu'un miffionnaire jéfuite ayant lu ce chapitre, & fe trouvant dans un canton de l'Amérique où la petite vérole exerçait des ravages affreux , s'avifa de faire inoculer tous les petits fauvages qu'il baptifait ; ils lui dûrent ainfi la vie préfente & la vie éternelle. Quels dons pour des fauvages !

Un évêque de Worcefter a depuis peu prêché à Londres l'inoculation ; il a démontré en citoyen combien cette pratique avait confervé de fujets à l'Etat ; il l'a recommandée en pafteur charitable. On prêcherait à Paris contre cette invention falutaire comme on a écrit vingt ans contre les expériences de *Newton* : tout prouve que les Anglais font plus philofophes & plus hardis que nous. Il faut bien du

---

(*b*) Jufqu'ici ce chapitre eft tiré d'une lettre écrite en 1727. Le refte a été ajouté depuis.

temps pour qu'une certaine raiſon & un certain cou
rage d'eſprit franchiſſent le pas de Calais.

Il ne faut pourtant pas s'imaginer, que depuis
Douvres juſqu'aux îles Orcades on ne trouve que
des philoſophes; l'eſpéce contraire compoſe toujours
le grand nombre. L'inoculation fut d'abord combattue
à Londres : & long-temps avant que l'évêque de
Worceſter annonçât cet évangile en chaire, un curé
s'était aviſé de prêcher contre; il dit que *Job* avait
été inoculé par le diable. Ce prédicateur était fait
pour être capucin; il n'était guère digne d'être né
en Angleterre. Le préjugé monta donc en chaire le
premier, & la raiſon n'y monta qu'enſuite : c'eſt la
marche ordinaire de l'eſprit humain. (1)

(1) Depuis le temps où cet article a été écrit, on a diſputé beaucoup
en France ſur l'inoculation. Voici quels ſont à peu près les points de la
queſtion qu'on peut regarder comme bien éclaircis. 1°. La petite vérole
naturelle attaque l'homme à tous les âges, & il eſt très-rare d'y échapper
dans une longue carrière. 2°. la petite vérole naturelle eſt beaucoup plus
dangereuſe que l'inoculation; & les progrès que la médecine a faits en
cinquante ans, dans l'art d'inoculer ſans danger, ſont plus certains & plus
grands à proportion que ceux qu'elle a pu faire dans l'art de traiter la petite
vérole naturelle. 3°. Il eſt très-rare pour le moins d'avoir deux fois la petite
vérole naturelle; il eſt auſſi rare de l'avoir après l'inoculation, lorſque
l'inoculation a véritablement fait contracter la maladie. 4°. L'établiſſement
général de l'inoculation ſerait très-avantageux à une nation; il conſerverait
des hommes, & en préſerverait d'autres des infirmités qui ſont trop
ſouvent la ſuite de la petite vérole naturelle. 5°. L'inoculation eſt en général
avantageuſe à chaque particulier; mais comme celui qui ſe fait inoculer
s'expoſe à un danger certain & prochain pour ſe ſouſtraire à un danger
incertain & éloigné, chacun doit ſe déterminer d'après ſon courage & les
circonſtances où il ſe trouve.

INONDATION.

I N O N D A T I O N.

Y a-t-il eu un temps où le globe ait été entièrement
inondé? Cela est physiquement impossible. Il se peut
que successivement la mer ait couvert tous les terrains
l'un après l'autre; & cela ne peut être arrivé que par
une gradation lente, dans une multitude prodigieuse
de siècles. La mer en cinq cents années de temps
s'est retirée d'Aigues-Mortes, de Fréjus, de Ravenne
qui étaient de grands ports, & a laissé environ deux
lieues de terrain à sec. Par cette progression il est
évident qu'il lui faudrait deux millions deux cents
cinquante mille ans pour faire le tour de notre globe.
Ce qui est très-remarquable, c'est que cette période
approche fort de celle qu'il faut à l'axe de la terre
pour se relever & pour coïncider avec l'équateur;
mouvement très-vraisemblable, qu'on commence
depuis cinquante ans à soupçonner, & qui ne peut
s'effectuer que dans l'espace de deux millions & plus
de trois cents mille années.

Les lits, les couches de coquilles qu'on a découverts
à quelques lieues de la mer, font une preuve incontestable qu'elle a déposé peu à peu ces productions
maritimes sur des terrains qui étaient autrefois les
rivages de l'Océan; mais que l'eau ait couvert entièrement tout le globe à la fois, c'est une chimère absurde
en physique, démontrée impossible par les lois de la
gravitation, par les lois des fluides, par l'insuffisance
de la quantité d'eau. Ce n'est pas qu'on prétende
donner la moindre atteinte à la grande vérité du

déluge univerfel rapporté dans le Pentateuque ; au contraire, c'eft un miracle, donc il le faut croire ; c'eft un miracle, donc il n'a pu être exécuté par les lois phyfiques.

Tout eft miracle dans l'hiftoire du déluge. Miracle que quarante jours de pluie aient inondé les quatre parties du monde, & que l'eau fe foit élevée de quinze coudées au-deffus de toutes les plus hautes montagnes ; miracle qu'il y ait eu des cataractes, des portes, des ouvertures dans le ciel ; miracle que tous les animaux fe foient rendus dans l'arche de toutes les parties du monde ; miracle que *Noé* ait trouvé de quoi les nourrir pendant dix mois ; miracle que tous les animaux aient tenu dans l'arche avec leurs provifions ; miracle que la plupart n'y foient pas morts ; miracle qu'ils aient trouvé de quoi fe nourrir en fortant de l'arche ; miracle encore, mais d'une autre efpèce, qu'un nommé *Palletier* ait cru expliquer comment tous les animaux ont pu tenir & fe nourrir naturellement dans l'arche de *Noé*.

Or l'hiftoire du déluge étant la chofe la plus miraculeufe dont on ait jamais entendu parler, il ferait infenfé de l'expliquer ; ce font de ces myftères qu'on croit par la foi, & la foi confifte à croire ce que la raifon ne croit pas, ce qui eft encore un autre miracle.

Ainfi l'hiftoire du déluge univerfel eft comme celle de la tour de Babel, de l'âneffe de *Balaam*, de la chute de Jéricho au fon des trompettes, des eaux changées en fang, du paffage de la mer Rouge, & de tous les prodiges que DIEU daigna faire en faveur des élus de fon peuple. Ce font des profondeurs que l'efprit humain ne peut fonder.

INQUISITION.

SECTION PREMIERE.

C'EST une jurifdiction eccléfiaftique érigée par le fiége de Rome en Italie , en Efpagne , en Portugal , aux Indes même , pour rechercher & extirper les infidelles , les juifs & les hérétiques.

Afin de n'être point foupçonnés de chercher dans le menfonge de quoi rendre ce tribunal odieux , donnons ici le précis d'un ouvrage latin fur l'origine & le progrès de l'office de la fainte inquifition , que *Louis de Paramo* inquifiteur dans le royaume de Sicile fit imprimer l'an 1589 à l'imprimerie royale de Madrid.

Sans remonter à l'origine de l'inquifition que *Paramo* prétend découvrir dans la manière dont il eft dit que DIEU procéda contre *Adam* & *Eve* , bornons-nous à la loi nouvelle , dont JESUS-CHRIST , felon lui , fut le premier inquifiteur. Il en exerça les fonctions dès le treizième jour de fa naiffance , en fefant annoncer à la ville de Jérufalem par les trois rois mages qu'il était venu au monde , & depuis en fefant mourir *Hérode* rongé de vers , en chaffant les vendeurs du temple , & enfin en livrant la Judée à des tyrans qui la pillèrent en punition de fon infidélité.

Après JESUS-CHRIST , *St Pierre* , *St Paul* , & les autres apôtres ont exercé l'office d'inquifiteur , qu'ils ont tranfmis aux papes & aux évêques leurs fucceffeurs.

Y 2

St Dominique étant venu en France avec l'évêque d'*Osma* , dont il était archidiacre , s'éleva avec zèle contre les Albigeois , & se fit aimer de *Simon* comte de Montfort. Ayant été nommé par le pape inquisiteur en Languedoc , il y fonda son ordre qui fut approuvé en 1216 par *Honorius III ;* sous les auspices de *Ste Magdelène* le comte de Montfort prit d'assaut la ville de Béziers , & en fit massacrer tous les habitans ; à Laval on brûla en une seule fois quatre cents albigeois. Dans tous les historiens de l'inquisition que j'ai lus , dit *Paramo* , je n'ai jamais vu un acte de foi aussi célèbre , ni un spectacle aussi solemnel. Au village de Cazeras on en brûla soixante , & dans un autre endroit cent quatre-vingts.

L'inquisition fut adoptée par le comte de Toulouse en 1229 , & confiée aux dominicains par le pape *Grégoire IX* en 1233 ; *Innocent IV* en 1251 l'établit dans toute l'Italie , excepté à Naples. Au commencement à la vérité les hérétiques n'étaient point soumis dans le Milanais à la peine de mort dont ils sont cependant si dignes , parce que les papes n'étaient pas assez respectés de l'empereur *Fréderic* qui possédait cet Etat ; mais peu de temps après on brûla les hérétiques à Milan , comme dans les autres endroits de l'Italie , & notre auteur observe que l'an 1315 quelques milliers d'hérétiques s'étant répandus dans le Cremasque , petit pays enclavé dans le Milanais , les frères dominicains en firent brûler la plus grande partie , & arrêtèrent par le feu les ravages de cette peste.

Comme le premier canon du concile de Toulouse , dès l'an 1229 , avait ordonné aux évêques de choisir

en chaque paroiffe un prêtre & deux ou trois laïques
de bonne réputation , lefquels fefaient ferment de
rechercher exaƈtement & fréquemment les hérétiques
dans les maifons , les caves & tous les lieux où ils
fe pourraient cacher , & d'en avertir promptement
l'évêque, le feigneur du lieu ou fon bailli , après
avoir pris leurs précautions afin que les hérétiques
découverts ne puffent s'enfuir , les inquifiteurs agif-
faient dans ce temps-là de concert avec les évêques.
Les prifons de l'évêque & de l'inquifition étaient fouvent les mêmes ; & quoique dans le cours de la
procédure l'inquifiteur pût agir en fon nom, il ne
pouvait fans l'intervention de l'évêque faire appliquer
à la queftion , prononcer la fentence définitive , ni
condamner à la prifon perpétuelle &c. Les difputes
fréquentes entre les évêques & les inquifiteurs fur
les limites de leur autorité, fur les dépouilles des
condamnés &c. obligèrent en 1473 le pape *Sixte IV* à
rendre les inquifitions indépendantes & féparées des
tribunaux des évêques. Il créa pour l'Efpagne un
inquifiteur général muni du pouvoir de nommer des
inquifiteurs particuliers , & *Ferdinand V* en 1478
fonda & dota les inquifitions.

A la follicitation de frère *Turrecremata* grand-inqui-
fiteur en Efpagne, le même *Ferdinand V* furnommé le
catholique bannit de fon royaume tous les Juifs, en
leur accordant trois mois , à compter de la publica-
tion de fon édit, après lequel temps il leur était
défendu fous peine de la vie de fe retrouver fur les
terres de la domination efpagnole. Il leur était permis
de fortir du royaume avec les effets & marchandifes

qu'ils avaient achetés , mais défendu d'emporter aucune efpèce d'or ou d'argent.

Le frère *Turrecremata* appuya cet édit dans le diocèfe de Toléde par une défenfe à tous chrétiens , fous peine d'excommunication , de donner quoi que ce foit aux Juifs , même des chofes les plus néceffaires à la vie.

D'après ces lois il fortit de la Catalogne , du royaume d'Arragon , de celui de Valence & des autres pays foumis à la domination de *Ferdinand* , environ un million de juifs , dont la plupart périrent miférablement ; de forte qu'ils comparent les maux qu'ils fouffrirent en ce temps-là , à leurs calamités fous *Tite* & fous *Vefpafien.* Cette expulfion des Juifs caufa à tous les rois catholiques une joie incroyable.

Quelques théologiens ont blâmé ces édits du roi d'Efpagne ; leurs raifons principales font qu'on ne doit pas contraindre les infidelles à embraffer la foi de JESUS-CHRIST , & que ces violences font la honte de notre religion.

Mais ces argumens font bien faibles , & je foutiens , dit *Paramo* , que l'édit eft pieux , jufte & louable , la violence par laquelle on exige des Juifs qu'ils fe convertiffent , n'étant pas une violence abfolue, mais conditionnelle , puifqu'ils pouvaient s'y fouftraire en quittant leur patrie. D'ailleurs ils pouvaient gâter les Juifs nouvellement convertis , & les chrétiens mêmes ; or, felon ce que dit *St Paul* : (*a*) Quelle communication peut-il y avoir entre la juftice & l'iniquité , entre la lumière & les ténèbres , entre JESUS-CHRIST & *Bélial* ?

(*a*) II. Corint. chap. VI , v. 14 & 15.

Quant à la confiscation de leurs biens, rien de plus juste, parce qu'ils les avaient acquis par des usures envers les chrétiens qui ne fesaient que reprendre ce qui leur appartenait.

Enfin par la mort de notre Seigneur les Juifs font devenus esclaves ; or tout ce qu'un esclave possède appartient à son maître : ceci soit dit en passant contre les injustes censeurs de la piété, de la justice irrépréhensible & de la sainteté du roi catholique.

A Séville, comme on cherchait à faire un exemple de sévérité sur les Juifs, DIEU, qui fait tirer le bien du mal, permit qu'un jeune homme qui attendait une fille vit par les fentes d'une cloison une assemblée de juifs & qu'il les dénonça. On se saisit d'un grand nombre de ces malheureux, & on les punit comme ils le méritaient. En vertu de divers édits des rois d'Espagne & des inquisiteurs généraux & particuliers établis dans ce royaume, il y eut aussi en fort peu de temps environ deux mille hérétiques brûlés à Séville, & plus de quatre mille de l'an 1482 jusqu'à 1520. Une infinité d'autres furent condamnés à la prison perpétuelle, ou soumis à des pénitences de différens genres. Il y eut une si grande émigration qu'on y comptait cinq cents maisons vides, & dans le diocèse trois mille, & en tout il y eut plus de cent mille hérétiques mis à mort, ou punis de quelqu'autre manière, ou qui s'expatrièrent pour éviter le châtiment. Ainsi ces pères pieux firent un grand carnage des hérétiques.

L'établissement de l'inquisition à Tolède fut une source féconde de biens pour l'Eglise catholique. Dans le court espace de deux ans, elle fit brûler cinquante-deux hérétiques obftinés, & deux cents-vingt furent condamnés par contumace : d'où l'on peut conjecturer de quelle utilité cette inquifition a été depuis qu'elle eft établie, puifqu'en fi peu de temps elle avait fait de fi grandes chofes.

Dès le commencement du quinzième fiècle le pape Boniface IX tenta vainement d'établir l'inquifition dans le royaume de Portugal où il créa le provincial des dominicains Vincent de Lisbonne, inquifiteur général. Innocent VII quelques années après ayant nommé inquifiteur le minime Didacus de Sylva, le roi Jean I écrivit à ce pape que l'établiffement de l'inquifition dans fon royaume était contraire au bien de fes fujets, à fes propres intérêts & peut-être même à ceux de la religion.

Le pape, touché par les repréfentations d'un prince trop facile, révoqua tous les pouvoirs accordés aux inquifiteurs nouvellement établis, & autorifa Marc évêque de Sinigaglia à abfoudre les accufés, ce qu'il fit. On rétablit dans leurs charges & dignités ceux qui en avaient été privés, & on délivra beaucoup de gens de la crainte de voir leurs biens confifqués.

Mais que le Seigneur eft admirable dans fes vóies! continue Paramo ; ce que les fouverains pontifes n'avaient pu obtenir par tant d'inftances, le roi Jean III l'accorda de lui-même à un fripon adroit dont DIEU fe fervit pour cette bonne œuvre. En effet les méchans font fouvent des inftrumens utiles des deffeins de DIEU, & il ne réprouve pas ce qu'ils font de bien ; c'eft ainfi que (b) Jean, difant à notre

(b) Marc, chap. IX, v. 37, 39.

Seigneur Jesus-Christ : Maître , nous avons vu un homme qui n'eft point votre difciple & qui chaffait les démons en votre nom , & nous l'en avons empêché , Jesus lui répondit : Ne l'en empêchez pas ; car celui qui fait des miracles en mon nom ne dira point de mal de moi ; & celui qui n'eft pas contre vous eft pour vous.

Paramo raconte enfuite qu'il a vu dans la bibliothèque de St Laurent à l'Efcurial , un écrit de la propre main de *Saavedra* , par lequel ce fripon explique en détail qu'ayant fabriqué une fauffe bulle , il fit fon entrée à Séville en qualité de légat , avec un cortége de cent vingt-fix domeftiques ; qu'il tira treize mille ducats des héritiers d'un riche feigneur du pays pendant les vingt jours qu'il y demeura dans le palais de l'arche-vêque , en produifant une obligation contrefaite de pareille fomme que ce feigneur reconnaiffait avoir empruntée du légat pendant fon féjour à Rome ; & qu'enfin arrivé à Badajoz , le roi *Jean III* , auquel il fit préfenter de fauffes lettres du pape , lui permit d'établir des tribunaux de l'inquifition dans les princi-pales villes du royaume.

Ces tribunaux commencèrent tout de fuite à exercer leur jurifdiction , & il fe fit un grand nombre de condamnations & d'exécutions d'hérétiques relaps & des abfolutions d'hérétiques pénitens. Six mois s'é-taient ainfi paffés , lorfqu'on reconnut la vérité de ce mot de l'évangile : (c) il n'y a rien de caché qui ne fe découvre. Le marquis de *Villeneuve de Barcarotta* , feigneur efpagnol , fecondé par le gouverneur de

_____

(c) *Matth.* c. X , v. 26. *Marc* , c. IV , v. 22. *Luc* , c. VIII , v. 17.

Mora, enleva le fourbe & le conduifit à Madrid.
On le fit comparaître pardevant *Jean de Tavera*
archevêque de Tolède. Ce prélat, étonné de tout ce
qu'il apprit de la fourberie & de l'adreffe du faux
légat, envoya toutes les pièces du procès au pape
Paul III, auffi-bien que les actes des inquifitions que
Saavedra avait établies, & par lefquelles il paraiffait
qu'on avait condamné & jugé déjà un grand nombre
d'hérétiques, & que ce fourbe avait extorqué plus de
trois cents mille ducats.

Le pape ne put s'empêcher de reconnaître dans
tout cela le doigt de DIEU & un miracle de fa providence, auffi forma-t-il la congrégation de ce tribunal
fous le nom de Saint-Office en 1545, & *Sixte V* la
confirma en 1588.

Tous les auteurs font d'accord avec *Paramo* fur
cet établiffement de l'inquifition en Portugal; le feul
Antoine de Soufa dans fes *Aphorifmes des inquifiteurs*,
révoque en doute l'hiftoire de *Saavedra*, fous prétexte
qu'il a fort bien pu s'accufer lui-même fans être
coupable, en confidération de la gloire qui devait lui
en revenir, & dans l'efpérance de vivre dans la
mémoire des hommes. Mais *Soufa* dans le récit qu'il
fubftitue à celui de *Paramo*, fe rend fufpect lui-même
de mauvaife foi en citant deux bulles de *Paul III*,
& deux autres du même pape au cardinal *Henri*
frère du roi; bulles que *Soufa* n'a point fait imprimer
dans fon ouvrage, & qui ne fe trouvent dans aucune
des collections de bulles apoftoliques. Deux raifons
décifives de rejeter fon fentiment & de s'en tenir à
celui de *Paramo*, d'*Iliefcas*, de *Salafar*, de *Mendoça*, de
Fernandès, de *Placentinus* &c.

Quand les Espagnols passèrent en Amérique, ils portèrent l'inquisition avec eux ; les Portugais l'introduisirent aux Indes aussitôt qu'elle fut autorisée à Lisbonne ; c'est ce qui fait dire à *Louis de Paramo* dans sa préface, que cet arbre florissant & verd a étendu ses racines & ses branches dans le monde entier, & a porté les fruits les plus doux.

Pour nous former actuellement quelque idée de la jurisprudence de l'inquisition, & de la forme de sa procédure inconnue aux tribunaux civils, parcourons le *Directoire des inquisiteurs*, que *Nicolas Eymeric* grand-inquisiteur dans le royaume d'Arragon vers le milieu du quatorzième siècle composa en latin, & adressa aux inquisiteurs ses confrères, en vertu de l'autorité de sa charge.

Peu de temps après l'invention de l'imprimerie, on donna à Barcelonne une édition de cet ouvrage qui se répandit bientôt dans toutes les inquisitions du monde chrétien. Il en parut une seconde à Rome en 1578 *in-folio*, avec des scolies & des commentaires de *François Pegna*, docteur en théologie & canoniste.

Voici l'éloge qu'en fait cet éditeur dans son épître dédicatoire au pape *Grégoire XIII*. ,, Tandis que les ,, princes chrétiens s'occupent de toutes parts à ,, combattre par les armes les ennemis de la religion ,, catholique, & prodiguent le sang de leurs soldats ,, pour soutenir l'unité de l'Eglise & l'autorité du siège ,, apostolique, il est aussi des écrivains zélés qui ,, travaillent dans l'obscurité, ou à réfuter les opinions ,, des novateurs, ou à armer & à diriger la puissance ,, des lois contre leurs personnes, afin que la sévérité ,, des peines & la grandeur des supplices, les contenant

„ dans les bornes du devoir, faffe fur eux ce que n'a
„ pu faire l'amour de la vertu.

„ Quoique j'occupe la dernière place parmi ces
„ défenfeurs de la religion, je fuis cependant animé
„ du même zèle, pour réprimer l'audace impie des
„ novateurs & leur horrible méchanceté. Le travail
„ que je vous préfente ici fur le *Directoire des inquifiteurs*
„ en fera la preuve. Cet ouvrage de *Nicolas Eymeric*,
„ refpectable par fon antiquité, contient un abrégé
„ des principaux dogmes de la foi, & une inftruction
„ très-fuivie & très-méthodique aux tribunaux de la
„ fainte inquifition, fur les moyens qu'ils doivent
„ employer pour contenir & extirper les hérétiques.
„ C'eft pourquoi j'ai cru devoir en faire un hommage
„ à votre fainteté, comme au chef de la république
„ chrétienne. „

Il déclare ailleurs qu'il le fait réimprimer pour
l'inftruction des inquifiteurs, que cet ouvrage eft auffi
admirable que refpectable, & qu'on y enfeigne avec
autant de piété que d'érudition les moyens de contenir
& d'extirper les hérétiques. Il avoue cependant qu'il
y a beaucoup d'autres pratiques utiles & fages pour
lefquelles il renvoie à l'ufage qui inftruira mieux que
les leçons, d'autant plus qu'il y a en ce genre certaines
chofes qu'il eft important de ne point divulguer, &
qui font affez connues des inquifiteurs. Il cite çà & là
une infinité d'écrivains qui tous ont fuivi la doctrine
du Directoire ; il fe plaint même que plufieurs en ont
profité, fans faire honneur à *Eymeric* des belles chofes
qu'ils lui dérobaient.

Mettons-nous à l'abri d'un pareil reproche en
indiquant exactement ce que nous emprunterons de

l'auteur & de l'éditeur. *Eymeric* dit, page 58 : La commifération pour les enfans du coupable qu'on réduit à la mendicité, ne doit point adoucir cette févérité, puifque par les lois divines & humaines, les enfans font punis pour les fautes de leurs pères.

Page 123. Si une accufation intentée était dépour-vue de toute apparence de vérité, il ne faut pas pour cela que l'inquifiteur l'efface de fon livre, parce que ce qu'on ne découvre pas dans un temps fe découvre dans un autre.

Page 291. Il faut que l'inquifiteur oppofe des rufes à celles des hérétiques, afin de river leur clou par un autre, & de pouvoir leur dire enfuite avec l'apôtre : (*d*) Comme j'étais fin, je vous ai pris par fineffe.

Page 296. On pourra lire le procès-verbal à l'accufé en fupprimant abfolument les noms des dénonciateurs, & alors c'eft à l'accufé à conjecturer qui font ceux qui ont formé contre lui telles & telles accufations, à les récufer, ou à infirmer leurs témoignages ; c'eft la méthode que l'on obferve communément. Il ne faut pas que les accufés s'imaginent qu'on admettra facilement la récufation des témoins en matière d'héréfie : car il n'importe que les témoins foient gens de bien ou infames, complices du même crime, excommuniés, hérétiques ou coupables en quelque manière que ce foit, ou parjures &c. C'eft ce qui a été réglé en faveur de la foi.

Page 302. L'appel qu'un accufé fait de l'inquifiteur n'empêche pas celui-ci de demeurer juge contre lui fur d'autres chefs d'accufation.

(*d*) II. Corint. chap. XII, v. 16,

Page 313. Quoiqu'on ait supposé dans la formule de la sentence de torture qu'il y avait variation dans les réponses de l'accusé, & d'autre part indices suffisans pour l'appliquer à la question, ces deux conditions ensemble ne sont pas nécessaires, elles suffisent réciproquement l'une sans l'autre.

Pegna nous apprend, scolie 118, livre III, que les inquisiteurs n'emploient ordinairement que cinq espèces de tourmens dans la question, quoique *Marsilius* fasse mention de quatorze espèces, & qu'il ajoute même qu'il en a imaginé d'autres, comme la soustraction du sommeil, en quoi il est approuvé par *Grillandus* & par *Locatus*.

Eymeric continue, page 319. Il faut bien prendre garde d'inférer dans la formule d'absolution que l'accusé est innocent, mais seulement qu'il n'y a pas de preuves suffisantes contre lui; précaution qu'on prend afin que si dans la suite l'accusé qu'on absout était remis en cause, l'absolution qu'il reçoit ne puisse pas lui servir de défense.

Page 324. On prescrit quelquefois ensemble l'abjuration & la purgation canonique. C'est ce qu'on fait lorsqu'à la mauvaise réputation d'un homme en matière de doctrine, il se joint des indices considérables, qui, s'ils étaient un peu plus forts, tendraient à le convaincre d'avoir effectivement dit ou fait quelque chose contre la foi. L'accusé qui est dans ce cas est obligé d'abjurer toute hérésie en général, & alors s'il retombe dans quelque hérésie que ce soit, même distinguée de celles sur lesquelles il avait été suspect, il est puni comme relaps & livré au bras séculier.

Page 331. Les relaps, lorsque la rechute est bien constatée, doivent être livrés à la justice séculière, quelque protestation qu'ils fassent pour l'avenir & quelque repentir qu'ils témoignent. L'inquisiteur fera donc avertir la justice séculière qu'un tel jour à telle heure & dans un tel lieu on lui livrera un hérétique, & l'on fera annoncer au peuple qu'il ait à se trouver à la cérémonie, parce que l'inquisiteur fera un sermon sur la foi, & que les assistans y gagneront les indulgences accoutumées.

Ces indulgences sont ainsi énoncées après la formule de sentence contre l'hérétique pénitent : l'inquisiteur accordera quarante jours d'indulgence à tous les assistans, trois ans à ceux qui ont contribué à la capture, à l'abjuration, à la condamnation &c. de l'hérétique, & enfin trois ans aussi de la part de notre saint père le pape, à tous ceux qui dénonceront quelqu'autre hérétique.

Page 332. Lorsque le coupable aura été livré à la justice séculière, celle-ci prononcera sa sentence & le criminel sera conduit au lieu du supplice : des personnes pieuses l'accompagneront, l'associeront à leurs prières, prieront avec lui & ne le quitteront point qu'il n'ait rendu son ame à son créateur. Mais elles doivent bien prendre garde de rien dire ou de rien faire qui puisse hâter le moment de sa mort, de peur de tomber dans l'irrégularité. Ainsi on ne doit point exhorter le criminel à monter sur l'échafaud ni à se présenter au bourreau, ni avertir celui-ci de disposer les instrumens du supplice de manière que la mort s'ensuive plus promptement & que le patient ne languisse point ; toujours à cause de l'irrégularité.

Page 335. S'il arrivait que l'hérétique, prêt à être attaché au pieu pour être brûlé, donnât des signes de converſion, on pourrait peut-être le recevoir par grâce ſingulière & l'enfermer entre quatre murailles comme les hérétiques pénitens, quoiqu'il ne faille pas ajoutēr beaucoup de foi à une pareille converſion & que cette indulgence ne ſoit autoriſée par aucune diſpoſition du droit : mais cela eſt fort dangereux ; j'en ai vu un exemple à Barcelonne. Un prêtre condamné avec deux autres hérétiques impénitens & déjà au milieu des flammes cria qu'on le retirât & qu'il voulait ſe convertir ; on le retira en effet déjà brûlé d'un côté ; je ne dis pas qu'on ait bien ou mal fait : ce que je ſais, c'eſt que quatorze ans après on s'aperçut qu'il dogmatiſait encore & qu'il avait corrompu beaucoup de perſonnes ; on l'abandonna donc une autre fois à la juſtice & il fut brûlé.

Perſonne ne doute, dit *Pegna* ſcolie 47, qu'il ne faille faire mourir les hérétiques ; mais on peut demander quel genre de ſupplice il convient d'employer. *Alfonſe de Caſtro*, livre II, *de la juſte punition des hérétiques*, penſe qu'il eſt aſſez indifférent de les faire périr par l'épée, ou par le feu, ou par quelque autre ſupplice ; mais *Hoſtienſis Godofrédus*, *Covarruvias*, *Simancas*, *Roxas* &c. ſoutiennent qu'il faut abſolument les brûler. En effet, comme le dit très-bien *Hoſtienſis*, le ſupplice du feu eſt la peine due à l'héréſie. On lit dans *St Jean* : (e) Si quelqu'un ne demeure pas en moi, il ſera jeté dehors comme un ſarment & il ſéchera, & on le ramaſſera pour le jeter au feu &

(e) Chap. XV, v. 6.

le

le brûler. Ajoutons, continue *Pegna*, que la coutume universelle de la république chrétienne vient à l'appui de ce sentiment. *Simancas* & *Roxas* décident qu'il faut les brûler vifs, mais il y a une précaution qu'il faut toujours prendre en les brûlant, c'est de leur arracher la langue ou de leur fermer la bouche afin qu'ils ne scandalisent pas les assistans par leurs impiétés.

Enfin page 369, *Eymeric* ordonne qu'en matière d'hérésie on procède tout uniment sans les criailleries des avocats & sans tant de solemnités dans les jugemens : c'est-à-dire qu'on rende la procédure la plus courte qu'il est possible en en retranchant les délais inutiles, en travaillant à instruire la cause, même dans les jours où les autres juges suspendent leurs travaux, en rejetant tout appel qui ne sert qu'à éloigner le jugement, en n'admettant pas une multitude inutile de témoins &c.

Cette jurisprudence révoltante n'a été que restreinte en Espagne & en Portugal, tandis que l'inquisition même vient enfin d'être entièrement supprimée à Milan. (1)

---

(1) Elle vient de l'être en Sicile & dans la Toscane : Gênes & Venise ont la faiblesse de la conserver ; mais on ne lui laisse aucune activité. Elle subsiste, mais sans pouvoir, dans les Etats de la maison de Savoie. La gloire d'abolir ce monument odieux du fanatisme & de la barbarie de nos pères n'a encore tenté aucun souverain pontife. L'inquisition de Rome est l'objet du mépris de l'Europe & même des Romains, depuis son absurde procédure contre *Galilée*. La noblesse avignonaise permet à ce tribunal d'exister dans un coin de la France, & contente de n'en avoir rien à craindre, elle n'est point sensible à la honte de porter ce joug monastique. En Espagne & en Portugal, l'inquisition devenue moins atroce a repris tout son pouvoir ; elle menace de la prison & de la confiscation quiconque oserait tenter de faire quelque bien à ces malheureuses contrées.

SECTION II.

L'INQUISITION est, comme on sait, une invention admirable & tout-à-fait chrétienne pour rendre le pape & les moines plus puissans, & pour rendre tout un royaume hypocrite.

On regarde d'ordinaire *St Dominique* comme le premier à qui l'on doit cette sainte institution. En effet nous avons encore une patente donnée par ce grand saint, laquelle est conçue en ces propres mots : *Moi, frère Dominique, je réconcilie à l'Eglise le nommé Roger porteur des présentes, à condition qu'il se fera fouetter par un prêtre trois dimanches consécutifs depuis l'entrée de la ville jusqu'à la porte de l'Eglise, qu'il fera maigre toute sa vie, qu'il jeûnera trois carêmes dans l'année, qu'il ne boira jamais de vin, qu'il portera le san-benito avec des croix, qu'il récitera le bréviaire tous les jours, dix pater dans la journée & vingt à l'heure de minuit, qu'il gardera déformais la continence & qu'il se présentera tous les mois au curé de sa paroisse &c; tout cela sous peine d'être traité comme hérétique, parjure & impénitent.*

Quoique *Dominique* soit le véritable fondateur de l'inquisition, cependant *Louis de Paramo*, l'un des plus respectables écrivains & des plus brillantes lumières du saint Office, rapporte, au titre second de son second livre, que DIEU fut le premier instituteur du saint Office, & qu'il exerça le pouvoir des frères prêcheurs contre *Adam*. D'abord *Adam* est cité au tribunal, *Adam ubi es?* & en effet, ajoute-t-il, le défaut de citation aurait rendu la procédure de DIEU nulle.

Les habits de peau que D I E U fit à *Adam* & à *Eve*
furent le modèle du *san-benito* que le saint Office fait
porter aux hérétiques. Il est vrai que par cet argument
on prouve que D I E U fut le premier tailleur ; mais
il n'est pas moins évident qu'il fut le premier inquisiteur.

Adam fut privé de tous les biens immeubles qu'il
possédait dans le paradis terrestre, c'est de-là que le
saint Office confisque les biens de tous ceux qu'il a
condamnés.

Louis de Paramo remarque que les habitans de
Sodome furent brûlés comme hérétiques, parce que
la sodomie est une hérésie formelle. De-là il passe à
l'histoire des Juifs ; il y trouve par-tout le saint Office.

J E S U S-C H R I S T est le premier inquisiteur de la nouvelle loi, les papes furent inquisiteurs de droit divin,
& enfin ils communiquèrent leur puissance à *saint
Dominique*.

Il fait ensuite le dénombrement de tous ceux que
l'inquisition a mis à mort, il en trouve beaucoup au-
delà de cent mille.

Son livre fut imprimé en 1589 à Madrid avec
l'approbation des docteurs, les éloges de l'évêque &
le privilége du roi. Nous ne concevons pas aujour-
d'hui des horreurs si extravagantes à la fois & si
abominables ; mais alors rien ne paraissait plus naturel & plus édifiant. Tous les hommes ressemblent à
Louis de Paramo quand ils sont fanatiques.

Ce *Paramo* était un homme simple, très-exact
dans les dates, n'omettant aucun fait intéressant, &
supputant avec scrupule le nombre des victimes

humaines que le faint Office a immolées dans tous les pays.

Il raconte avec la plus grande naïveté l'établiffement de l'inquifition en Portugal, & il eft parfaitement d'accord avec quatre autres hiftoriens qui ont tous parlé comme lui. Voici ce qu'ils rapportent unanimement.

Il y avait long-temps que le pape *Boniface IX*, au commencement du quinzième fiècle, avait délégué des frères prêcheurs qui allaient en Portugal de ville en ville brûler les hérétiques, les mufulmans & les Juifs ; mais ils étaient ambulans, & les rois mêmes fe plaignirent quelquefois de leurs vexations. Le pape *Clément VII* voulut leur donner un établiffement fixe en Portugal comme ils en avaient en Arragon & en Caftille. Il y eut des difficultés entre la cour de Rome & celle de Lisbonne, les efprits s'aigrirent, l'inquifition en fouffrait & n'était point établie parfaitement.

En 1539 il parut à Lisbonne un légat du pape, qui était venu, difait-il, pour établir la fainte inquifition fur des fondemens inébranlables. Il apporte au roi *Jean III* des lettres du pape *Paul III*. Il avait d'autres lettres de Rome pour les principaux officiers de la cour ; fes patentes de légat étaient dûment fcellées & fignées ; il montra les pouvoirs les plus amples de créer un grand inquifiteur & tous les juges du faint Office. C'était un fourbe nommé *Saavedra* qui favait contrefaire toutes les écritures, fabriquer & appliquer de faux fceaux & de faux cachets. Il avait appris ce métier à Rome & s'y était perfectionné à Séville dont il arrivait avec deux autres fripons. Son train était magnifique, il était compofé de plus de cent vingt

domeftiques. Pour fubvenir à cette énorme dépenfe,
lui & fes confidens empruntèrent à Séville des fommes
immenfes au nom de la chambre apoftolique de
Rome ; tout était concerté avec l'artifice le plus
éblouiffant.

Le roi de Portugal fut étonné d'abord que le pape
lui envoyât un légat *à latere* fans l'en avoir prévenu.
Le légat répondit fièrement que dans une chofe auffi
preffante que l'établiffement fixe de l'inquifition, fa
fainteté ne pouvait fouffrir les délais, & que le roi
était affez honoré que le premier courrier qui lui en
apportait la nouvelle fût un légat du St Père. Le roi
n'ofa répliquer. Le légat dès le jour même établit un
grand inquifiteur, envoya par-tout recueillir des
décimes ; & avant que la cour pût avoir des réponfes
de Rome, il avait déjà fait brûler deux cents perfonnes
& recueilli plus de deux cents mille écus.

Cependant le marquis de *Villanova*, feigneur
efpagnol de qui le légat avait emprunté à Séville une
fomme très-confidérable fur de faux billets, jugea à
propos de fe payer par fes mains, au lieu d'aller fe
compromettre avec le fourbe à Lisbonne. Le légat
fefait alors fa tournée fur les frontières de l'Efpagne.
Il y marche avec cinquante hommes armés, l'enlève
& le conduit à Madrid.

La friponnerie fut bientôt découverte à Lisbonne,
le confeil de Madrid condamna le légat *Saavedra* au
fouet & à dix ans de galères ; mais ce qu'il y eut
d'admirable, c'eft que le pape *Paul IV* confirma depuis
tout ce qu'avait établi ce fripon ; il rectifia par la
plénitude de fa puiffance divine toutes les petites

irrégularités des procédures, & rendit facré ce qui avait été purement humain.

Qu'importe de quel bras DIEU daigne fe fervir?

Voilà comme l'inquifition devint fédentaire à Lisbonne, & tout le royaume admira la Providence.

Au refte on connaît affez toutes les procédures de ce tribunal, on fait combien elles font oppofées à la fauffe équité & à l'aveugle raifon de tous les autres tribunaux de l'univers. On eft emprifonné fur la fimple dénonciation des perfonnes les plus infames; un fils peut dénoncer fon père, une femme fon mari; on n'eft jamais confronté devant fes accufateurs, les biens font confifqués au profit des juges; c'eft ainfi du moins que l'inquifition s'eft conduite jufqu'à nos jours : il y a là quelque chofe de divin; car il eft incompréhenfible que les hommes aient fouffert ce joug patiemment.

Enfin le comte d'*Aranda* a été béni de l'Europe entière en rognant les griffes & en limant les dents du monftre; mais il refpire encore.

INSTINCT.

INSTINCTUS, impulfus, impulfion; mais quelle puiffance nous pouffe?

Tout fentiment eft inftinct.

Une conformité fecrète de nos organes avec les objets forme notre inftinct.

Ce n'eft que par inftinct que nous fefons mille mouvemens involontaires, de même que c'eft par inftinct que nous fommes curieux, que nous courons après la nouveauté, que la menace nous effraie, que le mépris nous irrite, que l'air soumis nous apaife, que les pleurs nous attendriffent.

Nous fommes gouvernés par l'inftinct, comme les chats & les chèvres. C'eft encore une reffemblance que nous avons avec les animaux; reffemblance auffi inconteftable que celle de notre fang, de nos befoins, des fonctions de notre corps.

Notre inftinct n'eft jamais auffi induftrieux que le leur; il n'en approche pas. Dès qu'un veau, un agneau eft né, il court à la mamelle de fa mère: l'enfant périrait, fi la fienne ne lui donnait pas fon mamelon, en le ferrant dans fes bras.

Jamais femme, quand elle eft enceinte, ne fut déterminée invinciblement par la nature à préparer de fes mains un joli berceau d'ofier pour fon enfant, comme une fauvette en fait un avec fon bec & fes pattes. Mais le don que nous avons de réfléchir, joint aux deux mains induftrieufes dont la nature nous a fait préfent, nous élève jufqu'à l'inftinct des animaux, & nous place avec le temps infiniment au-deffus d'eux, foit en bien foit en mal: propofition condamnée par meffieurs de l'ancien parlement, & par la forbonne, grands philofophes naturaliftes, (*) & qui ont beaucoup contribué, comme on fait, à la perfection des arts.

Notre inftinct nous porte d'abord à roffer notre frère qui nous chagrine, fi nous fommes colères & fi nous nous fentons plus forts que lui. Enfuite notre raifon fublime nous fait inventer les flèches, l'épée, la pique, & enfin le fufil, avec lefquels nous tuons notre prochain.

(*) *Imprimé en 1771.*

Z 4

L'inftinct feul nous porte tous également à faire l'amour, *amor omnibus idem;* mais *Virgile*, *Tibulle* & *Ovide* le chantent.

C'eft par le feul inftinct qu'un jeune manœuvre s'arrête avec admiration & refpect devant le carroffe furdoré d'un receveur des finances. La raifon vient au manœuvre; il devient commis, il fe polit, il vole, il devient grand-feigneur à fon tour, il éclabouffe fes anciens camarades, mollement étendu dans un char plus doré que celui qu'il admirait.

Qu'eft-ce que cet inftinct qui gouverne tout le règne animal, & qui eft chez nous fortifié par la raifon, ou réprimé par l'habitude? Eft-ce *divinæ particula auræ*? Oui, fans doute, c'eft quelque chofe de divin; car tout l'eft. Tout eft l'effet incompréhenfible d'une caufe incompréhenfible. Tout eft déterminé par la nature. Nous raifonnons de tout; & nous ne nous donnons rien.

INTERET.

Nous n'apprendrons rien aux hommes nos confrères, quand nous leur dirons qu'ils font tout par intérêt. Quoi! c'eft par intérêt que ce malheureux faquir fe tient tout nu au foleil, chargé de fers, mourant de faim, mangé de vermine & la mangeant? Oui, fans doute, nous l'avons dit ailleurs; il compte aller au dix-huitième ciel, & il regarde en pitié celui qui ne fera reçu que dans le neuvième.

L'intérêt de la malabare qui fe brûle fur le corps de fon mari eft de le retrouver dans l'autre monde, & d'y être plus heureufe que ce faquir. Car avec leur métempfycofe les Indiens ont un autre monde ; ils font comme nous ; ils admettent les contradictoires.

Avez-vous connaiffance de quelque roi ou de quelque république qui ait fait la guerre ou la paix, ou des édits, ou des conventions par un autre motif que celui de l'intérêt ?

A l'égard de l'intérêt de l'argent, confultez dans le grand dictionnaire encyclopédique cet article de M. d'*Alembert* pour le calcul, & celui de M. *Boucher d'Argis* pour la jurifprudence. Ofons ajouter quelques réflexions.

1°. L'or & l'argent font-ils une marchandife ? oui ; l'auteur de l'Efprit des lois n'y penfe pas lorfqu'il dit : (*a*) *L'argent qui eft le prix des chofes fe loue & ne s'achète pas.*

Il fe loue & s'achète. J'achète de l'or avec de l'argent, & de l'argent avec de l'or ; & le prix en change tous les jours chez toutes les nations commerçantes.

La loi de la Hollande eft qu'on payera les lettres de change en argent monnayé du pays & non en or, fi le créancier l'exige. Alors j'achète de la monnaie d'argent, & je la paye ou en or, ou en drap, ou en blé, ou en diamans.

J'ai befoin de monnaie, ou de blé, ou de diamans pour un an : le marchand de blé, de monnaie ou de diamans, me dit : ,, Je pourrais pendant cette année ,, vendre avantageufement ma monnaie, mon blé, ,, mes diamans. Evaluons à quatre, à cinq, à fix pour ,, cent, felon l'ufage du pays, ce que vous me faites ,, perdre. Vous me rendrez, par exemple, au bout de ,, l'année vingt & un karats de diamans pour vingt

(*a*) Livre XXII, chap. XIX.

,, que je vous prête, vingt & un facs de blé pour
,, vingt; vingt & un mille écus pour vingt mille écus.
,, Voilà l'intérêt. Il eft établi chez toutes les nations
,, par la loi naturelle ; le taux dépend de la loi parti-
,, culière du pays. (1) A Rome on prête fur gages à deux
,, & demi pour cent fuivant la loi, & on vend vos
,, gages fi vous ne payez pas au temps marqué. Je ne
,, prête point fur gages, & je ne demande que l'inté-
,, rêt ufité en Hollande. Si j'étais à la Chine, je vous
,, demanderais l'intérêt en ufage à Macao & à
,, Kanton. ,,

2°. Pendant qu'on fait ce marché à Amfterdam,
arrive de Sᵗ Magloire un janféniſte ; (& le fait eſt très-
vrai, il s'appelait l'abbé des *Iſſarts*) ce janféniſte dit
au négociant hollandais : Prenez garde, vous vous
damnez ; l'argent ne peut produire de l'argent, *nummus
nummum non parit*. Il n'eft permis de recevoir l'intérêt
de fon argent que lorfqu'on veut bien perdre le fonds.
Le moyen d'être fauvé eſt de faire un contrat avec
monfieur; & pour vingt mille écus que vous ne reverrez
jamais, vous & vos hoirs recevrez pendant toute l'éternité mille écus par an.

Vous faites le plaifant, répond le hollandais ; vous
me propofez là une ufure qui eft tout jufte un infini
du premier ordre. J'aurais déjà reçu moi ou les miens
mon capital au bout de vingt ans, le double en quarante, le quadruple en quatre-vingt; vous voyez bien
que c'eſt une férie infinie. Je ne puis d'ailleurs prêter
que pour douze mois, & je me contente de mille
écus de dédommagement.

---

(1) Le taux de l'intérêt doit être libre , & la loi n'eft en droit de le
fixer que dans les cas où il n'a pas été déterminé par une convention.

L'Abbé des Issarts.

J'en fuis fâché pour votre ame hollandaife. Dieu défendit aux Juifs de prêter à intérêt ; & vous fentez bien qu'un citoyen d'Amfterdam doit obéir ponctuellement aux lois du commerce, données dans un défert à des fugitifs errans qui n'avaient aucun commerce.

Le Hollandais.

Cela eft clair, tout le monde doit être juif ; mais il me femble que la loi permit à la horde hébraïque la plus forte ufure avec les étrangers ; & cette horde y fit très-bien fes affaires dans la fuite.

D'ailleurs, il fallait que la défenfe de prendre de l'intérêt de juif à juif fût bien tombée en défuétude, puifque notre Seigneur Jesus, prêchant à Jérufalem, dit expreffément que l'intérêt était de fon temps à cent pour cent. Car dans la parabole des talens il dit que le ferviteur qui avait reçu cinq talens en gagna cinq autres dans Jérufalem, que celui qui en avait deux en gagna deux, & que le troifième qui n'en avait eu qu'un, qui ne le fit point valoir, fut mis au cachot par le maître pour n'avoir point fait travailler fon argent chez les changeurs. Or ces changeurs étaient juifs, donc c'était de juif à juif qu'on exerçait l'ufure à Jérufalem ; donc cette parabole, tirée des mœurs du temps, indique manifeftement que l'ufure était à cent pour cent. Lifez St Matthieu, chap. XXV ; il s'y connaiffait ; il avait été commis de la douane en Galilée. Laiffez-moi achever mon affaire avec monfieur, & ne me faites perdre ni mon argent, ni mon temps.

L'ABBÉ DES ISSARTS.

Tout cela est bel & bon; mais la sorbonne a décidé que le prêt à intérêt est un péché mortel.

LE HOLLANDAIS.

Vous vous moquez de moi, mon ami, de citer la sorbonne à un négociant d'Amsterdam. Il n'y a aucun de ces raisonneurs qui ne fasse valoir son argent quand il le peut à cinq ou six pour cent, en achetant sur la place des billets des fermes, des actions de la compagnie des Indes, des rescriptions, des billets du Canada. Le clergé de France en corps emprunte à intérêt. Dans plusieurs provinces de France on stipule l'intérêt avec le principal. D'ailleurs, l'université d'Oxford & celle de Salamanque ont décidé contre la sorbonne; c'est ce que j'ai appris dans mes voyages. Ainsi, nous avons dieux contre dieux. Encore une fois, ne me rompez pas la tête davantage.

L'ABBÉ DES ISSARTS.

Monsieur, monsieur, les méchans ont toujours de bonnes raisons à dire. Vous vous perdez, vous dis-je; car l'abbé de *St Cyran* qui n'a point fait de miracles, & l'abbé *Pâris* qui en a fait à St Médard...

3°. Alors le marchand impatienté chassa l'abbé des *Issarts* de son comptoir; &, après avoir loyalement prêté son argent au denier vingt, alla rendre compte de sa conversation aux magistrats, qui défendirent aux jansénistes de débiter une doctrine si pernicieuse au commerce.

Messieurs, leur dit le premier échevin, de la grâce efficace tant qu'il vous plaira; de la prédestination tant que vous en voudrez ; de la communion auffi peu que vous voudrez, vous êtes les maîtres : mais gardez-vous de toucher aux lois de notre Etat.

INTOLERANCE.

Lisez l'article *Intolérance* dans le grand dictionnaire encyclopédique. Lifez le traité de la *Tolérance* compofé à l'occafion de l'affreux affaffinat de *Jean Calas*, citoyen de Touloufe ; (*) & fi après cela vous admettez la perfécution en matière de religion, comparez-vous hardiment à *Ravaillac*. Vous favez que ce *Ravaillac* était fort intolérant.

Voici la fubftance de tous les difcours que tiennent les intolérans.

Quoi ! monftre, qui feras brûlé à tout jamais dans l'autre monde, & que je ferai brûler dans celui-ci dès que je le pourrai, tu as l'infolence de lire de *Thou* & *Bayle* qui font mis à l'index à Rome ? Quand je te prêchais de la part de DIEU que *Samfon* avait tué mille Philiftins avec une mâchoire d'âne, ta tête, plus dure que l'arfenal dont *Samfon* avait tiré fes armes, m'a fait connaître par un léger mouvement de gauche à droite que tu n'en croyais rien. Et quand je difais que le diable *Afmodée*, qui tordit le cou par jaloufie aux fept maris de *Saraï* chez les Mèdes, était enchaîné dans la haute Egypte, j'ai vu une petite contraction de tes lèvres, nommée en latin *cachinnus*, me fignifier que dans le fond de l'ame l'hiftoire d'*Afmodée* t'était en dérifion.

(*) Voyez le fecond volume de *Politique & Légiflation.*

Et vous *Iſaac Newton ; Fréderic le grand* roi de Pruſſe , électeur de Brandebourg ; *Jean Locke ;* impératrice de Ruſſie victorieuſe des Ottomans ; *Jean Milton ;* bienfeſant monarque de Danemarck; *Shakeſpeare;* ſage roi de Suède; *Leibnitz ;* auguſte maiſon de *Brunſwick ; Tillotſon ;* empereur de la Chine ; parlement d'Angleterre ; conſeil du grand - mogol; vous tous enfin qui ne croyez pas un mot de ce que j'ai enſeigné dans mes cahiers de théologie, je vous déclare que je vous regarde tous comme des païens ou comme des commis de la douane , ainſi que je vous l'ai dit ſouvent pour le buriner dans votre dure cervelle. Vous êtes des ſcélérats endurcis ; vous irez tous dans la gehenne où le ver ne meurt point, & où le feu ne s'éteint point ; car j'ai raiſon, & vous avez tous tort ; car j'ai la grâce, & vous ne l'avez pas. Je confeſſe trois dévotes de mon quartier, & vous n'en confeſſez pas une. J'ai fait des mandemens d'évêques , & vous n'en avez jamais fait ; j'ai dit des injures des halles aux philoſophes, & vous les avez protégés, ou imités, ou égalés ; j'ai fait de pieux libelles diffamatoires farcis des plus infames calomnies, & vous ne les avez jamais lus. Je dis la meſſe tous les jours en latin pour douze ſous, & vous n'y affiſtez pas plus que *Cicéron , Caton , Pompée , Céſar, Horace* & *Virgile* n'y ont affiſté ; par conféquent , vous méritez qu'on vous coupe le poing , qu'on vous arrache la langue , qu'on vous mette à la torture & qu'on vous brûle à petit feu ; car DIEU eſt miſéricordieux.

Ce ſont-là, ſans en rien retrancher, les maximes des intolérans, & le précis de tous leurs livres. Avouons qu'il y a plaiſir à vivre avec ces gens-là.

K.

K A L E N D E S.

LA fête de la circoncifion, que l'Eglife célèbre le premier janvier, a pris la place d'une autre appelée fête des kalendes, des ânes, des fous, des innocens, felon la différence des lieux & des jours où elle fe fefait. Le plus fouvent c'était aux fêtes de Noël, à la Circoncifion, ou à l'Epiphanie.

Dans la cathédrale de Rouen il y avait le jour de Noël une proceffion où des eccléfiaftiques choifis repréfentaient les prophètes de l'ancien Teftament qui ont prédit la naiffance du Meffie; & ce qui peut avoir donné le nom à la fête, c'eft que *Balaam* y paraiffait monté fur une âneffe ; mais comme le poëme de *Lactance*, & le livre des promeffes fous le nom de St *Profper*, difent que JESUS dans la crèche a été reconnu par le bœuf & par l'âne felon ce paffage d'*Ifaïe* : (*a*) *Le bœuf a reconnu fon maître, & l'âne la crèche de fon Seigneur ;* (circonftance que l'Evangile, ni les anciens pères n'ont cependant point remarquée) il eft plus vraifemblable que ce fut de cette opinion que la fête de l'âne prit fon nom.

En effet le jéfuite *Théophile Raynaud* témoigne que le jour de St Etienne on chantait une profe de l'âne, qu'on nommait auffi la profe des fous, & que le jour de St Jean on en chantait encore une autre qu'on appelait la profe du bœuf. On conferve dans la bibliothèque du chapitre de Sens un manufcrit en vélin avec des miniatures où font repréfentées les

(*a*) Chap. I, v. 3.

cérémonies de la fête des fous. Le texte en contient la defcription ; cette profe de l'âne s'y trouve, on la chantait à deux chœurs qui imitaient par intervalles & comme par refrain le braire de cet animal. Voici le précis de la defcription de cette fête.

On élifait dans les églifes cathédrales un évêque ou un archevêque des fous, & fon élection était confirmée par toutes fortes de bouffonneries qui fer-vaient de facre. Cet évêque officiait pontificalement & donnait la bénédiction au peuple devant lequel il portait la mitre, la croffe & même la croix archiépif-copale. Dans les églifes qui relevaient immédiatement du St Siége, on élifait un pape des fous, qui officiait avec tous les ornemens de la papauté. Tout le clergé affiftait à la meffe, les uns en habit de femme, les autres vêtus en bouffons, ou mafqués d'une façon grotefque & ridicule. Non contens de chanter dans le chœur des chanfons licencieufes, ils mangeaient & jouaient aux dés fur l'autel, à côté du célébrant. Quand la meffe était dite, ils couraient, fautaient & danfaient dans l'églife chantant & proférant des paroles obfcènes & fefant mille poftures indécentes jufqu'à fe mettre prefque nus : enfuite ils fe fefaient traîner par les rues dans des tombereaux pleins d'ordures pour en jeter à la populace qui s'affemblait autour d'eux. Les plus libertins d'entre les féculiers fe mêlaient parmi le clergé pour jouer auffi quelque perfonnage de fou en habit eccléfiaftique.

Cette fête fe célébrait également dans les monaftères de moines & de religieufes, comme le témoigne *Naudé* (*b*) dans fa plainte à *Gaffendi* en 1645, où il

(*b*) M. de *la Roque* nomme l'auteur *Mathurin de Neuré*. Voyez le Mercure de feptembre 1738, pages 1955 & fuiv.

raconte

raconte qu'à Antibes, dans le couvent des francifcains, les religieux prêtres, ni le gardien n'allaient point au chœur le jour des innocens. Les frères lais y occupaient leurs places ce jour-là, & fefaient une manière d'office, revêtus d'ornemens facerdotaux déchirés & tournés à l'envers. Ils tenaient des livres à rebours, fefant femblant de lire avec des lunettes qui avaient de l'écorce d'orange pour verre, & marmotaient des mots confus, ou poussaient des cris avec des contorfions extravagantes.

Dans le fecond regiftre de l'églife d'Autun du fecrétaire *Rotarii*, qui finit en 1416, il eft dit, fans fpécifier le jour, qu'à la fête des fous on conduifait un âne auquel on mettait une chappe fur le dos, & l'on chantait : Hé, fire âne, hé, hé.

Ducange rapporte une fentence de l'officialité de Viviers contre un certain *Guillaume* qui, ayant été élu évêque fou en 1406, avait refufé de faire les folemnités & les frais accoutumés en pareille occafion.

Enfin les regiftres de St Etienne de Dijon, en 1521, font foi, fans dire le jour, que les vicaires couraient par les rues avec fifres, tambours & autres inftrumens, & portaient des lanternes devant le préchantre des fous à qui l'honneur de la fête appartenait principalement. Mais le parlement de cette ville, par un arrêt du 19 janvier 1552, défendit la célébration de cette fête déjà condamnée par quelques conciles, & furtout par une lettre circulaire du 12 mars 1444 envoyée à tout le clergé du royaume par l'univerfité de Paris. Cette lettre, qui fe trouve à la fuite des ouvrages de *Pierre* de Blois, porte que cette fête paraiffait aux yeux du clergé fi bien penfée & fi chrétienne, que

Dictionn. philofoph. Tome V.　　　A a

l'on regardait comme excommuniés ceux qui voulaient la supprimer ; & le docteur de sorbonne *Jean Deslions*, dans son Discours contre le paganisme du roi-boit, nous apprend qu'un docteur en théologie soutint publiquement à Auxerre, sur la fin du quinzième siècle, *que la fête des fous n'était pas moins approuvée de* DIEU *que la fête de la conception immaculée de la Vierge, outre qu'elle était d'une toute autre ancienneté dans l'Eglise.*

L.

L A N G U E S.

SECTION PREMIERE.

ON dit que les Indiens commencent presque tous leurs livres par ces mots, *béni soit l'inventeur de l'écriture.* On pourrait aussi commencer ses discours par bénir l'inventeur d'un langage.

Nous avons reconnu, au mot *Alphabet*, qu'il n'y eut jamais de langue primitive dont toutes les autres soient dérivées.

Nous voyons que le mot *Al* ou *El*, qui signifiait DIEU chez quelques orientaux, n'a nul rapport au mot *Gott* qui veut dire DIEU en Allemagne. *House*, *huis*, ne peut guère venir du grec *domos* qui signifie maison.

Nos mères, & les langues dites mères, ont beaucoup de ressemblance. Les unes & les autres ont des enfans qui se marient dans le pays voisin, & qui en altèrent le langage & les mœurs. Ces mères ont d'autres mères dont les généalogistes ne peuvent débrouiller l'origine. La terre eſt couverte de familles qui diſputent de nobleſſe, ſans ſavoir d'où elles viennent.

Des mots les plus communs & les plus naturels en toute langue.

L'EXPÉRIENCE nous apprend que les enfans ne ſont qu'imitateurs, que ſi on ne leur diſait rien ils ne parleraient pas, qu'ils ſe contenteraient de crier.

Dans preſque tous les pays connus on leur dit d'abord *baba*, *papa*, *mama*, *maman*, ou des mots approchans aiſés à prononcer, & ils les répètent. Cependant vers le mont Krapac où je vis, comme l'on ſait, nos enfans diſent toujours *mon dada* & non pas *mon papa*. Dans quelques provinces ils diſent *mon bibi*.

On a mis un petit vocabulaire chinois à la fin du premier tome des *Mémoires ſur la Chine*. Je trouve dans ce dictionnaire abrégé, que *fou*, prononcé d'une façon dont nous n'avons pas l'uſage, ſignifie père; les enfans qui ne peuvent prononcer la lettre *f* diſent *ou*. Il y a loin d'*ou* à *papa*.

Que ceux qui veulent ſavoir le mot qui répond à notre *papa* en japonais, en tartare, dans le jargon du Kamshatka & de la baie d'Hudſon, daignent voyager dans ces pays pour nous inſtruire.

On court riſque de tomber dans d'étranges mépriſes quand, ſur les bords de la Seine ou de la Saône, on donne des leçons ſur la langue des pays où l'on n'a point été. Alors il faut avouer ſon ignorance; il faut dire : J'ai lu cela dans *Vachter*, dans *Ménage*, dans *Bochart*, dans *Kirker*, dans *Pezron* qui n'en

favaient pas plus que moi ; je doute beaucoup ; je
crois, mais je fuis très-difpofé à ne plus croire,
&c. &c.

Un récollet nommé *Sagart Théodat* qui a prêché
pendant trente ans les Iroquois, les Algonquins &
les Hurons, nous a donné un petit dictionnaire
huron, imprimé à Paris chez *Denis Moreau* en 1632.
Cet ouvrage ne nous fera pas déformais fort utile
depuis que la France eft foulagée du fardeau du
Canada. Il dit qu'en huron père eft *ayflan*, & en
canadien *notoui*. Il y a encore loin de notoui &
d'ayflan à *pater* & à *papa*. Gardez-vous des fyftèmes,
vous dis-je, mes chers Welches.

D'un fyftème fur les langues.

L'AUTEUR de la *Mécanique du langage*, explique
ainfi fon fyftème.

» La terminaifon latine *urire* eft appropriée à
» défigner un défir vif & ardent de faire quelque
» chofe ; *miélurire, efurire;* par où il femble qu'elle
» ait été fondamentalement formée fur le mot *urere*
» & fur le figne radical *ur*, qui en tant de langues
» fignifie le feu. Ainfi la terminaifon *urire* était bien
» choifie pour défigner un défir brûlant. »

Cependant, nous ne voyons pas que cette terminaifon en *ire* foit appropriée à un défir vif & ardent dans
ire, exire, abire, aller, fortir, s'en aller, dans *vincire,*
lier ; *fcaturire,* fourdir, jaillir ; *condire,* affaifonner ;
parturire, accoucher ; *grunnire,* gronder, grouiner,
ancien mot qui exprimait très-bien le cri du porc.

Il faut avouer furtout que cet *ire* n'eft approprié
à aucun défir très-vif, dans *balbutire*, balbutier ;
fingultire, fangloter ; *perire*, périr. Perfonne n'a envie
ni de balbutier, ni de fangloter, encore moins de
périr. Ce petit fyftème eft fort en défaut ; nouvelle
raifon pour fe défier des fyftèmes.

Le même auteur paraît aller trop loin en difant :
*Nous alongeons les lèvres en-dehors , & tirons , pour
ainfi dire, le bout d'en-haut de cette corde pour faire
fonner* u *voyelle particulière aux Français , & que n'ont
pas les autres nations.*

Il eft vrai que le précepteur du Bourgeois gentilhomme lui apprend qu'il fait un peu la moue en
prononçant *u ;* mais il n'eft pas vrai que les autres
nations ne faffent pas un peu la moue auffi.

L'auteur ne parle fans doute ni l'efpagnol , ni
l'anglais, ni l'allemand, ni le hollandais ; il s'en eft
rapporté à d'anciens auteurs qui ne favaient pas plus
ces langues que celles du Sénégal & du Thibet, que
cependant l'auteur cite. Les Efpagnols difent *fu padre,
fu madre*, avec un fon qui n'eft pas tout-à-fait le *u*
des Italiens ; ils prononcent *mui* en approchant un
peu plus de la lettre *u* que de l'*ou ;* ils ne prononcent
pas fortement *oufted :* ce n'eft pas le *furiale fonans u*
des Romains.

Les Allemands fe font accoutumés à changer un
peu l'*u* en *i ;* de-là vient qu'ils vous demandent
toujours des *ékis* au lieu d'écus. Plufieurs allemands
prononcent aujourd'hui *flûte* comme nous ; ils prononçaient autrefois *flaûte*. Les Hollandais ont confervé
l'*u*, témoin la comédie de Mme *Alikruc* , & leur *u
diener*. Les Anglais , qui ont corrompu toutes les

voyelles, n'ont point abandonné l'*u;* ils prononcent toujours *wi* & non *oui*, qu'ils n'articulent qu'à peine. Ils difent *vertu* & *true*, le vrai, non *vertou* & *troue.*

Les Grecs ont toujours donné à l'*upfilon* le fon de notre *u*, comme l'avouent *Calepin* & *Scapula* à la lettre *upfilon;* & comme le dit *Cicéron, de oratore.*

Le même auteur fe trompe encore en affurant que les mots anglais *humour* & *fpleen* ne peuvent fe traduire. Il en a cru quelques français mal inftruits. Les Anglais ont pris leur *humour*, qui fignifie chez eux plaifanterie naturelle, de notre mot *humeur* employé en ce fens dans les premières comédies de *Corneille*, & dans toutes les comédies antérieures. Nous dîmes enfuite *belle humeur.* D'*Affouci* donna fon *Ovide* en belle humeur; & enfuite on ne fe fervit de ce mot que pour exprimer le contraire de ce que les Anglais entendent. *Humeur* aujourd'hui fignifie chez nous chagrin. Les Anglais fe font ainfi emparés de prefque toutes nos expreffions. On en ferait un livre.

A l'égard de *fpleen*, il fe traduit très-exactement; c'eft la rate. Nous difions, il n'y a pas long-temps, *vapeurs de rate.*

> Veut-on qu'on rabate
> Les vapeurs de rate
> Qui nous minent tous ?
> Qu'on laiffe Hippocrate.
> Et qu'on vienne à nous.

Nous avons fupprimé rate, & nous nous fommes bornés aux vapeurs.

Le même auteur dit (*a*) *que les Français se plaisent surtout à ce qu'ils appellent avoir de l'esprit. Cette expression est propre à leur langue, & ne se trouve en aucune autre.* Il n'y en a point en anglais de plus commune ; *wit, witty,* font précifément la même chofe. Le comte de *Rochefter* appelle toujours *witty king* le roi *Charles II,* qui, felon lui, difait tant de jolies chofes, & n'en fit jamais une bonne. Les Anglais prétendent que ce font eux qui difent les bons mots, & que ce font les Français qui rient.

Et que deviendra l'*ingegnofo* des Italiens, & l'*agudezza* des Efpagnols dont nous avons parlé à l'article *Franc*?

Le même auteur remarque très-judicieufement (*b*) que lorfqu'un peuple eft fauvage, il eft fimple, & fes expreffions le font auffi. ,, Le peuple hébreu était à ,, demi-fauvage, le livre de fes lois traite fans détour ,, des chofes naturelles que nos langues ont foin de ,, voiler. C'eft une marque que chez eux ces façons ,, de parler n'avaient rien de licencieux ; car on n'aurait ,, pas écrit un livre de lois d'une manière contraire ,, aux mœurs &c. ,,

Nous avons donné un exemple frappant de cette fimplicité qui ferait aujourd'hui plus que cynique, quand nous avons cité les aventures d'*Oolla* & d'*Ooliba*, & celles d'*Ofée* : & quoiqu'il foit permis de changer d'opinion, nous efpérons que nous ferons toujours de celle de l'auteur de la *Mécanique du langage*, quand même plufieurs doctes n'en feraient pas.

Mais nous ne pouvons penfer comme l'auteur de cette Mécanique, quand il dit : (*c*)

(*a*). Tome I. (*b*) Tome II., page 146. (*c*) Page 147.

A a 4

,, En Occident l'idée malhonnête est attachée à
,, l'union des sexes; en Orient elle est attachée à
,, l'usage du vin; ailleurs elle pourrait l'être à l'usage
,, du fer où du feu. Chez les musulmans, à qui le
,, vin est défendu par la loi, le mot *cherab* qui signifie
,, en général sirop, sorbet, liqueur, mais plus parti-
,, culièrement le vin, & les autres mots relatifs à celui-
,, là, sont regardés par les gens fort religieux comme
,, des termes obscènes, ou du moins trop libres pour
,, être dans la bouche d'une personne de bonnes
,, mœurs. Le préjugé sur l'obscénité du discours a
,, pris tant d'empire qu'il ne cesse pas, même dans le
,, cas où l'action à laquelle on a attaché l'idée est
,, honnête & légitime, permise & prescrite; de sorte
,, qu'il est toujours malhonnête de dire ce qu'il est
,, très-souvent honnête de faire.

,, A dire vrai, la décence s'est ici contentée d'un
,, fort petit sacrifice. Il doit toujours paraître singu-
,, lier que l'obscénité soit dans les mots, & ne soit
,, pas dans les idées &c. ,,

L'auteur paraît mal instruit des mœurs de Constantinople. Qu'il interroge M. *du Tot*, il lui dira que
le mot de *vin* n'est point du tout obscène chez les
Turcs. Il est même impossible qu'il le soit, puisque
les Grecs sont autorisés chez eux à vendre du vin,
Jamais dans aucune langue l'obscénité n'a été attachée
qu'à certains plaisirs qu'on ne s'est presque jamais
permis devant témoins, parce qu'on ne les goûte que
par des organes qu'il faut cacher. On ne cache point
sa bouche. C'est un péché chez les musulmans de jouer
aux dés, de ne point coucher avec sa femme le ven-
dredi, de boire du vin, de manger pendant le ramadan

avant le coucher du soleil; mais ce n'eſt point une choſe obſcène.

Il faut de plus remarquer que toutes les langues ont des termes divers qui donnent des idées toutes différentes de la même choſe. Mariage, *ſponſalia*, exprime un engagement légal. Conſommer le mariage, *matrimonio uti*, ne préſente que l'idée d'un devoir accompli. *Membrum virile in vaginam intromittere* n'eſt qu'une expreſſion d'anatomie. *Amplecti amoroſè juvenem uxorem* eſt une idée voluptueuſe. D'autres mots ſont des images qui alarment la pudeur.

Ajoutons que ſi dans les premiers temps d'une nation ſimple, dure & groſſière, on ſe ſert des ſeuls termes qu'on connaiſſe pour exprimer l'acte de la génération, comme l'auteur l'a très-bien obſervé chez les demi-ſauvages juifs, d'autres peuples emploient les mots obſcènes quand ils ſont devenus plus raffinés & plus polis. *Oſée* ne ſe ſert que du terme qui répond au *fodere* des Latins; mais *Auguſte* haſarde effrontément les mots *futuere*, *mentula*, dans ſon infame épigramme contre *Fulvie*. *Horace* prodigue le *futuo*, le *mentula*, le *cunnus*. On inventa même les expreſſions honteuſes de *criſſare*, *fellare*, *irrumare*, *cevere*, *cunni linguis*. On les trouve trop ſouvent dans *Catulle* & dans *Martial*. Elles repréſentent des turpitudes à peine connues parmi nous; auſſi n'avons-nous point de termes pour les rendre.

Le mot de *gabaoutar*, inventé à Veniſe au ſeizième ſiècle, exprimait une infamie inconnue aux autres nations.

Il n'y a point de langues qui puiſſe traduire certaines épigrammes de *Martial*, ſi chères aux empereurs *Adrien* & *Lucius Verus*.

Génie des langues.

ON appelle *génie d'une langue* fon aptitude à dire
de la manière la plus courte & la plus harmonieufe
ce que les autres langages expriment moins heureufement.

Le latin, par exemple, eft plus propre au ftyle lapi-
daire que les langues modernes, à caufe de leurs
verbes auxiliaires qui alongent une infcription & qui
l'énervent.

Le grec, par fon mélange mélodieux de voyelles
& de confonnes, eft plus favorable à la mufique que
l'allemand & le hollandais.

L'italien, par des voyelles beaucoup plus répétées,
fert peut-être encore mieux la mufique efféminée.

Le latin & le grec étant les feules langues qui aient
une vraie quantité, font plus faites pour la poëfie que
toutes les autres langues du monde.

Le français par la marche naturelle de toutes fes
conftructions, & auffi par fa profodie, eft plus propre
qu'aucune autre à la converfation. Les étrangers, par
cette raifon même, entendent plus aifément les livres
français que ceux des autres peuples. Ils aiment dans
les livres philofophiques français une clarté de ftyle
qu'ils trouvent ailleurs affez rarement.

C'eft ce qui a donné enfin la préférence au français
fur la langue italienne même, qui, par fes ouvrages
immortels du feizième fiècle, était en poffeffion de
dominer dans l'Europe.

L'auteur du *Mécanifme du langage* penfe dépouiller
le français de cet ordre même, & de cette clarté qui
fait fon principal avantage. Il va jufqu'à citer des

auteurs peu accrédités, & même *Pluche*, pour faire
croire que les inversions du latin sont naturelles, &
que c'est la construction naturelle du français qui est
forcée. Il rapporte cet exemple tiré de la manière
d'étudier les langues. Je n'ai jamais lu ce livre, mais
voici l'exemple. (*d*)

*Goliathum proceritatis inusitatæ virum David adolescens
impacto in ejus frontem lapide prostravit, & allophylum cùm
inermis puer esset ei detracto gladio confecit.*

Le jeune *David* renversa d'un coup de fronde au
milieu du front *Goliath*, homme d'une taille prodigieuse, & tua cet étranger avec son propre sabre qu'il
lui arracha : car *David* était un enfant désarmé.

Premièrement, j'avouerai que je ne connais guère
de plus plat latin, ni de plus plat français, ni d'exemple
plus mal choisi. Pourquoi écrire dans la langue de
Cicéron un morceau d'histoire judaïque, & ne pas
prendre quelque phrase de *Cicéron* même pour
exemple ? Pourquoi me faire de ce géant *Goliath* un
Goliathum ? Ce *Goliathus* était, dit-il, d'une grandeur
inusitée, *proceritatis inusitatæ*. On ne dit *inusité* en aucun
pays que des choses d'usage qui dépendent des hommes ;
une phrase inusitée, une cérémonie inusitée, un ornement inusité ; mais pour une taille inusitée, comme si
Goliathus s'était mis ce jour-là une taille plus haute
qu'à l'ordinaire, cela me paraît fort inusité.

Cicéron dit à *Quintus* son frère, *absurdæ & inusitatè
scriptæ epistolæ ;* ses lettres sont absurdes & d'un style
inusité. N'est-ce pas là le cas de *Pluche* ?

In ejus frontem ; Tite-Live & *Tacite* auraient-ils mis ce
froid *ejus* ? n'auraient-ils pas dit simplement *in frontem* ?

(*d*) Tome I, page 76.

Que veut dire *impacto lapide*? cela n'exprime pas un coup de fronde.

Et *allophylum cùm puer inermis effet*? voilà une plaisante antithèse; il renversa l'étranger quoiqu'il fût désarmé; étranger & désarmé ne font-ils pas une belle opposition? & de plus, dans cette phrase lequel des deux était désarmé? il y a quelque apparence que c'était *Goliath*, puisque le petit *David* le tua si aisément. *Puer* ne désigne pas assez clairement *David*. Le géant pouvait être aussi jeune que lui.

Je n'examine point comment on renverse avec un petit caillou lancé au front de bas en haut, un guerrier dont le front est armé d'un casque; je me borne au latin de *Pluche*.

Le français ne vaut guère mieux que le latin. Voici comme un jeune écolier vient de le refaire.

,, *David* à peine dans son adolescence, sans autres
,, armes qu'une simple fronde, renverse le géant
,, *Goliath* d'un coup de pierre au milieu du front; il
,, lui arrache son épée, il lui coupe la tête de son
,, propre glaive. ,,

Ensuite pour nous convaincre de l'obscurité de la langue française, & du renversement qu'elle fait des idées, on nous cite les parallogismes de *Pluche*. (*e*)

,, Dans la marche que l'on fait prendre à la phrase
,, française, on *renverse* entièrement l'ordre des choses
,, qu'on y rapporte; & pour avoir égard au génie,
,, ou plutôt à la pauvreté de nos langues vulgaires,
,, on met en pièces le tableau de la nature. Dans le
,, français le jeune homme *renverse* avant qu'on sache
,, qu'il y ait quelqu'un à *renverser* : le grand *Goliath*

(*e*) Tome I, page 76.

„ eſt déjà par terre, qu'il n'a encore été fait aucune
„ mention ni de la fronde, ni de la pierre qui a fait
„ le coup ; & ce n'eſt qu'après que l'étranger a la tête
„ coupée, que le jeune homme trouve une épée au
„ lieu de fronde pour l'achever. Ceci nous conduit à
„ une vérité fort remarquable, que c'eſt ſe tromper
„ de croire, comme on fait, qu'il y ait inverſion ou
„ *renverſement* dans la phraſe des anciens, tandis que
„ c'eſt réellement dans notre langue moderne qu'eſt
„ le déſordre. „

Je vois ici tout le contraire ; & de plus, je vois
dans chaque partie de la phraſe françaiſe un ſens
achevé qui me fait attendre un nouveau ſens, une
nouvelle action. Si je dis, comme dans le latin, *Goliath
homme d'une procérité inuſitée, l'adoleſcent David* ; je ne
vois là qu'un géant, qu'un enfant ; point de commencement d'action ; peut-être que l'enfant prie le géant
de lui abattre des noix ; & peu m'importe. Mais *David
à peine dans ſon adoleſcence, ſans autres armes qu'une ſimple
fronde* ; voilà déjà un ſens complet, voilà un enfant
avec une fronde, qu'en va-t-il faire ? il renverſe ; qui ?
un géant ; comment ? en l'atteignant au front. Il lui
arrache ſon grand ſabre, pourquoi ? pour couper la
tête du géant. Y a-t-il une gradation plus marquée ?

Mais ce n'était pas de tels exemples que l'auteur du
Mécaniſme du langage devait propoſer. Que ne rappor-
tait-il de beaux vers de *Racine* ? que n'en comparait-il
la ſyntaxe naturelle avec les inverſions admiſes dans
toutes nos anciennes poëſies ?

Autrefois la Fortune & la Victoire mêmes
Cachaient mes cheveux blancs ſous trente diadèmes.
Cet heureux temps n'eſt plus !

Tranſpoſez les termes ſelon le génie latin à la manière de *Ronſard ; ſous diadèmes trente cachaient mes cheveux blancs fortune & victoire mêmes. Plus n'eſt ce temps heureux !*

C'eſt ainſi que nous écrivions autrefois ; il n'aurait tenu qu'à nous de continuer : mais nous avons ſenti que cette conſtruction ne convenait pas au génie de notre langue, qu'il faut toujours conſulter. Ce génie, qui eſt celui du dialogue, triomphe dans la tragédie & dans la comédie, qui n'eſt qu'un dialogue continuel ; il plaît dans tout ce qui demande de la naïveté, de l'agrément dans l'art de narrer, d'expliquer &c. Il s'accommode peut-être aſſez peu de l'ode qui demande, dit-on, une eſpèce d'ivreſſe & de déſordre, & qui autrefois exigeait de la muſique.

Quoi qu'il en ſoit, connaiſſez bien le génie de votre langue ; &, ſi vous avez du génie, mêlez-vous peu des langues étrangères, & ſurtout des orientales ; à moins que vous n'ayez vécu trente ans dans Alep.

SECTION II.

Sans la langue, en un mot, l'auteur le plus divin
Eſt toujours, quoi qu'il faſſe, un mauvais écrivain.

TROIS choſes ſont abſolument néceſſaires, régularité, clarté, élégance. Avec les deux premières on parvient à ne pas écrire mal ; avec la troiſième on écrit bien.

Ces trois mérites, qui furent abſolument ignorés dans l'univerſité de Paris depuis ſa fondation, ont été presque toujours réunis dans les écrits de *Rollin* ancien professeur. Avant lui on ne savait ni écrire ni penser en français ; il a rendu un service éternel à la jeunesse.

Ce qui peut paraître étonnant, c'est que les Français n'ont point d'auteur plus châtié en prose que *Racine* & *Boileau* le sont en vers ; car il est ridicule de regarder comme des fautes quelques nobles hardiesses de poësie qui sont de vraies beautés, & qui enrichissent la langue au lieu de la défigurer.

Corneille pécha trop souvent contre la langue, quoiqu'il écrivît dans le temps même qu'elle se perfectionnait. Son malheur était d'avoir été élevé en province, & d'y composer même ses meilleures pièces. On trouve trop souvent chez lui des impropriétés, des solécismes, des barbarismes & de l'obscurité ; mais aussi dans ses beaux morceaux il est souvent aussi pur que sublime.

Celui qui commenta *Corneille* avec tant d'impartialité, celui qui dans son commentaire parla avec tant de chaleur des beaux morceaux de ces tragédies, & qui n'entreprit le commentaire que pour mieux parvenir à l'établissement de la petite-fille de ce grand-homme, a remarqué qu'il n'y a pas une seule faute de langage dans la grande scène de *Cinna* & d'*Emilie*, où *Cinna* rend compte de son entrevue avec les conjurés ; & à peine en trouve-t-il une ou deux dans cette autre scène immortelle où *Auguste* délibère s'il se démettra de l'empire.

Par une fatalité singulière, les scènes les plus froides de ses autres pièces sont celles où l'on trouve le plus de vices de langage. Presque toutes ces scènes n'étant point animées par des sentimens vrais & intéressans,

& n'étant remplies que de raisonnemens alambiqués, péchent autant par l'expression que par le fond même. Rien n'y est clair, rien ne se montre au grand jour: tant est vrai ce que dit *Boileau* :

Ce que l'on conçoit bien s'énonce clairement.

L'impropriété des termes est le défaut le plus commun dans les mauvais ouvrages.

Harmonie des langues.

J'AI connu plus d'un anglais & plus d'un allemand qui ne trouvaient d'harmonie que dans leurs langues. La langue russe qui est la slavonne, mêlée de plusieurs mots grecs & de quelques-uns tartares, paraît mélodieuse aux oreilles russes.

Cependant un allemand, un anglais qui aura de l'oreille & du goût, sera plus content d'*ouranos* que de *heaven* & de *himmel*; d'*anthropos* que de *man*; de *Theos* que de *God* ou *Gott*; d'*aristos* que de *goud*. Les dactyles & les spondées flatteront plus son oreille que les syllabes uniformes & peu senties de tous les autres langages.

Toutefois, j'ai connu de grands scoliastes qui se plaignaient violemment d'*Horace*. Comment, disent-ils, ces gens-là qui passent pour les modèles de la mélodie, non-seulement font heurter continuellement des voyelles les unes contre les autres, ce qui nous est expressément défendu; non-seulement ils vous alongent ou vous raccourcissent un mot à la façon grecque selon leur besoin, mais ils vous coupent hardiment un mot en deux; ils mettent une moitié à la

fin

fin d'un vers , & l'autre moitié à la fin du vers
fuivant.

> *Redditum Cyri folio Phraaten*
> *Diffidens plebi numero beato-*
> *rum eximit virtus &c.*

C'eft comme fi nous écrivions dans une ode en
français :

> Défions-nous de la fortu-
> ne & n'en croyons que la vertu.

Horace ne fe bornait pas à ces petites libertés ; il
met à la fin de fon vers la première lettre du mot
qui commence le vers qui fuit.

> *Jove non probante u-*
> *xorius amnis.*

> Ce Dieu du Tibre ai-
> mait beaucoup fa femme.

Que dirons-nous de ces vers harmonieux :

> *Septimi , Gades aditure mecum, &*
> *Cantabrum indoctum juga ferre noftra , &*

> Septime qu'avec moi je mène à Cadix, et
> Qui verrez le Cantabre ignorant du joug, et.

Horace en a cinquante de cette force, & *Pindare* en
eft tout rempli.

Tout eft noble dans Horace, dit *Dacier* dans fa préface. N'aurait-il pas mieux fait de dire : tantôt *Horace*
a de la nobleffe, tantôt de la délicateffe & de l'enjoue-
ment &c. ?

Dictionn. philofoph. Tome V.   B b

Le malheur des commentateurs de toute espèce est, ce me semble, de n'avoir jamais d'idée précise, & de prononcer de grands mots qui ne signifient rien. Monsieur & madame *Dacier* y étaient fort sujets avec tout leur mérite.

Je ne vois pas quelle noblesse, quelle grandeur peut nous frapper dans ces ordres qu'*Horace* donne à son laquais, en vers qualifiés du nom d'*ode*. Je me sers, à quelques mots près, de la traduction même de *Dacier*.

Laquais, je ne suis point pour la magnificence des Perses. Je ne puis souffrir les couronnes pliées avec des bandelettes de tilleul. Cesse donc de t'informer où tu pourras trouver des roses tardives. Je ne veux que du simple myrte sans autre façon. Le myrte sied bien à un laquais comme toi, & à moi qui bois sous une petite treille.

Ses vers contre de pauvres vieilles, & contre des sorcières, me semblent encore moins nobles que l'ode à son laquais.

Mais revenons à ce qui dépend uniquement de la langue. Il paraît évident que les Romains & les Grecs se donnaient des libertés qui seraient chez nous des licences intolérables.

Pourquoi voyons-nous tant de moitiés de mots à la fin des vers dans les odes d'*Horace*, & pas un exemple de cette licence dans *Virgile* ?

N'est-ce point parce que les odes étaient faites pour être chantées, & que la musique fesait disparaître ce défaut ? il faut bien que cela soit, puisqu'on voit dans *Pindare* tant de mots coupés en deux d'un vers à l'autre, & qu'on n'en voit pas dans *Homère*.

Mais, me dira-t-on, les rapfodes chantaient les vers d'*Homère*. On chantait des morceaux de l'Enéide à Rome comme on chante des ftances de l'*Ariofte* & du *Taffe* en Italie. Il eft clair, par l'exemple du *Taffe*, que ce ne fut pas un chant proprement dit, mais une déclamation foutenue à peu près comme quelques morceaux affez mélodieux du chant grégorien.

Les Grecs prenaient d'autres libertés qui nous fon rigoureufement interdites. Par exemple, de répéter fouvent dans la même page des épithètes, des moitiés de vers, des vers même tout entiers; & cela prouve qu'ils ne s'aftreignaient pas à la même correction que nous. Le *podas okus akilles*, l'*olimpia domata ekontas*, l'*ekibolon apollona* &c. &c., flattent agréablement l'oreille. Mais fi dans nos langues modernes nous fefions rimer fi fouvent *Achille aux-pieds-légers*, les flèches d'*Apollon*, *les demeures céleftes*, nous ne ferions pas tolérés.

Si nous fefions répéter par un perfonnage les mêmes paroles qu'un autre perfonnage lui a dites, ce double emploi ferait plus infupportable encore.

Si le *Taffe* s'était fervi tantôt du dialecte berga-mafque, tantôt du patois du Piémont, tantôt de celui de Gènes, il n'aurait été lu de perfonne. Les Grecs avaient donc pour leur poëfie des facilités qu'aucune nation ne s'eft permife. Et de tous les peuples, le Français eft celui qui s'eft afservi à la gêne la plus rigoureufe.

SECTION III.

IL n'eſt aucune langue complète, aucune qui puiſſe exprimer toutes nos idées & toutes nos ſenſations; leurs nuances ſont trop imperceptibles & trop nombreuſes. Perſonne ne peut faire connaître préciſément le degré du ſentiment qu'il éprouve. On eſt obligé, par exemple, de déſigner, ſous le nom général d'*amour* & de *haine*, mille amours & mille haines toutes différentes; il en eſt de même de nos douleurs & de nos plaiſirs. Ainſi toutes les langues ſont imparfaites comme nous.

Elles ont toutes été faites ſucceſſivement & par degrés ſelon nos beſoins. C'eſt l'inſtinct commun à tous les hommes qui a fait les premières grammaires ſans qu'on s'en aperçût. Les Lapons, les Nègres, auſſi-bien que les Grecs, ont eu beſoin d'exprimer le paſſé, le préſent, le futur; & ils l'ont fait : mais comme jamais il n'y a eu d'aſſemblée de logiciens qui ait formé une langue, aucune n'a pu parvenir à un plan abſolument régulier.

Tous les mots, dans toutes les langues poſſibles, ſont néceſſairement l'image des ſenſations. Les hommes n'ont pu jamais exprimer que ce qu'ils ſentaient. Ainſi tout eſt devenu métaphore, par-tout on éclaire l'ame, le cœur brûle, l'eſprit voit, il compoſe, il unit, il diviſe, il s'égare, il ſe recueille, il ſe diſſipe.

Toutes les nations ſe ſont accordées à nommer *ſouffle*, *eſprit*, *ame*, l'entendement humain dont ils ſentent les effets ſans le voir, après avoir nommé *vent*, *souffle*, *esprit*, l'agitation de l'air qu'ils ne voient point.

Chez tous les peuples l'infini a été négation de fini ; immensité, négation de mesure. Il est évident que ce sont nos cinq sens qui ont produit toutes les langues, aussi-bien que toutes nos idées.

Les moins imparfaites sont comme les lois : celles dans lesquelles il y a le moins d'arbitraire sont les meilleures.

Les plus complètes sont nécessairement celles des peuples qui ont le plus cultivé les arts & la société. Ainsi la langue hébraïque devait être une des langues les plus pauvres, comme le peuple qui la parlait. Comment les Hébreux auraient-ils pu avoir des termes de marine, eux qui avant *Salomon* n'avaient pas un bateau ? comment les termes de la philosophie, eux qui furent plongés dans une si profonde ignorance jusqu'au temps où ils commencèrent à apprendre quelque chose dans leur transmigration à Babylone ? La langue des Phéniciens, dont les Hébreux tirèrent leur jargon, devait être très-supérieure, parce qu'elle était l'idiome d'un peuple industrieux, commerçant, riche, répandu dans toute la terre.

La plus ancienne langue connue doit être celle de la nation rassemblée le plus anciennement en corps de peuple. Elle doit être encore celle du peuple qui a été le moins subjugué, ou qui l'ayant été a policé ses conquérans. Et à cet égard, il est constant que le chinois & l'arabe sont les plus anciennes langues de toutes celles qu'on parle aujourd'hui.

Il n'y a point de langue-mère. Toutes les nations voisines ont emprunté les unes des autres : mais on a donné le nom de *langue-mère* à celles dont quelques idiomes connus font dérivés. Par exemple, le latin eft langue-mère, par rapport à l'italien, à l'efpagnol, au français : mais il était lui-même dérivé du tofcan ; & le tofcan l'était du celte & du grec.

Le plus beau de tous les langages doit être celui qui eft à la fois le plus complet, le plus fonore, le plus varié dans fes tours, & le plus régulier dans fa marche, celui qui a le plus de mots compofés, celui qui par fa profodie exprime le mieux les mouvemens lents ou impétueux de l'ame, celui qui reffemble le plus à la mufique.

Le grec a tous ces avantages ; il n'a point la rudeffe du latin, dont tant de mots finiffent en *um*, *ur*, *us*. Il a toute la pompe de l'efpagnol, & toute la douceur de l'italien. Il a par-deffus toutes les langues vivantes du monde l'expreffion de la mufique, par les fyllabes longues & brèves. Ainfi tout défiguré qu'il eft aujourd'hui dans la Grèce, il peut être encore regardé comme le plus beau langage de l'univers.

La plus belle langue ne peut être la plus généralement répandue, quand le peuple qui la parle eft opprimé, peu nombreux, fans commerce avec les autres nations, & quand ces autres nations ont cultivé leurs propres langages. Ainfi le grec doit être moins étendu que l'arabe, & même que le turc.

De toutes les langues de l'Europe, la françaife doit être la plus générale, parce qu'elle eft la plus propre à la converfation : elle a pris fon caractère dans celui du peuple qui la parle.

Les Français ont été, depuis près de cent cinquante ans, le peuple qui a le plus connu la société, qui en a le premier écarté toute la gêne, & le premier chez qui les femmes ont été libres & même souveraines, quand elles n'étaient ailleurs que des esclaves. La syntaxe de cette langue toujours uniforme, & qui n'admet point d'inversions, est encore une facilité que n'ont guère les autres langues ; c'est une monnaie plus courante que les autres, quand même elle manquerait de poids. La quantité prodigieuse de livres agréablement frivoles que cette nation a produits, est encore une raison de la faveur que sa langue a obtenue chez toutes les nations.

Des livres profonds ne donneront point de cours à une langue : on les traduira ; on apprendra la philosophie de *Newton* ; mais on n'apprendra pas l'anglais pour l'entendre.

Ce qui rend encore le français plus commun, c'est la perfection où le théâtre a été porté dans cette langue. C'est à Cinna, à Phèdre, au Misanthrope qu'elle a dû sa vogue, & non pas aux conquêtes de *Louis XIV*.

Elle n'est ni si abondante & si maniable que l'italien, ni si majestueuse que l'espagnol, ni si énergique que l'anglais ; & cependant elle a fait plus de fortune que ces trois langues, par cela seul qu'elle est plus de commerce, & qu'il y a plus de livres agréables chez elle qu'ailleurs : elle a réussi comme les cuisiniers de France, parce qu'elle a plus flatté le goût général.

Le même esprit qui a porté les nations à imiter les Français dans leurs ameublemens, dans la distribution des appartemens, dans les jardins, dans la danfe, dans tout ce qui donne de la grâce, les a portés auffi à parler leur langue. Le grand art des bons écrivains français eft précifément celui des femmes de cette nation, qui fe mettent mieux que les autres femmes de l'Europe, & qui fans être plus belles le paraiffent par l'art de leur parure, par les agrémens nobles & fimples qu'elles fe donnent fi naturellement.

C'eft à force de politeffe que cette langue eft parvenue à faire difparaître les traces de fon ancienne barbarie. Tout attefterait cette barbarie à qui voudrait y regarder de près. On verrait que le nombre *vingt* vient de *viginti*, & qu'on prononçait autrefois ce *g* & ce *t* avec une rudeffe propre à toutes les nations feptentrionales; du mois d'*Auguftus* on fit le mois d'aouft.

Il n'y a pas long-temps qu'un prince allemand croyant qu'en France on ne prononçait jamais autrement le terme d'*Augufte*, appelait le roi *Augufte* de Pologne le roi *Aouft*.

De *pavo* nous fîmes *paon*; nous le prononcions comme *phaon*; & aujourd'hui nous difons *pan*.

De *lupus* on avait fait *loup*, & on fefait entendre le *p* avec une dureté infupportable. Toutes les lettres qu'on a retranchées depuis dans la prononciation, mais qu'on a confervées en écrivant, font nos anciens habits de fauvages.

C'eft quand les mœurs fe font adoucies, qu'on a auffi adouci la langue : elle était agrefte comme nous, avant que *François I* eût appelé les femmes à fa cour. Il eût autant valu parler l'ancien celte que le français du temps de *Charles VIII* & de *Louis XII*. L'allemand n'était pas plus dur. Tous les imparfaits avaient un son affreux ; chaque syllabe se prononçait dans *aimoient*, *fefoient*, *croyoient* ; on difait, ils *croy-oi-ent* ; c'était un croaffement de corbeaux , comme dit l'empereur *Julien* du langage celte, plutôt qu'un langage d'hommes.

Il a fallu des fiècles pour ôter cette rouille. Les imperfections qui reftent feraient encore intolérables, fans le foin qu'on prend continuellement de les éviter, comme un habile cavalier évite les pierres fur fa route.

Les bons écrivains font attentifs à combattre les expreffions vicieufes que l'ignorance du peuple met d'abord en vogue, & qui, adoptées par les mauvais auteurs, paffent enfuite dans les gazettes & dans les écrits publics. Ainfi du mot italien *celata*, qui fignifie *elmo*, *cafque*, *armet*, les foldats français firent en Italie le mot de *falade* ; de forte que quand on difait : *il a pris fa falade*, on ne favait fi celui dont on parlait avait pris fon *cafque* ou des *laitues*. Les gazetiers ont traduit le mot *ridotto* par *redoute*, qui fignifie une efpèce de fortification : mais un homme qui fait fa langue confervera toujours le mot d'*affemblée*. *Roftbeef* fignifie en anglais du *bœuf rôti* ; & nos maîtres-d'hôtel nous parlent aujourd'hui d'un *roftbeef* de mouton. *Ridingcoat* veut dire un *habit de cheval* ; on en a fait *redingote*, & le peuple croit que c'eft un ancien mot de la langue. Il a bien fallu adopter cette expreffion avec le peuple, parce qu'elle fignifie une chofe d'ufage.

Le plus bas peuple, en fait de termes d'arts & métiers & des chofes néceffaires, fubjugue la cour, fi on l'ofe dire, comme en fait de religion. Ceux qui méprifent le plus le vulgaire font obligés de parler & de paraître penfer comme lui.

Ce n'eft pas mal parler que de nommer les chofes du nom que le bas peuple leur a impofé ; mais on reconnaît un peuple naturellement plus ingénieux qu'un autre par les noms propres qu'il donne à chaque chofe.

Ce n'eft que faute d'imagination qu'un peuple adapta la même expreffion à cent idées différentes. C'eft une ftérilité ridicule de n'avoir pas fu exprimer autrement *un bras de mer, un bras de balance, un bras de fauteuil;* il y a de l'indigence d'efprit à dire également la *tête d'un clou,* la *tête d'une armée.* On trouve le mot de *cul* par-tout, & très-mal à propos : une rue fans iffue ne reffemble en rien à un *cul de fac;* un honnête homme aurait pu appèler ces fortes de rues des *impaffes;* la populace les a nommées *culs;* & les reines ont été obligées de les nommer ainfi. Le fond d'un artichaut, la pointe qui termine le deffous d'une lampe, ne reffemblent pas plus à un *cul* que des rues fans paffage ; on dit pourtant toujours *cul d'artichaut, cul de lampe,* parce que le peuple qui a fait la langue était alors groffier. Les Italiens, qui auraient été plus en droit que nous de faire fouvent fervir ce mot, s'en font bien donné de garde. Le peuple d'Italie, né plus ingénieux que fes voifins, forma une langue beaucoup plus abondante que la nôtre.

Il faudrait que le cri de chaque animal eût un terme qui le diftinguât. C'eft une difette infupportable de manquer d'expreffion pour le cri d'un oifeau, pour celui d'un enfant; & d'appeler des chofes fi différentes du même nom. Le mot de *vagiſſement*, dérivé du latin *vagitus*, aurait exprimé très-bien le cri des enfans au berceau.

L'ignorance a introduit un autre uſage dans toutes les langues modernes. Mille termes ne ſignifient plus ce qu'ils doivent ſignifier. *Idiot* voulait dire *ſolitaire*, aujourd'hui il veut dire *ſot* ; *Epiphanie* ſignifiait *ſuperficie*, c'eſt aujourd'hui la fête des trois rois ; *baptiſer* c'eſt ſe plonger dans l'eau, nous diſons baptiſer du nom de *Jean* ou de *Jacques*.

A ces défauts de preſque toutes les langues, ſe joignent des irrégularités barbares. *Garçon*, *courtiſan*, *coureur*, ſont des mots honnêtes ; *garce*, *courtiſane*, *coureuſe*, ſont des injures. *Vénus* eſt un nom charmant, *vénérien* eſt abominable.

Un autre effet de l'irrégularité de ces langues compoſées au haſard dans des temps groſſiers, c'eſt la quantité de mots compoſés dont le ſimple n'exiſte plus. Ce ſont des enfans qui ont perdu leur père. Nous avons des *architraves* & point de *traves*, des *architectes* & point de *tectes*, des *ſoubaſſemens* & point de *baſſemens* ; il y a des choſes *ineffables* & point d'*effables*. On eſt *intrépide*, on n'eſt pas *trépide* ; *impotent*, & jamais *potent* ; un fonds eſt *inépuiſable*, ſans pouvoir être *puiſable*. Il y a des *impudens*, des *inſolens*, mais ni *pudens*, ni *ſolens* : *nonchalant* ſignifie *pareſſeux*, & *chalant* celui qui achète.

Toutes les langues tiennent plus ou moins de ces défauts ; ce ſont des terrains tous irréguliers, dont la main d'un habile artiſte ſait tirer avantage.

Il ſe gliſſe toujours dans les langues d'autres défauts qui font voir le caractère d'une nation. En France les modes s'introduifent dans les expreffions comme dans les coiffures. Un malade ou un médecin du bel air fe fera avifé de dire qu'il a eu un *foupçon* de fièvre, pour fignifier qu'il a eu une légère atteinte; voilà bientôt toute la nation qui a des *foupçons* de colique, des *foupçons* de haine, d'amour, de ridicule. Les prédicateurs vous difent en chaire qu'il faut avoir au moins un *foupçon* d'amour de DIEU. Au bout de quelques mois cette mode paffe pour faire place à une autre. *Vis-à-vis* s'introduit par-tout. On fe trouve dans toutes les converfations *vis-à-vis* de fes goûts & de fes intérêts. Les courtifans font bien ou mal *vis-à-vis* du roi; les miniftres embarraffés *vis-à-vis* d'eux-mêmes; le parlement en corps fait fouvenir la nation qu'il a été le foutien des lois *vis-à-vis* de l'archevêque, & les hommes, en chaire, font *vis-à-vis* de DIEU dans un état de perdition.

Ce qui nuit le plus à la nobleffe de la langue, ce n'eft pas cette mode paffagère dont on fe dégoûte bientôt, ce ne font pas les folécifmes de la bonne compagnie dans lefquels les bons auteurs ne tombent point; c'eft l'affectation des auteurs médiocres de parler de chofes férieufes dans le ftyle de la converfation. Vous lirez dans nos livres nouveaux de philofophie qu'il ne faut pas faire *à pure perte les frais de penfer;* que les éclipfes font *en droit d'effrayer le peuple;* qu'*Epicure* avait un extérieur *à l'uniffon de fon ame;* que *Clodius renvia fur Augufte,* & mille autres expreffions pareilles, dignes du laquais des *Précieufes ridicules.*

Le ftyle des ordonnances des rois, & des arrêts prononcés dans les tribunaux, ne fert qu'à faire

voir de quelle barbarie on est parti. On s'en moque
dans la comédie des *Plaideurs* :

> Lequel Jérôme, après plusieurs rebellions,
> Aurait atteint, frappé, moi sergent à la joue.

Cependant il est arrivé que des gazetiers & des feseurs
de journaux ont adopté cette incongruité; & vous
lisez dans des papiers publics : „ On a appris que
„ la flotte aurait mis à la voile le 7 mars, & qu'elle
„ aurait doublé les Sorlingues. „

Tout conspire à corrompre une langue un peu
étendue; les auteurs qui gâtent le style par affectation;
ceux qui écrivent en pays étranger, & qui mêlent
presque toujours des expressions étrangères à leur
langue naturelle; les négocians qui introduisent dans
la conversation les termes de leur comptoir, & qui
vous disent que l'Angleterre arme une flotte, mais
que *par contre* la France équipe des vaisseaux : les
beaux esprits des pays étrangers, qui, ne connaissant
pas l'usage, vous disent qu'un jeune prince a été
très-bien *éduqué*, au lieu de dire qu'il a reçu une
bonne éducation.

Toute langue étant imparfaite, il ne s'ensuit pas
qu'on doive la changer. Il faut absolument s'en tenir
à la manière dont les bons auteurs l'ont parlée; &
quand on a un nombre suffisant d'auteurs approuvés,
la langue est fixée. Ainsi on ne peut plus rien changer
à l'italien, à l'espagnol, à l'anglais, au français,
sans les corrompre; la raison en est claire, c'est qu'on
rendrait bientôt inintelligibles les livres qui font
l'instruction & le plaisir des nations.

LARMES.

LES larmes font le langage muet de la douleur.
Mais pourquoi ? quel rapport y a-t-il entre une idée
triſte, & cette liqueur limpide & ſalée, filtrée par une
petite glande au coin externe de l'œil ; laquelle
humeĉte la conjonĉtive & les petits points lacrymaux,
d'où elle deſcend dans le nez & dans la bouche par
le réſervoir appelé ſac lacrymal, & par ſes conduits ?

Pourquoi dans les enfans & dans les femmes dont
les organes ſont d'un réſeau faible & délicat, les
larmes ſont-elles plus aiſément excitées par la douleur
que dans les hommes faits, dont le tiſſu eſt plus
ferme ?

La nature a-t-elle voulu faire naître en nous la
compaſſion à l'aſpeĉt de ces larmes qui nous atten-
driſſent, & nous porter à ſecourir ceux qui les répandent ?
La femme ſauvage eſt auſſi fortement déterminée à
ſecourir l'enfant qui pleure, que le ferait une femme
de la cour, & peut-être davantage, parce qu'elle a
moins de diſtraĉtions & de paſſions.

Tout a une fin ſans doute dans le corps animal.
Les yeux ſurtout ont des rapports mathématiques ſi
évidens, ſi démontrés, ſi admirables avec les rayons
de lumière ; cette mécanique eſt ſi divine, que je ſerais
tenté de prendre pour un délire de fièvre chaude
l'audace de nier les cauſes finales de la ſtruĉture de
nos yeux.

L'uſage des larmes ne paraît pas avoir une fin ſi
déterminée & ſi frappante ; mais il ſerait beau que la
nature les fît couler pour nous exciter à la pitié.

Il y a des femmes qui font accufées de pleurer quand elles veulent. Je ne fuis nullement furpris de leur talent. Une imagination vive, fenfible & tendre peut fe fixer à quelque objet, à quelque reffouvenir douloureux, & fe le repréfenter avec des couleurs fi dominantes qu'elles lui arrachent des larmes. C'eft ce qui arrive à plufieurs acteurs, & principalement à des actrices, fur le théâtre.

Les femmes qui les imitent dans l'intérieur de leurs maifons, joignent à ce talent la petite fraude de paraître pleurer pour leur mari, tandis qu'en effet elles pleurent pour leur amant. Leurs larmes font vraies, mais l'objet en eft faux.

Il eft impoffible d'affecter les pleurs fans fujet, comme on peut affecter de rire. Il faut être fenfiblement touché pour forcer la glande lacrymale à fe comprimer & à répandre fa liqueur fur l'orbite de l'œil; mais il ne faut que vouloir pour former le rire.

On demande pourquoi le même homme qui aura vu d'un œil fec les événemens les plus atroces, qui même aura commis des crimes de fang-froid, pleurera au théâtre à la repréfentation de ces événemens & de ces crimes? c'eft qu'il ne les voit pas avec les mêmes yeux, il les voit avec ceux de l'auteur & de l'acteur. Ce n'eft plus le même homme; il était barbare, il était agité de paffions furieufes quand il vit tuer une femme innocente, quand il fe fouilla du fang de fon ami; il redevient homme au fpectacle. Son ame était remplie d'un tumulte orageux, elle eft tranquille, elle eft vide; la nature y rentre, il répand des larmes vertueufes. C'eft-là le vrai mérite, le grand bien des fpectacles; c'eft-là ce que ne peuvent jamais faire ces froides déclamations d'un orateur gagé pour ennuyer tout un auditoire pendant une heure.

Le capitoul *David*, qui sans s'émouvoir, vit & fit mourir l'innocent *Calas* sur la roue, aurait versé des larmes en voyant son propre crime dans une tragédie bien écrite & bien récitée.

C'est ainsi que *Pope* a dit dans le prologue du Caton d'*Addisson* :

Tyrant's no more their savage nature Kept;
And foes to virtue wonder'ed how they wept :

De se voir attendris les méchans s'étonnèrent,
Le crime eut des remords , & les tyrans pleurèrent.

LEPRE ET VEROLE.

IL s'agit ici de deux grandes divinités, l'une ancienne & l'autre moderne , qui ont régné dans notre hémisphère. Le révérend père dom *Calmet*, grand antiquaire, c'est-à-dire , grand compilateur de ce qu'on a dit autrefois, & de ce qu'on a répété de nos jours, a confondu la vérole & la lèpre. Il prétend que c'est de la vérole que le bon homme *Job* était attaqué ; & il suppose, d'après un fier commentateur nommé *Pinéda*, que la vérole & la lèpre font précisément la même chose. Ce n'est pas que *Calmet* soit médecin ; ce n'est pas qu'il raisonne, mais il cite ; & dans son métier de commentateur, les citations ont toujours tenu lieu de raisons. Il cite entr'autres le consul *Ausone* né gascon & poëte, précepteur du malheureux empereur *Gratien*, & que quelques-uns ont cru avoir été évêque.

Calmet,

Calmet, dans sa dissertation sur la maladie de *Job*
renvoie le lecteur à cette épigramme d'*Ausone* sur une
dame romaine nommée *Crispa*.

„ Crispa pour ses amans ne fut jamais farouche ;
„ Elle offre à leurs plaisirs & sa langue & sa bouche ;
„ Tous ses trous en tout temps furent ouverts pour eux :
„ Célébrons, mes amis, des soins si généreux. „

On ne voit pas ce que cette prétendue épigramme
a de commun avec ce qu'on impute à *Job*, qui
d'ailleurs n'a jamais existé, & qui n'est qu'un personnage allégorique d'une fable arabe, ainsi que nous
l'avons vu.

Quand *Astruc*, dans son Histoire de la vérole,
allègue des autorités pour prouver que la vérole vient
en effet de St Domingue, & que les Espagnols la
rapportèrent d'Amérique, ses citations sont plus
concluantes.

Deux choses prouvent, à mon avis, que nous
devons la vérole à l'Amérique ; la première est la
foule des auteurs, des médecins & des chirurgiens
du seizième siècle, qui attestent cette vérité ; la seconde
est le silence de tous les médecins & de tous les
poëtes de l'antiquité qui n'ont jamais connu cette
maladie, & qui n'ont jamais prononcé son nom.
Je regarde ici le silence des médecins & des poëtes
comme une preuve également démonstrative. Les
premiers, à commencer par *Hippocrate*, n'auraient
pas manqué de décrire cette maladie, de la carac-
tériser, de lui donner un nom, de chercher quelques
remèdes. Les poëtes, aussi malins que les médecins

font laborieux, auraient parlé dans leurs fatires de la chaudepiffe, du chancre, du poulain, de tout ce qui précède ce mal affreux & de toutes fes fuites. Vous ne trouvez pas un feul vers dans *Horace*, dans *Catulle*, dans *Martial*, dans *Juvénal*, qui ait le moindre rapport à la vérole; tandis qu'ils s'étendent tous avec tant de complaifance fur tous les effets de la débauche.

Il eft très-certain que la petite vérole ne fut connue des Romains qu'au fixième fiècle; que la vérole américaine ne fut apportée en Europe qu'à la fin du quinzième, & que la lèpre eft auffi étrangère à ces deux maladies que la paralyfie l'eft à la danfe de St Vit ou de St Guy.

La lèpre était une gale d'une efpèce horrible. Les Juifs en furent attaqués plus qu'aucun peuple des pays chauds, parce qu'ils n'avaient ni linge ni bains domeftiques. Ce peuple était fi mal-propre que fes légiflateurs furent obligés de lui faire une loi de fe laver les mains.

Tout ce que nous gagnâmes à la fin de nos croifades, ce fut cette gale; & de tout ce que nous avions pris, elle fût la feule chofe qui nous refta. Il fallut bâtir par-tout des léproferies, pour renfermer ces malheureux attaqués d'une gale peftilentielle & incurable.

La lèpre, ainfi que le fanatifme & l'ufure, avait été le caractère diftinctif des Juifs. Ces malheureux n'ayant point de médecins, les prêtres fe mirent en poffeffion de gouverner la lèpre, & d'en faire un point de religion. C'eft ce qui a fait dire à quelques téméraires que les Juifs étaient de véritables fauvages, dirigés par leurs jongleurs. Leurs prêtres, à la vérité, ne guériffaient pas la lèpre, mais ils féparaient les galeux de la fociété, & par-là ils acquéraient un pouvoir prodigieux. Tout homme atteint de ce mal était emprifonné comme un voleur; de forte qu'une femme qui voulait fe défaire de fon mari n'avait qu'à gagner un prêtre, le mari était enfermé; c'était une efpèce de lettre de cachet de ce temps-là. Les Juifs, & ceux qui les gouvernaient, étaient fi ignorans qu'ils prirent les teignes qui rongent les habits & les moififfures des murailles pour une lèpre. Ils imaginèrent donc la lèpre des maifons & des habits; de forte que le peuple, fes guenilles & fes cabanes, tout fut fous la verge facerdotale.

Une preuve qu'au temps de la découverte de la vérole, il n'y avait nul rapport entre ce mal & la lèpre, c'eft que le peu qui reftait encore de lépreux à la fin du quinzième fiècle ne voulut faire aucune forte de comparaifon avec les vérolés.

On mit d'abord quelques vérolés dans les hôpitaux des lépreux; mais ceux-ci les reçurent avec indignation. Ils préfentèrent requête pour en être féparés, comme des gens en prifon pour dettes, ou pour des affaires d'honneur, demandent à n'être pas confondus avec la canaille des criminels.

Nous avons déjà dit que le parlement de Paris rendit le 6 mars 1496 un arrêt par lequel tous les vérolés, qui n'étaient pas bourgeois de Paris, euffent à fortir dans vingt-quatre heures, fous peine d'être pendus. L'arrêt n'était ni chrétien, ni légal, ni fenfé; & nous en avons beaucoup de cette efpèce: mais il prouve que la vérole était regardée comme un fléau nouveau qui n'avait rien de commun avec la lèpre,

puifqu'on ne pendait point les lépreux pour avoir
couché à Paris, & qu'on pendait les vérolés.

Les hommes peuvent fe donner la lèpre par leur
faleté, ainfi qu'une certaine efpèce d'animaux auxquels la canaille reffemble affez ; mais pour la vérole,
c'eft la nature qui a fait ce préfent à l'Amérique.
Nous lui avons déjà reproché à cette nature, fi bonne
& fi méchante, fi éclairée & fi aveugle, d'avoir été
contre fon but, en empoifonnant la fource de la vie ;
& nous gémiffons encore de n'avoir point trouvé de
folution à cette difficulté terrible.

Nous avons vu ailleurs que l'homme en général,
l'un portant l'autre, n'a qu'environ vingt-deux ans à
vivre ; & pendant ces vingt-deux ans il eft fujet à
plus de vingt-deux mille maux, dont plufieurs font
incurables.

Dans cet horrible état on fe pavane encore ; on fait
l'amour au hafard de tomber en pourriture, on
s'intrigue, on fait la guerre, on fait des projets comme
fi on devait vivre mille fiècles dans les délices.

LETTRES, GENS DE LETTRES,
OU LETTRÉS.

DANS nos temps barbares, lorfque les Francs, les
Germains, les Bretons, les Lombards, les Mofarabes
efpagnols ne favaient ni lire ni écrire, on inftitua
des écoles, des univerfités, compofées prefque toutes
d'eccléfiaftiques, qui, ne fachant que leur jargon,
enfeignèrent ce jargon à ceux qui voulurent l'apprendre ; les académies ne font venues que long-temps

après ; elles ont méprisé les sottises des écoles, mais elles n'ont pas toujours osé s'élever contr'elles, parce qu'il y a des sottises qu'on respecte, attendu qu'elles tiennent à des choses respectables.

Les gens de lettres qui ont rendu le plus de service au petit nombre d'êtres pensans répandus dans le monde, sont les lettrés isolés, les vrais savans renfermés dans leur cabinet, qui n'ont ni argumenté sur les bancs des universités, ni dit les choses à moitié dans les académies ; & ceux-là ont presque tous été persécutés. Notre misérable espèce est tellement faite que ceux qui marchent dans le chemin battu jettent toujours des pierres à ceux qui enseignent un chemin nouveau.

Montesquieu dit que les Scythes crevaient les yeux à leurs esclaves, afin qu'ils fussent moins distraits en battant leur beurre ; c'est ainsi que l'inquisition en use, & presque tout le monde est aveugle dans les pays où ce monstre règne. On a deux yeux depuis plus de cent ans en Angleterre ; les Français commencent à ouvrir un œil : mais quelquefois il se trouve des hommes en place qui ne veulent pas même permettre qu'on soit borgne.

Ces pauvres gens en place font comme le docteur *Balouard* de la comédie italienne, qui ne veut être servi que par le balourd arlequin, & qui craint d'avoir un valet trop pénétrant.

Faites des odes à la louange de monseigneur *Superbus fadus*, des madrigaux pour sa maîtresse, dédiez à son portier un livre de géographie, vous serez bien reçu ; éclairez les hommes, vous serez écrasé.

Defcartes eft obligé de quitter fa patrie, *Gaffendi* eft calomnié, *Arnauld* traîne fes jours dans l'exil ; tout philofophe eft traité comme les prophètes chez les Juifs.

Qui croirait que dans le dix-huitième fiècle un philofophe ait été traîné devant les tribunaux féculiers & traité d'impie par les tribunaux d'argumens, pour avoir dit que les hommes ne pourraient exercer les arts s'ils n'avaient pas de mains ? Je ne défefpère pas qu'on ne condamne bientôt aux galères le premier qui aura l'infolence de dire qu'un homme ne penferait pas s'il était fans tête ; car, lui dira un bachelier, l'ame eft un efprit pur, la tête n'eft que de la matière ; DIEU peut placer l'ame dans le talon, auffi-bien que dans le cerveau : partant, je vous dénonce comme un impie.

Le plus grand malheur d'un homme de lettres n'eft peut-être pas d'être l'objet de la jaloufie de fes confrères, la victime de la cabale, le mépris des puiffans du monde, c'eft d'être jugé par des fots. Les fots vont loin quelquefois, furtout quand le fanatifme fe joint à l'ineptie, & à l'ineptie l'efprit de vengeance. Le grand malheur encore d'un homme de lettres eft ordinairement de ne tenir à rien. Un bourgeois achète un petit office, & le voilà foutenu par fes confrères. Si on lui fait une injuftice, il trouve auffitôt des défenfeurs. L'homme de lettres eft fans fecours ; il reffemble aux poiffons volans ; s'il s'élève un peu, les oifeaux le dévorent ; s'il plonge, les poiffons le mangent.

Tout homme public paye tribut à la malignité, mais il eft payé en deniers & en honneurs.

L I B E L L E.

ON nomme *libelles* de petits livres d'injures. Ces livres font petits, parce que les auteurs ayant peu de raifons à donner, n'écrivant point pour inftruire, & voulant être lus, font forcés d'être courts. Ils y mettent très-rarement leurs noms , parce que les affaffins craignent d'être faifis avec des armes défendues.

Il y a les libelles politiques. Les temps de la ligue & de la fronde en regorgèrent. Chaque difpute en Angleterre en produit des centaines. On en fit contre *Louis XIV* de quoi fournir une vafte bibliothèque.

Nous avons les libelles théologiques depuis environ feize cents ans : c'eft bien pis ; ce font des injures facrées des halles. Voyez feulement comment *faint Jérôme* traite *Ruffin* & *Vigilantius*. Mais depuis lui les difputeurs ont bien enchéri. Les derniers libelles ont été ceux des moliniftes contre les janféniftes, on les compte par milliers. De tous ces fatras il ne refte aujourd'hui que les feules Lettres provinciales.

Les gens de lettres pourraient le difputer aux théologiens. *Boileau* & *Fontenelle*, qui s'attaquèrent à coups d'épigrammes , difaient tous deux que les libelles dont ils avaient été gourmés n'auraient pas tenu dans leurs chambres. Tout cela tombe comme les feuilles en automne. Il y a eu des gens qui ont traité de libelles toutes les injures qu'on dit par écrit à fon prochain.

Selon eux les pouilles , que les prophètes chantè-rent quelquefois aux rois d'Ifraël , étaient des libelles

diffamatoires pour faire foulever les peuples contre
eux. Mais comme la populace n'a jamais lu dans
aucun pays du monde, il eft à croire que ces fatires,
qu'on débitait fous le manteau, ne fefaient pas grand
mal. C'eft en parlant au peuple affemblé qu'on excite
des féditions bien plutôt qu'en écrivant. C'eft pourquoi la première chofe que fit, à fon avénement, la
reine d'Angleterre *Elifabeth*, chef de l'Eglife anglicane
& défenfeur de la foi, ce fut d'ordonner qu'on ne
prêchât de fix mois fans fa permiffion expreffe.

L'Anti-Caton de *Céfar* était un libelle ; mais *Céfar*
fit plus de mal à *Caton* par la bataille de Pharfale &
par celle de Tapfa que par fes diatribes.

Les Philippiques de *Cicéron* font des libelles; mais
les profcriptions des triumvirs furent des libelles
plus terribles.

St Cyrille, *St Grégoire* de Nazianze firent des libelles
contre le grand empereur *Julien ;* mais ils eurent la
générofité de ne les publier qu'après fa mort.

Rien ne reffemble plus à des libelles que certains
manifeftes de fouverains. Les fecrétaires du cabinet
de *Mouftapha*, empereur des Ofmanlis, ont fait un
libelle de leur déclaration de guerre.

DIEU les en a punis, eux & leur commettant. Le
même efprit qui anima *Céfar*, *Cicéron* & les fecrétaires de *Mouftapha*, domine dans tous les poliffons
qui font des libelles dans leurs greniers ; *Natura eft
femper fibi confona.* Qui croirait que les ames de *Garaffe*,
du cocher de *Vertamon*, de *Nonotte*, de *Paulian*, de
Fréron, de *Langleviel* dit *la Beaumelle*, fuffent, à cet
égard, de la même trempe que les ames de *Céfar*, de
Cicéron, de *St Cyrille* & du fecrétaire de l'empereur
des Ofmanlis ? rien n'eft pourtant plus vrai.

L I B E R T É.

OU je me trompe fort, ou *Locke* le définisseur a
très-bien défini la liberté *puissance*. Je me trompe
encore, ou *Colins* célébre magistrat de Londres est le
seul philosophe qui ait bien approfondi cette idée ; &
Clarke ne lui a répondu qu'en théologien. Mais de
tout ce qu'on a écrit en France sur la liberté, le petit
dialogue suivant est ce qui m'a paru de plus net.

A. Voilà une batterie de canons qui tire à nos oreilles, avez - vous la liberté de l'entendre ou de ne
l'entendre pas ?

B. Sans doute, je ne puis pas m'empêcher de
l'entendre.

A. Voulez-vous que ce canon emporte votre tête
& celles de votre femme & de votre fille qui se promènent avec vous ?

B. Quelle proposition me faites-vous là ? je ne peux
pas tant que je suis de sens rassis vouloir chose pareille,
cela m'est impossible.

A. Bon ; vous entendez nécessairement ce canon,
& vous voulez nécessairement ne pas mourir vous &
votre famille d'un coup de canon à la promenade ;
vous n'avez ni le pouvoir de ne pas entendre, ni le
pouvoir de vouloir rester ici ?

B. Cela est clair. (*a*)

____

(*a*) Un pauvre d'esprit, dans un petit écrit honnête, poli, & surtout
bien raisonné, objecte que si le prince ordonne à B. de rester exposé au
canon, il y restera. Oui, sans doute, s'il a plus de courage, ou plutôt
plus de crainte de la honte que d'amour de la vie, comme il arrive très-
souvent. Premièrement, il s'agit ici d'un cas tout différent. Secondement,

A. Vous avez en conféquence fait une trentaine de pas pour être à l'abri du canon, vous avez eu le pouvoir de marcher avec moi ce peu de pas ?

B. Cela eft encore très-clair ?

A. Et fi vous aviez été paralytique, vous n'auriez pu éviter d'être expofé à cette batterie, vous auriez néceffairement entendu & reçü un coup de canon ; & vous feriez mort néceffairement ?

B. Rien n'eft plus véritable.

A. En quoi confifte donc votre liberté, fi ce n'eft dans le pouvoir que votre individu a exercé de faire ce que votre volonté exigeait d'une néceffité abfolue?

B. Vous m'embarraffez ; la liberté n'eft donc autre chofe que le pouvoir de faire ce que je veux ?

A. Réfléchiffez-y, & voyez fi la liberté peut être entendue autrement.

B. En ce cas mon chien de chaffe eft auffi libre que moi ; il a néceffairement la volonté de courir quand il voit un liévre, & le pouvoir de courir s'il n'a pas mal aux jambes. Je n'ai donc rien au-deffus de mon chien, vous me réduifez à l'état des bêtes.

A. Voilà les pauvres fophifmes des pauvres fophiftes qui vous ont inftruit. Vous voilà bien malade d'être libre comme votre chien ! Ne mangez-vous pas, ne dormez-vous pas, ne propagez-vous pas comme lui, à l'attitude près ? Voudriez-vous

quand l'inftinct de la crainte de la honte l'emporte fur l'inftinct de la confervation de foi-même, l'homme eft autant néceffité à demeurer expofé au canon, qu'il eft néceffité à fuir quand il n'eft pas honteux de fuir. Le pauvre d'efprit était néceffité à faire des objections ridicules, & à dire des injures ; & les philofophes fe fentent néceffités à fe moquer un peu de lui, & à lui pardonner.

avoir l'odorat autrement que par le nez ? Pourquoi voulez-vous avoir la liberté autrement que votre chien ?

B. Mais j'ai une ame qui raisonne beaucoup, & mon chien ne raisonne guère. Il n'a presque que des idées simples, & moi j'ai mille idées métaphysiques.

A. Hé bien, vous êtes mille fois plus libre que lui ; c'est-à-dire, vous avez mille fois plus de pouvoir de penser que lui : mais vous n'êtes pas libre autrement que lui.

B. Quoi ! je ne suis pas libre de vouloir ce que je veux ?

A. Qu'entendez-vous par-là ?

B. J'entends ce que tout le monde entend. Ne dit-on pas tous les jours, les volontés sont libres ?

A. Un proverbe n'est pas une raison, expliquez-vous mieux ?

B. J'entends que je suis libre de vouloir comme il me plaira.

A. Avec votre permission, cela n'a pas de sens ; ne voyez-vous pas qu'il est ridicule de dire : je veux vouloir. Vous voulez nécessairement, en conséquence des idées qui se sont présentées à vous. Voulez-vous vous marier, oui ou non ?

B. Mais si je vous disais que je ne veux ni l'un ni l'autre ?

A. Vous répondriez comme celui qui disait : Les uns croient le cardinal *Mazarin* mort, les autres le croient vivant, & moi je ne crois ni l'un ni l'autre.

B. Hé bien, je veux me marier.

A. Ah! c'eft répondre cela. Pourquoi voulez-vous vous marier?

B. Parce que je fuis amoureux d'une jeune fille, belle, douce, bien élevée, affez riche, qui chante très-bien, dont les parens font de très-honnêtes gens, & que je me flatte d'être aimé d'elle, & fort bien venu de fa famille.

A. Voilà une raifon. Vous voyez que vous ne pouvez vouloir fans raifon. Je vous déclare que vous êtes libre de vous marier; c'eft-à-dire que vous avez le pouvoir de figner le contrat, de faire la noce & de coucher avec votre femme.

B. Comment! je ne peux vouloir fans raifon? Hé que deviendra cet autre proverbe : *Sit pro ratione voluntas;* ma volonté eft ma raifon, je veux parce que je veux?

A. Cela eft abfurde, mon cher ami; il y aurait en vous un effet fans caufe.

B. Quoi! lorfque je joue à pair ou non, j'ai une raifon de choifir pair plutôt qu'impair?

A. Oui, fans doute.

B. Et quelle eft cette raifon, s'il vous plaît?

A. C'eft que l'idée d'impair s'eft préfentée à votre efprit plutôt que l'idée oppofée. Il ferait plaifant qu'il y eût des cas où vous voulez parce qu'il y a une caufe de vouloir, & qu'il y eût quelques cas où vous vouluffiez fans caufe. Quand vous voulez vous marier, vous en fentez la raifon dominante évidemment; vous ne la fentez pas quand vous jouez à pair ou non; & cependant il faut bien qu'il y en ait une.

B. Mais, encore une fois, je ne suis donc pas libre ?

A. Votre volonté n'est pas libre ; mais vos actions le font. Vous êtes libre de faire, quand vous avez le pouvoir de faire.

B. Mais tous les livres que j'ai lus sur la liberté d'indifférence.....

A. Qu'entendez-vous par liberté d'indifférence ?

B. J'entends de cracher à droite ou à gauche, de dormir sur le côté droit ou sur le gauche, de faire quatre tours de promenade ou cinq.

A. Vous auriez là vraiment une plaisante liberté ! DIEU vous aurait fait un beau présent ! Il y aurait bien là de quoi se vanter. Que vous servirait un pouvoir qui ne s'exercerait que dans des occasions si futiles ? Mais le fait est qu'il est ridicule de supposer la volonté de vouloir cracher à droite. Non-seulement cette volonté de vouloir est absurde ; mais il est certain que plusieurs petites circonstances vous déterminent à ces actes que vous appelez indifférens. Vous n'êtes pas plus libre dans ces actes que dans les autres. Mais, encore une fois, vous êtes libre en tout temps, en tout lieu, dès que vous faites ce que vous voulez faire.

B. Je soupçonne que vous avez raison. J'y rêverai.

LIBERTÉ DE PENSER.

Vers l'an 1707, temps où les Anglais gagnèrent la bataille de Sarragoffe, protégèrent le Portugal, & donnèrent pour quelque temps un roi à l'Efpagne, milord *Boldmind* officier-général, qui avait été bleffé, était aux eaux de Barège. Il y rencontra le comte *Médrofo*, qui étant tombé de cheval derrière le bagage, à une lieue & demie du champ de bataille, venait prendre les eaux auffi. Il était familier de l'inquifition ; milord *Boldmind* n'était familier que dans la converfation : un jour après boire il eut avec *Médrofo* cet entretien.

BOLDMIND.

Vous êtes donc fergent des dominicains ? vous faites-là un vilain métier.

MEDROSO.

Il eft vrai ; mais j'ai mieux aimé être leur valet que leur victime, & j'ai préféré le malheur de brûler mon prochain à celui d'être cuit moi-même.

BOLDMIND.

Quelle horrible alternative ! vous étiez cent fois plus heureux fous le joug des Maures, qui vous laiffaient croupir librement dans toutes vos fuperftitions, & qui tout vainqueurs qu'ils étaient, ne s'arrogeaient pas le droit inouï de tenir les ames dans les fers.

MEDROSO.

Que voulez-vous ! il ne nous eft permis, ni d'écrire,

ni de parler, ni même de penser. Si nous parlons,
il est aisé d'interpréter nos paroles, encore plus nos
écrits. Enfin, comme on ne peut nous condamner
dans un auto-da-fé pour nos pensées secrètes, on
nous menace d'être brûlés éternellement par l'ordre
de DIEU même, si nous ne pensons pas comme les
jacobins. Ils ont persuadé au gouvernement que si
nous avions le sens commun, tout l'Etat serait en
combustion, & que la nation deviendrait la plus
malheureuse de la terre.

BOLDMIND.

Trouvez-vous que nous soyons si malheureux
nous autres Anglais qui couvrons les mers de vaisseaux, & qui venons gagner pour vous des batailles
au bout de l'Europe? Voyez-vous que les Hollandais
qui vous ont ravi presque toutes vos découvertes
dans l'Inde, & qui aujourd'hui sont au rang de vos
protecteurs, soient maudits de DIEU pour avoir
donné une entière liberté à la presse, & pour faire
le commerce des pensées des hommes? L'empire
romain en a-t-il été moins puissant parce que *Tullius
Cicero* a écrit avec liberté?

MEDROSO.

Quel est ce *Tullius Cicero*? jamais je n'ai entendu
prononcer ce nom-là à la sainte Hermandad.

BOLDMIND.

C'était un bachelier de l'université de Rome qui
écrivait ce qu'il pensait, ainsi que *Julius César,
Marcus Aurelius, Titus Lucretius Carus, Plinius, Seneca*
& autres docteurs.

MEDROSO.

Je ne les connais point ; mais on m'a dit que la religion catholique, basque & romaine est perdue si on se met à penser.

BOLDMIND.

Ce n'est pas à vous à le croire : car vous êtes sûrs que votre religion est divine, & que les portes d'enfer ne peuvent prévaloir contr'elle. Si cela est, rien ne pourra jamais la détruire.

MEDROSO.

Non ; mais on peut la réduire à peu de chose, & c'est pour avoir pensé que la Suède, le Dane-marck, toute votre île, la moitié de l'Allemagne gémissent dans le malheur épouvantable de n'être plus sujets du pape. On dit même que si les hommes continuent à suivre leurs fausses lumières, ils s'en tiendront bientôt à l'adoration simple de DIEU & à la vertu. Si les portes de l'enfer prévalent jamais jusque-là, que deviendra le saint Office ?

BOLDMIND.

Si les premiers chrétiens n'avaient pas eu la liberté de penser, n'est-il pas vrai qu'il n'y eût point eu de christianisme ?

MEDROSO.

Que voulez-vous dire ? je ne vous entends point.

BOLDMIND.

Je le crois bien. Je veux dire que si *Tibère* & les premiers empereurs avaient eu des jacobins, qui eussent empêché les premiers chrétiens d'avoir des

plumes

plumes & de l'encre ; s'il n'avait pas été long-temps permis dans l'empire romain de penser librement, il eût été impoſſible que les chrétiens établiſſent leurs dogmes. Si donc le chriſtianiſme ne s'eſt formé que par la liberté de penſer, par quelle contradiction, par quelle injuſtice voudrait-il anéantir aujourd'hui cette liberté ſur laquelle ſeule il eſt fondé ?

Quand on vous propoſe quelque affaire d'intérêt, n'examinez-vous pas long-temps avant de conclure ? Quel plus grand intérêt y a-t-il au monde que celui de notre bonheur ou de notre malheur éternel ? Il y a cent religions ſur la terre, qui toutes vous damnent ſi vous croyez à vos dogmes, qu'elles appellent abſurdes & impies ; examinez donc ces dogmes.

M E D R O S O.

Comment puis-je les examiner ? je ne ſuis pas jacobin.

B O L D M I N D.

Vous êtes homme, & cela ſuffit.

M E D R O S O.

Hélas ! vous êtes bien plus homme que moi.

B O L D M I N D.

Il ne tient qu'à vous d'apprendre à penſer ; vous êtes né avec de l'eſprit ; vous êtes un oiſeau dans la cage de l'inquiſition ; le ſaint Office vous a rogné les ailes, mais elles peuvent revenir. Celui qui ne ſait pas la géométrie peut l'apprendre ; tout homme peut s'inſtruire ; il eſt honteux de mettre ſon ame entre les mains de ceux à qui vous ne confieriez pas votre argent : oſez penſer par vous-même.

Dictionn. philoſoph. Tome V. D d

MEDROSO.

On dit que si tout le monde pensait par soi-même, ce serait une étrange confusion.

BOLDMIND.

C'est tout le contraire. Quand on assiste à un spectacle, chacun en dit librement son avis, & la paix n'est point troublée ; mais si quelque protecteur insolent d'un mauvais poëte voulait forcer tous les gens de goût à trouver bon ce qui leur paraît mauvais, alors les sifflets se feraient entendre, & les deux partis pourraient se jeter des pommes à la tête, comme il arriva une fois à Londres. Ce sont ces tyrans des esprits, qui ont causé une partie des malheurs du monde. Nous ne sommes heureux en Angleterre que depuis que chacun jouit librement du droit de dire son avis.

MEDROSO.

Nous sommes aussi fort tranquilles à Lisbonne où personne ne peut dire le sien.

BOLDMIND.

Vous êtes tranquilles ; mais vous n'êtes pas heureux : c'est la tranquillité des galériens qui rament en cadence & en silence.

MEDROSO.

Vous croyez donc que mon ame est aux galères ?

BOLDMIND.

Oui ; & je voudrais la délivrer.

MEDROSO.

Mais si je me trouve bien aux galères ?

BOLDMIND.

En ce cas vous méritez d'y être.

LIBERTÉ DE CONSCIENCE.

L'AUMONIER du prince de.... lequel prince eſt catholique romain, menaçait un anabaptiſte de le chaſſer des petits Etats du prince. Il lui diſait qu'il n'y a que trois ſectes autoriſées dans l'Empire, celle qui mange JESUS-CHRIST DIEU par la foi ſeule dans un morceau de pain en buvant un coup, celle qui mange JESUS-CHRIST DIEU avec du pain, & celle qui mange JESUS-CHRIST DIEU en corps & en ame ſans pain ni vin ; que pour lui anabaptiſte qui ne mange DIEU en aucune façon, il n'était pas digne de vivre dans les terres de monſeigneur ; & enfin la converſation s'échauffant, l'aumônier menaça l'ana-baptiſte de le faire pendre.

Ma foi, tant pis pour ſon alteſſe, répondit l'ana-baptiſte ; je ſuis un gros manufacturier, j'emploie deux cents ouvriers, je fais entrer deux cents mille écus par an dans ſes Etats, ma famille s'établira ailleurs, monſeigneur y perdra plus que moi.

Et ſi monſeigneur fait pendre tes deux cents ouvriers & ta famille, reprit l'aumônier ; & s'il donne ta manufacture à de bons catholiques ?

Je l'en défie, dit le vieillard ; on ne donne pas une manufacture comme une métairie, parce qu'on ne donne pas l'induſtrie. Cela ferait beaucoup plus fou que s'il feſait tuer tous ſes veaux qui ne communient pas plus que moi.

L'intérêt de monſeigneur n'eſt pas que je mange DIEU ; il eſt que je procure à ſes ſujets de quoi manger, & que j'augmente fes revenus par mon travail. Je fuis honnête-homme ; & quand j'aurais le malheur de n'être pas né tel, ma profeffion me forcerait à le devenir : car dans les entreprifes de négoce, ce n'eft pas comme dans celles de cour ; point de fuccès fans probité. Que t'importe que j'aie été baptifé dans l'âge qu'on appelle *de raifon*, tandis que tu l'as été fans le favoir ? Que t'importe que j'adore DIEU fans le manger, tandis que tu le fais, que tu le manges & que tu le digères ? Si tu fuivais tes belles maximes, & fi tu avais la force en main, tu irais donc d'un bout de l'univers à l'autre, fefant pendre à ton plaifir le grec qui ne croit pas que l'Efprit procède du père & du fils ; tous les anglais, tous les hollandais, danois, fuédois, pruffiens, hanovriens, faxons, heffois, bernois, qui ne croient pas le pape infaillible ; tous les mufulmans qui croient un feul Dieu, & qui ne lui donnent ni père ni mère ; & les Indiens dont la religion eft plus ancienne que la juive ; & les lettrés chinois qui, depuis cinq mille ans, fervent un Dieu unique fans fuperftition & fans fanatifme ? Voilà donc ce que tu ferais fi tu étais le maître ? Affurément, dit le prêtre, car je fuis dévoré du zèle de la maifon de DIEU : *Zelus domus tuæ comedit me*.

Etrange feéte, ou plutôt infernale horreur ! s'écria le bon père de famille. Quelle religion que celle qui ne fe foutiendrait que par des bourreaux, & qui ferait à DIEU l'outrage de lui dire : Tu n'es pas affez puiffant pour foutenir par toi-même ce que nous appelons ton véritable culte, il faut que nous t'aidions ; tu ne peux rien fans nous, & nous ne pouvons rien fans tortures, fans échafauds & fans bûchers.

Çà, dis-moi un peu, fanguinaire aumônier, es-tu dominicain, ou jéfuite, ou diable ? Je fuis jéfuite, dit l'autre. Hé, mon ami, fi tu n'es pas diable, pourquoi dis-tu des chofes fi diaboliques ?

C'eft que le révérend père recteur m'a ordonné de les dire.

Et qui a ordonné cette abomination au révérend père recteur ?

C'eft le provincial.

De qui le provincial a-t-il reçu cet ordre ?

De notre général ; & le tout pour plaire au pape.

Le pauvre anabaptifte s'écria : Sacrés papes qui êtes à Rome fur le trône des *Céfars*, archevêques, évêques, abbés devenus fouverains, je vous refpecte & je vous fuis. Mais fi dans le fond du cœur vous avouez que vos richeffes & votre puiffance ne font fondées que fur l'ignorance & la bêtife de nos pères, jouiffez-en du moins avec modération. Nous ne voulons pas vous détrôner, mais ne nous écrafez pas. Jouiffez, & laiffez-nous paifibles ; finon craignez qu'à la fin la patience n'échappe aux peuples, & qu'on ne vous réduife pour le bien de vos ames à la condition des apôtres dont vous prétendez être les fucceffeurs.

Ah, miférable ! tu voudrais que le pape & l'évêque de Vurtzbourg gagnaffent le ciel par la pauvreté évangélique !

Ah, mon révérend père, tu voudrais me faire pendre !

LIBERTÉ D'IMPRIMER.

MAIS quel mal peut faire à la Ruffie la prédiction de *Jean-Jacques* ? (1) Aucun ; il lui fera permis de l'expliquer dans un fens myftique, typique, allégorique, felon l'ufage. Les nations qui détruiront les Ruffes, ce feront les belles-lettres, les mathématiques, l'efprit de fociété, la politeffe, qui dégradent l'homme, & pervertiffent fa nature.

On a imprimé cinq à fix mille brochures en Hollande contre *Louis XIV;* aucune n'a contribué à lui faire perdre les batailles de Blenheim, de Turin & de Ramillies.

En général, il eft de droit naturel de fe fervir de fa plume comme de fa langue, à fes périls, rifques & fortunes. Je connais beaucoup de livres qui ont ennuyé, je n'en connais point qui ait fait de mal réel. Des théologiens, ou de prétendus politiques, crient : ,, La religion eft détruite, le gouvernement ,, eft perdu, fi vous imprimez certaines vérités ou ,, certains paradoxes. Ne vous avifez jamais de ,, penfer qu'après en avoir demandé la licence à ,, un moine ou à un commis. Il eft contre le bon ,, ordre qu'un homme penfe par foi-même. *Homère,*

(1) *Rouffeau* a prédit la deftruction prochaine de l'empire de Ruffie : fa grande raifon eft que *Pierre I* a cherché à répandre les arts & les fciences dans fon empire. Mais malheureufement pour le prophète, les arts & les fciences n'exiftent que dans la nouvelle capitale, & n'y font prefque cultivés que par des mains étrangères ; cependant ces lumières, quoique bornées à la capitale, ont contribué à augmenter la puiffance de la Ruffie, & jamais elle n'a été moins expofée aux événemens qui peuvent détruire un grand empire que depuis le temps où *Rouffeau* a prophétifé.

,, *Platon* , *Cicéron* , *Virgile* , *Pline* , *Horace* , n'ont
,, jamais rien publié qu'avec l'approbation des doc-
,, teurs de forbonne & de la fainte inquifition.

   ,, Voyez dans quelle décadence horrible la liberté
,, de la preffe a fait tomber l'Angleterre & la Hol-
,, lande. Il eft vrai qu'elles embraffent le commerce
,, du monde entier, & que l'Angleterre eft victorieufe
,, fur mer & fur terre ; mais ce n'eft qu'une fauffe
,, grandeur, une fauffe opulence ; elles marchent à
,, grands pas à leur ruine. Un peuple éclairé ne
,, peut fubfifter. ,,

   On ne peut raifonner plus jufte, mes amis ; mais
voyons, s'il vous plaît, quel Etat a été perdu par un
livre. Le plus dangereux, le plus pernicieux de tous
eft celui de *Spinofa*. Non-feulement en qualité de
juif il attaque le nouveau teftament, mais en qualité
de favant il ruine l'ancien ; fon fyftème d'athéifme
eft mieux lié, mieux raifonné mille fois que ceux de
Straton & d'*Epicure*. On a befoin de la plus profonde
fagacité pour répondre aux argumens par lefquels il
tâche de prouver qu'une fubftance n'en peut former
une autre.

   Je détefte comme vous fon livre, que j'entends
peut-être mieux que vous, & auquel vous avez très-
mal répondu ; mais avez-vous vu que ce livre ait
changé la face du monde ? Y a-t-il quelque prédicant
qui ait perdu un florin de fa penfion par le débit
des œuvres de *Spinofa* ? y a-t-il un évêque dont les
rentes aient diminué ? Au contraire, leur revenu a
doublé depuis ce temps-là ; tout le mal s'eft réduit
à un petit nombre de lecteurs paifibles, qui ont
examiné les argumens de *Spinofa* dans leur cabinet,

& qui ont écrit pour ou contre des ouvrages très-peu connus.

Vous-mêmes vous êtes affez peu conféquens pour avoir fait imprimer, *ad usum delphini*, l'athéisme de *Lucrèce*, (comme on vous l'a déjà reproché) & nul trouble, nul scandale n'en est arrivé ; auffi laissa-t-on vivre en paix *Spinosa* en Hollande, comme on avait laissé *Lucrèce* en repos à Rome.

Mais paraît-il parmi vous quelque livre nouveau dont les idées choquent un peu les vôtres, (supposé que vous ayez des idées) ou dont l'auteur soit d'un parti contraire à votre faction, ou qui pis est, dont l'auteur ne soit d'aucun parti ? alors vous criez au feu ; c'est un bruit, un scandale, un vacarme univerfel dans votre petit coin de terre. Voilà un homme abominable, qui a imprimé que si nous n'avions point de mains, nous ne pourrions faire des bas ni des souliers ; quel blafphème ! Les dévotes crient, les docteurs fourrés s'affemblent, les alarmes fe multiplient de collège en collège, de maifon en maifon ; des corps entiers font en mouvement, & pourquoi ? pour cinq ou six pages dont il n'est plus queftion au bout de trois mois. Un livre vous déplaît-il ? réfutez-le ; vous ennuie-t-il ? ne le lifez pas.

Oh ! me dites-vous, les livres de *Luther* & de *Calvin* ont détruit la religion romaine dans la moitié de l'Europe. Que ne dites-vous auffi que les livres du patriarche *Photius* ont détruit cette religion romaine en Afie, en Afrique, en Grèce & en Ruffie ?

Vous vous trompez bien lourdement quand vous penfez que vous avez été ruiné par des livres. L'empire de Ruffie a deux mille lieues d'étendue, & il n'y a pas fix hommes qui foient au fait des points controverfés entre l'Eglife grecque & la latine. Si le moine *Luther*, fi le chanoine *Jean Chauvin*, fi le curé *Zuingle* s'étaient contentés d'écrire, Rome fubjuguerait encore tous les Etats qu'elle a perdus ; mais ces gens-là & leurs adhérens couraient de ville en ville, de maifon en maifon, ameutaient des femmes, étaient foutenus par des princes. La furie qui agitait *Amate*, & qui la fouettait comme un fabot, à ce que dit *Virgile*, n'était pas plus turbulente. Sachez qu'un capucin enthoufiafle, factieux, ignorant, fouple, véhément, émiffaire de quelque ambitieux, prêchant, confeffant, communiant, cabalant, aura plutôt bouleverfé une province que cent auteurs ne l'auront éclairée. Ce n'eft pas l'Alcoran qui fit réuffir *Mahomet*, ce fut *Mahomet* qui fit le fuccès de l'Alcoran.

Non, Rome n'a point été vaincue par des livres, elle l'a été pour avoir révolté l'Europe par fes rapines, par la vente publique des indulgences, pour avoir infulté aux hommes, pour avoir voulu les gouverner comme des animaux domeftiques, pour avoir abufé de fon pouvoir à un tel excès qu'il eft étonnant qu'il lui foit refté un feul village. *Henri VIII*, *Elifabeth*, le duc de Saxe, le landgrave de Heffe, les princes d'Orange, les *Condés*, les *Colignis* ont tout fait, & les livres rien. Les trompettes n'ont jamais gagné de bataille, & n'ont fait tomber de murs que ceux de Jéricho.

Vous craignez les livres comme certaines bourgades ont craint les violons. Laiffez lire, & laiffez danfer; ces deux amufemens ne feront jamais de mal au monde.

LIEUX COMMUNS EN LITTERATURE.

Quand une nation se dégrossit, elle est d'abord émerveillée de voir l'aurore ouvrir de ses doigts de rose les portes de l'orient, & semer de topazes & de rubis le chemin de la lumière ; *Zéphyre* caresser *Flore*, & l'*Amour* se jouer des armes de *Mars*.

Toutes les images de ce genre, qui plaisent par la nouveauté, dégoûtent par l'habitude. Les premiers qui les employaient passaient pour des inventeurs, les derniers ne sont que des perroquets.

Il y a des formules de prose qui ont le même sort. *Le roi manquerait à ce qu'il se doit à lui-même si ...... Le flambeau de l'expérience a conduit ce grand apothicaire dans les routes ténébreuses de la nature. — Son esprit ayant été la dupe de son cœur — il ouvrit trop tard les yeux sur le bord de l'abyme. — Messieurs, plus je sens mon insuffisance, plus je sens aussi vos bienfaits ; mais éclairé par vos lumières, soutenu par vos exemples, vous me rendrez digne de vous.*

La plupart des pièces de théâtre deviennent enfin des lieux communs, comme les oraisons funèbres & les discours de réception. Dès qu'une princesse est aimée on devine qu'elle aura une rivale. Si elle combat sa passion il est clair qu'elle y succombera. Le tyran a-t-il envahi le trône d'un pupille, soyez sûr qu'au cinquième acte justice se fera, & que l'usurpateur mourra de mort violente.

Si un roi & un citoyen romain paraissent sur la scène, il y a cent contre un à parier que le roi sera

traité par le romain plus indignement que les minis-
tres de *Louis XIV* ne le furent à Gertruidenberg par
les Hollandais.

Toutes les situations tragiques sont prévues, tous
les sentimens que ces situations amènent, sont devinés ;
les rimes mêmes sont souvent prononcées par le par-
terre avant de l'être par l'acteur. Il est difficile
d'entendre parler à la fin d'un vers d'une *lettre*, sans
voir clairement à quel héros on doit la *remettre*.
L'héroïne ne peut guère manifester ses *alarmes*, qu'aussitôt on ne s'attende à voir couler ses *larmes*. Peut-on
voir un vers finir par *Céfar*, & n'être pas sûr de voir
des vaincus traînés après son *char* ?

Vient un temps où l'on se lasse de ces lieux communs d'amour, de politique, de grandeur & de vers
alexandrins. L'opéra comique prend la place d'*Iphigénie* & d'*Eriphile*, de *Xipharès* & de *Monime.* Avec le
temps cet opéra comique devient lieu commun à son
tour ; & Dieu sait alors à quoi on aura recours.

Nous avons les lieux communs de la morale. Ils
sont si rebattus, qu'on devrait absolument s'en tenir
aux bons livres faits sur cette matière en chaque langue.
Le Spectateur anglais conseilla à tous les prédicateurs
d'Angleterre de réciter les excellens sermons de *Tillotson*
ou de *Smaldrige*. Les prédicateurs de France pourraient
bien s'en tenir à réciter *Massillon*, ou des extraits de
Bourdaloue. Quelques-uns de nos jeunes orateurs de la
chaire ont appris de *le Kain* à déclamer ; mais ils
ressemblent tous à *Dancour* qui ne voulait jamais jouer
que dans ses pièces.

Les lieux communs de la controverse sont absolument passés de mode, & probablement ne reviendront

plus. Mais ceux de l'éloquence & de la poësie pourront renaître après avoir été oubliés : pourquoi ? c'est que la controverse est l'éteignoir & l'opprobre de l'esprit humain , & que la poësie & l'éloquence en font le flambeau & la gloire.

LIVRES.

SECTION PREMIERE.

Vous les méprisez les livres, vous dont toute la vie est plongée dans les vanités de l'ambition & dans la recherche des plaisirs ou dans l'oisiveté ; mais songez que tout l'univers connu n'est gouverné que par des livres, excepté les nations sauvages. Toute l'Afrique jusqu'à l'Ethiopie & la Nigritie obéit au livre de l'Alcoran , après avoir fléchi sous le livre de l'Evangile. La Chine est régie par le livre moral de *Confucius* ; une grande partie de l'Inde par le livre du Veidam. La Perse fut gouvernée pendant des siècles par les livres d'un des *Zoroastres*.

Si vous avez un procès, votre bien, votre honneur, votre vie même dépend de l'interprétation d'un livre que vous ne lisez jamais.

Robert le diable, les *Quatre fils Aimon*, les *Imaginations de M. Oufle*, sont des livres aussi ; mais il en est des livres comme des hommes, le très-petit nombre joue un grand rôle, le reste est confondu dans la foule.

Qui mène le genre-humain dans les pays policés ? ceux qui savent lire & écrire. Vous ne connaissez ni

Hippocrate, ni *Boerhaave*, ni *Sydenham*; mais vous mettez votre corps entre les mains de ceux qui les ont lus. Vous abandonnez votre ame à ceux qui font payés pour lire la Bible, quoiqu'il n'y en ait pas cinquante d'entr'eux qui l'aient lue toute entière avec attention.

Les livres gouvernent tellement le monde, que ceux qui commandent aujourd'hui dans la ville des *Scipions* & des *Catons*, ont voulu que les livres de leur loi ne fuffent que pour eux, c'eft leur fceptre; ils ont fait un crime de lèfe-majefté à leurs fujets d'y toucher fans une permiffion expreffe. Dans d'autres pays on a défendu de penfer par écrit fans lettres-patentes.

Il eft des nations chez qui l'on regarde les penfées purement comme un objet de commerce. Les opérations de l'entendement humain n'y font confidérées qu'à deux fous la feuille. Si par hafard le libraire veut un privilége pour fa marchandife, foit qu'il vende *Rabelais*, foit qu'il vende les *Pères de l'Eglife*, le magiftrat donne le privilége fans répondre de ce que le livre contient.

Dans un autre pays, la liberté de s'expliquer par des livres eft une des prérogatives des plus inviolables. Imprimez tout ce qu'il vous plaira fous peine d'ennuyer, ou d'être puni fi vous avez trop abufé de votre droit naturel.

Avant l'admirable invention de l'imprimerie, les livres étaient plus rares & plus chers que les pierres précieufes. Prefque point de livres chez nos nations barbares jufqu'à *Charlemagne*, & depuis lui jufqu'au roi de France *Charles V* dit *le fage*; & depuis ce *Charles* jufqu'à *François I*, c'eft une difette extrême.

Les Arabes feuls en eurent depuis le huitième fiècle de notre ère jufqu'au treizième.

La Chine en était pleine quand nous ne favions ni lire ni écrire.

Les copiftes furent très-employés dans l'empire romain depuis le temps des *Scipions* jufqu'à l'inondation des barbares.

Les Grecs s'occupèrent beaucoup à tranfcrire vers le temps d'*Amintas*, de *Philippe* & d'*Alexandre*; ils continuèrent furtout ce métier dans Alexandrie.

Ce métier eft affez ingrat. Les marchands payèrent toujours fort mal les auteurs & les copiftes. Il fallait deux ans d'un travail affidu à un copifte pour bien tranfcrire la Bible fur du vélin. Que de temps & de peine pour copier correctement en grec & en latin les ouvrages d'*Origène*, de *Clément* d'Alexandrie, & de tous ces autres écrivains nommés *pères*!

St *Hieronymos*, ou *Hieronymus*, que nous nommons *Jérôme*, dit dans une de fes lettres fatiriques contre *Rufin*, (*a*) qu'il s'eft ruiné en achetant les œuvres d'*Origène*, contre lequel il écrivit avec tant d'amertume & d'emportement. *Oui*, dit-il, *j'ai lu Origène; fi c'eft un crime, j'avoue que je fuis coupable, & que j'ai épuifé toute ma bourfe à acheter fes ouvrages dans Alexandrie.*

Les fociétés chrétiennes eurent dans les trois premiers fiècles cinquante-quatre évangiles, dont à peine deux ou trois copies tranfpirèrent chez les Romains de l'ancienne religion jufqu'au temps de *Dioclétien*.

C'était un crime irrémiffible chez les chrétiens, de montrer les évangiles aux gentils; ils ne les prêtaient pas même aux catéchumènes.

(*a*) Lettre de *Jérôme* à *Pammaque*.

Quand *Lucien* raconte dans son *Philopatris* (en infultant notre religion qu'il connaiffait très-peu) *qu'une troupe de gueux le mena dans un quatrième étage où l'on invoquait le père par le fils, & où l'on prédifait des malheurs à l'empereur & à l'empire*, il ne dit point qu'on lui ait montré un feul livre. Aucun hiftorien, aucun auteur romain ne parle des évangiles.

Lorfqu'un chrétien malheureufement téméraire & indigne de fa fainte religion eut mis en pièces publiquement, & foulé aux pieds un édit de l'empereur *Dioclétien*, & qu'il eut attiré fur le chriftianifme la perfécution qui fuccéda à la plus grande tolérance, les chrétiens furent alors obligés de livrer leurs évangiles & leurs autres écrits aux magiftrats, ce qui ne s'était jamais fait jufqu'à ce temps. Ceux qui donnèrent leurs livres dans la crainte de la prifon ou même de la mort, furent regardés par les autres chrétiens comme des apoftats facriléges ; on leur donna le furnom de *traditores*, d'où vient le mot *traîtres;* & plufieurs évêques prétendirent qu'il fallait les rebaptifer, ce qui caufa un fchifme épouvantable.

Les poëmes d'*Homère* furent long-temps fi peu connus, que *Pififtrate* fut le premier qui les mit en ordre, & qui les fit tranfcrire dans Athènes environ cinq cents ans avant l'ère dont nous nous fervons.

Il n'y a peut-être pas aujourd'hui une douzaine de copies du Veidam & du Zenda-Vefta dans tout l'Orient.

Vous n'auriez pas trouvé un feul livre dans toute la Ruffie en 1700, excepté des Miffels & quelques Bibles chez des papas ivres d'eau-de-vie.

Aujourd'hui on fe plaint du trop; mais ce n'eft pas aux lecteurs à fe plaindre; le remède eft aifé, rien ne

les force à lire. Ce n'eſt pas non plus aux auteurs.
Ceux qui font la foule ne doivent pas crier qu'on les
preſſe. Malgré la quantité énorme de livres, combien
peu de gens liſent ! & ſi on liſait avec fruit, verrait-on
les déplorables ſottiſes auxquelles le vulgaire ſe livre
encore tous les jours en proie ?

Ce qui multiplie les livres , malgré la loi de ne
point multiplier les êtres ſans néceſſité, c'eſt qu'avec
des livres on en fait d'autres , c'eſt avec pluſieurs
volumes déjà imprimés qu'on fabrique une nouvelle
hiſtoire de France ou d'Eſpagne ſans rien ajouter de
nouveau. Tous les dictionnaires ſont faits avec des
dictionnaires ; preſque tous les livres nouveaux de
géographie ſont des répétitions de livres de géographie.
La Somme de *St Thomas* a produit deux mille gros
volumes de théologie. Et les mêmes races de petits
vers qui ont rongé la mère rongent auſſi les enfans.

Ecrive qui voudra, chacun à ce métier
Peut perdre impunément de l'encre & du papier.

S E C T I O N I I.

IL eſt quelquefois bien dangereux de faire un livre.
Silhouète, avant qu'il pût ſe douter qu'il ſerait un jour
contrôleur-général des finances , avait imprimé un
livre ſur l'accord de la religion avec la politique : &
ſon beau-père le médecin *Aſtruc* avait donné au public
les mémoires dans leſquels l'auteur du Pentateuque
avait pu prendre toutes les choſes étonnantes qui
s'étaient paſſées ſi long-temps avant lui.

Le

Le jour même que *Silhouète* fut en place, quelque bon ami chercha un exemplaire des livres du beau-père & du gendre, pour les déférer au parlement, & les faire condamner au feu felon l'ufage. Ils rache-tèrent tous deux tous les exemplaires qui étaient dans le royaume ; de-là vient qu'ils font très-rares aujourd'hui.

Il n'eſt guère de livre philoſophique ou théolo-gique dans lequel on ne puiſſe trouver des héréſies & des impiétés, pour peu qu'on aide à la lettre.

Théodore de Mopſuète oſait appeler le Cantique des cantiques un *recueil d'impuretés*; *Grotius* les détaille, il en fait horreur. *Chatillon* le traite d'*ouvrage ſcan-daleux*.

Croirait-on qu'un jour le docteur *Tamponet* dit à pluſieurs docteurs : Je me ferais fort de trouver une foule d'héréſies dans le *Pater noſter*, ſi on ne ſavait pas de quelle bouche divine ſortit cette prière, & ſi c'était un jéſuite qui l'imprimât pour la première fois ?

Voici comme je m'y prendrais.

Notre père qui êtes aux cieux.

Propoſition ſentant l'héréſie, puiſque DIEU eſt par-tout. On peut même trouver dans cet énoncé un levain de ſocianiſme, puiſqu'il n'y eſt rien dit de la Trinité.

Que votre règne arrive, que votre volonté ſoit faite dans la terre comme au ciel.

Propoſition ſentant encore l'héréſie, puiſqu'il eſt dit cent fois dans l'Ecriture que D I E U règne éter-nellement. De plus, il eſt téméraire de demander que ſa volonté s'accompliſſe, puiſque rien ne ſe fait, ni ne peut ſe faire que par la volonté de DIEU.

Donnez-nous aujourd'hui notre pain quotidien (notre pain subftantiel, notre bon pain, notre pain nourriffant.)

Propofition directement contraire à ce qui eft émané ailleurs de la bouche de JESUS-CHRIST : (b) ,, Ne ,, dites point, que mangerons-nous, que boirons-nous ,, comme font les Gentils &c. Ne demandez que le ,, royaume des cieux, & tout le refte vous fera donné.,,

Remettez-nous nos dettes comme nous les remettons à nos débiteurs.

Propofition téméraire qui compare l'homme à DIEU, qui détruit la prédeftination gratuite, & qui enfeigne que DIEU eft tenu d'en agir avec nous comme nous en agiffons avec les autres. De plus, qui a dit à l'auteur que nous fefons grâce à nos débiteurs ? nous ne leur avons jamais fait grâce d'un écu. Il n'y a point de couvent en Europe qui ait jamais remis un fou à fes fermiers. Ofer dire le contraire eft une héréfie formelle.

Ne nous induifez point en tentation.

Propofition fcandaleufe, manifeftement hérétique, attendu qu'il n'y a que le diable qui foit tentateur, & qu'il eft dit expreffément dans l'épître de St Jacques : (c) DIEU eft intentateur des méchans ; il ne tente perfonne. DEUS *enim intentator malorum eft ; ipfe autem neminem tentat.*

Vous voyez, dit le docteur *Tamponet*, qu'il n'eft rien de fi refpectable auquel on ne puiffe donner un mauvais fens. Quel fera donc le livre à l'abri de la cenfure humaine fi on peut attaquer jufqu'au *Pater nofter*, en interprétant diaboliquement tous les mots divins qui le compofent ? Pour moi, je tremble de

(b) *Matthieu*, chap. VI ; v. 33.   (c) Chap. I, v. 13.

faire un livre. Je n'ai jamais, Dieu merci, rien imprimé ; je n'ai même jamais fait jouer aucune de mes pièces de théâtre, comme ont fait les frères *la Rue*, *du Cerceau* & *Folard* ; cela est trop dangereux.

> Un clerc pour quinze sous, sans craindre le hola,
> Peut aller au parterre attaquer Attila ;
> Et si le roi des Huns ne lui charme l'oreille,
> Traiter de visigoths tous les vers de Corneille.

Si vous imprimez, un habitué de paroisse vous accuse d'hérésie, un cuistre de collége vous dénonce, un homme qui ne sait pas lire vous condamne ; le public se moque de vous ; votre libraire vous abandonne ; votre marchand de vin ne veut plus vous faire crédit. J'ajoute toujours à mon *Pater noster :* Mon DIEU, *délivrez-moi de la rage de faire des livres !*

O vous qui mettez comme moi du noir sur du blanc, & qui barbouillez du papier, souvenez-vous de ces vers que j'ai lus autrefois, & qui auraient dû nous corriger.

> Tout ce fatras fut du chanvre en son temps,
> Linge il devint par l'art des tisserands ;
> Puis en lambeaux des pilons le pressèrent,
> Il fut papier. Cent cerveaux à l'envers
> De visions à l'envi le chargèrent :
> Puis on le brûle : il vole dans les airs,
> Il est fumée aussi-bien que la gloire.
> De nos travaux voilà quelle est l'histoire.
> Tout est fumée, & tout nous fait sentir
> Ce grand néant qui doit nous engloutir.

SECTION III.

LES livres font aujourd'hui multipliés à un tel point que non-feulement il eft impoffible de les lire tous, mais d'en favoir même le nombre & d'en connaître les titres. Heureufement on n'eft pas obligé de lire tout ce qui s'imprime ; & le plan de *Caramuel*, qui fe propofait d'écrire cent volumes *in-folio* & d'employer le pouvoir fpirituel & temporel des princes pour contraindre leurs fujets à les lire, eft demeuré fans exécution. *Ringelberg* avait auffi formé le deffein de compofer environ mille volumes différens ; mais quand il aurait affez vécu pour les publier, il n'eût pas encore approché d'*Hermès Trifmégifte*, lequel, felon *Jamblique*, écrivit trente-fix mille cinq cents vingt-cinq livres. Suppofé la vérité du fait, les anciens n'avaient pas moins de raifon que les modernes de fe plaindre de la multitude des livres.

Auffi convient-on affez généralement qu'un petit nombre de livres choifis fuffifent. Quelques-uns propofent de fe borner à la Bible ou à l'écriture fainte comme les Turcs fe réduifent à l'Alcoran ; il y a cependant une grande différence entre les fentimens de refpect que les mahométans ont pour leur Alcoran, & ceux des chrétiens pour l'Ecriture. On ne faurait porter plus loin la vénération que les premiers témoignent en parlant de l'Alcoran. C'eft, difent-ils, le plus grand des miracles, & tous les hommes enfemble ne font point capables de rien faire qui en approche: ce qui eft d'autant plus admirable que l'auteur n'avait fait aucune étude ni lu aucun livre. L'Alcoran vaut lui seul soixante mille miracles : (c'est à peu près le nombre des versets qu'il contient) la résurrection d'un mort ne prouverait pas plus la vérité d'une religion que la composition de l'Alcoran. Il est si parfait qu'on doit le regarder comme un ouvrage incréé.

Les chrétiens disent à la vérité que leur Ecriture a été inspirée par le St Esprit ; mais outre que les cardinaux *Cajetan* (*d*) & *Bellarmin* (*e*) avouent qu'il s'y est glissé quelques fautes par la négligence ou l'ignorance des libraires & des rabbins qui y ont ajouté les points , elle est regardée comme un livre dangereux pour le plus grand nombre des fidelles. C'est ce qui est exprimé par la cinquième règle de l'*index*, ou de la congrégation de l'indice qui est chargée à Rome d'examiner les livres qui doivent être défendus. La voici. (*f*)

„ Etant évident par l'expérience que si la Bible traduite en langue vulgaire était permise indifféremment à tout le monde , la témérité des hommes ferait cause qu'il en arriverait plus de mal que de bien , nous voulons que l'on s'en rapporte au jugement de l'évêque ou de l'inquisiteur, qui , sur l'avis du curé ou du confesseur , pourront accorder la permission de lire la Bible traduite par des auteurs catholiques en langue vulgaire , à ceux à qui ils jugeront que cette lecture n'apportera aucun dommage. Il faudra qu'ils aient cette permission par écrit, on ne les absoudra point

(*d*) Commentaires sur l'ancien testament.
(*e*) L. II , chap. II de la parole de DIEU.
(*f*) *Starti*, quatrième partie, page 5.

Ee 3

qu'auparavant ils n'aient remis leur Bible entre les mains de l'ordinaire ; & quant aux libraires qui vendront des Bibles en langue vulgaire à ceux qui n'ont pas cette permiffion par écrit , ou en quelque autre manière la leur auront mife entre les mains , ils perdront le prix de leurs livres , que l'évêque emploiera à des chofes pieufes , & feront punis d'autres peines arbitraires : les réguliers ne pourront auffi lire ni acheter ces livres , fans avoir eu la permiffion de leurs fupérieurs. ,,

Le cardinal *du Perron* prétendait auffi que (*g*) l'Ecriture était un couteau à deux tranchans dans la main des fimples , qui pourrait les percer ; que pour éviter cela , il valait mieux que le fimple peuple l'ouît de la bouche de l'Eglife avec les folutions & les interprétations des paffages qui femblent aux fens être pleins d'abfurdités & de contradictions , que de les lire par foi fans l'aide d'aucune folution ni interprétation. Il fefait enfuite une longue énumération de ces abfurdités , en termes fi peu ménagés , que le miniftre *Jurieu* ne craignit point de dire qu'il ne fe fouvenait pas d'avoir jamais rien lu de fi effroyable ni de fi fcandaleux , dans un auteur chrétien.

Jurieu qui invectivait fi vivement contre le cardinal *du Perron* , effuia lui-même de femblables reproches de la part des catholiques. ,, Je vis ce miniftre, dit *Papin* en parlant de lui , (*h*) qui enfeignait au public que tous les caractères de l'écriture fainte , fur lefquels ces prétendus réformateurs avaient fondé leur perfuafion de fa divinité , ne lui paraiffaient point fuffifans.

(*g*) Efprit de M. *Arnaud* , tome II , page 119.

(*h*) Traité de la nature & de la grâce. Les fuites de la tolérance , p. 12.

Jà n'advienne, difait *Jurieu*, que je veuille diminuer la force & la lumière des caractères de l'Ecriture ; mais j'ofe affirmer qu'il n'y en a pas un qui ne puiffe être éludé par les profanes. Il n'y en a pas un qui faffe une preuve & à quoi on ne puiffe répondre quelque chofe, & confidérés tous enfemble, quoiqu'ils aient plus de force que féparément pour faire une démonftration morale, c'eft-à-dire, une preuve capable de fonder une certitude qui exclue tout doute, j'avoue que rien ne paraît plus oppofé à la raifon que de dire que ces caractères par eux-mêmes font capables de produire une telle certitude. ,,

Il n'eft donc pas étonnant que les juifs & les premiers chrétiens, qui, comme on le voit par les Actes des apôtres, (*i*) fe bornaient dans leurs affemblées à la lecture de la Bible, aient été divifés en différentes fectes, comme nous l'avons dit à l'article *Héréfie*. On fubftitua dans la fuite à cette lecture celle de plufieurs ouvrages apocryphes, ou du moins celle des extraits que l'on fit de ces derniers écrits. L'auteur de la Synopfe de l'Ecriture, qui eft parmi les œuvres de S*t Athanafe*, (*k*) reconnaît expreffément qu'il y a dans les livres apocryphes des chofes très-véritables & infpirées de D I E U, lefquelles en ont été choifies & extraites pour les faire lire aux fidelles.

(*i*) Chap. XV, v. 21. (*k*) Tome II, page 134.

L O C K E.

L O C K E.

S E C T I O N   P R E M I E R E.

JAMAIS il ne fut peut-être un efprit plus fage, plus méthodique, un logicien plus exact, que *Locke;* cependant il n'était pas grand mathématicien. Il n'avait jamais pu fe foumettre à la fatigue des calculs, ni à la féchereffe des vérités mathématiques, qui ne préfentent d'abord rien de fenfible à l'efprit; & perfonne n'a mieux éprouvé que lui qu'on pouvait avoir l'efprit géomètre, fans le fecours de la géométrie. Avant lui de grands philofophes avaient décidé pofitivement ce que c'eft que l'ame de l'homme: mais puifqu'ils n'en favaient rien du tout, il eft bien jufte qu'ils aient tous été d'avis différens.

Dans la Grèce, berceau des arts & des erreurs, & où l'on pouffa fi loin la grandeur & la fottife de l'efprit humain, on raifonnait comme chez nous fur l'ame. Le divin *Anaxagoras*, à qui on dreffa un autel, pour avoir appris aux hommes que le foleil était plus grand que le Péloponèfe, que la neige était noire, & que les cieux étaient de pierre, affirma que l'ame était un efprit aérien, mais cependant immortel. *Diogène*, un autre que celui qui devint cynique après avoir été faux-monnayeur, affurait que l'ame était une portion de la fubftance même de DIEU; & cette idée au moins était brillante. *Epicure* la compofait de parties comme le corps. *Ariflote*, qu'on a expliqué de mille façons, parce qu'il était inintelligible, croyait, fi l'on s'en rapporte à quelques-uns de fes difciples, que l'entendement de tous les hommes était une feule & même fubftance. Le divin *Platon*, maître du divin *Ariftote*, & le divin *Socrate*, maître du divin *Platon*, difaient l'ame corporelle & éternelle. Le démon de *Socrate* lui avait appris fans doute ce qui en était. Il y a des gens, à la vérité, qui prétendent qu'un homme qui fe vantait d'avoir un génie familier, était indubitablement un peu fou, ou un peu fripon; mais ces gens-là font trop difficiles.

Quant à nos pères de l'Eglife, plufieurs dans les premiers fiècles ont cru l'ame humaine, les anges & D I E U corporels. Le monde fe raffine toujours. *St Bernard*, felon l'aveu du père *Mabillon*, enfeigna, à propos de l'ame, qu'après la mort elle ne voyait pas D I E U dans le ciel, mais qu'elle converfait feule-ment avec l'humanité de J E S U S - C H R I S T. On ne le crut pas cette fois fur fa parole; l'aventure de la croifade avait un peu décrédité fes oracles. Mille fcolaftiques font venus enfuite, comme le docteur irréfragable, (*a*) le docteur fubtil, (*b*) le docteur angélique, (*c*) le docteur féraphique, (*d*) le docteur chérubique, qui tous ont été bien fûrs de connaître l'ame très-clairement, mais qui n'ont pas laiffé d'en parler comme s'ils avaient voulu que perfonne n'y entendît rien. Notre *Defcartes*, né pour découvrir les erreurs de l'antiquité, mais pour y fubftituer les fiennes, & entraîné par cet efprit fyftématique qui aveugle les plus grands hommes, s'imagina avoir démontré que l'ame était la même chofe que la

(*a*) *Hales.*   (*c*) *Saint Thomas.*
(*b*) *Scot.*   (*d*) *Saint Bonaventure.*

penfée; comme la matière, felon lui, eft la même chofe que l'étendue. Il affura bien que l'on penfe toujours, & que l'ame arrive dans le corps pourvue de toutes les notions métaphyfiques, connaiffant Dieu, l'efpace, l'infini, ayant toutes les idées abftraites, remplie enfin des belles connaiffances qu'elle oublie malheureufement en fortant du ventre de la mère. Le père *Mallebranche* de l'oratoire, dans fes illufions fublimes, n'admet point les idées innées; mais il ne doutait pas que nous ne viffions tout en Dieu, & que Dieu, pour ainfi dire, ne fût notre ame.

Tant de raifonneurs ayant fait le roman de l'ame, un fage eft venu, qui en a fait modeftement l'hiftoire. M. *Locke* a développé à l'homme la raifon humaine, comme un excellent anatomifte explique les refforts du corps humain. Il s'aide par-tout du flambeau de la phyfique; il ofe quelquefois parler affirmativement; mais il ofe auffi douter. Au lieu de définir tout d'un coup ce que nous ne connaiffons pas, il examine par degrés ce que nous voulons connaître; il prend un enfant au moment de fa naiffance; il fuit pas à pas les progrès de fon entendement; il voit ce qu'il a de commun avec les bêtes, & ce qu'il a au-deffus d'elles. Il confulte furtout fon propre témoignage, la confcience de fa penfée. ,,Je laiffe, dit-il, à difcuter ,, à ceux qui en favent plus que moi, fi notre ame ,, exifte avant ou après l'organifation de notre corps; ,, mais j'avoue qu'il m'eft tombé en partage une ,, de ces ames groffières, qui ne penfent pas toujours; ,, & j'ai même le malheur de ne pas concevoir ,, qu'il foit plus néceffaire à l'ame de penfer toujours, ,, qu'au corps d'être toujours en mouvement. ,,

Pour moi, je me vante de l'honneur d'être en ce point aussi simple que M. *Locke*. Personne ne me fera jamais croire que je pense toujours; & je ne me sens pas plus disposé que lui à imaginer que quelques semaines après ma conception j'étais une fort savante ame, sachant alors mille choses que j'ai oubliées en naissant, & ayant fort inutilement possédé dans l'*uterus* des connaissances qui m'ont échappé dès que j'ai pu en avoir besoin, & que je n'ai jamais bien pu reprendre depuis.

Locke, après avoir ruiné les idées innées, après avoir bien renoncé à la vanité de croire qu'on pense toujours, ayant bien établi que toutes nos idées nous viennent par les sens, ayant examiné nos idées simples, celles qui sont composées, ayant suivi l'esprit de l'homme dans toutes ses opérations, ayant fait voir combien les langues que les hommes parlent sont imparfaites, & quel abus nous fesons des termes à tous momens; *Locke*, dis-je, considère enfin l'étendue ou plutôt le néant des connaissances humaines. C'est dans ce chapitre qu'il ose avancer modestement ces paroles : ,, Nous ne ferons peut-être jamais capables ,, de connaître si un être purement matériel pense ,, ou non. ,, Ce discours sage parut à plus d'un théologien une déclaration scandaleuse, que l'ame est matérielle & mortelle. Quelques Anglais dévots à leur manière sonnèrent l'alarme. Les superstitieux font dans la société ce que les poltrons font dans une armée; ils ont & donnent des terreurs paniques. On cria que M. *Locke* voulait renverser la religion; il ne s'agissait pourtant pas de religion dans cette affaire : c'était une question purement philosophique.

très-indépendante de la foi & de la révélation. Il ne fallait qu'examiner fans aigreur s'il y a de la contradiction à dire : *La matière peut penfer* , & Dieu *peut communiquer la penfée à la matière.* Mais les théologiens commencent trop fouvent par dire que Dieu eft outragé, quand on n'eft pas de leur avis ; c'eft trop reffembler aux mauvais poëtes, qui croyaient que *Defpréaux* parlait mal du roi , parce qu'il fe moquait d'eux. Le docteur *Stilling fleet* s'eft fait une réputation de théologien modéré, pour n'avoir pas dit pofitivement des injures à M. *Locke.* Il entra en lice contre lui; mais il fut battu , car il raifonnait en docteur, & *Locke* en philofophe inftruit de la force & de la faibleffe de l'efprit humain , & qui fe battait avec des armes dont il connaiffait la trempe.

S e c t i o n I I.

Il n'y a point de philofophe qui n'effuie beaucoup d'outrages & de calomnies. Pour un homme qui eft capable d'y répondre par des raifons , il y en a cent qui n'ont que des injures à dire , & chacun paye dans fa monnaie. J'entends tous les jours rebattre à mes oreilles : *Locke nie l'immortalité de l'ame*, *Locke détruit la morale;* & ce qu'il y a de furprenant, (fi quelque chofe pouvait furprendre) c'eft que de tous ceux qui font le procès à la morale de *Locke*, il y en a très-peu qui l'aient lu , encore moins qui l'aient entendu , & nul à qui on ne doive fouhaiter les vertus qu'avait cet homme fi digne du nom de fage & de jufte.

On lit volontiers *Mallebranche* à Paris; il s'est fait quantité d'éditions de son roman métaphysique, mais j'ai remarqué qu'on ne lit guère que les chapitres qui regardent les erreurs des sens & de l'imagination. Il y a très-peu de lecteurs qui examinent les choses abstraites de ce livre. Ceux qui connaissent la nation française m'en croiront aisément quand j'assurerai que si le père *Mallebranche* avait supposé les erreurs des sens & de l'imagination comme des erreurs connues des philosophes, & était entré tout d'un coup en matière, il n'aurait fait aucun sectateur & qu'à peine il eût trouvé des lecteurs. Il a étonné la raison de ceux à qui il a plu par son style. On l'a cru dans les choses qu'on n'entendait point, parce qu'il avait commencé par avoir raison dans les choses qu'on entendait; il a séduit parce qu'il était agréable, comme *Descartes* parce qu'il était hardi. *Locke* n'était que sage, aussi a-t-il fallu vingt années pour débiter à Paris la première édition, faite en Hollande, de son livre sur l'entendement humain. Jamais homme n'a été jusqu'à présent moins lu & plus condamné parmi nous que *Locke*. Les échos de la calomnie & de l'ignorance répètent tous les jours: *Locke ne croyait point l'ame immortelle, donc il n'avait point de probité.* Je laisse à d'autres le soin de confondre l'horreur de ce mensonge. Je me borne ici à montrer l'impertinence de cette conclusion. Le dogme de l'immortalité de l'ame a été très-long-temps ignoré dans toute la terre. Les premiers Juifs l'ignoraient; n'y avait-il point d'honnête homme parmi eux? La loi judaïque, qui n'enseignait rien touchant la nature & l'immortalité de l'ame, n'enseignait-elle pas la vertu ? Quand même nous ne ferions pas affurés aujourd'hui par la foi que nous fommes immortels, quand nous aurions une démonftration que tout périt avec nos corps, nous n'en devrions pas moins adorer le DIEU qui nous a faits , & fuivre la raifon qu'il nous a donnée. Dût notre vie & notre exiftence ne durer qu'un feul jour, il eft fûr que pour paffer ce jour heureufement il faudrait être vertueux, & il eft fûr qu'en tous pays & en tous temps , être vertueux n'eft autre chofe que de *faire aux autres ce que nous voulons qu'on nous faffe*. C'eft cette vertu véritable , la fille de la raifon & non de la crainte , qui a conduit tant de fages dans l'antiquité ; c'eft elle qui dans nos jours a réglé la vie d'un *Defcartes*, ce précurfeur de la phyfique, d'un *Newton* l'interprète de la nature, d'un *Locke* qui feul a appris à l'efprit humain à fe bien connaître, d'un *Bayle* ce juge impartial & éclairé, auffi eftimable que calomnié ; car il faut le dire à l'honneur des lettres, la philofophie fait un cœur droit comme la géométrie fait l'efprit jufte. Mais non-feulement *Locke* était vertueux, non-feulement il croyait l'ame immortelle, mais il n'a jamais affirmé que la matière penfe ; il a dit feulement que la matière peut penfer, fi DIEU le veut, & que c'eft une abfurdité téméraire de nier que DIEU en ait le pouvoir.

. Je veux encore fuppofer qu'il ait dit, & que d'autres aient dit comme lui, qu'en effet DIEU a donné la penfée à la matière, s'enfuit-il de-là que l'ame foit mortelle ? L'école crie qu'un compofé retient la nature de ce dont il eft compofé, que la matière eft périffable & divifible, qu'ainfi l'ame ferait périffable & divifible comme elle. Tout cela eft également faux.

Il est faux que si DIEU voulait faire penser la matière, la pensée fût un composé de la matière, car la pensée serait un don de DIEU ajouté à l'être inconnu qu'on nomme matière, de même que DIEU lui a ajouté l'attraction des forces centripètes & le mouvement, attributs indépendans de la divisibilité.

Il est faux que, même dans le système des écoles, la matière soit divisible à l'infini. Nous considérons, il est vrai, la divisibilité à l'infini en géométrie, mais cette science n'a d'objet que nos idées, & en supposant des lignes sans largeur, & des points sans étendue, nous supposons aussi une infinité de cercles passant entre une tangente à un cercle donné.

Mais quand nous venons à examiner la nature telle qu'elle est, alors la divisibilité à l'infini s'évanouit. La matière, il est vrai, reste à jamais divisible par la pensée, mais elle est nécessairement indivisée; & cette même géométrie qui me démontre que ma pensée divisera éternellement la matière, me démontre aussi qu'il y a dans la matière des parties indivisées parfaitement solides, & en voici la démonstration.

Puisque l'on doit supposer des pores à chaque ordre d'élémens dans lesquels on imagine la matière divisée à l'infini, ce qui restera de matière solide sera donc exprimé par le produit d'une suite infinie des termes plus petits chacun que l'autre; or un tel produit est nécessairement égal à zéro; donc si la matière était physiquement divisible à l'infini, il n'y aurait point de matière. Cela fait voir en passant que M. de *Malezieux*, dans ses élémens de géométrie pour M. le duc de Bourgogne, a bien tort de se récrier sur la prétendue incompatibilité qui se trouve entre des unités & des parties

divifibles à l'infini; il fe trompe en cela doublement;
il fe trompe en ce qu'il ne confidère pas qu'une unité
eft l'objet de notre penfée, & la divifibilité un autre
objet de notre penfée, lefquels ne font point incompatibles, car je puis faire une unité d'une centaine
& je puis faire une centaine d'une unité; & il fe
trompe encore en ce qu'il ne confidère pas la différence qui eft entre la matière divifible par la penfée
& la matière divifible en effet.

Qu'eft-ce que je prouve de tout ceci?

Qu'il y a des parties de matière impériffables &
indivifibles; que DIEU tout puiffant, leur créateur,
pourra, quand il voudra, joindre la penfée à une de
ces parties & la conferver à jamais. Je ne dis pas
que ma raifon m'apprend que DIEU en a ufé ainfi;
je dis feulement qu'elle m'apprend qu'il le peut.
Je dis avec le fage *Locke* que ce n'eft pas à nous qui
ne fommes que d'hier à ofer mettre des bornes à la
puiffance du créateur, de l'être infini, du feul être
néceffaire & immuable.

M. *Locke* dit qu'il eft impoffible à la raifon de
prouver la fpiritualité de l'ame : j'ajoute qu'il n'y
a perfonne fur la terre qui ne foit convaincu de
cette vérité.

Il eft indubitable que fi un homme était bien
perfuadé qu'il fera plus libre & plus heureux en
fortant de fa maifon, il la quitterait tout à l'heure;
or on ne peut croire que l'ame eft fpirituelle fans la
croire en prifon dans le corps, où elle eft d'ordinaire
finon malheureufe, au moins inquiète & ennuyée:
on doit donc être charmé de fortir de fa prifon, mais
quel eft l'homme charmé de mourir par ce motif?

. . . *Quod*

. . . Quod ſi immortalis noſtra foret mens
Non jam ſe moriens diſſolvi conquereretur,
Sed magis ire foras veſtemque relinquere ut anguis ;
Gauderet prælonga ſenex aut cornua cervus.

Il faut tâcher de ſavoir, non ce que les hommes ont dit ſur cette matière, mais ce que notre raiſon peut nous découvrir, indépendamment des opinions des hommes.

L O I N A T U R E L L E.

Dialogue.

B. Qu'est-ce que la loi naturelle ? (*)

A. L'inſtinct qui nous fait ſentir la juſtice.

B. Qu'appelez-vous juſte & injuſte ?

A. Ce qui paraît tel à l'univers entier.

B. L'univers eſt compoſé de bien des têtes. On dit qu'à Lacédémone on applaudiſſait aux larcins, pour leſquels on condamnait aux mines dans Athènes.

A. Abus de mots, logomachie, équivoque ; il ne pouvait ſe commettre de larcin à Sparte, lorſque tout y était commun. Ce que vous appelez *vol* était la punition de l'avarice.

B. Il était défendu d'épouſer ſa ſœur à Rome. Il était permis chez les Egyptiens, les Athéniens & même chez les Juifs, d'épouſer ſa ſœur de père. Je ne cite qu'à regret ce malheureux petit peuple juif,

(*) Ce dialogue eſt tiré preſqu'en entier des entretiens entre A , B , C , vol. des *Dialogues*.

qui ne doit affurément fervir de règle à perfonne,
& qui (en mettant la religion à part) ne fut jamais
qu'un peuple de brigands ignorans & fanatiques.
Mais enfin, felon fes livres, la jeune *Thamar*, avant
de fe faire violer par fon frère *Ammon*, lui dit : *Mon
frère, ne me faites pas de fottifes, mais demandez-moi en
mariage à mon père, il ne vous refufera pas.*

A. Lois de convention que tout cela, ufages arbitraires, modes qui paffent ; l'effentiel demeure toujours. Montrez-moi un pays où il foit honnête de me
ravir le fruit de mon travail, de violer fa promeffe,
de mentir pour nuire, de calomnier, d'affaffiner,
d'empoifonner, d'être ingrat envers fon bienfaiteur,
de battre fon père & fa mère quand ils vous préfentent
à manger ?

B. Avez-vous oublié que *Jean-Jacques*, un des
pères de l'Eglife moderne, a dit : *Le premier qui ofa
clore & cultiver un terrain fut l'ennemi du genre-humain,
qu'il fallait l'exterminer, & que les fruits font à tous, &
que la terre n'eft à perfonne ?* N'avons-nous pas déjà
examiné enfemble cette belle propofition fi utile à la
fociété ?

A. Quel eft ce *Jean-Jacques ?* ce n'eft affurément
ni *Jean-Baptifte*, ni *Jean* l'évangélifte, ni *Jacques* le
majeur, ni *Jacques* le mineur ; il faut que ce foit
quelque hun, bel-efprit, qui ait écrit cette impertinence abominable, ou quelque mauvais plaifant *bufo
magro,* qui ait voulu rire de ce que le monde entier a
de plus férieux. Car au lieu d'aller gâter le terrain
d'un voifin fage & induftrieux, il n'avait qu'à l'imiter ;
& chaque père de famille ayant fuivi cet exemple,

voilà bientôt un très-joli village tout formé. L'auteur de ce paffage me paraît un animal bien infociable.

B. Vous croyez donc qu'en outrageant & en volant le bon homme qui a entouré d'une haie vive fon jardin & fon poulailler, il a manqué aux devoirs de la loi naturelle?

A. Oui, oui, encore une fois, il y a une loi naturelle; & elle ne confifte ni à faire le mal d'autrui, ni à s'en réjouir.

B. Je conçois que l'homme n'aime & ne fait le mal que pour fon avantage. Mais tant de gens font portés à fe procurer leur avantage par le malheur d'autrui; la vengeance eft une paffion fi violente, il y a des exemples fi funeftes; l'ambition plus fatale encore a inondé la terre de tant de fang, que lorfque je m'en retrace l'horrible tableau, je fuis tenté d'avouer que l'homme eft très-diabolique. J'ai beau avoir dans mon cœur la notion du jufte & de l'injufte; un *Attila* que *St Léon* courtife, un *Phocas* que *St Grégoire* flatte avec la plus lâche baffeffe, un *Alexandre VI* fouillé de tant d'inceftes, de tant d'homicides, de tant d'empoifon- nemens, avec lequel le faible *Louis XII*, qu'on appelle *bon*, fait la plus indigne & la plus étroite alliance; un *Cromwell* dont le cardinal *Mazarin* recherche la protection, & pour qui il chaffe de France les héritiers de *Charles I*, coufins-germains de *Louis XIV* &c. &c. cent exemples pareils dérangent mes idées, & je ne fais plus où j'en fuis.

A. Hé bien, les orages empêchent-ils que nous ne jouiffions aujourd'hui d'un beau foleil? Le tremble- ment qui a détruit la moitié de la ville de Lisbonne empêche-t-il que vous n'ayez fait très-commodément le voyage de Madrid ? Si *Attila* fut un brigand & le cardinal *Mazarin* un fripon, n'y a-t-il pas des princes & des miniftres honnêtes gens ? N'a-t-on pas remarqué que dans la guerre de 1701 le confeil de *Louis XIV* était compofé des hommes les plus vertueux ? le duc de *Beauvilliers*, le marquis de *Torci*, le maréchal de *Villars*, *Chamillart* enfin qui paffa pour incapable, mais jamais pour mal-honnête homme. L'idée de la juftice ne fubfifte-t-elle pas toujours ? C'eft fur elle que font fondées toutes les lois. Les Grecs les appelaient *filles du ciel*, cela ne veut dire que filles de la nature.

N'avez-vous pas des lois dans votre pays ?

B. Oui, les unes bonnes, les autres mauvaifes.

A. Où en auriez-vous pris l'idée, fi ce n'eft dans les notions de la loi naturelle que tout homme a dans foi quand il a l'efprit bien fait ? il faut bien les avoir puifées là, ou nulle part.

B. Vous avez raifon, il y a une loi naturelle ; mais il eft encore plus naturel à bien des gens de l'oublier.

A. Il eft naturel auffi d'être borgne, boffu, boiteux, contrefait, mal-fain ; mais on préfère les gens bien faits & bien fains.

B. Pourquoi y a-t-il tant d'efprits borgnes & contrefaits ?

A. Paix. Mais allez à l'article *Toute-puiffance*.

LOI SALIQUE.

CELUI qui a dit que la loi salique fut écrite avec une plume des ailes de l'aigle à deux têtes, par l'aumônier de *Pharamond*, au dos de la donation de *Conſtantin*, pourrait bien ne s'être pas trompé.

C'eſt la loi fondamentale de l'empire français, diſent de braves juriſconſultes. Le grand *Jérôme Bignon*, dans ſon livre de l'*Excellence de la France*, dit (a) que cette loi vient de la loi naturelle ſelon le grand *Ariſtote*, parce que dans *les familles c'était le père qui gouvernait, & qu'on ne donnait point de dot aux filles, comme il ſe lit des père, mère & frères de Rebecca.*

Il aſſure (b) que le royaume de France eſt ſi excellent, qu'il a conſervé précieuſement cette loi recommandée par *Ariſtote* & par l'ancien teſtament. Et pour prouver cette excellence de la France, il remarque que l'empereur *Julien* trouvait le vin de Surène admirable.

Mais, pour démontrer l'excellence de la loi ſalique, il s'en rapporte à *Froiſſard* ſelon lequel *les douze pairs de France dient que le royaume de France eſt de ſi grande nobleſſe, qu'il ne doit mie par ſucceſſion aller à femelle.*

On doit avouer que cette déciſion eſt fort incivile pour l'Eſpagne, pour l'Angleterre, pour Naples, pour la Hongrie, ſurtout pour la Ruſſie qui a vu ſur ſon trône quatre impératrices de ſuite.

Le royaume de France eſt de grande nobleſſe ; d'accord : mais celui d'Eſpagne, du Mexique & du

{ a } Pages 288 & ſuiv.   { b } Page 9.

Pérou eft auffi de grande nobleffe ; & grande nobleffe eft auffi en Ruffie.

On a allégué qu'il eft dit dans la fainte écriture *que les lis ne filent point :* on en a conclu que les femmes ne doivent point régner en France. C'eft encore puiffamment raifonner : mais on a oublié que les léopards, qui font (on ne fait pourquoi) les armoiries d'Angleterre, ne filent pas plus que les lis qui font (on ne fait pourquoi) les armoiries de France. En un mot, de ce qu'on n'a jamais vu filer un lis, il n'eft pas démontré que l'exclufion des filles foit une loi fondamentale des Gaules.

Des lois fondamentales.

LA loi fondamentale de tout pays eft qu'on fème du blé, fi l'on veut avoir du pain ; qu'on cultive le lin & le chanvre, fi on veut avoir de la toile ; que chacun foit le maître dans fon champ , foit que ce champ appartienne à un garçon ou à une fille ; que le Gaulois demi-barbare tue tout autant de Francs, entièrement barbares , qui viendront des bords du Mein, qu'ils ne favent pas cultiver, ravir fes moiffons & fes troupeaux ; fans quoi le Gaulois deviendra ferf du Franc, ou fera affaffiné par lui.

C'eft fur ce fondement que porte l'édifice. L'un bâtit fon fondement fur un roc, & la maifon dure ; l'autre fur du fable, & elle s'écroule. Mais une loi fonda-mentale, née de la volonté changeante des hommes, & en même temps irrévocable, eft une contradiction dans les termes, un être de raifon, une chimère, une abfurdité : qui fait les lois peut les changer. La bulle d'or fut appelée *loi fondamentale de l'empire*. Il fut ordonné qu'il n'y aurait jamais que sept électeurs tudesques, par la raison péremptoire qu'un certain chandelier juif n'avait eu que sept branches, & qu'il n'y a que sept dons du St Esprit. Cette loi fondamentale fut qualifiée d'*éternelle* par la toute-puissance & certaine science de *Charles IV*. DIEU ne trouva pas bon que le parchemin de *Charles* prît le nom d'*éternel*. Il a permis que d'autres empereurs germains, par leur toute-puissance & certaine science, ajoutassent deux branches au chandelier, & deux présens aux sept dons du saint Esprit. Ainsi les électeurs sont au nombre de neuf.

C'était une loi très-fondamentale que les disciples du Seigneur JESUS n'eussent rien en propre. Ce fut ensuite une loi encore plus fondamentale que les évêques de Rome fussent très-riches, & que le peuple les choisît. La dernière loi fondamentale est qu'ils sont souverains, & élus par un petit nombre d'hommes, vêtus d'écarlate, qui étaient absolument inconnus du temps de JESUS. Si l'empereur roi des Romains, toujours auguste, était maître de Rome de fait comme il l'est par le style de sa chancellerie, le pape serait son grand-aumônier, en attendant quelqu'autre loi irrévocable à toujours qui serait détruite par une autre.

Je suppose (ce qui peut très-bien arriver) qu'un empereur d'Allemagne n'ait qu'une fille, & qu'il soit un bon homme n'entendant rien à la guerre; je suppose que si *Catherine II* ne détruit pas l'empire turc qu'elle a fort ébranlé dans l'an 1771 où j'écris ces rêveries, le Turc vienne attaquer mon bon prince chéri des neuf électeurs; que sa fille se mette à la tête des troupes avec deux jeunes électeurs amoureux

F f 4

d'elle ; qu'elle batte les Ottomans comme *Débora* battit le capitaine *Sizara* & ses trois cents mille soldats, & ses trois mille chars de guerre dans un petit champ pierreux aux pieds du mont Thabor ; que ma princesse chasse les musulmans jusque par-delà Andrinople ; que son père meure de joie ou autrement ; que les deux amans de ma princesse engagent leurs sept confrères à la couronner ; que tous les princes de l'empire & des villes y consentent ; que deviendra la loi fondamentale & éternelle qui porte que le saint empire romain ne peut tomber de lance en quenouille, que l'aigle à deux têtes ne file point, & qu'on ne peut sans culotte s'asseoir sur le trône impérial ? on se moquera de cette vieille loi, & ma princesse règnera très-glorieusement.

Comment la loi salique s'est établie.

ON ne peut contester la coutume passée en loi, qui veut que les filles ne puissent hériter la couronne de France tant qu'il reste un mâle du sang royal. Cette question est décidée depuis long-temps, le sceau de l'antiquité y est apposé. Si elle était descendue du ciel, elle ne serait pas plus révérée de la nation française. Elle s'accommode mal avec la galanterie de cette nation ; mais c'est qu'elle était en vigueur avant que cette nation fût galante.

Le président *Hénault* répète dans sa *Chronique* ce qu'on avait dit au hasard avant lui, que *Clovis* rédigea la loi salique en 511, l'année même de sa mort. Je veux croire qu'il avait rédigé cette loi, & qu'il savait lire & écrire, comme je veux croire qu'il avait quinze

ans lorfqu'il fe mit à conquérir les Gaules ; mais je
voudrais qu'on me montrât, à la bibliothèque de
St Germain-des-prés ou de St Martin, ce cartulaire de
la loi falique figné *Clovis*, ou *Clodvic*, ou *Hildovic*;
par-là du moins on apprendrait fon véritable nom
que perfonne ne fait.

Nous avons deux éditions de cette loi falique, l'une
par un nommé *Hérold*, l'autre par *François Pithou*,
& toutes deux font différentes, ce qui n'eft pas un
bon figne. Quand le texte d'une loi eft rapporté différemment dans deux écrits, non-feulement il eft clair
que l'un des deux eft faux, mais il eft fort probable
qu'ils le font tous deux. Aucune coutume des Francs
ne fut écrite dans nos premiers fiècles; il ferait bien
étrange que la loi des Saliens l'eût été. Cette loi eft
en latin ; & il n'y a pas d'apparence que ni *Clovis* ni
fes prédéceffeurs parlaffent latin dans leurs marais
entre les Suabes & les Bataves.

On fuppofe que cette loi peut regarder les rois de
France ; & tous les favans conviennent que les
Sicambres, les Francs, les Saliens n'avaient point de
rois, ni même aucun chef héréditaire.

Le titre de la loi falique commence par ces mots :
In Chrifti nomine. Elle a donc été faite hors des terres
faliques, puifque le CHRIST n'était pas plus connu
de ces barbares que du refte de la Germanie, & de
tous les pays du Nord.

On fait rédiger cette loi falique par quatre grands
jurifconfultes francs ; ils s'appellent dans l'édition de
Hérold, *Vifogaft*, *Harogaft*, *Salogaft* & *Vindogaft*. Dans
l'édition de *Pithou*, ces noms font un peu différens.
Il fe trouve malheureufement que ces noms font les

vieux noms déguifés de quelques cantons d'Allemagne.

Notre magot prend pour ce coup
Le nom d'un port pour un nom d'homme.

En quelque temps que cette loi ait été rédigée en
mauvais latin, on trouve dans l'article touchant les
aleus, *que nulle portion de terre falique ne paffe à la femme.*
Il eft clair que cette prétendue loi ne fut point fuivie.
Premièrement, on voit par les formules de *Marculphe*
qu'un père pouvait laiffer fes aleus à fa fille, en
renonçant *à certaine loi falique, impie & abominable.*

Secondement, fi on applique cette loi aux fiefs, il
eft clair que les rois d'Angleterre, qui n'étaient pas de
la race normande, n'avaient eu tous leurs grands fiefs
en France que par les filles.

Troifièmement, fi on prétend qu'il eft néceffaire
qu'un fief foit entre les mains d'un homme, parce
qu'il doit fe battre pour fon feigneur, cela prouve
que la loi ne pouvait être entendue des droits au trône.
Tous les feigneurs de fief fe feraient battus tout auffi
bien pour une reine que pour un roi. Une reine n'était
point obligée d'endoffer une cuiraffe, de fe garnir de
cuiffarts & de braffarts, & d'aller au trot à l'ennemi
fur un grand cheval de charrette, comme ce fut
long-temps la mode.

Il eft donc clair qu'originairement la loi falique ne
pouvait regarder en rien la couronne, ni comme aleu
ni comme fief dominant.

Mézerai dit que *l'imbécillité du fexe ne permet pas de
régner. Mézerai* ne parle ni en homme d'efprit ni
en homme poli. L'hiftoire le dément affez. La reine
Anne d'Angleterre qui humilia *Louis XIV;* l'impératrice-

reine de Hongrie qui réfifta au roi *Louis XV*, à *Frédéric le grand*, à l'électeur de Bavière & à tant d'autres princes ; *Elifabeth d'Angleterre* qui empêcha notre grand *Henri* de fuccomber ; l'impératrice de Ruffie dont nous avons déjà parlé, font affez voir que *Mézerai* n'eft pas plus véridique qu'honnête. Il devait favoir que la reine *Blanche* avait trop régné en France fous le nom de fon fils, & *Anne de Bretagne* fous *Louis XII*.

Véli, dernier écrivain de l'hiftoire de France, devrait, par cette raifon même, être le meilleur, puifqu'il avait tous les matériaux de fes devanciers ; mais il n'a pas toujours fu profiter de fes avantages. Il s'emporte en invectives contre le fage & profond *Rapin de Thoyras* ; il veut lui prouver que jamais aucune princeffe n'a fuccédé à la couronne tant qu'il y a eu des mâles capables de fuccéder. On le fait bien, & jamais *Thoyras* n'a dit le contraire.

Dans ce long âge de la barbarie, lorfqu'il ne s'agiffait dans l'Europe que d'ufurper & de foutenir fes ufurpations, il faut avouer que les rois étaient fort fouvent des chefs de bandits, ou des guerriers armés contre ces bandits ; il n'était pas poffible de fe foumettre à une femme ; quiconque avait un grand cheval de bataille ne voulait aller à la rapine & au meurtre que fous le drapeau d'un homme monté comme lui fur un grand cheval. Un bouclier ou un cuir de bœuf fervait de trône. Les califes gouvernaient par l'Alcoran, les papes étaient cenfés gouverner par l'Evangile. Le Midi ne vit aucune femme régner, jufqu'à *Jeanne de Naples* qui ne dut fa couronne qu'à la tendreffe des peuples pour le roi *Robert* fon grand-père, & à leur haine pour *André* fon mari. Cet *André* était à la vérité du fang royal, mais né dans la Hongrie alors barbare. Il révolta les Napolitains par fes mœurs groffières, par fon ivrognerie & par fa crapule. Le bon roi *Robert* fut obligé de contredire l'ufage immémorial, & de déclarer *Jeanne* feule reine par fon teftament approuvé de la nation.

On ne voit dans le Nord aucune femme régner de fon chef jufqu'à *Marguerite de Valdemar*, qui gouverna quelques mois en fon propre nom vers l'an 1377.

L'Efpagne n'eut aucune reine de fon chef jufqu'à l'habile *Ifabelle* en 1461.

En Angleterre, la cruelle & fuperftitieufe *Marie*, fille de *Henri VIII*, eft la première qui hérita du trône, de même que la faible & coupable *Marie Stuart* en Ecoffe au feizième fiècle.

Le vafte pays de la Ruffie n'eut jamais de fouveraine jufqu'à la veuve de *Pierre le grand*.

Toute l'Europe; que dis-je, toute la terre était gouvernée par des guerriers au temps où *Philippe de Valois* foutint fon droit contre *Edouard III*. Ce droit d'un mâle qui fuccédait à un mâle femblait la loi de toutes les nations. Vous êtes petit-fils de *Philippe le bel* par votre mère, difait *Valois* à fon compétiteur; mais comme je l'emporterais fur la mère, je l'emporte à plus forte raifon fur le fils. Votre mère n'a pu vous tranfmettre un droit qu'elle n'avait pas.

Il fut donc reconnu en France que le prince du fang le plus éloigné ferait l'héritier de la couronne au préjudice de la fille du roi. C'eft une loi fur laquelle perfonne ne difpute aujourd'hui. Les autres nations ont adjugé depuis le trône à des princeffes. La France a confervé l'ancien ufage. Le temps a donné à cet ufage la force de la loi la plus fainte. En quel temps que la loi falique ait été ou faite, ou interprétée, il n'importe ; elle exifte, elle eft refpectable , elle eft utile ; & fon utilité l'a rendue facrée.

Examen fi les filles dans tous les cas font privées de toute hérédité par cette loi falique.

J'ai déjà donné l'empire à une fille malgré la bulle d'or. Je n'aurai pas de peine à gratifier une fille du royaume de France. Je fuis plus en droit de difpofer de cet Etat que le pape *Jules II* qui en dépouilla *Louis XII*, & le transféra de fon autorité privée à l'empereur *Maximilien*. Je fuis plus autorifé à parler en faveur des filles de la maifon de France que le pape *Grégoire XIII*, & le cordelier *Sixte-Quint* ne l'étaient à exclure du trône nos princes du fang, fous prétexte, difaient ces bons prêtres, que *Henri IV* & les princes de *Condé* étaient *race bâtarde & détestable de Bourbon* ; belles & faintes paroles, dont il faut fe fouvenir à jamais, pour être convaincu de ce qu'on doit aux évêques de Rome. Je puis donner ma voix dans les états-généraux ; & aucun pape n'y peut avoir de fuffrage. Je donne donc ma voix fans difficulté dans trois ou quatre cents ans, à une fille de France, qui refterait feule defcendante en droite ligne de *Hugues Capet*. Je la fais reine pourvu qu'elle foit bien élevée, qu'elle ait l'efprit jufte, & qu'elle ne foit point bigotte. J'interprète en fa faveur cette loi qui dit *que fille ne doit mie fuccéder*. J'entends qu'elle n'héritera mie tant qu'il y aura mâle. Mais dès que mâles défaillent, je prouve que le royaume eſt à elle, par nature qui l'ordonne, & pour le bien de la nation.

J'invite tous les bons français à montrer le même reſpeƈt pour le ſang de tant de rois. Je crois que c'eſt l'unique moyen de prévenir les faƈtions qui démembreraient l'Etat. Je propoſe qu'elle règne de ſon chef & qu'on la marie à quelque bon prince, qui prendra le nom & les armes, & qui par lui-même pourra poſſéder quelque canton, lequel ſera annexé à la France; ainſi qu'on a conjoint *Marie-Thérèſe de Hongrie* & *François* duc de Lorraine, le meilleur prince du monde.

Quel eſt le welche qui refuſera de la reconnaître, à moins qu'on ne déterre quelque autre belle princeſſe iſſue de *Charlemagne*, dont la famille fut chaſſée par *Hugues Capet* malgré la loi ſalique; ou bien qu'on ne trouve quelque princeſſe plus belle encore, qui deſcende évidemment de *Clovis*, dont la famille fut précédemment chaſſée par ſon domeſtique *Pepin*, & toujours en dépit de la loi ſalique?

Je n'aurai certainement nul beſoin d'intrigues, pour faire ſacrer ma princeſſe dans Rheims, ou dans Chartres, ou dans la chapelle du louvre; car tout cela eſt égal; ou même pour ne la point faire ſacrer du tout; car on règne tout auſſi bien non ſacré que ſacré. Les rois, les reines d'Eſpagne n'obſervent point cette cérémonie.

Parmi toutes les familles des ſecrétaires du roi, il ne ſe trouve perſonne qui diſpute le trône à cette princeſſe capétienne. Les plus illuſtres maiſons ſont ſi jalouſes l'une de l'autre, qu'elles aiment bien mieux obéir à la fille des rois qu'à un de leurs égaux.

Reconnue aiſément de toute la France, elle reçoit l'hommage de tous ſes ſujets avec une grâce majeſtueuſe qui la fait aimer autant que révérer; & tous les poëtes font des vers en l'honneur de ma princeſſe. (*)

L O I S.

S E C T I O N   P R E M I E R E.

IL eſt difficile qu'il y ait une ſeule nation qui vive ſous de bonnes lois. Ce n'eſt pas ſeulement parce qu'elles ſont l'ouvrage des hommes, car ils ont fait de très-bonnes choſes; & ceux qui ont inventé & perfectionné les arts pouvaient imaginer un corps de juriſprudence tolérable. Mais les lois ont été établies dans preſque tous les Etats par l'intérêt du légiſlateur, par le beſoin du moment, par l'ignorance, par la ſuperſtition. On les a faites à meſure au haſard irrégulièrement, comme on bâtiſſait les villes. Voyez à Paris le quartier des Halles, de St Pierre-aux-bœufs, la rue Briſe-miche, celle du Pet-au-diable, contraſter avec le louvre & les tuileries; voilà l'image de nos lois.

Londres n'eſt devenue digne d'être habitée que depuis qu'elle fut réduite en cendre. Les rues, depuis cette époque, furent élargies & alignées; Londres fut une ville pour avoir été brûlée. Voulez-vous avoir de bonnes lois? brûlez les vôtres & faites-en de nouvelles.

(*) Voyez le *Commentaire ſur l'eſprit des lois*, tome I de Politique & Légiſlation.

Les Romains furent trois cents années fans lois fixes. Ils furent obligés d'en aller demander aux Athéniens, qui leur en donnèrent de fi mauvaifes que bientôt elles furent prefque toutes abrogées. Comment Athènes elle-même aurait-elle eu une bonne légiflation? on fut obligé d'abolir celle de *Dracon*; & celle de *Solon* périt bientôt.

Votre coutume de Paris eft interprétée différemment par vingt-quatre commentaires; donc il eft prouvé vingt-quatre fois qu'elle eft mal conçue. Elle contredit cent quarante autres coutumes, ayant toutes force de loi chez la même nation, & toutes fe contredifant entr'elles. Il eft donc dans une feule province de l'Europe, entre les Alpes & les Pyrenées, plus de quarante petits peuples qui s'appellent *compatriotes*, & qui font réellement étrangers les uns pour les autres, comme le Tunquin l'eft pour la Cochinchine.

Il en eft de même dans toutes les provinces de l'Efpagne. C'eft bien pis dans la Germanie, perfonne n'y fait quels font les droits du chef, ni des membres. L'habitant des bords de l'Elbe ne tient au cultivateur de la Suabe que parce qu'ils parlent à peu près la même langue, laquelle eft un peu rude.

La nation angloife a plus d'uniformité; mais n'étant fortie de la barbarie & de la fervitude que par intervalles & par fecouffes, & ayant dans fa liberté confervé plufieurs lois promulguées autrefois par de grands tyrans qui difputaient le trône, ou par de petits tyrans qui envahiffaient des prélatures, il s'en eft formé un corps affez robufte, fur lequel on aperçoit encore beaucoup de bleffures couvertes d'emplâtres.

L'efprit

L'efprit de l'Europe a fait de plus grands progrès depuis cent ans que le monde entier n'en avait fait depuis *Brama*, *Fohi*, *Zoroaftre* & le *Thaut* de l'Egypte. D'où vient que l'efprit de légiflation en a fait fi peu?

Nous fûmes tous fauvages depuis le cinquième fiècle. Telles font les révolutions du globe; brigands qui pillaient, cultivateurs pillés, c'était-là ce qui compofait le genre-humain du fond de la mer Baltique au détroit de Gibraltar; & quand les Arabes parurent au Midi, la défolation du bouleverfement fut univerfelle.

Dans notre coin d'Europe le petit nombre étant compofé de hardis ignorans vainqueurs & armés de pied en cap, & le grand nombre d'ignorans efclaves défarmés, prefqu'aucun ne fachant ni lire, ni écrire, pas même *Charlemagne*, il arriva très-naturellement que l'Eglife romaine avec fa plume & fes cérémonies gouverna ceux qui paffaient leur vie à cheval la lance en arrêt & le morion en tête.

Les defcendans des Sicambres, des Bourguignons, des Oftrogoths, Vifigoths, Lombards, Hérules &c. fentirent qu'ils avaient befoin de quelque chofe qui reffemblât à des lois. Ils en cherchèrent où il y en avait. Les évêques de Rome en favaient faire en latin. Les barbares les prirent avec d'autant plus de refpect qu'ils ne les entendaient pas. Les décrétales des papes, les unes véritables, les autres effrontément fuppofées, devinrent le code des nouveaux régas, des leuds, des barons qui avaient partagé les terres. Ce furent des loups qui fe laiffèrent enchaîner par des renards. Ils gardèrent leur férocité, mais elle fut fubjuguée par la crédulité, & par la crainte que la crédulité produit.

Dictionn. philofoph. Tome V.　　　G g

Peu à peu l'Europe, excepté la Grèce & ce qui appartenait encore à l'empire d'Orient, fe vit fous l'empire de Rome ; de forte qu'on put dire une feconde fois :

Romanos rerum dominos gentemque togatam.

(*) Prefque toutes les conventions étant accompagnées d'un figne de croix & d'un ferment qu'on fefait fouvent fur des reliques, tout fut du reffort de l'Eglife. Rome, comme la métropole, fut juge fuprême des procès de la Cherfonèfe Cimbrique & de ceux de la Gafcogne. Mille feigneurs féodaux joignant leurs ufages au droit canon, il en réfulta cette jurifprudence monftrueufe dont il refte encore tant de veftiges.

Lequel eût le mieux valu, de n'avoir point du tout de lois, ou d'en avoir de pareilles ?

Il a été avantageux à un empire plus vafte que l'empire romain d'être long-temps dans le chaos; car tout étant à faire, il était plus aifé de bâtir un édifice que d'en réparer un dont les ruines feraient refpectées.

La *Thefmophore* du Nord affembla en 1767 des députés de toutes les provinces, qui contenaient environ douze cents mille lieues quarrées. Il y avait des païens, des mahométans d'*Ali*, des mahométans d'*Omar*, des chrétiens d'environ douze fectes différentes. On propofait chaque loi à ce nouveau fynode; & fi elle paraiffait convenable à l'intérêt de toutes les provinces, elle recevait alors la fanction de la fouveraine & de la nation.

(*) Voyez *Appel comme d'abus.*

La première loi qu'on porta fut la tolérance, afin que le prêtre grec n'oubliât jamais que le prêtre latin est homme ; que le musulman supportât son frère le païen, & que le romain ne fût pas tenté de sacrifier son frère le presbytérien.

La souveraine écrivit de sa main dans ce grand conseil de législation : *Parmi tant de croyances diverses, la faute la plus nuisible serait l'intolérance.*

On convint unanimement qu'il n'y a qu'une puissance, (*) qu'il faut dire toujours puissance civile, & discipline ecclésiastique, & que l'allégorie des deux glaives est le dogme de la discorde.

Elle commença par affranchir les serfs de son domaine particulier.

Elle affranchit tous ceux du domaine ecclésiastique ; ainsi elle créa des hommes.

Les prélats & les moines furent payés du trésor public.

Les peines furent proportionnées aux délits, & les peines furent utiles ; les coupables, pour la plupart, furent condamnés aux travaux publics, attendu que les morts ne servent à rien.

La torture fut abolie, parce que c'est punir avant de connaître, & qu'il est absurde de punir pour connaître ; parce que les Romains ne mettaient à la torture que les esclaves ; parce que la torture est le moyen de sauver le coupable & de perdre l'innocent.

On en était là quand *Mouslapha III*, fils de *Mahmoud*, força l'impératrice d'interrompre son code pour le battre.

(*). Voyez *Puissance*.

G g 2

S E C T I O N I I.

J'AI tenté de découvrir quelque rayon de lumière dans les temps mythologiques de la Chine qui précèdent *Fohi*, & j'ai tenté en vain.

Mais en m'en tenant à *Fohi*, qui vivait environ trois mille ans avant l'ère nouvelle & vulgaire de notre occident septentrional, je vois déjà des lois douces & sages établies par un roi bienfefant. Les anciens livres des cinq Kings, confacrés par le refpect de tant de fiècles, nous parlent de fes inftitutions d'agriculture, de l'économie paftorale, de l'économie domeftique, de l'aftronomie fimple qui règle les faifons, de la mufique qui, par des modulations différentes, appelle les hommes à leurs fonctions diverfes. Ce *Fohi* vivait inconteftablement il y a cinq mille ans. Jugez de quelle antiquité devait être un peuple immenfe qu'un empereur inftruifait fur tout ce qui pouvait faire fon bonheur. Je ne vois dans ces lois rien que de doux, d'utile & d'agréable.

On me montre enfuite le code d'un petit peuple qui arrive, deux mille ans après, d'un défert affreux fur les bords du Jourdain, dans un pays ferré & hériffé de montagnes. Ses lois font parvenues jufqu'à nous : on nous les donne tous les jours comme le modèle de la fageffe. En voici quelques-unes.

,, De ne jamais manger d'onocrotal, ni de chara-
,, dre, ni de griffon, ni d'ixion, ni d'anguille, ni de
,, liévre, parce que le liévre rumine & qu'il n'a pas
,, le pied fendu.

» De ne point coucher avec sa femme quand elle
» a ses règles, sous peine d'être mis à mort l'un &
» l'autre.

» D'exterminer sans miséricorde tous les pauvres
» habitans du pays de Canaan qui ne les connais-
» saient pas ; d'égorger tout, de massacrer tout,
» hommes, femmes, vieillards, enfans, animaux,
» pour la plus grande gloire de Dieu.

» D'immoler au Seigneur tout ce qu'on aura voué
» en anathême au Seigneur, & de le tuer sans pou-
» voir le racheter.

» De brûler les veuves qui, n'ayant pu être remariées
» à leurs beaux-frères, s'en seraient consolées avec
» quelqu'autre juif sur le grand chemin ou ailleurs
» &c. &c. &c. » (a)

Un jésuite, autrefois missionnaire chez les Cannibales, dans le temps que le Canada appartenait encore
au roi de France, me contait qu'un jour, comme il
expliquait ces lois juives à ses néophytes, un petit
français imprudent, qui assistait au catéchisme, s'avisa
de s'écrier : *Mais voilà des lois de Cannibales.* Un des
citoyens lui répondit : *Petit drôle, apprends que nous
sommes d'honnêtes gens : nous n'avons jamais eu de pareilles
lois. Et si nous n'étions pas gens de bien, nous te traiterions
en citoyen de Canaan, pour t'apprendre à parler.*

Il appert, par la comparaison du premier code
chinois & du code hébraïque, que les lois suivent

(a) C'est ce qui arriva à *Thamar* qui, étant voilée, coucha sur le grand
chemin avec son beau-père *Juda*, dont elle fut méconnue. Elle devint
grosse. *Juda* la condamna à être brûlée. L'arrêt était d'autant plus cruel que
s'il eût été exécuté, notre Sauveur, qui descend en droite ligne de ce
Juda & de cette *Thamar*, ne serait pas né ; à moins que tous les événemens
de l'univers n'eussent été mis dans un autre ordre.

affez les mœurs des gens qui les ont faites. Si les vautours & les pigeons avaient des lois, elles feraient fans doute différentes.

S E C T I O N I I I.

LES moutons vivent en fociété fort doucement, leur caractère paffe pour très-débonnaire, parce que nous ne voyons pas la prodigieufe quantité d'animaux qu'ils dévorent. Il eft à croire même qu'ils les mangent innocemment & fans le favoir, comme lorfque nous mangeons d'un fromage de Saffenage. La république des moutons eft l'image fidelle de l'âge d'or.

Un poulailler eft vifiblement l'Etat monarchique le plus parfait. Il n'y a point de roi comparable à un coq. S'il marche fièrement au milieu de fon peuple, ce n'eft point par vanité. Si l'ennemi approche, il ne donne point d'ordre à fes fujets d'aller fe faire tuer pour lui en vertu de fa certaine fcience & pleine puiffance; il y va lui-même, range fes poules derrière lui & combat jufqu'à la mort. S'il eft vainqueur, c'eft lui qui chante le *Te Deum.* Dans la vie civile, il n'y a rien de fi galant, de fi honnête, de fi défintéreffé. Il a toutes les vertus. A-t-il dans fon bec royal un grain de blé, un vermiffeau, il le donne à la première de fes fujettes qui fe préfente. Enfin *Salomon* dans fon férail n'approchait pas d'un coq de baffe-cour.

S'il eft vrai que les abeilles foient gouvernées par une reine à qui tous fes fujets font l'amour, c'eft un gouvernement plus parfait encore.

Les fourmis passent pour une excellente démocratie. Elle est au-dessus de tous les autres Etats; puisque tout le monde y est égal, & que chaque particulier y travaille pour le bonheur de tous.

La république des castors est encore supérieure à celle des fourmis, du moins si nous en jugeons par leurs ouvrages de maçonnerie.

Les singes ressemblent plutôt à des bâteleurs qu'à un peuple policé; & ils ne paraissent pas être réunis sous des lois fixes & fondamentales, comme les espèces précédentes.

Nous ressemblons plus aux singes qu'à aucun autre animal, par le don de l'imitation, par la légéreté de nos idées, & par notre inconstance qui ne nous a jamais permis d'avoir des lois uniformes & durables.

Quand la nature forma notre espèce, & nous donna quelques instincts; l'amour-propre pour notre conservation, la bienveillance pour la conservation des autres, l'amour qui est commun avec toutes les espèces, & le don inexplicable de combiner plus d'idées que tous les animaux ensemble; après nous avoir ainsi donné notre lot, elle nous dit: Faites comme vous pourrez.

Il n'y a aucun bon code dans aucun pays. La raison en est évidente, les lois ont été faites à mesure, selon les temps, les lieux, les besoins &c.

Quand les besoins ont changé, les lois qui sont demeurées sont devenues ridicules. Ainsi la loi qui défendait de manger du porc & de boire du vin, était très-raisonnable en Arabie, où le porc & le vin sont pernicieux; elle est absurde à Constantinople.

La loi qui donne tout le fief à l'aîné est fort bonne dans un temps d'anarchie & de pillage. Alors l'aîné est le capitaine du château que des brigands affailliront tôt ou tard ; les cadets feront ses premiers officiers , les laboureurs ses foldats. Tout ce qui est à craindre, c'est que le cadet n'affaffine ou n'empoifonne le feigneur falien fon aîné, pour devenir à fon tour le maître de la mafure ; mais ces cas font rares , parce que la nature a tellement combiné nos inftinéts & nos paffions , que nous avons plus d'horreur d'affaffiner notre frère aîné que nous n'avons d'envie d'avoir fa place. Or cette loi convenable à des poffeffeurs de donjons du temps de *Chilpéric* , eft déteftable quand il s'agit de partager des rentes dans une ville.

A la honte des hommes, on fait que les lois du jeu font les feules qui foient par-tout juftes , claires , inviolables & exécutées. Pourquoi l'indien qui a donné les règies du jeu d'échecs, eft-il obéi de bon gré dans toute la terre, & que les décrétales des papes, par exemple , font aujourd'hui un objet d'horreur & de mépris ? c'eft que l'inventeur des échecs combina tout avec jufteffe pour la fatisfaction des joueurs, & que les papes, dans leurs décrétales, n'eurent en vue que leur feul avantage. L'indien voulut exercer également l'efprit des hommes & leur donner du plaifir ; les papes ont voulu abrutir l'efprit des hommes. Auffi le fond du jeu des échecs a fubfifté le même depuis cinq mille ans , il eft commun à tous les habitans de la terre ; & les décrétales ne font reconnues qu'à Spolète, à Orviette, à Lorette, où le plus mince jurif-confulte les détefte & les méprife en fecret.

Section IV.

Du temps de *Vespafien* & de *Tite*, pendant que les Romains éventraient les Juifs, un ifraëlite fort riche, qui ne voulait point être éventré, s'enfuit avec tout l'or qu'il avait gagné à fon métier d'ufurier, & emmena vers Eziongaber toute fa famille, qui confiftait en fa vieille femme, un fils & une fille; il avait dans fon train deux eunuques, dont l'un fervait de cuifinier, l'autre était laboureur & vigneron. Un bon effénien, qui favait par cœur le Pentateuque, lui fervait d'aumônier : tout cela s'embarqua dans le port d'Eziongaber, traverfa la mer qu'on nomme Rouge, & qui ne l'eft point, & entra dans le golfe Perfique, pour aller chercher la terre d'Ophir, fans favoir où elle était. Vous croyez bien qu'il furvint une horrible tempête, qui pouffa la famille hébraïque vers les côtes des Indes ; le vaiffeau fit naufrage à une des îles Maldives , nommée aujourd'hui Padrabranca , laquelle était alors déferte.

Le vieux richard & la vieille fe noyèrent; le fils, la fille, les deux eunuques & l'aumônier fe fauvèrent; on tira comme on put quelques provifions du vaiffeau, on bâtit de petites cabanes dans l'île, & on y vécut affez commodément. Vous favez que l'île de Padrabranca eft à cinq degrés de la ligne, & qu'on y trouve les plus gros cocos & les meilleurs ananas du monde ; il était fort doux d'y vivre dans le temps qu'on égorgeait ailleurs le refte de la nation chérie ; mais l'effénien pleurait en confidérant que peut-être il ne reftait plus qu'eux de juifs fur la terre , & que la femence d'*Abraham* allait finir.

Il ne tient qu'à vous de la reſſuſciter, dit le jeune juif, épouſez ma ſœur. Je le voudrais bien, dit l'aumônier, mais la loi s'y oppoſe. Je ſuis eſſénien, j'ai fait vœu de ne me jamais marier, la loi porte qu'on doit accomplir ſon vœu ; la race juive finira ſi elle veut, mais certainement je n'épouſerai point votre ſœur, toute jolie qu'elle eſt.

Mes deux eunuques ne peuvent pas luï faire d'enfans , reprit le juif : je lui en ferai donc, s'il vous plaît ; & ce ſera vous qui bénirez le mariage.

J'aimerais mieux cent fois être éventré par les ſoldats romains, dit l'aumônier, que de ſervir à vous faire commettre un inceſte : ſi c'était votre ſœur de père, encore paſſe, la loi le permet, mais elle eſt votre ſœur de mère, cela eſt abominable.

Je conçois bien, répondit le jeune homme, que ce ſerait un crime à Jéruſalem, où je trouverais d'autres filles ; mais dans l'île de Padrabranca, où je ne vois que des cocos, des ananas & des huîtres, je crois que la choſe eſt très-permiſe. Le juif épouſa donc ſa ſœur, & en eut une fille malgré les proteſtations de l'eſſénien ; ce fut l'unique fruit d'un mariage que l'un croyait très-légitime, & l'autre abominable.

Au bout de quatorze ans, la mère mourut ; le père dit à l'aumônier : Vous êtes-vous enfin défait de vos anciens préjugés ? voulez-vous épouſer ma fille ? DIEU m'en préſerve, dit l'eſſénien. Oh bien je l'épouſerai donc moi, dit le père, il en ſera ce qui pourra ; mais je ne veux pas que la ſemence d'*Abraham* ſoit réduite à rien. L'effénien, épouvanté de cet horrible propos, ne voulut plus demeurer avec un homme qui manquait à la loi & s'enfuit. Le nouveau marié avait beau lui crier : Demeurez, mon ami, j'obferve la loi naturelle, je fers la patrie, n'abandonnez pas vos amis ; l'autre le laiffait crier, ayant toujours la loi dans la tête, & s'enfuit à la nage dans l'île voifine.

C'était la grande île d'Attole, très-peuplée, & trèscivilifée ; dès qu'il aborda on le fit efclave. Il apprit à balbutier la langue d'Attole ; il fe plaignit trèsamèrement de la façon inhofpitalière dont on l'avait reçu ; on lui dit que c'était la loi, & que depuis que l'île avait été fur le point d'être furprife par les habitans de celle d'Ada, on avait fagement réglé que tous les étrangers qui aborderaient dans Attole feraient mis en fervitude. Ce ne peut être une loi, dit l'effénien, car elle n'eft pas dans le Pentateuque ; on lui répondit qu'elle était dans le digefte du pays, & il demeura efclave : il avait heureufement un très-bon maître fort riche, qui le traita bien, & auquel il s'attacha beaucoup.

Des affaffins vinrent un jour pour tuer le maître & pour voler fes tréfors ; ils demandèrent aux efclaves s'il était à la maifon, & s'il avait beaucoup d'argent? Nous vous jurons, dirent les efclaves, qu'il n'a point d'argent & qu'il n'eft point à la maifon ; mais l'effénien dit : La loi ne permet pas de mentir ; je vous jure qu'il eft à la maifon & qu'il a beaucoup d'argent : ainfi le maître fut volé & tué. Les efclaves accufèrent l'effénien devant les juges, d'avoir trahi fon patron ; l'effénien dit qu'il ne voulait mentir, & qu'il ne mentirait pour rien au monde ; & il fut pendu.

On me contait cette hiftoire & bien d'autres femblables dans le dernier voyage que je fis des Indes en France. Quand je fus arrivé, j'allai à Verfailles pour quelques affaires; je vis paffer une belle femme fuivie de plufieurs belles femmes. Quelle eft cette belle femme, dis-je à mon avocat en parlement qui était venu avec moi? car j'avais un procès en parlement à Paris, pour mes habits qu'on m'avait fait aux Indes, & je voulais toujours avoir mon avocat à mes côtés. C'eft la fille du roi, dit-il; elle eft charmante & bienfefante; c'eft bien dommage que dans aucun cas elle ne puiffe jamais être reine de France. Quoi! lui dis-je, fi on avait le malheur de perdre tous fes parens & les princes du fang, (ce qu'à Dieu ne plaife) elle ne pourrait hériter du royaume de fon père? Non, dit l'avocat, la loi falique s'y oppofe formellement. Et qui a fait cette loi falique? dis-je à l'avocat. Je n'en fais rien, dit-il, mais on prétend que chez un ancien peuple nommé les Saliens, qui ne favaient ni lire ni écrire, il y avait une loi écrite qui difait qu'en terre falique fille n'héritait pas d'un aleu, & cette loi a été adoptée en terre non falique. Et moi, lui dis-je, je la caffe; vous m'avez affuré que cette princeffe eft charmante & bienfefante, donc elle aurait un droit inconteftable à la couronne, fi le malheur arrivait qu'il ne reftât qu'elle du fang royal: ma mère a hérité de fon père; & je veux que cette princeffe hérite du fien.

Le lendemain mon procès fut jugé en une chambre du parlement, & je perdis tout d'une voix; mon avocat me dit que je l'aurais gagné tout d'une voix en une autre chambre. Voilà qui eft bien comique,

lui dis-je ; ainfi donc chaque chambre, chaque loi.
Oui, dit-il, il y a vingt-cinq commentaires fur la
coutume de Paris ; c'eft-à-dire, on a prouvé vingt-
cinq fois que la coutume de Paris eft équivoque ; &
s'il y avait vingt-cinq chambres de juges, il y aurait
ving-cinq jurifprudences différentes. Nous avons,
continua-t-il, à quinze lieues de Paris une province
nommée Normandie, où vous auriez été tout autrement jugé qu'ici. Cela me donna envie de voir la
Normandie. J'y allai avec un de mes frères : nous
rencontrâmes à la première auberge un jeune homme
qui fe défefpérait ; je lui demandai quelle était fa
difgrace ? il me répondit que c'était d'avoir un frère
aîné. Où eft donc le grand malheur d'avoir un frère,
lui dis-je ? mon frère eft mon aîné, & nous vivons
très-bien enfemble. Hélas ! monfieur, me dit-il, la
loi donne tout ici aux aînés, & ne laiffe rien aux
cadets. Vous avez raifon, lui dis-je, d'être fâché ;
chez nous on partage également, & quelquefois les
frères ne s'en aiment pas mieux.

Ces petites aventures me firent faire de belles &
profondes réflexions fur les lois, & je vis qu'il en eft
d'elles comme de nos vêtemens ; il m'a fallu porter un
doliman à Conftantinople, & un juftaucorps à Paris.

Si toutes les lois humaines font de convention,
difais-je, il n'y a qu'à bien faire fes marchés. Les
bourgeois de Déli & d'Agra difent qu'ils ont fait un
très-mauvais marché avec *Tamerlan* : les bourgeois
de Londres fe félicitent d'avoir fait un très-bon
marché avec le roi *Guillaume* d'Orange. Un citoyen
de Londres me difait un jour : c'eft la néceffité qui
fait les lois, & la force les fait obferver. Je lui

demandai fi la force ne fefait pas aufii quelquefois des lois , & fi *Guillaume* le bâtard & le conquérant ne leur avait pas donné des ordres fans faire de marché avec eux. Oui, dit-il, nous étions des bœufs alors, *Guillaume* nous mit un joug , & nous fit marcher à coups d'aiguillon ; nous avons depuis été changés en hommes , mais les cornes nous font reftées , & nous en frappons quiconque veut nous faire labourer pour lui, & non pas pour nous.

Plein de toutes ces réflexions, je me complaifais à penfer qu'il y a une loi naturelle indépendante de toutes les conventions humaines : le fruit de mon travail doit être à moi ; je dois honorer mon père & ma mère ; je n'ai nul droit fur la vie de mon pro-chain , & mon prochain n'en a point fur la mienne &c. Mais quand je fongeai que depuis *Cordolaomor* jufqu'à *Mentzel*, colonel de houfards , chacun tue loyalement & pille fon prochain avec une patente dans fa poche, je fus très-affligé.

On me dit que parmi les voleurs il y avait des lois, & qu'il y en avait aufii à la guerre. Je demandai ce que c'était que ces lois de la guerre? C'eft, me dit-on, de pendre un brave officier qui aura tenu dans un mauvais pofte fans canon contre une armée royale ; c'eft de faire pendre un prifonnier , fi on a pendu un des vôtres ; c'eft de mettre à feu & à fang les villages qui n'auront pas apporté toute leur fubfiftance au jour marqué, felon les ordres du gracieux fouverain du voifinage. Bon, dis-je, voilà l'*Efprit des lois*.

Après avoir été bien inftruit , je découvris qu'il y a de fages lois par lefquelles un berger eft condamné à neuf ans de galères pour avoir donné un peu de

fel étranger à fes moutons. Mon voifin a été ruiné par
un procès pour deux chênes qui lui appartenaient qu'il
avait fait couper dans fon bois, parce qu'il n'avait
pu obferver une formalité qu'il n'avait pu connaître ;
fa femme eft morte dans la mifère, & fon fils traîne
une vie plus malheureufe. J'avoue que ces lois font
juftes, quoique leur exécution foit un peu dure ; mais
je fais mauvais gré aux lois qui autorifent cent mille
hommes à aller loyalement égorger cent mille voifins.
Il m'a paru que la plupart des hommes ont reçu de la
nature affez de fens commun pour faire des lois, mais
que tout le monde n'a pas affez de juftice pour faire
de bonnes lois.

Affemblez d'un bout de la terre à l'autre les fimples
& tranquilles agriculteurs, ils conviendront tous aifément qu'il doit être permis de vendre à fes voifins
l'excédent de fon blé, & que la loi contraire eft
inhumaine & abfurde ; que les monnaies repréfentatives
des denrées ne doivent pas plus être altérées que les
fruits de la terre ; qu'un père de famille doit être le
maître chez foi ; que la religion doit raffembler les
hommes pour les unir, & non pour en faire des fanatiques & des perfécuteurs ; que ceux qui travaillent ne
doivent pas fe priver du fruit de leurs travaux pour
en doter la fuperftition & l'oifiveté : ils feront en une
heure trente lois de cette efpèce, toutes utiles au
genre-humain.

Mais que *Tamerlan* arrive & fubjugue l'Inde, alors
vous ne verrez plus que des lois arbitraires. L'une
accablera une province pour enrichir un publicain
de *Tamerlan* ; l'autre fera un crime de lèfe-majefté
d'avoir mal parlé de la maîtreffe du premier valet de

chambre d'un raïa ; une troifième ravira la moitié de
la récolte de l'agriculteur, & lui conteftera le refte ;
il y aura enfin des lois par lefquelles un appariteur
tartare viendra faifir vos enfans au berceau, fera du
plus robufte un foldat, & du plus faible un eunuque,
& laiffera le père & la mère fans fecours & fans
confolation.

Or lequel vaut le mieux d'être le chien de *Tamerlan*
ou fon fujet ? Il eft clair que la condition de fon chien
eft fort fupérieure.

LOIS CIVILES ET ECCLESIASTIQUES.

ON a trouvé dans les papiers d'un jurifconfulte ces
notes qui méritent peut-être un peu d'examen.

Que jamais aucune loi eccléfiaftique n'ait de force
que lorfqu'elle aura la fanction expreffe du gouvernement. C'eft par ce moyen qu'Athènes & Rome
n'eurent jamais de querelles religieufes.

Ces querelles font le partage des nations barbares,
ou devenues barbares.

Que le magiftrat feul puiffe permettre ou prohiber
le travail les jours de fête, parce qu'il n'appartient
pas à des prêtres de défendre à des hommes de cultiver
leurs champs.

Que tout ce qui concerne les mariages dépende
uniquement du magiftrat, & que les prêtres s'en
tiennent à l'augufte fonction de les bénir.

Que le prêt à l'intérêt foit purement un objet de
la loi civile, parce qu'elle feule préfide au commerce.

Que

Que tous les ecclésiastiques soient soumis en tous les cas au gouvernement, parce qu'ils sont sujets de l'Etat.

Que jamais on n'ait le ridicule honteux de payer à un prêtre étranger la première année du revenu d'une terre que des citoyens ont donnée à un prêtre concitoyen.

Qu'aucun prêtre ne puisse jamais ôter à un citoyen la moindre prérogative, sous prétexte que ce citoyen est pécheur, parce que le prêtre pécheur doit prier pour les pécheurs & non les juger.

Que les magistrats, les laboureurs & les prêtres payent également les charges de l'Etat, parce que tous appartiennent également à l'Etat.

Qu'il n'y ait qu'un poids, une mesure, une coutume.

Que les supplices des criminels soient utiles. Un homme pendu n'est bon à rien, & un homme condamné aux ouvrages publics sert encore la patrie, & est une leçon vivante.

Que toute loi soit claire, uniforme & précise : l'interpréter, c'est presque toujours la corrompre.

Que rien ne soit infame que le vice.

Que les impôts ne soient jamais que proportionnels.

Que la loi ne soit jamais en contradiction avec l'usage : car si l'usage est bon, la loi ne vaut rien. (a)

(a) Voyez le *Poëme de la loi naturelle.*

LOIS CRIMINELLES.

IL n'y a point d'année où quelques juges de province ne condamnent à une mort affreuse quelque père de famille innocent , & cela tranquillement , gaiement même , comme on égorge un dindon dans fa baffe-cour. On a vu quelquefois la même chofe à Paris. (*)

LOIS. (ESPRIT DES)

IL eût été à défirer que de tous les livres faits fur les lois , par *Bodin*, *Hobbes*, *Grotius*, *Puffendorf*, *Montefquieu*, *Barbeirac*, *Burlamaqui*, il en eût réfulté quelque loi utile , adoptée dans tous les tribunaux de l'Europe , foit fur les fucceffions , foit fur les contrats, fur les finances , fur les délits &c. Mais ni les citations de *Grotius* , ni celles de *Puffendorf* , ni celles de l'Efprit des lois , n'ont jamais produit une fentence du châtelet de Paris , ou de l'*old baili* de Londres. On s'appefantit avec *Grotius* , on paffe quelques momens agréablement avec *Montefquieu* ; & fi on a un procès, on court chez fon avocat.

On a dit que la lettre tuait & que l'efprit vivifiait ; mais dans le livre de *Montefquieu* l'efprit égare , & la lettre n'apprend rien.

(*) Voyez fur cette matière la *Méprife d'Arras* , 2ᵉ vol. de *Politique & Légiflation* , page 355.

Des citations fausses dans l'Esprit des lois, des conséquences fausses que l'auteur en tire, & de plusieurs erreurs qu'il est important de découvrir.

Il fait dire à *Denis* d'Halycarnasse que, selon *Isocrate, Solon ordonna qu'on choisirait les juges dans les quatre classes des Athéniens.*

Denis d'Halycarnasse n'en a pas dit un seul mot; voici ses paroles : *Isocrate, dans sa harangue, rapporte que Solon & Clistène n'avaient donné aucune puissance aux scélérats, mais aux gens de bien.* Qu'importe d'ailleurs ce qu'*Isocrate* a pu dire dans une déclamation?

A Gènes la banque de St George est gouvernée par le peuple, ce qui lui donne une grande influence. Cette banque est gouvernée par six classes de nobles appelées *magistratures.*

On sait que la mer, qui semble vouloir couvrir la terre, est arrêtée par les moindres herbes & par les moindres graviers.

On ne sait point cela; on sait que la mer est arrêtée par les lois de la gravitation, qui ne sont ni gravier ni herbe.

Les Anglais, pour favoriser la liberté, ont ôté toutes les puissances intermédiaires qui formaient leur monarchie.

Au contraire, ils ont consacré la prérogative de la chambre haute, & conservé la plupart des anciennes jurisdictions qui forment des puissances intermédiaires.

L'établissement d'un visir est dans un Etat despotique une loi fondamentale.

Un critique judicieux a remarqué que c'est comme si on disait que l'office des maires du palais était une loi fondamentale. *Conſtantin* était plus que deſpotique, & n'eut point de grand-viſir. *Louis XIV* était un peu deſpotique, & n'eut point de premier miniſtre. Les papes ſont aſſez deſpotiques, & en ont rarement. Il n'y en a point dans la Chine, que l'auteur regarde comme un empire deſpotique. Il n'y en eut point chez le czar *Pierre I*, & perſonne ne fut plus deſpotique que lui. Le turc *Amurat II* n'avait point de grand-viſir. *Gengis-kan* n'en eut jamais.

La vénalité des charges eſt bonne dans les Etats monarchiques, parce qu'elle fait faire comme un métier de famille ce qu'on ne voudrait pas entreprendre pour la vertu.

Eſt-ce *Monteſquieu* qui a écrit ces lignes honteuſes? quoi! parce que les folies de *François I* avaient dérangé ſes finances, il fallait qu'il vendît à de jeunes ignorans le droit de décider de la fortune, de l'honneur & de la vie des hommes! quoi! cet opprobre devient *bon* dans la monarchie? & la place de magiſtrat devient un métier de famille? ſi cette infamie était ſi bonne, elle aurait au moins été adoptée par quelqu'autre monarchie que la France. Il n'y a pas un ſeul Etat ſur la terre qui ait oſé ſe couvrir d'un tel opprobre. Ce monſtre eſt né de la prodigalité d'un roi devenu indigent, & de la vanité de quelques bourgeois dont les pères avaient de l'argent. On a toujours attaqué cet infame abus par des cris impuiſſans, parce qu'il eût fallu rembourſer les offices qu'on avait vendus. Il eût mieux valu mille fois, dit un grand juriſconſulte, vendre le tréſor de tous les couvens & l'argenterie de toutes les égliſes, que de vendre la juſtice. Lorſque *François I* prit la grille d'argent de *S$_t$ Martin*, il ne fit tort à perſonne; *St Martin* ne ſe plaignit point; il se passe très-bien de sa grille : mais vendre la place de juge, & faire jurer à ce juge qu'il ne l'a pas achetée, c'est une bassesse sacrilége.

Plaignons *Montesquieu* d'avoir déshonoré son ouvrage par de tels paradoxes : mais pardonnons-lui. Son oncle avait acheté une charge de président en province, & il la lui laissa. On retrouve l'homme par-tout. Nul de nous n'est sans faiblesse.

Pour les vertus, Aristote ne peut croire qu'il y en ait de propres aux esclaves.

Aristote dit en termes exprès : *Il faut qu'ils aient les vertus nécessaires à leur état, la tempérance & la vigilance.* De la republiq. liv. I, chap. XIII.

Je trouve dans Strabon, que quand à Lacédémone une sœur épousait son frère, elle avait pour sa dot la moitié de la portion de son frère.

Strabon parle ici des Crétois, & non des Lacédémoniens.

Il fait dire à *Xénophon, que dans Athènes un homme riche serait au désespoir qu'on crût qu'il dépendît du magistrat.*

Xénophon en cet endroit ne parle point d'Athènes. Voici ses paroles : *Dans les autres villes, les puissans ne veulent pas qu'on les soupçonne de craindre les magistrats.*

Les lois de Venise défendent aux nobles le commerce.

,, Les anciens fondateurs de notre république, &
,, nos légistateurs eurent grand soin de nous exercer
,, dans les voyages & le trafic de mer. La première
,, noblesse avait coutume de naviger, soit pour exercer
,, le commerce, soit pour s'instruire. ,, (*a*)

Sagredo dit la même chose.

(*a*) Voyez l'histoire de Venise par le noble *Peruta.*

H h 3

Les mœurs & non les lois font qu'aujourd'hui les nobles en Angleterre & à Venise ne s'adonnent presque point au commerce.

Voyez avec quelle industrie le gouvernement moscovite cherche à sortir du despotisme &c.

Est-ce en abolissant le patriarchat & la milice entière des strélitz, en étant le maître absolu des troupes, des finances & de l'Eglise, dont les desservans ne font payés que du trésor impérial ; & enfin en fefant des lois qui rendent cette puissance aussi sacrée que forte ? Il est triste que dans tant de citations & dans tant d'axiomes, le contraire de ce que dit l'auteur soit presque toujours le vrai. Quelques lecteurs instruits s'en font aperçus : les autres se font laissés éblouir, & on dira pourquoi.

Le luxe de ceux qui n'auront que le nécessaire sera égal à zéro. Celui qui aura le double du nécessaire, aura un luxe égal à un. Celui qui aura le double de ce dernier, aura un luxe égal à trois &c.

Il aura trois au-delà du nécessaire de l'autre, mais il ne s'enfuit pas qu'il ait trois de luxe ; car il peut avoir trois d'avarice ; il peut mettre ce trois dans le commerce ; il peut le faire valoir pour marier ses filles. Il ne faut pas soumettre de telles propositions à l'arithmétique : c'est une charlatanerie misérable.

A Venise, les lois forcent les nobles à la modestie ; ils font tellement accoutumés à l'épargne qu'il n'y a que les courtisanes qui puissent les forcer à donner de l'argent.

Quoi ! l'esprit des lois à Venise serait de ne dépenser qu'en filles ! Quand Athènes fut riche, il y eut beaucoup de courtisanes. Il en fut de même à Venise &

à Rome, aux quatorze, quinze & seizième siècles. Elles y sont moins en crédit aujourd'hui, parce qu'il y a moins d'argent. Est-ce là l'esprit des lois ?

Les Suions, nation germanique, rendent honneur aux richesses, ce qui fait qu'ils vivent sous le gouvernement d'un seul. Cela signifie bien que le luxe est singulièrement propre aux monarchies, & qu'il n'y faut point de lois somptuaires.

Les Suions, selon *Tacite*, étaient des habitans d'une île de l'Océan au-delà de la Germanie. *Suinonum hinc civitates in ipso Oceano.* Guerriers valeureux & bien armés, ils ont encore des flottes. *Præter viros armaque classibus valent.* Les riches y sont considérés. *Est & opibus honos.* Ils n'ont qu'un chef ; *eosque unus imperitat.*

Ces barbares que *Tacite* ne connaissait point, qui, dans leur petit pays, n'avaient qu'un seul chef, & qui préféraient le possesseur de cinquante vaches à celui qui n'en avait que douze, ont-ils le moindre rapport avec nos monarchies & nos lois somptuaires ?

Les Samnites avaient une belle coutume, & qui devait produire d'admirables effets. Le jeune homme déclaré le meilleur prenait pour sa femme la fille qu'il voulait. Celui qui avait les suffrages après lui choisissait encore, & ainsi de suite.

L'auteur a pris les Sunites, peuple de Scythie, pour les Samnites voisins de Rome. Il cite *Nicolas* de Damas, qui cite *Stobée ;* & on sait d'ailleurs que *Stobée* n'est pas un bon garant. Cette belle coutume d'ailleurs serait très-préjudiciable dans tout État policé : car si le garçon déclaré le meilleur avait trompé les juges, si la fille ne voulait pas de lui, s'il n'avait pas de bien, s'il déplaisait au père & à la mère, que d'inconvéniens & que de suites funestes !

Si on veut lire l'admirable ouvrage de Tacite sur les mœurs des Germains, on verra que c'est d'eux que les Anglais ont tiré l'idée de leur gouvernement politique. Ce beau système a été trouvé dans les bois.

La chambre des pairs & celle des communes, la cour d'équité trouvées dans les bois! on ne l'aurait pas deviné. Sans doute les Anglais doivent aussi leurs escadres & leur commerce aux mœurs des Germains ; & les sermons de *Tillotson* à ces pieuses sorcières germaines qui sacrifiaient les prisonniers, & qui jugeaient du succès d'une campagne par la manière dont leur sang coulait. Il faut croire aussi qu'ils doivent leurs belles manufactures à la louable coutume des Germains qui aimaient mieux vivre de rapine que de travailler, comme le dit *Tacite*.

Aristote met au rang des monarchies l'empire des Perses & Lacédémone. Mais qui ne voit que l'une était un Etat despotique, & l'autre une république ?

Qui ne voit au contraire que Lacédémone eut un seul roi pendant quatre cents ans, ensuite deux rois jusqu'à l'extinction de la race des *Héraclides*, ce qui fait une période d'environ mille années ? On sait bien que nul roi n'était despotique de droit, pas même en Perse : mais tout prince dissimulé, hardi, & qui a de l'argent, devient despotique en peu de temps en Perse & à Lacédémone ; & voilà pourquoi *Aristote* distingue des républiques tout Etat qui a des chefs perpétuels & héréditaires.

Un ancien usage des Romains défendait de faire mourir les filles qui n'étaient pas nubiles.

Il se trompe. *More tradito nefas virgines strangulari ;* défense d'étrangler les filles, nubiles ou non.

Tibère trouva l'expédient de les faire violer par le bourreau.

Tibère n'ordonna point au bourreau de violer la fille de *Séjan*. Et s'il eft vrai que le bourreau de Rome ait commis cette infamie dans la prifon, il n'eft nullement prouvé que ce fût fur une lettre de cachet de *Tibère*. Quel befoin avait-il d'une telle horreur ?

En Suiffe on ne paye point de tributs, mais on en fait la raifon particulière. Dans ces montagnes ftériles, les vivres font fi chers & le pays fi peuplé, qu'un fuiffe paye quatre fois plus à la nature qu'un turc ne paye au fultan.

Tout cela eft faux. Il n'y a aucun impôt en Suiffe; mais chacun paye les dixmes, les cens, les lods & ventes qu'on payait aux ducs de *Zéringue* & aux moines. Les montagnes, excepté les glacières, font de fertiles pâturages ; elles font la richeffe du pays. La viande de boucherie eft environ la moitié moins chère qu'à Paris. On ne fait ce que l'auteur entend quand il dit qu'un fuiffe paye quatre fois plus à la nature qu'un turc au fultan. Il peut boire quatre fois plus qu'un turc ; car il a le vin de la Côte, & l'excellent vin de la Vaux.

Les peuples des pays chauds font timides comme les vieillards, ceux des pays froids font courageux comme les jeunes gens.

Il faut bien fe garder de laiffer échapper de ces propofitions générales. Jamais on n'a pu faire aller à la guerre un lapon, un famoïède ; & les Arabes conquirent en quatre-vingts ans plus de pays que n'en poffédait l'empire romain. Les Efpagnols en petit nombre battirent à la bataille de Mulberg les foldats

du nord de l'Allemagne. Cet axiome de l'auteur est
aussi faux que tous ceux du climat. (*)

*Lopez de Gama avoue que le droit sur lequel les Espagnols
ont fondé l'esclavage des Américains, est qu'ils trouvèrent
près de Ste Marthe des paniers où les habitans avaient mis
quelques denrées, comme des cancres, des limaçons, des
sauterelles. Les vainqueurs en firent un crime aux vaincus,
outre qu'ils fumaient du tabac, & qu'ils ne se fesaient pas la
barbe à l'espagnole.*

Il n'y a rien dans *Lopez de Gama* qui donne la
moindre idée de cette sottise. Il est trop ridicule d'inférer
dans un ouvrage sérieux de pareils traits qui ne seraient
pas supportables même dans les *Lettres persanes.*

*C'est sur l'idée de la religion que les Espagnols fondèrent
le droit de rendre tant de peuples esclaves, car ces brigands,
qui voulaient absolument être brigands & chrétiens, étaient
fort dévots.*

Ce n'est donc pas sur ce que les Américains ne se
fesaient pas la barbe à l'espagnole, & qu'ils fumaient
du tabac ; ce n'est donc point parce qu'ils avaient
quelques paniers de limaçons & de sauterelles.

Ces contradictions fréquentes coûtent trop peu à
l'auteur.

*Louis XIII se fit une peine extrême de la loi qui rendait
esclaves les nègres de ses colonies ; mais quand on lui eut
bien mis dans l'esprit que c'était la voie la plus sure de les
convertir, il y consentit.*

Où l'imagination de l'auteur a-t-elle pris cette
anecdote ? La première concession pour la traite des
nègres est du 11 novembre 1673. *Louis XIII* était
mort en 1643. Cela ressemble au refus de *François I*

(*) Voyez *Climat.*

d'écouter *Chriſtophe Colomb* qui avait découvert les îles Antilles avant que *François I* naquît.

Perry dit que les Moſcovites ſe vendent très-aiſément : j'en ſais bien la raiſon, c'eſt que leur liberté ne vaut rien.

Nous avons déjà remarqué, à l'article *Eſclavage*, que *Perry* ne dit pas un mot de tout ce que l'auteur de l'Eſprit des lois lui fait dire.

C'eſt à Achem que tout le monde cherche à ſe vendre.

Nous avons remarqué encore que rien n'eſt plus faux. Tous ces exemples pris au haſard chez les peuples d'Achem, de Bantam, de Ceylan, de Borneo, des îles Moluques, des Philippines, tous copiés d'après des voyageurs très-mal inſtruits, & tous falſifiés, ſans en excepter un ſeul, ne devaient pas aſſurément entrer dans un livre où l'on promet de nous développer les lois de l'Europe.

Dans les Etats mahométans, on eſt non-ſeulement maître de la vie & des biens des femmes eſclaves, mais encore de ce qu'on appelle leur vertu & leur honneur.

Où a-t-il pris cette étrange aſſertion qui eſt de la plus grande fauſſeté ? Le ſura, ou chapitre XXIV de l'Alcoran, intitulé *la Lumière*, dit expreſſément : *Traitez bien vos eſclaves, & ſi vous voyez en eux quelque mérite, partagez avec eux les richeſſes que* D i e u *vous a données. Ne forcez pas vos femmes eſclaves à ſe proſtituer à vous &c.*

A Conſtantinople, on punit de mort le maître qui a tué ſon eſclave, à moins qu'il ne ſoit prouvé que l'eſclave a levé la main ſur lui. Une femme eſclave qui prouve que ſon maître l'a violée eſt déclarée libre avec des dédommagemens.

A Patane, la lubricité des femmes est si grande que les hommes sont obligés de se faire certaines garnitures pour se mettre à l'abri de leurs entreprises.

Peut-on rapporter sérieusement cette impertinente extravagance ? Quel est l'homme qui ne pourrait se défendre des assauts d'une femme débauchée sans s'armer d'un cadenas ? quelle pitié ! & remarquez que le voyageur nommé *Sprinkel*, qui seul a fait ce conte absurde, dit en propres mots, *que les maris à Patane sont extrêmement jaloux de leurs femmes, & qu'ils ne permettent pas à leurs meilleurs amis de les voir, elles ni leurs filles.*

Quel esprit des lois, que de grands garçons qui cadenassent leurs hauts-de-chausses, de peur que les femmes ne viennent y fouiller dans la rue !

Les Carthaginois, au rapport de Diodore, trouvèrent tant d'argent dans les Pyrenées, qu'ils en forgèrent les ancres de leurs vaisseaux.

L'auteur cite le sixième livre de *Diodore*, & ce sixième livre n'existe pas. *Diodore* au cinquième parle des Phéniciens, & non pas des Carthaginois.

On n'a jamais remarqué de jalousie aux Romains sur le commerce. Ce fut comme nation rivale, & non comme commerçante, qu'ils attaquèrent Carthage.

Ce fut comme nation commerçante & guerrière, ainsi que le prouve le savant *Huet* dans son traité sur le commerce des anciens. Il prouve que long-temps avant la première guerre punique les Romains s'étaient adonnés au commerce.

On voit dans le traité qui finit la première guerre punique, que Carthage fit principalement attention à garder l'empire de la mer, & Rome celui de la terre.

Ce traité eft de l'an 510 de Rome. Il y eft dit que les Carthaginois ne pourraient naviger vers aucune île près de l'Italie, & qu'ils évacueraient la Sicile. Ainfi les Romains eurent l'empire de la mer, pour lequel ils avaient combattu. Et *Montefquieu* a précifément pris le contre-pied d'une vérité hiftorique la mieux conftatée.

Hannon, dans la négociation avec les Romains, déclara que les Carthaginois ne fouffriraient pas que les Romains fe lavaffent les mains dans les mers de Sicile.

L'auteur fait ici un anachronifme de vingt-deux ans. La négociation d'*Hannon* eft de l'an 488 de Rome, & le traité de paix dont il eft queftion eft de 510. (*)

Il ne fut pas permis aux Romains de naviger au-delà du beau promontoire. Il leur fut défendu de trafiquer en Sicile, en Sardaigne, en Afrique, excepté à Carthage.

L'auteur fait ici un anachronifme de deux cents foixante & cinq ans. C'eft d'après *Polybe* que l'auteur rapporte ce traité conclu l'an de Rome 245, fous le confulat de *Junius Brutus*, immédiatement après l'ex-pulfion des rois; encore les conditions ne font-elles pas fidellement rapportées. *Carthaginem verò & in cætera Afri-cæ loca quæ cis-promontorium erant; item in Sardiniam atque Siciliam ubi Carthaginenfes imperabant navigare mercimonii caufâ licebat.* Il fut permis aux Romains de naviger pour leur commerce à Carthage, fur toutes les côtes de l'Afrique en-deçà du promontoire, de même que fur les côtes de la Sardaigne & de la Sicile qui obéif-faient aux Carthaginois.

Ce mot feul *mercimonii caufâ, pour raifon de leur com-merce,* démontre que les Romains étaient occupés des intérêts du commerce dès la naiffance de la république.

(*) Voyez *Polybe.*

N. B. Tout ce que dit l'auteur fur le commerce ancien & moderne eft extrêmement erroné.

Je paffe un nombre prodigieux de fautes capitales fur cette matière, quelques importantes qu'elles foient, parce qu'un des plus célèbres négocians de l'Europe s'occupe à les relever dans un livre qui fera très-utile.

La ftérilité du terrain d'Athènes y établit le gouverne-ment populaire, & la fertilité de celui de Lacédémone le gouvernement ariftocratique.

Où a-t-il pris cette chimère ? Nous tirons encore aujourd'hui d'Athènes efclave, du coton, de la foie, du riz, du blé, de l'huile, des cuirs; & du pays de Lacédémone rien. Athènes était vingt fois plus riche que Lacédémone. A l'égard de la bonté du fol, il faut y avoir été pour l'apprécier. Mais jamais on n'attribua la forme d'un gouvernement au plus ou moins de fer-tilité d'un terrain. Venife avait très-peu de blé quand les nobles gouvernèrent. Gènes n'a pas affurément un fol fertile, & c'eft une ariftocratie. Genève tient plus de l'Etat populaire, & n'a pas de fon cru de quoi fe nourrir quinze jours. La Suède pauvre a été long-temps fous le joug de la monarchie, tandis que la Pologne fertile fut une ariftocratie. Je ne conçois pas comment on peut ainfi établir de prétendues règles continuellement démenties par l'expérience. Prefque tout le livre, il faut l'avouer, eft fondé fur des fuppo-fitions que la moindre attention détruirait.

La féodalité eft un événement arrivé une fois dans le monde, & qui n'arrivera peut-être jamais &c.

Nous trouvons la féodalité, les bénéfices militaires établis fous *Alexandre Sévère*, fous les rois lombards, fous *Charlemagne*, dans l'empire ottoman, en Perfe, dans le Mogol, au Pégu; & en dernier lieu *Catherine II* impératrice de Ruffie a donné en fief pour quelque temps, la Moldavie que fes armes ont conquife.

Chez les Germains il y avait des vaffaux & non pas des fiefs. Les fiefs étaient des chevaux de bataille, des armes, des repas.

Quelle idée! il n'y a point de vaffalité fans terre. Un officier à qui fon général aura donné à fouper, n'eft pas pour cela fon vaffal.

Du temps du roi Charles IX, il y avait vingt millions d'hommes en France.

Il donne *Puffendorf* pour garant de cette affertion; *Puffendorf* va jufqu'à vingt-neuf millions, & il avait copié cette exagération d'un de nos auteurs qui fe trompait d'environ quatorze à quinze millions. La France ne comptait point alors au nombre de fes provinces la Lorraine, l'Alface, la Franche-Comté, la moitié de la Flandre, l'Artois, le Cambrefis, le Rouf- fillon, le Béarn; & aujourd'hui qu'elle poffède tous ces pays, elle n'a pas vingt millions d'habitans, fuivant le dénombrement des feux exactement fait en 1751. Cependant elle n'a jamais été fi peuplée, & cela eft prouvé par la quantité de terrains mis en valeur depuis *Charles IX.*

En Europe les empires n'ont jamais pu fubfifter.

Cependant l'empire romain s'y eft maintenu cinq cents ans, & l'empire turc y domine depuis l'an 1453.

La caufe de la durée des grands empires en Afie, c'eft qu'il n'y a que de grandes plaines.

Il ne s'eft pas fouvenu des montagnes qui traverfent la Natolie & la Syrie, du Caucafe, du Taurus, de l'Ararat, de l'Immaüs, du Saron, dont les branches couvrent l'Afie.

En Efpagne on a défendu les étoffes d'or & d'argent. Un pareil décret ferait femblable à celui que feraient les Etats de Hollande, s'ils défendaient la confommation de la canelle.

On ne peut faire une comparaifon plus fauffe, ni dire une chofe moins politique. Les Efpagnols n'avaient point de manufactures ; ils auraient été obligés d'acheter ces étoffes de l'étranger. Les Hollandais, au contraire, font les feuls poffeffeurs de la canelle. Ce qui était raifonnable en Efpagne eût été abfurde en Hollande.

Je n'entrerai point dans la difcuffion de l'ancien gouvernement des Francs vainqueurs des Gaulois ; dans ce chaos de coutumes toutes bizarres, toutes contradictoires ; dans l'examen de cette barbarie, de cette anarchie qui a duré fi long-temps, & fur lefquelles il y a autant de fentimens différens que nous en avons en théologie. On n'a perdu que trop de temps à defcendre dans ces abymes de ruines. Et l'auteur de l'Efprit des lois a dû s'y égarer comme les autres.

Je viens à la grande querelle entre l'abbé *Dubos*, digne fecrétaire de l'académie françaife, & le préfident de *Montefquieu*, digne membre de cette académie. Le membre fe moque beaucoup du fecrétaire, & le regarde comme un vifionnaire ignorant. Il me paraît que l'abbé *Dubos* eft très-favant & très-circonfpect ; il me paraît furtout que *Montefquieu* lui fait dire ce qu'il n'a jamais dit, & cela felon fa coutume de citer au hafard & de citer faux.

Voici

Voici l'accusation portée par *Montesquieu* contre *Dubos*.

M. l'abbé Dubos veut ôter toute espéce d'idée que les Francs soient entrés dans les Gaules en conquérans. Selon lui nos rois, appelés par les peuples, n'ont fait que se mettre à la place & succéder aux droits des empereurs romains.

Un homme plus instruit que moi a remarqué avant moi que jamais *Dubos* n'a prétendu que les Francs fussent partis du fond de leur pays pour venir se mettre en possession de l'empire des Gaules, par l'aveu des peuples, comme on va recueillir une succession. *Dubos* dit tout le contraire : il prouve que *Clovis* employa les armes, les négociations, les traités & même les concessions des empereurs romains, résidans à Constantinople, pour s'emparer d'un pays abandonné. Il ne le ravit point aux empereurs romains, mais aux barbares ; qui sous *Odoacre* avaient détruit l'empire.

Dubos dit que dans quelque partie des Gaules voisine de la Bourgogne on désirait la domination des Francs : mais c'est précisément ce qui est attesté par Grégoire de Tours. *Cum jam terror Francorum resonaret in his partibus, & omnes eos amore desiderabili cuperent regnare, sanctus Aprunculus Lingonicæ civitatis episcopus apud Burgundiones cœpit haberi suspectus ; cumque odium de die in diem cresceret, justum est ut clam gladio feriretur.* Greg. Tur. hist. lib. 2, cap. 23.

Montesquieu reproche à *Dubos* qu'il ne saurait montrer l'existence de la république armorique : cependant *Dubos* l'a prouvée incontestablement par plusieurs monumens, & surtout par cette citation

exacte de l'historien *Zozime*, liv. 6. *Totus tractus armo-*
richus ceteræque Gallorum provinciæ Britannos imitatæ,
consimili se modo liberârunt, ejectis magistratibus romanis,
& sibi quadam republicâ pro arbitrio constitutâ.

Montesquieu regarde comme une grande erreur dans
Dubos d'avoir dit que *Clovis* succéda à *Childéric* son
père dans la dignité de maître de la milice romaine
en Gaule : mais jamais *Dubos* n'a dit cela. Voici ses
paroles : *Clovis parvint à la couronne des Francs à l'âge*
de seize ans, & cet âge ne l'empêcha point d'être revêtu,
peu de temps après, des dignités militaires de l'empire
romain que Childéric avait exercées, & qui étaient selon
l'apparence des emplois dans la milice. Dubos se borne
ici à une conjecture qui se trouve ensuite appuyée
sur des preuves évidentes.

En effet, les empereurs étaient accoutumés depuis
long-temps à la triste nécessité d'opposer des barbares
à d'autres barbares, pour tâcher de les exterminer
les uns par les autres. *Clovis* même eut à la fin la
dignité de consul : il respecta toujours l'empire
romain, même en s'emparant d'une de ses provinces.
Il ne fit point frapper de monnaie en son propre
nom ; toutes celles que nous avons de *Clovis*, sont
de *Clovis II* ; & les nouveaux rois francs ne
s'attribuèrent cette marque de puissance indépendante qu'après que *Justinien*, pour se les attacher à
lui, & pour les employer contre les Ostrogoths
d'Italie, leur eut fait une cession des Gaules en bonne
forme.

Montesquieu condamne sévèrement l'abbé *Dubos* sur
la fameuse lettre de *Rémi*, évêque de Rheims, qui
s'entendit toujours avec *Clovis* & qui le baptisa
depuis. Voici cette lettre importante.

» Nous apprenons de la renommée que vous vous
» êtes chargé de l'administration des affaires de la
» guerre, & je ne suis pas surpris de vous voir être
» ce que vos pères ont été. Il s'agit maintenant de
» répondre aux vues de la Providence, qui récom-
» pense votre modération, en vous élevant à une
» dignité si éminente. C'est la fin qui couronne
» l'œuvre. Prenez donc pour vos conseillers des
» personnes dont le choix fasse honneur à votre
» discernement. Ne faites point d'exactions dans
» votre bénéfice militaire. Ne disputez point la
» préséance aux évêques dont les diocèses se trouvent
» dans votre département, & prenez leurs conseils
» dans les occasions. Tant que vous vivrez en bonne
» intelligence avec eux, vous trouverez toute sorte
» de facilité dans l'exercice de votre emploi &c. »

On voit évidemment par cette lettre que *Clovis*,
jeune roi des Francs, était officier de l'empereur
Zénon; qu'il était grand-maître de la milice impériale, charge qui répond à celle de notre colonel
général; que *Rémi* voulait le ménager, se liguer avec
lui, le conduire & s'en servir comme d'un protecteur
contre les prêtres eusébiens de la Bourgogne, & que
par conséquent *Montesquieu* a grand tort de se moquer
tant de l'abbé *Dubos* & de faire semblant de le
mépriser. Mais enfin il vient un temps où la vérité
s'éclaircit.

Après avoir vu qu'il y a des erreurs comme ailleurs
dans l'*Esprit des lois*, après que tout le monde est
convenu que ce livre manque de méthode; qu'il n'y
a nul plan, nul ordre, & qu'après l'avoir lu on ne
sait guère ce qu'on a lu, il faut rechercher quel

eft fon mérite, & quelle eft la caufe de fa grande réputation.

C'eft premièrement qu'il eft écrit avec beaucoup d'efprit, & que tous les autres livres fur cette matière font ennuyeux. C'eft pourquoi nous avons déjà remarqué qu'une dame, qui avait autant d'efprit que *Montefquieu*, difait que fon livre était *de l'efprit fur les lois*. On ne l'a jamais mieux défini.

Une raifon beaucoup plus forte encore, c'eft que ce livre plein de grandes vues attaque la tyrannie, la fuperftition & la maltote, trois chofes que les hommes déteftent. L'auteur confole des efclaves en plaignant leurs fers; & les efclaves le béniffent.

Ce qui lui a valu les applaudiffemens de l'Europe, lui a valu auffi les invectives des fanatiques.

Un de fes plus acharnés & de fes plus abfurdes ennemis, qui contribua le plus par fes fureurs à faire refpecter le nom de *Montefquieu* dans l'Europe, fut le gazetier des convulfionnaires. Il le traita de *fpinofifte* & de *déifte*, c'eft-à-dire, il l'accufa de ne pas croire en DIEU, & de croire en DIEU.

Il lui reproche d'avoir eftimé *Marc-Aurèle*, *Epictète* & les ftoïciens, & de n'avoir jamais loué *Janfénius*, l'abbé de *St Cyran* & le père *Quefnel*.

Il lui fait un crime irrémiffible d'avoir dit que *Bayle* eft un grand-homme.

Il prétend que l'*Efprit des lois* eft un de ces ouvrages monftrueux, dont la France n'eft inondée que depuis la bulle *Unigenitus* qui a corrompu toutes les confciences.

Ce gredin, qui de fon grenier tirait au moins trois cents pour cent de fa gazette eccléfiaftique, déclama comme un ignorant contre l'intérêt de l'argent au taux du roi. Il fut fecondé par quelques cuiftres de fon efpèce ; ils finirent par reffembler aux efclaves qui font aux pieds de la ftatue de *Louis XIV ;* ils font écrafés, & ils fe mordent les mains.

Montefquieu a prefque toujours tort avec les favans, parce qu'il ne l'était pas : mais il a toujours raifon contre les fanatiques & contre les promoteurs de l'efclavage. L'Europe lui en doit d'éternels remercîmens.

On nous demande pourquoi donc nous avons relevé tant de fautes dans fon ouvrage. Nous répondons, c'eft parce que nous aimons la vérité à laquelle nous devons les premiers égards. Nous ajoutons que les fanatiques ignorans, qui ont écrit contre lui avec tant d'amertume & d'infolence, n'ont connu aucune de fes véritables erreurs, & que nous révérons avec les honnêtes gens de l'Europe tous les paffages après lefquels ces dogues du cimetière de *St Médard* ont aboyé.

L U X E.

SECTION PREMIERE.

DANS un pays où tout le monde allait pieds nus, le premier qui fe fit faire une paire de fouliers avait-il du luxe ? n'était-ce pas un homme très-fenfé & très-induftrieux ?

N'en eft-il pas de même de celui qui eut la première chemife ? pour celui qui la fit blanchir & repaffer, je le crois un génie plein de reffources, & capable de gouverner un Etat.

Cependant ceux qui n'étaient pas accoutumés à porter des chemifes blanches, le prirent pour un riche efféminé qui corrompait la nation.

Gardez-vous du luxe, difait *Caton* aux Romains ; vous avez fubjugué la province du Phafe ; mais ne mangez jamais de faifans. Vous avez conquis le pays où croît le coton, couchez fur la dure. Vous avez volé à main armée l'or, l'argent & les pierreries de vingt nations, ne foyez jamais affez fots pour vous en fervir. Manquez de tout après avoir tout pris. Il faut que les voleurs de grand chemin foient vertueux & libres.

Lucullus lui répondit : Mon ami, fouhaite plutôt que *Craffus*, *Pompée*, *Céfar* & moi nous dépenfions tout en luxe. Il faut bien que les grands voleurs fe battent pour le partage des dépouilles. Rome doit être affervie, mais elle le fera bien plutôt & bien plus furement par l'un de nous fi nous fefons valoir comme toi notre argent, que fi nous le dépenfons en fuper-fluités & en plaifirs. Souhaite que *Pompée* & *Céfar* s'appauvriffent affez pour n'avoir pas de quoi foudoyer des armées.

Il n'y a pas long-temps qu'un homme de Norvége reprochait le luxe à un hollandais. Qu'eft devenu, difait-il, cet heureux temps où un négociant, partant d'Amfterdam pour les grandes Indes, laiffait un quartier de bœuf fumé dans fa cuifine, & le retrouvait à fon retour ? Où font vos cuillers de bois & vos fourchettes de fer ? n'eft-il pas honteux pour un fage hollandais de coucher dans un lit de damas ?

Va-t-en à Batavia, lui répondit l'homme d'Amf-terdam ; gagne comme moi dix tonnes d'or, & vois fi l'envie ne te prendra pas d'être bien vêtu , bien nourri & bien logé.

Depuis cette converfation on a écrit vingt volumes fur le luxe , & ces livres ne l'ont ni diminué , ni augmenté.

S E C T I O N I I.

ON a déclamé contre le luxe depuis deux mille ans , en vers & en profe , & on l'a toujours aimé.

Que n'a-t-on pas dit des premiers Romains, quand ces brigands ravagèrent & pillèrent les moiffons ; quand, pour augmenter leur pauvre village, ils détrui-firent les pauvres villages des Volfques & des Sam-nites ? c'étaient des hommes défintéreffés & vertueux; ils n'avaient pu encore voler ni or , ni argent , ni pierreries , parce qu'il n'y en avait point dans les bourgs qu'ils faccagèrent. Leurs bois ni leurs marais ne produifaient ni perdrix , ni faifans , & on loue leur tempérance.

Quand de proche en proche ils eurent tout pillé, tout volé du fond du golfe Adriatique à l'Euphrate , & qu'ils eurent affez d'efprit pour jouir du fruit de leurs rapines ; quand ils cultivèrent les arts , qu'ils goûtèrent tous les plaifirs , & qu'ils les firent même goûter aux vaincus, ils ceffèrent alors , dit-on , d'être fages & gens de bien.

Toutes ces déclamations fe réduifent à prouver qu'un voleur ne doit jamais ni manger le dîner qu'il a pris, ni porter l'habit qu'il a dérobé , ni fe parer de la bague qu'il a volée. Il fallait, dit-on , jeter tout cela dans la rivière, pour vivre en honnêtes gens ;

dites plutôt qu'il ne fallait pas voler. Condamnez les brigands quand ils pillent ; mais ne les traitez pas d'infenfés quand ils jouiffent. (*a*) De bonne foi, lorfqu'un grand nombre de marins anglais fe font enrichis à la prife de Pondichéri, & de la Havane, ont-ils eu tort d'avoir enfuite du plaifir à Londres, pour prix de la peine qu'ils avaient eue au fond de l'Afie & de l'Amérique ?

Les déclamateurs voudraient qu'on enfouît les richeffes qu'on aurait amaffées par le fort des armes, par l'agriculture, par le commerce & par l'induftrie. Ils citent Lacédémone ; que ne citent-ils auffi la république de Saint-Marin ? Quel bien Sparte fit-elle à la Grèce ? eut-elle jamais des *Démofthènes*, des *Sophocles*, des *Apelles* & des *Phidias* ? Le luxe d'Athènes a fait des grands-hommes en tout genre ; Sparte a eu quelques capitaines, & encore en moins grand nombre que les autres villes. Mais à la bonne heure qu'une auffi petite république que Lacédémone conferve fa pauvreté. (1) On arrive à la mort auffi-bien en manquant de tout, qu'en jouiffant de ce qui peut rendre

(*a*) Le pauvre d'efprit que nous avons déjà cité, ayant lu ce paffage dans une mauvaife édition où il y avait un point après ce mot *bonne foi*, crut que l'auteur voulait dire que les voleurs jouiffaient de bonne foi. Nous favons bien que ce pauvre d'efprit eft méchant, mais de bonne foi il ne peut être dangereux.

(1) Lacédémone n'évita le luxe qu'en confervant la communauté ou l'égalité des biens ; mais elle ne conferva l'un ou l'autre qu'en fefant cultiver les terres par un peuple efclave. C'était là la légiflation du couvent de Saint-Claude; à cela près que les moines ne fe permettaient point d'affaffiner ni d'affommer leurs main-mortables. L'exiftence de l'égalité ou de la communauté des biens fuppofe celle d'un peuple efclave. Les Spartiates avaient de la vertu, comme les voleurs de grand chemin, comme les inquifiteurs, comme toutes les claffes d'hommes que l'habitude a familiarifés avec une efpèce de crimes, au point de les commettre fans remords.

la vie agréable. Le fauvage du Canada fubfifte &
atteint la vieilleffe comme le citoyen d'Angleterre qui
a cinquante mille guinées de revenu. Mais qui com-
parera jamais le pays des Iroquois à l'Angleterre?

Que la république de Ragufe & le canton de Zug
faffent des lois fomptuaires, ils ont raifon, il faut
que le pauvre ne dépenfe point au-delà de fes forces ;
mais j'ai lu quelque part :

> Sachez furtout que le luxe enrichit
> Un grand Etat, s'il en perd un petit. (2)

Si par luxe vous entendez l'excès, on fait que
l'excès eft pernicieux en tout genre, dans l'abftinence
comme dans la gourmandife, dans l'économie comme
dans la libéralité. Je ne fais comment il eft arrivé
que dans mes villages où la terre eft ingrate, les
impôts lourds, la défenfe d'exporter le blé qu'on a
femé intolérable, il n'y a guère pourtant de colon
qui n'ait un bon habit de drap, & qui ne foit bien
chauffé & bien nourri. Si ce colon laboure avec fon
bel habit, avec du linge blanc, les cheveux frifés &
poudrés, voilà certainement le plus grand luxe, & le
plus impertinent ; mais qu'un bourgeois de Paris
ou de Londres paraiffe au fpectacle vêtu comme ce
payfan, voilà la léfine la plus groffière & la plus
ridicule.

> *Eft modus in rebus, funt certi denique fines,*
> *Quos ultra citraque nequit confiftere rectum.*

---

(2) Les lois fomptuaires font par leur nature une violation du droit
de propriété. Si dans un petit Etat il n'y a point une grande inégalité
de fortune, il n'y aura pas de luxe : fi cette inégalité y exifte, le luxe
en eft le remède. Ce font les lois fomptuaires de Genève qui lui ont fait
perdre la liberté.

Lorfqu'on inventa les cifeaux, qui ne font certainement pas de l'antiquité la plus haute, que ne dit-on pas contre les premiers qui fe rognèrent les ongles, & qui coupèrent une partie des cheveux qui leur tombaient fur le nez ? On les traita fans doute de petits-maîtres & de prodigues, qui achetaient chèrement un inftrument de la vanité, pour gâter l'ouvrage du Créateur. Quel péché énorme d'accourcir la corne que DIEU fait naître au bout de nos doigts ! C'était un outrage à la Divinité. Ce fut bien pis quand on inventa les chemifes & les chauffons. On fait avec quelle fureur les vieux confeillers qui n'en avaient jamais porté, crièrent contre les jeunes magiftrats qui donnèrent dans ce luxe funefte. (3)

(3) Si l'on entend par luxe tout ce qui eft au-delà du néceffaire, le luxe eft une fuite naturelle des progrès de l'efpèce humaine ; & pour raifonner conféquemment, tout ennemi du luxe doit croire avec *Rouffeau* que l'état de bonheur & de vertu pour l'homme eft celui, non de fauvage, mais d'orang-outang. On fent qu'il ferait abfurde de regarder comme un mal des commodités dont tous les hommes jouiraient : auffi ne donne-t-on en général le nom de luxe qu'aux fuperfluités, dont un petit nombre d'individus feulement peuvent jouir. Dans ce fens le luxe eft une fuite néceffaire de la propriété, fans laquelle aucune fociété ne peut fubfifter, & d'une grande inégalité eutre les fortunes, qui eft la conféquence, non du droit de propriété, mais des mauvaifes lois. Ce font donc les mauvaifes lois qui font naître le luxe, & ce font les bonnes lois qui peuvent le détruire. Les moraliftes doivent adreffer leurs fermons aux légiflateurs, & non aux particuliers ; parce qu'il eft dans l'ordre des chofes poffibles qu'un homme vertueux & éclairé ait le pouvoir de faire des lois raifonnables, & qu'il n'eft pas dans la nature humaine que tous les riches d'un pays renoncent par vertu à fe procurer à prix d'argent des jouiffances de pur orgueil ou de vanité.

Fin du Tome cinquième.

TABLE

DES ARTICLES

CONTENUS DANS CE VOLUME.

Fin de la Table du cinquieme volume.

OEUVRES
41
DICTIONNAIRE
PHILOSOPHIQUE
R

VOLTAIRE